Vonda McIntyre

AM HOFE DES SONNENKÖNIGS

Roman

Ins Deutsche übertragen von
Eva Bauche-Eppers
als Gast des
Europäischen Übersetzer-Kollegiums
in Straelen

BASTEI LÜBBE

BASTEI LÜBBE TASCHENBUCH
Band 20 352

Erste Auflage: Februar 1999

Deutsche Lizenzausgabe 1999 by
Bastei-Verlag Gustav H. Lübbe GmbH & Co.,
Bergisch Gladbach
Originaltitel: The Moon and the Sun
Lektorat: Martina Sahler / Stefan Bauer
Titelbild: Archiv für Kunst und Geschichte, Berlin
Umschlaggestaltung: QuadroGrafik, Bensberg
Satz: Fotosatz Steckstor, Rösrath
Druck und Verarbeitung:
Brodard & Taupin, La Flèche, Frankreich
Printed in France
ISBN 3-404-20352-6

Der Preis dieses Bandes versteht sich einschließlich der gesetzlichen Mehrwertsteuer

In Memoriam

Avram Davidson

1923 - 1993

Liste der handlungstragenden Personen
(in der Reihenfolge ihres Auftretens)

Père Yves de la Croix, SJ, 27, Jesuit und Naturphilosoph, älterer Bruder von Marie-Josèphe

Marie-Josèphe de la Croix, 20, Yves' Schwester, Hofdame bei Mademoiselle; erst vor kurzem aus der französischen Kolonie Martinique nach Versailles gekommen (über Mme. de Maintenons Schule in Saint-Cyr)

Madame*, Herzogin von Orléans, Elisabeth Charlotte (›Liselotte‹) von der Pfalz, 41, Monsieurs zweite Gemahlin

Monsieur*, Philippe, Herzog von Orléans, 53, jüngerer Bruder von Ludwig XIV.

Mademoiselle*, Elisabeth Charlotte d'Orléans, 17, Tochter von Madame und Monsieur, Nichte Ludwigs

Chevalier de Lorraine*, Monsieurs Liebhaber, 55

Lucien de Barenton, Comte de Chrétien, 28, einer der wenigen französischen Adligen, die Ludwig beraten durften

Philippe II., Herzog von Chartres*, 19, Sohn von Monsieur und Madame, verheiratet mit Francoise Marie, Mlle. de Bois, »Madame Luzifer«

Louis August, Duc du Maine*, für legitim erklärter leiblicher Sohn von Ludwig XIV. und seiner ehemaligen Mätresse, der Marquise de Montespan

Die legitimen Enkelsöhne Seiner Majestät:

Louis, Duc de Bourgogne* (11)

Philippe, Duc d'Anjou* (10)

Charles, Duc de Berry* (7)

Ludwig XIV*., 55, Ludwig der Große, der Sonnenkönig, Allerchristlichster König von Frankreich und Navarra

Madame de Maintenon* (geborene Francoise d'Aubigné; später Mme. Scarron), Ludwigs morganatische zweite Frau, 58

Monseigneur*, Louis, der Grand Dauphin, 32, Ludwigs einziger überlebender legitimer Sohn

Das Seeungeheuer

Monsieur Boursin, Angehöriger der königlichen Hofhaltung

Père de la Chaise*, Ludwigs Beichtvater

Odelette (auch genannt Haleed), 20, Marie-Josèphes türkische Sklavin (am selben Tag geboren wie Marie-Josèphe)

Dr. Fagon*, Leibarzt des Königs

Dr. Felix*, Hofchirurg

Innozenz XII.*, nach dem Tod von Alexander VIII. 1691 zum Papst gesalbt

James II.* und **Maria von Modena***, König und Königin von England im Exil

Die ausländischen Prinzen **Léopold-Joseph von Lothringen und Bar*** sowie die * **Herzöge von Conti*** und **Condé***

Madame Luzifer*, Herzogin von Chartres, 16, Tochter (Mlle. de Blois) Ludwigs XIV.

Alessandro Scarlatti*, Musiker, Komponist, *maestro di capella* am Hof des Vizekönigs von Neapel, Marquis del Carpio

Domenico Scarlatti*, 8, Signor Scarlattis Sohn, Wunderkind, Musiker und Komponist

Mlle. de Armagnac*, ›Mlle. Future‹

Mlle. de Valentinois*, ›Mlle. Passé‹

Juliette d'Auteville, Marquise de la Fère, ›Mlle. Present‹

Antoine Galland*, erster abendländischer Übersetzer von ›Tausendundeiner Nacht‹

Kardinal Ottoboni*, rechte Hand von Innozenz XII.

Haleed (Odelette), Marie-Josèphes Adoptivschwester

Duke of Berwick, James Fitzjames, natürlicher Sohn James' II.

Der **Prinz von Japan**, der **Schah von Persien**, die **Königin von Nubien** und die **Kriegshäuptlinge der Huronen**; deren Gefolge

* historische Personen

Prolog

Die Sonne des Mittsommertages stand weißglühend im Zenit eines Himmels, der sich gleißend blau bis zum Horizont spannte. Das Flaggschiff des Königs, *Le Soleil Royal*, glitt übergangslos von dem Grün flachen Wassers in das dunkle Indigo bodenloser Tiefen.

Der Kapitän der Galeone brüllte Befehle, die Matrosen beeilten sich zu gehorchen. Rauschend entfalteten sich die Segel an den Masten, blähten sich im Wind. Die Fahne Ludwigs XIV. flatterte, schrieb *Nec Pluribus Impar*, den Wahlspruch des Königs, quer über den Himmel. Auf dem Vormastsegel leuchtete sein Wappen: eine Sonne in goldenem Strahlenkranz.

Den tückischen Untiefen entronnen, durchschnitt das stolze Schiff in schneller Fahrt die Wogen. Die vergoldete Galionsfigur am Bug streckte die Arme in Sonnenschein und Gischt. Regenbogenfunken sprühten von den bekrallten Pranken und den Flossen des zwiegeteilten Fischschwanzes – das geschnitzte Seeungeheuer säte eine Bahn aus schillerndem Licht, Seiner Allerchristlichsten Majestät zu Ehren.

Yves de la Croix ließ den Blick über die Wasserfläche wandern bis zur Kimm. Er spähte mit zusammengekniffenen Augen in die Mittagsglast, suchte sein Wild am Wendekreis des Krebses, genau unterhalb der Sonne. Die Galeone bewegte sich mit dem Wind, deshalb blieb die Luft an Deck stickig und heiß. Die Sonne tränkte Yves' schwarze Soutane mit Hitze und brannte auf sein dunkles Haar. Das Flimmern und Glitzern des tropischen Meeres blendete den jungen Jesuiten.

»Démons!« rief der Ausguck.

Yves hielt Ausschau nach dem, was der Mann entdeckt haben mochte, aber die Sonne war zu grell, die Entfernung zu groß. Das Schiff pflügte voran, am Bug rauschte und schäumte das Wasser und der Horizont hob und senkte sich mit der Dünung.

»Dort!«

Voraus, wohin der Bugspriet wie ein Finger wies, schien das Meer zu kochen. Leiber schnellten aus den Fluten, tauchten wieder ein, geschmeidige Geschöpfe tummelten sich Delfinen gleich in der Gischt.

Das Flaggschiff hielt auf den brodelnden Hexenkessel zu. Sirenengesang erfüllte die Luft. Die Matrosen verstummten in abergläubischer Furcht.

Yves beherrschte seine Erregung. Er hatte gewußt, er würde sein Wild finden, an diesem Ort, an diesem Tag, nie hatte er im geringsten an der Richtigkeit seiner Hypothese gezweifelt. Nun mußte er nur noch Würde und Gelassenheit bewahren.

»Das Netz!« Die Stimme von Kapitän Desheureux übertönte den Gesang. »Das Netz, ihr Tagediebe!«

Sein Befehl riß die Männer aus ihrer Starre. Sie fürchteten ihn mehr als alle Seeungeheuer der Welt, mehr als den Leibhaftigen. Einige sprangen an die Winde, stemmten sich gegen die Spaken. Metall kreischte, Holz und Taue ächzten. Das Netz glitt prasselnd über die Kante. Ein Matrose murmelte ein unfrommes Gebet.

Die Geschöpfe bemerkten in ihrer Ausgelassenheit die nahende Galeone nicht. Ihre übermütigen Kapriolen wühlten das Wasser auf, sie liebkosten einander, umschlangen sich gegenseitig mit ihren Schwänzen, sangen ihre animalische Lust.

Yves Erregung wuchs, durchflutete seinen Verstand und seinen Körper, überwand seinen Willen. Erschreckt von der Gewalt seiner Empfindungen, schloß er die Augen, neigte den Kopf und suchte im Gebet seine Fassung wiederzugewinnen.

Das Klatschen, mit dem das Netz auf die Wasseroberfläche schlug, das Pochen der dicken Taue gegen die Bordwand, holten ihn in die Wirklichkeit zurück. Desheureux fluchte. Yves ignorierte es, wie er während der ganzen Fahrt Profanitäten und Lästerungen ignoriert hatte.

Wieder Herr seiner selbst, beobachtete er in kalter Ruhe das weitere Geschehen, registrierte nüchtern die Einzelheiten: Größe und Farbe des Wildes, die Anzahl, um vieles geringer als in früheren Berichten, die er studiert hatte.

Die Galeone bahnte sich einen Weg durch die Schar der Seeungeheuer. Wie Yves geplant und gehofft hatte, erwartet aufgrund seiner Forschungen, waren die Geschöpfe in ihrem Sinnentaumel blind und taub für alles andere ringsum. Sie wurden sich der Gefahr erst bewußt, als es kein Entrinnen mehr gab.

Der Sirenengesang zersplitterte zu einem mißtönenden Gewirr gellender Schmerzensschreie und Klagelaute. Gejagte Tiere schrien immer, wenn man sie schließlich fing. Yves bezweifelte, daß diese Ungeheuer fähig waren, Furcht zu empfinden, doch er nahm an, daß sie Schmerz fühlen konnten.

Die Galeone bahnte sich einen Weg mitten durch sie hindurch, ertränkte sie in ihren eigenen Schreien. Das Netz schleppte durch die aufgewühlten Fluten.

Deshereux brüllte Schmähungen und Befehle. Die Matrosen drehten die Winde, die Taue strafften sich. Unter Wasser warfen sich kraftvolle Wesen tobend gegen den Schiffsrumpf, ihre Stimmen schlugen die Planken wie eine Trommel.

Das Netz hob die Kreaturen aus dem Meer und die Sonne glänzte auf ihren nassen, dunklen, ledrigen Leibern.

»Laßt die Tauben fliegen.« Yves sagte es mit vollkommen ruhiger Stimme.

»Es ist zu weit«, flüsterte der Gehilfe des königlichen Taubners. »Sie werden sterben.« Vögel gurrten und flatterten in ihren Weidenkäfigen.

»Laß sie fliegen!« Wenn von diesem ersten Schwarm gefiederter Boten keiner Frankreich erreichte, dann eben von dem nächsten oder dem übernächsten.

»Ja, mon père.«

Ein Dutzend Brieftauben erhob sich in den Himmel, flog davon. Schon bald verlor sich das Geräusch ihrer Flügelschläge in der Weite. Yves warf einen Blick über die Schulter. Eine der Tauben schwang sich höher hinauf. Die Kapsel an ihrem Bein blinkte silbern in der Sonne, Signal seines Triumphs.

Kapitel 1

Die Kolonne der fünfzig Kutschen wand sich durch die kopfsteingepflasterten Straßen. Zu beiden Seiten drängten sich die Bürger von Le Havre, jubelten dem König und seinem Gefolge zu, staunten über die Pracht der Karossen und Geschirre, bewunderten die prunkvolle Kleidung, die Juwelen und Spitzen, den Samt und Goldbrokat und die breitkrempigen Federhüte der jungen Edelmänner, die ihrem Souverän hoch zu Roß das Geleit gaben.

Marie-Josèphe de la Croix hatte davon geträumt, in einem solchen Zug mitzufahren, aber die Wirklichkeit übertraf ihre Träume noch bei weitem. Sie reiste im Wagen des Herzogs und der Herzogin von Orléans, eine Karosse, die an Pracht nur der des Königs nachstand. Ihr gegenüber saßen der Herzog, Bruder des Königs, Monsieur genannt, und seine Gemahlin, Madame. Die Tochter des herzoglichen Paares, Mademoiselle, saß neben ihr, Marie-Josèphe. Auf der anderen Seite rekelte sich müßig der Freund von Monsieur, der Chevalier de Lorraine, gutaussehend, träge und sichtlich gelangweilt von der eintönigen Fahrt von Versailles nach Le Havre. Lotte – *Ich muß immer daran denken, sie Mademoiselle zu nennen,* sagte Marie-Josèphe zu sich, *da ich jetzt doch ihre Hofdame bin* – beugte sich aufgeregt aus dem Fenster.

Der Chevalier streckte seine langen Beine quer durch die Kutsche, so daß sie sich vor Marie-Josèphes Füßen kreuzten.

Trotz Staub und den Gerüchen des Hafens und dem Lärm der Pferde und Reiter und Wagen, bestand Madame darauf, daß Fenster und Vorhänge offen waren. Sie hatte eine große Vorliebe für frische Luft, wie Marie-Josèphe auch. Ungeachtet ihres Alters – sie war über Vierzig! – ließ Madame es sich nicht nehmen, bei den königlichen Jagden mitzureiten, und sie hatte mehrmals angedeutet, möglicherweise könne auch Marie-Josèphe einmal dazu eingeladen werden.

Monsieur hielt es für gesünder, sich vor dem von draußen hereinziehenden Miasma und sonstigen schädlichen Einflüssen zu schützen. Mit einem seidenen Taschentuch wedelte er den Staub von den Samtärmeln und der Goldspitze seines Rocks und hielt sich eine nelkengespickte Orange an die Nase, um mit ihrem Duft den Pesthauch der Straße zu bekämpfen. Je näher sie dem Hafen kamen, desto stärker wurde der Gestank von faulendem Fisch und Tang.

Der Zug geriet ins Stocken. Der Kutscher brüllte die Pferde an, ihre eisenbeschlagenen Hufe klirrten auf dem Kopfsteinpflaster. Menschen strömten auf die Straße, prallten gegen die Seiten des Wagens, schrien, hoben mit heischender Gebärde die Hände.

»Ihr müßt das auch sehen, Mademoiselle de la Croix!« Lotte zog Marie-Josèphe zu sich heran, damit sie beide aus dem Fenster schauen konnten. Marie-Josèphe *wollte* alles sehen, wollte sich jede Einzelheit der Fahrt einprägen. Zu beiden Seiten der Straße winkten zerlumpte Menschen und jubelten, riefen: »Lang lebe der König!« oder schrien: »Gib uns Brot!«

Ein Reiter bewegte sich unbeeindruckt durch das Gedränge. Marie-Josèphe dachte erst, es sei ein Knabe, ein Page auf einem Pony. Dann bemerkte sie, daß er das Justaucorps à brevet trug, den goldbestickten blauen Schoßrock, der die engsten Vertrauten des Königs auszeichnete. Vor Scham über den Irrtum stieg ihr das Blut in die Wangen.

Die aufgeregten Menschen drängten sich um den Reiter, griffen nach seinen Spitzenvolants, seinem Sattel. Statt sie mit der Peitsche zu vertreiben, waltete er seines Amtes als Almosenier des Königs. Den Zunächststehenden drückte er Münzen in die Hand, warf sie denen am

Rand der Menge zu, den alten Frauen, den gebrechlichen Männern, den in Lumpen gekleideten Kindern. Bald war er das Zentrum eines Strudels, kraftvoll und unentrinnbar, schmutzig wie das Wasser im Hafen von Le Havre.

»Wer ist das?« fragte Marie-Josèphe.

»Lucien de Barenton«, antwortete Lotte. »Der Comte de Chrétien. Kennt Ihr ihn nicht?«

»Ich wußte nicht . . .« Sie stockte. Es stand ihr nicht zu, sich über Monsieur de Chrétiens Status bei Hofe zu äußern. »Er hat im Auftrag Seiner Majestät die Expedition meines Bruders organisiert, aber ich hatte keine Gelegenheit, ihm zu begegnen.«

»Er ist den ganzen Sommer über fortgewesen«, äußerte Monsieur. »Doch ich sehe, der Wertschätzung, die mein Bruder der König für ihn hegt, hat dies keinen Abbruch getan.«

Die Kutsche hielt, eingekeilt, von Scharen Volks umdrängt. Monsieur wedelte mit seinem Taschentuch gegen den Gestank von schwitzenden Pferden, schwitzenden Menschen und totem Fisch an. Die Soldaten schrien, versuchten, die Massen zurückzutreiben.

»Nach dieser Fahrt wird man die Kutsche neu lackieren müssen«, bemerkte Monsieur erschöpft. »Und zweifellos wird die Hälfte der Vergoldung abhanden gekommen sein.«

»Ludwig, unser aller Sonne, sucht die Nähe seiner Geschöpfe«, sagte Lorraine. »Um sie mit seinem Glanz zu beglücken.« Er lachte »Was soll`s, Chrétien wird sie unter den Hufen seines Streitrosses zerstampfen.«

M. de Chrétien könnte ebensowenig ein Streitroß regieren wie ich, dachte Marie-Josèphe. Lorraines heiterer Sarkasmus, im ersten Augenblick amüsant, hatte sie peinlich berührt.

Sie bangte um den Comte, doch niemand außer ihr schien besorgt zu sein. Die Reittiere der übrigen Höflinge stammten von den Schlachtrossen der Kreuzritter ab, doch Comte Lucien ritt einen kleinen, leichten Apfelschimmel.

»Sein Pferd ist nicht größer als ein Zelter!« rief Marie-Josèphe aus. »Die Menschen könnten ihn herunterziehen!«

»Keine Sorge.« Lotte tätschelte ihr den Arm, beugte sich zu ihr und flüsterte: »Wartet ab und seht gut hin. Monsieur le Comte weiß sich zu behaupten.«

Der Comte zog seinen federgeschmückten Hut vor der Menge, und die Menschen erwiderten die höfliche Geste mit Beifall und Winken. Sein Pferd stand keinen Augenblick still, ließ sich nicht einkreisen. Es tänzelte, bog den Nacken, schnaubte und schwenkte den Schweif wie eine Fahne, bewegte sich zwischen den Menschen hindurch wie ein Fisch durch Wasser. Minuten nur, und Chrétien hatte sich aus dem Getümmel befreit. Gefolgt von Jubelrufen, ritt er hinter dem König die Straße entlang. Ein Trupp Musketiere teilte die Menge ein zweites Mal. Monsieurs Karosse und Leibwache folgten in Comte de Chrétiens Kielwasser.

Eine glanzvolle Schar junger Edelleute kam herangaloppiert. Neben der Kutsche zügelte Lottes Bruder Philippe, Herzog von Chartres, seinen großen Braunen, um mit dem goldbeschlagenen Zaumzeug zu prahlen. Er selbst schmückte sich mit Federn und Samt und trug einen edelsteinbesetzten Degen. Kürzlich erst von den Sommerfeldzügen heimgekehrt, gefiel er sich mit einem dünnen Schnurrbart, wie Seine Majestät ihn als Jüngling getragen hatte.

Madame lächelte ihrem Sohn zu, Lotte winkte dem Bruder. Chartres zog schwungvoll seinen Hut und verbeugte sich lachend aus dem Sattel vor ihnen allen. Wie es jetzt Mode war, trug er um den Hals ein Tuch à la Steenkerke, lose geschlungen, die Enden in das Knopfloch seines Rocks gesteckt.

»Es ist eine solche Erleichterung, Philippe wieder zu

Hause zu haben«, meinte Lotte. »Daheim und in Sicherheit.«

»Aufgeputzt wie ein Liederjan.« Madame sprach freiheraus und mit einem deutschen Akzent, obwohl sie vor mehr als zwanzig Jahren aus der Kurpfalz nach Frankreich gekommen war. Sie schüttelte den Kopf und seufzte in liebevoller Besorgnis. »Und Manieren aus dem Heerlager. Er muß sich daran gewöhnen, daß er wieder bei Hofe ist.«

»Erlaubt ihm eine kurze Spanne, um seinen Triumph auf dem Schlachtfeld zu genießen, Madame«, sagte Monsieur. »Ich bezweifle, daß mein Bruder der König unserem Sohn ein weiteres Kommando übertragen wird.«

»Dann ist er wenigstens in Sicherheit.«

»Auf Kosten seines Ruhms.«

»Es gibt nicht genügend Ruhm für alle, cher ami.« Lorraine beugte sich vor und legte die Hand auf Monsieurs ringblitzende Finger. »Nicht genug für des Königs Neffen. Nicht genug für des Königs Bruder. Nur genug für den König.«

»Ihr vergeßt Euch, Lorraine!« tadelte Madame. »Ihr sprecht von Eurem Souverän!«

Lorraine lehnte sich zurück. Sein Arm, muskulös unter der sinnlichen Weichheit des Sammetrocks, drückte gegen Marie-Josèphes Schulter.

»Ihr äußertet Euch in gleicher Weise, Madame«, bemerkte er. »«Ich glaubte, es sei der einzige Punkt, in dem wir einer Meinung sind.«

Seiner Majestät natürlicher Sohn, der Duc du Maine, glitzernd vor Rubinen und goldenen Litzen, tummelte sein schwarzes Roß neben Monsieurs Kutsche, bis Madame ihn mit einem ungnädigen Blick maß, durch die Nase schnaubte und ihm deutlich die kalte Schulter zeigte. Der Herzog lachte und galoppierte zur Spitze des Wagenzugs.

»Verschwendung eines guten Streitrosses«, schimpfte

Madame und ignorierte Lorraine. »Was versteht ein Mausdreck mit einem solchen Pferd anzufangen?«

Monsieur und Lorraine tauschten einen Blick. Beide Männer lachten.

Chartres Pferd trug seinen Reiter hinter Du Maine her. Die jungen Prinzen machten im Sattel eine ausgezeichnete Figur, ungeachtet ihrer Gebrechen. Chartres' rollendes, blindes Auge gab ihm einen Anstrich von Verwegenheit, Du Maines' Lahmheit war nicht zu merken. Überdies war Du Maine so schön von Angesicht, daß man seinen krummen Rücken fast vergaß. Der König hatte ihn für legitim erklärt, nur für Madame blieb er der Bastard.

Die legitimen Enkelsöhne Seiner Majestät galoppierten vorüber. Die drei Knaben trommelten mit den Hacken gegen die Flanken ihrer gefleckten Ponies und versuchten, ihren illegitimen Halbonkel Du Maine und ihren legitimen Cousin Chartres einzuholen.

»Hab dich in acht vor der Sonne, Tochter«, sagte Monsieur warnend zu Lotte. »Sie verdirbt deinen Teint.«

»Aber Herr Vater ...«

»Und deine neue Toilette, die sehr kostspielig gewesen ist«, fügte Madame hinzu.

»Ja, Monsieur. Ja, Madame.«

Auch Marie-Josèphe lehnte sich zurück in den Schatten. Auf keinen Fall wollte sie, daß ihr schönes neues Kleid von der Sonne ausgebleicht wurde, bei weitem das schönste, das sie je besessen hatte. Was machte es, daß es ein abgelegtes von Lotte war? Sie strich über die gelbe Seide und verstand es so einzurichten, daß man etwas mehr von dem silbernen Jupon sah.

»Und Ihr, Mlle. de la Croix«, fuhr Monsieur fort, »Ihr seid nahezu so dunkel wie die Huronen. Man wird anfangen, Euch das junge Indianermädchen zu nennen, und Madame de Maintenon wird die Rückgabe ihres Spitznamens verlangen.«

Lorraine lachte in sich hinein, Madame runzelte die Stirn.

»Das wird die alte Hutzel niemals tun«, bemerkte sie. »Sie will, daß man glaubt, sie wäre in Maintenon geboren und hätte ein Anrecht auf den Titel Marquise!«

»Madame ...« Marie-Josèphe wollte Mme. de Maintenon verteidigen. Als sie in Frankreich eingetroffen war, frisch aus dem Konvent auf Martinique, hatte die Marquise sich ihrer freundlich angenommen. Mit zwanzig Jahren war Marie-Josèphe zu alt, um als Schülerin in Mme. de Maintenons Schule für unvermögende Edelfräulein in Saint-Cyr einzutreten, doch hatte ihr die Marquise ermöglicht, den jüngeren Mädchen Unterricht in Arithmetik zu erteilen. Wie Marie-Josèphe war Mme. de Maintenon seinerzeit völlig mittellos von Martinique nach Frankreich gekommen.

Mme. de Maintenon erzählte ihren Schülerinnen, ihren Protegés, oft von Martinique, von dem harten Leben in der Neuen Welt. Sie versicherte den Töchtern aus adligen, jedoch verarmten Häusern, wenn sie, ihrem Beispiel folgend, fromm und gehorsam wären, würde Seine Majestät sie mit einer Mitgift versehen, und auch sie hätten dann die Möglichkeit, ihren bedrückenden Lebensumständen zu entfliehen.

Monsieur schnitt Marie-Josèphe das Wort ab. »Macht Ihr Gebrauch von der Hautcreme, die ich Euch gegeben habe?« Er musterte sie über seinen Pomander hinweg. Sein Gesicht, ängstlich vor der Sonne behütet, war weiß gepudert; Schönheitspflästerchen auf den Wangenknochen und neben dem Mund betonten die vornehme Blässe. »Sie ist ganz ausgezeichnet, aber sie hilft nicht, wenn Ihr darauf besteht, Euch der Sonne auszusetzen.«

»Papa, seid nicht so streng«, sagte Lotte. »Marie-Josèphes Teint ist längst nicht mehr so dunkel wie in der ersten Zeit nach ihrer Ankunft.«

»Dank meiner Hautcreme«, sagte Monsieur.

»Laßt das Kind in Ruhe«, warf Madame ein. »Es ist keine Schande, ein kleines Rauschenblattknechtchen zu sein, ich war auch so. Wie Seine Majestät sagt, niemand am Hof erfreut sich mehr an den Gärten. Nur ich und nun Mlle. de la Croix. Was wolltet Ihr eben sagen, meine Liebe?«

»Nichts von Bedeutung, Madame.« Marie-Josèphe war dankbar, daß Monsieur sie unterbrochen hatte, bevor sie etwas über Mme. de Maintenon sagen konnte. Am Hof seine Meinung zu äußern kam einem Glücksspiel gleich, und in Madames Gegenwart freundlich über Mme. de Maintenon zu sprechen war in höchstem Maße töricht.

»Ho!« rief der Kutscher. »Brrr!« Die Karosse kam ruckweise zum Halten. Marie-Josèphe wäre fast von der Bank gerutscht. Ihre Knöchel berührten die langen, wohlgeformten Beine des Chevaliers de Lorraine, welcher galant ihren Arm ergriff und sie festhielt, bis die Kutsche stillstand. Er lächelte auf sie hinunter. Marie-Josèphe erwiderte das Lächeln, dann schlug sie die Augen nieder, beschämt wegen ihrer Gedanken. Der Chevalier war ein schöner Mann, trotz seines fortgeschrittenen Alters. Mit seinen fünfundfünfzig Jahren war er ebenso alt wie der König. Er trug eine lange schwarze Perücke, genau wie Seine Majestät. Seine Augen waren strahlend blau. Marie-Josèphe rückte zur Seite, um ihm Platz zu machen. Er setzte sich bequemer zurecht und klemmte dabei mit seinen ausgestreckten Beinen ihre Füße am unteren Teil der Sitzbank ein.

»Ihr vergeßt Euch, Chevalier!« sagte Madame scharf. »Niemand hat Euch erlaubt, in meiner Gegenwart zu liegen.«

Monsieur tätschelte Lorraines Knie.

»Ich gebe ihm die Erlaubnis, sich auszustrecken, meine Teure«, sagte er. »Mein Freund ist zu groß für meine Kutsche.«

»Und ich bin zu dick dafür«, erwiderte Madame.

»Aber ich beanspruche deswegen nicht den ganzen Platz.«

Lorraine richtete sich auf, der Scheitel seiner Perücke streifte die Decke.

»Ich bitte Madame um Vergebung.« Er ergriff seinen Hut und öffnete den Schlag. Beim Aussteigen zog er den Panasch aus Reiherfedern über Marie-Josèphes Handgelenk.

Monsieur beeilte sich, ihm zu folgen.

Marie-Josèphe atmete tief ein und wandte ihre Aufmerksamkeit wieder Madame und Lotte zu, wie es sich geziemte. »Ich werde mit Yves nach Versailles zurückfahren«, bot sie an. »Dann haben auf der Heimreise alle mehr Platz.«

»Liebes Kind«, sagte Madame, »das hatte nichts zu tun mit der Größe der Kutsche.« Sie erhob sich und stieg aus. Monsieur war ihr dabei behilflich, Lorraine reichte Lotte die Hand. Marie-Josèphe folgte ihr rasch. Sie konnte es kaum erwarten, ihren Bruder wiederzusehen. Lorraine wartete auf sie, er benahm sich ihr gegenüber, als gäbe es keinen Rangunterschied zwischen ihr und der Familie des Bruders Seiner Majestät. Seine Galanterie schmeichelte ihr und brachte sie gleichzeitig in Verlegenheit. Er beunruhigte sie. Nichts hatte sie je beunruhigt, während sie auf Martinique ein zurückgezogenes Leben führte, ihres Bruders Haus versah, ihm bei seinen Experimenten half und Bücher über alle möglichen Themen las.

Sie kam neben Madame zu stehen, die viel zu erhaben war, um den Schmutz und die Gerüche zur Kenntnis zu nehmen. Der König wünschte, seine heimkehrende Expedition am Hafen zu empfangen, und Madame war Teil seines Hofstaats. Also begleitete Madame ihn und beschwerte sich nicht.

Marie-Josèphe lächelte in sich hinein. In der Öffentlichkeit beachtete Madame die Etikette, im privaten Kreis allerdings befleißigte sich die Pfalzgräfin einer unverblümten Ausdrucksweise und hielt nur selten mit ihrer Meinung über irgend etwas hinter dem Berg.

Monsieur berührte Lorraine am Ellenbogen. Der Comte beugte sich über Marie-Josèphes Hand. Dann gesellte er sich zu Monsieur, doch Madame hatte bereits den Platz an der Seite ihres Gatten eingenommen. Chartres sprang vom Pferd, gab die Zügel einem Bedienten und bot seiner Schwester den Arm.

Marie-Josèphe knickste und trat zurück. Ihr Platz war ganz am Ende der strengen Hierarchie.

»Ihr kommt mit uns, Mlle. de la Croix«, verkündete Madame. »Der Chevalier wird Euch begleiten.«

»Aber Madame ...!«

»Ich weiß, wie es ist, auf seine Familie verzichten zu müssen. Ich habe meine nicht mehr besucht, seit ich vor zwanzig Jahren nach Frankreich kam. Begleitet uns, und Ihr werdet Euren Bruder nicht länger vermissen als nötig.« Von Dankbarkeit und Staunen erfüllt, bückte sich Marie-Josèphe und küßte die Schleppe von Madames Robe. Lorraine, neben ihr, verbeugte sich vor Madame und Monsieur. Marie-Josèphe richtete sich auf und sah zu ihrer großen Überraschung, daß er Monsieur die Hand küßte, nicht Madame. Der Comte bot ihr den Arm und lächelte sein charmantes, gewinnendes Lächeln.

Ehe sie sich besonnen hatte, fand Marie-Josèphe sich an der Spitze der vornehmen Prozession wieder, wo zu sein sie nicht das Recht hatte, und an der Seite eines der bestaussehenden Männer bei Hofe.

Die Karosse des Königs war die erste in einer Reihe von fünfzig Kutschen. Auf der Tür leuchtete die goldene Sonne. Acht Pferde stampften und schnaubten, und ihr Geschirr klingelte. Sie waren weiß mit münzgroßen schwarzen Flecken. Der Kaiser von China hatte seinem königlichen Vetter diese Ban-Pferde für seine Kutsche gesandt und gefleckte Ponies für seine Enkelsöhne.

»Nehmt Euch in acht, Mlle. de la Croix«, sagte Lorraine halblaut, als sie an dem prachtvollen Gespann vorbeigingen. Die scharfen Ausdünstungen der Pferdeleiber vermischten sich mit dem Gestank nach Fisch und Seetang. »Diese Geschöpfe stammen zur Hälfte von Leoparden ab und fressen Fleisch.«

»Das ist absurd«, antwortete Marie-Josèphe. »Kein Pferd kann mit einem Leoparden Nachkommen zeugen.«

»Dann glaubt Ihr nicht an Greife ...«

»Die Welt beherbergt unbekannte Kreaturen, aber sie sind natürliche Geschöpfe ...«

»... oder Chimären ...«

»... keine Kreuzungen von Adlern und Löwen ...«

»... oder Seeungeheuer?«

»... oder Dämonen und menschlichen Wesen!«

»Ich vergaß, Ihr befaßt Euch mit Alchimie wie Euer Bruder.«

»Nicht Alchimie, Chevalier! Er studiert Naturphilosophie.«

»Und überläßt die Alchimie Euch – die Alchimie der Schönheit.«

»Wirklich, Monsieur, weder er noch ich befassen uns mit dergleichen. Er studiert Naturphilosophie. Ich versuche mich am Studium der Mathematik.«

Lorraine lächelte wieder. »Ich sehe keinen Unterschied.« Sie hätte gern erklärt, daß im Gegensatz zum Alchimisten, ein Naturphilosoph sich nicht für die Frage der Unsterblichkeit interessierte oder für die Verwandlung von unedlem Metall in Gold, aber Lorraine tat die Angelegenheit mit einem Schulterzucken ab. »Ich habe eben nicht den Kopf dafür. Mathematik – Ihr meint Arithmetik? Wie gefährlich. Wenn ich etwas von Arithmetik verstünde, müßte ich all meine Schulden zusammenzählen.« Er schauderte, beugte sich zu ihr und flüsterte: »Ihr seid so schön, daß ich vergesse, mit welchen – ungewöhnlichen Dingen Ihr Euch beschäftigt.«

Marie-Josèphe errötete. »Seit ich Martinique verlassen habe, hatte ich noch keine Gelegenheit, meinem Bruder zu assistieren.« *Und auch keine Gelegenheit, meine Mathematikstudien fortzusetzen*, dachte sie bekümmert.

Die jungen Edelleute sprangen von ihren Pferden, ihre Väter, Mütter, Schwestern stiegen aus den Kutschen. Die Herzöge und Grafen und Herzoginnen von Frankreich, die ausländischen Prinzen, die Höflinge von Versailles in ihrem großen Staat, nahmen der Rangfolge entsprechend Aufstellung, um ihrem Souverän zu huldigen.

Neben der Karosse des Königs glitt der Comte de Chrétien von seinem grauen Araber. Die anderen Männer seines Standes trugen Degen, an seinem Gürtel hing ein kurzer Dolch. Auch in anderer Hinsicht folgte er nicht der herrschenden Mode. Trotz seines goldbestickten blauen Schoßrocks, den sechzig Auserwählten des Königs vorbehalten, schmückten weder Spitzen noch Bänder seinen Hals, er begnügte sich mit einer schlichten Steinkirchner, locker um den Hals geschlungen, und die Enden durch das linke obere Knopfloch des Justaucorps gezogen. Auch durch seinen kleinen Schnurrbart, in der Art eines Armeeoffiziers, unterschied er sich von den anderen. Bis auf Chartres, der sich noch in seinem auf dem Flandernfeldzug erworbenen Ruhm sonnte, zeigten alle übrigen Höflinge sich dem Beispiel des Königs folgend glattrasiert. Comte Luciens Perücke war kastanienbraun, nach militärischer Sitte im Nacken zusammengebunden. Richtig hätte sie schwarz sein müssen, wie die des Königs, und in imposanten Locken auf seine Schultern fallen. Marie-Josèphe nahm an, daß jemand, der die Gunst des Königs genoß, sich derlei Eigenwilligkeiten leisten konnte, doch sie fand es töricht, sogar lächerlich, daß Comte de Chrétien sich kleidete und frisierte wie ein Kriegsmann.

Auf seinen Gehstock aus Ebenholz gestützt, winkte der Comte sechs Bediensteten, die daraufhin einen Seidenteppich in Gold und Purpur auf dem Kai ausrollten, so daß Seine Majestät nicht Gefahr lief, seine Schuhe mit Unrat oder Fischabfällen zu besudeln.

Die Höflinge standen Spalier, links und rechts des persischen Teppichs. Sie lächelten und ließen sich nichts von ihrem Neid auf Comte Lucien anmerken, dem der König seine Huld schenkte, der zum engsten Kreis der Vertrauten Seiner Majestät gehörte.

Durch Madames Güte würde Marie-Josèphe einen Platz ganz oben in der Reihe einnehmen, nur durch die Mitglieder der engsten Familie des Königs von der Staatskarosse getrennt. Seine legitimen Nachkommen standen ihm selbstverständlich zunächst. Madame marschierte resolut an Du Maine, seiner Gemahlin und seinem Bruder vorbei und betonte damit den Vorrang ihrer Familie vor den Kindern, die Seine Majestät für legitim zu erklären geruht hatte.

Comte Lucien rief nach den Tragsesseln. Vier Träger in der Livree des Königs brachten seine Portechaise, vier weitere die von Mme. de Maintenon. Der Comte öffnete den Kutschenschlag, um Seine Majestät aussteigen zu lassen.

Marie-Josèphe schlug das Herz bis zum Hals hinauf. Sie stand so nah, daß sie den König hätte berühren können, wäre die Tür mit dem goldenen Sonnenemblem nicht im Weg gewesen. Sie erhaschte einen Blick auf den Ärmel von des Königs dunkelbraunem Rock, die weißen Federn an seinem Hut, auf die hohen roten Absätze seiner blanken Schuhe. Seine Majestät grüßte die jubelnde Menge.

Ein zerlumpter Kerl drängte sich nach vorn. »Gebt uns Brot!« schrie er. »Wegen deiner Steuern müssen wir hungern!«

Die Musketiere spornten ihre Pferde in seine Richtung, aber die Kumpane des Mannes hatten ihn schon zurückgerissen. Er verschwand in der Menge, seine wütenden

Rufe endeten mit einem erstickten Fluch. Der König schenkte ihm keine Beachtung; seinem Beispiel folgend, tat die ganze Hofgesellschaft, als hätte es den Vorfall nicht gegeben.

Seine Majestät bestieg den Tragsessel, ohne auf den Boden oder den Perserteppich zu treten.

Mme. de Maintenon, unscheinbar in einem schwarzen Kleid und mit kunstlos frisiertem Haar, nahm in dem zweiten Sänftenstuhl Platz. Allgemein hieß es, sie wäre eine große Schönheit gewesen und überaus geistreich, als der König sich heimlich mit ihr vermählte oder – wie manche behaupteten und wovon Madame überzeugt war – sie zur Maitresse en titre machte. Marie-Josèphe fragte sich, ob man ihr schmeichelte, weil man hoffte, so ihre Gunst zu erringen. Soweit Marie-Josèphe es beurteilen konnte, war Mme. de Maintenon an niemandes Gunst gelegen, außer an der des Königs und Gott des Herrn, was auf ein und dasselbe herauskam, und sie hatte keine Günstlinge, ausgenommen den Duc du Maine, den sie wie einen Sohn behandelte.

Comte Lucien ging vor den Tragsesseln die Rampe zum Pier hinunter. Er hinkte leicht, sein Stock pochte einen gedämpften Takt auf den Perserteppich.

Mme. de Maintenons Träger warteten mit ihrem Sessel an der Seite, um sich an der ihr zukommenden Stelle in den Zug einzureihen. In der Öffentlichkeit war die zweite Gemahlin des Königs nur eine Marquise.

Die Doppelreihe der Höflinge ordnete sich, um dem König zu folgen. An der Spitze ging selbstverständlich der verwitwete Grand Dauphin, Monseigneur, Seiner Majestät einziger überlebender Nachkomme aus der ersten, standesgemäßen Ehe, dicht hinter ihm kamen seine drei Söhne, die Herzöge von Bourgogne, Anjou und Berry, alle drei noch im Knabenalter.

Als nächste schlossen sich Monsieur und Madame, Chartres und Mademoiselle d'Orléans sowie Lorraine mit Marie-Josèphe der Prozession an. Die Höflinge begleiteten ihren König unter strikter Beachtung der Rangfolge, einzig Marie-Josèphe befand sich an einem Platz, der ihr nicht zustand. Einerseits war sie Madame dankbar, andererseits fühlte sie sich unbehaglich wegen des Verstoßes gegen das Protokoll, besonders als sie an der Herzogin du Maine vorbeikam, die ihr einen giftigen Blick zuwarf.

Das Flaggschiff des Königs wiegte sich am Ende der Pier, die armdicken Taue an den Pollern strafften sich knarrend. Apollos Pferde der Morgenröte, schimmerndes Gold, schienen sich vom Heck emporzuschwingen, die Bewegung des Schiffes verlieh ihnen den Anschein von Lebendigkeit.

Ein leichter Windstoß vom Hafen wehte die Gerüche von Salz und Tang heran, spielte mit dem königlichen Wimpel am Mast und erstarb. Die Luft war still und heiß. Matrosen luden Yves' Besitztümer aus: Kisten mit Gerätschaften, persönliches Gepäck, ein Bündel, das an einen Toten in einem Leichentuch denken ließ.

Yves kam mit großen Schritten die Gangway hinunter. Marie-Josèphe erkannte ihn augenblicklich wieder, obwohl er ein Jüngling gewesen war, als sie von ihm Abschied genommen hatte. Jetzt war er ein erwachsener Mann, stattlich, vornehm und feierlich in seiner langen, schwarzen Soutane. Es drängte sie, ihm entgegenzulaufen, um ihn zu begrüßen, doch Saint-Cyr und Versailles hatten sie damenhafteres Benehmen gelehrt.

Ein halbes Dutzend Matrosen folgten ihm, gebeugt unter dem Gewicht der merkwürdigen Last, die sie trugen: Zwischen Tragestangen hing ein Netz, in dem sich ein vergoldetes Becken in der Form einer Badewanne befand. Yves wartete am Fuß der schmalen Planke, legte die Hand auf den Rand des Beckens und hielt es fest, bis es aufhörte hin und her zu schwanken. Kapitän Desheureux trat zu ihm, und gemeinsam schritten sie den Pier entlang. Yves ließ die Hand auf dem Becken liegen, schützend und besitzergreifend.

Eine betörende Melodie, gesungen von einer Stimme, rein und kalt wie Silber, erhob sich schwerelos über der Prozession. Der unerwartete Wohlklang des Gesanges überraschte Marie-Josèphe so sehr, daß sie fast gestolpert wäre. Niemand aus des Königs Entourage käme auf den Gedanken zu singen, hier, jetzt, unaufgefordert. Es mußte jemand auf der Galeone sein, jemand, dem die Harmonien fremder Länder vertraut waren.

Yves steckte die Hand in das goldene Becken. Das Lied brach ab, mit einem Schnauben, einem Knurren.

Die Schar der Höflinge versammelte sich um Seiner Majestät Portechaise. Marie-Josèphe stand neben Madame, die ihre Hand ergriff und drückte.

»Euer Bruder ist sicher heimgekehrt, er ist gesund«, flüsterte sie aufmunternd. »Nur das ist wichtig.«

»Er ist zu Hause und gesund, Madame, und er hat recht behalten.« Marie-Josèphe sprach so leise, daß nur Madame sie verstehen konnte. »Das ist wichtig für meinen Bruder.«

Der König und Yves' kleiner Trupp trafen sich am Ende des Perserteppichs. Die Seeleute setzten keinen Fuß auf den Teppich, die Sänftenträger taten keinen Schritt hinunter. »Monsieur le Père«, sagte Comte Lucien.

»Monsieur de Chrétien«, entgegnete Yves.

Sie verbeugten sich. Hinter Yves' Miene demütiger Bescheidenheit leuchteten Stolz und Triumph hervor. Sein Blick schweifte über das glanzvolle Empfangskomittee. Der Adel Frankreichs stand auf diesem schmutzigen Pier versammelt, als wäre es der Cour de Marbre in Versailles – seinetwegen. Marie-Josèphe lächelte, sie freute sich über seine Stellung als des Königs Forscher und Entdecker. Sie erwartete, daß er ihr Lächeln erwiderte, anerkennend, erstaunt vielleicht über ihren Erfolg in der kurzen Zeit in Versailles.

Doch Yves stutzte nicht einmal, als sein Blick über sie hinwegwanderte. Madame drängte nach vorn, um zu sehen, was sich in dem Becken befand.

Der Gesang hub von neuem an. Ein Raunen steigerte sich zu einem Schrei, einem schrillen Ausbruch von Wut und Verzweiflung.

Das Wesen in dem Becken regte sich heftig, Wasser spritzte auf Yves und die Matrosen. Die Matrosen zuckten zusammen. Man sah, wie von innen etwas gegen die Plane wütete, die über das Becken gespannt war.

Comte Lucien öffnete die Tür der Sänfte. Der König beugte sich hinaus. Sein Hofstaat grüßte ihn, die Herren mit einer Verneigung, die Damen mit einem tiefen Knicks. Sogar die Matrosen versuchten, ihren Respekt zu erweisen, trotz ihrer Last und in Unkenntnis der Etikette. Das Geschöpf stieß wieder einen Schrei aus und Strähnen seines schwarzgrünen Haares flogen über den Rand des gefährlich schwankenden Beckens.

»Es lebt«, sagte Ludwig.

»Ja, Euer Majestät.« Yves zog eine Ecke des nassen Segeltuchs beiseite. Das Geschöpf zappelte, ein Wasserschwall traf den seidenen Rock des Königs, der zurückwich und einen Pomander vor das Gesicht hob. Yves verhüllte das Geschöpf wieder.

Seine Majestät wandte sich an den Kapitän. »Wir sind erfreut.« Damit lehnte er sich in seine Sänfte zurück. Comte Lucien schloß die Tür, die Träger machten kehrt und entfernten sich im Gleichschritt. Marie-Josèphe knickste erneut. Die Höflinge wichen auseinander und verbeugten sich, als der König in seinem Palankin vorbeigetragen wurde.

Comte Lucien reichte dem Kapitän der Galeone einen kleinen, schweren Lederbeutel, dann folgte er der Sänfte.

Desheureux öffnete die Börse, schüttete den Inhalt in seine Hand und lachte hochzufrieden. Er war mit zwei Handvoll Louis d'Or belohnt worden, Münzen aus Gold mit dem Konterfei des Königs. Für einen Mann wie den Kapitän stellte die Summe ein Vermögen dar.

»Untertänigen Dank, Euer Majestät!« rief der so Beschenkte hinter des Königs Sänfte her. »Untertänigen Dank, königlicher Narr!«

Die Umstehenden taten flüsternd und mit leisen Aufschreien ihr Entsetzen kund. Der Chevalier de Lorraine kicherte und bückte sich, um Monsieur etwas ins Ohr zu flüstern. Monsieur verbarg seine Belustigung hinter Pomander und Spitzenvolants.

Comte Lucien mußte die Beleidigung gehört haben, doch er ließ sich nichts anmerken. Bei jedem Schritt die Rampe hinauf stieß sein Gehstock mit dumpfem Pochen auf den Teppich.

Yves legte Desheureux mahnend die Hand auf den Arm. »Seine Exzellenz Lucien de Barenton, Comte de Chrétien!«

»Nein, nein!« Der Kapitän lachte und schüttelte den Kopf. »Jetzt spielt Ihr den Narren, mon père.« Er verneigte sich. »Eine profitable Reise. Stets zu Euren Diensten, falls Ihr mich brauchen solltet – selbst für die Jagd auf Seeungeheuer.«

Er schlenderte zu seinem Schiff zurück.

Madame gab Marie-Josèphe einen Stoß. »Geht und begrüßt Euren Bruder.«

Marie-Josèphe dankte mit einem flüchtigen Knicks, raffte die seidenen Röcke, damit sie nicht über die silbrigen, stinkenden Fischschuppen schleiften, und lief auf Yves zu. Immer noch schien er sie nicht kennen zu wollen.

Befremdet verlangsamte sie ihren Schritt. *Ist er zornig auf mich?* fragte sie sich. *Aber weshalb? Ich bin nicht zornig auf ihn, und dabei hätte ich einigen Grund dazu.*

»Yves ...?«

Yves schaute sie an. Er hob die schwarzen, halbmondförmigen Augenbrauen. »Marie-Josèphe!«

Seine Miene wandelte sich. Eben noch der ernsthafte, asketische, erwachsene Jesuit, war er jetzt ihr hocherfreuter älterer Bruder. Mit drei langen Schritten war er bei ihr, schloß sie in die Arme, schwang sie herum wie ein Kind. Sie umarmte ihn und drückte die Wange gegen den schwarzen Wollstoff seiner Soutane.

»Ich erkenne dich kaum wieder – ich *habe* dich nicht wiedererkannt! Du bist eine erwachsene Frau!«

So viel hatte sie ihm zu erzählen, daß sie gar nichts sagte, aus Angst, die Worte könnten alle auf einmal aus ihr heraussprudeln. Er stellte sie hin und schaute sie an. Sie lächelte zu ihm auf. Seine Haut war von der Tropensonne noch tiefer gebräunt worden, während ihr Teint sich allmählich dem Ideal der höflichen Blässe annäherte. Sein schwarzes Haar war ein Schopf wirrer Locken – im Gegensatz zu den Männern bei Hofe trug er keine Perücke –, während Nadeln und Brenneisen Marie-Josèphes rotgoldene Mähne zu Confidantes, Crèvescoeur und Favorites gebändigt hatten, passend zu den Spitzen und Rüschen und Schleifen ihrer kunstvollen Fontange.

Seine Augen waren noch dieselben, ein wunderschönes, strahlendes Dunkelblau.

»Lieber Bruder, du siehst so gut aus – die Reise muß dir gut bekommen sein.«

»Sie war furchtbar«, wehrte Yves ab. »Aber ich war zu beschäftigt, um darunter zu leiden.«

Er legt ihr den Arm um die Schultern und führte sie zu dem goldenen Bassin. Die Kreatur darin wand sich und schrie.

»Zum Kai«, ordnete Yves an. Die Matrosen eilten den Pier hinauf. Die Muskeln an ihren tätowierten Armen wölbten sich unter dem Gewicht des wassergefüllten Beckens und Yves' lebender Beute darin.

Marie-Josèphe versuchte einen Blick in das Bassin zu werfen, aber es war mit feuchtem Segeltuch zugedeckt.

Sie schmiegte sich an Yves, den Arm um seine Taille gelegt. Bestimmt würde sie noch reichlich Gelegenheit haben, seinen Fang zu betrachten.

Sie schritten durch das Spalier der Höflinge. Alle, sogar Madame und Monsieur und die Prinzen und Prinzessinnen von königlichem Blut reckten die Hälse, um das Ungeheuer zu sehen, das Yves für den König gefangen hatte.

Und dann, als Yves vorüberging, erwiesen sie ihm ihre Reverenz.

Im ersten Moment verdutzt, zögerte Yves. Marie-Josèphe dachte daran, ihm die Finger zwischen die Rippen zu bohren – Yves war immer kitzlig gewesen –, um ihm auf die Sprünge zu helfen. Als Junge hatte er sich mehr um seine Sammlung von Vogelbälgen gekümmert als um seine Manieren. Zu ihrer Überraschung und Freude jedoch verneigte Yves sich vor Monsieur, vor Madame, mit vollendeter Courtoisie und der Zurückhaltung, die seiner Stellung gebührte.

Marie-Josèphe knickste vor Monsieur. Sie hob die Schleppe von Madames Kleid an die Lippen und küßte sie. Die stattliche Herzogin schenkte ihr ein freundliches Lächeln und nickte zufrieden.

Yves verbeugte sich vor den Mitgliedern der königlichen Familie, schritt durch die Doppelreihe der Höflinge und dankte mit Kopfnicken für ihre Respektsbezeigungen.

Auf halbem Weg zum Kai, zwischen den Herzögen und Herzoginnen, den Grafen und Gräfinnen, überholten Marie-Josèphe und Yves den zweiten Tragsessel. Seine Fenster waren festgeschlossen, die Vorhänge hinter den Scheiben ebenfalls. Die bedauernswerte Madame de Maintenon, deren einzige Funktion darin bestand, dem König von Versaille nach Le Havre zu folgen und wieder zurück, zeigte kein Interesse an der Kreatur und ihrem gefeierten Jäger.

»Ich wünschte, ich hätte dich begleiten können«, sagte Marie-Josèphe. »Ich wünschte, ich hätte die wilden Seeungeheuer gesehen!«

»Es war naß und kalt und trostlos. Entsetzliche Stürme sind über uns hereingebrochen, so daß wir fast gesunken wären. Man hätte dir die Schuld gegeben – auf einem Kriegsschiff ist eine Frau in etwa so willkommen wie ein Seeungeheuer.«

»Alberner Aberglaube.« Marie-Josèphes Seereise von Martinique nach Frankreich war unbequem, aber aufregend gewesen.

»Im Konvent warst du viel besser aufgehoben.«

Marie-Josèphe hielt den Atem an. Er wußte nichts über das Konvent. Nein, wie sollte er. Wenn er Bescheid gewußt hätte, dann hätte er ihr niemals zugemutet, dort zu bleiben, verurteilt zu Langeweile, Schweigen und Einsamkeit.

»Ich habe dich so vermißt«, sagte sie. »Ich habe mir Sorgen gemacht.«

»Immer wenn ich an dich dachte, hörte ich deine kleinen Melodien. Komponierst du noch?«

»Versailles hat nicht viel Raum für Amateurkomponisten«, antwortete sie. »Aber du wirst bald etwas von mir hören.«

»Ich habe oft an dich gedacht, Marie-Josèphe, und dich vor mir gesehen, wenn auch nicht in einem solchen Kleid.«

»Gefällt es dir?«

»Es ist unschicklich.«

»Es ist durchaus schicklich«, verteidigte sie sich, ohne zu erwähnen, wie bestürzt sie selbst erst über die schmale Taille und das Dekolleté gewesen war. Damals hatte sie noch nichts gewußt von dem Leben und der Mode bei Hofe.

»Es ist deiner Stellung nicht angemessen. Erst recht nicht der meinen.«

»Es mag nicht angemessen sein für ein Mädchen aus den Kolonien. Aber nun bist du des Königs Naturphilosoph und ich bin Mademoiselles Hofdame. Ich muß in großer Toilette erscheinen.«

»Und ich dachte«, sagte Yves, »daß du hier unter Mme. de Maintenons Aufsicht junge Mädchen in Arithmetik unterrichtest.«

Sie stiegen vom Pier auf den Kai hinauf.

»Ich konnte nicht in Saint-Cyr bleiben«, erklärte Marie-Josèphe. »Alle Lehrerinnen dort müssen den Schleier nehmen.«

Yves schaute sie an, verwirrt. »Dann wärst du gut versorgt gewesen.«

Der Aufbruch des Königs hinderte sie an einer scharfen Erwiderung. Sie und Yves und alle anderen verneigten sich, als ihr Souverän in seine Kutsche stieg. Umringt von Musketieren, fuhr er davon. Die Menschenmenge strömte hinterdrein, jubelnd, rufend, winkend.

Marie-Josèphe hielt hoffnungsvoll nach dem Chevalier de Lorraine Ausschau, doch er stieg zu Monsieur in die Kutsche. Die übrigen Höflinge eilten zu ihren Equipagen oder Pferden und beeilten sich, ihre entschwindende Sonne einzuholen.

Nur Comte Lucien, etliche Musketiere, der Maitre de Colombier, die Frachtwagen und eine einfache Kutsche blieben auf dem verlassenen Quai zurück.

Der Maitre eilte seinem Gehilfen entgegen, der mit den beladenen Matrosen vom Pier heraufkam. Der Junge verschwand beinahe hinter einem verschachtelten Turm von meist leeren Weidenkörben. Sein Meister nahm ihm die Körbe ab, die noch Tauben beherbergten.

»Das Bassin dorthin«, sagte Yves zu den Matrosen. Er deutete auf den ersten Wagen. »Und vorsichtig . . .«

»Ich möchte einen Blick . . .« begann Marie-Josèphe.

Die letzte Kutsche fuhr ratternd über das Kopfsteinpflaster.

Das Klappern, das Rufen, das Peitschenknallen versetzten die Kreatur in Angst und Schrecken. Sie begann, in ihrem Gefängnis zu toben. Ihr durchdringender Aufschrei wie berstender Kristall schnitt Marie-Josèphe das Wort ab und entsetzte wiederum die Zugpferde, so daß sie fast durchgegangen wären.

»Vorsichtig!« wiederholte Yves beschwörend.

Marie-Josèphe beugte sich über das Bassin und versuchte hineinzusehen. »Nun benimm dich!« sagte sie. Das Wesen stieß ein schrilles Kreischen aus.

Die Matrosen ließen das Becken fallen, Wasser schwappte auf das Kopfsteinpflaster. Das Seeungeheuer stöhnte. Bei ihrer Flucht zurück zum Schiff hätten die Matrosen fast die Taubner umgerannt. Der Gehilfe ließ die leeren Käfige fallen. Der Maitre, Tauben in seinen großen, sanften Händen, auf Kopf und Schultern, barg seine Lieblinge unter dem Hemd, damit ihnen kein Leid widerfuhr.

»Kommt zurück ...« schrie Yves den Matrosen hinterher. Sie hörten nicht auf ihn. Ihre Kameraden, beladen mit Yves' restlichem Gepäck, ließen Kisten und Bündel und die in Tücher gewickelte Gestalt zurück und flohen ebenfalls zu ihrem Schiff.

Marie-Josèphe bemühte sich, nicht über Yves' Bredouille zu lachen. Die Fuhrknechte hatten alle Hände voll damit zu tun, die Pferde zu beruhigen: sie konnten nicht helfen. Die Musketiere dünkten sich erhaben über grobe Arbeiten, und man konnte schwerlich von Comte Lucien erwarten, daß er sich als Gepäckträger betätigte.

Yves, wütend und ratlos, versuchte das Becken zu heben, doch er brachte kaum ein Ende vom Boden hoch. Ein paar zerlumpte Bengel, Nachzügler der Menschenmenge, saßen auf der Kaimauer und feixten.

»Ihr da, Bürschchen!« rief Comte Lucien. Die Jungen sprangen auf, bereit, wegzulaufen, doch er sprach in freundlichem Ton zu ihnen und warf jedem eine Münze zu. »Hier ist ein Sou. Ihr könnt euch noch einen verdienen. Helft Monsieur le Père, seine Wagen zu beladen.«

Sofort hatte Yves bereitwillige Helfer. Sie waren schmutzig und abgerissen und barfuß und zeigten keine Furcht vor den seltsamen Lauten der Kreatur. Die Jungen hätten für einen Kanten Brot gearbeitet. Sie hoben das Bassin mit dem Seeungeheuer in den ersten Wagen, Yves' Habseligkeiten in den zweiten und luden das mannslange Tücherbündel in den Wagen voll Eis.

Ein Exemplar zum Sezieren, dachte Marie-Josèphe. *Mein kluger Bruder hat ein Seeungeheuer für den König gefangen und ein weiteres für sich selbst.*

»Begleite mich, Yves«, bat sie ihn.

»Unmöglich.« Er stieg in den ersten Wagen. »Ich muß bei dem Seeungeheuer bleiben.«

Enttäuscht ging Marie-Josèphe über den Kai zu der ärmlich aussehenden Kutsche. Der Lakai öffnete die Tür, und Comte Lucien war zur Stelle, um ihr beim Einsteigen behilflich zu sein. Die Kraft seiner Hand versetzte sie in Erstaunen. Statt kurz, wie sie erwartet hatte, waren seine Finger unverhältnismäßig lang. Er trug weiche Kalbslederhandschuhe. Sie fragte sich, ob er ihr erlauben würde, seine Hände zu zeichnen.

Weshalb er wohl noch verweilte, nach dem alle anderen fort waren? Sie hatte Hemmungen, ihn anzusprechen, denn er war bedeutend, sie war es nicht. Und sie wußte auch nicht recht, ob sie sich zu ihm niederbeugen sollte oder aufrecht stehen und auf ihn hinunterschauen. Sie befreite sich aus der Situation, indem sie in die Kutsche stieg.

»Ich danke Euch, M. de Chrétien«, sagte sie.

»Es war mir ein Vergnügen, Mlle. de la Croix.«

»Habt Ihr das Seeungeheuer gesehen?«

»Ich habe kein Interesse an Monstrositäten, Mademoiselle. Vergebung, ich bin in Eile.«

Die Hitze der Verlegenheit stieg ihr ins Gesicht. Sie

hatte den Comte beleidigt, ohne es zu wollen, und vermutete, daß er ihr mit gleicher Münze zurückgezahlt hatte.

Der Comte sagte ein Wort zu seinem grauen Araber. Das Pferd beugte ein Knie und Chrétien stieg in den Sattel. Sobald er sich zurechtgesetzt hatte, erhob sich das edle Tier, und den Schweif wie ein Banner tragend, sprengte es davon, um Comte Lucien zu seinem Herrn und König zu bringen.

Kapitel 2

Das Licht der Abenddämmerung lag über dem Park von Versailles. Der Mond näherte sich seinem höchsten Stand. Den Stall witternd, legten die Pferde sich noch einmal ins Geschirr und trabten schwerfällig den Waldweg entlang.

Marie-Josèphe lehnte den Kopf an die Seitenwand der Kutsche. Sie wünschte sich, sie wäre mit Madame gefahren, in Monsieurs überfüllter Karosse, und könnte jetzt Madames freimütige Kommentare zu den Ereignissen des heutigen Tages anhören, die freundschaftlichen Wortgeplänkel zwischen Monsieur und Lorraine ... Vielleicht würde Chartres neben der Kutsche herreiten und ihr von seinem letzten chemischen Experiment berichten. Denn bestimmt war sie die einzige Frau, möglicherweise sogar die einzige Person am Hof, die verstand, wovon er redete. Seine Gemahlin verstand es gewiß nicht, und es interessierte sie auch nicht. Die Herzogin von Chartres tat, was ihr beliebte. Es hatte ihr nicht beliebt, aus dem Palais Royal herauszukommen, um sich des Königs – ihres Vaters – Fahrt nach Le Havre anzuschließen.

Wenn Chartres sich herabließ, mit ihr zu plaudern, dann vielleicht auch der Duc du Maine. Und dann würden auch der Enkelsohn des Königs, Bourgogne, und seine kleinen Brüder einen Anteil von ihrer Aufmerksamkeit fordern.

Maine und Chartres waren verheiratete Männer, Bourgogne, Anjou und Berry noch Kinder. Davon abgesehen, sie alle standen himmelhoch über ihr, ebensogut hätte sie nach den Sternen greifen können. Ihre Galanterien führten zu nichts.

Nichtsdestoweniger bereiteten sie ihr Vergnügen.

Gelangweilt und einsam und ruhelos schaute Marie-

Josèphe aus dem Fenster auf die vorüberziehenden Bäume am Wegrand. Hier, noch weit entfernt von Seiner Majestät Residenz, beließ man die Wälder in einem ursprünglichen Zustand. Abgebrochene Äste ragten aus dem Unterholz, grazile Farnwedel wölbten sich auf die Straße. Die untergehende Sonne übergoß die Welt mit zerfließenden rotgoldenen Strahlen. Wäre sie allein unterwegs gewesen, hätte sie anhalten können und dem Wald lauschen, dem Abendlied der Vögel, dem huschenden Wispern von Fledermausschwingen. Statt dessen rollte die Kutsche in die Dämmerung hinein; der Fahrer, die Fuhrknechte, sogar ihr Bruder – alle taub für die Musik.

Das Unterholz verschwand, die Bäume standen weiter auseinander, keine herabgefallenen Äste lagen mehr auf dem Boden. Jäger konnten in voller Karriere durch diesen zahmen, aufgeräumten Wald galoppieren. Marie-Josèphe malte sich aus, wie sie inmitten der glanzvollen Jagdgesellschaft hinter dem König dem Wild folgte, das die Treiber aufgescheucht hatten.

Ein Brüllen, Wut und Kampfansage, hallte durch den abenddämmrigen Forst. Marie-Josèphe umklammerte die Tür und den Rand ihrer Sitzbank. Die Pferde scheuten und schnaubten und fielen in Galopp. Die Kutsche schwankte und schlingerte, als die müden Tiere versuchten, vor dem furchtbaren Geräusch zu fliehen. Der Kutscher fluchte und brachte nach und nach das Gespann wieder in seine Gewalt.

Der Schrei des Tigers versetzte all die exotischen Tiere in Seiner Majestät Menagerie in Erregung. Schrilles Trompeten, dumpfes Brüllen und Knurren antworteten ihm.

Das Seeungeheuer sang eine Herausforderung.

Die wilde, fremdartige Melodie ließ Marie-Josèphes Herz schneller schlagen. Die gläsernen Töne waren so ursprünglich, so leidenschaftlich wie die Rufe von

Adlern. Noch einmal schwang sich die neue Stimme empor. Die Menagerie verstummte. Der Gesang des Seeungeheuers verebbte zu einem Wispern.

Die Kutsche umrundete den Arm des Grand Canal. Weißsilberne Nebelschleier schwebten über dem Wasser, kleine Wellen plätscherten gegen die Flanken der Miniaturschiffe Seiner Majestät. Die Räder gruben sich knirschend in den Kies der Alée de Reine; während die Frachtwagen zum Bassin d'Apollon abbogen, fuhr Marie-Josèphes Kutsche geradeaus in Richtung des Schlosses von Versailles und des *petit parc*.

»Kutscher!« Marie-Josèphe beugte sich aus dem Fenster. Der schwere, heiße Atem der erschöpften Pferde stieg in weißen Wolken in die kühle Abendluft. Ringsum erstreckte sich still und fremd der Park, die Wasserspiele ruhten.

»Folge er meinem Bruder!«

»Aber Mam'selle ...«

»Und dann ist er für heute entlassen.«

»Sehr wohl, Mam'selle!« Er zog das Gespann herum.

Yves eilte von einem Wagen zum anderen und bemühte sich, zwei Arbeiten auf einmal zu beaufsichtigen.

»Ihr da ... nehmt dieses Becken ... es ist schwer. Halt, ihr da drüben, nicht das Eis anfassen!«

Marie-Josèphe öffnete den Kutschenschlag. Bevor der Kutscher steifbeinig vom Bock geklettert war, um ihr zu helfen, lief sie schon auf die Frachtwagen zu.

Ein riesiges Zelt überdeckte das Bassin d'Apollon. Lichtschein drang von innen durch das Seidentuch; das Zelt glomm wie eine übergroße Laterne.

Reihen von Kerzen verzauberten mit ihrem sanften Licht den Weg hügelauf zum Schloß, entlang der Ränder der Königsallee. Die makellose Rasenfläche, wie ein grüner Teppich – die Alée du Tapis Vert –, trennte den Brunnen der Latona vom Brunnen des Apoll, flankiert von

Kieswegen und den Marmorstatuen von Göttern und Helden.

Die Röcke gerafft, eilte Marie-Josèphe zu den Wagen. Das Bassin für das Seeungeheuer und der Tote in Eis – beides verlangte Yves' Aufmerksamkeit.

»Marie-Josèphe, sie sollen den Kadaver in Ruhe lassen, bis ich wiederkomme.« Yves warf den Befehl über die Schulter, als hätte er nie Martinique verlassen, um dem Orden der Jesuiten beizutreten, als führte sie immer noch seinen Haushalt und assistierte bei seinen Experimenten.

Er verschwand hinter den Zeltvorhängen, die das Sonnenemblem des Königs schmückte. Zwei Musketiere hielten davor Wache.

»Räumt vorsichtig das Eis beiseite«, ordnete Marie-Josèphe an. »Legt das Bündel frei.«

»Aber M. le Père hat befohlen ...«

»Und jetzt befehle *ich*.«

Immer noch zögerten die Arbeiter.

»Es ist gut möglich, daß mein Bruder dieses Exemplar vergißt und erst morgen wieder daran denkt«, sagte Marie-Josèphe. »Dann wartet ihr hier die ganze Nacht.«

Sie gehorchten schweigend, wenn auch sichtlich ungern, und begannen, mit den Händen die verhüllte Gestalt auszugraben. Eissplitter und -brocken fielen zu Boden. Marie-Josèphe achtete darauf, daß die Männer keinen Schaden anrichteten. Seit Yves zwölf Jahre alt gewesen war und sie ein kleines Mädchen, hatte sie ihm bei seiner Arbeit geholfen; beide lernten sie Griechisch und Latein, lasen Herodot – leichtgläubiger alter Mann! – und Galen und studierten Newton. Natürlich hatte Yves stets die erste Wahl unter den Büchern, doch er protestierte nie, wenn sie sich mit den *Principia* davonmachte oder gar damit unter dem Kopfkissen schlief. Sie trauerte um den Verlust des Buches, wünschte sich sehnlich ein neues Exemplar und fragte sich, was er in den vergangenen Jahren über das Licht, die Planeten und die Schwerkraft herausgefunden haben mochte. Die Arbeiter hoben das Bündel aus seinem kalten Bett und hinterließen auf dem Weg zum Zelt eine Spur aus schmelzendem Eis. Marie-Josèphe folgte ihnen. Sie wollte endlich einen Blick auf ein Seeungeheuer werfen, auf das lebende oder auf das tote.

Das riesige Zelt überdeckte den Brunnen des Apoll und einen Streifen Erde rundherum. Das eigentliche Wasserbecken wurde von einem eisernen Zaun umschlossen. Im Innern dieses neu geschaffenen Käfigs erhoben sich Apoll in seinem Wagen und sein feuriges Viergespann aus dem Wasser als Bringer der Morgenröte, begleitet von Delfinen und trompetenblasenden Tritonen.

Apollo fährt von Westen nach Osten, entgegen dem Lauf der Sonne, dachte Marie-Josèphe.

Drei flache, breite Holzstufen führten vom niedrigen Rand des Beckens zu einer hölzernen Plattform in Wasserhöhe. Das Zelt, der Käfig, Treppe und Plattform waren für Yves gebaut worden, obwohl es dadurch unmöglich war, die herrliche Brunnenanlage zu genießen.

Außerhalb des Gitters hatte man auf einer Unterlage aus festen Brettern die Laboreinrichtung aufgebaut. Zwei Fauteuils, etliche Polsterstühle und mehrere Kanapées sollten offenbar der Bequemlichkeit von Zuschauern dienen.

»Legt das Bündel auf den Seziertisch«, wies Marie-Josèphe die Arbeiter an. Sie gehorchten bereitwillig, froh darüber, die scharf und übelriechende Last los zu sein.

Yves, lang und mager in seiner schwarzen Soutane, stand am Eingang des Käfigs. Seine Männer wuchteten das vergoldete Bassin auf den Rand des Wasserbeckens.

»Nicht fallenlassen ... abstellen ... vorsichtig!«

Das Seeungeheuer schrie und tobte. Das Bassin knirschte gegen Stein. Einer der Arbeiter fluchte laut, ein anderer versetzte ihm einen Stoß mit dem Ellenbogen und schaute mit einem warnenden Blick zu Yves. Marie-Josèphe kicherte hinter vorgehaltener Hand. Yves war der letzte von allen Geistlichen, der Anstoß an derber Ausdrucksweise nahm.

»Laßt es die Treppe hinuntergleiten …«

Das Bassin polterte die Stufen hinunter und auf die Plattform. Yves kniete nieder, um das Netz zu entfernen. Marie-Josèphe, die ihre Neugier nicht mehr zu beherrschen vermochte, eilte zu ihm. Die Seide ihrer Röcke raschelte über die polierten Bretter, so leise und flüsternd, als schritte sie über den Marmorfußboden des Spiegelsaals.

Bevor sie den Käfig erreichte, wurde der Vorhang am Zelteingang noch einmal zur Seite geschlagen. Ein Mann brachte einen Korb mit frischem Fisch und Seetang, stellte ihn ab und floh. Andere Arbeiter schleppten Eis und eine Tonne voll Sägemehl herein.

Um die Befriedigung ihrer Neugier gebracht, kehrte Marie-Josèphe zu dem toten Exemplar zurück. Zu gerne hätte sie die Umhüllung geöffnet, hielt es aber für besser, den müden, ohnehin schon verängstigen Arbeitern den Anblick zu ersparen.

»Ihr zwei, bedeckt das Bündel mit Eis, dann streut Sägemehl darüber. Ihr anderen, holt Gerätschaften von M. le Père aus dem Wagen.«

Sie gehorchten. Beim Hantieren mit dem Kadaver verzogen sie das Gesicht, denn er roch nach Konservierungsflüssigkeit und Verwesung.

Yves wird sich mit dem Sezieren beeilen müssen, dachte Marie-Josèphe. *Oder es ist nichts anderes mehr übrig als verfaultes Fleisch an einem Gerippe.*

Marie-Josèphe hatte sich im Lauf der Jahre als rechte Hand ihres Bruders an den Geruch gewöhnt, er störte sie nicht im geringsten. Die Männer jedoch atmeten in kurzen, gepreßten Zügen durch den Mund und warfen gelegentlich furchtsame Blicke auf Yves und das klagende Ungeheuer.

Die Männer bedeckten den Seziertisch mit einer isolierenden Schicht Sägemehl.

»Bringt jeden Tag frisches Eis«, sagte Marie-Josèphe. »Versteht ihr – es ist sehr wichtig.«

Einer der Männer verbeugte sich. »Ja, Mam'selle, Monsieur de Chrétien hat es uns bereits aufgetragen.«

»Verlaßt uns.«

Sie flohen aus dem Zelt, abgestoßen von dem Leichengeruch und dem Lamento des lebenden Seeungeheuers. Der melancholische Gesang lockte Marie-Josèphe an. Yves' Helfer schoben das Becken von der Plattform, bis es sich langsam senkte. Wasser strömte hinein.

Marie-Josèphe lief die letzten Schritte. »Yves, laß mich sehen ...«

Als Yves die Schnüre der Abdeckung löste, erschütterte das Knarren und Malmen der Pumpen die Nacht. Die Düsen des Springbrunnens gurgelten, fauchten und spien Wasser. Die Fontänen hatten die Form einer Fleur-de-lis, der mittlere Strahl schoß empor bis zum Zeltdach. Ein Tropfenregen ging auf Apollos Streitwagen nieder, kräuselte die Wasseroberfläche und spritzte auf das Seeungeheuer, das kreischte und zappelte und mit den Schwanzflossen schlug. Yves taumelte zurück.

»Den Brunnen abstellen!« schrie er.

Knurrend befreite das Geschöpf sich aus dem Bassin. Yves sprang zur Seite, um den Zähnen und Krallen und Schwanzschlägen auszuweichen. Die Arbeiter sputeten sich derweil, Yves' Befehl auszuführen.

Die Kreatur schlängelte sich davon und stürzte ins Wasser, entkam in ihr Gefängnis im Bassin d'Apollon.

Marie-Josèphe umklammerte den Arm ihres Bruders. Eine Welle schwappte über die Plattform, durchnäßte seine Schuhe und den Saum der Soutane.

Die Fontänen sanken in sich zusammen, die Fleur-de-lis welkte, verging. Das Quietschen der Pumpen verstummte. Die Oberfläche des Teichs war spiegelglatt, keine Wellen, nicht einmal Luftblasen waren zu sehen.

Yves wischte sich mit dem Ärmel über das Gesicht. Marie-Josèphe, zwei Stufen über ihm, war jetzt fast so groß wie er. Sie legte ihrem Bruder die Hand auf die Schulter.

»Es ist gelungen«, sagte sie.

»Ich hoffe.«

Marie-Josèphe beugte sich vor und spähte in den Teich. Eine dunkle Gestalt lag auf dem Grund. Die Spiegelungen des Kerzenscheins auf dem Wasser verzerrten ihre Umrisse.

»Noch lebt es«, meinte Yves. »Aber wie lange wir es am Leben erhalten können . . .« Er verstummte.

»Es braucht ja nicht für sehr lange sein«, sagte Marie-Josèphe. »Ich will es sehen. Ruf es her!«

»Es wird nicht kommen. Es ist ein Tier, es versteht mich nicht.«

»Meine *Katze* versteht, wenn ich sie rufe. Hast du es nicht dressiert, während all dieser Wochen auf See?«

»Dazu hatte ich keine Zeit.« Yves runzelte die Stirn. »Es wollte nicht fressen – ich mußte es zwingen.« Er verschränkte die Arme und schaute finster auf die glänzende Wasserfläche, unter der das Seeungeheuer trieb, stumm und bewegungslos. »Doch ich habe den Wunsch Seiner Majestät erfüllt. Ich habe getan, was seit vierhundert Jahren niemand getan hat. Ich habe ein lebendes Seeungeheuer an Land gebracht.«

Marie-Josèphe beugte sich weiter vor und bemühte sich, etwas zu erkennen. Die Kreatur war lang und schlank, größer und schmaler als die Delfine, die sich vor der Küste von Martinique tummelten. Das wirre Haar wogte um ihren Kopf.

»Wer hat je von einem Fisch mit Haaren gehört?« rief sie aus.

»Es ist kein Fisch«, berichtigte Yves. »Es atmet Luft. Wenn es nicht bald an die Oberfläche kommt ...«

Er stieg auf den Rand des Brunnens und dann auf den Boden. Marie-Josèphe blieb auf der Plattform zurück und betrachtete das Wesen.

Es begegnete ihrem Blick aus Augen, die nichts widerspiegelten als das Licht. Es streckte die Arme aus, Hände mit Schwimmhäuten zwischen den Fingern.

Yves' Schatten fiel über das Seeungeheuer, und es ließ sich zurücksinken, schloß die goldenen Augen. Yves hielt einen Stachelstock in der Hand.

»Ich werde nicht zulassen, daß es ertrinkt.« Er stieß mit dem Stock nach dem Seeungeheuer, damit es sich bewegte. »Schwimm, verdammt noch mal! Komm an die Oberfläche!«

Das Haar wogte über das Gesicht der Kreatur, die Schwanzflossen bebten. Das Wesen zitterte.

»Hör auf, du erschreckst es, du wirst ihm weh tun!« Marie-Josèphe kniete auf der Plattform nieder und streckte die Hände ins Wasser. »Komm zu mir, hier bist du in Sicherheit.«

Die durch Schwimmhäute verbundenen Finger umfaßten ihre Handgelenke und drückten Wärme gegen ihre Haut. Die Krallen berührten sie wie Messerspitzen, doch ohne zu verletzen, und plötzlich zog es sie in den Teich.

Yves schrie auf und stieß mit dem Stock zu, aber das Ungeheuer befand sich außerhalb seiner Reichweite. Marie-Josèphe kämpfte sich auf die Füße, hustend und durchnäßt. Ihre weiten Unterröcke schwammen auf dem Wasser wie die Blätter einer Seerose, und sie drückte sie nach unten, wo sie als schwere Masse Stoff an ihren Beinen klebten.

»Schnell, nimm meine Hand ...«

»Nein, warte«, sagte sie. Die Kreatur schlüpfte an ihr vorbei, flüchtend, machte kehrt. Ihre Stimme berührte sie durch das Wasser. »Erschreck es nicht wieder.« Sie streckte dem Seeungeheuer die Hand entgegen. »Komm her, komm zu mir ...«

»Sei vorsichtig. Es ist stark, es ist grausam ...«

»Es hat Angst!«

Die Stimme der Kreatur streifte ihre Fingerspitzen. Ihr Lied erhob sich über das Wasser wie Nebel. Mit kaum wahrnehmbaren Bewegungen paddelnd, treibend, näherte sich das Seeungeheuer Marie-Josèphe.

»Gutes Seeungeheuer. Braves Seeungeheuer.«

»Seine Majestät ist auf dem Weg hierher.«

Erschreckt schaute Marie-Josèphe über die Schulter. Der Comte de Chrétien hatte das Zelt betreten und den Bretterboden überquert, ohne daß sie auf ihn aufmerksam geworden war. Yves befand sich auf der Plattform im Wasser, Comte Lucien auf der Teicheinfassung. Die beiden Männer standen Auge in Auge.

Auf der anderen Seite des Zeltes hielten die Musketiere den Vorhang beiseite. Eine lange Reihe von Fackeln näherte sich auf der Königsallee dem Bassin d'Apollon.

»Ich bin noch nicht bereit«, sagte Yves.

Marie-Josèphe wandte ihre Aufmerksamkeit wieder dem Seeungeheuer zu. Es verharrte unmittelbar außerhalb ihrer Reichweite. Wenn sie es zu greifen versuchte, würde es zurückscheuen wie ein junges Fohlen.

»Wenn der König bereit ist«, sagte Comte Lucien, »seid auch Ihr bereit.«

»Ja.« Yves nickte. »Selbstverständlich.«

Das Seeungeheuer streckte die Arme aus. Seine Krallen berührten Marie-Josèphes Fingerspitzen.

»Mlle. de la Croix«, bemerkte Comte Lucien, »Ihr solltet in diesem derangierten Zustand nicht von Seiner Majestät gesehen werden.«

Marie-Josèphe hielt den Atem an, erschreckt von der Vorstellung, sie könnte Seiner Majestät Mißfallen erregen. Unbeholfen watete sie auf die Plattform zu, behindert von den nassen Röcken und den hohen, spitzen Absätzen ihrer Schuhe.

Das Seeungeheuer umkreiste sie, schnitt ihr den Weg ab und schnellte vor ihr in die Höhe. Es holte tief Atem. Marie-Josèphe starrte es an, voller Grausen und doch fasziniert. Es fiel ins Wasser zurück, lag still und schaute sie an.

Obwohl Arme und Hände den Gliedmaßen eines Menschen glichen, hatte es weniger Menschenähnlichkeit als ein Affe. Der Fischschwanz war zwiegeteilt, so daß man glauben konnte, es hätte Beine. Schwimmhäute spannten sich zwischen den langen Fingern, die als Nägel starke, scharfe Krallen hatten. Das lange, strähnige Haar wirrte sich um Kopf und Schultern und Brust – um die Brüste, denn es hatte flache, breite Brüste mit kleinen, dunklen Warzen. Wasser perlte auf der mahagonifarbenen Haut, die im Schein der Kerzen glänzte.

Die Meerfrau betrachtete Marie-Josèphe aus leuchtend goldenen Augen, dem einzig Schönen an ihr. Das Gesicht prägten gewundene, scharfgratige Wülste an Stirn und Wangen – lebendiges Modell für einen Maskaron, grotesk und zugleich großartig. Die Nase war flach mit schmalen Nüstern, raubtierhafte Reißzähne ragten über die Unterlippe.

»Fantastisch. Fantastisch und monströs.« Die Stimme Seiner Majestät, sonor und wohlklingend. Comte Lucien und Yves verneigten sich vor ihrem Monarchen. Der König, in neuen Kleidern, neuen Spitzen und neuer Perücke, betrachtete sein Seeungeheuer, Marie-Josèphe schien für ihn nicht vorhanden zu sein. Sein gesamter Hofstaat, von Monsieur und Madame bis zu Mme. de Maintenon, starrten auf den Teich. Einige schauten das Seeungeheuer an, andere schienen Marie-Josèphes Anblick noch erstaunlicher zu finden. Die verängstigte Kreatur stieß ein Knurren aus und tauchte unter.

Wenn Marie-Josèphe aus dem Teich stieg, stand sie

dem König genau gegenüber; er konnte sie nicht übersehen. Ein solcher Verstoß gegen die Etikette konnte zur Folge haben, daß sie ihre Stellung als Lottes Dame d'honneur verlor. Vielleicht mußte sie den Hof verlassen. Ratlos, kurz davor, in Tränen auszubrechen, bewegte sie sich rückwärts, um Zuflucht im Halbdunkel zu suchen. Beinahe wäre sie über ihre Unterröcke gestolpert.

Comte Lucien warf seinen Hut zu Boden, nahm den Umhang von den Schultern und hielt ihn zwischen Marie-Josèphe und den König.

Nun den Blicken Seiner Majestät verborgen, blieb Marie-Josèphe in dem kalten Wasser stehen. Das Seeungeheuer, ein dunkler Schatten, schwamm davon. Es umfaßte die Stäbe seines Käfigs, rüttelte daran, wendete mit einem zornigen Schlag seines geteilten Schwanzes und kehrte zurück zu der Plattform, wo es innehielt und aus dem Wasser schaute. Nur die Augen und das wirre, dunkelgrüne Haar waren zu erkennen.

Für die meisten Anwesenden war Marie-Josèphe deutlich zu sehen, aber darauf kam es nicht an. Von Bedeutung war einzig und allein, daß Seine Majestät vor einem dem Auge unerfreulichen Anblick bewahrt blieb.

Madame fing Marie-Josèphes Blick auf und schüttelte tadelnd den Kopf. Aber ihre Lippen zuckten vor heldenhaft unterdrücktem Lachen. Monsieur, als Kavalier, vermied es, sie anzusehen, doch Lorraine schaute unverhohlen zu ihr hin und lächelte. Sie schlang die Arme um den Leib und wäre am liebsten ganz versunken vor Scham, in diesem Zustand ausgerechnet von dem berühmtesten Elegant am Hof gesehen zu werden.

Wahrscheinlich würde ich ebenfalls lachen, dachte sie. *Wenn mir nicht so kalt wäre.*

»Wir sehen das Vertrauen gerechtfertigt, das Wir in Euch gesetzt haben, M. le Père.« Seine Majestät trat zu Yves auf die Plattform im Teich. »Ein lebendiges Seeungeheuer!«

»*Euer* Seeungeheuer, Majestät«, sagte Yves.

»Monsieur Boursin, wie lautet Euer Urteil?« fragte Ludwig. »Wird die Kreatur eine Zierde Unseres Banketts?«

M. Boursin, unscheinbar, wie es seiner Stellung im königlichen Haushalt zukam, eilte herbei. Er verneigte sich und rieb sich dabei die Hände, groß und dünn und knochig wie der Engel des Todes.

»Ist es fett? Frißt es tüchtig?«

Boursin spähte in den Teich. Das Seeungeheuer schwamm um die Skulptur des Apollo und sang ein melancholisches Lied.

»Es nimmt nur wenig Nahrung zu sich«, antwortete Yves.

»Dann müßt Ihr es mästen.«

»Ihr seid ein Jesuit«, meinte Ludwig spaßend. »Ihr seid klug genug, um es dazu zu bringen, daß es ißt.«

Das Seeungeheuer warf sich erneut gegen das Gitter, wühlte das Wasser auf, rüttelte an den Stäben.

»Macht, daß es damit aufhört«, verlangte M. Boursin. »Das Fleisch darf keine blutunterlaufenen Stellen haben.

Marie-Josèphe hätte dem Seeungeheuer gern gut zugeredet, damit es sich beruhigte, aber sie wagte nicht, die Stimme zu erheben.

»Das kann ich nicht«, sagte Yves. »Es ist ein wildes Tier, es hört nicht auf Befehle.«

»Es wird sich beruhigen«, meinte Ludwig, »wenn es sich an seinen Käfig gewöhnt hat.«

Der König kehrte auf festen Boden zurück, die hohen Absätze seiner Schuhe klapperten auf den hölzernen Stufen. Yves und M. Boursin folgten ihm.

»M. de Chrétien«, grüßte Seine Majestät, als er an Comte Lucien vorbeikam.

»Euer Majestät.«

»Mlle. de la Croix.« Ludwig hatte den Käfig verlassen und stand mit dem Rücken zu ihr.

Marie-Josèphe hielt den Atem an. »J-ja, Euer Majestät?«

»Hofft Ihr auf einen Besuch Apollos?«

Die Höflinge lachten, und Marie-Josèphe errötete über die Anspielung. Das Gelächter erstarb.

»N-nein, Euer Majestät.«

»Kommt heraus, bevor Ihr Euch den Tod holt.«

»Ja, Euer Majestät.«

Sie kämpfte sich auf die Plattform hinauf, weiterhin vom Mantel des Comte vor Blicken geschützt. Mittels seines Gehstocks hob er ihn höher, als sie die Stufen zur Einfassung hinaufstieg. Das Wasser war kalt, die Luft auf ihrer nassen Haut noch kälter. Fröstelnd stieg sie über die Einfassung, schlüpfte an den Höflingen vorbei und verbarg sich in den Schatten zwischen den Laborgeräten.

Der König gesellte sich zu Mme. de Maintenon. »Wie gefällt Euch mein Seeungeheuer, Madame?«

Der Chevalier de Lorraine schritt an Comte Lucien vorbei auf Marie-Josèphe zu und schwang im Gehen seinen langen schwarzen Umhang von den Schultern. Darunter trug er einen blauen Schoßrock im selben Farbton wie Comte Lucien, allerdings mit weniger Stickerei und goldenen Besätzen. Der Rock wies ihn als einen ebenfalls den sechzig Auserwählten Zugehörenden aus, Ludwigs innerem Zirkel. Monsieur folgte Lorraine mit verstohlenen Blicken; er bemühte sich, seine Aufmerksamkeit auf den König zu richten, doch es gelang ihm nicht.

»Die Kreatur ist furchtbar häßlich, Sire«, antwortete Mme. de Maintenon.

»Nicht häßlicher als ein wilder Eber, Madame.«

Lorraine legte Marie-Josèphe seinen Mantel um die Schultern. Der pelzgefütterte Samt, die Wärme seines Körpers und der Duft seines Parfums hüllten sie ein.

»Ich danke Euch, Chevalier.« Ihre Zähne klapperten.

Lorraine verneigte sich und kehrte zu Monsieur zurück, der ihm die Hand auf den Arm legte. Diamantringe blitzten im Kerzenschein. »Ich denke, es ist ein Dämon, Sire«, sagte Mme. de Maintenon.

»Euer Gnaden, es ist ein natürliches Geschöpf«, warf Yves ein. »Die Heilige Mutter Kirche hat diese Spezies einer Überprüfung unterzogen und befunden, daß es sich lediglich um ein Tier handelt. Wie Seiner Majestät Elefant oder Seiner Majestät Krokodil.«

»Nichtsdestoweniger, Monsieur le Père«, bemerkte Ludwig, »Ihr hättet ein schönes Exemplar fangen können.«

Yves begab sich zu seinem Seziertisch, wodurch Marie-Josèphe gezwungen wurde, sich noch weiter in den Hintergrund zurückzuziehen. Comte Lucien fuhr fort, sie gegen Seine Majestät abzuschirmen. Lorraines Umhang verbarg ihr durchnäßtes Kleid, doch auch ihre Coiffure wäre eine Beleidigung für des Königs Auge gewesen. Das Haar hing ihr in zerzausten Locken ins Gesicht, die Fontange saß schief, Drähte und Nadeln hatten sich gelöst.

Yves schlug die Tücher zurück, die das tote Exemplar einhüllten. Eisbrocken fielen auf die Bretter.

»Die Seeungeheuer sind ausnahmslos häßlich, Euer Majestät«, antwortete Yves. »Männchen wie Weibchen.«

Die Höflinge scharten sich um ihn, begierig darauf, die tote Kreatur zu sehen. An der Zeltwand wetteiferten Schatten um einen Platz möglichst dicht bei dem Schatten von Marie-Josèphes Bruder. Yves war der Mond zu des Königs Sonne, und man hoffte, etwas von dem reflektierten Licht einzufangen.

»Welch ein abscheulicher Gestank!«

Marie-Josèphe lugte über den Kragen von Comte Luciens Mantel hinweg. Monsieur hielt sich das Taschentuch vor die Nase. Man konnte niemandem, der nicht an Sektionen gewöhnt war, übelnehmen, wenn er sich wünschte, er hätte seinen Pomander mitgebracht.

»Zügelt Eure Neugier, Mademoiselle«, sagte Comte

Lucien mit einem Anflug von Gereiztheit. Selbstverständlich hätte er es vorgezogen, sich an seinem angestammten Platz an der Seite des Königs zu befinden. Ludwig war so großmütig, über seine Abwesenheit hinwegzusehen.

Marie-Josèphe schrak zurück hinter den bergenden Umhang, der ihr nur erlaubte, die Ereignisse als Schattenspiel auf der Zeltleinwand wahrzunehmen.

»Die konservierenden Essenzen haben einen starken Geruch, Sire«, sagte Yves.

»Wir bekennen – falls Unser Beichtvater gewillt ist, Uns einen Augenblick der Untreue ihm gegenüber nachzusehen ...« Ludwigs Schatten nickte Père de la Chaise zu, seinem Beichtvater, und sein Ton enthielt nur die geringste Andeutung von Ironie. Der Geistliche verneigte sich tief. »Wir bekennen, daß Wir an Euren Behauptungen gezweifelt haben, M. le Père«, sagte der König. »Doch tatsächlich habt Ihr diese Geschöpfe gefunden, in den wilden Gewässern der Neuen Welt. Eure Vorhersagen waren richtig.«

»Alle Beweise deuteten auf einen bestimmten Ort hin, an dem sie zu einer bestimmten Zeit zu finden sein müßten«, erläuterte Yves bescheiden. »Ich war nur der erste, der alle Berichte gesammelt und verglichen hat. Die Ungeheuer kommen im Schutz der Insel Exuma zusammen, wo die Mittsommersonne über einen großen Meeresgraben wandert. Dort paaren sie sich, in tierischer Wollust.«

Ein erwartungsvolles Schweigen trat ein.

»Darüber brauchen wir nichts Genaueres zu erfahren«, äußerte die Marquise de Maintenon nachdrücklich.

»Ein Naturphilosoph muß alle Dinge erforschen, kein Gebiet darf ihm verschlossen sein!« warf der Herzog von Chartres mit der fanatischen Begeisterung ein, derentwegen man ihn bei Hofe mit hochgezogenen Augenbrauen und bei den unteren Klassen mit Argwohn betrachtete. »Wie sonst sollen wir je das wahre Wesen der Dinge begreifen?«

»Was für einen Naturphilosophen geeignet ist, mag für andere ein Quell der Beunruhigung sein«, sagte der König. »Oder sie irreleiten.«

»Aber die Wahrheit ...«

»Sei still, Junge!« Madames Stimme war leise, aber drängend.

Marie-Josèphe hatte Mitleid mit Chartres. Seine Stellung vertrug sich nicht mit seinem Hunger nach Wissen. Er wäre als einfacher Mann glücklicher gewesen.

Glücklicher vielleicht, dachte Marie-Josèphe, *aber er hätte nicht all die besten wissenschaftlichen Geräte.*

»Seit der Zeit des heiligen Ludwig«, bemerkte Seine Majestät, »hat niemand mehr ein lebendiges Seeungeheuer nach Frankreich gebracht. Wir sprechen Euch Unsere Anerkennung aus, Père de la Croix.«

Der König hatte geschickt das Thema gewechselt und die Atmosphäre entspannte sich.

»Die Ermutigung, die Euer Majestät mir zuteil werden ließ, hat mir zu meinem Erfolg verholfen«, sagte Yves.

»Wir werden Euch Unserem ehrwürdigen Vetter, Papst Innozenz, ans Herz legen.«

»Ihr seid zu gütig, Sire.«

»Und Wir werden dabei sein, wenn Ihr die Sektion an dem toten Ungeheuer vornehmt.«

»Ich ... ich ...«

Marie-Josèphe betete stumm, ihr Bruder möge mit angemessener Würde und Dankbarkeit antworten.

»Euer Majestät Anteilnahme ehrt meine Arbeit über alle Gebühr«, sagte Yves.

Seine Majestät wandte sich an Comte Lucien. Sie berieten einen Augenblick.

Dann nickte der König.

»Morgen. Nach der Messe dürfte Ihr mit Euren Untersuchungen beginnen.«

»Morgen, Sire? Aber es ist unbedingt ... der Kadaver ist bereits in Verwesung begriffen.«

»Morgen«, wiederholte Seine Majestät ruhig, als hätte Yves nichts gesagt. »Nach der Messe.«

Marie-Josèphe wäre am liebsten hinter Comte Luciens Mantel hervorgetreten und hätte sich den Bitten ihres Bruders angeschlossen, um Seiner Majestät zu erklären, daß dieser Aufschub den Erfolg von Yves' Arbeit gefährdete. Doch sie konnte nicht wagen, sich eines weiteren Verstoßes gegen die Etikette schuldig zu machen. Sie durfte dem König nicht unter die Augen treten, und sie durfte ihn nicht ansprechen, es sei denn, er hätte zuerst das Wort an sie gerichtet.

An der Zeltwand sah sie Yves' Schatten sich tief verneigen.

»Ich bitte Euer Majestät um Vergebung für meine Ungeduld. Es wird geschehen, wie Ihr es wünscht. Morgen.«

Die Schatten bewegten sich und verschmolzen und sonderten sich zu Paaren.

»Ich erinnere mich«, sagte Ludwig, »als ich jung war wie M. le Père, konnte ich auch im Dunkeln sehen.«

Die Schar der Höflinge lachte beflissen.

Als der König und Mme. de Maintenon an der Spitze ihrer Entourage das Zelt verließen, senkte Comte Lucien seinen Mantel und warf ihn sich um die Schultern. Er ballte und öffnete die Fäuste.

Lorraine blieb vor Marie-Josèphe stehen. »Behaltet einstweilen meinen Umhang, Mlle. de la Croix ....«

Sie antwortete mit klappernden Zähnen. »Ich danke Euch, Chevalier.«

»... und vielleicht habt Ihr eine Belohnung für mich, wenn ich komme, um ihn mir wiederzuholen.«

Verlegenheit durchflutete sie heiß, ohne jedoch die Kälte aus ihren Gliedern zu vertreiben.

Monsieur legte die Hand um Lorraines Ellbogen und

zog ihn mit sich fort. Sie folgten dem König. Monsieur flüsterte etwas, Lorraine antwortete und lachte. Mit einem zaghaften Lächeln schaute Monsier an seinem Begleiter auf. Der Mechanismus der Wasserspiele knirschte und gluckerte. Das Wasser im Bassin d'Apollon blieb unbewegt, aber der Brunnen der Latona am oberen Ende des Tapis Vert ließ seine Fontänen springen, um den König zu ergötzen.

»Comte Lucien«, sagte Marie-Josèphe, »ich bin Euch zu Dank verpflichtet...«

»Seine Majestät muß vor unziemlichen Anblicken bewahrt werden.«

Der Comte verneigte sich kühl und begab sich dann dorthin, wo Yves stand. Er benutzte seinen Gehstock so geschickt, daß sein leichtes Hinken kaum auffiel. Frierend rieb sich Marie-Josèphe die Arme.

Comte Lucien offerierte Yves einen Lederbeutel, doppelt so groß wie der, den der Kapitän der Galeone erhalten hatte.

»Mit Seiner Majestät Wertschätzung.«

»Meinen tiefempfundenen Dank, Comte, aber ich kann das Geschenk nicht annehmen. Zu meinen Gelübden gehört auch das der Besitzlosigkeit.«

Comte Lucien hob verwundert die Brauen. »Wie bei Euren Brüdern im Glauben, die sich ungeachtet dessen bereichern...«

»Seine Majestät hat meine Schwester vor dem Krieg in Martinique gerettet. Er gab mir die Mittel, meine Arbeit fortzusetzen. Ich verlange nicht mehr.«

Marie-Josèphe trat zwischen die beiden Männer und streckte die Hand aus. Comte Lucien legte die Börse hinein, schwer von Gold. Sein Handschuh streifte ihre Fingerspitzen.

Er zog die Hand, schmaler, feinknochiger als die ihre, zurück, als hätte keine Berührung stattgefunden. und auf einmal schämte sich Marie-Josèphe ihrer rauhen Haut.

Er hat nie den Boden eines Konvents scheuern müssen, dachte sie. Sie konnte ihn sich nicht anders als in luxuriöser Umgebung vorstellen.

»Vielen Dank, Comte Lucien«, sagte sie rasch. »Dies wird meinem Bruder in der Tat eine Hilfe bei seinen Forschungen sein. Nun können wir ein neues Mikroskop anschaffen.« Vielleicht sogar eins von Mynheer van Leeuwenhoek und zu einem Preis, daß noch etwas übrigblieb für Bücher.

»Ihr solltet von Eurer Schwester lernen, M. le Père«, sagte Chrétien. »Aller Reichtum und alle Privilegien kommen von unserem allergnädigsten König. Seine Wertschätzung – in jeder Form – ist zu kostbar, um sie zurückzuweisen.«

»Ich bin mir dessen bewußt, Comte, doch ich strebe weder nach Reichtum noch nach Privilegien. Ich wünsche mir einzig die Freiheit, mit meinen Studien fortzufahren.«

»Was Ihr Euch wünscht ist gänzlich ohne Belang. Die Wünsche Seiner Majestät sind uns allen Befehl und Verpflichtung. Was Euch anbetrifft, so wünscht der König Eure Anwesenheit beim Lever. Morgen seid Ihr aufgefordert, Euren Platz im Fünften Entrée einzunehmen.«

»Meinen Dank, Monsieur de Chrétien.« Yves verneigte sich. Im Bewußtsein der Ehre, die ihrem Bruder zuteil geworden war, versank Marie-Josèphe in einem tiefen Knicks.

Der Comte verneigte sich vor dem Bruder, der Schwester und verließ das Zelt.

»Weißt du, was das bedeutet?« rief Marie-Josèphe aus.

»Es bedeutet das Wohlwollen des Königs.« Yves lächelte schief. »Und daß das Hofzeremoniell mir Zeit stiehlt, die ich lieber für meine Studien verwenden würde. Doch ich darf den König nicht verärgern.« Er legte ihr den Arm um die Schultern. »Du frierst.«

Sie lehnte sich an ihn. »Frankreich ist zu kalt.«

»Und Martinique ist zu fern.«

»Bist du froh, daß Seine Majestät dich nach Versailles gerufen hat?«

»Hat es dir leid getan, Fort-de-France zu verlassen?«

»Nein! Ich ...«

Das Seeungeheuer raunte eine Melodie.

»Die Kreatur singt », sagte Marie-Josèphe. »Die Kreatur singt wie ein Vogel.«

»Ja.«

»Gib ihr einen Fisch. Vielleicht ist sie ebenso hungrig wie ich.«

»Sie wird nicht fressen.« Yves nahm eine Handvoll Tang aus dem Korb und warf ihn zwischen den Stäben des Käfigs hindurch, danach einen Fisch. Er rüttelte am Tor, um sich zu vergewissern, daß es fest geschlossen war.

Das Lied des Seeungeheuers mit seinen fremdartigen Harmonien hüllte sie in die balsamische Luft der Karibik. Es verstummte abrupt, als der Fisch klatschend ins Wasser fiel.

Marie-Josèphe fröstelte heftig.

»Du mußt ins Warme«, sagte Yves mit plötzlicher Strenge. »Du wirst dich erkälten.«

Kapitel 3

Das Seeungeheuer trieb unter der Oberfläche dahin und summte eine leise, klagende Melodie. Von den Rändern des Bassins hallten die Töne wider.

Ein toter Fisch fiel in den Teich. Das Seeungeheuer schoß davon, kehrte in einem Bogen zurück, schnüffelte daran, nahm ihn und warf ihn hinaus. Er flog zwischen den kalten schwarzen Stäben hindurch und landete mit einem flachen, lakonischen Klatschen.

Das Seeungeheuer sang.

Marie-Josèphe ging vor Yves die schmale, schmutzige Treppe zum Dachgeschoß von Versailles hinauf und den düsteren, mit einem abgetretenen Läufer ausgelegten Flur entlang. Die Nässe war aus ihrem Kleid in das Pelzfutter von Lorraines Mantel gezogen. Sie konnte nicht aufhören zu zittern.

»Hier sollen wir wohnen?« fragte Yves bestürzt.

»Wir haben drei Zimmer!« rief sie. »Bei Hofe versucht man mit Intrigen und Ränken und Bestechung ein solches Quartier zu ergattern.«

»Eine schnöde Dachkammer.«

»Im königlichen Schloß!«

»Meine Kabine auf dem Schiff war sauberer.«

Marie-Josèphe öffnete die Tür zu der dunklen, kalten, schäbigen Mansarde. Licht strömte heraus. Sie riß erstaunt die Augen auf.

»Und mein Zimmer in der Universität war geräumiger. Guten Abend, Odelette.«

Eine junge Frau von außerordentlicher Schönheit erhob sich von dem Stuhl, auf dem sie bei Kerzenschein gesessen und genäht hatte.

»Guten Abend, M'sieur Yves«, sagte Marie-Josèphes

türkische Sklavin, mit der sie den Geburtstag teilte und mit der man ihr seit fünf Jahren nicht mehr zu sprechen erlaubt hatte.

Sie lächelte ihre Herrin an, als wäre inzwischen keine Zeit vergangen. »Guten Abend, Mam'selle Marie.«

»Odelette!« Marie-Josèphe lief zu ihr hin und warf sich in ihre Arme. »Wie ... wo ... Oh, ich bin so froh, dich zu sehen!«

»Mam'selle Marie, Ihr seid durchnäßt!« Odelette wies auf die Tür des Ankleidezimmers. »Geht hinaus, M. Yves, damit ich Mam'selle Marie von diesen nassen Kleidern befreien kann.« Odelette hatte noch nie Respekt vor Yves gezeigt.

Yves antwortete mit einer spöttischen Verbeugung und ging, um seine Unterkunft zu inspizieren.

»Wo kommst du her? Wie bist du hergekommen?«

»War es nicht Euer Wunsch, Mam'selle?« Odelette begann, Marie-Josèphes Robe aufzuhaken.

»Schon, aber ich wagte nie zu hoffen, daß man dich herschicken würde. Bevor mein Schiff ging, schrieb ich an die Mutter Oberin, ich schrieb an den Priester, an den Gouverneur ...« Die klamme, feuchte Seide glitt von ihren Schultern und setzte ihre bloßen Arme der kalten Nachtluft aus. »Und in Saint-Cyr bat ich Mme. de Maintenon um Hilfe – ich schrieb sogar an den König!« Sie schlang frierend die Arme um den Leib. »Obwohl ich nicht glaube, daß er meinen Brief je zu Gesicht bekommen hat.«

»Vielleicht war es der Gouverneur. Ich habe seiner Tochter während ihrer Überfahrt als Zofe gedient, obwohl die Mutter Oberin mich behalten wollte.«

Odelette zupfte die Nesteln an dem ebenfalls durchnäßten Korsett auf, und schließlich stand Marie-Josèphe nackt und zitternd auf dem abgetretenen Teppich. Um ihre Füße häuften sich das nasse Kleid und die vollgesogenen Unterröcke. Odelette hängte den Mantel des

Chevaillers auf den Kleiderständer. »Ich werde ihn ausbürsten, vielleicht trocknet er ohne Flecken. Aber Euer wunderschöner Rock ...« Odelette fiel in ihre alte Rolle zurück, als wären sie nie getrennt gewesen. Sie rieb Marie-Josèphe mit dem Stück einer alten Decke trocken und massierte ihre Finger und Arme, um das Blut zum Kreisen zu bringen. Herkules, der Kater, beobachtete alles von seinem Platz auf der Fensterbank aus.

Marie-Josèphe weinte Tränen des Zorns und der Erleichterung. »Sie hat mir verboten, dich zu besuchen ...«

»Nicht doch, Mam'selle Marie. Es hat sich ja alles zum Guten gewendet.« Odelette brachte ein fadenscheiniges Nachtgewand aus einfachem, dünnem Musselin. »Ins Bett, bevor Ihr Euch den Tod holt und ich nach einem Arzt schicken muß.«

Marie-Josèphe ließ sich das Hemd über den Kopf ziehen. »Ich brauche keinen Arzt. Ich *will* keinen Arzt. Mir ist nur kalt. Es ist ein langer Weg vom Bassin d'Apollon bis hierher, wenn man ein nasses Kleid trägt.«

Odelette löste Marie-Josèphes langes, rotgoldenes Haar, so daß es in wirren Locken auf ihre Schultern fiel. Marie-Josèphe schwankte, sie konnte sich vor Müdigkeit kaum noch auf den Beinen halten.

»Nun wird es höchste Zeit«, mahnte Odelette. »Ihr zittert ja am ganzen Leib. Legt Euch hin, und ich kämme Euch das Haar, während Ihr einschlaft.«

Immer noch zitternd, kroch Marie-Josèphe zwischen die Federbetten.

»Herkules!«

Der getigerte Kater auf dem Fenstersims blinzelte, gähnte, erhob sich, streckte sich ausführlich und grub die Krallen in das samtbezogene Polster. Ein Satz auf den Boden, ein Satz aufs Bett, und er war bei ihr. Er beroch ihre Finger, sprang auf ihren Bauch, wanderte hin und her und fing an zu treteln. Das Plumeau schützte sie vor seinen Krallen und verwandelte seine Bewegungen in eine rhythmische Massage. Dann rollte er sich zusammen, warm und schwer, und schlief wieder ein.

»Steckt Eure Arme unter das Deckbett«, befahl Odelette.

»Nein, das ist sündhaft . . .«

»Unfug, wenn Ihr Euch nicht ordentlich zudeckt, bekommt Ihr es am Ende auf der Brust.« Odelette zog ihr das Plumeau bis unter das Kinn und stopfte es fest. Dann nahm sie einen Kamm und machte sich daran, Marie-Josèphes Haar zu entwirren. »Ihr solltet nicht hinausgehen, ohne gehörig frisiert zu sein.«

»Ich trug eine Fontange.« Marie-Josèphe gähnte. »Aber dann hat das Seeungeheuer mich in den Teich gezogen und . . .« Sie verlor den Faden. »Du solltest das Seeungeheuer sehen. Du *wirst* es sehen.«

Eben noch hatte Marie-Josèphe gedacht, sie wäre viel zu aufgeregt, um schlafen zu können, aber dann, im nächsten Augenblick, legte ihr Odelette den schweren Zopf über die Schultern. Also war sie bereits eingedämmert und hatte nicht bemerkt, wie Odelette ihr Haar zu Ende kämmte. Odelette blies die Kerze aus und ging im Dunkeln zum Fenster.

»Laß es offen«, sagte Marie-Josèphe im Halbschlaf.

»Es ist aber kalt, Mam'selle Marie.«

»Wir müssen uns daran gewöhnen.«

Odelette schlüpfte zu ihr ins Bett, ein vertrauter Quell willkommener Wärme. Marie-Josèphe schloß sie in die Arme.

»Ich bin so froh, daß du wieder bei mir bist.«

»Ihr hättet mich verkaufen können«, flüsterte Odelette.

»Nie und nimmer!« Marie-Josèphe wollte vor Odelette nicht zugeben, wie man sie im Konvent dazu gebracht hatte zu bereuen, daß sie eine Sklavin besaß. Sie bereute es wirklich. Die Argumente hatten sie überzeugt, und seither plagten sie Schuldgefühle, auch wenn ihr im Lauf der Zeit klar geworden war, daß die schönen Worte sie dazu bringen sollten, Odelette zu verkaufen, nicht etwa, sie freizulassen. Die Schwestern fanden Odelettes Fähigkeiten zu exquisit für die Arbeit in einem Konvent und liebäugelten mit dem Geld, daß ihr Verkauf eingebracht hätte.

Ich muß sie freilassen, dachte Marie-Josèphe. *Aber wenn ich es jetzt tue, schicke ich sie mit leeren Händen in die Welt hinaus; eine junge Frau, allein und völlig mittellos. Wie ich, jedoch ohne den Schutz einer guten Familie oder eines Bruders, ohne das Wohlwollen eines Königs. Ihr einziges Kapital ist ihre Schönheit.*

»Ich werde dich nie verkaufen«, sagte sie laut. »Du wirst mir gehören oder frei sein, aber niemals soll dich ein anderer besitzen.«

Das Bruchstück einer Melodie, filigran, wehmütig, schwebte durch das Fenster herein und erfüllte die Luft mit Traurigkeit.

»Nicht weinen, Mam'selle Marie«, flüsterte Odelette. »Jetzt kommen wieder bessere Tage.«

»Hörst du den Gesang?« fragte Marie-Josèphe, dann dachte sie: *Habe ich die Frage gestellt? Oder habe ich nur geträumt? Höre ich den Gesang des Seeungeheuers, oder ist auch das nur ein Traum?*

Das Dröhnen schwerer Stiefeltritte, Degengerassel und laute Stimmen rissen Marie-Josèphe aus dem Schlaf. Sie versuchte sich einzureden, es sei ein Traum, doch es paßte nicht zu dem, den sie gerade hatte. Herkules blickte starr zur Tür, seine Augen leuchteten wie grünes Glas, sein Schwanz zuckte ungehalten.

»Mam'selle Marie?« Odelette setzte sich auf.

»Schlaf weiter. Ich bin sicher, es hat nichts mit uns zu tun.« Odelette verkroch sich unter dem Deckbett und lugte neugierig über den Rand.

»Monsieur le Père! Père de la Croix!«

Jemand hämmerte an die Tür der Kammer, in der Yves schlief. Marie-Josèphe warf das Plumeau zurück und riß Lorraines Umhang vom Kleiderständer. Sie öffnete die Tür zum Flur.

»Ruhe! Ihr weckt meinen Bruder auf!«

Zwei Musketiere des Königs standen in dem schmalen Gang und füllten ihn aus mit ihren breiten Schultern, den Hüten und den langen Degen, die überall anstießen. Auf dem Teppich lagen Erdklumpen von ihren Stiefeln. Der Qualm ihrer Fackel schlug sich als Ruß an der Decke nieder, brennendes Pech überlagerte den Geruch von Urin und Schweiß und Moder.

»Wir *müssen* ihn aufwecken, Mademoiselle.« Der kleinere der beiden war immer noch einen Kopf größer als Marie-Josèphe. »Das Seeungeheuer – das Zelt ist voller Dämonen!« Weil er sich im Innern eines Gebäudes befand und in Gegenwart einer Dame, nahm der Musketier den Hut vom Kopf.

Yves' Tür ging auf. Schlaftrunken erschien er im Rahmen, mit zerzaustem Haar und schief zugeknöpfter Soutane. »Dämonen? Dummes Zeug!«

»Wir haben es gehört – das Schlagen von riesigen Fledermausflügeln . . .«

»Nach Schwefel hat es gestunken!« fügte der größere Musketier hinzu.

»Wer ist zurückgeblieben, um das Seeungeheuer zu bewachen?«

Die beiden schauten sich an.

Yves stieß einen ärgerlichen Laut aus, schlug die Tür hinter sich zu und schritt den Flur hinunter, die Musketiere im Schlepptau.

»Mam'selle Marie . . .« Marie-Josèphe winkte Odelette zu schweigen. Sie wartete, damit Yves sie nicht bemerkte und ihr befahl, im Zimmer zu bleiben. Sobald die Männer nicht mehr zu sehen waren, folgte sie ihnen.

Sie eilte die Hintertreppe hinunter und durch das geheimnisvolle und verlassene und dunkle Chateau. Angehörige des königlichen Haushalts hatten die mehr oder weniger heruntergebrannten Kerzen eingesammelt, ein Vorrecht ihres Amtes. Mit tastend ausgestreckten Händen bewegte sie sich durch das kleine Jagdschloß Ludwigs des XIII., das Herz von Ludwig XIV. großartiger, weitläufiger Residenz.

In Lorraines Umhang gehüllt, trat sie auf die Terrasse hinaus. Der Mond war bereits untergegangen, aber die Sterne spendeten ein wenig Helligkeit. Die Windlichter entlang der Königsallee waren heruntergebrannt, die Fontänen abgestellt. Marie-Josèphe lief über die kalten, taufeuchten Steinplatten, zwischen den Wasserparterres hindurch und die Treppen zum Fer-à-cheval mit dem Bassin der Latona hinunter. Weiter voraus warf die Fackel des Musketiers einen Teich aus flackerndem Licht auf die fast schwarze Rasenfläche.

Bewegung im Finstern und ein aus dem Augenwinkel wahrgenommener schwankender, bedrohlicher Schatten erschreckten sie so sehr, daß sie wie gelähmt stehenblieb.

Die weißen Blüten eines Orangenbaums bebten und leuchteten in der Dunkelheit. Gärtner, die sich vor die Karren mit den Bäumen gespannt hatten, ließen die Zugseile von den Schultern gleiten, um sich vor Marie-Josèphe zu verneigen.

Sie erwiderte den Gruß und dachte bei sich: Selbstverständlich müssen sie nachts arbeiten; dem König sollen sich seine Gärten nur im Zustand der Perfektion präsentieren.

Die Männer setzten sich mit ihren Karren wieder in Bewegung, die Räder drehten sich knirschend durch den Kies. Wenn der König seinen Nachmittagsspaziergang unternahm, grüßten frische Bäume, im Treibhaus zur Blüte gebracht, sein Auge, so daß er nur Werden ringsum sah, kein Vergehen.

Marie-Josèphe hastete zum Zelt des Seeungeheuers. Die Laterne im Innern war erloschen, die Fackel draußen erleuchtete nur die Portière und das goldene Sonnenhaupt darauf. »Sprecht ein Gebet, bevor Ihr hineingeht«, empfahl der Korporal.

»Eine Beschwörung!«

»Er meint einen Exorzismus.«

»Da ist kein Dämon«, sagte Yves.

»Wir haben ihn gehört.«

»Seine Flügelschläge.«

»Wie von einer riesigen Fledermaus.«

Yves nahm die Laterne, schlug den Vorhang beiseite und trat in das Zelt. Noch außer Atem vom schnellen Lauf, drückte Marie-Josèphe sich an den Musketieren vorbei und folgte ihrem Bruder.

Im Zelt war alles noch so, wie sie es verlassen hatten, die Gerätschaften an Ort und Stelle, das Gitter um das Wasserbecken. Man hörte das Tropfen von schmelzendem Eis und der Geruch von Tod, Fäulnis und Spiritus staute sich unter dem Tuchhimmel. Wahrscheinlich hatten die Wachen diesen Brodem für den Gestank von Schwefel gehalten.

Marie-Josèphe glaubte an die Existenz von Dämonen – sie glaubte an Gott und die Engel, und wo Licht, da auch Schatten –, aber sie war der Meinung, in diesen aufgeklärten Zeiten wandelte Dämonen vielleicht nur noch selten die Lust an, auf Erden herumzuspuken. Und selbst wenn, weshalb sollte ein Seeungeheuer für sie größere Anziehungskraft besitzen als Seiner Majestät Elefant oder Seiner Majestät Paviane?

Marie-Josèphe kicherte bei der Vorstellung von einem Dämon beim Imbiß in Seiner Majestät Menagerie.

Durch das Lachen machte sie Yves auf sich aufmerksam.

»Worüber lachst du?« fragte er. »Du solltest im Bett sein.«

»Ich wünschte, ich wär's.«

»Abergläubische Dummköpfe!« brummte Yves. »Dämonen, wahrhaftig!«

Das Licht der Fackel spiegelte sich in einer Wasserlache auf den glatten Planken.

»Yves ...«

Eine Kriechspur führte vom Becken zu den aufgestapelten Kisten mit Yves' Instrumentarium. Das Tor des Käfigs stand halb offen.

Das Seeungeheuer ließ sich einige Meter von der Plattform entfernt im Wasser treiben, das lange Haar umspielte seine Schultern. Die Augen reflektierten den Fackelschein, rätselhaft wie die einer Katze. Es summte leise, unheimlich.

»Yves, es ist noch da, unversehrt, nichts geschehen.«

»Bleib stehen – hier liegt zerbrochenes Glas. Bist du barfuß?«

»Und du?«

Scherben klirrten und klingelten, als Yves sie zu einem Haufen zusammenfegte. »Meine Fußsohlen sind wie Leder – auf der Galeone haben wir nie Schuhe getragen.« Er trat zu ihr an die Beckeneinfassung und streckte die Fackel über das Wasser. Ein Funke fiel herab und erlosch zischend. Das Seeungeheuer spuckte danach, stieß einen ärgerlichen Pfiff aus und tauchte unter.

»Es ist hier draußen herumgekrochen. Die Stufen hinauf! Ich hätte nicht geglaubt, daß es sich an Land fortbewegen könnte. Es hat eine Flasche umgestoßen und ist zurück ins Becken geflüchtet ... Ich muß das Tor offengelassen haben.«

»Bevor wir gingen, hast du dich vergewissert, daß es fest verschlossen war«, sagte Marie-Josèphe. »Du hast es verriegelt und daran gerüttelt.«

Er zuckte die Schultern. »Vielleicht doch nicht gründlich genug. Morgen besorge ich eine Kette.«

Marie-Josèphe erschrak, als er sich plötzlich auf die

Einfassung fallen ließ und vorgebeugt, mit hängendem Kopf dasaß. Sie fing die Fackel auf, bevor sie zu Boden fiel. Besorgt setzte sie sich neben ihren Bruder und legte ihm den Arm um die Schultern.

Er tätschelte ihre Hand. »Ich bin nur müde.«

»Du arbeitest zu hart«, sagte sie. »Laß mich dir helfen.«

»Das geht nicht.«

»Als wir Kinder waren, bin ich dir eine gute Assistentin gewesen – ich habe nichts verlernt.«

Sie hatte Angst, er könnte Nein sagen und das wäre das Ende. *Ich kenne meinen Bruder nicht mehr,* dachte sie bekümmert. *Ich wußte immer, früher als er selbst, was er sagen, was er tun würde, aber nun ...*

Er hob den Kopf, runzelte die Stirn, zögerte. »Und deine Pflichten gegenüber Mademoiselle?«

Marie-Josèphe lächelte. »Manchmal halte ich ihr Taschentuch, falls Mlle. de Armagnac es mir nicht wegschnappt. Sie wird kaum merken, daß ich nicht da bin. Ich muß ihr nur erzählen, daß du mich brauchst, damit du deine Arbeit zur Zufriedenheit des Königs verrichten kannst ...«

Seine Stirn glättete sich. »Ich wäre dankbar für deine Hilfe. Du bist nicht zimperlich geworden, oder?«

Sie lachte. »Zimperlich!«

»Kann ich dir zumuten, die Sektion zu dokumentieren?«

»Nichts würde mir größeren Spaß machen.«

»Die Vorbereitungen und die Sektion selbst werden viel von meiner Zeit beanspruchen. Würdest du dich um das lebende Exemplar kümmern? Es füttern ...«

»Aber ja. Und es zähmen.«

»Du wirst all deinen Erfindungsreichtum brauchen, um es so weit zu bringen, daß es frißt.« Sein wunderschönes Lächeln vertrieb die Spuren der Müdigkeit aus seinem Gesicht. »Ich bin sicher, es wird dir gelingen. Du konntest immer besser mit lebenden Dingen umgehen als ich.«

Überglücklich, wieder an seinem Leben, an seiner Arbeit teilhaben zu dürfen, gab Marie-Josèphe ihm einen Kuß auf die Wange.

Yves streckte sich gähnend. »Noch ist Zeit, um sich wieder schlafenzulegen.« Er verzog das Gesicht. »Auch die Jesuiten haben keinen Frühaufsteher aus mir gemacht.«

»Dann werde ich diese Aufgabe übernehmen«, sagte Marie-Josèphe. »Ich wecke dich rechtzeitig für das Lever beim König.«

»Damit tätest du mir einen großen Gefallen.« Yves führte Marie-Josèphe aus dem Käfig, verschloß die Tür, legte den Riegel vor und rüttelte daran wie das Mal vorher. Das Klagelied des Seeungeheuers folgte ihnen.

»Oh!« Marie-Josèphe zuckte zurück. Sie war mit dem Fuß gegen etwas Kaltes und Schleimiges gestoßen. Sie hob einen toten Fisch auf. »Dein Seeungeheuer hat seine Abendmahlzeit verschmäht, wie es scheint.«

Kapitel 4

Marie-Josèphe wanderte durch die morgenstillen Gärten von Versailles. Beim ersten Licht des Tagesanbruchs waren die Gärtner verschwunden, die Höflinge gaben sich noch süßen Träumen hin, und die Adligen, die jeden Morgen aus ihren Stadtwohnungen in Paris herbeieilten, waren noch nicht eingetroffen. Sie hatte die Schönheit für sich allein, die Blumenpracht und den zarten Duft der Orangenblüten.

Während sie zielstrebig die Königsallee entlangschritt, auf das Bassin d'Apollon zu, plante sie ihren Tag. Sie würde das Seeungeheuer füttern und dann zum Schloß zurückkehren, in guter Zeit, um Yves zu wecken und mit ihm zusammen Brot und heiße Schokolade zu frühstücken, bevor er sich zum Morgenempfang des Königs begab. Sie konnte ihn nicht begleiten, weil Frauen beim Grand Lever nicht erwünscht waren. Nun, dann wartete sie eben im Antichambre auf ihn, zusammen mit den anderen Damen und den weniger favorisierten Herren, und schloß sich der Prozession an, wenn der König sich mit seinem Hofstaat zur Messe begab.

Der Morgen war wundervoll. Die ganze Welt war wundervoll. Als sie mit der Fußspitze gegen einen Kieselstein trat, der daraufhin den Weg hinunterhüpfte, dachte sie: *Mit ein paar Federstrichen, mit einer bestimmten Formel, kann ich sein Auf und Ab berechnen, seine Auswirkungen auf den nächsten Stein und den nächsten. M. Newtons Entdeckungen ermöglichen mir, alles zu berechnen, was ich will, selbst die zukünftigen Bahnen der Sterne und Planeten. Und anders als im Konvent, kann es mir niemand mehr verbieten.*

Ein Lufthauch wehte raschelnd durch das Laub der Orangenbäume. Marie-Josèphe überlegte, auf welche Weise die Bewegungen der Blätter vorherzuberechnen wären, und obwohl ihr im Moment keine Lösung einfallen wollte, war sie überzeugt, daß sie mit etwas Zeit und Nachdenken eine finden könnte.

M. Newton muß für dieses simple Problem eine Formel wissen, dachte sie. *Ob ich es wagen kann, ihm noch einmal zu schreiben? Wird er sich die Mühe machen zu antworten, nachdem er einmal so gütig gewesen ist, mit mir zu korrespondieren, und ich darauf nichts erwidert habe? Ich wünschte, ich hätte seinen Brief lesen dürfen.*

Das Schloß von Versailles erhob sich auf einer kleinen Anhöhe, die Königsallee führte in leichter Neigung hinunter zum Zelt des Seeungeheuers.

So geht es sich viel angenehmer als gestern nacht! dachte sie. Sie trug ihr Reithabit, in dem sie sich freier bewegen konnte als in der Grand parure.

Zugleich mit ihr traf ein halbes Dutzend Frachtwagen beim Bassin d'Apollon ein. Sie rollten auf der Königinnenallee heran, mit Tonnen schwer beladen.

Comte Lucien trabte auf seinem grauen Araber an den Wagen vorbei. Unter den Hufen des feurigen Tieres flog der Kies nach allen Seiten, es schlug mit dem kecken schwarzen Schweif und blieb neben dem Zelt stehen. Der Comte grüße Marie-Josèphe mit seinem Gehstock. Unter seiner Aufsicht rollten Arbeiter die Zeltplanen auf, und die Fuhrknechte bildeten mit ihren Wagen eine Reihe.

Marie-Josèphe betrat das Zelt, riegelte die Gittertür auf, trat an die Einfassung und hielt Ausschau nach dem Seeungeheuer.

Das lange dunkle Haar der Kreatur und der von einer lederartigen Haut überzogene Schwanz waren schemenhaft unter den Hufen von Apollos Viergespann zu erkennen.

»Seeungeheuer!«

Mit einem Flossenschlag schob das Geschöpf sich noch tiefer unter die Skulpturengruppe. Marie-Josèphe wollte einen Fisch nehmen, doch nach einem Blick besann sie sich anders. Das Eis um den Korb war geschmolzen, der Inhalt stank.

»Lakai!«

Im Gegensatz zu dem Seeungeheuer war der Bedienstete sofort zur Stelle. »Ihr wünscht, Mam'selle?«

»Nimm Er das hier weg. Wo ist der frische Fisch? Und das Eis?«

»Auf dem Weg von der Küche hierher, Mam'selle, seht, gerade in diesem Moment.« Er zeigte nach draußen, dorthin, wo sich etliche Männer näherten. Einer trug einen Weidenkorb, zwei andere schoben Karren voller Eis.

»Gut. Danke.« Der Mann verneigte sich und lief hinaus, um die anderen zur Eile anzutreiben. Der Korb mit Fisch wurde in die Umzäunung gestellt, dann begannen sie, Eis auf Yves' Versuchsexemplar zu schaufeln.

Marie-Josèphe stieg über die Einfassung und trat auf die Plattform. Das Seeungeheuer hatte keinen zweiten Versuch gemacht zu entkommen, denn die Bretter waren trocken.

Es wird Angst haben, dachte Marie-Josèphe und seufzte. *Verängstigte Tiere sind so schwer zu dressieren.*

Sie rührte mit einer Hand im Wasser, patschte auf die Oberfläche, wie sie auf die Bettdecke klopfte, um Herkules zu sich zu locken.

»Komm, Seeungeheuer. Komm her.«

Das Seeungeheuer beobachtete sie unter dem Sonnenwagen hervor.

Marie-Josèphe schwenkte einen Fisch durch das Wasser. Das Seeungeheuer hob den Kopf, öffnete den Mund und ließ das Wasser über seine Zunge fließen.

»Ja, gutes Seeungeheuer. Komm her, ich gebe dir einen Fisch.«

Das Seeungeheuer spuckte das Wasser ungnädig in den Teich zurück.

»Könnt Ihr es dazu bringen, daß es frißt?«

Marie-Josèphe fuhr herum. »Comte Lucien! Ich habe ... Ich meine, ich dachte ...«

Er stand an der Einfassung des Beckens und schaute auf das Seeungeheuer. Sie hatte ihn nicht kommen gehört. Er maß sie mit einem kühlen Blick. »Vielleicht habt Ihr mich nicht erkannt«, fragte er, »ohne meinen Schnurrbart?«

Sein Ton war so trocken, daß sie sich fürchtete zu lachen, aus Angst, seinen Scherz falsch verstanden zu haben.

Er hatte seinen dünnen Oberlippenbart abrasiert. Vielleicht hatte ihn jemand darüber aufgeklärt, daß man sich heutzutage nur im Feld einen Bart stehenließ und ihn abnahm – um glattrasiert zu sein wie seine Majestät –, sobald man an den Hof zurückkehrte. Er hatte seine informelle Steenkerke gegen Spitzenjabots und Schleifen eingetauscht und seine im Nacken geknotete Militärperücke gegen eine modische *grande in-folio*. Die Locken wallten über die Schultern des goldbestickten blauen Rocks. Das Kastanienbraun schmeichelte seinem hellen Teint und seinen blaßgrauen Augen.

»Ich habe Euch erkannt«, entgegnete Marie-Josèphe steif. »Aber Ihr bekümmert Euch um die Angelegenheiten des Königs. Deshalb erwartete ich nicht, mit Euch zu sprechen.«

»Das Seeungeheuer ist des Königs Angelegenheit, Mlle. de la Croix«, erklärte er. »Es ist der Pflege Eures Bruders anvertraut ...«

»Er hat es in meine Obhut gegeben, Comte, während er das tote Exemplar studiert.«

»In diesem Fall dürft Ihr erwarten, recht oft mit mir zu sprechen. Werdet Ihr die Kreatur dazu bringen können, daß sie Nahrung zu sich nimmt?«

»Ich hoffe es.«

»Euer Bruder hat es mit Zwang gefüttert.«

»Ich bin sicher, ich kann es so weit zähmen, daß es mir aus der Hand frißt.«

»Zahm braucht das Seeungeheuer nicht zu sein. Der König wünscht nur, daß es wohlgenährt sei.«

Mit einer Verneigung wandte er sich zum Gehen. Sie schaute zu, wie er von der Einfassung herunterstieg, unbeholfen wie ein Kind und auf seinen Stock gestützt.

Auf der gegenüberliegenden Seite des Brunnens wurde einer der Wagen rückwärts an das Gitter herangefahren. Arbeiter rollten die Tonnen von der Ladefläche, das Rumpeln erinnerte an Donnergrollen. Von irgendwoher tauchte ein Gärtner auf und harkte den von Räderspuren gefurchten Kies glatt.

Mit dem Vorschlaghammer schlug ein Arbeiter den Deckel einer Tonne ein, und Meerwasser schäumte in den Teich.

Weitere Tonnen wurden aufgeschlagen und ausgeleert, der frische, kühle Duft des Ozeans erfüllte das Zelt. Die Oberfläche des Teichs schlug Wellen, Luftblasen schwammen auf dem kabbeligen Wasser.

Mit einem Schlag des geteilten Schwanzes katapultierte das Seeungeheuer sich in die Höhe. Wasser rann aus seinem offenen Mund, strömte von seinem Kopf herab und über seinen Körper. Eine Strähne des wirren Haares hatte sich hellgrün verfärbt.

Ist das ein Grund zur Sorge? fragte sich Marie-Josèphe. *Könnte es ein Hinweis auf eine Krankheit sein?*

Das Seeungeheuer stieß einen melodischen Triller aus und duckte den Kopf ins Wasser. Fast ohne die Oberfläche zu kräuseln, tauchte es durch den Teich, und als es wieder in die Höhe kam, hielt es einen Fisch, einen silbernen Seefisch zwischen seinen Zähnen. Es schleuderte das zappelnde Tier in die Luft und fing es mit dem Mund auf. Man sah den Schwanz zwischen seinen Lippen zucken, das Seeungeheuer schluckte. Der Fisch verschwand.

»*Lebende* Fische!« sagte Marie-Josèphe. »Es will lebende Fische.«

Wieder tauchte das Seeungeheuer unter und schoß auf die Wagen zu, die Quelle des frischen Meerwassers. Als der Käfig es aufhielt, packte es das Gitter und rüttelte daran. Die Eisenstangen tönten und klangen wie ein Wald von Speeren im Sturm. Das Seeungeheuer kreischte, stieß den Arm zwischen den Stangen hindurch und griff nach dem Bein des Fuhrknechts.

»Geh weg, du Teufel!« Der Mann sprang zur Seite, überrascht und angstvoll. Er stolperte gegen eine Tonne, die ins Rollen geriet, immer schneller, und an dem Gitter zerbarst. Dauben und Faßreifen fielen in den Teich. Das Seeungeheuer schrie erneut und rüttelte an den Stangen, bis sie schwankten und klirrten.

Entsetzt griff der Fuhrmann nach seiner Peitsche. Die Schnur zuckte knallend durch die Luft, dicht neben den Händen des Seeungeheuers.

»Du verfluchter Dämon!« Wieder ein Peitschenknall.

Das Seeungeheuer schrie vor Angst und ließ sich zurück ins Wasser fallen.

»Aufhören!« Marie-Josèphe lief aus dem Käfig hinaus und um den Teich herum auf den Fuhrmann zu. Die gewaltigen Zugpferde stampften und schnaubten. »Aufhören!« rief Marie-Josèphe wieder. Das Seeungeheuer kreischte und pfiff.

Außer sich vor abergläubischer Angst und Wut, hob der Mann den Arm, wie um ein drittes Mal zuzuschlagen, obwohl Marie-Josèphe vor ihm stand! Marie-Josèphe erstarrte, zu verblüfft, um sich zu fürchten.

Comte Luciens Gehstock aus Ebenholz legte sich gegen den erhobenen Arm des Mannes und hielt ihn auf. Der vierschrötige Mann drückte dagegen, in seiner Erregung begriff er nicht, daß eine subtile Mahnung, nicht rohe Gewalt, ihn an der Ausführung seiner Absicht hinderte.

»Kutscher!« sagte Comte Lucien.

Dem Mann kam zu Bewußtsein, was er beinahe getan hätte, was er getan *hatte*.

Comte Lucien senkte den Stock und setzte sich wieder gerade in den Sattel. »Mlle. de la Croix trägt die Verantwortung für *Seiner Majestät* Seeungeheuer«, sagte er.

»Monsieur, ich ... Mam'selle, Vergebung ...« Vor Bestürzung und Reue sprachlos, schleuderte der Fuhrmann seine Peitsche von sich.

»Er ist entlassen!« Chrétiens Tonfall ließ keinen Zweifel daran, wie die Worte gemeint waren: Des Fuhrmanns Dienste waren nicht mehr erwünscht.

Der Mann überragte Comte Lucien um etliche Handspannen und war etwa dreimal so schwer, das Messer an seinem Gürtel länger als der Dolch des Grafen, doch all das machte keinen Unterschied. Seine Bestrafung hätte erheblich schlimmer ausfallen können, und die Gefahr bestand noch, falls er sich nicht sputete und die Musketiere hier eintrafen, bevor er sich davongemacht hatte. Er stieg auf den Bock und trieb mit einem Fluch die Gäule an. Das Fuhrwerk setzte sich schwerfällig in Bewegung. Sofort tauchte wieder der Gärtner auf, um den Kies glattzuharken.

»Comte Lucien ...« Marie-Josèphe, atemlos, mit zitternden Knien, brachte kein weiteres Wort heraus.

»Ihr habt nichts mehr zu befürchten.« Er nickte ihr zu. Im Wegreiten beugte er sich aus dem Sattel, angelte mit seinem Gehstock nach der Peitsche, rollte sie auf und hängte sie an den Sattelknauf.

Im Laufschritt kamen die Musketiere heran. »Was ist geschehen, Mademoiselle?« fragte der Lieutenant.

»Wie Ihr seht.« Marie-Josèphe zeigte auf die zersplitterte Tonne, die Lachen des ausgelaufenen Meerwassers. »Ein Unfall.«

Vor dem Schloß übergab Lucien Zelis, seinen grauen Araber, dem Burschen und stieg dann die Treppe vom Parterre zum ersten Stock hinauf, in dem die Grande Appartements du Roi lagen. Der Duft von Orangenblüten hing süß in der Luft.

Ungeachtet seiner Großartigkeit war das Schloß von Versailles als Wohnstätte unpraktisch und wenig behaglich, erbaut auf sumpfigem Gelände, heiß und stickig im Sommer, qualmerfüllt und kalt im Winter. Dem König von Frankreich erschien die Repräsentation wichtiger als seine Bequemlichkeit.

Die Musketiere verneigten sich vor Lucien und ließen ihn passieren. Ungehindert betrat er den Gang hinter Seiner Majestät Schlafgemach. Der König gestattete nur seinen Söhnen und einigen besonders geschätzten Günstlingen, diesen privaten Zugang zu benutzen.

Ein Lakai öffnete die Tür. Lucien trat hindurch und nahm seinen Platz neben dem Bett des Königs ein, hinter der Balustrade, die das von Vorhängen umschlossene Bett von den zum Morgenempfang Geladenen trennte.

Stille herrschte in dem kalten, halbdunklen, offiziellen Schlafgemach. Tapeten aus weißer, golddurchwirkter Seide schimmerten herbstmorgenfarben. Weiße Federbüsche krönten das Bett.

Lucien verbeugte sich vor Monsieur, vor Monseigneur, vor den Enkelsöhnen. Er erwiderte Lorraines Gruß. Mit kühler Höflichkeit nickte er zu den Kratzfüßen von M. Fagon, dem königlichen Leibarzt, und M. Félix, dem königlichen Chirurgus.

Es schlug acht Uhr. Lakaien zogen die Vorhänge zurück, öffneten die gen Osten schauenden Fenster. Morgenhelligkeit strömte herein und kalte Morgenluft. Sonnenlicht vergoldete doppelt die Tapeten und brokatenen Bettvorhänge, spiegelte sich auf dem honigfarbenen Parkett, beleuchtete die herrlichen Gemälde und Spiegel, modellierte das Stuckrelief Frankreichs, das den Schlummer des Königs bewachte. Lucien und Lorraine zogen die Draperien des Pfostenbettes zurück. Der Erste Kammerdiener beugte sich über den König und verkündete mit gedämpfter Stimme: »Sire, es ist Zeit.«

Selbstverständlich war der König bereits wach. Es hätte seiner Majestät Abbruch getan, sich vor den Augen seiner Höflinge kahlköpfig, gähnend und augenreibend zu erheben wie jeder gewöhnliche Sterbliche. Er schlief nur selten in seinem eigenen Bett, und Mme. de Maintenon niemals. Seine Majestät Gewohnheit war es, in ihren Gemächern die Nacht zu verbringen und für das Zeremoniell des Morgenempfangs in das Chambre du Roi zurückzukehren.

Der König setzte sich auf, mit der symbolischen Hilfe von Monsieur.

»Guten Morgen, lieber Bruder«, sagte Ludwig. »Ich bin wach.«

»Guten Morgen, Sire«, erwiderte Monsieur. »Ich bin erfreut, Euch heute morgen so wohlauf zu sehen.«

Monsieur reichte seinem Bruder eine Tasse Schokolade. Der König erfreute sich eines herzhaften Appetits, doch morgens pflegte er außer einem Getränk nichts zu sich zu nehmen. Die Flüssigkeit in der Schale war auf dem weiten Weg von der Küche kalt geworden, in Versailles kamen die Speisen niemals heiß auf den Tisch.

Seine Majestät hatte sich bewußt dafür entschieden, seine Bequemlichkeit der *Gloire* zu opfern; er verzichtete auf eine Privatsphäre, um durch ein ausgeklügeltes Zeremoniell den Adel an den Hof zu binden und so unter Beobachtung zu haben. Jeder Angehörige der Aristokratie war ein potentieller Feind, wie der von seinem Onkel angezettelte Aufstand der Fronde ihn gelehrt hatte. Lucien verdankte seine bevorzugte Stellung bei Hofe unter anderem der unerschütterlichen Königstreue seines Vaters.

Wenn ich bei Jahren bin, dachte Lucien, *halb gelähmt wie mein Vater, und mich nach Barenton zurückgezogen habe, hoffe ich, das gleiche von mir behaupten zu können.*

Lucien schlug die Federbetten zurück. Monsieur bot Seiner Majestät die Hand, um ihm beim Aufstehen behilflich zu sein. Der König akzeptierte Monsieurs Hilfe. Angetan mit Nachtgewand und Morgenperücke, unter den Augen der Höflinge, die der Gunst des Première Entrée teilhaftig waren, stieg er von seinem erhöhten Bett herunter.

Lorraine hielt den Hausmantel Seiner Majestät bereit.

An der Tür des ersten Antichambre stieß der Kammerpage mit seinem Stab auf den Boden. »Seine Majestät der König sind erwacht.«

Des Königs Beichtvater kniete mit Seiner Majestät vor dem Bett nieder, um zu beten. Die Höflinge schauten zu und plauderten derweil.

Lucien, Monsieur Lorraine, der Arzt und der Chirurg begleiteten den König zu seiner Retirade. Lucien achtete auf Anzeichen dafür, daß das alte Leiden sich wieder bemerkbar machte. Seit der *grande operation* bereiteten die morgendlichen Egestionen ihm Gott sei Dank nicht mehr solche Schmerzen. Seinerzeit hatte Lucien um das Leben seines Monarchen gefürchtet. Ludwig war ein Stoiker und klagte nur selten, aber während dieses Jahres der Krankheit hatte sein Körper ihm große Qualen bereitet.

Der Chirurg war ebenso unbarmherzig gewesen.

Dr. Fagon und Dr. Félix hatten Seine Majestät von der Analfistel kuriert, das mußte man zugeben. Der Chirurg hatte die Operation an zahlreichen Gefangenen und einfachen Leuten geübt. Nicht wenige starben und wurden im Morgengrauen verscharrt. Der Arzt verbot, die Glocken zu läuten, damit niemand von den Fehlschlägen erfuhr.

Einige hat er gerettet, dachte Lucien, *das will ich ihm zugestehen. Er hat uns den König wiedergeschenkt. Was aus uns wird, wenn Seine Majestät stirbt und Monseigneur den Thron besteigt ...*

Wie Seine Majestät einen derart unbedeutenden Erben wie Monseigneur hervorbringen konnte, war ein Mysterium, das man besser nicht näher erforschte.

Die Rüstigkeit des Königs erfüllte Lucien mit Zuversicht. Er war ein alter Mann, doch ein alter Mann mit völlig wiederhergestellter Gesundheit. Monsieur reichte Seiner Majestät eine Schale mit Weingeist. Er tauchte die Finger hinein und trocknete sie an dem Handtuch ab, das Lucien ihm reichte.

Dr. Fagon untersuchte den König, wie jeden Tag.

»Euer Majestät befinden sich bei ausgezeichneter Gesundheit«, verkündete er, laut genug, daß die Höflinge es verstehen konnten. Erleichtertes Gemurmel. »Wenn Eure Majestät es wünschen, werde ich Majestät heute rasieren.«

»Wir sind geschmeichelt, M. Fagon«, antwortete Ludwig. »Wann habt Ihr das letzte Mal jemanden rasiert?«

»Als Lehrling, Sire, aber ich halte mein Rasiermesser scharf.«

Der Hofbarbier trat zur Seite, ohne sich anmerken zu lassen, wie sehr es ihn enttäuschte, seinen Platz räumen zu müssen, ausgerechnet an diesem Tag aller Tage. Dr. Fagon rasierte Seiner Majestät Wangen, Oberlippe, Kinn und Hals. Er entfernte Seiner Majestät Morgenperücke und schabte mit flinken, sicheren Bewegungen die grauen Stoppeln der Reste seines natürlichen Haares von der Kopfhaut.

»Ausgezeichnete Arbeit, lieber Doktor. Vielleicht seid Ihr als Arzt verschwendet.«

Falls Fagon sich beleidigt fühlte, war es ihm nicht anzumerken. »All meine bescheidenen Talente stehen Eurer Majestät zu Diensten, wann immer Ihr es verlangt.«

Während das Lever seinen Fortgang nahm, ließ der

Kammerpage nacheinander Gruppen von Höflingen in das Gemach. Als das fünfte Entrée an der Reihe war, stellte Lucien verärgert fest, daß Père de la Croix es offenbar nicht für nötig befunden hatte, der Einladung Seiner Majestät Folge zu leisten.

Eine solche Auszeichnung zurückzuweisen wäre bei jedem ein unverzeihlicher Fauxpas, dachte Lucien. *Bei einem Jesuiten ist es bemerkenswert.*

Monsieur war dem König behilflich, sich seines Nachtgewandes zu entledigen, und reichte ihm das Hemd. Spitzenkaskaden umschäumten den Halsausschnitt und die Manschetten. Des Königs Strümpfe waren von feinster weißer, französischer Seide, seine Culotte aus schwarzem Satin. Die Scheide seines Degens und das Gehenk waren mit Perlen übersät, seinen langen Schoßrock schmückten aufgestickte goldene Fleur-de-lys. Sämtliche Stoffe waren in den besten Webereien Frankreichs hergestellt worden, eigens für den heutigen Tag, denn heute galt es, die Italiener zu beeindrucken, die sich einbildeten, ihre Stoffe und Spitzen, ihr Leder und ihre Schnitte stellten das Nonplusultra der Mode dar.

Monsieur kniete vor seinem Bruder nieder und half ihm, in seine hochhackigen Schuhe zu treten. Obwohl Seine Majestät sich nicht mehr in die Farben des Feuers und der Sonne kleidete wie zu Beginn seiner Regierungszeit, hielt er an der Gewohnheit fest, bei öffentlichen Anlässen rote Schuhe zu tragen. An den goldenen Schnallen glitzerten Diamanten. Die hohen Absätze verhalfen Seiner Majestät zu einer Körpergröße von mehr als einem Meter fünfundsechzig.

Ein Lakai brachte eine kurze Leiter, Lucien stieg hinauf. Man reichte ihm des Königs neue Perücke, ein imposantes, löwenmähniges Gebilde aus glänzend schwarzem Menschenhaar. Lucien setzte sie dem König auf das kahle Haupt und ordnete die langen, makellosen

Lockensträhnen auf Brust und Rücken. Die künstliche Haarpracht erhöhte die Majestät um weitere sechs Zentimeter. Irgendwo in der Umgebung von Paris hatte ein Bauernmädchen seinem Vater zu einem Jahreseinkommen verholfen, indem es seine Haare opferte.

Monseigneur, le Grand Dauphin, reichte seiner Majestät den Hut. Die weißen Straußenfedern leuchteten in der Morgensonne.

Ein Murmeln der Bewunderung lief durch die Reihen der Höflinge hinter der Balustrade; gleichzeitig verneigten sie sich vor ihrem Souverän. Der König führte seine Familie und die ihm vertrautesten Mitglieder seines Hofstaats hinaus, um den neuen Tag zu beginnen.

Die Fuhrleute und ihre Gehilfen murrten, aber Marie-Josèphe überredete sie, das Wasser in den letzten Tonnen durchzuseien. Neben Seetang und einigen Schnecken, fanden sich ein halbes Dutzend lebende Fische.

»Laßt sie das Wasser einfach in den Teich schütten, Mademoiselle«, meinte der Lieutenant der Musketiere. »Der Dämon wird die Fische fangen, wie er es mit dem ersten gemacht hat.«

Marie-Josèphe schüttelte den Kopf. »Er soll sich von mir sein Futter holen.«

Der Musketier verzog das Gesicht. »Nehmt Eure Finger in acht.«

»Er hätte mich gestern abend beißen können. Oder mich unter Wasser ziehen und festhalten, bis ich ertrunken wäre. Er hat es nicht getan, also glaube ich nicht, daß er mir heute etwas antun wird.«

»Das kann man nie wissen bei Dämonen«, antwortete er, als hätte er hinreichend Erfahrung mit solchen Geschöpfen.

»Kannst du mir noch mehr Fische bringen, lebendige?« fragte sie einen der Fuhrmänner.

»Lebendige Fische, die sind nicht leicht zu bekommen, Mam'selle.« Er hatte ehrerbietig die Kappe abgenommen und kratzte sich nun am Kopf.

»Comte de Chrétien wird dich gut bezahlen, wenn du mir welche bringst.«

»Und dich peitschen, wenn nicht.« Ein sonnengebräunter Bursche, der ein schweißfeuchtes Tuch um die Stirn gebunden hatte, lachte. »Mit der Peitsche von George.«

»Das würde der Comte niemals tun!« rief Marie-Josèphe aus, aber dann dachte sie: *Oder doch, wenn er glaubte, jemand hätte Seine Majestät den König beleidigt.*

»Wie viele lebende Fische wollt Ihr haben, Mam'selle – und was würdet Ihr dafür zahlen?«

»Bring mir so viele, wie du zu Mittag essen würdest – wenn es deine einzige Mahlzeit wäre und du nur Fisch essen könntest.«

Die Männer zogen die letzten Dauben der zerbrochenen Tonne aus dem Wasser und warfen sie auf einen Wagen. Dann grüßten sie, und die Wagen rollten davon.

Mehrere Gärtner kamen herbei, um die Räderspuren und die Hufabdrücke glattzuharken, Pferdeäpfel aufzusammeln und wieder zu verschwinden, nachdem sie noch rasch sämtliche welken Blüten von Sträuchern und Blumen gezupft hatten.

Die Musketiere ließen die Zeltplanen herunter, so daß Marie-Josèphe bald mit dem Seeungeheuer allein war. Schweigend saß sie in der Stille, in der gedämpften Helligkeit des Sonnenlichts, das durch Dach und Seiten des Zeltes drang. Zaghaft kam das Seeungeheuer aus seinem Versteck unter einem der Delfine Apolls hervor.

Marie-Josèphe betrachtete die lebenden Fische zweifelnd. Sie zuckten und zappelten. Wenn sie das Seeungeheuer nicht bald dazu brachte, ihr aus der Hand zu fressen, konnte sie sie ebensogut einfach ins Wasser werfen, bevor sie ohnehin starben. Sie krempelte den bestickten

Hemdsärmel bis über den Ellenbogen, streckte die Hand in den Behälter und griff einen Fisch.

Sie packte fest zu, damit er nicht entschlüpfen konnte, beugte sich vor und schwenkte ihn durch das Wasser.

»Komm her, Seeungeheuer.«

Das Seeungeheuer schoß heran, bog aber rasch zur Seite aus, bevor es sie ganz erreicht hatte. Wellen schlugen gegen Marie-Josèphes Hand.

»Komm her, Seeungeheuer, hol dir einen schönen Fisch.« Das Seeungeheuer schwamm hin und her, wenige Armeslängen von den Stufen entfernt.

»Bitte, Seeungeheuer«, sagte sie. »Du *mußt* essen.«

Der Fisch wand sich schwach in ihrem Griff. Marie-Josèphe öffnete die Hand. Das Seeungeheuer schnellte durch das Wasser und kam ihr so nahe, daß seine Krallen ihre Finger streiften. Sie stieß einen beglückten kleinen Schrei aus, als ihr Schützling den Fisch packte und ihn sich in den Mund schob.

»Gutes Seeungeheuer!« Begeistert fing Marie-Josèphe einen zweiten Fisch aus dem Eimer. »Feines Seeungeheuer!«

Über die eigene Kühnheit erschrocken, flüchtete die Kreatur zu Apollo und versteckte sich unter den Hufen der Rosse.

Vielleicht fährt Apollo in die falsche Richtung, um die Zeit umzukehren, dachte Marie-Josèphe. *Wenn er gegen die Sonne fährt, bewegt die Zeit sich vielleicht rückwärts, und wir leben ewig.*

Sie blickte über die Schulter, zur Sonne, die als leuchtendes Rund durch die Zeltwand zu sehen war.

Marie-Josèphe hielt den Atem an. Die Sonne stand hoch, viel höher, als sie erwartet hatte. Sie ließ den Fisch ins Wasser gleiten, sprang die Stufen hinauf, schlug die Käfigtür zu und lief aus dem Zelt.

Wann war Comte Lucien weggeritten? War das nicht erst vor wenigen Minuten gewesen?

Sie versuchte, sich einzureden, die Verspätung wäre nicht *so* arg, während sie über den Grünen Teppich zum Schloß hinauflief.

Sie stürmte in Yves' Kammer, hoffend, sein Bett wäre leer und er gegangen, Odelette hätte ihn geweckt. Doch er lag leise schnarchend unter seiner Decke.

»Yves, Bruder, wach auf, es tut mir so leid ...«

»Was?« brummte er. »Was ist denn, was ist passiert?« Er setzte sich auf, das lockige Haar stand ihm nach allen Richtungen zu Berge. »Ist es schon sieben?«

»Es ist mindestens halb neun, und es tut mir so leid! Ich habe das Seeungeheuer gefüttert und darüber die Zeit vergessen.«

Zorn wäre leichter zu ertragen gewesen als seine bestürzte Miene, sein Schweigen.

»Es tut mir so leid«, wiederholte sie.

»Es war wichtig.«

Marie-Josèphe ließ den Kopf hängen. Sie hatte versagt und fühlte sich plötzlich wieder wie ein unartiges Kind, statt wie eine erwachsene Frau. Außerdem hatte sie keine Entschuldigung, nichts, was sie zu ihrer Verteidigung vorbringen konnte.

»Ich weiß«, flüsterte sie. Das Schweigen erdrückte sie schier.

»Wo ist Odelette?«

»Ich habe sie geschickt, um Mademoiselle an meiner Stelle aufzuwarten«, sagte Marie-Josèphe. »Sie wußte nichts davon, daß du geweckt werden solltest. Nur ich bin schuld, ich allein trage die Verantwortung.«

Yves legte ihr den Arm um die Schultern. »Halb so schlimm«, meinte er mit gespielter Fröhlichkeit. »Ich schlafe lieber, als daß ich in aller Herrgottsfrühe aufstehe, um einem alten Mann dabei zuzusehen, wie er aus dem Bett aufsteht und sein Morgengeschäft erledigt.«

Marie-Josèphe versuchte zu lachen, aber sie mußte

sich auf die Unterlippe beißen, um die Tränen zurückzuhalten.

»Niemand wird mein Fehlen bemerkt haben. Hat das Seeungeheuer gefressen?«

»Es hat ein paar Fische angenommen«, antwortete sie elend.

»Wunderbar!« Yves lachte. »Und viel wichtiger, um mir das Wohlwollen des Königs zu erhalten. Ich wußte, es würde dir gelingen.«

»Du bist so gut zu mir«, sagte Marie-Josèphe. »Mich nicht zu schelten wegen meiner Vergeßlichkeit, es hinzustellen wie einen Gewinn.«

»Denk nicht mehr daran. Nun geh hinaus, damit ich mich in aller Sittsamkeit ankleiden kann.«

Sie gab ihm einen Kuß auf die Wange. Als sie durch das Ankleidezimmer ging, das die beiden Räume verband, rief er ihr nach: »Schwester, kannst du Brot und heiße Schokolade heranschaffen? Ich habe einen Riesenhunger.«

Kapitel 5

In weniger übermütiger Stimmung als zuvor, wanderte Marie-Josèphe zum zweiten Mal den Hang hinunter zum Bassin d'Apollon und dem Seeungeheuer. Von allem anderen abgesehen, hatte sie wegen ihrer Unachtsamkeit nicht mit Seiner Majestät und dem Hofstaat die Messe in der kleinen Schloßkapelle anhören können. Sie flüsterte ein Gebet und versprach Gott, daß sie zur Abendmesse gehen würde, obwohl niemand sonst daran teilnahm.

Sie trat ins Zelt. Der Gesang des Seeungeheuers lockte sie, aber sie zögerte. Entschlossen, erst ihr inneres Gleichgewicht wiederzufinden, damit ihre Stimmung sich nicht auf die Kreatur übertrug, beschäftigte sie sich einige Minuten damit, Yves' Instrumente für die Sektion zu ordnen. Der Kadaver lag unter einer Schicht aus schmelzendem Eis. Wasser rann an den Beinen des Seziertisches hinunter und sammelte sich zu Lachen, auf denen Sägemehl schwamm.

Marie-Josèphe befestigte ein Blatt Papier auf ihrem Zeichenpult, um vorbereitet zu sein, wenn Yves mit seiner Arbeit begann. Ihr kam wieder in den Sinn, wie der Wind das Laub der Orangenbäume bewegt hatte, und sie versuchte sich an einer Berechnung nach der Formel in Herrn Leibniz' Aufzeichnungen. Ein Augenblick genügte ihr, um zu erkennen, daß die Lösung unzureichend war und das Problem einer genaueren Erforschung wert.

Das Seeungeheuer raunte und rief leise. Marie-Josèphe wischte die Gleichung aus, damit niemand sie lesen konnte, und trat in den Käfig des Seeungeheuers. Das Geschöpf schaute von seinem Zufluchtsort unter der Skulptur zu ihr hin. Das lange, dunkle Haar mit der merkwürdigen hellgrünen Strähne, schwebte im Wasser wie Tang.

»Komm zu mir, Seeungeheuer.« Sie fing einen Fisch aus dem Eimer – sie schnappten schon an der Oberfläche nach Luft; lange konnten sie nicht mehr überleben –, nahm ihn aus dem Käscher und tauchte das glitschige, zappelnde Lebewesen in den Teich.

Das Seeungeheuer schwamm auf sie zu, sein trauriges Lied folgte dem Auf und Ab der Wellen auf der Wasseroberfläche. Marie-Josèphe bewegte den Fisch im Wasser hin und her.

Das Seeungeheuer schnellte nach vorn, ergriff den Fisch – die Krallen kratzten leicht über Marie-Josèphes Hand – und stopfte ihn sich in den Mund, während es sich nach hinten warf und außer Reichweite brachte. Tropfen spritzten Marie-Josèphe ins Gesicht und auf ihr Reitkostüm. Sie schüttelte sie ab, bevor sie auf dem Samt Flecken verursachen konnten. Ermutigt, wenn auch noch nicht ganz zufrieden, fing sie einen weiteren Fisch.

Das Seeungeheuer wurde kühner. Bald wagte es, das Futter behutsam aus Marie-Josèphes Hand zu nehmen. Die Berührung seiner Schwimmhäute fühlte sich an wie Seide. Statt zu flüchten, ließ es sich in ihrer Reichweite treiben, während es aß. Marie-Josèphe bewegte die Hand näher an das Wesen heran, in der Hoffnung, es an ihre Berührung zu gewöhnen.

Lärm und Bewegung ließen beide aufschrecken. Die Zeltplanen flatterten, als ein Reiter vorbeigaloppierte und vor dem Eingang sein Pferd in die Hacken riß. Kies flog unter den Hufen des Tieres auf. Das Seeungeheuer fauchte und spuckte, schnellte rücklings in einem Bogen durchs Wasser und suchte Zuflucht bei Apoll. Marie-Josèphe seufzte enttäuscht.

Chartres schlug die Vorhänge beiseite und stürmte das Zelt wie einen feindlichen Feldherrenhügel. Die Absätze seiner glänzenden, mit goldenen Schnallen geschmückten Schuhe klapperten hohl auf der hölzernen Plattform. Marie-Josèphe sank in einen Knicks. Chartres grinste und beugte sich über ihre Hand. »Guten Morgen, Mlle. de la Croix.«

Verwirrt und verstört, befangen wegen ihrer vom Wasser runzligen Finger, den Fischschuppen und dem Fischgeruch an ihrer Hand, machte sie sich von ihm los und knickste erneut.

»Guten Morgen, Monsieur le Duc.«

Seine hellbraunen Locken – eigenes Haar, keine Perücke – ringelten sich glänzend auf dem Kragen seines taubengrauen Rocks. Er hielt an seiner Krawatte à la Steinkirchen fest und an seinem Schnurrbart. Lotte hatte kichernd verraten, daß er manchmal ihr Kohl benutzte, um ihn zu schwärzen.

Er spähte mit zusammengekniffenen Augen in den Teich. Wie schrecklich zu denken, daß er halb blind war.

»Wo ist es? Oh, da ... Nein ...«

»Unter den Hufen der Rosse«, sagte sie. »Seht Ihr? Wenn Ihr Euch ganz ruhig verhaltet, kommt es vielleicht hervor.«

Sie fing einen Fisch und schwenkte ihn durch das Wasser. Er zuckte matt.

»Laßt mich die Kreatur füttern!« bat Chartres.

Meine eigene Hand kann ich den Zähnen des Ungeheuers preisgeben, dachte Marie-Josèphe. *Aber wenn es den Herzog beißt, wird Madame mir nie verzeihen.*

Sie reichte ihm den Fisch, doch bevor er danach greifen konnte, ließ sie ihn fallen, wie aus Versehen.

»Monsieur, es tut mir leid ...«

»Ich hole ihn!« Zu ihrem Erstaunen fiel er auf die Knie und streckte die Hand in den Teich, ohne der kostbaren Spitzenvolants zu achten. Der Fisch sank in die Tiefe, außerhalb seiner Reichweite, erholte sich und begann zu schwimmen. Das Seeungeheuer erschien, auf dem Rücken dicht über dem Grund dahingleitend. Es griff sich den Fisch von unten und verschwand blitzschnell mit seiner Beute. Chartres wäre vor Aufregung beinahe von der Plattform gefallen, doch Marie-Josèphe hielt ihn an seinem nassen Ärmel fest und zog ihn zurück.

»Phantastisch!« rief er aus. »Großartig! Ich wünsche mir so sehr, M. le Père zu helfen.« Er kniete neben ihr und schien gar nicht daran zu denken, was Holzsplitter seiner seidenen Culotte antun mochten. »Wenn Ihr bei Eurem Bruder ein gutes Wort einlegen könntet – vielleicht erlaubt er mir, ihm die Instrumente zu reichen. Oder den Vergrößerungsspiegel zu halten. Oder . . .«

Marie-Josèphe lachte. »Monsieur, Euch steht von Rechts wegen ein Platz in der vordersten Reihe zu. Ihr werdet alles ganz genau verfolgen können.«

»Wahrscheinlich habt Ihr recht.« Er wirkte ernüchtert. »Aber Euer Bruder soll nicht zögern, mich zu konsultieren – und natürlich ist er eingeladen, mein Laboratorium zu benutzen. Ihr werdet ihm von meinen Instrumenten berichten?«

»Selbstverständlich. Ich danke Euch im Namen meines Bruders.« Chartres besaß das neueste Verbundmikroskop, ein Teleskop und einen Rechenschieber, den Marie-Josèphe ihm mit beinahe sündhafter Inbrunst neidete.

Die Leute flüsterten und spekulierten darüber, was Chartres in seiner ›Hexenküche‹ treiben mochte. Die Rede war von Giften und Magie und Teufelsbeschwörungen. Es war so ungerecht, denn Chartres verfügte über umfassende Kenntnisse der Chemie und hatte nicht das geringste Interesse an Giften oder Dämonen.

»Monsieur«, sagte Marie-Josèphe beiläufig und versuchte, sich ihre Sorge nicht anmerken zu lassen, »habt Ihr meinen Bruder gesehen?« Wenn Seine Majestät Yves' Fehlen beim Lever bemerkt hatte und ihm zürnte? Wenn er ihn vor sich zitiert hatte, um sich zu rechtfertigen? Wenn er ihm seine Stellung, seine Arbeit genommen hatte?

»Nein – aber seht, vielleicht ist er das?«

Die Wache hob den Vorhang aus weißer Seide am Eingang beiseite. Monseigneur, der Grand Dauphin, Thronerbe und Cousin Chartres', trat in das Zelt. Die Dauphine war vor einigen Jahren gestorben. Von Monseigneur hieß es, er hielte sich in einem privaten Quartier eine Mätresse, Mlle. Choin, aber sie erschien nie bei Hofe.

Seine Söhne, Enkelsöhne Seiner Majestät, die Herzöge von Bourgogne, Anjou und Berry, marschierten hinter ihrem Vater drein und bemühten sich, die würdevolle Haltung der Erwachsenen nachzuahmen, dabei schubsten sie sich nach Kinderart und reckten die Hälse, um einen Blick auf das Seeungeheuer zu erhaschen.

Madame und Lotte folgten als nächste. Du Maine kam hereingeschlendert, von Madame mit einem eisigen Blick bedacht. Seine Majestät mochte Luis Auguste und seinen Bruder Louis Alexandre und all ihre Halbschwestern für legitim erklären, wenn es ihm beliebte; in Madames Augen blieben sie allesamt, ihre Schwiegertochter nicht ausgenommen, Bastarde.

Falls Madames Meinung ihnen Unbehagen verursachte, was Marie-Josèphe bezweifelte, so verbargen sie dies. Du Maine sah heute ausnehmend gut aus in einem prachtvollen neuen roten Rock mit goldener Stickerei und silbernen Spitzen. Von seinem Hut ergoß sich eine Kaskade aus schneeweißen Reiherfedern. Der Schnitt des Rocks kaschierte seine ungleichen Schultern, und er bewegte sich vorsichtig, so daß sein Hinken kaum auffiel.

Immer mehr Menschen strömten herein, viel mehr als Marie-Josèphe erwartet hatte, auch geladene Gäste aus Paris und Umgebung. Die Höflinge quirlten durcheinander und drängten sich zu den besten Plätzen hinter den Sitzgelegenheiten der königlichen Familie. Die Besucher von außerhalb standen hinter dem Adel an den Zeltwänden. Etliche Leute traten dreist an den Käfig und spähten durch das Gitter. Einer wollte sogar den Riegel heben, doch ein Musketier schritt ein.

»Kein Zutritt, Monsieur«, sagte er. »Zu gefährlich.«

»Zu gefährlich für mich, aber nicht zu gefährlich für sie?« Der Mann deutete auf Marie-Josèphe, dann lachte er. »Oder vielleicht ist sie die Jungfrau, die Poseidons Ungeheuer geopfert werden soll?«

»Ich muß Euch bitten, diese respektlosen Äußerungen zu unterlassen«, sagte der Musketier.

»Die Einladung Seiner Majestät ...«

»... gilt für die öffentliche Sektion.«

Der Städter machte den Mund auf, um zu antworten. Dann besann er sich eines Besseren. Er verneigte sich und trat einen Schritt zurück.

»Ihr habt recht, Soldat. Die Einladung gilt für die Sektion. Seine Majestät wird entscheiden, wann er uns das lebendige Seeungeheuer vorführt.«

»Wenn es gezähmt ist, vielleicht«, meinte der Musketier.

Marie-Josèphe warf einen Fisch in den Teich. Das Seeungeheuer schwamm darauf zu, knurrte und fletschte die Zähne. Marie-Josèphe empfand ein wenig Mitleid mit dem Fisch.

Sie hielt vergeblich nach Yves Ausschau, während sie neben Chartres die Stufen hinaufging, aus dem Käfig trat und die Tür hinter sich verschloß.

Sie knickste vor der königlichen Familie, küßte die Schleppe von Madames Manteau und umarmte Lotte, die sich niederbeugte, um sie auf Mund und Wangen zu küssen, sehr vorsichtig, damit die Fontange nicht aus dem Gleichgewicht geriet, die hoch über ihrem kunstvoll frisierten Haar aufragte.

»Guten Morgen, mein Kind«, sagte Madame. »Wir haben Euch beim Gottesdienst vermißt.«

»Vielleicht war sie statt dessen bei M. de Chrétien.« Lotte lachte perlend.

»Tochter!«

»Ich bitte um Vergebung, Madame«, sagte Marie-Josèphe und fragte sich, was Lotte so amüsant finden mochte.

»Euch vergeben, weil Ihr verpaßt habt, wie dieser elende Pfaffe nicht nur uns, sondern auch Gottvater mit dem langweiligsten Sermon seit Wochen ennuyiert hat? Mademoiselle, ich beneide Euch!«

Madames Kritik an den Kirchenmännern von Versailles bereitete Marie-Josèphe Kummer. Sie wußte, Gott würde verstehen, daß Madames Worte weder blasphemisch noch ketzerisch gemeint waren, aber sie war nicht so überzeugt, daß man am Hof ebensoviel Verständnis aufbrachte, besonders nicht Mme. de Maintenon. Erschwerend kam hinzu, daß Madame früher dem protestantischen Glauben angehört hatte. Aber war nicht auch Mme. de Maintenon Protestantin gewesen?

»Gefällt Euch meine Coiffure? Eure Odelette ist eine Künstlerin!« schwärmte Lotte. »Weshalb habt Ihr sie uns bisher vorenthalten?«

»Ich bitte um Vergebung, Mademoiselle, sie ist eine Türkin und mir erst kürzlich von Martinique nach Frankreich gefolgt.«

»Die Wunder, die sie mit meinem Haar vollbracht hat! Und mit ein paar Handgriffen hat sie diese alte Fontange hergerichtet wie neu!«

»Ich kann mir nicht leisten, dir jedesmal, wenn die Mode wechselt, einen neuen Kopfputz zu kaufen«, bemerkte Madame trocken. »Nicht einmal jeden Tag.«

Monsieur und Lorraine gesellten sich zu den Damen. Marie-Josèphe knickste, ihr Herz schlug schneller, als Lorraine ihre Hand ergriff, an die Lippen hob, einen Kuß darüber hauchte und noch einen Moment festhielt, bevor er sie freigab. Als sie zurückwich, überrascht und schockiert und erregt von seiner herausfordernden Berührung, lächelte er mit halbgesenkten Lidern. Er hatte wunderschöne lange dunkle Wimpern.

Monsieur verbeugte sich kühl vor Marie-Josèphe.

Dann geleitete er seine Familie und Lorraine zu ihren Plätzen. Chartres ließ sich in einen Sessel neben seiner Schwester fallen.

»Mlle. de la Croix«, fragte er, »ist es wahr, daß Seeungeheuer Menschen fressen?«

»Aber ja«, bestätigte Marie-Josèphe so ernsthaft, wie es ihr möglich war. »Ich bin überzeugt, daß es so ist.«

»Und Menschen«, bemerkte Lorraine, »erwidern den Gefallen.«

In den Rohren der Springbrunnenanlage begann es zu gluckern, der Mechanismus schnarrte und knirschte. In der Ferne hörte man Wasser strömen und rauschen.

»Ah«, sagte Madame. »Der König kommt.«

Marie-Josèphe dachte bang: *Wo bleibt Yves? Sobald Seine Majestät eintrifft,* muß *die Sektion beginnen – außer Seine Majestät ist erzürnt und kommt, um mich zu bestrafen ...* Dann rief sie sich zur Ordnung. *Glaubst du wirklich, Seine Majestät würde sich in eigener Person herbemühen, um dir seinen Unmut zu bekunden? Allerhöchstens würde er Comte Lucien mit dieser Aufgabe betrauen, doch wahrscheinlich käme nur ein Lakai.*

»Entschuldigt mich, Madame, Mademoiselle.« Nach einem flüchtigen Knicks lief sie mit gerafften Röcken zum Eingang des Zeltes. Ihr war ein furchtbarer Gedanke gekommen. Was, wenn Yves erwartet hatte, daß sie ihn an den Zeitpunkt der Sektion erinnerte? Wenn sie ihn zweimal im Stich gelassen hätte, zweimal an einem einzigen Tag? Sie hätte vor einer Stunde zum Schloß zurückgehen sollen. Wenn sie jetzt ging, mußte Seine Majestät warten, und das war undenkbar. Sie selbst konnte die Sektion nicht durchführen – sie besaß die nötigen Kenntnisse, doch sie hätte sich damit einer unverzeihlichen Anmaßung schuldig gemacht, die man ihr nicht vergeben würde.

Ich werde einen der Musketiere fragen ...

Plötzlich stand Comte Lucien vor ihr. Sie hatte gerade

noch genug Geistesgegenwart, stehenzubleiben und vor ihm zu knicksen.

»Geht an Euren Platz, Mlle. de la Croix«, sagte er und ließ dabei den Blick durch das Zelt wandern, scheinbar unbeteiligt und doch musternd, prüfend, ob nicht irgend etwas Seiner Majestät Unwillen erregen könnte.

»Aber ich ... Mein Bruder ...«

Die Mitglieder eines Quatriciniums traten hinter Comte Lucien in das Zelt. Er wies sie zu einer Stelle, wo Seine Majestät der Mittelpunkt ihrer Musik sein würde. Die Männer nahmen ihre Plätze ein, stimmten sich ein und begannen mit dem ersten Stück.

»M. le Père wird rechtzeitig eintreffen«, sagte Comte Lucien.

Wieder hielten die Musketiere den Vorhang auf. Der Trompeter spielte einen Tusch, der hell und klar durch das Zelt tönte.

Seine Majestät wurde hereingefahren, in einem dreirädrigen Stuhl, der von zwei Taubstummen geschoben wurde. Der gichtige Fuß des Königs ruhte auf einem Kissen. Yves ging rechts neben dem König, Mme. de Maintenons Portechaise folgten ihnen dichtauf.

Der Tusch endete, die Musiker stimmten eine heitere Weise an. Yves gestikulierte und lachte, als unterhielte er sich mit einem Konfrater von gleichem Alter und Rang.

Mit einer Verneigung trat Comte Lucien zur Seite. Marie-Josèphe gab rasch den Weg frei und beugte das Knie zu einer tiefen Reverenz. Sämtliche Angehörigen der königlichen Familie erhoben sich. Seide und Satin raschelten, Wehrgehänge klirrten. Adel und Bürgerliche verneigten sich vor ihrem Monarchen.

Seine Majestät nahm die Huldigungen als selbstverständlich entgegen. Lakaien hasteten voraus, um das Fauteuil wegzunehmen und Platz für den Rollstuhl zu machen. Daneben stellten die Träger Mme. de Maintenons Sänfte ab. Ihre Vorhänge blieben geschlossen, aber das Seitenfenster öffnete sich eine Handbreit.

»Das Schiff wendete so schnell«, erzählte Yves, »daß der Matrose über das Geländer auf das Hauptdeck stürzte, und als er landete, platt auf seinem ...« Yves zögerte, dann bemerkte er, zu Mme. de Maintenons offenem Fenster gewandt: »Vergebung, Madame, ich habe mich zu lange unter rauhen Seeleuten aufgehalten. Ich wollte sagen, er landete in sitzender Haltung und vergoß nicht einen Tropfen von seiner Weinration.«

Ludwig lachte in sich hinein, in Mme. de Maintenons Sänfte blieb es still.

Der König bedeutete den Damen der königlichen Familie, Platz zu nehmen. Er begrüßte Monsieur mit einem Lächeln und winkte ihn auf einen Sessel an seiner Seite.

»Wir haben Euch vermißt heute morgen, M. le Père.« Seine Majestät wandte sich wieder an Yves. »Wir sind enttäuscht, wenn Wir beim Erwachen nicht Unsere Freunde um Uns sehen.«

Die Verlegenheitsröte stieg Marie-Josèphe den Hals hinauf und in die Wangen. Unwillkürlich tat sie einen Schritt nach vorn, um sich als die Schuldige zu erkennen zu geben. Comte Lucien legte ihr warnend die Hand auf den Arm.

»Ich muß Seiner Majestät sagen ...« flüsterte sie.

»Dies ist nicht der rechte Augenblick, um mit Seiner Majestät zu sprechen.«

»Ich bitte um Euer Majestät Vergebung«, sagte Yves. »Ich wollte die Sektion vorbereiten, um sicherzustellen, daß sie ohne Hindernisse vonstatten geht. Es war unentschuldbar von mir, Euer Majestät Gefühle in dieser Angelegenheit nicht zu berücksichtigen.«

»Unentschuldbar in der Tat. Aber Wir werden Euch entschuldigen, dieses eine Mal. Solange Wir Euch morgen sehen, wenn Wir uns erheben.«

Yves verneigte sich. Der König lächelte. Marie-Josèphe zitterte vor schuldbewußter Erleichterung.

Mme. de Maintenon klopfte laut gegen das Fenster ihrer Sänfte. Der König beugte sich zu ihr, lauschte und wandte sich wieder an Yves.

»Und Wir erwarten ebenfalls, Euch in der Messe zu sehen.«

»Das bedarf keiner Erwähnung.« Voller Dankbarkeit verbeugte sich Yves vor Seiner Majestät.

Comte Lucien sagte leise zu Marie-Josèphe: »Ihr müßte Eurem Bruder begreiflich machen, wie überaus wichtig . . .«

Marie-Josèphe fiel ihm ins Wort. »Er ist sich dessen bewußt, Monsieur. Die Schuld lieg ausschließlich bei mir.«

»Er trägt die Verantwortung.«

»Ihr wart auch nicht in der Messe, Comte Lucien.« Die Kritik an ihrem Bruder ließ Marie-Josèphe ihre Scheu vergessen. »Vielleicht wird Seine Majestät Euch ebenfalls tadeln.«

»Das wird er nicht.« Comte Lucien ging hinkend davon und nahm seinen Platz neben des Königs Stuhl ein.

Die ganze Zeit über hatten die Musiker gedämpft weitergespielt. Die Stimme des Seeungeheuers begleitete sie, sein Gesang wob sich eigenartig durch ihre Melodie.

»Marie-Josèphe« sagte Yves. »Ich brauche dich.«

Sie eilte zwischen den Reihen der Höflinge hindurch und stellte sich neben ihn an den Seziertisch.

»Da bist du ja«, begrüßte er sie. »Können wir anfangen?«

»Ich bin bereit.« Sie fühlte sich von seinem gebieterischen Ton verletzt, nahm ihn aber als gerechtfertigt hin. Sie trat an ihr Zeichenpult, auf dem Papierbögen, Zeichenkohle und Pastellkreiden lagen. Im Konvent auf Martinique hatte man ihr verboten zu zeichnen, in Saint-

Cyr hatte sie keine Muße gehabt zu üben. Sie hoffte, daß sie imstande sein würde, Yves' Arbeit Gerechtigkeit widerfahren zu lassen.

»Entfernt das Eis«, befahl Yves.

Zwei Lakaien schaufelten das Eis und die isolierende Schicht aus Sägemehl vom Seziertisch und legten den eingehüllten Kadaver frei. Andere standen mit großen Spiegeln bereit und hielten sie so, daß Seine Majestät die Vorgänge verfolgen konnte, ohne sich anstrengen zu müssen.

In der vorderen Reihe der Zuschauer saß Chartres, vorgebeugt, begierig auf jedes Quentchen neuer Erkenntnis, das zu gewinnen war. Er suchte Marie-Josèphes Blick, sehnsüchtig, als wollte er sagen: »Ich könnte das Eis entfernen. Ich könnte den Spiegel halten.«

Marie-Josèphe mußte ein Kichern unterdrücken, als sie sich vorstellte, welche Konsternation es hervorrufen würde, wenn man den Duc de Chartres solche niedrigen Arbeiten verrichten sähe.

»Die Großzügigkeit Seiner Majestät hat es mir ermöglicht, den Ort der alljährlichen Zusammenkunft der letzten Seeungeheuer zu entdecken«, begann Yves, »und zwei von ihnen lebend zu fangen. Das männliche Exemplar wehrte sich bis zum Tode gegen die Gefangenschaft. Das Weibchen hat überlebt, denn es besitzt keinen solchen Freiheitswillen.«

Die Melodie im Hintergrund entfaltete sich in mannigfaltigen Linien und Gegenlinien, die die Instrumente aufnahmen und variierend neu zusammenführten, eine kühne Abkehr von der üblichen, reglementierten Musik. Die Schönheit und der Wagemut ließen Marie-Josèphe erschauern. Madame, die ein gutes Ohr für Musik hatte, flüsterte Lotte eine erstaunte Bemerkung zu, sogar der König richtete den Blick auf das Quatricinium. Der erste Geiger stockte. Die Musiker hatten das populäre Stück nicht verändert.

Das weibliche Seeungeheuer sang.

Es ist wie ein Vogel, dachte Marie-Josèphe entzückt. *Eine Spottdrossel, die nachahmt, was sie hört!*

Der Violinist fand seinen Einsatz. Die Stimme des Seeungeheuers erhob sich hoch über die Melodie, um dann tief hinabzusinken. Der sonore Baßton drang Marie-Josèphe bis ins Mark und brachte eine unerklärliche Kälte mit.

Der beißende Dunst der Konservierungsflüssigkeit und der unheilverkündende Gestank von verwesendem Fleisch, stiegen von der Segeltuchhülle auf und erfüllten die Luft. Monsieur hob seinen Pomander und roch daran. Dann beugte er sich zu seinem Bruder hinüber und bot ihm die mit Nelken besteckte Orange an. Seine Majestät akzeptierte diesen Schutz vor den üblen Dünsten und erquickte sich mit dem Wohlgeruch.

»Ich werde erst einen einfachen Schnitt machen, durch Haut, Bindegewebe und Muskeln des Wesens.« Die Musik so wenig beachtend wie die Gerüche, schlug Yves die Plane auseinander.

Das Lied des lebenden Seeungeheuers verstummte.

Das männliche Seeungeheuer war sogar noch häßlicher als das weibliche, das Gesicht gröber, das Haar hellgrün, zottig und ungleich lang. Marie-Josèphe empfand keinen Abscheu. Sie hatte Yves schon geholfen, Frösche zu sezieren, Schlangen und Bisamratten, schleimige Würmer und Haie mit ihrem grausamen, zähnestarrenden Grinsen.

Doch sie war überrascht von der Gloriole; Glasscherben und Späne goldfarbenen Metalls umgaben seinen Kopf wie ein Strahlenkranz. Sie zeichnete, als wäre ihre Hand direkt mit ihren Augen verbunden: der Umriß des Schädels, das struppige Haar, die Strahlen aus zerbrochenem Glas im Wechsel mit verbogenen, goldenen Bändern.

Yves wischte das Glas und das Metall vom Tisch, als

wäre es irgendwelcher Unrat. Er hob eine Haarsträhne der Kreatur auf, ein Stück Metall fiel heraus, das er zu dem übrigen Abfall schob.

Das Seeungeheuer im Teich, das über die Einfassung des Beckens und durch die Gitterstäbe spähte, pfiff und seufzte.

Marie-Josèphe schob die Skizze von der Gloriole unter den Blätterstapel und begann mit einer neuen Zeichnung.

»Gott hat den Kreaturen Haare gegeben, damit sie sich in Seetangbänken verbergen können«, erklärte Yves. »Sie sind scheu und einsiedlerisch. Sie ernähren sich von kleinen Fischen, aber zum größten Teil besteht ihre Nahrung wahrscheinlich aus Kelp.«

Marie-Josèphes Hand flog über das Papier: das wirre Haar, offenbar planlos gestutzt, der starke Kiefer, die scharfen Reißzähne, die über die Unterlippe ragten.

»Wenn Ihr damit fertig seid, das Tier zu zerlegen«, sagte Monseigneur, »können wir Stücke davon braten.«

»Vergebung, Monseigneur.« Yves neigte den Kopf vor dem Grand Dauphin. »Das ist unmöglich. Der Kadaver ist für das Skalpell des Wissenschaftlers konserviert, nicht für das Messer des Kochs.«

»Durch das Einlegen hat das Fleisch sicherlich seinen besonderen Geschmack nach Seeungeheuer verloren«, bemerkte Lorraine.

»Bewahrt Euch den Appetit für mein Bankett, Monseigneur.« Seine Majestät war nicht belustigt über das Wortgeplänkel. Alle schwiegen und schauten aufmerksam zum Seziertisch wie ihr Monarch, bemühten sich, das Geschöpf zu sehen oder wenigstens sein Spiegelbild.

Yves nahm ein Skalpell und führte einen Schnitt vom Sternum bis zum Schambein des Seeungeheuers.

Das lebendige Seeungeheuer schrie.

Die Musiker spielten lauter, um das Klagen zu übertönen. Es gelang ihnen nicht.

»Die Haut der Seeungeheuer ist dick und lederartig.« Yves sprach mit erhobener Stimme weiter. »Sie bietet einen gewissen Schutz gegen Räuber wie zum Beispiel Haie, Wale und Kraken. Euer Majestät wird bemerkt haben, daß die Haut am Schwanz am dicksten ist – stark gepanzert –, was beweist, daß diese Geschöpfe bei Gefahr ihr Heil in der Flucht suchen.«

Marie-Josèphes Hand mit der Zeichenkohle stockte auf dem Papier, als die durchdringenden Schreie des Seeungeheuers zum Zelthimmel aufstiegen. Ihre Augen wurden feucht.

Es kann nicht immer noch hungrig sein, dachte Marie-Josèphe. *Was ist mit dir, Seeungeheuer? Du klingst so traurig. Ich kann nicht zu dir kommen. Ich muß an meinem Platz bleiben und die Arbeit meines Bruders dokumentieren.*

Sie beendete die Skizze des Gesichts. Der Lakai neben ihr nahm das Blatt, um es an einem Rahmen zu befestigen, so daß alle es sehen konnten. Sie hob die Hand, um ihn aufzuhalten, doch es war zu spät.

Die Kohleskizze zeigte das Geschöpf mit offenen Augen: großen, dunklen Augen, nur von wenig Weiß umgeben, weite Pupillen. Sie hatte es wie lebendig gezeichnet, mit einem Ausdruck von Schmerz und Furcht auf den Zügen.

Marie-Josèphe fröstelte, doch sie schüttelte die merkwürdige Beklommenheit ab, die sie empfand.

Was für ein Unsinn! dachte sie. *Gesichter von Tieren haben keinen Ausdruck. Und die Augen – ich habe ihm die Augen des lebenden Seeungeheuers gegeben.*

Yves schälte die obere Hautschicht ab.

Das weibliche Seeungeheuer hörte nicht auf zu schreien. Tiere aus des Königs Menagerie antworteten ihm. Brüllen und Trompeten, Röhren und Keckern tönten aus der Ferne herüber. Seine Majestät wandte den Kopf in Richtung des Teiches und gab damit zu verstehen, daß der Lärm ihn belästigte und empfindlich störte.

Die Musiker spielten noch lauter. Niemand wußte, was zu tun war, am wenigsten Marie-Josèphe.

»Wir sehen eine Schicht subkutanes Fett, wie man sie auch bei Walen und Seekühen findet.« Yves Erläuterungen gingen fast unter in der Kakophonie. »Bei den Seeungeheuern ist diese Schicht verhältnismäßig dünn, woraus wir schließen können, daß sie nicht bis in große Tiefen hinuntertauchen oder lange Wanderungen unternehmen. Ihren alljährlichen Versammlungsplatz erreichen sie wahrscheinlich, indem sie einer warmen Meeresströmung folgen. Ich vermute, daß sie ihre Jagdgründe im flachen Wasser haben und sich nur selten von den Inseln ihrer Geburt entfernen.«

Marie-Josèphe skizzierte den Torso des Seeungeheuers. Die Fettschicht rundete die Linien des Körpers, konnte aber nicht die gut ausgebildeten Muskeln und starken Knochen verbergen.

»Mlle. de la Croix.«

Marie-Josèphe zuckte zusammen. Comte Lucien stand neben ihr und hatte sie halblaut angesprochen. Bei dem herrschenden Getöse hätte er mit normaler Stimme sprechen können, ohne Yves mehr zu irritieren, als er bereits irritiert war. »Die Kreatur muß zum Schweigen gebracht werden«, sagte Chrétien. »Seine Majestät ...«

»Ich habe es gefüttert«, antwortete Marie-Josèphe flüsternd. »Das sind nicht die Töne, die es von sich gegeben hat, als es hungrig war. Ich weiß nicht – vielleicht gefällt ihm die Musik nicht?«

»Seid nicht unverschämt!«

Sie errötete. »Ich war nicht ...«

Doch er hatte recht damit, sie zu tadeln. Wenn der Lärm den König veranlaßte, sich zu entfernen, konnte das Yves und seiner Arbeit schaden.

»Es singt wie ein Vogel«, sagte sie. »Wenn man den Käfig zudeckt, schweigt es vielleicht, wie ein Vogel es tun würde.«

Der Blick, den Comte Lucien auf den Käfig warf, sagte mehr als Worte. Das Gitter umschloß den Teich und ragte fast bis zum Zeltdach empor. Um ihn zuzudecken, hätte man ein zweites Zelt gebraucht.

Chrétien wandte sich ab und gab einigen Lakaien ein Zeichen.

»Bringt das Netz.«

Das dicke Tauwerk schleppte polternd über die Bretter.

Das Seeungeheuer unterbrach seinen Klagegesang nicht für einen Augenblick. Marie-Josèphe hätte gern darin eingestimmt, denn wenn sie das Seeungeheuer in dem Netz fingen, wenn sie es fesselten, knebelten, machten sie damit zunichte, was sie an diesem Morgen bei dem Versuch, es zu zähmen, erreicht hatte.

Sie zeichnete rasch, um mit Yves' Erläuterungen Schritt zu halten. Dermis, Hypodermis, Unterhautfettgewebe, Faszie. Ob Chartres ihr erlaubte, sein Mikroskop zu benutzen, bis sie ein eigenes anschaffen konnte, damit sie Detailzeichnungen der einzelnen Hautschichten sowie einen Querschnitt anfertigen konnte, bevor Verwesung das Gewebe zersetzte?

Auf der anderen Seite des Teiches nahmen Lakaien die seidenen Zeltplanen ab und trugen sie zum Käfig. Den Anweisungen Chrétiens folgend, befestigten sie die Stoffbahnen an den Gitterstäben als einen Schirm zwischen Seiner Majestät und dem Seeungeheuer. Der dünne Vorhang dämpfte weder den Gesang, noch konnte er den Käfig verdunkeln, um die Kreatur in Schlaf zu versetzen, doch einen Versuch mochte es wert sein. Genügend große Planen aus dem Ort Versailles bringen zu lassen, hätte mehr als eine Stunde gedauert, von Paris einen Tag.

Die Schreie des Seeungeheuers wurden leiser. Sämtliche Anwesenden – ausgenommen der König – richteten überrascht den Blick auf den Käfig.

Vereinzelte Pfiffe gingen über völliges Schweigen; ein Murmeln der Erleichterung lief durch die Menge. Auf einen Wink des Comte kehrten die Lakaien an ihre Plätze zurück, er selbst verneigte sich in Marie-Josèphes Richtung. Sie lächelte zaghaft. Es konnte nur ein Zufall sein, daß das Seeungeheuer ausgerechnet in diesem Augenblick verstummt war. Auch der Chor der Tierstimmen aus der Menagerie verebbte. Den Abschluß machte das heisere, hustende Brüllen eines Tigers.

Das Quatricinium spielte wieder *sotto voce*. Comte Lucien kehrte an seinen Platz zurück, Yves nahm seinen Vortrag wieder auf, und Marie-Josèphe fuhr fort zu zeichnen. Der König verfolgte mit großem Interesse die Sektion von Brust- und Schultermuskeln. Die Reihe der Skizzenblätter an der Schautafel wurde länger: der Rumpf des Seeungeheuers, sein Bein, ein Fuß mit Schwimmhäuten und Krallen ... Marie-Josèphe begann die Hand zu schmerzen.

»Als nächstes werde ich die inneren Organe freilegen ...«

Seine Majestät sprach ein Wort zu Comte Lucien, der die taubstummen Diener des Königs herbeiwinkte. Die Höflinge sprangen auf. Das Knistern und Rascheln von Seide und Satin drängte Yves' Stimme in den Hintergrund.

»... von welchen ich erwarte, daß sie ...« Yves, in seine Arbeit versunken, griff nach einem neuen, scharfen Seziermesser.

»M. le Père«, sagte Comte Lucien.

Yves richtete sich auf und schaute ihn verständnislos an. Nur langsam kam ihm wieder zu Bewußtsein, wo er sich befand und in wessen Gegenwart.

»Faszinierend«, sagte der König. »Außerordentlich interessant.«

»Ergebenen Dank, Euer Majestät.«

»Monsieur de Chrétien.«

Comte Lucien trat vor. »Ihr wünscht, Euer Majestät?«

»Die Akademie der Wissenschaften soll die Aufzeichnungen und Skizzen von Père de la Croix veröffentlichen. Gebt eine Medaille in Auftrag.«

»Selbstverständlich, Euer Majestät.«

»M. le Père, M. de Chrétien wird Euch wissen lassen, wann Wir wieder die Zeit haben, Uns Eurer Arbeit zu widmen. Vielleicht wird der Heilige Vater den Wunsch äußern, ebenfalls teilzunehmen.«

Marie-Josèphe wurde das Herz schwer – wieder ein Aufschub. Wenn der König Yves nicht seine Arbeit zu Ende bringen ließ, wurde das Seeungeheuer womöglich nie vollständig beschrieben.

Yves verneigte sich. Marie-Josèphe knickste. Zeichenkohle von ihren Fingern hinterließ einen Fleck auf dem Rock ihres Reitkostüms.

»Wie Euer Majestät belieben«, sagte Yves.

Nachdem der König das Zelt verlassen hatte, gefolgt von den Musikern, die ohne Unterbrechung weiterspielten, und seiner Familie und seiner Entourage, als auch die Lakaien und Wachen und Gäste gegangen waren, befanden sich nur noch Marie-Josèphe und Yves und Comte Lucien in dem an einer Seite offenen Zelt.

Marie-Josèphe sank in einen Sessel. Nicht in den Seiner Majestät, selbstverständlich nicht, es wäre ungehörig von ihr gewesen, dort zu sitzen. Sie saß in dem Fauteuil, das noch die Körperwärme des Chevalier de Lorraine bewahrte.

Die neuen Schuhe, von denen Marie-Josèphe so entzückt gewesen war, drückten unerträglich.

»Wann werde ich Gelegenheit haben, mit meiner Arbeit fortzufahren, Comte?«

Chrétien gab keine Antwort, sondern betrachtete prüfend die Reihe der aufgehängten Skizzen.

»Mlle. de la Croix, könnt Ihr Leben ebensogut zeichnen wie Tod?«

»O ja, M. de Chrétien, Leben ist viel einfacher.«

»Ihr könntet eine Zeichnung des Seeungeheuers – eines lebenden Seeungeheuers – für die Medaille seiner Majestät einreichen. Ich verspreche allerdings nicht, daß man sich für Euren Entwurf entscheiden wird.«

»Aber wann darf mein Bruder mit seiner Arbeit fortfahren?«

»Schwester«, mahnte Yves. »Comte Lucien erweist uns eine einzigartige Ehre. Habe die Güte, ihm dafür zu danken.«

»Das tue ich! Selbstverständlich, ich fühle mich geschmeichelt, Monsieur, und ich bin Euch dankbar, aber Zeichnungen und Medaillen verwesen nicht. Das Seeungeheuer, die Sektion ...«

»Seine Majestät bestimmt über den Fortgang der Sektion.« Yves nahm einen langen Glassplitter vom Seziertisch und warf ihn in den Abfalleimer, wo er klingelnd zersprang. Dann schlug er die Plane wieder um den gehäuteten Körper.

»Du sagst selbst, daß es nur noch wenige von diesen Geschöpfen gibt. Und wenn das nun das einzige ist, welches du je haben wirst, um es zu studieren?«

»Das wäre schade. Wie auch immer, die Welt beherbergt noch mancherlei bis dato unbekannte Geschöpfe.« Yves gab den Lakaien Anweisungen, wie sie den Kadaver in Eis packen sollten.

»In zwei oder drei Tagen könnte die Sektion fortgeführt werden«, meinte Comte Lucien beiläufig.

»Nicht heute?« fragte Marie-Josèphe.

»Die Möglichkeit besteht kaum. Heute empfängt Seine Majestät den Heiligen Vater.«

Yves nickte zustimmend zu Chrétiens Worten. »Ich bin aufgefordert, Seiner Heiligkeit zur Verfügung zu stehen. Das Seeungeheuer muß warten.«

Die Lakaien bedeckten das Eis mit einer dicken Schicht Sägemehl.

»Dann morgen?« fragte Marie-Josèphe.

Comte Lucien lachte. »Ich versichere Euch, Seine Majestät wird von früh morgens bis nach Mitternacht unabkömmlich sein. Zeremonien, Geselligkeiten, die Mittagstafel in seiner Menagerie. Die Planung von Papst Innozenz' Kreuzzug gegen calvinistische Ladeninhaber. Der König wird seine regelmäßigen Ratsversammlungen einberufen, und er muß sich auf das Karussell vorbereiten.«

»Muß Seine Majestät anwesend sein?« entfuhr es Marie-Josèphe.

»Seine Majestät *wünscht* dabeizusein«, antwortete Comte Lucien, und damit war alles gesagt.

»Aber da er so beschäftigt ist, wird er gar nicht merken, wenn Yves ...«

Comte Lucien schaute sie mit hochgezogenen Augenbrauen an. »Euer Bruder«, sagte er trocken, »wird beklagenswert wenig Gelegenheit haben, sein Wissen zu erweitern, eingesperrt in der Bastille.«

»Marie-Josèphe«, sagte Yves, »ich habe nicht die Absicht, mich den Wünschen seiner Majestät zu widersetzen.«

»Comte Lucien«, Marie-Josèphe wandte sich in beschwörendem Ton an Chrétien, »erklärt *Ihr* Seiner Majestät, wie sich die Dinge verhalten. Durch die Arbeit meines Bruders wird der Ruhm bewahrt, zwei Seeungeheuer gefangen und diese mythischen Kreaturen der Wissenschaft geschenkt zu haben. Der Ruhm des Königs!«

»Ihr erwartet zuviel von mir, Mlle. de Croix.« Comte Lucien ließ deutliche Zeichen der Ungeduld erkennen. »Es wäre vielleicht am besten, nach dem Karussell fortzufahren, wenn das lebende Seeungeheuer nicht mehr schreit.«

»Bis dahin wird nichts übrig sein als Knochen und Würmer!«

»Bedauerlich«, sagte Comte Lucien.

»Ich bitte um Vergebung für meine Schwester, M. de Chrétien«, sagte Yves. »Sie ist noch unerfahren in der Hofetiquette.«

Marie-Josèphe schwieg beschämt. Die Lakaien fegten den nassen, schmierigen Brei um den Seziertisch zusammen. Ihre Reisigbesen kratzten über die Bretter.

»Wie offenbar auch Ihr«, bemerkte Comte Lucien, an Yves gewandt. »Ihr habt Seine Majestät enttäuscht durch Eure Abwesenheit beim Lever. Ich rate Euch, ihn nicht ein zweites Mal zu brüskieren. Er erwartet Euch heute zum Appartement. Verscherzt Euch nicht die Gunst eines Königs.«

Marie-Josèphe sprang auf. »Ich kann Seine Majestät nicht in dem Glauben lassen, es sei meines Bruders Schuld!« rief sie.

Von dem Seeungeheuer kam etwas wie ein Widerhall ihrer Worte.

»Sei still, Marie-Josèphe«, sagte Yves. »Es ist unnötig, M. de Chrétien damit zu belästigen. Seine Majestät hat mir vergeben ...«

»Für *meinen* Fehler!« Das Seeungeheuer pfiff, wie um Marie-Josèphes Selbstanklage zu betonen.

»Was macht das? Alles ist wieder gut.«

Comte Lucien überlegte mit gerunzelter Stirn. »M. de la Croix hat recht«, sagte er zu Marie-Josèphe. »Man kann nicht zweimal Seiner Majestät Vergebung für ein und dasselbe Vergehen erbitten. Ich warne Euch vor einer weiteren Nachlässigkeit.«

Comte Lucien verbeugte sich vor Yves, vor Marie-Josèphe und ging, nach den langen Stunden der Untätigkeit schwer auf seinen Stock gestützt. Obwohl das Zelt halb offenstand, verließ er es durch den Eingang, die Musketiere hielten ihm den Vorhang auf. Draußen ließ sein Araber sich auf ein Knie nieder. Er stieg in den Sattel und galoppierte davon.

Als er außer Hörweite war, sagte Marie-Josèphe:«Du

glaubst nicht, wie leid es mir tut, daß ich dir den ganzen Tag verdorben habe – den Tag deines Triumphs.«

»Laß nur«, Yves winkte ab, »es ist vergessen.«

Sie umarmte ihn kurz, voller Dankbarkeit.

»Geh jetzt und füttere die Kreatur. Und bitte sie, still zu sein!«

Marie-Josèphe trat in den Käfig des Seeungeheuers und fing einen Fisch. Er wand sich in dem Käscher, matt und so gut wie tot.

»Seeungeheuer! Abendessen! Fisch!« Sie tauchte den Käscher und ihre Finger ins Wasser, in die tiefen Vibrationen der Stimme des Seeungeheuers.

Unter den Hufen der Rosse Apolls hob das Seeungeheuer den Kopf. Sein Haar, seine Stirn und seine Augen erschienen über der Wasseroberfläche. Es schaute zu Marie-Josèphe hin.

»Wird es wieder anfangen zu schreien, wenn ich die Tücher abnehme?« fragte Yves.

»Ich weiß es nicht, Yves. Ich weiß nicht, weshalb es anfing zu schreien oder weshalb es aufgehört hat. Oder weshalb es singt.«

Er zuckte die Schultern. »Jetzt kommt es nicht mehr darauf an. Der König wird es nicht hören.«

Die Lakaien entfernten den behelfsmäßigen Vorhang und schlossen die Zeltwände.

»Es war aufgeregt«, sagte Marie-Josèphe. »Komm her, Seeungeheuer. Geht es dir gut? Bist du verletzt?«

Stumm kam das Seeungeheuer herangeschwommen. Marie-Josèphe ließ den Fisch frei. Das Seeungeheuer fing ihn zwischen den Händen und verschlang ihn mit einem Bissen.

»Es ist so flink.«

»Es war nicht flink genug, um dem Netz zu entkommen.«

Marie-Josèphe warf ihm noch einen Fisch zu. Das Seeungeheuer schlug mit dem zwiegeteilten Schwanz, schnellte halb aus dem Wasser und fing ihn aus der Luft. Gräten und Flossen knirschten zwischen seinen Zähnen, während es in den Teich zurücksank.

»Aber du hast gesagt, sie waren dabei sich zu paaren ... verzückt ...«

»Darüber möchte ich nicht sprechen.« Yves errötete unter der verblassenden Sonnenbräune.

»Aber ...«

»Ich bin nicht gewillt mit meiner Schwester, die in einem Konvent erzogen wurde, über Dinge der Fleischeslust zu sprechen, nicht einmal, wenn es sich um die Fleischeslust von Tieren handelt!«

Sein Ton verblüffte sie. Als Kinder hatten sie über alles gesprochen. Natürlich nicht über Fleischeslust, davon ahnten sie nichts, weder bei Tieren noch anderswie. Vielleicht war er immer noch unwissend und schämte sich deswegen, oder was er wußte, machte ihm Angst, wie das, was Marie-Josèphe im Konvent gelernt hatte, ihr Angst machte.

Sie holte den letzten Fisch aus dem Eimer. Das Seeungeheuer schwamm eine Armeslänge von ihr entfernt im Wasser und beobachtete sie. Der Fisch zappelte zwischen Marie-Josèphes Fingern.

»Komm her, Seeungeheuer. Fisch, guter Fisch.«

»Fischhh«, wiederholte das Seeungeheuer.

Marie-Josèphe hielt beglückt den Atem an. »Es redet, genau wie ein Papagei.«

Sie ließ den Fisch in die Hände des Seeungeheuers schwimmen. Das Seeungeheuer verschlang ihn und tauchte unter.

»Ich *kann* es dressieren ...«

»Daß es auf Befehl still ist?«

»Ich weiß nicht.« Marie-Josèphe runzelte nachdenklich die Stirn. »Wenn ich wüßte, was es so gegrämt hat. Es hat sich so traurig angehört, fast mußte ich weinen.«

»Niemanden stört es, wenn du weinst. Aber das Jammern des Seeungeheuers hat Seine Majestät belästigt. Komm jetzt, wir müssen uns beeilen.«

Marie-Josèphe packte ihre Zeichenutensilien in den Kasten, während er die Gittertür mit einem Vorhängeschloß sicherte. Sie zog ihre Zeichnung von dem Gesicht des männlichen Seeungeheuers heraus, mit der Gloriole aus Glas und Gold.

»Was soll dieser Schmuck? Wo ist das Glas hergekommen? Das Metall?«

»Eine zerbrochene Flasche. Unrat aus dem Teich.«

»Das lebende Seeungeheuer hat das getan? Gestern nacht? Aus welchem Grund?«

Er zuckte die Schultern. »Die Seeungeheuer sind wie Elstern. Sie sammeln glänzende Dinge.«

»Es sieht aus wie . . .«

». . . nichts.« Yves nahm ihr die Zeichnung aus der Hand, knüllte sie zusammen und hielt sie gegen die Lunte. Das Papier begann zu glimmen. Der Glorienschein um den Kopf des toten Seeungeheuers färbte sich schwarz und kräuselte sich zusammen. Yves warf Marie-Josèphes Zeichnung in einen Schmelztigel und ließ ihn verbrennen.

»Yves . . .!«

Sein Lächeln erstickte ihr Aufbegehren im Keim. »Nun komm.« Er zog ihre Hand in seine Armbeuge und führte sie aus dem Zelt.

Hinter ihnen raunte das Seeungeheuer. »Fischhhh . . .«

Kapitel 6

Marie-Josèphe, bereits angetan mit weißen Seidenstrümpfen, Unterhemd, Korsett, Unterröcken und Jupe, streckte die Arme in die neue Hoftoilette, die Odelette über ihren Kopf hob. Der herrliche blaue Satin und die silbernen Spitzen hatten ihr geholfen, den Kummer über das verdorbene gelbe Seidenkleid zu überwinden. Eine von Lottes Zofen hatte die Robe gebracht, und unter Odelettes Händen war sie wie neu geworden.

Bei jeder Bewegung raschelten die schweren, kostbaren Stoffe. Odelette hakte das Mieder zu, band mit Schleifen den Oberrock zurück und zupfte die Spitzen an der Jupe zurecht.

Marie-Josèphe war Lotte unendlich dankbar. Mademoiselles Geschenk ermöglichte ihr, standesgemäß gekleidet am Empfang des Papstes teilzunehmen. Sie fragte sich, ob man ihr gestatten würde, vorzutreten und den Ring des Heiligen Vaters zu küssen. Die Wahrscheinlichkeit war gering, dieses Privileg blieb vermutlich den vornehmen Mitgliedern des Hofstaats vorbehalten. Immerhin, sie würde ihn sehen, worauf sie nie gehofft hatte, denn sein Besuch in Frankreich war ein außergewöhnliches Ereignis.

Er ist so ein guter Mann, dachte sie. *Ein guter Mann, ein heiliger Mann. Wenn Seine Heiligkeit und Seine Majestät sich ausgesöhnt haben, werden sie allem Unheil in der Welt ein Ende bereiten.*

Odelette brachte eine kunstvolle neue Fontange, verziert mit von dem Kleid übriggebliebener Spitze und Marie-Josèphes letzten Bändern.

»Wir haben nicht mehr genug Zeit, um sie zu befestigen«, sagte Marie-Josèphe. »Sonst komme ich zu spät zu Mademoiselle.«

»Ich habe mir solche Mühe damit gegeben.«

»Und sie ist wunderschön. Wir nehmen sie mit, du kannst sie Mademoiselle überreichen.«

Widerstrebend legte Odelette den Kopfputz zur Seite und steckte Marie-Josèphes Haar zu einer schlichten Frisur auf, geschmückt nur von einem einzigen falschen Diamanten.

Odelette seufzte. »Bittet den König, Euch einen echten Diamanten zu schenken, Mam'selle Marie«, sagte sie. »Jeder weiß, daß Ihr nur falschen Schmuck habt.«

»Jeder weiß, daß ich kein Geld habe«, antwortete Marie-Josèphe. »Wenn ich plötzlich einen Diamanten hätte, würden sich alle fragen, woher.«

»Sie alle borgen sich Geld. Vom König, untereinander, von den Kaufleuten. Niemand denkt sich etwas dabei.«

Odelette nahm einen Quast aus Lammwolle und schickte sich an, Hals und Dekolleté ihrer Herrin mit Puder zu bestäuben, aber dann zögerte sie.

»Nein«, meinte sie nachdenklich, »nein, Puder verdeckt die blauen Adern unter Eurer Haut, der Beweis Eurer edlen Herkunft.«

Der Puderstaub stieg Marie-Josèphe in die Nase, und sie nieste. »Gut, laß es sein. Ich bin blaß genug.«

Odelette betupfte ihre eigene Stirn, Wangen und den Hals mit der Wollquaste und beschmierte die zarte Bräune ihrer makellosen Haut mit weißen Flecken. »Ihr seid die schönste Dame am Hof«, sagte sie. »All die Prinzen werden Euch ansehen und sagen: ›Wer ist diese liebliche Prinzessin? Ich muß sie heiraten, und der türkische Botschafter soll ihre Zofe zur Frau nehmen!‹«

Marie-Josèphe lachte. »Ich liebe dich, Odelette.«

»Warum sollte es nicht geschehen? In allen Märchen ist es so.«

»Prinzen heiraten Prinzessinnen, und ich glaube nicht, daß die Türkei einen Botschafter an den französischen Hof entsendet.« Obwohl Frankreich und die Türkei gegen denselben Feind Krieg führten, betrachtete der

König die Türken nicht als seine Verbündeten. In der Vergangenheit hatten seine Armeen türkische Gefangene, wie Odelettes Mutter, in die Sklaverei verkauft. »Die Herren werden sagen: ›Wer ist dieses Mädchen aus den Kolonien? Nie und nimmer könnte ich eine so unscheinbare und einfältige Person zur Frau nehmen – außer sie hat eine riesige Mitgift!‹«

Odelette brachte Marie-Josèphe ihre hochhackigen, spitzen Schuhe, und Marie-Josèphe schlüpfte hinein.

»Voilà. Nun hat alles seine Richtigkeit, Mam'selle Marie. Bis auf Euer Haar.«

Marie-Josèphe betrachtete das blasse Geschöpf im Spiegel. Sie erkannte sich kaum wieder.

Marie-Josèphe und Odelette eilten durch die engen und muffig riechenden Korridore des Dachgeschosses. Odelette trug die Fontange vor sich her wie eine wunderlich dekorierte Torte.

Enge Treppen führten hinunter zum ersten Stock, in dem die königlichen Gemächer lagen. Statt abgetretener Teppiche und düsterer Flure – spiegelnde Parkettböden, kostbare Gobelins, Steinplastiken, vergoldetes Holz. Kunstwerke und zur Kunst geadeltes Handwerk erfüllten das Schloß, so daß Seine Majestät sich überall von Schönheit umgeben sah. Nahezu alles stammte von französischen Meistern oder aus französischen Manufakturen, und Seiner Majestät Vorliebe machte französische Produkte in der ganzen Welt begehrt. Sogar die Feinde Frankreichs bauten sich Schlösser nach dem Vorbild von Versailles.

Marie-Josèphe ertappte sich oft dabei, wie sie im Schloß ehrfürchtig staunend vor Bildern stand, deren Schönheit und Meisterschaft sie nie zu erreichen hoffen konnte. Gemälde von Tizian, von Veronese erfüllten sie mit Bewunderung, aber auch mit einem Gefühl der

Unzulänglichkeit. Heute zwang sie sich vorbeizugehen, ohne ihnen einen Blick zu gönnen.

Vor Lottes Gemächern angekommen, wurden sie von einem Türsteher angemeldet: »Mlle. de la Croix.« Er hielt einen Flügel der Doppeltür für sie auf. »Tretet ein, Mam'-selle.«

Lotte tauchte aus einer vielfarbigen Wolke aus Seide und Atlas und Brokat auf – der Blütenkranz ihrer Hofdamen in ihren schönsten Roben und ihrem erlesensten Schmuck.

»Mlle. de la Croix!« Sie umarmte Marie-Josèphe, trat zurück und musterte sie von oben bis unten.«

»So wird es gehen«, sagte sie ernsthaft, die Miene und den Tonfall von Madame nachahmend.

»Dank Eurer Großzügigkeit, Mademoiselle.« Marie-Josèphe knickste vor Lotte und vor all den anderen Damen, die von der ersten bis zu letzten im Rang hoch über ihr standen.

»Was für ein aufregender Tag!« Lotte zupfte an Marie-Josèphes hochgestecktem Oberrock, um das andersfarbige Futter besser zur Geltung zu bringen. »Aber, arme Marie-Josèphe, habt Ihr Euch mit Fischgedärmen beschmutzt?«

»Nein, Mademoiselle, nur meine Finger ein wenig mit Zeichenkohle.«

»Ist dies die berühmte Odelette?« erkundigte sich Mlle. de Armagnac, die gefeiertste Beauté dieser Saison. Ihre Haut war so durchscheinend wie Porzellan und ihr Haar hellgolden wie Sommerwein. »Was hat sie da Schönes?«

Die Damen scharten sich um Odelette, begeistert von ihrer Kunstfertigkeit. Lotte beanspruchte den neuen Kopfputz für sich. Der gerüschte Aufbau ragte eine Armeslänge über ihren Kopf empor, der Bänderschmuck kräuselte sich über ihren Rücken. Mlle. de Armagnac brachte silberne Barben, die zu Lottes Jupe paßten. Odelette befestigte sie an den Seiten des Häubchens am Hinterkopf.

»Wundervoll!« rief Lotte. »Du bist so geschickt.« Sie umarmte Marie-Josèphe, gab Odelette einen Louisdor und schwebte aus ihren Gemächern. Marie-Josèphe hatte Mühe, in der Schar der Nachdrängenden nicht von ihr getrennt zu werden.

Für Lotte öffneten sich beide Flügel der hohen, geschnitzten Tür zu Madames Gemächern. Im Antichambre versanken die Dames d'honneurs in einen tiefen Hofknicks. Lotte nickte und lächelte ihnen zu. Auf halbem Weg zum Kabinett ihrer Mutter blieb sie stehen und drehte sich um.

»Wo ist Mlle. de la Croix? Ich brauche Mlle. de la Croix.«

Marie-Josèphe knickste. Lotte gab ihr einen flüchtigen Kuß auf die Wange, ergriff ihren Arm und flüsterte: »Seid Ihr bereit, Maman gegenüberzutreten?«

»Ich verehre Eure Mutter«, erwiderte Marie-Josèphe aufrichtig.

»Und sie mag Euch. Aber sie kann so – altmodisch sein.«

In Madames Arbeitszimmer brannte nur eine Kerze auf dem Schreibtisch, an dem Madame saß und schrieb, eingehüllt in eine voluminöse Robe de chambre. Das Feuer im Kamin war erloschen, der Raum dunkel und kalt. Marie-Josèphe machte einen tiefen Knicks.

Madame blickte von ihrem Schreibtisch auf und legte die Feder beiseite.

»Meine kleine Liselotte«, sagte sie, »komm her und laß dich anschauen.« Madame und Mademoiselle teilten – im Familienkreis – denselben Kosenamen.

Während Marie-Josèphe in ihrem Hofknicks verharrte, kamen zwei kleine Hunde unter dem Rock von Madames Hausgewand hervor. Sie kläfften schrill, ihre Krallen klackten auf dem Parkettboden. Der Gestank ihrer

Exkremente hing in allen Ecken. BeideTiere, wandelnden Staubwedeln ähnlich, schnüffelten an Marie-Josèphes Kleid und versuchten, auf ihren Schoß zu gelangen. Sie erhob sich rasch, noch bevor Madame sie begrüßt hatte, um nicht eine Pfote ins Gesicht zu bekommen. Unauffällig, wie sie hoffte, stieß sie Herbstblume mehrmals mit der Fußspitze von sich weg. Die hochbetagte Spanielhündin kläffte noch schriller, schnappte nach ihrer Schleppe, verlor das Interesse und watschelte schnaufend davon. Frühlingsblume, das jüngere Tier, folgte ihr in sklavischer Ergebenheit. Selbst verglichen mit Herbstblume war Frühlingsblume nicht besonders klug.

Madame stand auf, umarmte Lotte, tätschelte ihr liebevoll die Wange und trat zurück, um sie zu betrachten.

»Deine Robe hat ein Vermögen gekostet – Seine Majestät Festlichkeiten werden noch unser Ruin sein –, aber du bist schön, und die Aufmachung kleidet dich.«

Der tiefe Ausschnitt zeigte Lottes prachtvolle Büste; taubengrauer Satin, silberne Spitze und Diamanten schmeichelten ihren blauen Augen. Gesund, üppig, fröhlich und warmherzig, repräsentierte Lotte die mütterliche, deutsche Seite der Familie, ihr beeindruckend gutaussehender Bruder hingegen war sowohl in seinen Stärken als auch in seinen Schwächen ganz ein Bourbon.

Madame unterzog nun auch Marie-Josèphe einer eingehenden Musterung. »Mlle. de la Croix, ich glaube, ich habe diese Toilette schon einmal gesehen.«

»Sie steht ihr so gut, Maman«, sagte Lotte. »Und ihre einzigartige Odelette hat sie nach der neusten Fasson ausstaffiert.«

»Sie hat sie so sehr verändert, daß du sie wieder tragen könntest.«

»Nein, Maman, nicht ein zweites Mal. Nicht, während die ausländischen Prinzen am Hof sind!«

»Wo ist die Palatine, die ich Euch gegeben habe?«

Marie-Josèphe heuchelte Überraschung und Reue.

»O Madame, ich bitte um Vergebung, vor Freude über das neue Kleid habe ich alles andere vergessen!« So sehr sie Madame verehrte, sie hatte nicht vor, wie eine alte Jungfer ihr Dekolleté unter einem Tuch oder einem Pelzkragen zu verstecken.

»Nichts anderes im Sinn als die neusten Modecapricen.« Madame schüttelte ergeben den Kopf. »Nun wohl. So wird es gehen.« Es klang genauso wie Lottes Parodie.

Lotte unterdrückte ein Lachen. Marie-Josèphe überspielte ihre Belustigung, indem sie einen Knicks andeutete und den Kopf neigte.

»Liebe Tochter«, sagte die stattliche Herzogin, »ich begann mich schon zu fragen, wo du bleibst.«

Lotte lachte. »Aber Maman, ich mußte Mlle. de la Croix vor dem Fischungeheuer retten!«

Marie-Josèphe richtete sich auf, trat zu Madame, kniete nieder und küßte den Saum ihres Negligés. »Ich bitte um Entschuldigung, Madame. Es tut mir leid, daß Mademoiselle sich meinetwegen verspätet hat.«

»Euch zweimal vergeben, an einem Tag?« Madame lächelte. »Ich bin nicht Euer Beichtvater, Kind. Aber ich frage mich, ob Ihr nicht vielleicht zu viele Pflichten habt, um Euch um die Familie einer alten Frau zu kümmern.« Sie ergriff Marie-Josèphes Hand und hob sie vom Boden auf.

»Verlangt nicht von mir, auf Marie-Josèphe zu verzichten, Maman«, sagte Lotte. »Es würde M. de Chrétien verärgern. Außerdem habe ich große Pläne mit ihr.«

»Und Seine Majestät hat große Pläne mit ihrem Bruder, der ihrer Hilfe bedarf. Père de la Croix ist Seiner Majestät wichtiger, als wir es sind.« Madames Handbewegung umfaßte den ganzen Raum, die verblaßten Tapeten, die heruntergebrannten Kerzen. »Ich neide ihm seinen Platz nicht.«

»Madame, Ihr solltet unser Quartier sehen!« sagte Marie-Josèphe, obwohl sie sich Madame nicht vorstellen konnte, wie sie zu der Mansarde hinaufstieg, und inständig hoffte, daß sie es nicht versuchte. »Ich könnte meine ganze Kammer innerhalb der Vorhänge Eurer Bettstatt unterbringen, und die meines Bruders ist nicht größer.«

»Ach, das wird nicht mehr lange so bleiben, ma petite. Ich bewundere Euren Bruder für seinen Erfolg.« Sie seufzte. »Ich wünschte nur, ich könnte für meine Kinder sorgen, wie es sich gehört, und meine Rechnungen bezahlen.«

»Maman, Ihr übertreibt wie gewöhnlich. Wir sind reich, seit die liebe Grande Mademoiselle gestorben ist.«

»Die ›liebe‹ Grande Mademoiselle ... Schon gut, über die Toten soll man nichts Schlechtes sagen. Durch die große Güte der Herzogin de Montepensier ist dein Bruder reich. Monsieur ist reich. Ich hingegen habe kaum genug, um meinen Haushalt zu führen, und ich kann schwerlich Monsieurs Stellung bei Hofe gerecht werden mit einem neuen Kleid jede zweite Saison.«

»Maman, Ihr habt eine brandneue Toilette! Wir müssen eilen, warum haben Eure Damen Euch nicht angekleidet?«

»Sie machten ein solches Gewese. Deshalb habe ich sie weggeschickt und meine Korrespondenz erledigt, bis du kommen solltest.«

Lotte übernahm das Kommando. Sie schickte Odelette um Madames Korsett und Strümpfe, Marie-Josèphe bekam den Auftrag, sich um Madames Jupe zu kümmern. Gemeinsam kleideten sie die Pfalzgräfin in die vielen einzelnen Teile der Grand parure. Ihre Unterhaltung wandte sich dem Seeungeheuer zu.

»Ich habe an die Kurfürstin Sophie geschrieben«, sagte Madame, »und ihr vom Triumph Eures Bruders berichtet, Mlle. de la Croix, und wie er das Fischungeheuer zerwirkt hat.«

»Diese Geschöpfe sind genaugenommen keine Fische, Madame. Sie haben mehr mit Walen oder Seekühen gemein. Er seziert es – um hineinzuschauen, um zu erforschen, wie sein Körper beschaffen ist ...«

»Sezieren, zerwirken.« Madame zuckte die Schultern.

»Chartres hat als einziger in der Familie das Talent für Alchimie.« Lotte schauderte theatralisch. »Ich könnte das alles nicht verstehen, und wenn ich es könnte, würde ich bestimmt niemals wieder essen oder atmen oder trinken.«

»Du hättest keine Wahl«, sagte Madame. »Du müßtest es tun, ebenso wie den Darm entleeren und Leibeswinde fahrenlassen.«

»Maman!« Lotte lachte ihr herrliches Lachen wie gesponnenes Silber. »Nun hört Ihr für einen Augenblick auf zu atmen, damit wir das Korsett schnüren können.«

Herbstblume stieß auf ihrer ziellosen Wanderung gegen Madames Fuß und ließ sich fallen. Marie-Josèphe und Odelette halfen Madame in ihr Untergewand. Der Saum des Rocks fiel über Herbstblume und verbarg sie. Frühlingsblume, die sie nun nicht mehr sehen konnte, lief herum und kläffte angstvoll.

Madame beugte sich nieder, schob Atlas und Spitzen beiseite und streichelte Herbstblumes lange, weiche Ohren. »Sie wird hinfällig. Ich weiß, es bricht mir das Herz, wenn sie stirbt – und was wird Frühlingsblume tun, wenn sie fort ist?«

»Maman, seid nicht albern. Herbstblume ist nicht gebrechlicher, als Ihr es seid.«

»Wir sollten uns beide in ein Konvent zurückziehen, wo wir niemandem mehr zur Last fallen. Ein Konvent würde doch einen kleinen Hund aufnehmen, nicht wahr? Man würde mich nicht meiner kleinen Freuden berauben?«

Sie würden Euch alles rauben, was sie könnten, liebe, ahnungslose Madame, dachte Marie-Josèphe, aber laut aussprechen durfte sie eine solche Ketzerei nicht.

»Madame, ich glaube, in einem Konvent würde es

Euch nicht gefallen.« Sie und Odelette hoben das imposante Gebilde von Madames Hoftoilette und zogen es ihr behutsam über den Kopf.

»Maman, wenn Ihr erst in ein Konvent eingetreten seid, wird man Euch nicht mehr zur Jagd reiten lassen. Man verbietet Euch vielleicht, Eure Korrespondenz weiterzuführen. Was würde Großtante Sophie sagen, wenn sie keine Briefe mehr von Euch bekommt?«

»Was sollte ich ihr berichten, aus einem Konvent? Ich müßte den Schleier nehmen und ein Schweigegelübde ablegen.«

»Ihr würdet nie mehr den König sehen.«

»Ich sehe ihn ...« Madams Stimme brach. »Ich sehe ihn ohnehin selten genug.«

»Und außerdem, Ihr müßt einen Prinzen für mich finden, Ihr habt es versprochen!«

Lottes Enthusiasmus nötigte Madame ein Lächeln ab, wenn es auch ein wenig traurig war. Sie umarmte ihre Tochter erneut.

»Du hast recht, das muß ich. Denn deinen Bruder habe ich im Stich gelassen, als es darum ging, ihn zu vermählen. Sein Vater hat unrecht an ihm gehandelt; sein Onkel, der König, hat unrecht an ihm gehandelt, so daß sich Mausdreck unter die Pfefferkörner hat mischen können!« Madame stieß einen tiefen Seufzer aus. »Hätte Chartres weniger närrische Vorstellungen im Kopf, weniger gefährliche Steckenpferde ...«

»Mama, Ihr vergeßt ...«

»... daß Père de la Croix die gleichen närrischen Vorstellungen hat? Ich habe es nicht vergessen, Liselotte. Er kann sich neumodische Ideen erlauben.«

Madame setzte sich nieder. Herbstblume kletterte auf ihren Schoß, setzte sich mit ihrem Hinterteil auf ihren Samtrock und kratzte mit der Pfote an dem Spitzentuch, das ihr Dekolleté verhüllte. Madame streichelte den Hund liebevoll.

»Alle Dinge sind anders für einen Prinzen von Geblüt. Was Seine Majestät bei einem Jesuiten gutheißt, darf er nicht gutheißen bei seinem Neffen.«

»Madame, Euer Sohn liebt die Wissenschaft«, warf Marie-Josèphe ein. »Ihm seine Studien verbieten würde ihm großen Kummer zufügen.«

»Und ihm erlauben, fortzufahren, könnte ihn das Leben kosten. Die Verdächtigungen könnten Euren Bruder mit ins Unglück reißen. Und Ihr, Ihr müßt sehr vorsichtig sein.«

»Verdächtigungen!« Marie-Josèphe schüttelte verwirrt den Kopf. »Wer könnte Yves irgendeiner niederträchtigen Handlung verdächtigen? Und Chartres? Madame, er ist liebenswürdig und gut und klug ...«

»Auch mein Gemahl ist liebenswürdig und gut und klug«, fiel Madame ihr ins Wort. »Ungeachtet all seiner Schwächen und sogar seiner Sünden. Das hat niemanden daran gehindert zu munkeln, er hätte Henriette d'Angleterre vergiftet – oder daß man ihn auf dem Scheiterhaufen verbrennen sollte.«

»Unfug, Maman. Jeder, der die erste Madame gekannt hat, sagt, sie wäre gestorben, weil sie nie etwas essen wollte. Sie hat sich verzehrt vor Liebe nach ...«

»Still, du weißt nichts von ihr. Damals warst du nicht mehr als ein Glimmen der Pflichterfüllung in deines Vaters Auge.«

»Und Ihr wart noch in Heidelberg, in der Kurpfalz.«

Madame beugte sich vor und legte die Stirn auf Herbstblumes weiches goldenes Fell. Frühlingsblume schnüffelte um ihre Füße auf dem Boden herum, ohne ihre verschwundene Gefährtin finden zu können.

Madame seufzte. »Und wie sehr ich mir wünsche, ich wäre dort geblieben!« Sie schaute ihre Tochter lange an. Ihre Atemzüge wurden ruhiger und tiefer, und sie weinte nicht. Marie-Josèphe tat das Herz weh für Madame, so weit weg von zu Hause.

»Ich werde einen Prinzen für dich finden, Liselotte«, sagte Madame endlich. »Meine Pflicht ist es, ihn zu finden, und deine Pflicht wird es sein, ihn zu heiraten. Ich hoffe, du wirst mich nicht hassen an jenem Tag ... Ich hoffe, du wirst glücklicher als ich.«

»Maman, sorgt Euch nicht um meinen Hochzeitstag. Ihr werdet stolz auf mich sein, ich verspreche es. Oh, was sollen wir mit Eurem Haar anfangen?«

»Gib mir ein Band, um es hochzubinden«, sagte Madame mit einem kritischen Blick auf Lottes Kopfputz. »Du kannst eins entbehren. Niemand wird von mir Notiz nehmen.«

»Marie-Josèphe, Maman braucht Eure Hilfe.«

»Ich kann das Feld nur Odelette überlassen, Mademoiselle.« Sie schob Odelette nach vorn und hielt die Nadeln und Bänder, während sie arbeitete. Lotte gesellte sich zu ihr und machte mit Begeisterung Handreichungen.

»Maman, bitte lächelt doch«, bat sie. »Ihr seht wundervoll aus. Wollt Ihr nicht Schokolade und Kuchen kommen lassen, damit wir uns für den Nachmittag stärken können?«

»Ich sollte nicht lächeln, weil meine Zähne häßlich sind, und ich sollte keinen Kuchen essen, weil ich zu dick bin«, sagte Madame. »Aber ich will beides tun, ma chère, um dir eine Freude zu machen.«

Odelette hatte eben letzte Hand an Madames Coiffure gelegt, als Monsieur und Chartres und Lorraine hereinkamen, nicht unähnlich einem Trio juwelengeschmückter und perückentragender Pfauen. Wie aus dem Nichts erschienen Lakaien mit Pastetchen, mit Schalen voller Obst und mit Wein. Madame erhob sich mit der ihr eigenen gravitätischen Art und knickste vor ihrem Gemahl. Monsieur erwiderte ihren Gruß förmlich.

»Ich bringe Euch meinen Friseur, Madame.« Monsieur streichelte über einer Locke seiner imposanten schwarzen Perücke. »Laßt ihn ...«

»Man hat schon genug an mir gezupft und herumgewerkelt.« Madame scheuchte Monsieurs Friseur mit einer Handbewegung zurück.

Lorraine und Chartres beobachteten amüsiert die Szene und tranken Wein. Unter zahlreichen Verbeugungen verließ der enttäuschte Haarkünstler das Gemach.

»Habt Ihr bereits einen neuen Friseur?« fragte Monsieur. »Die Coiffure ist anprechend, durchaus ansprechend. Noch eine Rüsche oder zwei . . .«

»Ich bin um einiges zu alt für eine Fontange. Nein, vielen Dank, Monsieur. Ich bevorzuge mein Haar schlicht – wie auch Euer Bruder, der König.«

Monsieur und Lorraine tauschten einen Blick, und selbst Marie-Josèphe wußte, daß in jüngeren Jahren der König ein großes Faible für schöne Frauen gehabt hatte.

»Wer hat dein Haar frisiert?« wandte Monsieur sich an seine Tochter. »Es ist wirklich sehr hübsch.«

»Mlle. de la Croix, Papa«, antwortete Lotte. »Ich bin so froh, sie zu haben, statt daß sie in Saint-Cyr eingesperrt bleibt, bis sie alt und grau ist.«

»Der Ruhm gebührt allein Odelette«, wehrte Marie-Josèphe ab.

Odelette knickste befangen. Monsieur kramte in seinen Taschen, fand nichts anderes als Krümel, nahm einen Diamanten von seiner Weste und gab ihn Odelette.

»Wo ist M. le Père?« fragte Madame. »Er hat uns ein paar Minuten seiner Zeit versprochen – eine Geschichte oder zwei von seiner Reise.«

»Er wird bald kommen, Madame.«

»Sollte er sich verspäten, Mlle. de la Croix«, sagte Chartres, »wäre es mir eine Freude, Euch zu begleiten.«

»Du wirst deine Schwester begleiten«, wies Madame ihn nicht ohne Strenge zurecht. »Angesichts der Tatsache, daß deine Gemahlin es nicht für angebracht hält, mir ihre Aufwartung zu machen.«

»Wundert Euch nicht, Madame«, warf Lorraine ein.

»Mlle. de Blois fürchtet, zusammen mit dem anderen Mausdreck hinausgefegt zu werden.«

»Madame Luzifer hat Besseres zu tun, als ihre Zeit mit mir zu verbringen«, äußerte Chartres. »Zu meiner immerwährenden Dankbarkeit.«

»Ich freue mich so darauf, von den Abenteuern Eures Bruders zu hören«, sagte Madame. »Wenn ich es verpasse, muß ich wieder zehn Jahre warten, bis etwas Aufregendes passiert.«

»Wenn Euch auch nur eine Geschichte entgeht, Madame«, sagte Marie-Josèphe, »wird er sie alle noch einmal erzählen – für Euch. Ich verspreche es.«

»Du bist ein gutes Kind.«

»Mlle. de la Croix, ich habe ein Geschenk für Euch.« Chartres kam hinkend auf sie zu, sein blindes Auge rollte. Marie-Josèphe befürchtete immer, er würde stolpern und hinfallen. Er hielt ihr einen kleinen Silberflakon hin, aus dem er den Stöpsel herausgezogen hatte.

»Was ist es, Monsieur?«

»Parfum – aus meiner eigenen Herstellung.« Er sank vor ihr auf ein Knie nieder.

Marie-Josèphe wich verlegen einen Schritt zurück. »Ich bitte Euch, Monsieur, steht auf.«

Er griff nach ihrer Hand, um Parfum auf die Innenseite ihres Handgelenks zu tupfen, aber Lotte hinderte ihn daran.

»Laß sie erst daran riechen, Philippe«, sagte sie. »Vielleicht paßt es nicht zu ihr.«

»Wie könnte es das nicht?« antwortete Chartres.

Marie-Josèphe fragte sich, ob es sich für einen verheirateten Mann schickte, der Hofdame seiner Schwester Parfum zu schenken, aber ganz gewiß stand es ihr nicht zu, sein Benehmen zu kritisieren. Sie hätte gern gewußt, weshalb seine Gemahlin sich von ihm fernhielt, denn trotz seines blinden Auges war er hübsch und wußte stets etwas Neues oder Interessantes zu erzählen.

»Reine Blütenessenz.« Chartres bewegte den Stöpsel unter ihrer Nase hin und her, so daß der Luftzug einen zarten Hauch von Duft mit sich trug.

»Rosen! Monsieur, wie betörend!«

Chartres tropfte das Parfum auf Marie-Josèphes Handgelenk. Als er den Flakon zu ihrem Dekolleté hob, griff Madame danach. Chartres schmollte.

»Ein Prinz sollte nicht den Dienst einer Zofe verrichten.« Madame gab Marie-Josèphe den Flakon. »Eure Dienerin soll Euch parfümieren, Mlle. de la Croix, wenn Ihr es wünscht.«

»Ich will Mlle. de la Croix nur beweisen, daß ich ein Chemiker bin«, sagte Chartres. »Ich könnte ihrem Bruder helfen. Ich könnte an seinen Studien teilhaben.«

Odelette tupfte Marie-Josèphe die Rosenessenz hinter die Ohren, auf den Hals und zwischen ihre Brüste. Die Flüssigkeit verdunstete, kühl auf ihrer Haut, und hüllte sie in eine Wolke aus Duft.

»Du hältst dich vielleicht für einen Chemiker, Philippe«, sagte Monsieur, »aber du bist nur ein Novize in der Kunst der Parfumerie.«

Chartres' einäugiger Blick folgte Odelettes Händen. Lorraine lächelte Marie-Josèphe zu, spöttisch und wissend. Um seine Augen bildete sich ein Kranz bezaubernder Lachfältchen.

»Ein andermal müßt Ihr eine von meinen Duftkompositionen ausprobieren«, sagte Monsieur. Er schwenkte sein Spitzentaschentuch vor ihrem Gesicht. Ein schwerer, moschusartiger Geruch benahm ihr fast den Atem. »Nun, wer ist besser, der Vater oder der Sohn?«

»Ich bitte um Vergebung, Monsieur, aber noch riecht für mich alles nach Rosen, und es fällt mir schwer, einen anderen Duft zu beurteilen.« Sie konnte Monsieur schwerlich sagen, daß sein Parfum sie schwindeln machte und an Lorraine denken ließ.

»Ihr seht viel zu schlicht aus für diesen wichtigen

Tag.« Monsieur schaute in einen Spiegel, pflückte eines seiner eigenen Mouches ab und plazierte es über Marie-Josèphes Mundwinkel.

»Vielen Dank, Monsieur.« Sie knickste, weil sie in ihrer Verwirrung nichts anderes zu tun wußte.

»Nun, da ich mich als Chemiker bewiesen habe, werdet Ihr mich Eurem Bruder als Gehilfe empfehlen?« fragte Chartres erwartungsvoll.

»Sie wird nichts dergleichen tun«, sagte Monsieur, und Madame fügte hinzu: »Du erscheinst an der Abendtafel und riechst nach Schwefel. Nächstens wird es dann fauler Fisch sein? Es ziemt sich für dich nicht, dir die Hände zu beschmutzen.«

»Oder seine Reputation«, warf Lorraine warnend ein.

»Sprich nicht davon, mon cher.« Monsieurs Stimme klang besorgt. Er wandte sich wieder an seinen Sohn. »Diese dilettantische Beschäftigung mit der Alchimie ist unter deinem Stand.«

»Da habt Ihr recht, Monsieur!« rief Chartres aus. »Ich befasse mich mit Chemie. Das ist eine bedeutende Wissenschaft. Wir werden die Geheimnisse der Natur enträtseln ...«

»Und wozu soll das gut sein, bitte schön?« fragte sein Vater. »Wird es unserer Familie Nutzen bringen?«

»Ich habe Madame Luzifer geheiratet, um unserer Familie zu nützen«, antwortete Chartres.

»Für allen Nutzen, den es uns gebracht hat«, bemerkte Madame.

Monsieur, das Gesicht rot vor Zorn, erhob die Stimme: »Du hast bereits genügend andere Pflichten.«

»Und worin bestehen diese?« Chartres stellte die Frage in unschuldigem Ton, aber sein blindes Auge rollte wild.

»Dem König wohlgefällig zu sein«, antwortete Monsieur.

Marie-Josèphe atmete erleichtert auf, als Yves eintraf, gerade als Monsieur und Madame sowie ihre Begleitung aufbrachen, um sich in den Marmorhof zu begeben. Er verneigte sich höflich und war sofort von Damen umgeben, die sich mit koketter Schüchternheit hinter ihren Fächern verbargen. Yves stach in seiner schlichten schwarzen Soutane aus der bunten Hofgesellschaft hervor. Doch er hatte keine Zeit mehr, Madame mit Anekdoten über Seeungeheuer zu unterhalten.

Er zog Marie-Josèphes Hand in die Beuge seines Ellenbogens, und sie schlossen sich der Schar an. Sie war stolz darauf, an der Seite ihres Bruders zu gehen, trotzdem beneidete sie Mlle. de Armagnac, die über ihren Fächer hinweg mit Chartres kokettierte, während sie die Hand unter den Arm des Chevaliers de Lorraine schob.

»Was hast du da im Gesicht?« fragte Yves mit gedämpfter Stimme.

»Eine Mouche von Monsieur.«

»Meine Schwester sollte so etwas nicht tragen.« Behutsam pflückte er das Schönheitspflästerchen von ihrer Oberlippe.

»Ich wollte es gar nicht.« Auch Marie-Josèphe sprach leise. »Ich wußte nur nicht, wie ich ihn daran hindern sollte, es mir zu geben.«

»Und dein Kleid ...« Mit gerunzelter Stirn zupfte er an der Spitze, die ihren Ausschnitt säumte, und zog daran, bis der einfache Hemdstoff zum Vorschein kam. Sie wehrte ihn ab und hoffte, niemand hätte es gesehen, doch Mlle. de Armagnac war aufmerksam geworden und flüsterte Lorraine eine Bemerkung zu.

»Madame hat es gutgeheißen, und sie ist ein Muster an Anstand und Tugend.« Madames Palatine ließ sie unerwähnt. Sie schob den Musselin zurück, bis nur noch die Lingeriespitze zu sehen war. Marie-Josèphe hatte zu ihrer Verwunderung festgestellt, daß Lottes Hemden aus Musselin waren, bis auf den Besatz. Madame war nicht nur ein Muster an Tugend, sondern auch ein Muster an Sparsamkeit.

»Du hattest schon immer eine schnelle Auffassungsgabe«, sagte Yves. »Ein paar Monate in Frankreich, zwei Wochen in Versailles, und schon bist du eine Expertin in Hofetikette.«

»Zwei Wochen in Versailles, einen ganzen Sommer in Saint-Cyr – wo man von nichts anderem spricht als von dem König, von Religion und Mode.«

Yves sah sie verwundert an. »Ich wollte dich nur necken. Du hast dich tapfer geschlagen – aber jetzt bin ich hier. Du brauchst dir keine Sorgen mehr zu machen.«

Es stimmte, was er sagte. Sein Triumph stellte ihre kleinen Fortschritte in den Schatten. Und in seinem Schatten konnte sie nun weiterleben. Sie konnte ihm den Haushalt führen, und wenn sie Glück hatte, ließ er sie weiter bei seiner Arbeit assistieren. Wie selbstsüchtig und töricht von ihr, auf mehr zu hoffen. Dankbar drückte sie seinen Arm und lehnte den Kopf an die rauhe Wolle seiner Soutane. Yves tätschelte liebevoll ihre Hand.

Sie stand neben Yves auf dem Cour de Marbre, an dem ihr geziemenden Platz hinter Mademoiselle. Höflinge und Klerus drängten sich auf dem Platz mit seinem konzentrischen Pflaster aus weißen und schwarzen Marmorplatten.

Das Schloß erstrahlte in voller Pracht. Säulen, Vasen, Marmorbüsten, die Vergoldung an Türen, Fenstern und Balkonen – alles war für den Empfang Seiner Heiligkeit gereinigt, erneuert und in den besten Stand versetzt worden. Große Blumenkübel säumten die Höfe, die sich in Abstufungen zum Ehrentor und dem Place d'Armes öffneten und auf denen es von Menschen wimmelte.

Eine Doppelreihe blühender Orangenbäume flankierte den Weg Seiner Heiligkeit die Avenue de Paris entlang und über den Place d'Armes zu dem goldenen Tor. Größere Orangenbäume bezeichneten den weiteren Weg über das Kopfsteinpflaster des Avant-cour und durch den ersten und zweiten Cour Royale zum Rand des Cour de Marbre. Die Zuschauer standen respektvoll hinter dem Spalier, so daß die Durchfahrt frei blieb.

Marie-Josèphe hatte noch nie so viele Menschen gesehen. Alle waren in ihrem besten Staat erschienen, auch wenn es manchmal aussah, als wären die einzelnen Kleidungsstücke zusammengeborgt. Die Männer trugen Schwerter oder Degen, wie es sich gehörte: imposante mittelalterliche Familenerbstücke, gekerbte und zerschrammte Veteranen vergangener Kriege, Blechklingen, die man an den Ständen entlang der Straße von Versaille leihen konnte.

Marie-Josèphe taten die Füße weh. Die Sonne sank hinter das Dach des Schlosses und tauchte den Hof in Schatten. Es wurde kühl, und sie fröstelte trotz des Gedränges und des klaren Spätsommertages. Mit einem Taschentuch tupfte sie Mademoiselle den Schweiß von der Stirn.

In der Ferne brandete Jubel auf. Marie-Josèphe vergaß ihre schmerzenden Füße und das Frösteln.

Wie eine Woge brausten die Stimmen der Tausenden heran, die diesen Tag der Versöhnung zwischen Ludwig und der Kirche von Rom feierten. In dem Cour de Marbre, an drei Seiten vom Mittelbau umschlossen, sammelte und verstärkte sich der Jubel, als stimmten die Büsten der Philosophen und Heroen, die Statuen von Mars und Herkules auf ihren Sockeln mit ein und priesen den Aufstieg der Christenheit.

Ein Trupp der Schweizer Garde, prachtvoll anzuschauen in den leuchtenden Uniformen, stieg am Ehrentor aus dem Sattel und marschierte durch das Spalier der Bäume der Kutsche Seiner Heiligkeit voran. Dem Papst hatte Seine Majestät gestattet, mit einer Kutsche bis zum

Marmorhof zu fahren, doch Berittene waren nicht erlaubt.

Ludwig hätte darauf bestehen können, daß Innozenz sich ihm zu Fuß näherte. Immerhin hatte er einen von dessen Vorgängern auf dem Stuhle Petri gezwungen, sich vor ihm zu demütigen und um Vergebung für das flegelhafte Benehmen seiner Garde zu bitten. Dieser König von Frankreich war nicht gesonnen, der Kirche eine Vormachtstellung einzuräumen. Doch er war gleichzeitig ein großer Diplomat, der von einem hochbetagten und frommen und gottesfürchtigen Mann nicht verlangte, aus seiner Kutsche auszusteigen und zu Fuß das letzte Stück Weg zurückzulegen. Er würde seinen wichtigen Verbündeten nicht brüskieren.

Die Karosse rollte langsam zwischen den Bäumen entlang. Innozenz grüßte aus dem Fenster die Menge, und der Jubel wurde noch lauter. Hinter der Karosse strömten die Menschen zusammen wie Kielwasser am Heck eines Schiffes, füllten den freien Raum zwischen den Orangenbäumen.

Die Flügel des Schloßportals taten sich auf und der König erschien. Er durchmaß gemessenen Schrittes den Cour de Marbre, eine wahrhaft majestätische Erscheinung in braunem Samt, besetzt mit Tigeraugen und verbrämt mit goldener Spitze, einer grünen, über und über mit Gold bestickten Satinweste, diamantbesetzten Strumpfbändern und Schuhschnallen. Zu diesem ganz besonderen Anlaß trug er das blaue Schulterband des Ordens vom Heiligen Geist über dem Rock, mit funkelnden Diamanten bestückt. Rubine und Saphire schmückten die goldene Scheide von Seiner Majestät Zeremoniendegen. Sein Hut war nach spanischer Art mit einer Straußenfeder geziert.

Marie-Josèphe sank in einen tiefen Knicks. Rings um sie her raschelte Seide und flüsterte Samt, als die übrigen Damen es ihr gleichtaten und die Herren sich verneigten.

Sie wagte einen neugierigen Blick. Die feierlich schreitenden Pferde zogen die von den Schweizern flankierte Karosse Seiner Heiligkeit durch das Spalier der Menschen und Bäume im äußeren und inneren Cour Royale. Vor den flachen Stufen, die zum Marmorhof hinaufführten, blieben sie stehen. Gleichzeitig erreichte Seine Majestät den Kopf der Treppe. Die Ovationen schwollen zu einem Beifallssturm an.

Der König stand dort oben in seiner ganzen Glorie, umgeben von zwei Generationen seiner Erben, dem aus England vertriebenen König James und Königin Mary, seinen Ministern und Ratgebern. Mme. de Maintenon, unauffällig und ganz in Schwarz, mußte mit einem Platz in der hinteren Reihe vorlieb nehmen.

Marie-Josèphe hielt den Atem an. Im Halbdunkel der Karosse schimmerte das weiße Gewand Seiner Heiligkeit.

Der Papst stieg aus. Ludwig schaute ihm entgegen, dem alten Mann, der den Schlüssel zum Sieg gegen die Augsburger Liga in der Hand hielt. Schweigen senkte sich über die Menge.

Die beiden mächtigsten Männer der westlichen Welt standen sich gegenüber.

Kardinale und Bischöfe stiegen nach dem Papst aus der Karosse. Sie verneigten sich vor Seiner Majestät. Als sie sich wieder aufrichteten, erhoben sich auch Marie-Josèphe und der gesamte Hofstaat.

»Willkommen, Vetter. Unsere Entfremdung hat große Betrübnis verursacht.« Seine Majestät ehrte den Papst mit seiner höflichen Begrüßung.

»Vetter, ich bin glücklich über die Versöhnung zwischen Frankreich und Rom. Ich bin glücklich über unser Bündnis.«

»Mit vereinten Kräften werden wir die Protestanten niederwerfen. Wir werden ihre ketzerische Religion in Frankreich ausmerzen. In Europa. In der ganzen Welt.

Zum Ruhme Gottes.« Aus der riesigen Menge stieg ein lauter Jubelschrei empor, spontaner Ausdruck der Verehrung für Gott und den König.

Mme. de Maintenon stand da wie gelähmt und hielt die gefalteten Hände an die Lippen. In ihren dunklen Augen glänzten Tränen. Marie-Josèphe tat sie ein wenig leid, trotz ihrer Stellung: Gemahlin – sagte man – des Königs, aber insgeheim, niemals anerkannt und deshalb dem Vorwurf des Ehebruchs und der Unzucht ausgeliefert. Durch ihren Einfluß war dieses einmalige Treffen zustandegekommen, und doch mußte sie hinter den Bastardprinzen stehen, stumm, fast überwältigt von ihren Gefühlen.

Unter dem anhaltenden Jubel der Menge brachte einer der Bischöfe einen goldenen Behälter, übersät mit Perlen und Diamanten. Er reichte das Reliquiar Seiner Heiligkeit, der es ehrfürchtig entgegennahm. Papst Innozenz hob das hohe, kuppelförmige Gefäß an die Lippen, um es dann Seiner Majestät zu überreichen.

Ludwig nahm das kostbare Geschenk entgegen, ein Knochen oder ein Stück Fleisch vom Leib eines Heiligen, das nun für immer in Frankreich seinen Platz haben sollte. Vielleicht stellte Seine Majestät es in der Schloßkapelle von Versailles auf, wo die Höflinge das Heiligtum sehen, berühren und durch seinen Einfluß gut und fromm werden konnten.

Seine Majestät überreichte das Reliquiar Comte Lucien, der es nahm und an Père de la Chaise weiterreichte. Seine Heiligkeit runzelte die Stirn über Comte Lucien und setzte dann wieder eine gütige Miene auf. Und ja, auch Marie-Josèphe fand, daß Comte Lucien die Relique des Heiligen nicht mit der gebührenden Achtung behandelt hatte. Innozenz' Gabe verdiente einen goldenen Altar oder wenigstens ein violettes Kissen.

Comte Lucien gab ein Zeichen. Sechs Lakaien trugen – unter dem Gewicht schwankend – eine nach neuester

Machart gearbeitete Gebetsbank aus Ebenholz herbei. Intarsien aus exotischen Hölzern und Perlmutt, umrandet mit Gold, stellten Szenen aus den Gleichnissen dar.

Seiner Majestät Ebenisten haben sich selbst übertroffen, dachte Marie-Josèphe.

Der König und der Papst bezeugten sich gegenseitig ihre Achtung voreinander. Innozenz verbeugte sich mit aufrichtiger Demut, Seine Majestät geruhte vor dem höchsten Würdenträger der katholischen Kirche das Haupt zu neigen. Die Höflinge Seiner Majestät und die Kirchenmänner hinter Innozenz folgten dem Beispiel ihrer Souveräne. Auf Mme. de Maintenons Zügen lag ein Leuchten unaussprechlichen Entzückens. Sie hob den schwarzen Fächer, um ihr Gesicht dahinter zu verbergen, aber sein Beben verriet ihre innere Bewegung.

Seine Majestät konnte die Hand nur dem Kaiser reichen, dem einzigen Menschen in Europa, der ihm gleichgestellt war. Offenbar dachte er nicht daran, für Papst Innozenz die Etikette zu durchbrechen, wie er es für seinen abgesetzten Verbündeten James von England getan hatte. Innozenz seinerseits versagte es sich, Ludwig seinen Ring zum Kuß darzubieten, doch sein Blick suchte des Königs Begleiterin, und er streckte Mme. de Maintenon die Hand entgegen.

Mme. de Maintenon eilte auf ihn zu, ihr schwarzer Seidenrock und die Unterröcke raschelten über den schwarz-weißen Marmor. Eine mächtige, im Hintergrund die Fäden ziehende Königin auf einem verzerrten Schachbrett, kniete sie vor Innozenz nieder – anmutig, trotz ihres Alters – und drückte inbrünstig seinen Ring an die Lippen.

»Vielleicht wird er sie steinigen«, brummte Madam, gerade laut genug, daß Lotte und Marie-Josèphe hinter ihr es hören konnten. Marie-Josèphe war bestürzt, aber Lotte preßte die Lippen zusammen und ihre Schultern zuckten.

»Erhebe dich, Schwester.« Innozenz behandelte Mme. de Maintenon mit ausgesuchter und gütiger Höflichkeit und stützte so die Fraktion, die glaubte, sie und der König wären vermählt.

Seine Majestät und Papst Innozenz und Mme. de Maintenon schritten nebeneinander über den Cour de Marbre zum Portal, die königliche Familie und die Bischöfe und Kardinäle folgten ihnen, der Hof erwies ihnen Reverenz, als sie vorbeigingen. Erneut brach die Menge in Begeisterungsrufe aus, die von den Mauern widerhallten, so daß man glaubte, die Büsten der Helden und Heiligen müßten ihre steinerne Gelassenheit verlieren und in den Jubel einstimmen.

Kapitel 7

Marie-Josèphe begleitete Madame und Mademoiselle zurück in Madames Gemächer. Erbittert über Mme. de Maintenons Triumph, brummte Madame auf dem ganzen Weg vor sich hin. »Innozenz wird des Königs ganze Zeit beanspruchen«, sagte sie. »Kriegspläne machen, mich meinen Verwandten ganz entfremden ... Ich fürchte, Seine Majestät wird uns nie wieder zu einer Jagd oder einem Spaziergang einladen.«

»Wir können allein spazierengehen, Maman.«

»Das ist nicht dasselbe.«

»Aber Madame«, sagte Marie-Josèphe, »wie kann Seine Majestät sich an einem Tag wie heute mit gewöhnlichen Dingen befassen?«

»Die Unterhaltungen des heutigen Abends werden gewöhnlich genug sein, da habe ich keinen Zweifel. Kein Papst kann dem Spielen oder dem Trinken Einhalt gebieten und erst recht nicht der Langeweile!« Madame seufzte, doch ihr Gesicht erhellte sich, als sie in ihre kalten, düsteren Gemächer trat. »Ich muß meinen Brief an Sophie beenden.«

»Du wirst Großtante Sophie gestehen müssen, daß die Marquise de Maintenon nicht gesteinigt wurde.«

Madame stieß einen angewiderten Laut aus. »Die alte Hure! Mit Verlaub, Mlle. de la Croix.«

»Ich bitte um Vergebung, Madame?«

»Und ich bitte um die Eure. Ich kann nichts für meine unziemliche Ausdrucksweise. Man hat als Kind nicht recht auf meine Sitten geachtet.«

»Ich habe nichts Unziemliches gehört, Madame.«

Madame lachte, Lotte ebenfalls.

»Also hat die alte Hutzel Euch nicht für sich einzunehmen vermocht mit ihrer Frömmelei und ihren Mauseköteln! Ich wußte, Ihr seid eine vernünftige junge Frau.«

»Ihr habt eine zu hohe Meinung von mir, Madame.« Marie-Josèphe konnte spüren, wie sie rot wurde. »Wenn etwas Unziemliches gesagt wurde, habe ich es nicht gemerkt – ich weiß nicht, was das Wort bedeutet.«

»Welches Wort?« fragte Lotte trocken. »Köttel, Hutzel oder Hure?«

»Das letztere«, flüsterte Marie-Josèphe.

»Es spricht für Euch, daß Ihr es nicht wißt«, sagte Madame. »Ich muß jetzt wirklich zu meinen Briefen.«

Marie-Josèphe und Lotte knicksten, als die Pfalzgräfin in ihrem privaten Kabinett verschwand.

Lotte nahm Marie-Josèphe beim Arm, und zusammen verließen sie Madames Gemächer. Es dämmerte, Lakaien ließen die Kristallkronleuchter herab und entzündeten Hunderte neuaufgesteckter Kerzen.

In Lottes Räumen nahmen die Hofdamen Odelette in Beschlag, damit sie ihnen die Haare frisierte. Lotte zog Marie-Josèphe in eine Fensternische, wo sie ungestört miteinander flüstern konnten.

»Habt Ihr wirklich ein so behütetes Leben geführt?« fragte Lotte.

»Ihr wißt, daß es so ist.«

»Eine Hure ist ein Weib, das sich für Geld verkauft.«

»Auf Martinique würden wir sie eine Sklavin nennen. Oder eine Lohndienerin, wenn sie sich selbst verkaufte.«

»Keine Sklavin, keine Lohndienerin! Ein Weib, das seinen Körper verkauft.«

Marie-Josèphe schüttelte verwirrt den Kopf.

»Das seinen Körper an Männer verkauft. An irgendwelche Männer.« Und da sie merkte, daß ihr Gegenüber immer noch nicht begriff: »Zur Wollust.«

»Wollust?« Marie-Josèphe bemühte sich, aus all dem klug zu werden. »Ihr meint Unzucht? Geschlechtlichen Verkehr ohne das Sakrament der Ehe?«

»Ehe! Dummes Gänschen.«

»Ich ...« Marie-Josèphe schwieg. Es stand ihr nicht zu,

sich gegen die Scherze ihrer königlichen Herrin zu verwahren, auch wenn es sie schmerzte, daß Lotte offenbar Freude daran hatte, sich über sie lustig zu machen.

Du bist zu hochfahrend geworden, tadelte sie sich in Gedanken. *Wenn Lotte dich auf deinen Platz verweist, geschieht es dir nur recht.*

»Ich habe es nicht ernst gemeint!« sagte Lotte. »Marie-Josèphe, es tut mir leid. Ihr müßt mir erlauben, daß ich Euch den Lauf der Welt erkläre. Wie konnten die Nonnen Euch in solcher Unwissenheit halten?«

»Sie hofften, mir meine Unschuld zu bewahren«, antwortete Marie-Josèphe. »Die heiligen Schwestern waren selbst unschuldig. Sie wußten nichts über ...« Ihre Stimme wurde zu einem Flüstern.

»Hurerei«, sagte Lotte ungeniert. »Ich werde Euch von Ninon de L'Enclos erzählen – ich bin ihr begegnet, wenn Seine Majestät das wüßte! Oder Maman! –, aber natürlich ist sie keine *Hure*, sie ist eine Kurtisane.«

»Was ist das?«

Lotte erklärte es ihr. Nach Marie-Josèphes Auffassung konnte der Unterschied mit tausend Engeln auf einem Stecknadelkopf tanzen.

Im Konvent hatten die Nonnen immer wieder düstere und unklare Warnungen ausgesprochen, die Marie-Josèphe nicht verstand. Nur einmal hatte sie gefragt, was genau ›Sünden des Fleisches‹ eigentlich waren. Eine Woche Arrest bei Wasser und Brot vermochte sie nicht von ihrer unweiblichen Wißbegier zu kurieren, aber sie lernte, sich Antworten auf Umwegen zu beschaffen. In anderer Hinsicht zeitigte die Bestrafung den gewünschten Erfolg: Sie ging daraus hervor mir der heiligen Gewißheit, körperliche Beziehungen zwischen Mann und Frau wären sündhaft, in der Ehe Pflicht und unangenehm. Als sie in Lottes Alter war, hatte Marie-Josèphe um ihre toten Eltern geweint, Maman und Papa, die einander herzlich zugetan gewesen waren, die sie und Yves geliebt hatten, obwohl sie, um sich an ihren Kindern zu freuen, solcherlei Ungemach und Schmerzen auf sich nehmen mußten. Sie weinte, weil sie und ihr zukünftiger Gemahl das gleiche würden tun müssen, wenn sie den Zauber ihrer Kindheit wiederbeleben wollte. Sie hoffte, daß sie stark genug sein möge, und sie fragte sich, weshalb Gott die Welt in dieser Art erschaffen hatte. Sie fragte sich, ob Gott einen Scherz gemacht hatte. Doch als sie bei der Beichte den Priester fragte, lachte er. Dann sagte er zu ihr, die Menschen sollten einander nicht lieben, denn solche Liebe wäre profan. Die Menschen sollten Gott lieben, dessen Liebe heilig sei. Dann erlegte ihr der Priester eine dermaßen hohe Buße auf, daß sie glaubte, sie hätte fast eine Züchtigung verdient.

Einmal hatte die Äbtissin ihre Zöglinge über die Sünden des Fleisches belehrt und sie in solche Verwirrung und Ratlosigkeit gestürzt, daß sie nachts wach lagen und flüsterten, statt zu schlafen. Die Schwestern bemerkten die Unruhe, und in dieser Nacht wie in den nächsten, für die Dauer ungefähr eines Monats, lagen die Schwestern neben den Zöglingen, als Wächterinnen, um eitles Schwatzen zu verhindern und auf die Einhaltung der vorgeschriebenen Schlafhaltung zu achten: auf dem Rücken, die Hände auf der Bettdecke.

»Nun wißt Ihr von Mlle. de L'Enclos«, sagte Lotte, »die überaus geistreich ist, zu ihrer Zeit das Stadtgespräch von Paris war und eine große Kurtisane.«

»Sie hat eine Todsünde begangen«, sagte Marie-Josèphe.

»Dann ist jedem am Hofe die ewige Verdammnis bestimmt!«

»Nicht *jedem*! Nicht Madame ...«

»Nein, nicht Maman, der Armen.«

»Und nicht Seiner Majestät!«

»*Heute* nicht mehr, das stimmt, aber als er jung war, Marie-Josèphe, war er der Schlimmste von allen!«

»Mademoiselle! Wie könnt Ihr in dieser Weise von Seiner Majestät sprechen?«

»Was glaubt Ihr, woher der Mausdreck kommt?«

Marie-Josèphe bemühte sich, ihren Glauben, daß Kinder nur in der Ehe zustandekamen, mit der unbestreitbaren Tatsache in Übereinstimmung zu bringen, daß der Duc du Maine und sein Bruder und seine Schwestern und seine Halbschwester existierten.

»Seine Majestät kann tun, was ihm beliebt«, sagte sie schließlich.

Und vielleicht, dachte sie, *hat Gottvater das Geschäft, Kinder zu zeugen, für seinen Stellvertreter auf Erden etwas weniger abscheulich gemacht.* Das würde erklären, weshalb Seine Majestät eine so zahlreiche Nachkommenschaft hervorgebracht hatte.

»Nicht nach dem Willen der Kirche und nicht nach dem Willen von Mme. de Maintenon! Am Hof heißt es, sie hätte ihm einen Keuschheitsgürtel umgelegt.«

Marie-Josèphe schwieg peinlich berührt. Sie als die Ältere hätte die Wissende sein sollen. Lotte hatte sie auf ein Terrain geführt, das ihr fremd war.

»Und mir ist nicht die ewige Verdammnis bestimmt – jedenfalls nicht aus diesem Grund.« Marie-Josèphe versuchte, sich auf festem Boden zu retten. »Und auch Euch nicht …«

»Seid Ihr dessen sicher?« fragte Lotte in vielsagendem Ton.

Marie-Josèphe ging über die Andeutung hinweg, als hätte sie sie nicht gehört. »… oder meinem Bruder …«

»Euer herzzerreißend schöner Bruder!« rief Lotte aus. »Verschwendet als Priester! Jede Dame am Hof ist bezaubert von seinen Augen.«

»… oder … oder …« Der Einwurf hatte Marie-Josèphe aus dem Gleichgewicht gebracht. »Oder Comte Lucien!«

Lotte starrte Marie-Josèphe an. Mußte sie ihr jetzt nicht

recht geben? Dann brach sie zu Marie-Josèphes größtem Erstaunen in ein lautes, übermütiges, ganz und gar undamenhaftes Gelächter aus.

»Liebe Marie-Josèphe!« Sie kam schnaufend wieder zu Atem. Marie-Josèphe hatte keine Ahnung, was diesen Heiterkeitsausbruch hervorgerufen haben könnte. »Ihr scherzt mit mir, und ich glaubte wahrhaftig, Ihr meint es ernst. Ich dachte: ›Meine Freundin ist in mancher Hinsicht so klug und so unwissend in anderer.‹ Aber Ihr habt die ganze Zeit Bescheid gewußt.« Sie seufzte. »Dann will ich lieber nicht versuchen, mich vor Euch hervorzutun, denn Ihr werdet merken, daß ich übertreibe, und ich verliere Euren Respekt.«

»Nie und nimmer«, sagte Marie-Josèphe, dankbar für die Gelegenheit, dieses verfängliche Thema wechseln zu können. »Das könnte nie geschehen.«

»Das frage ich mich«, sagte Lotte halblaut.

Marie-Josèphe und Yves erreichten den Fuß der prunkvollen Gesandtentreppe und schlossen sich der Reihe der Höflinge an, die sich auf das Herz des Schlosses zubewegten, wo der König seine Gäste unterhielt. So viele Menschen drängten sich auf der zweiläufigen Treppe, daß Marie-Josèphe kaum etwas von den üppigen Dekorationen, den Skulpturen, dem bunten Marmor sehen konnte. Sie trug noch dieselbe Robe – sie hatte keine andere, die für diesen Abend gut genug gewesen wäre –, doch nachdem Odelette noch eine weitere spitzenumhüllte Stufe für Lottes raffinierten Kopfputz geschaffen hatte, hatte diese darauf bestanden, Marie-Josèphe ihre drittbeste Fontange zu leihen. Marie-Josèphe hielt den Kopf hoch erhoben und dachte: *Heute abend jedenfalls sehe ich nicht aus wie ein kleines Gänschen aus der Provinz.*

Sie erreichten den Salon de Venus. Der Zeremonienmeister klopfte mit seinem Stab auf den Boden.

»Père de la Croix und Mlle. de la Croix.«

Marie-Josèphe trat in den Glanz von Seiner Majestät Staatsgemächern.

Reihen von Kerzen brannten und flackerten auf goldenen und silbernen Leuchtern und auf den Lüstern aus funkelndem Kristall. Die Flammen spiegelten sich in den Fenstern, ihr Licht schimmerte auf den goldenen Sonnenreliefs, auf dem Blattgold der Stuckgesimse und den Intarsien der Möbelstücke. Licht tanzte funkelnd über Edelsteine, über die Goldstickerei an den Westen der Herren, über die Gold- und Silberspitze an den Roben der Damen. Es beschien die farbenfrohen Deckengemälde und die illusionistische Malerei an den Wänden glänzte auf dem Marmorboden.

Musik raunte durch den Salon, verwoben mit Klatsch und Geplauder. Selbst die wohltemperierte höfische Musik wirkte auf Marie-Josèphe berauschend wie Wein.

An der Decke versuchte Venus, gekrönt von den Grazien, mit Blumengirlanden die Götter zu ihren Füßen zu fesseln. Sie war so lieblich, die Blüten so natürlich, daß Marie-Josèphe glaubte, wenn sie den Arm ausstreckte, könnte sie einen der betauten Kränze fangen. Liebesmotive schmückten dieses Gemach der Venus. Unter dem wohlwollenden Blick der Göttin war alles möglich, selbst für eine Waise aus den Kolonien ohne Beziehungen oder Mitgift. Schließlich war Mme. de Maintenon mit noch weniger von Martinique nach Frankreich gekommen.

Es war eine glanzvolle Gesellschaft, die sich im Salon de Venus ein Stelldichein gab, aus Anlaß des fünfzigsten Jahrestages der Herrschaft von Ludwig XIV. Die Prinzen von Condé und Conti und der Herzog von Lothringen waren sogar vor Papst Innozenz eingetroffen, um ihre Huldigungen darzubringen. In nächster Zeit würde sich der Adel aus fernen Ländern einfinden, von jenseits des Mittelmeeres, des Atlantiks und vom anderen Ende der Seidenstraße.

Bei der Nennung von Yves' Namen ging ein Raunen durch den Saal. Alles wandte sich ihm zu, um sich zu verbeugen, zu lächeln oder ihm zuzunicken. Yves erwiderte die Aufmerksamkeiten mit vollendeter Courtoisie, liebenswürdig und doch vornehm.

In einer Woge strömten die Höflinge auf Yves zu, doch bevor sie ihn erreichten, stockte ihre Flut und teilte sich wie das Rote Meer.

Ludwig schlenderte durch das Wellental, das sich für ihn aufgetan hatte, links und rechts begleitet von dem Auf und Ab der Verbeugungen und Reverenzen. Die Hüte der Kavaliere fegten den Boden, die Röcke der in den Hofknicks sinkenden Damen bauschten sich raschelnd zu buntschillernder Gischt an seinem Weg. Hinter ihm strömte das Meer der Höflinge wieder zusammen, aber die königlichen Anverwandten bestanden auf ihrem Vorrecht. Konnte Madame auch die Wasser nicht teilen, konnte sie doch hindurchsegeln wie ein großes Schiff.

Monsieur folgte in Madames Kielwasser, den Chevalier de Lorraine zur Seite, danach kam Lotte, am Arm von Léopold-Joseph, Herzog von Lothringen und Bar. Der Herzog war ein Verwandter des Chevaliers de Lorraine, begüterter und von höherem Adel, aber nicht im entferntesten so schön. Trotzdem blühte Lotte unter seinen Komplimenten auf, und ihre lebhafte Freude überstrahlte die von der mütterlichen Seite ererbte Unscheinbarkeit. Bei Yves blieb Ludwig stehen.

Yves verneigte sich vor dem König, ehrerbietig, doch zurückhaltend. Marie-Josèphe knickste tief.

»Père de la Croix«, sagte seine Majestät, »Wir sind erfreut, Euch bei Unserer Abendgesellschaft zu sehen.«

»Vielen Dank, Euer Majestät.«

»Ihr müßt Uns von Euren Abenteuern berichten,M. le Père. Erzählt uns allen, wie Ihr die Seeungeheuer gefangen habt.«

»Wie Euer Majestät wünschen.«

Ludwig beschenkte Yves mit seiner ungeteilten Aufmerksamkeit. Ludwig war die Sonne. Sein Naturphilosoph war der Trabant im Licht seiner Gnade. Unsichtbar im Schatten ihres ruhmreichen Bruders, konnte Marie-Josèphe ungestört beobachten. Königliches Blut umgab Yves wie ein Malstrom und drängte sie in ruhigere Gewässer ab.

»Ja, berichtet uns alles, M. le Père.« Madame ergriff seinen Arm, als könnten der König oder Monsieur und der Chevalier ihn entführen und seine Geschichten alle für sich behalten. »Laßt nichts aus, kein einziges Seeungeheuer, keinen einzigen Leviathan – nicht eine einzige fächelnde Brise!«

»Es wird mir ein Vergnügen sein, Madame, obwohl in Wahrheit diese Reise eher unbequem und langweilig als abenteuerlich war.«

Die Höflingsschar wogte erneut vorwärts, drängte sich zwischen Marie-Josèphe und den inneren Kreis. Die Kavaliere und die Damen ergingen sich in Ausrufen über Yves' Reise, seinen Mut, seinen Triumph über die gefährlichen Bestien.

»Wie schön er ist«, flüsterte die junge Herzogin von Chartres, »Mme. Luzifer«, als ihr Gemahl und Cousin, Philippe von Chartres, sie zu sich rief. Mlle. de Armagnac, ihre Dame d'honneur, nickte zustimmend.

Mme. de Chartres und ihr Gatte tauschten weder Wort noch Blick; Madame grüßte die ungeliebte Schwiegertochter mit einem steifen Nicken. Während Mme. Luzifer Yves anschmachtete und mit ihrem Fächer kokettierte, liebäugelte Mlle. d'Armagnac mit Mme. Luzifers Gatten Chartres und klapperte mit den Augenlidern.

Der Chevalier de Lorraine trat zu den beiden Frauen. »Er wird Euch das Herz brechen, Mesdames.« Seine Stimme klang leise und belustigt.

Marie-Josèphe machte Platz für die Leute von höherem Rang. Abseits stehend, neben der Tür, erinnerte sie sich daran, daß sie Yves die meiste Zeit für sich hatte. Sie konnte sich von ihm seine Abenteuer erzählen lassen, wenn sie allein waren. Der heutige Tag und Abend gehörten ihm, und er gehörte dem Hof. Er hatte sich jeden Augenblick der Anerkennung seines Königs verdient.

Die Luft war erfüllt von Rauch, Schweiß- und Parfumgeruch, darunter mischte sich der Duft nach frischen Pasteten aus dem Salon d'Abondance. Marie-Josèphe knurrte der Magen. Sie bemühte sich, ihren Hunger zu ignorieren. Sie hatte den ganzen Tag nur heiße Schokolade und Konfekt zu sich genommen. Von den vielen Süßigkeiten tat ihr der Kopf weh, ihr Magen verlangte kategorisch nach herzhafter Kost. Aber es würde noch Stunden dauern, bis man den Hof zur Kollation lud.

Marie-Josèphe schlüpfte durch die Tür in den leeren Salon der Diana, froh über einen Moment des Alleinseins. Die Billardtische warteten auf Seiner Majestät Belieben. Ein zweites Kammerorchester musizierte für das leere Zimmer.

Aus dem Salon de Mars drang ein Schwall bruchstückhafter Tonleitern herein. Marie-Josèphe lugte durch die Tür. Die Musiker eines weiteren Orchesters stimmten ihre Instrumente. M. Coupillet, einer der königlichen Kapellmeister, lief unruhig vor ihnen auf und ab.

Signor Alessandro Scarlatti aus Neapel stand neben seinem kleinen Sohn Domenico, der an einem prachtvollen Cembalo saß. Die Intarsienbilder aus Holz und Perlmutt an den Seiten glänzten im Kerzenschein. Begehrlichkeit war eine Sünde, Mißgunst war eine Sünde, aber Marie-Josèphe mißgönnte ihm den Platz an diesem Instrument.

Die Ausgestaltung des Salons erinnerte in jedem Detail daran, daß dieser Raum dem Gott des Krieges gewidmet war. An der Decke zogen zähnefletschende Wölfe den

Wagen des Mars in die Schlacht. Marie-Josèphe wünschte sich, der König hätte den Salon der Diana zum Musikzimmer gewählt, denn ihr gefiel die mythische Jagdgöttin besser und auch M. Berninis aus weißem Marmor geschaffene Büste des Königs, der in jugendlicher Arroganz den Blick ins Zimmer richtete. Gern hätte sie seine Majestät gekannt, als er noch jung war. Er war immer noch eine imposante Erscheinung, gewiß, aber vor dreißig Jahren war er so schön gewesen.

Signor Scarlatti bellte auf italienisch einen Tadel, Marie-Josèphe verstand nur: »No, no, no!« Domenico hörte auf zu spielen und legte die Hände in den Schoß. Signor Scarlatti sagte ihm die Tonfolgen vor, einschließlich der Agréments. Dazu schlug er mit seiner Notenrolle auf den glänzenden Lack des Cembalos. »Dum-diedel-diedel-dum . . .! *Capisci?*«

»Ja, Vater.« Domenico begann von vorn. Die Arme verschränkt, blickte Signor Scarlatti streng auf ihn nieder. Marie-Josèphe hielt Domenico für ein hochbegabtes Wunderkind und für einen süßen kleinen Teufel.

Signor Scarlatti bemerkte sie. »Ist das – die kleine Mathematiklehrerin?« Er schritt auf Marie-Josèphe zu und küßte ihr die Hand.

»Guten Abend, Signore«, sagte Marie-Josèphe.

»Ihr habt Euch verbessert«, sagte er.

»Ich habe meine Kleider gewechselt.«

»Und Ihr habt Euren Weg von Saint-Cyr nach Versailles gemacht.« Er schenkte ihr einen schmachtenden Blick. »Nun, da Ihr so hoch über mir steht, darf ich überhaupt noch auf einen Kuß hoffen?«

Marie-Josèphe errötete. »Mein Bruder würde es nicht gerne sehen, wenn ich einen Herrn küsse. Erst recht nicht einen verheirateten Herrn.«

»Aber wenn ich Euch erfreue – wenn ich ihn erfreue – wenn ich Seine Majestät erfreue . . .«

»Signore, ich habe nicht geahnt, daß mein kleines Lied

– mein Geschenk an Euch! – mich zu Eurer Schuldnerin machen würde!« Sie streckte die Hand aus.

Er kicherte in sich hinein. »Dann seid Ihr noch nicht lange am Hof.«

»Ihr wißt, daß ich noch nicht lange hier bin. Vergeßt, daß ich Euch je um einen Gefallen gebeten habe – bitte vergeßt, daß ich je mit Euch gesprochen habe!«

»Ihr seid grausam – mir das Herz zu brechen«, seufzte er. Sein italienischer Akzent nahm der Klage den Ernst.

»Signorina Maria!« Domenico kam auf sie zugestürmt, schlang die Arme fest um ihre Taille und verschwand beinahe in den Falten ihrer Röcke.

»Meister Démonico! Ihr spielt so wundervoll!«

Er lachte, wie immer, über den Spitznamen, den sie ihm gegeben hatte, als er und sein Papa Saint-Cyr besuchten, um für die Schülerinnen zu spielen. Sie kniete nieder, um ihn in die Arme zu schließen.

»Sein Spiel wäre mehr zu loben, wenn er mehr übte.« Signor Scarlatti seufzte. »Hier haben wir geübt ...« Er schaute auf seinen Sohn. »Wenn auch nicht genug! Er lief fort – um kindischen Unfug zu treiben! An dem Tag, an dem er vor dem König spielen soll! Man könnte meinen, er wäre drei Jahre alt, nicht sechs.«

»Ich bin nicht sechs, ich bin acht!«

»Pst! In Versailles bist du sechs. Geh jetzt und übe!«

Der Knabe zog Marie-Josèphe mit sich zu dem Cembalo. Sie setzte sich neben ihn.

»Ich habe Euer Seeungeheuer gesehen, Signorina Maria«, erzählte er.

»Hat es Euch erschreckt?«

»O nein, es ist wunderschön, es singt solche Geschichten!«

»Du hast selbst eine Geschichte zu singen, junger Mann«, mahnte Signor Scarlatti. »Und wenn du nicht gut spielst, was wird unser Gönner sagen? Der Vizekönig wird uns aus Neapel fortjagen.« Er beugte sich zu Marie-

Josèphe hinunter. »Natürlich könnte ich dann in Frankreich bleiben, um Euch zu verehren, bis Ihr mich für meine Treue belohnt.«

»Euer Spiel wird den König erfreuen«, sagte Marie-Josèphe zu Domenico und dann zu Signor Scarlatti: »Und sein Lohn wird reicher sein als alles, was ich Euch geben könnte.«

»Ich gebe all seine Reichtümer für einen einzigen Kuß.«

Die Zudringlichkeiten des Italieners gingen weit über die Grenzen einer harmlosen Tändelei hinaus. Mochte er auch reich und berühmt sein, er war ein Bürgerlicher und sie eine Dame von Stand, rief sie sich ins Bewußtsein.

»Signore«, sagte sie deshalb, »wenn Ihr all seine Reichtümer besitzt – und all seine Titel –, können wir wieder miteinander sprechen.«

Signor Scarlatti schlug sich an die Brust. »Touché«, sagte er. »Ihr habt mich besiegt. Ihr könnt Euch mein Herz als Trophäe an die Wand hängen.«

»Ich möchte lieber, daß Euer Herz bleibt, wo es ist, Signore, damit Ihr es Eurer Musik schenken könnt.«

»Ich bin bereit«, sagte er. »Domenico – Domenico ist nicht so bereit. Er enttäuscht mich, er enttäuscht M. Coupillet, aber niemand sonst wird es merken. M. Galand bewundert unsere Vorbereitungen. Mein größter Wunsch ist, Euch zu erfreuen.«

»Seine Majestät zu erfreuen«, berichtigte Marie-Josèphe.

»Und Seine Majestät.«

Marie-Josèphe gab Domenico einen Kuß auf die Wange. »Ihr könnt gar nicht anders, als jedermann mit Eurem Spiel zu erfreuen«, sagte sie zu dem Knaben und eilte zurück in den überfüllten Salon de Venus, in die barmherzige Wärme und die goldene Helligkeit.

In einer Nische, halb verborgen von Vorhängen und

Orangenbäumen, stand Mme. Luzifer mit Mlle. d'Armagnac.

Du darfst von der Herzogin von Chartres nicht als Mme. Luzifer denken, ermahnte Marie-Josèphe sich selbst. *Marie-Josèphe de la Croix darf sich nicht so weit vergessen, einen Spottnamen für ein Mitglied der königlichen Familie zu benutzen, besonders nicht einen so treffenden Spottnamen.* Madame wäre insgeheim amüsiert, aber in der Öffentlichkeit würde sie Entrüstung heucheln müssen.

Hinter den Vorhängen quoll eine Wolke Tabaksqualm hervor. Mme. de Chartres paffte hingebungsvoll an einer kleinen schwarzen Zigarre, die sie dann an Mlle. d'Armagnac weitergab, die einen Mundvoll Rauch einsog und genüßlich wieder ausstieß. Marie-Josèphe wünschte sich, daß ihr Stand es ihr erlaubte, zu ihnen zu treten, an dem verbotenen Vergnügen teilzuhaben.

»Es ist die kleine Nonne«, bemerkte Mme. Luzifer.

»Wahrhaftig, sie ist es, Madame.« Marie-Josèphe lächelte befangen und hoffte, man würde sich dazu verstehen, sie einmal den Tabakrauch schmecken zu lassen.

»Glaubt Ihr, sie ist auf dem Weg zur Beichte?« fragte Mlle. d'Armagnac. Qualm kräuselte sich zwischen ihren Lippen hervor und vermischte sich mit dem süßen Duft der Orangenblüten.

»Vielleicht, um etwas über *uns* zu beichten.« Mme. Luzifer trat auf Marie-Josèphe zu. Die Edelsteine an ihrem Mieder glitzerten so kalt wie ihre Augen. »Werdet Ihr unsere kleine Unart Eurem Bruder berichten, meine Liebe – oder vielleicht meinem Vater, dem König?«

»Es steht mir nicht zu, Seine Majestät anzusprechen«, antwortete Marie-Josèphe. »Mein Bruder ist von seiner Forschungsarbeit in Anspruch genommen. Er hält weder Predigten, noch nimmt er die Beichte ab.«

»Mit welchen unpriesterlichen Disziplinen befaßt er sich denn sonst noch?« Mlle. d'Armagnac schlug einen freundlicheren Ton an.

»Nichts, was mein Bruder tut, ist unpriesterlich!«

»Wie schade. Denkt nur, Madame, wie viele Sünden man mit solch einem hübschen Priester begehen könnte.«

»Ich zähle sie, ma chère – und ich könnte eine mehr begehen als Ihr.«

»Oh, zwei mehr, glaube ich, da Ihr verheiratet seid.«

Beide Damen lachten. Mlle. d'Armagnac gab die Zigarre Mme. de Chartres, die hinter den Orangenbäumen verschwand.

Der Zeremonienmeister betrat den Salon de Mars und stieß dreimal seinen Stab auf den Parkettboden.

»Die Lustbarkeiten beginnen!«

Mme. Luzifer faßte Mlle. d'Armagnac am Ärmel, um sie in die Nische zu ziehen.

Seine Majestät erschien, an der Spitze seiner Höflinge begab er sich in den Salon de Mars und zur Attraktion dieses Abends. Er wurde begleitet von Seiner Heiligkeit zur Rechten, und an seiner linken Seite ging Yves – Yves mit dem König und dem Papst, noch vor dem König und der Königin von England. Marie-Josèphe glaubte, ihren Augen nicht zu trauen. Sie blieb von Staunen überwältigt an der Tür stehen. Erst im letzten Moment wich sie zur Seite und machte einen tiefen Knicks.

Seine Majestät verhielt vor ihr den Schritt, und sie hatte Gelegenheit, aus nächster Nähe seine weißen Seidenstrümpfe zu betrachten, seine Schuhe mit den hohen roten Absätzen, seine Füße, einst gerühmt wegen ihrer schönen Form und Zierlichkeit, nun dick geschwollen von der Gicht. »Mlle. de la Croix«, sagte er streng, »riecht Ihr nach Tabak?«

Sie erhob sich. Wegen der höhnischen Bemerkungen, die Mme. Luzifer über Yves gemacht hatte, fühlte Marie-Josèphe sich versucht, Seine Majestät aufzufordern, er möge sich umdrehen und einen Blick hinter die Orangenbäume werfen, aber – wäre Mme. Luzifer so gnädig gewesen, ihr die Zigarre anzubieten, *hätte* sie nach Tabak gerochen. Also konnte sie sich nicht guten Gewissens aufs hohe Roß setzen.

»Es ist – es ist ein Brauch auf Martinique«, antwortete sie, der Wahrheit gemäß.

»Ein heidnischer Brauch«, sagte Seine Heiligkeit. »Von den Wilden der Neuen Welt übernommen.«

»Ein abscheulicher Brauch, im besten Falle. Ich mißbillige das Rauchen, besonders bei Damen.« Ludwig seufzte betrübt. »Noch mehr, als ich die Fontange mißbillige. Aber welchen Einfluß habe ich, an meinem eigenen Hof? Ich sehe, Mademoiselle, daß Ihr eine unschöne Mode aus Eurer Heimat mitgebracht habt und Euch hier eine weitere zu eigen gemacht.«

»Ich bitte um Eurer Majestät Vergebung«, flüsterte sie und hatte das Gefühl, unter dem strengen Blick des Königs immer kleiner zu werden.

Seine Majestät wandte sich ab, doch im Weitergehen hob er seinen Stock und schob die Zweige der Orangenbäume auseinander, so daß Mme. Lucifer und Mlle. d'Armagnac zu sehen waren. Dünne Schwaden Zigarrenrauch kräuselten sich hervor und umwogten Seine Heiligkeit und den König. Mme. Luzifer setzte eine trotzige Miene auf und bequemte sich nur widerwillig zu einem Knicks. Seine Majestät schüttelte bekümmert, mit liebevoller Mißbilligung den Kopf. Dann setzte er seinen Weg in den Musiksalon fort. Die Höflinge strömten hinter ihm her. Chartres, der peinlich berührte junge Ehemann, ignorierte seine vom Bannstrahl des königlichen Unmuts getroffene Gemahlin.

Marie-Josèphe fragte sich, was Seine Majestät von ihrem Verhalten denken mochte, ob er überhaupt einen Gedanken daran verschwendete, ob es ihm gefiel, daß sie seine Tochter gedeckt hatte, oder ob er sich ärgerte, daß sie versucht hatte, ihn zu täuschen. Mme. Luzifer stieß einen greulichen Fluch aus, schleuderte den glimmenden Zigarrenstummel auf den Boden und saugte an ihrem verbrannten Finger. Unter der Glut begann das Parkett zu schmoren. Sobald die schützende Wachsschicht geschmolzen war, würde sie das Holz verbrennen. Comte Lucien schnippte die Zigarre mit seinem Gehstock in die Luft und beförderte sie in den silbernen Kübel eines Orangenbaums. Seine Miene drückte eher Belustigung als Unwillen aus. Jedermann begriff, daß Mme. Luzifer sich den stummen Tadel des Königs hätte ersparen können, wenn sie ebenso geistesgegenwärtig gewesen wäre wie der Comte de Chrétien. Mochte ihre Mutter für ihren Esprit berühmt gewesen sein, die Kinder von Athénaïs de Montespan und König Ludwig XIV. zeichneten sich nicht durch einen übermäßig wachen Geist aus.

Lotte zog Marie-Josèphe in die Schar der Höflinge. Sie ließ ihrer Heiterkeit freien Lauf und kicherte. Madame, mit ungleich reicherer Erfahrung darin, vor den Augen der Öffentlichkeit ihre Gefühle zu beherrschen, gestattete sich ein kurzes Schnauben der Belustigung und preßte dann die Lippen wieder fest aufeinander.

»Wie klug Ihr seid!« sagte Lotte anerkennend. »Wie tapfer!«

»Ich habe nur die Wahrheit gesagt«, antwortete Marie-Josèphe. Madame Luzifer, die immer noch an ihrem verbrannten Finger saugte, bedachte sie mit einem bitterbösen Blick, als sie vorbeiging. Nichts von Dankbarkeit, nur unverhohlener Argwohn.

»Doch wenn ich schon wegen Rauchens getadelt werden muß«, vertraute sie Lotte an, »dann hätte ich lieber tatsächlich geraucht!«

»Madame würde mir Backenstreiche geben, wenn ich zu rauchen wagte«, sagte Lotte. »Und Euch ebenfalls.«

»Selbst Madame darf mich nicht schlagen«, antwortete Marie-Josèphe. »Das haben die Nonnen zu oft getan, Mademoiselle.«

Kapitel 8

Unter der Leitung von M. Coupillet spielte das Kammerorchester ein getragenes Präludium. Das herrliche Cembalo und ein Lesepult harrten ihres Augenblicks.

Seine Majestät lauschte der Musik. Er saß aufrecht und stolz in seinem Fauteuil, ohne sich zu bewegen, nicht einmal, um den gichtigen Fuß auf dem Federkissen bequemer zu betten. Der heilige Vater trug einen durchgeistigten Ernst zur Schau, der ihn dem König fast ebenbürtig erscheinen ließ. Zwar schmückte er sich nicht mit Juwelen oder Gold, doch seine reinweiße Soutane leuchtete vor dem Hintergrund seiner in Scharlachrot gewandeten Kardinäle.

Ludwig, Papst Innozenz sowie der König und die Königin von England saßen in Fauteuils in der vordersten Reihe. Dahinter und daneben hatten die Mitglieder der königlichen Familie auf Polsterstühlen ohne Armlehnen Platz genommen. Herzoginnen und einige bevorzugte Höflinge teilten sich die Kanapées. Comte Lucien stand in der Nähe des Königs hinter einem unbesetzten Kanapée. Marie-Josèphe war aufgefallen, daß er niemals saß, wenn er stehen konnte, aber daß er nicht zu Fuß ging, wenn er reiten konnte.

Yves stand mit den jüngeren Höflingen hinter dem Grand Dauphin, den legitimen Enkelsöhnen, den Prinzen und dem illegitimen Herzog. Chartres war, obwohl es gegen die Rangordnung verstieß, an Yves' Seite geblieben.

Marie-Josèphe stand hinter Mademoiselle und wartete angespannt darauf, daß das Präludium zu Ende ging. Es wurde warm in dem Raum, was sie dankbar vermerkte. Lotte klappte ihren zierlichen Fächer aus Sandelholz auf. Ein Schweißtropfen lief von der Schläfe über ihre gerötete Wange. Marie-Josèphe nahm ihr Taschentuch und tupfte die Feuchtigkeit behutsam von der Haut. Mit einem großen Tusch beendete M. Coupillet das Präludium.

»Signor Scarlatti der Jüngere«, verkündete der Zeremonienmeister. »Er wird auf dem Cembalo spielen.«

Domenico Scarlatti, angetan mit Satin und Schleifen und einer Perücke, trat mit steifen Bewegungen an das Instrument. Er verneigte sich anmutig vor Seiner Majestät. Das Publikum raschelte und raunte, Bemerkungen über die Jugend des Knaben und den Ruhm, den er sich bereits erworben hatte, machten die Runde.

»M. Antoine Galland«, sagte der Zeremonienmeister, »liest seine Übersetzung arabischer Märchen, angefertigt auf Verlangen Seiner Majestät des Königs.«

M. Galland war ein zappeliger junger Mann. Fast hätte er vergessen, sich zu verbeugen, fast hätte er das schmale, ledergebundene Bändchen fallengelassen, als er es auf das Pult legen wollte. Er fing es auf, und die Edelsteine auf dem Einband blitzten. M. Galland verbeugte sich erneut vor Seiner Majestät. Auf ein wohlwollendes Nicken des Königs hob M. Coupillet den Taktstock und stieß ihn auf den Boden. Die Musiker und der Knabe setzten ein.

Mit einer leisen, schüchternen Stimme begann M. Galland zu lesen.

Marie-Josèphe erfaßte kaum etwas von den Worten der Geschichte, obwohl M. Gallands Übersetzung die Hauptattraktion des Appartements war. Sie wollte ihrer eigenen Phantasie lauschen, hörbar gemacht von Domenico, von M. Coupillet und dem Orchester.

Ihr kleines Thema drehte sich und tanzte mit dem Kerzenschein in immer neuen Variationen. Die Töne malten eine Kulisse aus fernen Wüsteneien und Gärten, gefährlichen Abenteuern, fremdartigen Düften und Liedern.

Nach all den Jahren, in denen sie Musik nur in Gedanken hatte hören können, überließ sie sich den Harmonien, die den Hof des Sonnenkönigs durchströmten. Musik hörte sich niemals so an, wie in ihrer Vorstellung, außer Engel – oder Dämonen – spielten sie.

Vielleicht hatte ich recht, dachte sie, *und Demonico ist Engel oder Dämon.*

Marie-Josèphe hielt die Augen geschlossen. Sie stellte sich vor, sie wäre allein. Das Rascheln von Seide und Samt und Satin, das Murmeln ruheloser Höflinge mit schmerzenden Füßen, das Geflüster über ihren schönen Bruder, alles versank hinter dem melodischen Bild einer Geschichte von Wagemut und leidenschaftlicher Liebe aus dem geheimnisvollen Arabien.

»›Scheherazade, mein Weib‹«, las M. Galland nun mit lauterer Stimme und mehr Selbstvertrauen, »›noch für einen weiteren Tag und eine weitere Nacht sollst du am Leben bleiben‹, erklärte der Sultan. ›Noch eine Geschichte sollst du mir erzählen. Dann wirst du sterben, denn ich kenne die Tücke der Frauen.‹«

Die Geschichte und Marie-Josèphes Lied endeten mit Domenicos triumphierendem Schlußakkord auf dem Cembalo.

Marie-Josèphe schlug die Augen auf. Ihr Herz schlug so heftig, daß es weh tat. Geadelt von dem Orchester, von Domenicos Spiel, war das Stück unvorstellbar wundervoll.

M. Galland, Domenico und Signor Scarlatti verneigten sich vor Seiner Majestät. Inmitten des abwartenden Schweigens sah Marie-Josèphe nur den König an. Sie hoffte auf einen Hinweis in seiner Miene, eine Geste, die ausdrückte, daß es ihm gefallen hatte.

Der König applaudierte seinen Musikern, seinem Übersetzer. Seine Anerkennung ermöglichte allen übrigen Anwesenden, ihr Wohlgefallen zu bekunden oder es zu heucheln. Beifall erfüllte den Salon.

M. Coupillet stellte Domenico vor, Signor Scarlatti, die anderen Musiker. M. Galand verbeugte sich wieder.

Papst Innozenz ließ keine Regung erkennen. Marie-Josèphe fragte sich, ob es solch einem heiligen Mann gestattet war, an weltlichen Dingen Freude zu haben.

Wie schade, wenn er nicht dazu imstande wäre, dachte Marie-Josèphe.

Lotte fächelte sich Gesicht und Hals. Sie hielt inne, fächelte, klappte den Fächer hörbar ungeduldig zu, wieder auf und fächelte weiter. Marie-Josèphe erinnerte sich an ihre Pflichten, zog das Taschentuch aus dem Ärmel und tupfte Lotte den Schweiß von der Wange. Mademoiselles Rouge war kaum verschmiert.

»Eine ausgezeichnete Übersetzung, M. Galland«, äußerte Seine Majestät. »Eine fesselnde Geschichte.«

»Ergebensten Dank, Euer Majestät.« Errötend verbeugte M. Galland sich noch tiefer als die Male zuvor. Er gab sein Buch einem Pagen, der es an den Zeremonienmeister weiterreichte, der es Comte Lucien darbot. Comte Lucien seinerseits überreichte es dem König.

»Eurer Majestät *patronage* zu Ehren«, erklärte M. Galland, »habe ich eine Abschrift meiner Übersetzung der ersten der vielen *Geschichten aus Tausendundeiner Nacht* anfertigen lassen.«

Seine Majestät nahm das Buch entgegen, bewunderte den prachtvollen Einband und gab es dem Comte zurück. »Wir nehmen Euer Geschenk mit großem Vergnügen an.«

»Ich bin zutiefst dankbar für Eure Anerkennung, Sire.«

»Signor Scarlatti.«

Rasch trat Scarlatti wieder vor und verneigte sich.

»Signor Scarlatti, Wir lassen Euren Mäzen grüßen, Monsieur le Marquis del Carpio, und wissen ihm dafür zu danken, daß er Euch und Euren Sohn zu Uns geschickt hat.« Seine Majestät wandte sich mit einem Lächeln an den Knaben. »Ein charmanter Vortrag, mein Junge.« Domenico vollführte eine eckige Verbeugung aus der Hüfte heraus, wie eine Marionette. Seine Majestät geruhte, ihm mit eigener Hand ein Goldstück zu überreichen.

»M. Coupillet.«

Der Maitre eilte unter wiederholten Kratzfüßen herbei.

»Ein reizendes Stück, M. Coupillet, das Wir noch nie gehört haben. Zu diesem Anlaß komponiert?«

»Allerdings, Euer Majestät.«

»Ausgezeichnet, ausgezeichnet – wenn auch ziemlich ungewöhnlich.«

Marie-Josèphe wartete, erst verblüfft, dann mit wachsendem Zorn. Der König glaubte, M. Coupillet hätte das Stück geschrieben, und M. Coupillet bestritt es nicht!

»Signorina Maria hat es komponiert«, hörte man Domenicos Knabenstimme sagen.

Die Gesellschaft stand da wie vom Donner gerührt, daß der Sohn eines Bürgerlichen es wagte, ungefragt das Wort an den König zu richten. Domenico, das Goldstück zwischen Daumen und Zeigefinger beider Hände vor die Brust haltend wie einen Talisman, schaute aus großen Augen furchtsam um sich und schien zu wünschen, er wäre tatsächlich erst sechs Jahre alt.

»Stimmt das, M. Coupillet?«

»In gewisser Hinsicht, Euer Majestät. Ich habe es überarbeitet, gründlich, sozusagen vervollkommnet, damit es Eurem Hof, Sire, nicht zur Schande gereicht.«

Der König richtete den Blick seiner leuchtend blauen Augen auf Marie-Josèphe. Sie wünschte sich, niemals dieses Stück Domenico in Saint-Cyr vorgespielt zu haben. Seiner Majestät Aufmerksamkeit zu erregen war erschreckend, ob im Guten oder im Schlechten.

»Mlle. de la Croix!«

Während sie knickste, überschlugen sich in ihrem Kopf die Gedanken: *Ich sollte zu ihm gehen ... um die Gesellschaft herum ... mitten hindurch ... über Lotte und ihr Taburett hinwegspringen!*

Als sie sich erhob, stand Comte Lucien vor ihr, bot ihr

seinen Arm, und wie durch Zauberei bildete sich eine Gasse in der Menge. Sie legte ihre Hand auf die seine und ließ sich dankbar von ihm führen, vertraute darauf, daß er sie am Boden hielt, denn sie hatte das Gefühl, ohne ihn könnte sie zur Decke hinaufschweben, zu den gemalten Wolken, und mit Mars in seinem von Wölfen gezogenen Streitwagen davonfahren.

Seine Majestät lächelte. »Mlle. de la Croix, Ihr seid eine Dame mit vielerlei Talenten: Bändigerin von Seeungeheuern, Gefährtin von Apollo – und eine neue Mme. de la Guerre.«

»O nein, Euer Majestät«, wehrte Marie-Josèphe ab. »Mme. de la Guerre ist ein Genie, ich bin nur eine Amateurin.«

»Doch Ihr seid hier, und sie ist in Paris, doppelt schöpferisch tätig: ein Kind für ihren Gemahl und eine Oper. Wir bekommen sie nie zu Gesicht, aber vielleicht denkt sie daran, Uns wenigstens ihre Oper zu widmen.«

Seine Majestät machte Anstalten, sich zu erheben, indem er sich in die Höhe stemmte und vorsichtig den kranken Fuß vom Kissen gleiten ließ. Sofort erhoben sich auch alle anderen, die einen Sitzplatz gehabt hatten. Die königliche Familie, die ausländischen Prinzen und der übrige Hof – vom ersten bis zum letzten drängten sie heran, um zu lauschen, um dem König nahe zu sein und seinem neuen Protegée.

Da Marie-Josèphe nicht wußte, was sie tun sollte, knickste sie wieder. *Bestimmt kann man doch seinem König nicht oft genug Reverenz erweisen*, dachte sie. Sie knickste vor Seiner Majestät, sie knickste vor dem Papst

Papst Innozenz streckte die Hand aus, sie kniete nieder und küßte seinen Ring. Die Wärme des schweren Goldes streifte ihre Lippen wie ein Atemhauch – die Macht Gottes, geleitet durch den Körper Seiner Heiligkeit. Die Welt verschwamm hinter den Tränen, die ihr in die Augen stiegen.

Comte Lucien war an ihrer Seite geblieben. An seinen Arm geklammert, erhob sie sich, schwach vor Hunger und Ehrfurcht.

»*Ihr* habt diese Musik geschrieben?« fragte Innozenz.

»Das habe ich, Euer Heiligkeit.«

»Ihr seid ein wahres Kind Eurer Eltern, die Uns teuer waren«, sagte seine Majestät. »So bezaubernd, so klug wie Eure Frau Mutter, so liebenswürdig und so begabt wie Unser Freund, Euer Herr Vater. Spielt Ihr, singt Ihr so schön, wie er es konnte?«

»Ich wünschte, es wäre so, Euer Majestät.«

»Und Ihr, M. le Père, besitzt auch ihr das musikalische Talent Eures Vaters?«

»Meine Schwester hat es allein geerbt, Majestät«, antwortete Yves.

»Wie ist das möglich?« Der König war erstaunt. »Nun, höchstwahrscheinlich hat er andere seiner vielen bemerkenswerten Gaben an Euch weitergegeben.«

»Bescheidenheit gehörte nicht dazu«, bemerkte der Papst, »oder Signorina de la Croix hätte die Vernunft besessen, sich nicht mit diesem Stück hervortun zu wollen. Es ist unziemlich.«

»Ich – ich bitte um Vergebung, Euer Heiligkeit?« Marie-Josèphe fühlte sich wie aus allen Wolken gefallen.

»Das solltet Ihr«, antwortete Innozenz. »Musik soll der Ehre Gottes dienen. Ist Euch das Edikt der Kirche nicht bekannt? *Mulier taceat in ecclesia* – das Weib möge schweigen in der Gemeinde.«

»In der Gemeinde, Euer Heiligkeit!« Marie-Josèphe hatte die Auswirkungen dieses Gebots nur allzu deutlich zu spüren bekommen: in dem von einem Mantel des Schweigens erstickten Konvent.

»Zu allen Zeiten. Und Musik läßt sich erst recht nicht mit Eurer schicklichen Demut vereinbaren. Vetter, Ihr müßt diesem heidnischen Treiben Einhalt gebieten!«

Die freudige Wärme, die Marie-Josèphe erfüllt hatte,

wandelte sich zu bleicher Fassungslosigkeit. Dann stieg ihr die heiße Röte in die Wangen. *Hätte ich doch Odelette erlaubt, mir das Gesicht zu pudern!* dachte sie verzweifelt. *Dann könnte mir nicht jeder die Demütigung ansehen!*

Innozenz ist ein heiliger Mann, dachte sie weiter, *nicht bestechlich, wie viele seiner Vorgänger. Wenn er meine Komposition für unschicklich hält – kann es sein, daß er recht hat?*

Sie bebte, verwirrt und verstört, fast wieder das Mädchen im Konvent, dem die Hände von den Streichen mit der Gerte brannten und das nicht begreifen konnte, weshalb es auf seine Frage eine Züchtigung erhielt statt einer Antwort.

Ich glaubte, die Schwestern wären irregeleitet, dachte Marie-Josèphe, *denn es konnte doch nicht sein, daß Gott will, daß wir uns in Schweigen und Kummer verzehren. Ich dachte, sie hätten sich zu weit entfernt von der Leitung der Mutter Kirche und dem heiligen Vater. Aber ich habe mich geirrt, und sie besaßen die wahre Erkenntnis.*

Seine Majestät ließ sich Zeit mit seiner Antwort an Innozenz.

Erst nickte er Comte Lucien zu, der M. Galland, Signor Scarlatti und M. Coupillet je eine von klingender Münze schwere Börse überreichte. Maitre, Maestro und Übersetzer entfernten sich rückwärtsgehend und unter zahlreichen Bücklingen.

»Wir finden das kleine Stück reizend, Vetter«, wiederholte Ludwig. Er sprach in höflichem Ton, doch die Kälte seines Unmuts breitete sich in dem Salon aus, bis er Marie-Josèphe zulächelte, mit aufrichtiger Herzlichkeit, wenn auch mit geschlossenen Lippen, um nicht seine zahnlosen Kiefer zu entblößen. »Es weckt Erinnerungen an glücklichere Zeiten. Tage der Jugend. Mir kommt ein eigenes kleines Werk in den Sinn – erinnert Ihr Euch daran, M. de Chrétien?«

»Aufgeführt anläßlich der Rückkehr von Eurer Majestät Gesandtschaft nach Marokko«, antwortete Comte

Lucien. »Der Botschafter bezeichnete es als eine unvergleichliche Ehre. Wie wir alle, Sire.«

»Ich habe seit vielen Jahren nichts mehr komponiert.« Der König seufzte. »Das Alter hat mich müde gemacht! Aber das wird sich ja nun bald ändern!« Er lachte.

Das blasse, asketische Gesicht des Papstes rötete sich, als hätte Ludwig über ihn gelacht. »Die Geschichte hatte den üblen Geruch heidnischer Unzucht«, sagte er. »Die Musik kündete von Intrigen und Ausschweifungen.«

»Euer Heiligkeit«, sagte Yves, »ich bitte um Vergebung, aber meine Schwester ist die reine Unschuld.«

Marie-Josèphe segnete ihren Bruder für seinen Beistand, doch Papst Innozenz musterte sie mit einem bedeutungsvollen Blick von oben bis unten: ihre Coiffure, ihre Robe, ihr Dekolleté. Es bestürzte sie zu merken, daß er wahrnahm, was jeder gewöhnliche Mann wahrgenommen hätte.

»Ist sie das, M. le Père? Ihr solltet gewissenhafter sein, was ihre moralische Unterweisung betrifft.«

Marie-Josèphe war zumute, als müßte die Welt untergehen. Sie hatte ihrem Bruder Ehre machen wollen und nichts anderes bewirkt, als ihn in den Augen des Papstes mißliebig zu machen.

»Das Stück ist nicht geeignet für Damen«, sagte Innozenz. »Oder für rechtschaffene Männer.«

»Vetter«, erwiderte Ludwig, »die französischen Damen sind klug und welterfahren.«

»Zu erfahren«, antwortete Innozenz, »und zu weltlich. Sie waren zu lange dem Einfluß der Kirche entzogen.«

»Wie Euer Heiligkeit dem ihren«, versetzte Comte Lucien.

Innozenz sah stirnrunzelnd auf ihn hinab, doch er wandte sich an Ludwig. »Ich wußte nicht, daß die französischen Könige sich noch Hofnarren halten. Ihr seid großzügig, Vetter, die Zwerge Eurer verstorbenen Königin in Lohn und Brot zu lassen.«

Während die Höflinge amüsiert das Duell zweier starker Willen über die neuesten und am wenigsten einflußreichen Mitglieder des Hofstaats verfolgt hatten, ließ dieser unverhohlene Angriff auf einen der Ihren sie in eisigem Schweigen erstarren und verblüffte sogar Seine Majestät.

Innozenz streckte Comte Lucien die Hand entgegen, als Aufforderung, seinen Ring zu küssen.

Der Comte betrachtete den Ring mit Abscheu.

»Werdet Ihr uns ein Tänzchen zeigen, Signor Pulcinella?«

»Werdet Ihr dazu aufspielen, Signor Papa, auf Eurer himmlischen Harfe?« Comte Lucien sagte es im liebenswürdigsten Ton; er stand gelassen vor dem Papst, seinen Ebenholzstock in der Armbeuge.

»Monsieur de Chrétien verwaltet in Unserem Namen die Brétagne, eine schwierige Provinz«, sagte der König. »Er ist Unser geschätzter Berater, Unser vertrauter Freund – und er pflegt nicht zu tanzen.«

»Die Brétagne. Schwierig in der Tat.« Seiner Heiligkeit Stirn bewölkte sich. »Eine Provinz, wo Ketzerei und Aberglaube wachsen und gedeihen.« Als er den Blick wieder auf Comte Lucien richtete, hatte seine Mißbilligung sich verfestigt, wie Regen zu Hagel.

Comte Lucien zuckte nicht mit der Wimper.

»Mlle. de la Croix!« Seine Majestät schien das drückende Schweigen nicht zu bemerken. »Dem Angedenken Eures Vaters zu Ehren, sollt Ihr eine Kantate zu Unserem Jubiläum komponieren.«

»Oh – Euer Majestät!« Im ersten Moment war Marie-Josèphe erschrocken. Dann ergriff eine freudevolle Entschlossenheit von ihr Besitz. Seiner Majestät Anerkennung wog schwerer als der Unwille Seine Heiligkeit.

»Euer Thema«, fuhr Ludwig fort, »soll die Jagd auf das Seeungeheuer sein. Wer könnte ihm besser gerecht werden als die Schwester des Jägers?«

»Ich kann Euch nicht genug danken, Majestät.« Sie sank in einen tiefen Hofknicks. Ihre Beine zitterten. Sie kniete auf dem schimmernden Parkett, inmitten ihrer ausgebreiteten Röcke, und wußte nicht, ob sie die Kraft hatte, sich wieder zu erheben.

»Die Jagd ist keine angemessene Beschäftigung für einen Jesuitenpater«, äußerte Innozenz. »Und Komponieren ist keine angemessene Beschäftigung für seine Schwester.«

»Habt Nachsicht mit Uns, Vetter. Nach fünfzig Jahren im Dienste Frankreichs wünschen Wir Uns zu Unserem Jubiläum ein Seeungeheuer, ein Bankett und eine Kantate. Kommt, begeben wir uns zur Tafel. Die guten Speisen werden uns versöhnlich stimmen, so daß wir unseren kleinen Disput vergessen.«

Ich muß *aufstehen,* dachte Marie-Josèphe verzweifelt, dabei fühlte sie sich außerstande, auch nur den Kopf zu heben.

»Mlle. de la Croix«, sagte Comte Lucien kühl. »Ihr müßt Euch erheben.« Sie fragte sich, ob er ihre Gedanken lesen konnte wie die des Königs. Er umfaßte ihre Hand mit seinen langen, schlanken Fingern.

»Erlaubt mir, Euch behilflich zu sein.« Das war der Chevalier de Lorraine, der ebenfalls zu ihr getreten war. Er ergriff ihre andere Hand, so daß sie sich, von zwei Seiten gestützt, anmutig erheben konnte.

Der König begab sich an der Spitze seiner Höflingsschar in den Salon d'Abondance zur Mitternachtstafel. Seine Heiligkeit schloß sich ihm an. Sein letzter Blick galt ausschließlich Yves. Marie-Josèphe und Comte Lucien schienen für ihn nicht mehr vorhanden zu sein. Marie-Josèphe schaute zu Comte Lucien hinunter und zu Lorraine auf.

»Ich danke Euch, Messieurs«, sagte sie mit schwacher Stimme.

Comte Lucien beugte sich über ihre Hand. Dann entfernte er sich leicht hinkend und ließ sie auf Lorraines Arm gestützt zurück.

»Chrétien ist ein noch größerer Pedant als der König, was die Etikette angeht«, sagte Lorraine.

Monsieur tauchte neben ihm auf und zupfte an seinem Ärmel. »Wir müssen uns meinem Bruder anschließen.«

Lorraine verbeugte sich, führte Marie-Josèphe zu Yves und schlenderte mit Monsieur davon. Marie-Josèphe wollte ihnen folgen, um endlich etwas zu essen, aber Yves hielt sie zurück. Sämtliche Höflinge strömten hinter dem König in den angrenzenden Salon. Als sie verschwunden waren, erblickte man im Hintergrund des Raums vor seinem Orchester M. Coupillet, der Marie-Josèphe mit einem Ausdruck gehässiger Eifersucht anstarrte. Er drehte sich schroff herum und gab den Musikern den Einsatz zu einer seiner eigenen Kompositionen, ein hübsches Stückchen ohne eine einzige gewagte Note.

»Was hast du dir nur *gedacht*?« verlangte Yves zu wissen.

Erschrocken über M. Coupillets Feindseligkeit, bestürzt über die scharfe Rüge des Papstes, glaubte Marie-Josèphe, sich verteidigen zu müssen. »Ich wollte dir eine Freude machen. Ich wollte Seiner Majestät eine Freude machen.«

»Du hättest wissen müssen ...«

»Was hätte ich wissen müssen? Und woher sollte ich es wissen? Es war nur eine kleine Melodie. Domenico hörte, wie ich sie spielte, und spielte sie seinem Papa vor. M. Coupillet hörte sie, sie gefiel ihm ...« Was jetzt ganz sicher nicht mehr der Fall war.

»Anfangs wolltest du mir helfen«, sagte Yves. »Du hast gesagt, du wolltest mir bei meiner Arbeit helfen, nichts anderes wäre dir wichtiger! Und nun läßt du dich von weltlicher Eitelkeit verführen.«

»Das ist nicht wahr! Ich *will* dir helfen! Wie hätte ich

die Ehre zurückweisen können, die der König mir erwies?«

»Er hätte dich nicht bitten dürfen. Als Seine Heiligkeit Einspruch erhob, hätte er sich beugen müssen ...«

»Er ist der König! Er hat ein Recht, nach seinem Gutdünken zu handeln und zu entscheiden. Er hat unsere Familie ein weiteres Mal ausgezeichnet. Ich vergleiche meine Leistung nicht mit der Deinen, aber erlaube mir auch etwas eigenen Erfolg – Papa zu Ehren!«

»M. le Père! Mlle. de la Croix!«

Comte Lucien stand in der Tür. »Ich bin besorgt«, sagte er, »daß Seine Majestät sich von diesem Wortwechsel belästigt fühlt. M. le Père, einer seiner – Spione könnte ihm Eure Äußerungen hinterbringen.«

»Ein – ein Familienstreit, nichts weiter«, sagte Marie-Josèphe rasch.

Er muß gehört haben, was Yves gesagt hat, dachte sie. *Ist er Hochverrat zu sagen, der König müsse sich dem Papst unterordnen? Oder würde es Seine Majestät nur verärgern, was im großen und ganzen auf dasselbe hinauskommt?*

»Dann empfehle ich, daß Ihr Eure Unstimmigkeiten an einem anderen Ort besprecht.«

»Vielen Dank für Euren Rat, Comte.« Erleichtert dachte Marie-Josèphe: *Er sagt nichts davon, daß er unsere Worte dem König hinterbringen wird. Er warnt uns vor den anderen, die Seiner Majestät insgeheim berichten, was man am Hof redet.*

Er verneigte sich brüsk und ging. Marie-Josèphe, schwach vor Hunger, hatte keinen anderen Wunsch, als die Diskussion mit Yves zu beenden und sich mit den anderen Höflingen an der gedeckten Tafel gütlich zu tun. Doch ihr Bruder zog sie tiefer in die Staatsgemächer hinein. Der Salon de Mercure war nur schwach erleuchtet und menschenleer. Marie-Josèphe fragte sich, ob man es gerne sehen würde, daß sie sich hier aufhielten, allein, nur in der Gesellschaft Merkurs. Der Bote der Götter stürmte über die Zimmerdecke. Im flackernden Kerzenschein sträubten sich die Federn der Hähne, die seinen Wagen zogen.

»Die Akademie braucht die anatomischen Zeichnungen von dem toten Seeungeheuer«, sagte Yves. »Sobald ich mit der Sektion fertig bin. Wie willst du beides bewerkstelligen?«

»Es ist nur eine kleine Melodie. Ein paar Takte Musik.«

»Die Zeichnungen sind wichtiger.«

»Sie werden rechtzeitig fertig sein«, sagte Marie-Josèphe. »Ich lasse dich nicht im Stich. Als wir Kinder waren, hattest du Vertrauen zu mir. Kannst du mir nicht einen einzigen Irrtum vergeben? Vertraust du mir nicht mehr?«

»Du hast dich verändert.«

»Du dich auch.«

»Seine Heiligkeit mißbilligt es.«

»Aber Seine Majestät befiehlt.«

Schweigend verließen sie den Salon de Mercure. Marie-Josèphe dachte: *Meine Zeichnungen werden perfekt sein und dann ist zwischen uns alles wieder gut.*

Im Salon de Mars dirigierte M. Coupillet eine Sarabande. Ganz allein tanzte ein Paar nach der ruhigen Musik. Der eine war Lorraine; unverwechselbar seine hochgewachsene, elegante Gestalt. Er und sein Partner schritten aufeinander zu, drehten sich und wichen auseinander, den Figuren des Tanzes entsprechend.

Des Orchesters nicht achtend und als wären Marie-Josèphe und Yves nicht anwesend, fuhren Lorraine und Monsieur fort zu tanzen. Monsieur schaute zu seinem Freund auf, Lorraine beugte sich nieder und küßte ihn. Die schweren dunklen Flügel seiner Perücke verdeckten Monsieurs Gesicht. Als Lorraine sich aufrichtete und den nächsten Schritt der Sarabande vollführte, fiel sein Blick auf Marie-Josèphe.

Er lächelte und tanzte weiter.

Yves beschleunigte seinen Schritt und beeilte sich, mit Marie-Josèphe das Musikzimmer zu verlassen. Seine Lippen waren zu einem schmalen Strich zusammengepreßt. Die Hand an ihrem Arm, zog er sie fast an der Reihe der Billardtische im Salon de Diane vorbei und blieb erst vor der Tür zum Salon de Venus stehen, wo die Gäste des Königs sich an den Erfrischungen labten. Die delikaten Düfte aus dem Salon d'Abondance dahinter ließen Marie-Josèphe das Wasser im Mund zusammenlaufen.

Yves wandte sich ihr zu. Seine Augen waren fast schwarz vor Zorn. »Du hättest einem solchen Anblick nicht ausgesetzt sein dürfen«, sagte er. »Der Bruder Seiner Majestät erlaubt sich Freiheiten aufgrund ...«

»Aufgrund von was? Monsieur ist der liebenswürdigste Mensch, den man sich vorstellen kann. Weshalb bist du so aufgebracht?«

»Der Kuß ...« Yves verstummte. »Du weißt nicht, weshalb ich zornig bin? Gut so.«

»Weshalb sollte Monsieur seinen Freund nicht küssen? Lotte küßt mich auch.« Erst hatten Lottes Zärtlichkeiten sie überrascht, denn im Konvent waren Zuneigung und erst recht deren Bezeigung verboten. Die Schwestern ermahnten die Zöglinge, ihre Liebe für Gott aufzuheben.

Lottes Zuneigung war für sie ein Geschenk. Falls Yves versuchen sollte, sie ihr zu verbieten, würde er Schlimmeres tun müssen, als sie zu prügeln.

»Weil – Männer sollten sich nicht küssen. Aber dies ist kein schickliches Thema. Wir werden nicht wieder davon sprechen.«

Marie-Josèphe wünschte, er würde das nicht ständig sagen. Als sie Kinder waren und gemeinsam die Strände und Sümpfe und Felder von Martinique erforschten, hatte ihre Neugier vor nichts Halt gemacht. Marie-Josèphe bedauerte einige der Veränderungen an ihrem Bruder. Doch auch sie hatte sich verändert, entwickelt: von dem schwärmerischen kleinen Mädchen, das ihm, ohne zu fragen, durch dick und dünn folgte, zu einer erwachsenen Frau, die den großen Bruder immer noch bewunderte, aber nicht ohne weiteres bereit war, sich von ihm bevormunden zu lassen.

Er führte sie durch Wärme und Licht und Stimmengewirr im Salon der Venus und zu der Stätte des Überflusses, im wahrsten Sinne des Wortes. Sie hatte solchen Hunger, daß ihre Hände zitterten.

Ich sollte ihn nicht in dem Glauben lassen, daß ich mit allem einverstanden bin, was er gesagt hat, dachte sie, *doch wenn ich Einwände erhebe, bekomme ich bis morgen früh nichts mehr zu essen.*

Seine Majestät war nicht weniger großzügig als die Göttin, der dieser Raum geweiht war und deren Abbild sich an der Decke auf einem Diwan aus Wolken rekelte, kaum verhüllt von hauchfeinen Schleiern und umringt von Engeln und Cherubim, die Wein ausschenkten und aus einem Füllhorn Früchte verstreuten. Die Tische des Königs bogen sich unter der Last von Braten und Geflügel, Obst und Pasteten.

Ein Lakai erschien und offerierte Marie-Josèphe ein Tablett mit den ausgesuchtesten Delikatessen: geröstete Täubchen, Pfirsiche, Birnen. Marie-Josèphe nahm eins der Täubchen und verzehrte es mit zwei Bissen. Die braune Haut knusperte zwischen ihren Zähnen, das saftige Fleisch zerging auf der Zunge. Die zarten Knochen gaben dem Fleisch Substanz. Der Lakai reichte ihr eine leinene Serviette. Sie tupfte sich das Fett von den Lippen.

Nach drei Täubchen und einem Pfirsich fühlte sie sich gestärkt. Sie knabberte an der Birne, eine Sorte Obst, die sie hier am Hof zum erstenmal gekostet hatte. Birnen und Pfirsiche und Äpfel gediehen auf Martinique nicht gut, ohnehin waren die meisten Felder mit Zuckerrohr bepflanzt. Monsieur und Lorraine kamen hereingeschlendert, Arm in Arm. Lorraine führte seinen Freund zu Marie-Josèphe und Yves. Er lächelte Marie-Josèphe zu, als teilten sie ein romantisches Geheimnis. Yves grüßte mit einer fast nur angedeuteten, steifen Verbeugung. Lorraine gab den Gruß zurück, Monsieur lächelte und nickte.

Lakaien kamen herbeigeeilt, um Monsieur und seinen Begleiter zu bedienen. Sie brachten Monsieur einen goldenen Teller und Lorraine einen silbernen, und da sie den Geschmack ihrer Herren kannten, befanden sich auf dem einen süße Pastetchen und Konfekt, auf dem anderen eine halbrohe Rinderkeule. Lorraine schlug die starken weißen Zähne in das Fleisch und riß ein Stück vom Knochen. Roter Saft lief an seinen Fingern hinunter und in die silbernen Spitzen an seinen Manschetten.

Er ist sehr schön, obwohl er so alt ist, dachte Marie-Josèphe. *Der König hat seine Zähne verloren, aber der Chevalier nicht. Ober er auch noch sein volles Haar besitzt?*

Er trug eine wunderschöne Perücke nach neuester Mode; die üppigen Locken wallten ihm auf Brust und Rücken. Nirgends wurde gemunkelt, daß er darunter kahl wäre. Er trug sie, weil es Mode war, eine Mode, die der König selbst begonnen hatte, als durch eine Krankheit sein Haar schütter wurde. Gekleidet war er in feinstem Brokat mit Spitzen. Die Schuhe mit den hohen Absätzen brachten seine wohlgeformten Beine in den weißen Seidenstrümpfen zur Geltung. Er war so groß, daß Marie-Josèphe es unbequem fand, mit ihm zu reden, wenn sie beide standen.

Seine Augen waren von einem wundervollen Blau.

»Ich möchte, daß du von dieser Pastete kostest, lieber Philippe.«

Lorraine wandte sich Monsieur zu. Als sein Blick Marie-Josèphe verließ, schien das Licht schwächer zu werden, als hätte ein unmerklicher Luftzug die Hälfte der Kerzen ausgeblasen, aber die Kristallüster brannten noch hell und erfüllten das Gemach mit dem Geruch von heißem Bienenwachs. Monsieur reichte seinem Freund ein Stück sahnetriefendes Gebäck. Zucker klebte an Monsieurs Oberlippe wie ein Schönheitspflästerchen.

»Sie ist ganz ausgezeichnet.«

»Nicht ausgerechnet jetzt, Philippe«, wehrte Lorraine ab. »Das Süße verträgt sich nicht mit den Gewürzen.« Er hob erklärend die Keule. Dann legte er sie auf den Teller und wischte Monsieur den Zucker aus dem Gesicht.

Wie kühn, dachte Marie-Josèphe, *Monsieur bei seinem Taufnamen zu nennen. Vielleicht ist es ein Scherz zwischen ihnen, weil sie beide Philippe heißen. Doch in Madames Gegenwart spricht er Monsieur nicht so vertraulich an und gewiß wird er es nicht wagen, wenn Seine Majestät in Hörweite ist.*

Lorraine und sogar Monsieur mußten sich wie alle anderen davor fürchten, den Ausdruck von Mißbilligung auf dem Gesicht des Königs zu sehen. Ein einziges Wort des Tadels von Seiner Majestät konnte den Ruin bei Hofe bedeuten.

Und ich mag mir gar nicht vorstellen, was Comte Lucien sagen würde! überlegte Marie-Josèphe. Was für ein seltsamer Mann, Seiner Majestät so absolut ergeben. Vielleicht würde er Lorraine mit seinem Gehstock auf die Finger schlagen wie Schwester Penitentia im Konvent.

Lorraine trug einen Degen, Comte Lucien nur einen kurzen Dolch. Marie-Josèphe malte sich aus, wie es gewesen wäre, einen Degen zu haben, damals im Konvent, wo die Schwestern einem auf die Finger schlugen, wenn man mit offenen Augen träumte, und einem Backenstreiche gaben, wenn man summte, und die Mädchen peitschten, wenn sie aus Angst vor der Dunkelheit zu zweit in einem Bett schliefen.

Hätte ich einen Degen gehabt, dachte sie, *hätte niemand mir auf die Finger geschlagen und mich erst recht nicht mit Ruten gepeitscht.*

Kapitel 9

»Mlle. de la Croix, ich stelle fest, Ihr verwandelt Euch«, bemerkte Monsieur. »Bei Kerzenlicht ist Euer Teint ganz hell. Sogar an den Händen. Findet Ihr nicht auch, Philippe?«

»Sie ist in jedem Licht bezaubernd«, antwortete Lorraine.

»Ich verdanke alles Euch und Eurer Familie, Monsieur«, sagte Marie-Josèphe. »Und ich bin Euch sehr dankbar.« Monsieur meinte es gut, und sie *war* dankbar. Trotzdem wünschte sie sich, er würde nicht jedesmal, wenn er sie sah, ihre Herkunft aus den Kolonien erwähnen. Chartres tauchte aus der Menge auf, begleitet von Madame. Er stürzte ein Glas Wein hinunter und tauschte den leeren Pokal gegen einen vollen ein. Sein gutes Auge hatte einen fiebrigen Glanz, seine Wangen glühten.

Er leerte das zweite Glas so schnell wie das erste und nahm sich ein drittes von dem Tablett eines Lakaien.

»Das ist mehr als genug, mein Sohn«, ermahnte ihn Madame.

»Bei weitem nicht, chère maman.« Chartres goß das dritte Glas hinunter.

»M. le Père, rettet uns vor der Langeweile«, sagte Madame. »Erzählt uns noch mehr von Euren Abenteuern.«

Chartres ergriff das Wort, bevor Yves etwas erwidern konnte. »Ich möchte Euch helfen ...«

»Mein Sohn bildet sich ein, er wäre ein Wissenschaftler.« Die kaum merkliche Schärfe in Monsieurs Stimme war als Warnung für den Sohn gedacht, nicht wieder seine unselige Passion zu erwähnen.

Chartres wurde brennend rot und reagierte mit einer Heftigkeit, die seinem Wesen fremd war. »Ich möchte Euch dabei helfen, das Seeungeheuer zu sezieren.«

»Eine Person reicht aus, um das zu tun.« Yves ging beiläufig über das Ansinnen hinweg. Er wußte nichts von den Neigungen des jungen Herzogs. Ein Gelehrter wie er hatte keine Verwendung für einen unerfahrenen Handlanger.

»Es ist unter deinem Stand«, wandte Madame sich an Chartres, »in den Eingeweiden eines Fisches herumzugraben.«

»Madame hat vollkommen recht.« Yves verneigte sich vor der Herzogin. »Bei einer gewöhnlichen Sektion könnte ich mich bereit finden, einen Helfer in der Prozedur zu unterweisen, aber da es sich um des Königs Seeungeheuer handelt ...« Er breitete die Hände aus. »Für Seine Majestät tue ich selbst die Arbeit.«

»Wünscht Ihr etwa nicht, daß ich dem König diene, Madame?« fragte Chartres seine Mutter in zynischem Ton.

»Allerdings – in einer Weise, die deinem Stand gemäß ist.«

»Ich wüßte nicht, was ich mit einem zusätzlichen Paar Hände anfangen sollte«, sagte Yves rasch. »Ihr könnt alles lernen, indem Ihr zuschaut und das Protokoll und die Zeichnungen studiert.« Ihm schien ein Gedanke zu kommen. »Könnt Ihr zeichnen?«

Marie-Josèphe hielt den Atem an. *Er will mich bestrafen,* dachte sie, *indem er mir meine Arbeit wegnimmt und sie Chartres überträgt.*

»Ja!« antwortete Chartres. »Ich meine – ein wenig.« Unter dem strengen Blick seiner Mutter senkte er den Kopf. »Ich wollte sagen, nicht besonders gut.«

»Er meint ›nein‹«, sagte Madame, »und nun kein Wort mehr davon.«

Obwohl ihr ein Stein vom Herzen fiel, hatte Marie-Josèphe Mitleid mit Chartres und warf dem jungen Herzog einen verständnisvollen Blick zu, Madame einen dankbaren, aber Chartres grollte und wandte ihr seine blinde Seite zu, und Madame war nicht eingeschritten, um ihr einen Gefallen zu tun.

Lorraine, der über Marie-Josèphes Schulter hinwegschaute, verneigte sich plötzlich.

Die Herzogin von Chartres und Mlle. d'Armagnac kamen angerauscht, funkelnd wie Kristallüster mit ihren edelsteinbesetzten Miedern. Mme. de Chartres erwiderte Lorraines Gruß mit einer geringschätzigen Geste.

»Guten Abend, Papa. Guten Abend, Maman«, grüßte sie den Herzog und die Herzogin von Orleans.

»Guten Abend, Mme de Chartres«, antwortete ihr Schwiegervater. »Mlle. d'Armagnac.«

Madame, ihre Schwiegermutter, nickte nur mit ausgesucht kühler Höflichkeit.

Mme. de Chartres ignorierte ihren Gemahl, er ignorierte sie. Er trank ein viertes Glas Wein. Mlle. d'Armagnac betrachtete Chartres über den Rand ihres Fächers hinweg und senkte kokett die Wimpern, als er den Blick erwiderte – alles vor den Augen ihrer Busenfreundin Mme. de Chartres.

Marie-Josèphe fragte sich, wie es gewesen sein mochte, als Mlle. de Blois aufzuwachsen, ohne jemanden, den man Papa oder Mama nennen konnte. Denn bestimmt hatte Mme. Luzifer den König niemals Papa genannt. Die Kinder der Montespan waren von Mme. de Maintenon aufgezogen worden, ihrer leiblichen, vom Hof verstoßenen Mutter entfremdet.

Es hieß, Mme. de Maintenon liebte die natürlichen Kinder Seiner Majestät wie ihre eigenen und wahrte eifersüchtig deren Interessen. Sie hatte brillante Ehen für sie arrangiert, weit besser, als sie von rechts wegen erwarten konnten. Um ihre Pläne durchzusetzen, hatte sie zahlreiche Mitglieder des Hofes gegen sich aufgebracht, nicht zuletzt Madame.

»Wir sind gekommen, um M. le Père zu entführen«, verkündete Mme. Luzifer. »Sämtliche Damen brennen darauf, ihm vorgestellt zu werden.« Sie und Mlle. d'Armagnac nahmen Yves in die Mitte und verschwanden mit ihm.

»Nicht besser als liederliche Weibsbilder«, brummte Madame. »Ihr müßt Euren Bruder warnen, Mlle. de la Croix, wenn Ihr wollt, daß er seine Gelübde hält.«

»Er würde sie niemals brechen, Madame. Nie und nimmer.«

»Um keinen Preis?« fragte Monsieur.

»Nein, Monsieur, um keinen Preis.«

»Und die Sektion?« mischte Chartres sich ein. »Wann wird sie fortgesetzt?«

»Ich weißt nicht, Monsieur«, antwortete Marie-Josèphe. »Wenn der König es wünscht.«

»Mein Onkel, der König, könnte es hinauszögern, bis der Kadaver verwest ist«, meinte Chartres verdrossen.

Obwohl sie dasselbe gesagt – gefürchtet – hatte, hielt Marie-Josèphe es für diplomatisch, von etwas anderem zu sprechen.

»Monsieur, ich habe an Mijnheer van Leeuwenhoek geschrieben und ihn gebeten, eines seiner Mikroskope erwerben zu dürfen. Seine Linsen sollen die besten sein.«

»Van Leeuwenhoek!« Chartres schüttelte den Kopf. »Ihr solltet Euch ein vernünftiges französisches Mikroskop kaufen, mit zwei Linsen, Mademoiselle. Eure Augen sind zu wundervoll, um sie mit Leeuwenhoeks kompliziertem Gerät zu verderben.«

»Welches er zu Euch wird schmuggeln müssen«, fügte Lorraine hinzu. »Falls er nicht Euer Geld behält und Euch gar nichts schickt.«

»Schmuggeln, Monsieur?«

»Vielleicht packt er es in obszöne niederländische Pamphlete«, sagte Monsieur, »und schmuggelt zwei Partien Kontrabande für den Preis von einer.«

Lorraine lachte. »Schließlich liegen wir im Krieg mit den Holländern«, erklärte Madame.

»Ein Feldzug im nächsten Sommer wird dem ein Ende machen«, sagte Chartres.

Monsieur dämpfte seine Begeisterung. »Du solltest nicht damit rechnen, ein weiteres Kommando zu erhalten.«

»Aber ich habe meine Truppen zum Sieg geführt!«

»Das war dein Fehler.«

»Die Wissenschaft überwindet den Krieg.« In die plötzliche Stille hinein fragte Marie-Josèphe schüchtern: »Ist es nicht so?«

»So sollte es sein!« antwortete Chartres.

»M. de Chrétiens Unterhändler überwinden vielleicht den Krieg«, meinte Lorraine. »Wie sie Grenzen überwinden.«

»Also«, sagte Monsieur, »werdet Ihr zweifellos Euer Mikro-was-auch-immer bekommen.«

»Es offenbart Dinge, die man nicht sehen kann«, sagte Chartres.

»Wie die Bibel?« fragte Madame.

»Sehr kleine Dinge«, erklärte Marie-Josèphe. »Wenn wir uns unter dem Mikroskop zum Beispiel – Herbstblumes Flöhe betrachten, entdecken wir vielleicht Flöhe auf den Flöhen.«

»Wer möchte sich das entgehen lassen«, äußerte Lorraine, während Madame sagte: »Ich habe nicht den geringsten Wunsch, das zu tun.«

Ein Lakai erschien neben Lorraine. Chartres griff nach dem Weinglas auf dem Tablett, aber der Chevalier kam ihm zuvor und brachte es mit solcher Grandezza an sich, daß er nichts einwenden konnte.

»Ihr habt den ganzen Abend noch nichts getrunken, Mlle. de la Croix«, sagte Lorraine. »Dies wird Eure Gedanken von den Sorgen über Krieg und Wissenschaft ablenken.«

Marie-Josèphe hatte gar nicht den Wunsch, davon abgelenkt zu werden. Aber sie war durstig, deshalb nahm sie das Glas dankbar an. Der rote Wein spiegelte sich an dem silbernen Rand.

Sie nahm einen kleinen Schluck und rechnete mit dem bitteren, wässrigen Geschmack des Abendmahlweins im Konvent. Samtenes Feuer glitt statt dessen über ihre Zunge, begleitet von dem Aroma von Früchten und Blumen. Sie nahm einen zweiten Schluck, mit geschlossenen Augen, und dachte: *Ich könnte das einfach einatmen.*

Als sie die Augen wieder aufschlug, schaute Lorraine auf sie hinunter und bezauberte sie mit seinem charmanten Lächeln.

»Er mundet Euch«, sagte er.

»Natürlich mundet er ihr!« rief Monsieur aus. »Es ist ein ausgezeichneter Tropfen.«

»Ihr habt mir mein erstes Glas Wein gegeben«, sagte sie.

»Euer erstes!« Monsieur war entsetzt.

»In welcher Weise könnte ich noch für Euch der Erste sein?« fragte Lorraine leise.

Marie-Josèphe errötete. »Ihr versteht mich falsch, Monsieur.«

»Was habt Ihr denn getrunken auf Eurer kleinen Insel?« fragte Monsieur. Dabei musterte er sie, als wäre sie eins von Yves' Forschungsobjekten.

»Im Konvent, Monsieur, haben wir Dünnbier getrunken. Oder Wasser.«

»Wasser! Mon dieu! Ihr könnt froh sein, daß Ihr noch lebt!«

»Welch bezaubernde Unschuld«, sagte Lorraine.

Marie-Josèphe nippte an ihrem Glas und schaute unter halbgesenkten Wimpern zu ihm auf. »Ihr schmeichelt mir, Monsieur . . .«

»Ich? Ich bin bekannt dafür, nur die reinsten Wahrheiten auszusprechen.«

». . . und die Nonnen haben mich stets vor Schmeichlern gewarnt.«

»Weist sie zurück, meine Hingabe, meine Bewunderung, Mademoiselle. Ein gebrochenes Herz wird mir Ablenkung verschaffen.«

Chartres schnaubte und goß ein weiteres Glas hinunter.

»Achtet nicht auf seinen kläglichen Witz«, bemerkte Madame. »Er sucht nur, sich die Langeweile zu vertreiben. Die Nonnen würden sogar Lorraine vergeben, wenn sie eins von Seiner Majestät Appartements hätten erdulden müssen.«

»Sie haben ...« Marie-Josèphe hielt inne, weil ihre Stimme schwankte. »Wir alle erduldeten die Stille des Klosters.«

Lorraine verneigte sich vor ihr und küßte ihre Hand.

»Ihr seid eine Zierde für den Hof, Mlle. de la Croix. Wie Eure Mutter es war.«

Sie entzog ihm die Hand, beschämt, weil sie sich an Monsieurs Bemerkung über ihre Haut erinnerte.

»Nun kommt, Chevalier«, sagte Monsieur laut und unternehmungslustig, »Ihr müßt meinen Bruder den König zu einer Partie Billard herausfordern.« Er griff nach Lorraines Arm und zog ihn mit sich. Chartres folgte ihnen mit nicht mehr ganz sicheren Schritten.

Marie-Josèphe knickste, aber die drei Männer hatten sich bereits abgewandt. Lorraine warf noch einen Blick zurück und schlug sich theatralisch mit der geballten Faust gegen die Brust.

Madame legte Marie-Josèphe die Hand auf den Arm.

»Wenn Euer Bruder mich nicht vor der Langeweile retten will, müßt Ihr es tun«, sagte sie. »Kommt mir, wir suchen uns ein ruhiges Plätzchen.«

»Madame, wie ist es möglich, daß Ihr Euch langweilt?«

»Wie ist es möglich, daß Ihr es nicht tut, Mlle. de la Croix? Doch wartet nur, Ihr werdet es verstehen, wenn Ihr ein Jahr lang diesen endlosen Abenden beigewohnt habt. Ich würde lieber Briefe schreiben oder mich mit meinen Sammlungen beschäftigen. Ich freue mich darauf, die Medaille zu sehen, die man für Euren Bruder anfertigen soll. Ich hoffe, sie wird recht dramatisch.«

Auf einer Bank in einer Fensternische ließ die Herzogin sich nieder. Die Hofetikette verbot Marie-Josèphe, in ihrer Gegenwart zu sitzen, selbst wenn es Madame in den Sinn gekommen wäre, ihr einen Platz anzubieten.

»Ich kann Euch nichts über die Reise meines Bruders berichten«, sagte Marie-Josèphe entschuldigend. »Wir haben seit seiner Rückkehr kaum eine Minute für uns allein gehabt.«

»Dann müßt Ihr mir etwas anderes erzählen, etwas Außergewöhnliches, das ich der Kurfürstin Sophie schreiben kann.«

»Das Seeungeheuer singt – wie ein Vogel. Und es spricht wie ein Papagei.«

»Wahrhaftig! Vielleicht könnt Ihr ihm Kunststücke beibringen, zur Unterhaltung Seiner Majestät.«

»Das könnte ich, mit der Zeit, obwohl es sehr wild ist. Es hat einen der Fuhrleute erschreckt, und beinahe hätte er uns beide geschlagen.«

»Er hat Euch geschlagen!«

»Nein, nein, so weit ist es nicht gekommen, weil Comte Lucien – bitte lacht nicht – den Mann daran gehindert hat.«

»Weshalb sollte ich lachen? M. de Chrétien hat die Kanaille gezüchtigt, will ich hoffen!«

»Ja. Er trägt keine Waffe, aber er schützte mich mit seinem Stock.«

»Etwas anderes hätte ich auch nicht erwartet von einem Mann von Comte Luciens Herkunft.«

»Madame, dürfte ich Euch eine Frage stellen?«

»Ma chère, Ihr erweist mir eine Ehre! Nicht einmal meine Kinder fragen mich um Rat, wie meines Sohnes unglückselige Heirat beweist.«

»Ich fürchte, es könnte indiskret sein.«

»Indiskret? Um so besser.«

»Ist Comte Lucien außerordentlich tapfer, oder ist er tollkühn?«

»Was meint Ihr mit ›tollkühn‹?«

»Er stellte sich, unbewaffnet, zwischen mich und den Fuhrknecht. Er folgt in seiner Kleidung nicht der Mode. Und wie er zu Seiner Heiligkeit gesprochen hat ...«

»Was hätte ein Degen ihm genutzt? Er kann einen Bürgerlichen nicht zum Duell herausfordern, selbst wenn Seine Majestät Duelle erlauben würde, was er nicht tut. Unzweifelhaft schätzte der Kerl sich glücklich, so billig davongekommen zu sein, denn der Comte hätte ihn von seinen Lakaien prügeln lassen können.«

Madame deutete mit einem Kopfnicken zur gegenüberliegenden Seite des Gemachs, wo Chrétien stand und mit der Marquise de la Fère plauderte. Seine braune Perücke und die goldenen Spitzen glänzten im Kerzenschein. »Was die Mode betrifft – was findet Ihr zu tadeln?« Madame lächelte verschmitzt. »Mme. de la Fère findet ihn offenbar sehr anziehend und ihr Geschmack ist ausgezeichnet. Möglicherweise vergleicht Ihr unsere Mode mit der auf Martinique?«

»O nein, Madame, auf Martinique gibt es keine Mode. Wir erbettelten Neuigkeiten von jedem Schiff, das im Hafen von Fort de France anlegte. Die Offiziere waren keine große Hilfe, aber die Passagiere erzählten uns manchmal, was man in Paris trug oder getragen hatte – in der vergangenen Saison.«

»Ich mache mir nichts aus modischem Firlefanz«, bekannte Madame aufrichtig. Zwar kleidete sie sich nicht ganz so trist wie Madame de Maintenon, weil sie nicht annähernd so fromm war, aber sie schmückte sich nur selten mit Edelsteinen, bevorzugte gedeckte Farben und verhüllte stets ihren stattlichen Busen mit einer Palatine. »Mir wäre es also gerade recht in Fort de France.«

»Die letzten fünf Jahre dort lebte ich in einem Konvent. Dort kümmerte man sich nicht um Mode.«

»Wie kommst Ihr dann dazu, Euch über M. de Chrétiens Anzug zu äußern?«

»Die jungen Damen in Saint-Cyr, Madame. Wenn sie nicht über Religion sprachen, was sie allerdings meistens taten, sprachen sie über den Hof, über Seine Majestät und über die neueste Mode.«

Madame gluckste. »Hat die alte Pantokratin das junge Blut also doch nicht so unter der Fuchtel, wie sie wohl glaubt. Ich bin froh, das zu hören.«

»Sie sagten, daß es bei Hofe nur einem jungen Offizier – auf Urlaub von seinem Regiment – ansteht, einen Schnurrbart zu tragen, sein Haar im Nacken zu binden und sein Halstuch nach Steinkirchner Art umzulegen. Ich nehme an, M. de Chrétien kann kein Schwert führen, aber ...«

»Heute abend ist er glattrasiert, und seine Perücke entspricht der neuesten Mode ...«

»Vielleicht hat ihm jemand geraten«, meinte Marie-Josèphe zögernd, »sich nicht wie ein Kriegsmann zu kleiden.«

»Weshalb denn nicht, um alles in der Welt?« Madame senkte die Stimme. »Ich will nicht behaupten, Seine Majestät würde es jedem Offizier nachsehen, wenn er noch bedeckt vom Staub des Schlachtfeldes vor ihn träte und mit im Nacken gebundener Perücke, doch ich bin sicher, M. de Chrétien brauchte keinen Tadel zu fürchten.«

»Comte Lucien besuchte den Kriegschauplatz?«

»Er kommandierte ein Regiment, wie jeder andere junge Adlige, der beim König in Gunst steht. Bei Steinkirchen im vergangenen Sommer, bei Neerwinden vor wenigen Wochen. Er ist die ganze Nacht geritten, weil er rechtzeitig in Versailles sein wollte, um den König nach Le Havre zu begleiten.«

Marie-Josèphe schaute auf Comte Lucien und sah ihn nun als einen Offizier, der ein Schwert hob, statt eines Gehstocks. Mme. de la Fère sagte etwas, er lachte mit offensichtlicher Belustigung. Die Marquise lächelte. Ihr Fächer senkte sich, und man sah die Blatternnarben an ihren Wangen.

Der Comte nippte an seinem Wein. Marie-Josèphe fürchtete, er würde sich umschauen und sie entdecken und an ihrer betroffenen Miene ihre Gedanken ablesen können, doch im Gegensatz zu Lorraine oder Monsieur oder Chartres widmete er seine Aufmerksamkeit seinem Gesprächspartner und suchte nicht hinter Mme. de la Fère nach besserer Unterhaltung oder höherem Rang oder einer Dame mit makellosem Teint.

»Habt Ihr gedacht«, fragte Madame, »er hätte an den Feldzügen nicht teilgenommen?«

»Ich muß zugeben, das habe ich gedacht. Oder vielmehr, ich habe gar nicht gedacht, sondern etwas angenommen und nicht überprüft.« Marie-Josèphe versuchte zu lächeln. »Mein Bruder würde mich schelten. Es ist keine sehr wissenschaftliche Denkweise.«

»Ist M. de Chrétien tapfer, ist er tollkühn? Ich bitte meinen Sohn, nicht tollkühn zu sein, doch es würde mich schmerzen, von ihm sagen zu hören, er sei nicht tapfer. Er *ist* tapfer. Er trug seine Verwundung wie ein Held. Es war keine sehr schwere Wunde, aber schon eine Bagatelle kann einen geliebten Menschen dahinraffen, wenn man die Doktoren gewähren läßt.«

»M. de Chartres ist tapfer, Madame«, sagte Marie-Josèphe. »Ich bin sicher, bis zum Winter ist sein Bein wieder so gut, wie es war.«

»Sein Bein?«

»Sagtet Ihr nicht, er wäre am Bein verwundet worden?«

»Nein, nicht daß ich wüßte. Es war sein Arm. Eine Musketenkugel zerriß seinen Rock und die nächste ...«

Madame griff sich an den Oberarm, sie litt aufs neue die Schmerzen, die ihr Sohn ertragen hatte. »Er zog die Kugel selbst heraus und gestattete M. de Chrétien, die Wunde zu versorgen. Sie ist so wunderschön verheilt, daß ich geneigt bin, dem Comte viele seiner Fehler zu verzeihen.«

»Was für Fehler, Madame?«

Die Herzogin deutete mit dem Kinn durchs Zimmer. Die entzückende Mlle. de Valentinois und Mlle. d'Armagnac, die beide im Wettstreit um die Position der Schönsten bei Hofe standen, hatten sich zu Mme. de la Fère und Comte Lucien gesellt. Sie kokettierten schamlos. »Mlle.Passé, Mme. Présente und Mlle. Future zum Beispiel. Obwohl Mlle. Future kein Iota Verstand im Kopf hat, deshalb wird sie nicht lange dauern. Viel wichtiger aber: seine Religion.«

»Seine Religion! Madame, ist er etwa...«, sie senkte die Stimme, »...ein Ketzer?«

»Der Ratgeber des Königs ein Hugenott? Gewiß nicht. Er ist Atheist.«

Marie-Josèphe konnte es nicht glauben. Sie wartete darauf, daß Madame in Lachen ausbrach und ihr versicherte, sie hätte einen Scherz gemacht. Doch Madame fuhr mit ihrer Geschichte fort: »Dann kehrten sie zu ihrer Einheit zurück. Nicht Chartres wurde am Bein verwundet, das war M. de Chrétien.«

Marie-Josèphe dankte dem Himmel, daß Madame nicht ahnte, daß sie von Chartres angenommen hatte, sein Hinken sei die Folge einer Verwundung und die Lahmheit des Comte ein Geburtsfehler.

»Chartres hätte nach seiner Verwundung an den Hof zurückkehren können, aber natürlich tat er es nicht. Chrétien ebenfalls nicht. Männer sind rätselhafte Wesen, meine Liebe.«

»Ja, Madame.«

»Und deshalb kann ich Eure Frage nicht beantworten«,

schloß die Herzogin. »Keine Frau seit der Heiligen Johanna kennt den Unterschied zwischen Mut und Tollkühnheit auf dem Schlachtfeld. Und man sieht ja, welches Ende sie genommen hat.«

Vor Müdigkeit wie trunken und geblendet vom Kerzenschein und dem Glitzern des Goldes und der Edelsteine, schlüpfte Marie-Josèphe zwischen den Gruppen plaudernder Menschen hindurch. Madame hatte sie gebeten, nach Lotte Ausschau zu halten.

Tabaksqualm und gezwungenes Lachen erfüllten das Spielzimmer. Goldmünzen und Tantes häuften sich auf den Tischen. Manche Spieler hielten ihr Blatt umklammert, als könnten sie den fehlenden König oder die fehlende Königin herauspressen, andere saßen nonchalant zurückgelehnt auf dem Stuhl, und die Karten entglitten fast ihren schlaffen Fingern.

»Verflucht und verdammt!« Mme. Luzifer warf die Karten auf den Tisch. »Jesu Blut und Gottes Atem!«

M. de Saint-Simon, ein unscheinbarer junger Kavalier, von dem keiner Notiz genommen hätte, wäre er nicht ein Herzog und ein Pair gewesen, zog seinen Gewinn zu sich heran. »Madame, ich bitte Euch, respektiert die Empfindlichkeiten unseres guten Paters.«

Yves stand seitlich hinter Mme. de Chartres. Sie stieß noch einen Fluch aus und schaute dann zu ihm auf.

»Armer Père Yves. Sind wir verdammt?«

»Die Matrosen an Bord des Schiffes haben mich gegen Profanitäten unempfindlich gemacht, Madame.«

»Ich würde einen guten Seemann abgeben«, äußerte Mme. Luzifer.

Alle am Tisch lachten, ausgenommen Saint-Simon.

Marie-Josèphe ging weiter, in den Salon de Mars. Das Kammerorchester spielte; die gravitätische Musik malte das Bild des Hofes zu Versailles, schilderte mit opulenten

Klängen den Luxus, in dem Frankreich schwelgen konnte, trotz Krieg und einer schlechten Ernte.

Das Taubengrau von Lottes neuer Robe schimmerte in einer Fensternische, nur teilweise verdeckt von den Vorhängen. Marie-Josèphe eilte darauf zu, aber plötzlich blieb sie stehen. Lotte war nicht allein. Herzog Léopold-Joseph flüsterte ihr etwas ins Ohr, und sie lachte. Ihr Strahlen erhellte schier die Nische.

Madame wäre entrüstet, dachte Marie-Josèphe, aber was konnte so schlimm sein an einer kleinen Plauderei? *Dennoch, ich darf meine Freundin nicht in Verlegenheit bringen.*

Sie ging an den halb zugezogenen Vorhängen vorbei.

»Mademoiselle? Mademoiselle, wo seid Ihr? Madame verlangt nach Euch.«

Ihre Taktik hatte Erfolg. Als sie sich umdrehte, kamen Lotte und der Lothringer auf sie zugeschlendert. Marie-Josèphe knickste.

»Madame wünscht Eure Anwesenheit«, sagte sie.

»Arme Maman, sie hat keinen anderen Wunsch, als zu Bett zu gehen. Nein, nein«, sagte Lotte. »Der Herzog und ich werden uns um sie kümmern. Ich weiß, wo sie sitzt. Wenn Ihr mit uns kommt, seid Ihr auch gefangen. Macht es Euch etwas aus, Monsieur?«

Der Herzog verneigte sich galant. Die Kleidung des Lothringers ließ die verschwenderische Pracht des Versailler Hofs vermissen, aber er hatte ein freundliches Gesicht.

»Es wird mir eine Freude sein, Madame aufzuwarten«, erklärte er, »und ich hoffe, sie wird auch mich angenehm finden.«

Er und Lotte entfernten sich. Marie-Josèphe war nun sich selbst überlassen und unternahm einen Besichtigungsgang durch die Salons. Auf den Gemälden großer Meister, Geschenke anderer Staaten, richteten Helden aus Sage und Wirklichkeit den ernsten Blick in unbestimmte Fernen oder trugen ihre Kämpfe aus, ruhten auf

Samt oder Satin oder galoppierten durch Wolken. Ludwig war Mittelpunkt zahlreicher dieser Darstellungen, majestätisch als Apoll, als Zeus, als römischer Kaiser, als er selbst, der Sonnenkönig, auf seinem Streitroß, auf seinem Thron.

Königin Marie Thérèse und der Dauphin, Monsigneur, als Knabe, schritten nebeneinander durch ihr Portrait, gleich gekleidet in Rot und Gold und Schwarz, über und über mit Perlen bestickt. Marie Thérèse trug eine Halbmaske wie für einen Ball, auf dem sie unerkannt bleiben wollte.

Wie schade, einen solchen Teint zu verstecken, dachte Marie-Josèphe. Die Königin war eine lichte Erscheinung, ihr Haar wie auch ihre Augenbrauen von einem hellen, weißgoldenen Blond, die Augen grau. Marie-Josèphe machte sich den Spaß, vor dem Bild der verstorbenen Königin einen Hofknicks zu vollführen.

Auf ihrem Weg von einem Bild zum anderen gelangte sie, fast ohne es zu merken, in den Salon de Diane. Sie blieb stehen. Der König spielte Billard mit James II., Monsieur und dem Chevalier de Lorraine. Die Zuschauer verfolgten die Partie mit gespannter Aufmerksamkeit.

Im ersten Moment wußte sie nicht, was sie tun sollte, aber niemand beachtete sie. Also hielt sie es für das Beste, sich still und unauffällig zu verhalten. Sie konnte nicht durch diesen Raum spazieren und die Gemälde betrachten, aber sie konnte ungestört Seine Majestät beobachten, ein viel größeres Privileg. Außerdem war es angenehm warm. Wenn nur ihr neuen Schuhe nicht so gedrückt hätten!

Ich bin nicht mehr so spät auf gewesen, dachte sie, *seit der Zeit vor Yves' Weggang von Martinique, als wir uns nachts aus dem Haus stahlen, um an den Strand zu laufen und lebende Muscheln zu sammeln, die aus dem phosphoreszierenden Wasser krochen.*

Im Konvent ging man schlafen, sobald es dunkel wurde, und erhob sich lange vor Tagesanbruch, und an Ausflüge an den Strand war nicht einmal im Traum zu denken.

Seiner Majestät gelang ein meisterhafter Stoß. Die Kugel rollte in die Tasche. Monsieur, Lorraine und die übrigen Zuschauer klatschten.

James stieß sein Queue auf den Boden und fluchte.

»Hol's der Teufel, Ihr habt mich wieder geschlagen, Vetter! Ihr habt ein unverschämtes Glück, Sire.«

Er sprach mit Akzent, er lispelte, und er verärgerte jedermann außer Seiner Majestät mit seinem Mangel an Ehrerbietung gegenüber dem König.

»Eine hart umkämpfte Partie, Sire«, äußerte Monsieur, ohne abzuwarten, bis James zu Ende gesprochen hatte.

»Vielen Dank, lieber Bruder«, antwortete Ludwig, während die Zuschauer herandrängten, um ihn zu beglückwünschen.

Marie-Josèphe blieb an ihrem Platz stehen, denn sie gehörte nicht in diese Gesellschaft von Prinzen und Herzögen.

Nicht weit von ihr entfernt stand Comte Lucien auf seinen Gehstock gestützt und nippte an einem Glas Wein. Sie erwiderte seinen Gruß. Sie hätte gern mit ihm gesprochen, nicht, um sich für ihre falsche Einschätzung seiner Person zu entschuldigen – denn sie hoffte von ganzem Herzen, daß sie ihn nichts davon hatte merken lassen –, sondern um durch Höflichkeit ihre wenig schmeichelhaften Gedanken wettzumachen.

»Schmerzt das Bein Euch sehr, Comte?« fragte sie. »Ich hoffe, es heilt schnell.«

»Durch die Salbe von Seigneur d'Artagnan wird es in ein, zwei Wochen wieder gesund sein«, antwortete er. »Das Rezept der Mutter des alten Herrn hat mir die Ärzte vom Leib gehalten.«

»Madame ist Euch unendlich dankbar für die Hilfe,

die Ihr Chartres habt angedeihen lassen. Und ich bin Euch ebenfalls zu Dank verpflichtet.«

»Wegen der Hilfe, die ich Chartres habe angedeihen lassen?«

»Für Euer mutiges Eingreifen heute morgen.«

Comte Lucien verbeugte sich leicht.

Am Billardtisch besprachen die Höflinge lebhaft die einzelnen Spielzüge des Königs. Marie-Josèphe wunderte sich, daß Comte Lucien sich nicht wie gewöhnlich an der Seite Seiner Majestät befand. »Spielt Ihr nicht Billard, Comte?« fragte sie.

»Doch. Heute abend habe ich mein Queue vergessen.« In einem Ton, der so trocken war wie die arabische Wüste, fügte er hinzu: »Den mit dem Bogen.«

Er zeichnete mit der Hand die Form eines Billardstocks in die Luft, der ihm ermöglichen würde, auf den Tisch zu reichen.

Marie-Josèphe fühlte, wie ihre Wangen heiß wurden. »Ich bitte um Vergebung«, sagte sie. »Es tut mir so leid ... ich wollte nicht ...«

»Mlle. de la Croix.«

Sie verstummte.

»Mlle. de la Croix, es ist nun einige Jahre her, seit ich gemerkt habe, daß ich ein Zwerg bin. Es braucht Euch nicht peinlich zu sein, die gleiche Entdeckung zu machen.«

Sie hatte gefürchtet, ihn erneut vor den Kopf gestoßen zu haben, nun fürchtete sie, daß er sich über sie lustig machte. Er nahm noch einen Schluck Wein, genießerisch, nicht wie Chartres, der ihn auf einen Zug hinunterzustürzen pflegte. Man sah ihm nicht an, ob er viel oder wenig getrunken hatte. Nur die Entschiedenheit seiner Bewegungen verriet den Einfluß des Alkohols. An der Hand, die den silbernen Pokal hielt, funkelte ein schwerer Saphirring. »Würdet Ihr mir erlauben, Euch zu zeichnen?« fragte Marie-Josèphe.

»Für eine Galerie der Monstrositäten? Soll mein Bild zwischen Affenmenschen und Seeungeheuern hängen?«

»Nein! O nein! Euer Gesicht ist schön. Eure Hände sind schön. Ich würde Euch wirklich gern zeichnen.«

Comte Lucien trank aus, und ein Lakai erschien, um seinen Pokal zu nehmen. Mit einem Wink gab der Comte zu verstehen, daß nicht nachgeschenkt werden solle.

Er wird ablehnen, dachte Marie-Josèphe. *Und wieder habe ich das Falsche gesagt.*

»Eure Zeit ist anderweitig in Anspruch genommen«, sagte Comte Lucien. »Und Seiner Majestät Coucher beansprucht die meine.« Nach einer höflichen Verbeugung hinkte er davon.

Die Marquise de la Fère hielt seinen Blick fest, als er vorüberging. Er blieb stehen, um ihr die Hand zu küssen. Wenn sie allein mit ihm sprach, war sie weniger befangen wegen ihres verunstalteten Gesichts.

»Meine Kutsche steht für Euch bereit, liebe Juliette«, sagte er.

»Und für Euch.«

»Ich muß Zelis nach Hause reiten. Ich komme nach, sobald wir Seine Majestät zu Bett gebracht haben.«

»Euer Knecht kann ... Aber ich vergaß, niemand außer Euch selbst darf Eure berühmten Wüstenpferde reiten.«

»Mein Knecht könnte Zelis nach Hause führen, aber ich habe den ganzen Abend im Salon de Diane gestanden. Mein Knecht kann mir nicht die Glieder durchschütteln.« Sie lächelte ihn an. Ihre großen braunen Augen wirkten im Kerzenschein durchsichtig wie Glas.

»Natürlich nicht, mein Lieber«, sagte sie. »Das ist meine Aufgabe.« Sie klappte rauschend den Fächer auf und schenkte ihm unter bebenden Wimpern einen verheißungsvollen Blick. Er lachte über ihre kleine Komödie, küßte ihr wieder die Hand und gesellte sich zu den Seigneurs de la cour, die die ehrenvolle Pflicht hatten, Seine Majestät zu Bett zu geleiten.

Yves zwang sich, seine Aufmerksamkeit wieder auf Mme. de Chartres zu richten. Er fragte sich, wie jemand, so jung an Jahren und von so fragwürdiger Herkunft, eine derartige Arroganz entwickeln konnte. Sie forderte für ihre Person mehr Vorrechte als die legitimen Angehörigen der königlichen Familie. Seine Majestät war die verkörperte Courtoisie, der Grand Dauphin fast unsichtbar in seiner Selbstverleugnung, und die Enkelsöhne Seiner Majestät benahmen sich wie alle kleinen Jungen, nur waren sie besser gekleidet.

»Ihr habt mir heute abend kein Glück gebracht, M. le Père, und ich verlange, daß Ihr mich dafür entschädigt.«

»Ich glaube nicht an solche Dinge wie Glück, Mme. de Chartres. Oder Pech.«

»Ihr habt am Kartentisch bei mir gestanden, und ich habe verloren. Also lege ich meine Verluste Euch zu Füßen.«

»Und wenn Ihr gewonnen hättet? Würdet Ihr mir Eure Gewinne auch zu Füßen legen?«

Sie klappte ihren chinesischen Sandelholzfächer zu und schaute ihm gerade ins Gesicht. »Oh, M. le Père, ich bin bereit, Euch alles, worum Ihr bittet, zu Füßen zu legen, wenn Ihr nur bitten wolltet.«

Sie kokettierte mit ihm, obwohl er die Frage ohne jeden Hintergedanken gestellt hatte. Er war so lange unter Männern gewesen – an Bord des Schiffes, im Kloster, in der Universität –, daß er die Kunst der höflichen Konversation in der Gesellschaft von Damen verlernt hatte. Mme. de Chartres verlieh allem, was er sagte, einen Doppelsinn.

Trotz der Auszeichnungen, die er am heutigen Abend von Seiner Majestät erfahren hatte, trotz der Bewunderung der Kavaliere und der Aufmerksamkeit der schönen Frauen – er durfte ihre Schönheit wahrnehmen, schließlich kam sie ebenfalls von Gott, oder nicht? – wäre Yves lieber allein in seiner Kammer gewesen. Das Protokoll über die Sektion des Seeungeheuers mußte geschrieben werden. Er mußte dafür sorgen, daß Marie-Josèphe nicht vergaß, die anatomischen Zeichnungen anzufertigen. Und er mußte schlafen, während es dunkel war, damit er das Tageslicht nutzen konnte, um seine Untersuchung des Kadavers abzuschließen.

Der Zeremonienmeister schritt in den Salon und bahnte den Weg für Seine Majestät und das Gefolge. Mme. de Chartres trat zur Seite und vollführte eine tiefe Reverenz. Yves verbeugte sich, von einem plötzlichen Gefühl des Unbehagens ergriffen. Ob man von ihm erwartete, auch beim Coucher des Königs anwesend zu sein? Aber M. de Chrétien hätte ihn von dieser zusätzlichen Pflicht in Kenntnis gesetzt. Seine Majestät ging vorüber, König James zur Linken, den Papst zur Rechten, gefolgt von Comte Lucien mit den übrigen Höflingen. Seine Heiligkeit musterte Yves mit gerunzelten Brauen, der Comte grüßte ihn weder mit einem Blick noch mit einer Geste.

Die Gegenwart des Königs hatte die Staatsgemächer ausgefüllt. Nun wirkten die Räume leer, und in wenigen Minuten würden sie im Dunkeln liegen, denn die Gäste drängten hinaus, gähnten und beklagten sich über die späte Stunde, die Langeweile. Die Lakaien von Seiner Majestät Ehrenkavaliere schwärmten in die Grand Appartements und löschten die Kerzen, bevor sie auch nur um eine Haaresbreite weiter herunterbrennen konnten.

»Begleitet mich«, forderte Mme. de Chartres Yves auf.

»Es ist mir eine Ehre, Euch zu Eurem Gemahl zu führen.«

»Mein Gemahl! Was soll ich denn mit meinem Gemahl anfangen?« Sie lachte laut auf und rauschte davon und rief über die Schulter, ohne sich darum zu kümmern, ob jemand es hörte: »Ihr enttäuscht mich, M. le Père!«

Yves wußte, worauf sie es abgesehen hatte. Er war

nicht mehr unberührt, nicht ganz, ein Umstand, den er bedauerte, doch seit der Aufnahme in den Orden hatte er sein Keuschheitsgelübde gehalten. Mme. de Chartres' Eifer, ihr Ehegelöbnis zu brechen, bestürzte ihn mehr, als daß er sich versucht fühlte, ihr dabei behilflich zu sein.

Zum erstenmal während des ganzen endlosen Abends war er allein. Zwei Dutzend Mal hatte er die Geschichte von dem Fang der Seeungeheuer erzählt, mindestens ebenso oft die Anekdote von dem unvergossenen Wein des Matrosen. Nur wenige von den Adligen bei Hofe waren je zur See gefahren. Sie erwarteten eine Fülle von Abenteuern, aufregende Geschichten, nicht die Wahrheit über Unbequemlichkeiten, Langeweile, schlimmer als alles, worüber man sich in Versaille beklagte, und Stunden oder Tage oder Wochen der Angst und des Elends, wenn das Meer sich feindselig zeigte.

Yves wanderte durch die dunklen Salons, in denen sich nur noch Dienstboten zu schaffen machten. Während die Lakaien der Kavaliere die angebrannten Kerzen für ihre Herren einsammelten, steckten die Lakaien Seiner Majestät neue auf. Ein Vierteljahr Dienst bei Seiner Majestät, die übliche Spanne, und man hatte im eigenen Haus Licht bis zum Wechsel der Jahreszeit. Dies war eine der nicht unerheblichen Nebeneinkünfte der Höflinge, die dem Sonnenkönig aufwarteten.

Yves ging die breite Gesandtentreppe hinunter, denn seine Kammer im Dachgeschoß konnte er nur vom Parterre aus über eine schmale Stiege erreichen. Eine Gestalt in flammendem Rot trat aus der Dunkelheit.

»Père de la Croix.«

»Euer Eminenz.« Yves verneigte sich vor Kardinal Ottoboni.

»Der Heilige Vater wünscht mit Euch zu sprechen«, sagte der Kardinal in Latein.

Yves antwortete in derselben Sprache: »Ich stehe Seiner Heiligkeit zur Verfügung.«

Kardinal Ottoboni führte ihn auf die Terrasse hinaus. Er wies mit der ausgestreckten Hand dorthin, wo Seine Heiligkeit zwischen den Parterres d'eau stand und zum Zelt des Seeungeheuers am Ende des Tapis Vert hinunterschaute.

»Begleitet mich », sagte Seine Heiligkeit.

Yves beeilte sich zu gehorchen, während Ottoboni auf der Terrasse zurückblieb. Innozenz schlug den Weg zur Orangerie ein, wo sie außer Hörweite waren. Eingehüllt in eine Wolke aus süßem Duft, schauten sie schweigend auf die unzähligen Reihen kleiner Bäume.

»Ich bin in Sorge«, sagte Innozenz endlich.

»Das tut mir leid, Euer Heiligkeit.«

»Ich bin in Sorge wegen Eurer weltlichen Interessen.«

»Ich versuche nur, in der Natur Gottes Wahrheit und Gottes Ratschluß zu erkennen.«

»Ihr seid nicht berufen, über Gottes Wahrheit oder Seinen Ratschluß zu urteilen.«

Der gütige Tonfall, in dem diese Worte gesprochen wurden, täuschte Yves nicht über die Strenge der Zurechtweisung hinweg.

»Ich bin in Sorge wegen der heidnischen Komposition Eurer Schwester.«

»Euer Heiligkeit, glaubt mir, sie dachte sich nichts dabei. Es geschah in vollkommener Unschuld.«

»Mein Sohn, habt Nachsicht mit mir und meiner Sorge um Euer beider Seelenheil.«

»Ich bin dankbar für die Aufmerksamkeit, die Ihr mir und meiner Schwester zu schenken geruht, Euer Heiligkeit.«

»Am Hof Unseres Vetters seid Ihr von Gefahren umgeben. Von Völlerei und Ehebruch und Bastardwirtschaft. Ketzerei allerorten. Atheisten, Ungeheuer sind die Ratgeber des Königs.«

»Meine Gelübde und mein Glaube schützen mich, Euer Heiligkeit.«

»Wann habt Ihr zum letzten Mal eine Messe gehalten oder die Beichte abgenommen?«

»Seit vielen Monaten nicht, Euer Heiligkeit.«

»Eure Gelübde und Euer Glaube bedürfen der Pflege.«

Innozenz ging zwischen den Blumenornamenten hindurch. Yves folgte ihm und achtete darauf, seinen Schritt dem des Papstes anzugleichen, der ein alter Mann war und gebrechlich.

»Vielleicht wird Père de la Chaise mir erlauben, ihm beim Lesen der Messe zu ministrieren, die Beichte zu hören ...«

»Vielleicht sollte Père de la Chaise sich *Eure* Beichte anhören. Ich werde nicht fragen, wie lange es her ist, seit Ihr sie abgelegt habt.«

Am Fuß der Stufen, die zur Terrasse hinaufführten, griff Innozenz nach Yves' Arm und stützte sich auf ihn, als sie zum Schloß zurückkehrten.

»Exerzitien würden Euch vielleicht guttun«, sagte Innozenz. »Rückzug in ein Kloster, ein Schweigejahr ...«

Yves hatte Mühe, jetzt sein Schweigen zu bewahren. Er wußte, wenn er Einwände erhob, würde man ihn fortschicken. Und wenn man ihn fortschickte, verlor er die Protektion des Königs und damit alle Vergünstigungen für seine wissenschaftliche Arbeit.

»Ich werde beobachten«, sagte Innozenz, »und überlegen, was für Euch das Beste sein könnte.«

Der Heilige Vater streckte Yves die Hand hin. Yves fiel auf die Knie und küßte den Ring des Papstes.

Marie-Josèphe lief die enge Stiege zum Dachgeschoß des Schlosses hinauf. Es war spät. Sie und Lotte hatten Madame geholfen, sich zu Bett zu begeben. Dann war sie Lotte noch zur Hand gegangen.

Wie soll ich heute nacht schlafen können? dachte Marie-Josèphe. *Nach so viel Pracht, so viel Aufregung.*

Sie erinnerte sich an das Gefühl der Lippen des Chevaliers auf ihrem Handrücken, den erregenden Schauer, der sie bei seiner Berührung überlaufen hatte. Sie fragte sich, wie es sein mochte, ihn zu küssen. Die Nonnen hatten sie vor Küssen gewarnt, vor der Sünde und Gefahr und den Schmerzen, die man durch Küssen auf sich herabbeschwor. Doch ein Kuß auf die Hand hatte sich als überhaupt nicht schrecklich erwiesen.

Lachen folgte ihr, Schritte auf dem fadenscheinigen Läufer. Eine Dame mit einer Maske in den schillernden Farben eines Kolibris und ein Kavalier maskiert als Ziegenbock – oder Satyr – kamen die Treppe herauf, Seite an Seite, eng aneinandergepreßt in dem engen Schacht.

Marie-Josèphe erkannte Chartres auf den ersten Blick, bei der Frau dachte sie, daß es Mlle. d'Armagnac sein könnte. Mme. Luzifer war es keinesfalls. Chartres kitzelte sie mit Schnauze und Hörnern seiner Maske am Hals, bis sie den Kopf zurückbog und wieder lachte, kehlig, atemlos.

Der Kopfputz der Dame war verrutscht, die Coiffure in Auflösung begriffen, Spitzenbänder hatten sich in den bunten Federn der Maske verfangen. Sie riß sich die Fontange herunter, ließ sie achtlos auf den Boden fallen und warf sich gegen Chartres. Seitwärtsgehend stolperten sie die Stufen hinauf, bedeckten sich gegenseitig mit Küssen, ihre Hände machten sich mit gieriger Hast an den Kleidern des anderen zu schaffen. Chartres zerrte an den Nesteln von Mlle. d'Armagnacs Mieder. Er jaulte auf. »Ihr seid zu grob, Mademoiselle!«

Gerade wollte Marie-Josèphe die Flucht ergreifen, als Chartres den Kopf wandte und ihrer ansichtig wurde. Sie knickste.

»Monsieur, ich bitte um Vergebung.«

Mlle. d'Armagnac riß die Hände unter den Schößen von Chartres' Rock und bestickter Weste hervor. Einer seiner Strümpfe war mitsamt dem Kniegürtel hinuntergerutscht und hing in Falten um seine Wade. Mlle. d'Armagnac starrte zu Marie-Josèphe hinauf und rückte ihre Maske zurecht, um ihr Inkognito zu wahren. Das verschobene Dekolleté entblößte ihre Brüste. Ein mit Edelsteinsplittern besetztes Schönheitspflästerchen glitzerte unter der linken Warze. Sie zog ihr Korsett herauf und bedeckte sich.

»Ich kenne Euch nicht«, sagte Chartres kalt. Die gehörnte Halbmaske und der schielende Blick hinter den Augenschlitzen verliehen ihm ein dämonisches Aussehen.

»Aber M. de Chart . . .«

»Ihr verwechselt mich mit einem anderen.« Er grinste und hob die Maske. »Außer, Mlle. de la Croix, Ihr legt Wert darauf, Euch uns anzuschließen?«

»Nein!«

»Wie bedauerlich. Guten Abend.« Er setzte die Maske wieder vor das Gesicht und beugte sich als Satyr erneut über das Dekolleté seiner Begleiterin. Sie streichelte seine langen, lockigen Haare und zog ihn dichter an sich, dabei schaute sie unverwandt zu Marie-Josèphe hinauf. Als er sich aufrichtete, klebte das Schönheitspflästerchen an seinem Kinn. Beide lachten und liefen die Treppe hinauf, vorbei an Marie-Josèphe auf dem Podest, ohne auf ihren Knicks, ihre Verlegenheit zu achten. Mlle. d'Armagnacs Tür flog auf. Seide raschelte, zerriß mit einem hohen, scharfen Laut. Die Tür schlug zu.

Die Treppe, der Gang, das ganze Schloß lagen wieder in nächtlicher Stille da.

Marie-Josèphe floh. In ihrer Mansarde angekommen, lehnte sie sich atemlos von innen gegen die Tür und versuchte, ihre Fassung wiederzugewinnen. Odelette setzte sich im Bett auf und blinzelte schlaftrunken in das Licht der Nachtkerze.

»Mam'selle Marie, was ist geschehen?« Sie schlüpfte unter dem Federbett hervor und eilte zu ihrer Herrin.

»Nichts ... Ich habe gesehen, wie ...«

»Wußtet Ihr das nicht?« fragte Odelette, als Marie-Josèphe ihr von dem Erlebnis berichtet hatte. »Habt Ihr das nicht bemerkt? Sie verschwinden paarweise in der Dachrinne, um zu vögeln wie die Spatzen.«

»Odelette!«

»Sollte ich sagen, um sich zu lieben? Lieben sie sich? Ich sehe, daß sie vögeln. Ich sehe nichts von Liebe.«

»Sag – sag ›Unzucht treiben‹.«

Odelette lachte. »Mam'selle Marie, das gewöhnliche Wort ist weniger häßlich. Kommt, ich werde Euch für das Bett herrichten.«

Marie-Josèphe erlaubte Odelette, ihr aus dem Grand habit zu helfen und ihre Frisur aufzulösen.

»Habt Ihr heute abend einen Prinzen gefunden, Mam'-selle Marie?«

»Ja.«

»Hat er Euch gefunden?«

»Vielleicht. Aber er hat keinen Gesandten, deshalb weiß ich nicht, ob du mit ihm einverstanden wärst.«

»Der Gesandte pflegt immer die entführte Prinzessin zu finden«, flüsterte Odelette. Marie-Josèphe umarmte sie und hoffte, daß Odelettes Märchen wahr werden möchte.

Nur noch mit dem Hemd bekleidet, schaute sie auf den Garten hinaus, zu dem Zelt über dem Bassin d'Apollon, und horchte auf das Lied des Seeungeheuers. Doch alles war still.

»Kommt zu Bett, Mam'selle Marie, solange es noch schön warm ist.«

»Ich könnte jetzt doch nicht schlafen. Und ich muß das Seeungeheuer füttern. Hilf mir in das Reitkostüm und halte das Bett warm, bis ich wiederkomme.«

»Erzählt mir von Eurem Prinzen.« Odelette schüttelte das Reitkleid aus.

»Ist mein Bruder in seinem Zimmer?«

»Er schläft und beide Türen sind geschlossen. Er kann nicht hören, was wir sprechen.«

»Du hast meinen Prinzen gesehen«, sagte Marie-Josèphe. »Der schöne Mann in Madames Salon.«

»Es waren keine schönen Männer in Madames Salon.« Odelette hakte das Mieder zu.

»Chartres ist schön ...«

»Er ist häßlich wie eine Natter.«

»Ist er nicht! Und Monsieur ist ...«

»Hübsch.«

»Du hast wohl recht. Hübsch.«

»Wie ich sagte. Keine schönen Männer.«

»Du glaubst, ich könnte mich so hoch versteigen, zu einem Mitglied der königlichen Familie? Ich meinte den Chevalier de Lorraine.«

»Monsieurs Freund.«

»Ja.« Sie bereitete sich darauf vor, Lorraine gegen den Vorwurf zu verteidigen, er sei zu alt, doch ganz gegen ihr sonstiges Wesen, schwieg Odelette. »Er *ist* schön, oder nicht?«

»Er ist schön, Mam'selle.«

»Aber du magst ihn nicht.«

»Er ist schön.«

»Ja und, was macht es?« rief Marie-Josèphe. »Ich habe keine Mitgift, er wird nie einen Gedanken an mich verschwenden.« Sie zögerte. »Aber – er hat mich geküßt ... Auf die Hand, meine ich. Er macht keine Avancen – keine *unschicklichen* Avancen, nicht wie Chartres.« Die Worte sprudelten aus ihr heraus. »Chartres hat Mlle. d'Armagnacs Brüste entblößt – auf der Treppe! Und sie ... sie hatte ihre Hände fast an M. de Chartres' ...« Sie suchte nach dem passenden Ausdruck. »An seinem Zeugungsorgan.«

»Sie hat nach seinem Schwanz gegriffen.«

Marie-Josèphe bemühte sich, entrüstet zu sein, aber sie mußte kichern. »Auf der Treppe. Woher kennst du diese

Worte, Odelette? In Martinique hast du nichts davon gewußt.«

»Aus dem Konvent, natürlich.« Odelette hüpfte ins Bett und zog sich die Decke bis unter das Kinn. »Von der Mutter Oberin.«

Kapitel 10

Der unirdische, klagende Gesang des Seeungeheuers zog durch den mondhellen Park. Marie-Josèphe, in Lorraines Umhang gemummt, eilte den Tapis Vert hinunter. Der Wolfspelz wärmte sie, und er bewahrte den Moschusduft von Lorraines Parfum, den Duft, den Monsieur auch ihr angeboten hatte.

Sie wünschte sich, sie wäre eine vornehme Dame, für die jederzeit eine Kutsche bereitstand, um sie hierhin oder dorthin zu fahren, oder sie hätte wenigstens das Geld, um sich ein Pferd zu halten. Auch wenn sie gerne in den Gärten spazierenging – es war spät, die Nacht war kalt, und sie hatte noch so viel zu tun!

Sie lachte vor Staunen darüber, daß sie sich im Mittelpunkt der Welt befand.

Und ich habe angefangen, das Seeungeheuer zu dressieren, dachte sie. *Mit ein paar Tagen Zeit kann ich ihm vielleicht beibringen, still zu sein, wenn Seine Majestät das nächste Mal kommt. Doch wenn Seine Majestät die Sektion um eben diese paar Tage verschiebt, wird das männliche Seeungeheuer verwesen, und die ganze Mühe war umsonst.*

Ihre Laterne schwang hin und her und jagte ihren Schatten in tollen Verrenkungen über das Gras.

Ich muß eben nachher an den Zeichnungen arbeiten, dachte sie. *Ein paar Stunden …*

Aber der Mond, dreiviertelvoll, befand sich bereits auf dem halben Weg zum Horizont. Die Nacht war halb vorbei.

Das Zelt vor ihr hob sich schwach leuchtend von der Dunkelheit ab. Weiter weg, beim Bassin de Neptune, brannten Fackeln, und Gärtner stellten eingetopfte Blumen zu Ornamenten zusammen, um die Gärten für Seine Majestät frisch und schön zu erhalten.

Eine Blendlaterne wurde geöffnet, die plötzliche Helligkeit war wie ein Stich in die Augen. Marie-Josèphe zuckte zusammen, überrascht und erschreckt.

»Wer da?«

»Mlle. de la Croix.« Fast mußte sie lachen über den Schreck, den der Wächter des Seeungeheuers ihr eingejagt hatte. »Ich komme, um das Seeungeheuer zu füttern.« Sie hielt ihre Laterne hoch und leuchtete dem Musketier ins Gesicht.

Die Blendlaterne drehte sich, und das Licht fiel zur Seite. Marie-Josèphe senkte ihre Lampe, deren Schein einen langen Schatten hinter den Musketier warf. Sein Gesicht, von unten angeleuchtet, wirkte bedrohlich, eine Teufelsmaske.

»Habt Ihr die Erlaubnis zu passieren?«

»Selbstverständlich – von meinem Bruder.«

»Schriftlich?«

Sie lachte. Doch der Mann versperrte ihr den Weg und machte keine Anstalten, sie vorbeizulassen. Im Innern des Zeltes pfiff und knurrte das Seeungeheuer.

»M. le Père hat befohlen, niemanden eintreten zu lassen.«

»Damit hat er nicht mich gemeint!«

»Er sagte, niemanden.«

»Aber ich *bin* niemand. Er ist das Haupt unserer Familie – weshalb sollte er mich als Außenstehende betrachten?«

»Es stimmt, was Ihr sagt.« Der Musketier trat zur Seite. »Seid vorsichtig, Mam'selle. Auch wenn es kein Dämon ist – und ich bin mir dessen nicht so sicher –, es ist zornig.«

Marie-Josèphe trat in das Zelt. Welches Glück, daß sie nicht den Hügel wieder hinaufsteigen und Yves aus dem Bett holen mußte, damit er für sie bürgte. Sie schloß die Laterne, um das Seeungeheuer nicht zu erschrecken, und blieb stehen, bis ihre Augen sich an die Dunkelheit gewöhnt hatten. Seitlich nahm sie einen hellen Fleck wahr: neue Paravents aus schwerer weißer Seide mit dem goldenen Sonnenhaupt und den französischen Lilien schirmten den Seziertisch vor den Blicken des lebenden Seeungeheuers ab. Das Weiß und das Gold schimmerten.

Marie-Josèphe schloß den Käfig auf. Kleine Fische schwammen und plätscherten in einem mit Meerwasser gefüllten Faß. Eine seltsame, schwache Helligkeit durchflutete den Teich. Hatte Yves auf den Stufen eine Kerze vergessen, die sich im Wasser spiegelte?

»Seeungeheuer?« rief Marie-Josèphe halblaut. »Ich bin es nur. Ich bringe dir etwas zu essen.«

Die Wasseroberfläche kräuselte sich. Marie-Josèphe hielt den Atem an.

Die Wellen verströmten ein geheimnisvolles Leuchten. Es breitete sich aus, waberte über Apollos vergoldete Delfine und Tritonen.

In Fort de France auf Martinique gab es dieses Meeresleuchten. Es mußte in den Wassertonnen nach Versailles gekommen sein.

»Seeungeheuer?« Marie-Josèphe summte eine Melodie, die das Seeungeheuer gesungen hatte. Sie fragte sich, ob der Gesang dieser Geschöpfe eine Bedeutung hatte, wie das Maunzen und Miauen ihres Katers Herkules.

Vielleicht sage ich gerade, ich bin froh, dem goldenen Becken entronnen zu sein und der scheußlichen Plane, dachte Marie-Josèphe. *Das wäre ziemlich verwirrend für das arme Seeungeheuer.*

Sie setzte sich auf die Brunneneinfassung und summte eine andere Melodie. Eine Welle ähnlich einer gläsern schimmernden Pfeilspitze näherte sich ihr. Das Seeungeheuer paddelte gemächlich auf die Plattform zu, nur Augen und Haare waren über der Wasseroberfläche zu sehen. Marie-Josèphe setzte sich auf die unterste Stufe und lockte die gefangene Kreatur mit einem Fisch.

Soll ich den Fisch festhalten? überlegte sie. *Nein, wenn ich das Seeungeheuer zwinge, bei mir zu bleiben, mache ich ihm vielleicht Angst.*

Statt ihr den Fisch zu entreißen und damit in die Dunkelheit zu flüchten, kam das Seeungeheuer sehr nahe heran, bog zur Seite und glitt unter Marie-Josèphes Hand hinweg. Der Druck des Wassers streichelte ihre Haut.

»Seeungeheuer, hast du keinen Hunger?«

Eine Armeslänge entfernt, kam das Seeungeheuer an die Oberfläche.

»Fischhh«, sagte es.

»Ja, richtig. Fisch!«

Das Seeungeheuer tauchte wieder unter. Marie-Josèphe saß ganz still, ihre Finger wurden in dem kalten Wasser gefühllos.

Aus der leuchtenden Tiefe stieg ein dunkler Schatten zu ihr empor. Auf dem Rücken liegend, schaute das Seeungeheuer durch flimmernde Wellen zu ihr auf und legte dicht unter ihrer Hand die Flossenhände zusammen.

Marie-Josèphe ließ den Fisch in den Griff des Seeungeheuers entschlüpfen.

Das Seeungeheuer rollte sich herum. Sein Arm streifte an Marie-Josèphes Handfläche vorbei, und sie spürte seine Wärme auf der Haut. Marie-Josèphe legte die flache Hand auf den Rücken der Kreatur, als wollte sie ein aufgeregtes Fohlen beruhigen.

Das Seeungeheuer zitterte.

»Du brauchst dich nicht zu fürchten.« Marie-Josèphe fiel es schwer zu lügen, auch einem Tier gegenüber.

Das Seeungeheuer, mit dem Gesicht nach unten im Wasser treibend, wurde unter ihrer Berührung ruhig.

Marie-Josèphe strich erst eine, dann noch eine Strähne des dunkelgrünen, in diesem Licht fast schwarzen, irisierenden Haares glatt, das sich über den Rücken der Kreatur breitete. Das Seeungeheuer summte, wie eine Katze, die zufrieden schnurrt. Marie-Josèphe griff nach einer dritten Strähne. Sie ließ sich nicht entwirren, das Haar war verknotet.

Das Seeungeheuer rollte sich wieder herum und zog ihr dabei die Haarsträhne aus den Fingern. Auf dem Rücken im Wasser treibend, biß es dem Fisch fein säuberlich den Kopf ab, aß ihn auf und verzehrte dann den Rest. Seine beinähnlichen Gliedmaßen bewegten sich fächelnd im Wasser. Marie-Josèphe beugte sich vor, um den Körperbau des lebenden Seeungeheuers zu betrachten, nachdem sie die Anatomie des toten bereits studiert hatte. Diese Wesen hatten tatsächlich verblüffend menschenähnliche Gestalt und weder einen Fischschwanz, noch ließen sich ihre unteren Extremitäten mit den Schwimmfüßen von Seehunden vergleichen. Vom Becken abwärts war die Haut des Seeungeheuers dicker, fester, eine Art Panzerung, wie Yves bereits festgestellt hatte. Ein dunkelgrüner Haarpelz bedeckte die – weiblichen – Geschlechtsteile. Die Oberschenkel der ›Beine‹ waren verhältnismäßig kurz, die Unterschenkel länger, mit kräftigen Muskeln versehen. Das Kniegelenk ließ sich nach beiden Richtungen beugen. Der Bereich, wo der Fuß ansetzte, war etwa so breit wie Marie-Josèphes Handgelenk. Die großen Füße hatten lange, durch Schwimmhäute verbundene Zehen mit starken, scharfen Krallen.

Das Seeungeheuer spritzte ihr mit einer dieser Zehen einen Tropfen Wasser ins Gesicht. Er traf sie an der Wange und lief über ihr Kinn.

»Spritz mich nicht naß, Seeungeheuer«, sagte Marie-Josèphe. »Ich habe mir schon ein Kleid in deinem Teich verdorben und kann mir nicht leisten, noch eins zu verlieren. Laß das Spielen sein und iß lieber noch einen Fisch. Ich habe noch so viel anderes zu tun, ich muß mich sputen.« Ihr Magen knurrte. Die Täubchen waren schon lange her und nur sehr klein gewesen. Lächelnd sagte sie zu dem Seeungeheuer: »Eigentlich hast du es gut, weißt du – ich wünschte, jemand würde mir einen Fisch zu essen geben!«

Das Seeungeheuer nahm den Fisch, biß ihm den Kopf ab und streckte ihr den Rumpf samt Schwanz hin.

Erschreckt suchte Marie-Josèphe hinter der Teicheinfassung Zuflucht. Von dort schaute sie auf das Seeungeheuer hinunter.

Ganz ruhig, rief sie sich zur Ordnung. *Es kann nicht verstanden haben, daß du hungrig bist. Es hat dir einen Fisch gebracht, wie Herkules dir manchmal eine Maus bringt.*

Das Seeungeheuer sang ein paar Töne.

»Vielen Dank«, sagte Marie-Josèphe. Sie sprach zu dem Seeungeheuer, wie sie mit ihrer Katze gesprochen hätte. »Du kannst ihn jetzt aufessen.«

»Fischhh.« Das Seeungeheuer steckte sich den Fisch in den Mund, ein Stück der Schwanzflosse ragte zwischen den Lippen hervor. Es kaute, schluckte und die durchscheinende Flosse verschwand.

Marie-Josèphe tätschelte es zum Abschied. Das Seeungeheuer umfaßte ihr Handgelenk. Es begann zu singen und zog sie sanft, aber beharrlich zum Wasser.

»Laß mich los«, sagte Marie-Josèphe. »Seeungeheuer ...« Sie versuchte erst, sich behutsam zu befreien, aber die Finger und Krallen der Kreatur waren wie eherne Fesseln. Sie sang, laut und drängend. Schon hatte sie ihre Hand ins Wasser gezogen. »Laß – mich – los!« Marie-Josèphe bekam Angst und riß den Arm zurück, trotz der scharfen Krallen, die ihr schwere Verletzungen zufügen konnten.

Das Seeungeheuer gab sie frei. Sie fiel hin, raffte sich auf und beeilte sich, den Käfig zu verlassen. Der Blick des Seeungeheuers folgte ihr. Es fuhr fort zu singen, aber dieser Gesang versetzte Wasser und Stein in Schwingungen und bebte gegen die hölzerne Plattform wie primitiver Trommelschlag. Marie-Josèphe fühlte ihn mehr, als daß sie ihn hörte. Sie fröstelte, schlug die Käfigtür zu, schloß ab und verließ fluchtartig das Zelt.

»Gute Nacht, Mlle. de la Croix. Euer Ungeheuer ist gesättigt, hoffe ich.«

»Ich denke schon«, gab sie schroff zur Antwort und dankte kaum für die Verbeugung. Vorbei an kunstvoll arrangierten Parterres mit tauperlenden Blumen, ging sie die Königsallee hinauf. Sie hatte bisher nie Angst vor Tieren gehabt, das Erlebnis beunruhigte sie. Ihr Handgelenk schmerzte vom Griff des Seeungeheuers, aber das Geschöpf hatte sie losgelassen, obwohl es ihren Arm zerfleischen konnte. Der Gesang des Seeungeheuers folgte ihr, mißtönend und unheimlich. Links und rechts erhoben sich die Statuen auf ihren Sockeln, weiße Schemen, ihre Schatten tiefschwarze Teiche auf dem dunklen Gras. Marie-Josèphes Freude und Stolz vergingen in dem sie umfließenden Lied des Seeungeheuers.

»Yves ...?« Da stand ihr Bruder, bleich wie der Marmor, bleich wie der Tod, Blut strömte von seinen Händen, über seine Stirn. Sie sah ihn so deutlich, als wäre die Musik Licht. Und dann sah sie ihn nicht mehr.

Der Gesang verstummte.

»Yves? Wo bist du?«

Die hellen Fenster des Schlosses, die brennenden Fackeln, alles verschwamm hinter einem Tränenschleier. Sie wischte sich mit dem Handrücken über die Augen, raffte ihre Röcke und lief davon.

Das Gesicht tränenüberströmt, die Schuhe durchnäßt vom Tau, eilte sie durch das Schloß. Sie hatte die Geistesgegenwart, die Hintertreppe zu benutzen, wo sie hoffen konnte, von niemandem gesehen zu werden.

Ich muß aufhören, dachte sie verzweifelt. *Ich muß aufhören zu weinen, ich darf nicht laufen, ich muß schreiten und meine Schleppe über den Boden schleifen lassen, damit man mich nicht ansieht und sagt: »Sie ist nur eine Bauerndirne, die ihre Röcke bis über die Knie schürzt.«*

Das Schluchzen steckte ihr in der Kehle und schnürte ihr den Hals zu, während sie die Stiege hinauflief. Oben riß sie die Tür zu Yves' Ankleidezimmer auf. Eine einzelne Kerze brannte. Yves knöpfte seine Soutane zu, während ein Lakai in der Livree des Königs ungeduldig danebenstand.

Marie-Josèphe warf sich in die Arme des Bruders.

»Schwester, was hast du?« Er hielt sie fest, beruhigte sie mit seiner Kraft.

»Ich dachte, du wärst tot! Ich glaubte, ich hätte gesehen ...«

»Tot? Natürlich bin ich nicht tot.« Er lächelte. »Ich schlafe nicht einmal wie tot, so gern ich es möchte. Was hat dich so erschreckt?«

»Euer Gnaden«, mahnte der Lakai.

»Schon gut, ich komme.«

Yves drückte sie noch einmal an sich, unerschütterlich, zuverlässig. Er nahm ein Taschentuch und wischte ihr die Tränenspuren von den Wangen, als wäre sie ein Kind, das sich den Fuß gestoßen hatte.

»Ich dachte ...« Die Visionen aus der Dunkelheit verloren im Kerzenschein ihre Macht. »Ich habe das Seeungeheuer gefüttert ...«

»Im Dunkeln? Kein Wunder, daß du dich gefürchtet hast. Du solltest nachts nicht allein in den Park gehen. Laß dich von Odelette begleiten.«

»Ja, du hast recht, es muß die Dunkelheit gewesen sein.« Aber während sie es sagte, dachte Marie-Josèphe: *Wie seltsam, ich hatte noch nie Angst vor der Dunkelheit.*

»Mit Verlaub, Euer Gnaden.«

»Er soll es unterlassen, mich so zu nennen«, sagte Yves zu dem Lakaien. »Ich komme.«

»Wohin gehst du?« fragte Marie-Josèphe.

»Zu Seiner Majestät. Zu Seiner Majestät Seeungeheuer.«

Der Teich leuchtete und erfüllte das Zelt mit einem zauberischen Zwielicht. Die Trompeten der Tritonen glänzten, ebenso die Hufe der Rosse der Morgenröte und ihre Mäuler, als galoppierten sie durch frostiges Feuer und schnoben es aus den Nüstern.

Marie-Josèphe entzündete die Laternen, und das Leuchten verging. Das Seeungeheuer versuchte, sie mit Pfeifen und Summen und Plätschern zu sich zu locken.

»Ich kann nicht mit dir spielen, Seeungeheuer«, rief Marie-Josèphe leise. »Seine Majestät kommt!« Sie vergewisserte sich, daß das Seeungeheuer nicht an den Paravents vorbei auf den Seziertisch blicken konnte. Dann schlug sie die Hülle aus Segeltuch zurück, und Sägemehl und schmelzende Eisstücke fielen zu Boden. Die Rippen der Kreatur wölbten sich entfleischt aus dem Rumpf, ein Arm war bis auf den Knochen abgeschält, ebenso das Bein auf derselben Seite.

Draußen hörte man den Räderstuhl des Königs knarren, Kies knirschte unter Pferdehufen, dazwischen Schritte. Yves begrüßte den König und Comte Lucien. Die taubstummen Diener des Königs schoben seinen Stuhl herein, Comte Lucien ging nebenher. Vier Träger folgten mit einer Portechaise, die mit weißem Samt und goldenen Quasten behangen war. Marie-Josèphe stand in Lorraines dunklen Umhang gehüllt bei ihrem Zeichenpult und hoffte, so wenig Aufmerksamkeit wie möglich zu erregen.

»Wir halten es für das Beste, wenn bei der Untersuchung der inneren Organe des Seeungeheuers keine Zuschauer anwesend sind«, sagte der König.

Auf Yves' Gesicht malte sich Verwunderung. »Euer Majestät, die Seeungeheuer sind nicht anders als gewöhnliche Tiere.«

Die Taubstummen hoben den Stuhl auf den Bretterboden und schoben ihn an den Seziertisch. Die Sänfte wurde daneben abgesetzt. Dann entfernten sich die

Sänftenträger unter Verbeugungen, aber mit sichtlicher Hast.

Seine Majestät machte sich nicht die Mühe, die Taubstummen hinauszuschicken. Er behandelte sie nach seiner Gewohnheit, als existierten sie für ihn kaum. Comte Lucien blieb an seiner Seite, leicht auf den Ebenholzstock gestützt. Marie-Josèphe erwiderte sein höfliches Nicken mit einem flüchtigen Knicks. Yves half Seiner Heiligkeit, aus der Sänfte auszusteigen und geleitete ihn zu einem Armsessel.

Das Gesicht des alten Mannes war bleich vor Müdigkeit, ohne die Hilfe des Jüngeren hätten die Beine ihn kaum getragen. Seine Majestät erhob sich aus dem Rollstuhl und trat hinkend, fast nur freundschaftlich auf Comte Lucien gestützt, dicht an den Seziertisch heran, um fasziniert den Kadaver der Kreatur zu betrachten. Der König sah frisch und ausgeruht aus, obwohl er noch keinen Schlaf bekommen hatte, sogar die von der Gicht verursachte Schwellung an seinem Fuß schien zurückgegangen zu sein.

»Jeder Muskel, jeder Knochen hat seine Entsprechung in der Anatomie jeder anderen bepelzten Kreatur, die der Naturphilosophie bekannt ist«, fuhr Yves in seiner Erklärung fort.

»M. le Père«, sagte der König, »ich habe Euch nicht beauftragt, herauszufinden, was an den Seeungeheuern gewöhnlich ist. Ich habe Euch beauftragt herauszufinden, was an ihnen einzigartig ist.«

»Ich werde nachschauen, Sire.« Yves nahm seine stärkste Lanzette zur Hand. »Bist du bereit, Schwester?«

Marie-Josèphe legte ein frisches Blatt Papier zurecht.

Mit einem Schnitt öffnete Yves den Bauchraum und legte die Eingeweide frei. Därme und Magen waren flach und eingeschrumpft, sie enthielten keinerlei Nahrungs- oder Verdauungsrückstände. Vielleicht hatte das männliche Seeungeheuer sich erfolgreich dagegen gewehrt, gefüttert zu werden. Marie-Josèphe bedauerte den Tod der Kreatur, doch wenigstens brauchte man nicht befürchten, daß die Organe zerplatzten, wenn man sie aufschnitt, und Seine Majestät und Seine Heiligkeit mit Fäulnis bespritzten.

»Die Därme sind kurz für ein Geschöpf, dessen Nahrung aller Wahrscheinlichkeit nach hauptsächlich aus Seetang besteht, nur hin und wieder bereichert durch Fisch«, stellte Yves fest. »Ich schließe daraus, daß Seetang leicht verdaulich ist.«

Er löste die Eingeweide sorgfältig heraus, maß, untersuchte, nahm kleine Proben, legte die Organe in spiritusgefüllte Behälter. Marie-Josèphe zeichnete so gut es bei Laternenlicht möglich war. Das Seeungeheuer besaß einen Blinddarm, ungewöhnlich bei den meisten Säugetieren. Yves entnahm die Nieren, die Bauchspeicheldrüse, die Blase; er suchte sogar nach Magen- und Nierensteinen. Der Unterbauch enthielt nichts Ungewöhnliches oder Bemerkenswertes. Es hätte ein beliebiger Kadaver sein können, den er sezierte, oder sogar der Leichnam eines Menschen.

Seine Majestät verfolgte die Prozedur mit wachsender Ungeduld, Seine Heiligkeit mit wachsendem Unbehagen. Comte Lucien war keine Regung anzusehen.

Mit einer starken Schere durchschnitt Yves am Brustbein entlang die Rippen. Er öffnete den Thorax und betrachtete Lunge und Herz.

»Es ist, wie ich dachte.« Er schob behutsam die Lungenflügel beiseite, um das Herz und die verschiedenen Drüsen freizulegen. »Die Kreatur hat nichts von einem Fisch, weder Kiemen noch Schwimmblase. Sie ähnelt in fast jeder Hinsicht einer Seekuh. Wie Ihr seht, Euer Majestät, besitzt das Seeungeheuer die gleichen inneren Organe wie alle Säugetiere.«

»M. le Père, ob es sich bei dieser Kreatur um einen Fisch oder ein Säugetier handelt, ist für mich ohne Interesse. Was mich interessiert, ist das Organ der Unsterblichkeit.«

»Ich habe keinen Hinweis auf das Vorhandensein eines solchen Organs gefunden, Euer Majestät. Unsterblichkeit, wie auch die Transmutation von Gold, ist die Domäne der Alchimie, welche verabscheut wird von der Kirche und der wahren Wissenschaft.«

»Ihr urteilt sehr anmaßend über alte Mythen, M. le Père«, bemerkte Seine Majestät. »Weshalb habt Ihr Euch auf dieses Unternehmen eingelassen, wenn Euch meine Suche vergeblich erschien?«

»Ich wollte Euer Majestät gefällig sein«, erwiderte Yves, bestürzt über den scharfen Ton des Königs. »Die Suche nach dem Seeungeheuer war alles andere als vergeblich. Und das Organ der Unsterblichkeit – es existiert oder es existiert nicht. Was ich glaube, ist ohne Belang.«

Papst Innozenz starrte ihn an; Entrüstung hatte die Müdigkeit aus seinem Gesicht vertrieben.

»Das heißt, ich kann eine Hypothese aufstellen, aber sie muß bewiesen werden ...« Yves verstummte. Begeisterung für die Wissenschaft hatte einen Augenblick lang seine Zurückhaltung überwunden. Er tat nichts, um sich bei Papst Innozenz in ein vorteilhaftes Licht zu setzen.

»Wenn Ihr glaubt, daß das Organ nicht existiert«, bemerkte der König schroff, »werdet Ihr es sicherlich nicht finden.«

»Sire, wenn die Ungeheuer all denen, die ihr Fleisch essen, ewiges Leben verleihen, wieviele Seeleute müßten dann tausend Jahre alt sein?«

Ludwig wischte den Einwand beiseite. »Seeleute führen ein hartes Leben. Was vor Alter und Krankheit schützt, kann einen Menschen nicht vor Ertrinken oder anderen Unfällen bewahren.«

»Vetter«, warf Innozenz ein, »vielleicht hat Euer Naturphilosoph recht. Bedenkt, daß Gott uns aus dem Paradies vertrieben hat, wo wir unsterblich gewesen sind. Nun sind wir sterblich, aber wir leben in der Hoffnung, dereinst mit Ihm in der Ewigkeit vereint zu sein.«

»Wenn Gott ein Organ der Unsterblichkeit geschaffen hat und geboten, wir sollten uns die Tiere untertan machen – dann ist es Sein Wille, daß wir unsterblich werden«, erwiderte Seine Majestät.

Innozenz runzelte nachdenklich die Stirn. »Irdische Unsterblichkeit wäre eine Bürde, keine Lust. »Er zögerte. »Dennoch, wäre man berufen, Gottes Werk weiterzuführen ...«

»Wie ich es bin«, unterbrach ihn der König.

»... würde man sich beugen – unter das Joch der irdischen Existenz.«

Yves setzte seine Untersuchung von Herz und Lunge fort. Im oberen Brustbereich, unter den oberen Rippen, traf er beim Sondieren des Lobus superior auf einen Widerstand. Er stieß einen erstaunten Ruf aus und unterzog den fraglichen Bereich einer genaueren Untersuchung.

»Das *ist* einzigartig!«

Marie-Josèphe schaute von dem ausgeweideten Seeungeheuer zu ihrem Bruder, zu Innozenz, zu Seiner Majestät. Alle starrten auf den ungewöhnlichen Lungenlappen, der sich in Farbe und Beschaffenheit deutlich von dem umgebenden Gewebe abhob; er war von einem Netz von Blutgefäßen überzogen.

Nur Comte Lucien schenkte dem Kadaver keine Beachtung. Sein Blick war auf den König gerichtet, voller Hoffnung und Erleichterung und Liebe.

Yves hob das ungewöhnliche Gebilde hoch und löste es aus der Lunge heraus.

»Ihr habt es gefunden«, sagte Ludwig. »Das Organ der Unsterblichkeit. Was sonst könnte es sein?«

Marie-Josèphe, das Zeichenpult mit dem Protokoll der Entdeckungen ihres Bruders schützend an die Brust gedrückt, hastete die Königsallee hinauf. Yves ging ein Stück vor ihr. Weit voraus schoben die Taubstummen im Laufschritt den Rollstuhl Seiner Majestät. Des Papstes Sänftenträger bemühten sich, mit ihnen gleichauf zu bleiben, was Comte Luciens elegantem Araber mühelos gelang. Bodennebel wallte um ihre Füße. Yves konnte vielleicht mit ihnen Schritt halten, aber Marie-Josèphe nicht. Sie fing an zu laufen und war froh, daß sie nicht mehr in der eng geschnürten Hoftoilette steckte. Yves blieb stehen und wartete ungeduldig darauf, daß sie ihn einholte. Fackelschein vergoldete das Schloß, bevölkerte den Park mit huschenden Schatten, wob einen Strahlenkranz um Yves' Haar.

»Eil dich, oder wir bekommen heute nacht überhaupt keinen Schlaf mehr – du willst doch, daß ich diesmal pünktlich beim Lever des Königs erscheine?« Er begleitete seine Neckerei mit einem Lächeln.

Marie-Josèphe senkte den Blick und schämte sich aufs Neue ihres Versagens vom Tag zuvor.

Sie stiegen die Hintertreppe zu ihrer kleinen Wohnung hinauf. Ein junger Kavalier in Umhang und Halbmaske auf dem Weg nach unten drückte sich an ihnen vorbei. Er erwiderte ihren Gruß nicht, als glaubte er, in der Maske unsichtbar zu sein.

Gähnend und sich reckend, verschwand Yves in seiner Kammer, um ein paar Stunden zu schlafen.

Odelette und Herkules lagen friedlich schlummernd in Marie-Josèphes Bett, aneinandergekuschelt, warm und geborgen. Marie-Josèphe widerstand der Versuchung, sich ebenfalls in dieses behagliche Nest zu verkriechen.

Wenn ich jetzt einschlafe, dachte sie, *wache ich bestimmt nicht rechtzeitig wieder auf, um Yves zu wecken. Außerdem habe ich noch keine Minute an den anatomischen Zeichnungen gearbeitet.*

Im Ankleidezimmer zündete sie Kerzen an und begann mit der diffizilen Arbeit, die Skizzen mit Feder und Tinte ins Reine zu übertragen. Beim Sortieren der Blätter stieß sie auf die Gleichung, die sie notiert und ausgelöscht hatte, und unwillkürlich flogen ihre Gedanken zu den Problemen, die sie faszinierten: Gottes Schöpfung – Gottes Willen vielleicht – in präzisen Formeln auszudrücken. Sie schrieb eine zweite Gleichung für die Berechnung der Bewegungen von Blättern im Wind, die sich jedoch als unzulänglich erwies, auch als sie die Wirkung der Schwerkraft hinzufügte.

Sie löschte die Gleichung aus und befaßte sich mit den Zeichnungen für die Akademie.

Gegen sechs Uhr früh schob sie die fertigen Blätter zusammen und ging leise in ihre Kammer, um sich umzukleiden. Sie und Odelette mußten Lotte aufwarten, dann mit dieser zusammen Madame behilflich sein, sich anzukleiden. Sie mußten sich im Antichambre vor Seiner Majestät Schlafzimmer einfinden und dann mit der gesamten Hofgesellschaft zur Messe gehen.

Ich darf meine Pflichten Mademoiselle gegenüber nicht vernachlässigen, dachte Marie-Josèphe. *Nicht zwei Tage hintereinander. Und ich darf nicht wieder die Messe versäumen.*

Ihr schlug das Gewissen, weil sie am gestrigen Abend vergessen hatte, wie versprochen zur Messe zu gehen.

Odelettes Atemzüge waren das einzige Geräusch. Herkules kam durch das offene Fenster herein, hinter ihm blieb der Vorhang eine Handbreit offen. Er streckte sich und verlangte maunzend sein Frühstück.

Die graue Morgenhelligkeit, die durch das nach Westen gerichtete Fenster drang, weckte Odelette. Sie blinzelte, die langen Wimpern streichelten ihre Wangen – wunderschön selbst im Augenblick des Erwachens.

»Seid Ihr die ganze Nacht auf gewesen, Mam'selle Marie?« fragte sie schlaftrunken. »Kommt ins Bett, Ihr könnt ein Weilchen ruhen.«

Marie-Josèphe schüttelte den Kopf. »Es ist Zeit aufzustehen. Hilf mir beim Umkleiden, und du mußt mir das Haar frisieren. Mademoiselle will dich heute morgen bei sich haben.«

Odelette setzte sich auf, doch plötzlich zog sie mit einem leisen Schrei die Hand unter dem Deckbett hervor. Die Fingerspitzen waren voller Blut.

»Rasch, Mam'selle Marie, bevor die Bettwäsche schmutzig wird!«

Marie-Josèphe klappte die Truhe auf, griff eine Handvoll weicher, sauberer Lumpen und brachte sie Odelette, die sich das Bündel zwischen die Beine schob, um ihre Monatsblutung aufzusaugen. Dann rollte sie sich blaß und elend unter der Decke zusammen. Sie litt jedesmal schrecklich unter dem Besuch der Jungfer Catherine.

»Es tut mir so leid, Mam'selle Marie . . .«

»Du bleibst im Bett«, ordnete Marie-Josèphe an. Sie setzte Herkules neben Odelette und streichelte sein seidiges getigertes Fell, das nicht nur zweifarbig, sondern auch von zweierlei Beschaffenheit war, bis er aufhörte, nach seinem Frühstück zu verlangen, und sich dicht an Odelettes schmerzendem Rücken zusammenrollte. »Im Bett, mit unserem Bettwärmer.« Odelette lächelte mit zitternden Lippen. »Und ich werde dir etwas Brühe heraufschicken lassen. Du mußt sie austrinken, aber gib Herkules ein wenig ab.«

»Mam'selle Marie, Ihr müßt heute ein Handtuch tragen.«

Sie und Odelette waren immer am gleichen Tag von der Jungfer besucht worden, aber nach der langen Trennung – ob sich die Übereinstimmung nicht verloren hatte? Doch als Marie-Josèphe nachrechnete, stellte sie fest, daß Odelette recht hatte. Sie band sich ein zusammengerolltes Handtuch zwischen die Schenkel und kämpfte sich in ihre Hoftoilette. Keinesfalls durfte sie eine zweite Robe durch Flecken verderben.

Arme Odelette, ihre Regel bereitete ihr immer so viele Schmerzen. Marie-Josèphe gab ihr einen Kuß auf die Wange.

Sie löste ihr Haar aus dem Zopf und steckte es auf, ohne Bänder oder Schleifen. Mit dieser Frisur sah sie natürlich erst recht aus wie das kleine Mädchen aus den Kolonien, aber schließlich mußte sie auf Odelettes Hilfe verzichten.

In Yves' Kammer setzte sie sich auf die Bettkante und schüttelte ihn sanft.

»Yves! Bruder, es ist Zeit aufzustehen.«

Ein Knurren. »Ich bin wach.«

Marie-Josèphe lächelte liebevoll und schüttelte ihn erneut. Er setzte sich auf, gähnte und reckte die Arme.

»Ich *bin* wach.«

»Ich weiß.« Sie küßte ihn auf die Wange. »Ich muß mich beeilen, Mademoiselle wartet.«

Sie eilte die Stiege hinunter. Wie gut, daß sie nicht so unter dem monatlichen Übel zu leiden hatte wie Odelette. Wenn auch sie das Bett hüten müßte, könnte sie nicht Seine Majestät nach dem Morgenempfang begrüßen und zur Messe gehen.

Sie könnte nicht für das Seeungeheuer sorgen, und Yves übertrüge womöglich Chartres ihre Aufgabe.

Die Kutsche des Comte de Chrétien flog die Avenue de Paris entlang, vorbei an den Reihen von Besuchern, die darauf warteten, in die königlichen Gärten eingelassen zu werden. Sie nahm denselben Weg wie die Karosse des Papstes, über den Cour de Ministres, durch den Cour Royale, bis zu den Stufen des Cour de Marbre.

Trotz der Unbequemlichkeit – Seine Majestät bekümmerte sich höchst selten um die Bequemlichkeit seiner Höflinge – gestattete der König nur wenigen Großen des Reichs, mit der Kutsche bis in den Vorhof des Schlosses zu fahren. Lucien betrachtete das ihm gewährte Vorrecht, wie vom König beabsichtigt, als Zeichen der besonderen Wertschätzung und machte weidlich davon Gebrauch, um für aller Augen sichtbar diese Wertschätzung zu demonstrieren.

Sein Lakei stellte den Tritt an und öffnete den Schlag. Lucien stieg aus, den Gehstock brauchte er heute kaum. Er hatte nicht geschlafen, sich aber erfrischt. Dank der Salbe des Seigneur d'Artagnan war sein Bein so gut wie geheilt; dank Juliette, dank der Ablenkung von Calvados und Eros, war der Schmerz in seinem Rücken erträglich.

Seine acht Kutschpferde, ein Fuchsgespann, standen regungslos. Die Sonne glänzte auf ihrem kupferroten Fell und dem blanken Geschirr.

»Fahre Er zum Schloß zurück und halte Er sich zur Verfügung von Madame la Marquise«, befahl Lucien dem Kutscher. »Sie wird am Imbiß in Seiner Majestät Menagerie teilnehmen wollen.«

»Sehr wohl, Monsieur.«

Lucien schritt über die schwarzen und weißen Marmorplatten des Hofs, betrat das Schloß durch das Hauptportal unter dem Balkon des Chambre de Roi und begab sich auf seinem gewohnten Weg in des Königs Schlafgemach.

Monsieur, neben dem Bett seines Bruder stehend, unterdrückte ein Gähnen. Der Herzog von Orléans pflegte nach den Abendunterhaltungen des Königs nach Paris zu fahren, weil er sich in Versailles zu eingeschränkt fühlte. Hin und wieder schloß Lucien sich ihm an. Er teilte nicht alle Neigungen Monsieurs, wußte aber die Gabe des Herzogs, sich zu amüsieren, zu schätzen. Jedoch die Wohltaten der vergangenen Nacht waren für Lucien genußvoller gewesen als jede Zerstreuung, die Monsieur sich auszumalen vermochte.

An diesem Morgen war alles wie immer. Nichts gab zu der Vermutung Anlaß, in der letzten Nacht könnte etwas

Außergewöhnliches geschehen sein. Nichts ließ ahnen, daß der König in dieser Nacht auf der Suche nach Unsterblichkeit gewesen war. Seine Majestät ließ das Zeremoniell des Morgenempfangs mit gewohnter Gelassenheit und Würde über sich ergehen.

Lucien stellte zufrieden fest, daß Yves de la Croix offenbar begriffen hatte, welches Privileg ihm mit der Zulassung zum Fünften Entrée gewährt worden war. Der Jesuit verbeugte sich mit angemessener Ehrerbietung vor Seiner Majestät. Lucien fürchtete, daß de la Croix womöglich zu schnell zu hoch erhoben worden war, daß sein plötzlicher Aufstieg ihm und seiner Schwester letztlich zum Unglück gereichen könnte. Andere Männer warteten Jahre auf einen Platz beim Fünften Entrée.

Im Gegensatz zu seiner Majestät sah man dem Jesuiten die lange Nacht an. Er hatte dunkle Ringe unter den Augen.

Vielleicht hatte der König nach seiner Rückkehr von der geheimen Sektion noch etwas Schlaf gefunden, oder er hatte wachgelegen und die Folgen der unglaublichen Entdeckung überdacht.

Es besteht die Möglichkeit, daß Seine Majestät ewig lebt, dachte Lucien. *Wenn er ewig lebt, wird das Reich niemals unter die Herrschaft von Monseigneur geraten. Wenn er ewig lebt, wird er Mme. de Maintenon vergessen und ihren Einfluß überwinden. Er wird das Edikt von Nantes wieder in Kraft setzen. Er wird aufhören, gegen sein eigenes Volk Krieg zu führen.*

Er schloß sich der Prozession an, die hinter Seiner Majestät das Schlafgemach verließ. Die Gicht machte dem König heute zu schaffen, doch er ließ sich seine Unpäßlichkeit nicht anmerken.

Im ersten Antichambre drängten sich Dutzende weniger favorisierter Höflinge. Sie standen herum, gähnten, erzählten den neusten Klatsch und tauschten als Kompliment formulierte Beleidigungen aus. Beim Erscheinen Seiner Majestät verstummten sie und begrüßten ihren Souverän mit tiefen Verneigungen und Knicksen.

Mlle. de la Croix bestaunte den König mit der naiven Ehrfurcht, die ihre Herkunft aus den weltabgeschiedenen Kolonien verriet. Ihre Wangen waren vor Aufregung gerötet. Lucien konnte ihre Begeisterung nachempfinden. Er liebte Ludwig, wie er Königin Marie-Thrérèse geliebt hatte. Er vermißte die Königin, trauerte noch immer um sie, obwohl es zehn Jahre her war, seit sie diese Welt verlassen hatte. Nachdem er fast sein ganzes Leben bei Hof verbracht hatte, wußte er jedoch, daß es unklug war, sich anmerken zu lassen, was man empfand. Er hoffte, Mlle. de la Croix würde bald lernen, ihre Gefühle nicht gar so unverhohlen zu zeigen.

Wie stets, trennte Lucien sich vor der Kapelle vom übrigen Hofstaat. Während Seine Majestät zum Gottesdienst ging, kam Lucien die Frage in den Sinn: War Unsterblichkeit wirklich ein unbegrenztes Dasein in ewiger Jugend und Gesundheit? Oder bedeutete sie Altern ohne Erlösung, Verfall und Siechtum – Fluch statt Segen?

Marie-Josèphe sank in einen tiefen Hofknicks, als Seine Majestät aus dem Schlafgemach trat. Sein Bruder, sein Sohn, seine Enkelsöhne sowie die Prinzen Condé und Conti und Lothringen, der legitimierte Herzog du Maine, der Chevalier de Lorraine und Comte Lucien folgten ihm. In ihrer illustren Gesellschaft wirkte Yves steif wie ein Stück Holz. Manchmal wünschte sie, er wäre ein junger Höfling, kein Jesuit, daß er das Kriegshandwerk übte, statt der Wissenschaft, daß er sich mit Seide und Juwelen schmückte.

Aber dann, dachte sie, *wäre ich noch weniger Teil seines Lebens, und ich könnte nicht bei seiner Arbeit helfen, weil er keine hätte. Er würde heiraten, seine Gemahlin würde das*

Haus führen, er hätte keinen Platz für eine altjüngferliche Schwester.

Sie seufzte, dann dachte sie: *Ich brauchte vielleicht keine alte Jungfer werden, wenn er nicht Priester wäre. Er würde meine Vermählung arrangieren, unsere Familie hätte möglicherweise die Mittel, es zu ermöglichen ...*

Sie kehrte aus ihren Tagträumen in die Wirklichkeit zurück. Wo der König vorbeiging, drängten die Menschen heran, um ihm einen Brief in die Hand zu geben, eine Gunst zu erbitten: Pensionen, einen Platz in seinem Haushalt. Sogar einfache Leute konnten an ihn herantreten, wenn er sich mit seiner Familie zur Messe begab.

Mme. de Maintenon und die übrigen Damen der königlichen Familie schlossen sich Seiner Majestät an. Marie-Josèphe musterte Mademoiselle und mußte sich eingestehen, daß Lottes Frisur nicht so schön geraten war, wie Odelettes geschickte Hände es zuwege gebracht hätten.

Sobald der König erschien, brach die Menge der Besucher in Hoch- und Jubelrufe aus. Angehörige des niederen Adels, Kaufleute und ihre Gemahlinnen, alle, die sich in angemessener Kleidung vor dem Tor einfanden, hatten das Recht, den Schloßgrund zu betreten und sich ihrem Souverän zu nähern. Die Menschen wichen auseinander, um ihn hindurchzulassen, doch hinter ihm strömten sie wieder zusammen, so daß Marie-Josèphe, die sich durch das Getümmel kämpfte, in Angst geriet.

»Euer Majestät, eine Gnade ...«

»Bitte, Euer Majestät, heilt meinen Sohn ...«

Die Prozession geriet ins Stocken, während der König die Bittbriefe seiner Untertanen entgegennahm und an Comte Lucien weitergab. Er machte mit der offenen rechten Hand das Kreuzzeichen über dem Gesicht eines Kindes, dessen Mutter ihn anflehte, es von den Skrofeln zu heilen.

Die überfüllte Kapelle, in der Stimmen und Geräusche

widerhallten, war eine Erlösung nach den Menschenmassen im Hof. Marie-Josèphe trat an ihren Platz in der Bankreihe hinter Madame, die ihr einen Kuß gab und sich die Mantille enger um die Schultern zog.

»Vielleicht wird die neue Kapelle wärmer«, meinte sie, aber es klang nicht sehr hoffnungsvoll.

Marie-Josèphe mußte ein Kichern unterdrücken. Wenn die Rede darauf kam, wann denn wohl die neue Hofkapelle fertiggestellt sein würde, hörte man oft die lakonische Bemerkung: »Am Sankt Nimmerleinstag«. Sie malte sich aus, wie eine Statue von Sankt Nimmerlein aussehen könnte und ob man sie vielleicht in der Kapelle aufstellen sollte, wenn sie doch irgendwann einmal fertiggeworden war. Sie hätte Madame den Scherz gern erzählt. Auf ihre eigene Art war Madame sehr fromm, doch sie liebte Gott und nicht so sehr die Rituale und Zeremonien der Kirche. In ihrer Jugend war sie eine Calvinistin gewesen; der Hofklatsch behauptete, sie hätte nur deshalb die Konfession gewechselt, um die Eheschließung mit Monsieur zu ermöglichen.

Vielleicht wußte Comte Lucien den Scherz zu würdigen, doch er war nirgends zu entdecken.

Yves stellte sich zu Marie-Josèphe, die liebevoll seinen Arm drückte.

»Bist du nicht froh, heute morgen bei Seiner Majestät gewesen zu sein? Bestimmt war es wundervoll in seinen Gemächern. Ich wünschte, ich ...«

»Still«, mahnte er sanft.

Die Stimmen des Chors stiegen in vollendeter Harmonie zur bemalten Decke empor. Die reine Schönheit des Gesangs ließ Marie-Josèphe erschauern.

Eine prachtvolle neue Mappa schmückte den Altar, tausend neue Wachskerzen brannten in silbernen Kandelabern. Marie-Josèphe bewunderte den Schmuck. Dann drehte sie sich mit allen anderen zum hinteren Teil der Kapelle herum.

»Was tust du?« flüsterte Yves entgeistert und entsetzt. Er stand als einziger noch mit dem Gesicht zum Altar, auf seinen Zügen spiegelte sich die Verwirrung, die er empfand.

Marie-Josèphe zupfte an seinem Ärmel. »Ich hätte es dir erklären sollen«, entschuldigte sie sich leise. Beim Eintritt des Königs in die Kapelle verneigten sich die Hofleute vor ihm, während er sich vor dem Sakrament verneigte.

Yves blieb gegenüber ihrem Drängen standhaft, doch unter der vereinten Macht der Blicke von Madame und den königlichen Prinzen mußte er klein beigeben. Er drehte sich um.

Seine Majestät erschien auf der Empore im hinteren Teil der Kapelle und blickte hinunter auf die Schar seiner Hofleute, die ihm huldigten, wie er Gott huldigte. Mit einer Gebärde hoheitsvoller Großmut bedeutete er ihnen, sich wieder dem Altar zuzuwenden. Gehorsam, respektvoll drehten sich alle um, zu Papst Innozenz XII, der sich anschickte, das Hochamt zu halten.

Kapitel 11

Nach der Kühle des Schlosses genoß Marie-Josèphe die Wärme der Terrasse über den Gärten. Die Sonne stand bereits halb im Mittag. Blumen in Töpfen säumten die Wege, die Blüten von tausend Orangenbäumen dufteten süß. Bienen summten geschäftig über den Parterres des fleurs.

Die Pumpenmechanismen knirschten und knarrten, zerrissen die Stille, dann schossen überall die Strahlen und Fontänen in die Höhe: im Brunnen der Latona, des Poseidon, des Neptun. Gewöhnlich erfreuten die Wasserspiele nur das Auge Seiner Majestät, aber nun würden sie springen bis zum Ende des Karussells.

Menschen füllten die Gärten, strömten den Tapis Vert hinunter, sammelten sich um das Bassin d'Apollon und das Zelt des Seeungeheuers. Marie-Josèphe trieb mit ihnen dahin wie auf einem Fluß, als wäre sie leichter als Luft.

Das arme Seeungeheuer wird sehr hungrig sein, dachte sie. *Ich habe es dazu gebracht, mir aus der Hand zu fressen ...* Sie rieb ihr schmerzendes Handgelenk. *Wenn es sehr hungrig ist, kann ich vielleicht erreichen, daß es mir gehorcht.*

Marie-Josèphe suchte sich einen Weg zwischen Gruppen von Besuchern hindurch – Mütter und Väter und Kinder, betagte Großeltern, zwei und drei, sogar vier Generationen, die die Pracht der Wohnung ihres Monarchen bestaunten und die Makellosigkeit seiner Gärten.

In ihrem besten Staat, die Damen trotz der Bekleidungsgesetze mit gewagter Silberspitze an Ärmel oder Jupe, die Kinder in mit Schleifen übersäten Kleidchen und Laufgeschirr – so flanierten die Bürger von Versailles und Paris und jeder anderen Stadt in Frankreich durch den milden, sonnigen Tag und hofften, einen Blick auf ihren Monarchen zu erhaschen.

Für Marie-Josèphe war das einzige Ärgernis die Handtuchrolle, die zwischen ihren Beinen scheuerte.

Ob ich es wagen kann, das lästige Ding bis morgen abzunehmen? dachte sie. *Scheußliche Plage! Noch so einer von Gottes Scherzen, über die man nur lachen kann, wenn sie einen nicht selbst betreffen!*

Der Beichtvater im Konvent war entsetzt gewesen, als sie ihn nach Gottes Scherzen fragte. Gott vollbrachte Wunder und teilte Strafen aus – wie zum Beispiel die Monatsblutung der Frauen –, doch Er machte keine Scherze.

Wie traurig, dachte Marie-Josèphe, *allmächtig zu sein, ewig zu sein und keinen Funken Humor zu besitzen.*

Am Fuß des Abhangs drängten sich Menschen im dichten Pulk um das Zelt des Seeungeheuers. Marie-Josèphe, voller Angst, ihrem Schützling könnte etwas zugestoßen sein, raffte ihre Röcke und lief das letzte Stück.

»Wartet, bis Ihr an der Reihe seid!« schimpfte ein in Wolle und Tuch gekleideter Mann, als sie an ihm vorbeidrängte.

»Papa, Papa, ich will das Seeungeheuer sehen!« Der kleine Sohn zerrte an Vaters Rockschoß. »Papa, Papa!« Seine drei Brüder, alle so klein, daß sie noch Kleider trugen, stimmten in das Geschrei ein. Die Mutter ermahnte die Plagegeister, ohne jeden Erfolg.

Der Kaufmann drehte sich herum. Marie-Josèphe wußte nicht, ob er sie oder das nörgelnde Kind schlagen wollte.

»Monsieur!«

Die kostbaren Stoffe ihrer Kleidung, ausschließlich der Aristokratie vorbehalten, schützten sie, wiesen sie als zum Hofstaat Seiner Majestät gehörig aus.

»Ich bitte um Vergebung, Mademoiselle.« Gattin und Kinder mit sich ziehend, drückte der Mann sich zur Seite. Die ganze Familie verschwand in der Menge, der älteste Knabe schrie immer noch nach dem Seeungeheuer.

»Wache!« rief Marie-Josèphe.

Einer der Musketiere machte ihr den Weg frei und geleitete sie durch die Menge in das Zelt, in dem es bereits von Menschen wimmelte.

»Was soll das?« fragte sie ihn. »Weshalb läßt man die Leute herein?«

»Befehl Seiner Majestät«, antwortete der Soldat. »Seiner Majestät Untertanen sollen die Möglichkeit haben, das Seeungeheuer zu besichtigen.«

Man hatte an zwei Seiten die Zeltbahnen aufgerollt und so einen Eingang und einen Ausgang geschaffen. Die Musketiere ließen die Besucher zur einen Seite herein. Sie defilierten an den anatomischen Zeichnungen vorbei, spähten durch die Käfigstangen und gingen an der anderen Seite wieder hinaus.

Die Wasserfläche war so glatt wie ein Spiegel.

Der Musketier sorgte dafür, daß Marie-Josèphe ungehindert die Käfigtür aufschließen und an die Teicheinfassung treten konnte.

»Es ist nichts in dem Brunnen außer Apoll«, meinte einer der Besucher.

»Wir können die Kreatur nicht dazu zwingen, daß sie sich zeigt«, antwortete der Musketier.

»Schießt ins Wasser, das wird sie munter machen!«

»Sie hat Angst«, wies Marie-Josèphe den Sprecher zurecht. »Hättet Ihr das nicht, wenn sich tausend Leute um Euer Bett drängten?«

»Seine Mäjestät scheint es nicht zu stören«, bemerkte der Musketier.

»Das Seeungeheuer ist ein wildes Tier.«

»Das gleiche sagte man auch von seiner Majestät. Als er jung war.«

In der Tonne plätscherten die Fische. Der Fuhrmann hatte sie getreulich herbeigeschafft, viel mehr, als irgend jemand zu Mittag essen konnte, auch wenn es die einzige Mahlzeit am Tag wäre. Marie-Josèphe nahm den Käscher und fing einen heraus. Sie lächelte über das Wunschdenken des Mannes, doch es verriet ihr etwas über seinen Hunger und sie wurde ernst.

»Seeungeheuer! Fisch, guter Fisch!« Sie zog das Netz durchs Wasser.

Unter den Hufen des Sonnenrosses bewegte sich etwas. Einige Besucher sahen es und machten sich gegenseitig darauf aufmerksam, riefen Marie-Josèphe zu, ihnen mehr zu zeigen.

»Ihr müßt still sein«, antwortete sie. »Wenn Ihr Euch ruhig verhaltet, kommt es vielleicht aus seinem Versteck.«

Eine Welle glitt über die Wasseroberfläche. Das lange dunkle Haar des Seeungeheuers strömte hinter ihm her, Schutz vor der Sonne, Tarnung für die kupfern schimmernde Haut. Marie-Josèphe nahm den Fisch aus dem Käscher und hielt ihn in der Hand.

Das Seeungeheuer zögerte.

»Gutes Seeungeheuer. Komm her, komm, hol dir deinen Fisch.«

»Fischhh«, wiederholte das Seeungeheuer.

Es tauchte auf, riß den Fisch an sich und schlang ihn gierig hinunter. Innereien und Flossenstücke flogen ins Wasser.

Die Zuschauer bekundeten mit spitzen Aufschreien und halblauten Kommentaren ihr Staunen, ihre Überraschung und ihren Ekel. Erschreckt tauchte das Seeungeheuer wieder unter. Marie-Josèphe hoffte, daß sie ihm in der zur Verfügung stehenden Zeit beibringen konnte, sich nicht vor dem Lärm zu fürchten. Seine Majestät würde das Geschöpf noch einmal sehen wollen, seine Errungenschaft den zu Besuch weilenden Staatsoberhäuptern vorführen. Er würde es zu schätzen wissen, wenn das Seeungeheuer gelernt hatte, sich zu benehmen.

»Schon gut, Seeungeheuer«, sagte Marie-Josèphe. »Der Lärm bedeutet nichts, er ist wie die Brandung an der Küste. Er tut dir nichts. Komm, hol dir noch einen Fisch.«

Wenn es ihr vertrauen sollte, mußte sie auch Vertrauen zu ihm haben. Sie streckte die Hand ins Wasser. Das Seeungeheuer kam näher, und sie spürte die Wärme, die von seinem Körper ausstrahlte.

Plötzlich schnellte das Seeungeheuer halb aus dem Teich. Wellen schlugen gegen die Stufen. Das lange, wirre Haar flog um seine Schultern, fiel auf seine flachen Brüste. Die hellgrüne Strähne sträubte sich widerspenstig aus dem Schopf.

Die Besucher jubelten und schrien und klatschten.

Der Musketier eilte davon, um – falls nötig – Ruhe zu schaffen: Im Park des Königs war kein Tumult gestattet. Doch statt wegzulaufen, drängten die Leute näher heran, begeistert, fasziniert.

Die Glücklichen in der vorderen Reihe hatten freie Sicht zwischen den Gitterstäben hindurch, die anderen bemühten sich, über ihre Köpfe hinwegzusehen.

Das Seeungeheuer sank ins Wasser zurück. Marie-Josèphe streichelte sein Haar, und das Geschöpf ließ sich die Berührung gefallen. Sie streckte die freie Hand nach hinten, und der Musketier reichte ihr den Käscher mit einem Fisch darin. Sie bot dem Seeungeheuer den zappelnden Leckerbissen an. Es machte sich an dem Netz zu schaffen, bekam den Fisch jedoch nicht zu fassen.

Marie-Josèphe entwirrte das Maschengewebe, nahm den Fisch heraus und gab ihn dem Seeungeheuer, das ihn mit zwei Bissen verschlang und nach mehr Ausschau hielt. Mit jedem Fisch lockte sie es etwas näher heran, bis es sich halb aus dem Wasser hob und die Ellenbogen auf die Plattform stützte. Die Zuschauer flüsterten und murmelten ehrfürchtig.

Marie-Josèphe hieß das Seeungeheuer wegschwimmen, rief es zurück und gab ihm noch einen Fisch. Nach drei Wiederholungen des einfachen Kommandos ließ das Seeungeheuer sich in einiger Entfernung im Wasser treiben. Es sang, behielt jedoch den Abstand bei.

Marie-Josèphe hatte das Gefühl, daß das Seeungeheuer ihr etwas mitteilen wollte, doch dann mußte sie fast über sich selber lachen.

Ebensogut könnte ich eine Spottdrossel verstehen wollen, dachte sie. »Komm her, Seeungeheuer.«

Das Seeungeheuer hörte auf zu singen. Es schnaubte und spuckte und schlug mit den Schwimmfüßen auf das Wasser, daß es spritzte. Es knurrte. Doch es kam nicht näher.

»Ihr solltet es züchtigen«, sagte der Musketier. »Dann wird es gehorchen.«

»Ich würde es nur verängstigen«, antwortete Marie-Josèphe. »Es wird nicht geschlagen, solange ich es in der Obhut habe.« Sie hielt den Fisch über das Wasser. »Komm! Gutes Futter!«

Das Seeungeheuer schlug eine Welle gegen die Plattform. Das Wasser durchnäßte Marie-Josèphes Schuhe und den Saum ihres Reithabits.

Das Seeungeheuer sang eine kategorisch klingende Melodie und verschwand.

Ach so, dachte Marie-Josèphe, *es langweilt sich! Es hat die Lektion gelernt, weshalb sie wiederholen?*

Statt das Seeungeheuer wieder und wieder zu rufen, ließ Marie-Josèphe den Fisch schwimmen, als lebende Beute, dabei dachte sie: *Wenn das Seeungeheuer nur gehorcht, wenn es will, kann ich dann für mich in Anspruch nehmen, es dressiert zu haben?*

Das Seeungeheuer kam in einiger Entfernung an die Oberfläche und pfiff. Die Zuschauer applaudierten begeistert. Es schlug mit den Beinflossen das Wasser zu Schaum.

Marie-Josèphe erhob sich. »Du kannst später mehr Fisch haben, sofern du kommst, wenn ich rufe.« Einer törichten Eingebung folgend, fügte sie hinzu: »Und eine Extraration, wenn du dich wieder den Besuchern zeigst« Sie lächelte in sich hinein und dachte: *Wären Tiere nur wirklich so einfach zu dressieren.*

Lucien klomm die große Treppe zu Mme. de Maintenons Gemächern hinauf. Im Treibhaus gezogene Blumen blühten frühlingsbunt in vergoldeten Töpfen.

Der Türhüter öffnete einen Flügel der Eingangstür und dienerte den Comte in Madames Salon.

Mme. de Maintenon hatte ihre Wohnung so karg eingerichtet wie eine Klosterzelle. Mochte Seine Majestät sie mit Geschenken überhäufen, sie lebte inmitten von dunklen Farben. Sie duldete weder Blumen noch Juwelen. Sogar der Arbeitstisch des Königs war aus einfachem schwarzem Lack und nur sehr sparsam mit Gold und Intarsien verziert.

Lucien wappnete sich gegen das Unbehagen, das ihn in diesen Gemächern zu überkommen pflegte. Es stand nicht in seiner Macht etwas zu ändern an der Düsternis, an der Trostlosigkeit, an Mme. de Maintenons Abneigung gegen ihn, er konnte nur verhindern, daß es ihn beeinflußte.

Ein einziger Farbfleck erhellte den Raum: Ein leuchtender Bildteppich lag auf Mme. de Maintenons Schoß. Die bestickte Seide fiel in weichen, schweren Falten über ihren Rock – wie das Tuch auf dem Gemälde eines alten Meisters. Goldener Plattstich und komplizierte Stickerei in Rot und Orange und Gelb, die Farben des Feuers, überzogen den gesamten Stoff, nur der Mittelteil blieb ausgespart.

Trotz der stickigen Wärme in dem Gemach schmiegte Mme. de Maintenon sich tief in die mit rotem Damast ausgeschlagene *niche*, die ihren Lehnstuhl auf drei Seiten umgab und sie vor Zugluft schützte. Sorgfältig Stich um

Stich setzend, bedeckte sie den letzten Rest Weiß mit den Farben von Blut und Sonnenlicht.

Die heimliche Gemahlin – oder Mätresse – des Königs besaß noch den zarten Teint und die dunklen, glänzenden Augen, die schon in der Jugend ihr größter Reiz gewesen waren, aber sie hatte sich mit dem Alter und zunehmender Gebrechlichkeit abgefunden, wie Ludwig es nicht vermochte.

Lucien verneigte sich. »Mme. de Maintenon.« Ob aus Stolz oder Hochmut, er hatte es sich zur Regel gemacht, ihr stets mit Respekt und Liebenswürdigkeit zu begegnen. Wie er sich auch herausgefordert fühlen mochte, welche Blöße sie sich auch gab – wenige, sie war nicht dumm –, er widerstand der Versuchung, seinen Verstand mit dem ihren zu messen. »Ich hoffe, Ihr befindet Euch gut.«

»Gut genug, um gute Werke zu tun, Monsieur«, erwiderte sie. »Dabei sind die Beschwernisse des Leibes nicht von Bedeutung.«

Sie erkundigte sich nicht nach seiner Gesundheit oder nach seiner Familie. Das tat sie nie, und sie hatte ihn nie mit seinem Titel angesprochen. Niemand sonst in seiner Bekanntschaft empfand es als Ironie, daß ein Atheist den Titel eines Comte de Chrétien trug.

»Der Winter naht«, sagte sie halblaut, »und die Menschen werden hungern, aber Seine Majestät bringt den Sommer damit hin, Krieg zu führen und vertändelt den Herbst mit Lustbarkeiten. Oh – vergebt mir, daß ich Euch mit meinen Sorgen belästige, Ihr könnt das nicht verstehen.« Sie beugte sich wieder über ihre Stickerei.

Lucien betrachtete sie mit einer Mischung aus Verärgerung und Sympathie. Sie hatte keine Ahnung davon, was er verstand oder glaubte. Sie hatte sich nie die Mühe gemacht, es herauszufinden, denn sie war überzeugt zu wissen, was Atheisten dachten. Als käme nicht noch der wundervolle Herbst, fürchtete sie schon den Winter.

Er hätte gern zu ihr gesagt: »Mme. Scarron, war das Leben mit Eurem verkrüppelten, ersten Gemahl so furchtbar? Hat M. Scarron nie einen Moment Zeit gefunden, sich um *Euer* Vergnügen zu kümmern oder Euch mit seinem gefeierten Witz zu unterhalten? Wenn seine Gebrechlichkeit ihn daran hinderte, Euch Freude zu schenken, habt Ihr nie Befriedigung darin gefunden, ihn für einen Augenblick von seinen Schmerzen abzulenken? Übt Ihr dafür Vergeltung an meinem geliebten Monarchen?« Doch er sagte es nicht, würde es niemals sagen. Nicht zu der Gemahlin seines Königs.

»Das ist eine sehr anspruchsvolle Handarbeit«, bemerkte er statt dessen mit einem Anflug ungewohnter Weichheit. Die verstorbene Königin hatte sich mit Sticken die Zeit vertrieben – er besaß ein Taschentuch, ein Geschenk von ihr, und hielt es wert, obwohl es so überreich mit Blumen bestickt war, daß man es nicht benutzen konnte –, denn die in stillen Kummer versunkene, liebenswerte, aber einfältige Frau hatte keine Aufgabe, keinen Platz am Hof ihres Gemahls gehabt.

»Ein Geschenk«, antwortete Mme. de Maintenon leise. Sie strich über die weiße Seide. Dann hielt sie das Tuch hoch, damit er es anschauen konnte.

Menschen wanden sich in Folterqualen auf Satin. Ein Mann lag auf der Streckbank, Blut ergoß sich aus dem Leib einer Frau, als der Inquisitor ihr die Eingeweide herausriß. Die Hauptfigur, ein Mann in mittelalterlicher Tracht mit wilden Augen, krümmte sich am Pfahl auf dem Scheiterhaufen, umzüngelt von purpurnen seidenen Flammen.

Lucien betrachtete die Szenen, ohne eine Miene zu verziehen. »Alles Freidenker, Libertiner und gefährliche Ketzer.«

»Meine Mädchen in Saint-Cyr haben es gestickt.«

»Grausige Bilder, Madame, um sie jungen Mädchen zuzumuten.«

»Grausig, aber lehrreich. Während sie arbeiteten, dachten sie über Ketzerei nach, über Ungehorsam und dessen Folgen. Ich muß nur noch die letzten Stiche machen.« Mit ihrem leuchtend roten Faden fügte sie eine weitere Flammenzunge in das reinigende Feuer ein. »Gewöhnlich lasse ich die Augen bis zuletzt. Bei diesem Bild habe ich mit ihnen angefangen.« Sie stach die Nadel in den Stoff. »Dies ist Éon de l'Étoile. Der Erzketzer, Anführer der Armee des Satans.«

»Er ist nicht auf dem Scheiterhaufen gestorben.«

»Aber doch, es kann gar nicht anders sein. Er führte Krieg gegen die Kirche, plünderte Klöster, er nannte sich selbst Gottes Sohn ...«

»Er hat den Reichtum der Kirche an die Bauern verteilt.«

»Reichtümer, die er sich durch Diebstahl und Mord angeeignet hat.«

»Die Kirche warf ihn in den Kerker und er starb«, sagte Lucien. Natürlich war L'Étoile ein Verrückter gewesen. »Seine Anhänger haben sich nie von ihm losgesagt. Sie wurden verbrannt – aber er nicht.«

»Ich räume das Feld vor Eurer überlegenen Kenntnis eines heidnischen Landes.« Mme. de Maintenon ließ das Feuer um l'Étoiles Füße lodern. »Wie auch immer. Er hätte brennen sollen.«

»Seine Majestät der König!«

Ludwig trat ein. Er humpelte, offenbar schmerzte ihn der gichtige Fuß.

Lucien verneigte sich vor Seiner Majestät, erwiderte den Gruß von Père de la Chaise und die ausdrückliche Verbeugung des Marquis de Barbezieux. Louvois' nachtragender und brutaler Sohn hatte die Nachfolge seines Vaters als Staatssekretär des Krieges angetreten. Nur einmal war ihm der Fehler unterlaufen, es Lucien gegenüber an Respekt fehlen zu lassen. Angesichts einer plötzlichen Gleichgültigkeit des Königs gegenüber seinen

Anliegen, hatte er bewiesen, daß er kein vollkommener Narr war: Er bat den Comte de Lucien um Entschuldigung – und Fürsprache.

Père de la Chaise begegnete Lucien stets mit untadeliger Höflichkeit, da er die – vergebliche – Hoffnung hegte, ihn doch noch zu bekehren und seine Seele zu retten.

M. de Barbezieux brachte das lederne Kniepult, das er auf Feldzügen mit sich zu führen pflegte, Père de la Chaise trug ehrfurchtsvoll das kostbare Reliquiar vor sich her, das der Papst Ludwig zum Geschenk gemacht hatte. Mme. de Maintenon stieß einen kleinen Schrei aus. »Sire, die Reliquie, sie sollte in der Kapelle stehen, unter Bewachung . . .«

»Möchtest du sie nicht anschauen, Bignette?« fragte Seine Majestät. »Wenn Père de la Chaise sie erst fortgebracht hat, werden wir sie nie mehr sehen, außer am Ehrentag des Heiligen.«

Sie machte Anstalten, sich aus ihrem Sessel zu erheben, doch als fehlte ihr die Kraft, sank sie wieder in die Kissen zurück. Père de la Chaise trug das Reliquiar zu ihr hin. Sie flüsterte ein Gebet.

»Es ist wunderschön.« Sie biß den letzten Faden flammenfarbener Seide ab und zeigte dem Jesuiten die bestickte Decke. »Père de la Chaise, meine Mädchen haben dies Parament gestickt. Es soll als Unterlage für das heilige Gefäß dienen.«

»Das eine ist des anderen würdig, Madame.«

Ludwig forderte seine Ratgeber auf, am Tisch Platz zu nehmen. Père de la Chaise stellte den zylinderförmigen Behälter mit dem gewölbten Deckel vor ihn ab. Ludwig strich müßig über das getriebene Gold der Seiten, die Bekrönung aus Perlen.

»Ein großzügiges Geschenk von Seiner Heiligkeit«, bemerkte Barbezieux.

Lucien hob ironisch die Augenbrauen. »Der Heilige

hat keine Verwendung mehr für diese Relikte seiner Körperlichkeit, und Seine Majestät bedarf ihrer nicht. Und nicht ihres Käfigs.« Er fragte sich, welcher Verrückte damit angefangen hatte, einen Leichnam auseinanderzunehmen und Stück für Stück in magische Amulette einzuschließen.

Ludwig lachte in sich hinein, dennoch hielt er einen leichten Tadel für angebracht. »Dies ist nicht der Augenblick für den Sarkasmus des Atheisten, Chrétien. Innozenz hat Frieden mit Uns geschlossen. Ich gehe davon aus, daß er mit diesem Käfig keine Beleidigung im Sinn gehabt hatte.«

Seine Majestät rief nach Quentin, seinem Leibdiener, der den Wein kostete, Barbezieux und de la Chaise einschenkte, dann Lucien und schließlich, als auch die Gäste den Wein gekostet hatten, ohne Vergiftungserscheinungen zu zeigen, dem König.

Barbezieux spielte mit seinem Glas.

»Auf Eure Gesundheit, Majestät.« Lucien trank, verärgert über die Unhöflichkeit des jungen Ministers, belustigt wegen seines offensichtlichen Unbehagens.

Er glaubt dem Gerücht, dachte er, *daß Mme. de Maintenon seinen Vater vergiftet hat. Er fürchtet das gleiche Schicksal.*

Seine Majestät dankte für die Segenswünsche. Dann nahm er einen Schluck aus seinem Glas und begann mit der Arbeit. Er wandte sich an Lucien.

»Die Bretagne ist ohne Bischof. Falls Wir einen nominieren, wird Seine Heiligkeit ihn mit den anderen einsetzen, sobald er das Abkommen unterzeichnet hat. An wen sollen Wir nach Eurem Wunsch dieses Amt vergeben?«

»An Nemo, Sire.«

Seine Majestät zog fragend eine Augenbraue in die Höhe. »An niemanden?«

»Wenn M. de Chrétien keinen Vorschlag zu machen hat, Euer Majestät, dann gehen Amt und Pfründe am besten an ...«

Lucien fiel de la Chaise ins Wort. »Meine Familie zieht es vor, dieses Amt unbesetzt zu sehen.« Er leerte sein Glas, Quentin schenkte nach.

»Monsieur, für schnödes Gold opfert Ihr das Seelenheil der Euch anvertrauten Menschen«, ereiferte sich de la Chaise. »Euer Volk bedarf der geistlichen Leitung. Eure Familie ist reich genug, und die Bretagne steht bereits in dem Ruf . . .«

»Genug, M. le Père. Wir haben M. de Chrétien gebeten, einen Vorschlag zu machen, und er hat es getan. Was Unsere Entscheidung angeht – Wir werden sehen.«

Ein neuer Bischof würde einen großen Teil der Einkünfte von seinem Land nach Rom schicken. Wenn es ihnen erspart blieb, für den Haushalt eines Bischofs und seine Verpflichtungen aufkommen zu müssen, konnten die Gemeindemitglieder ihre Steuern an den König entrichten, und es blieb ihnen angesichts der drohenden Mißernte noch etwas zu essen übrig.

Dein Stolz wird dich noch ins Unglück stürzen, tadelte Lucien sich in Gedanken selbst. *Du willst Seiner Majestät nicht deine Gründe darlegen, weil du fürchtest, Mme. de Maintenon könnte sich den Verdienst für deine Entscheidung anrechnen, weil sie glauben könnte, du hättest dich durch ihre Worte zu ungewohnter Mildtätigkeit bewegen lassen.*

Dem König den Sachverhalt zu erklären war unnötig. Ludwig besaß einen ausgeprägten politischen Scharfsinn. Oft erkannte er die Motive seiner Untertanen und seiner Ratgeber, bevor sie selbst sich darüber klar geworden waren.

»Was habt Ihr heute für Uns, M. de Barbezieux?«

»Befehle, Euer Majestät, für die Einquartierung von Truppen bei den Protestanten.«

Barbezieux zog die entsprechenden Dokumente aus seinem Pult.

»Sehr gut.« Ludwig unterzeichnete die Papiere. Barbezieux und de la Chaise machten zufriedene Gesichter.

Mme. de Maintenon, schon emsig mit der nächsten Handarbeit beschäftigt, lächelte.

Lucien schwieg, denn nichts, was er vorbringen konnte, würde Ludwig dazu bringen, seine Meinung zu ändern. Er hatte es bereits versucht, mit größerer Hartnäckigkeit, als ratsam war. Man wollte mit aller Gewalt die Bekehrung der Calvinisten vorantreiben, doch soweit Lucien es beurteilen konnte, hatten die Maßnahmen bisher nichts anderes im Gefolge gehabt als Unglück und Verrat und die Belohnung von Menschen, die keine Belohnung verdienten. Statt nun die verhängnisvollen Befehle zurückzuziehen, weitete der König sie noch aus. Seine Intoleranz – oder die von Mme. de Maintenon, wie Lucien vorzog zu glauben – hinderte ihn daran zu erkennen, wie sehr das drakonische Vorgehen gegen die Hugenotten Frankreich schadete – und dem Thron.

Atheist zu sein ist einfacher, dachte Lucien. *Und weniger gefährlich. Des Königs Truppen haben nicht das Recht, sich in meinem Haus einzuquartieren, es zu plündern und Familie und Dienerschaft zu schikanieren.*

»Ist das alles? Dann guten Tag, Messieurs«, sagte der König, an de la Chaise und Barbezieux gewandt. »M. de Chrétien, Ihr bleibt gütigst auf ein Glas Wein.«

Barbezieux und der Geistliche verließen nach einer Verbeugung das Gemach.

Quentin füllte das Glas Seiner Majestät und auch das von Lucien. Mme. de Maintenon lehnte ab. Lucien genoß den guten Wein in kleinen Schlucken.

Der König schloß die Augen, und für einen Moment wurde seine Müdigkeit offenbar, sein Alter.

»Stellt Uns eine leichte Aufgabe, M. de Chrétien«, sagte er. »Nichts, was mit Staatsführung oder Religion zu tun hat. Etwas, das Wir mit einer Börse erledigen können, mit einem Wink Unserer Hand.«

»Da wäre die Sache mit Père de la Croix, Euer Majestät. Die Sektion.«

»Hat er sie nicht zu Ende geführt?«

»Das Wichtige ist getan, Euer Majestät. Offenbar sind noch einige kleine Muskeln und Sehnen zu untersuchen.«

»In erster Linie muß er sich der Angelegenheit widmen, mit der Wir uns vergangene Nacht befaßt haben.«

»Selbstverständlich, Euer Majestät.«

Der König schwenkte die Hand. »Davon abgesehen, kann er mit dem Kadaver tun, was ihm gefällt.«

»Ich werde es ihm sagen, Majestät. Er wird außerordentlich dankbar sein.«

Sie tranken ihren Wein in gelöstem Schweigen, als wären sie im Feld oder in Marly, wo man weniger Gewicht auf Etikette legte.

»Ihr macht Uns Kummer, M. de Chrétien«, sagte der König endlich.

»Kummer, Sire!«

»Ihr bittet Uns um nichts.«

»Kein Wunder, daß ich Euch Kummer mache, Sire. Nichts ist schwer zu geben, da es wenig Substanz hat.«

Ludwig lachte ein wenig, ließ sich aber nicht vom Thema abbringen. »Von allen Seiten bedrängt man Uns mit Bitten, um Titel, um Stellung, um Pensionen. Man bittet für sich selbst, für Familienangehörige.«

Lucien hätte gern gewußt, ob man ihn benutzte, um Mme. de Maintenon eine Botschaft zu übermitteln, die immer wieder neue Vorrechte für ihren Taugenichts von einem Bruder erwirkt hatte. Doch es war ebenso wahrscheinlich – wahrscheinlicher sogar –, daß der König sprach, ohne auf ihre Gefühle Rücksicht zu nehmen.

»Wir fürchten, M. de Chrétien, wenn Ihr unzufrieden seid, werdet Ihr wieder das Leben an meinem Hof gegen die Abenteuer Arabiens eintauschen.«

»Ich habe keinen Grund, nach Arabien zurückzukehren, Euer Majestät«, sagte Lucien. »Ich war nur dort, weil Ihr mir befohlen hattet, Euch aus den Augen zu gehen.«

»Mehr als einmal sehnten Wir Uns nach Eurem klugen Rat während Eurer Abwesenheit. Möchtet Ihr nicht eine Belohnung haben, wenn vielleicht auch nur eine symbolische?«

Ihr habt mir Euer Vertrauen geschenkt, dachte Lucien, *das ehrt mich mehr als Gold oder Titel.* »Euer Majestät, ich bitte um nichts mehr, als ich bereits habe.«

»Eines Tages, Chrétien, werdet Ihr Uns um eine große Gunst bitten und Unsere Ehre wird Uns keine andere Wahl lassen, als sie zu gewähren, wie hoch auch der Preis sein mag.«

Marie-Josèphe verschloß den Käfig und ging über den Bretterboden zu Yves' Laboratorium. Die Soldaten hatten es mit den Paravents umschlossen, so daß der Seziertisch, die Ausrüstung und die Proben hinter Wänden aus weißer Seide verborgen waren. Sie trat durch die Vorhänge. Drinnen war alles noch so, wie Yves es verlassen hatte. Marie-Josèphe stieß einen Seufzer der Erleichterung aus. Seine Majestät hatte es nicht für nötig gehalten, ihren Bruder davon zu unterrichten, daß man das Seeungeheuer zur Schau stellen würde. Weshalb sollte er auch, immerhin war es sein Seeungeheuer. Und er hatte zweifellos sichergestellt, daß seine Wachen das Laboratorium vor müßiger Neugier oder fahrlässigen Beschädigungen schützten.

Der verhüllte Kadaver lag unter einer Schicht aus frischem Eis, abgedeckt mit Sägemehl. Ein Hauch von Verwesung hing in der Luft. Wenn Seine Majestät Yves nur die Erlaubnis geben wollte, die grobe Sektion zu beenden und Proben für die spätere, genauere Untersuchung zu präparieren.

Sie setzte sich an den Arbeitstisch. Die inneren Organe des Seeungeheuers, darunter auch der anomale Lungenlappen, lagen in mit Spiritus gefüllten Bechern aus dickem Glas. Das Gewebe sah durchaus gewöhnlich aus, nicht anders als das des Tümmlers, den sie Yves helfen durfte zu sezieren, nachdem sie ihn damals tot am Strand gefunden hatten.

Sollte ein Organ der Unsterblichkeit nicht ein wundersames Licht verströmen oder den Glanz von Gold? fragte sich Marie-Josèphe. Wenn die Konzepte der Alchimie also doch der Wahrheit entsprachen, wenn die Transmutation von unedlem Metall zu lauterem Gold möglich war, wenn Lebewesen Unsterblichkeit erlangen konnten . . .

Sie hatte nie an Transmutation oder Unsterblichkeit geglaubt. Das Gebiet von Beobachtung und Beschreibung und Schlußfolgerung und Wechselwirkung sagte ihr mehr zu.

Sie nahm Proben von Nieren und Leber, Pankreas und Lunge, präparierte sie und fertigte von jedem einzelnen eine sorgfältige Zeichnung an. Dabei schaute sie immer wieder durch Yves' altes Mikroskop. Die Seereise hatte dem Mechanismus nicht gutgetan. Sie hoffte, Mynheer van Leeuwenhoek fand sich dazu bereit, ihr eins seiner Mikroskope zu verkaufen. Seine Linsen waren angeblich die besten der Welt, wenn auch teuflisch schwer zu justieren.

Sie öffnete den letzten Becher und präparierte sorgfältig eine Probe des anomalen Lungenlobus'. Die Beschaffenheit war fester als gewöhnlich, das Gewebe dichter.

Unter dem Mikroskop waren die Abweichungen deutlich zu erkennen. Statt Lungenbläschen fand sie feine, überlappende Lamellen. Sie nahm die Feder und begann zu zeichnen.

»Mlle. de la Croix.«

Sie hob den Blick vom Okular. Comte Lucien stand in dem behelfsmäßigen Raum aus weißer Seide, vornehm und elegant wie stets. Sie tauschten einen Gruß, er verneigte sich nicht nur, sondern nahm den Hut ab.

»Ich sehe, Ihr seid eine Gelehrte«, sagte er.

»Diese Ehre kann ich nicht für mich in Anspruch nehmen. Ich stelle nur Präparate für meinen Bruder her, der sie studieren wird.«

»Wo ist M. de la Croix? Ich habe eine Nachricht für ihn.«

»Ich bin sicher, er schreibt an seinen Aufzeichnungen über ...«

Sie unterbrach sich, noch ehe er die Hand hob, um sie zu ermahnen, nicht über das geheime Treffen der vergangenen Nacht zu sprechen.

»...über die andere Angelegenheit«, sagte sie. »Hat der König den Zeitpunkt für die nächste Sektion festgelegt? Bitte sagt es mir.«

»Seine Majestät wünscht, daß Euer Bruder seine Aufmerksamkeit auf die bewußte – andere Angelegenheit richtet. Doch insoweit seine Zeit es erlaubt, steht es M. de la Croix frei, die Sektion fortzusetzen, auch wenn Seine Majestät nicht anwesend ist.«

»Vielen Dank, Comte Lucien.«

»Ich werde dem König Euren Dank übermitteln.«

»Seht Ihr? Ich habe also doch nicht zuviel von Euch verlangt.«

»Ich würde gern den Verdienst in Anspruch nehmen, aber die Entscheidung lag allein bei Seiner Majestät. Doch, Mlle. de la Croix, habe ich vielleicht von Euch zuviel verlangt?«

»In welcher Hinsicht?«

»Der Entwurf für Seiner Majestät Medaille.«

»Er ist beinahe fertig.« *Und das ist nicht einmal gelogen*, dachte sie und hoffte, daß man ihr den Schreck nicht angesehen hatte. *Nicht* wirklich *gelogen*. Die anatomischen Zeichnungen waren Vorstudien für die genaue Darstellung eines lebendigen Seeungeheuers.

»Wann kann ich ihn haben?«

»Morgen. Ich verspreche es.«

»Nun gut.«

»Monsieur, dürfte ich Euch um einen Gefallen bitten? Einen Rat? Es wird nur einen Augenblick Eurer Zeit in Anspruch nehmen, nicht mehr.«

»Gewiß.«

»Bevor ich in den Konvent eintrat ...« Sie unterbrach sich und wischte mit einer Handbewegung ihre Worte weg, Comte Lucien hatte keine Zeit, sich ihre Lebensgeschichte anzuhören. »Ich habe den Wunsch, eine Korrespondenz fortzusetzen ...« Sie zögerte, aus Angst, er könnte über ihre Anmaßung lachen.

»Mit einem Verehrer?« Er lächelte freundlich. »Zärtliche Briefe?«

»Selbstverständlich nicht, Monsieur! Es wäre unschicklich, mein Bruder würde es nicht dulden. Ich wollte etwas erfahren über Optik und die Gesetze der Bewegung und stellte einige törichte Fragen über die Natur der Schwerkraft. Ich möchte nur wissen, wem ich den Brief geben kann, damit Monsieur Newton ihn erhält.«

»Monsieur Newton.«

»Ja, Monsieur.«

»Der Engländer.«

»Der Mathematiker und Philosoph.«

Comte Lucien lachte verhalten, Marie-Josèphe wurde rot. »Offenbar haltet Ihr es für absurd, daß eine Frau ...«

»Ich halte es überhaupt nicht für absurd.« Er schüttelte den Kopf. »Wenn Ihr fürchtet, was Euer Bruder zu einem heimlichen Verehrer sagen könnte, dann möchtet Ihr bestimmt nicht erleben, was der König über Euren Briefwechsel mit einem Engländer äußern würde. Mag er auch noch so gelehrt sein.«

»Es ist nur ein Brief über ein interessantes mathematisches Problem.«

»Mlle. de la Croix. Wenn Ihr an M. Newton schreibt, bringt Ihr Euch in Gefahr. Ich habe keinen Zweifel, daß

Ihr auch M. Newton in Gefahr bringt. Wir befinden uns im Krieg mit England. Glaubt Ihr, ein Zensor versteht Euer interessantes mathematisches Problem? Viel wahrscheinlicher wird er annehmen, Euer Brief sei verschlüsselt und Euer M. Newton ein Spion.«

»Wie die Nonnen geglaubt haben, ich schriebe Zauberformeln«, sagte sie.

»Ich habe nicht verstanden?«

»Schon gut. Natürlich möchte ich M. Newton keinesfalls in Gefahr bringen. Es tut mir leid. Ich habe nicht bedacht ...«

»Ihr solltet es nicht bedenken müssen.« Sein Tonfall und seine Miene drückten aufrichtiges Verständnis und Mitgefühl aus. »Es wäre besser, wir befänden uns nicht im Krieg und Ihr könntet Eure Korrespondenz unbesorgt fortsetzen. Ich bedaure, Euch sagen zu müssen, es ist nicht möglich.«

»Vielen Dank für Euren Rat«, sagte sie niedergeschlagen.

»Vergebung, ich muß Euch jetzt verlassen.«

»Comte Lucien ...«

Er schaute zurück.

»Wird mein Brief an Mijnheer van Leeuwenhoek ihn in Schwierigkeiten bringen?«

Comte Lucien bedachte sie mit einem langen, ungläubigen Blick und lauschte ihrem Bericht, wie sie sich ein Herz gefaßt, ihr Ersuchen aufgeschrieben und einem Offizier von dem Schiff, auf dem sie nach Martinique gekommen war, anvertraut hatte. Er sagte ihr, er hoffe, der Brief sei verlorengegangen, und meinte, er wolle sehen, was er in der Sache tun könne. Dann verneigte er sich und ging.

Marie-Josèphe starrte vor sich auf den Tisch. Sie war dankbar, daß Comte Lucien sie vor einer weiteren Unbedachtsamkeit bewahrt hatte, gleichzeitig verspürte sie Zorn darüber, daß man einen harmlosen Austausch von

Wissen für Landesverrat halten könnte. Draußen wurde Beifall laut. Marie-Josèphe lugte zwischen den Paravents hindurch, in der Erwartung zu sehen, wie die Besucher den Comte grüßten, der so oft als der königliche Almosenier fungierte, aber Chrétien war bereits fortgeritten. Die Besucher drängten sich um den Käfig des Seeungeheuers und jubelten wieder, diesmal nach einem vorangegangenen Platschen und melodischen Triller.

Marie-Josèphe kam erst jetzt zu Bewußtsein, daß sie schon geraume Zeit, während sie arbeitete, den Gesang des Seeungeheuers gehört hatte und auch den Applaus.

Das Seeungeheuer zeigt sich den Besuchern! dachte sie und ihre Stimmung hob sich wieder. *Es ist mir gelungen, ihm Vertrauen einzuflößen. Es hat keine Angst mehr vor den Menschen.*

Sie hätte dem Publikum gern vorgeführt, daß sie dem Seeungeheuer beigebracht hatte zu kommen, wenn sie es rief, doch Yves mußte die gute Nachricht erfahren, die Comte Lucien gebracht hatte.

Die Sonne stand fast im Mittag. Wenn sie sich nicht beeilte, kam sie zu spät, um Mademoiselle zu helfen, sich für den Imbiß in der Menagerie umzukleiden. Sie lief aus dem Zelt und den Tapis Vert hinauf, vorbei an Menschen, die in großen und kleinen Gruppen dem Bassin d'Apollon zustrebten, um das Seeungeheuer zu bestaunen.

Kapitel 12

Als Marie-Josèphe bei Mademoiselles Gemächern anlangte, war sie außer Atem und schwitzte. Nachdem sie in der schattigen Kühle des Flurs abgewartet hatte, bis ihr Atem ruhiger ging, kratzte sie mit dem Nagel des kleinen Fingers an der Tür.

»Marie-Josèphe!«

Lotte entzog sich Mlle. d'Armagnacs Bemühungen um ihre Frisur, trat aus dem farbenfrohen Kreis ihrer Hofdamen und Freundinnen heraus und hob Marie-Josèphe auf, bevor sie ihren Knicks vollenden konnte.

»Ihr müßt mir helfen! Mein Haar hat Mlle. d'Armagnac zur Verzweiflung getrieben. Wo ist Eure Zofe? Sie ist ein solches Wunder an Geschicklichkeit! Weshalb kommt Ihr so spät?«

»Ich habe mich um das Seeungeheuer gekümmert, Mademoiselle.«

»Gebt einem Domestiken den Auftrag, ihm Fische zuzuwerfen. Schickt nach der kleinen Odelette, ja? Und – Euer Kleid! Ihr könnt nicht in Eurem Reithabit an Seiner Majestät Mittagstafel erscheinen.« Lottes Hofdamen, alle für den Imbiß herausgeputzt, legten Mademoiselles Grand habit und Unterröcke zurecht und rieben mit seidenen Tüchern ihre Edelsteine blank.

»Ich trage die Verantwortung für das Seeungeheuer, Mademoiselle. Mein Bruder hat mir die Aufgabe übertragen, für das Geschöpf zu sorgen und es zu studieren.«

»Studieren, studieren! Liebes kleines, dummes Ding, als nächstes werdet Ihr Latein parlieren und lange Vorträge über die Planeten halten wie diese langweiligen alten Knochen in der Akademie.«

Wie gern ich einen solchen Vortrag halten würde, dachte Marie-Josèphe. *Und festzustellen, daß ich mein Latein noch nicht verlernt habe ...*

»Odelette ist krank, Mademoiselle. Euer Haar sitzt wunderbar, ich könnte nicht mehr tun als Mlle. d'Armagnac.«

»Soll ich den Barbier rufen, damit er nach Eurer Zofe sieht? Vielleicht sollte man sie zur Ader lassen.«

»Vielleicht sollte man sie auspeitschen«, sagte Mlle. d'Armagnac, die sich ärgerte, weil man ihre Verschönerungstalente geringer schätzte als die einer Zofe. »Tut man das nicht mit faulen Sklaven in den Kolonien?«

»Nein!« Marie-Josèphe hatte keine Bedenken, diese Lüge auszusprechen, weil sie Mlle. d Armagnac nicht leiden mochte, weil es in ihrer Familie niemals üblich gewesen war, die Sklaven zu schlagen, und weil man Odelette niemals schlagen würde, solange sie, Marie-Josèphe, noch ein Wörtchen mitzureden hatte. Ebensowenig würde man sie zur Ader lassen.

»Ihr seid sehr freundlich, Mademoiselle, aber es ist wirklich nicht notwendig. Es ist ...« Marie-Josèphe konnte sich nicht überwinden, der Nichte des Königs zu erzählen, daß Odelettes Monatsblutungen von jeher zu stark waren und sie viel Kraft kosteten. »Es ist ein altes Leiden.«

»Ach so.« Lotte nickte verständnisinnig. »*Das* alte Leiden.«

»Heute abend oder morgen wird es ihr wieder besser gehen. Ich kümmere mich um sie, sobald Ihr angekleidet seid.«

»Das werdet Ihr nicht tun. Ihr werdet mir aufwarten und mich zu dem Imbiß begleiten.«

»Aber ...«

»Kein Aber!« Lotte trug einem Lakaien auf, Odelette Fleischbrühe und warme Flanelltücher zu bringen.

»Und meinen Bruder an das Mittagessen zu erinnern, wenn es möglich ist, Mademoiselle. Seine Arbeit nimmt ihn so in Anspruch, daß er leicht etwas vergißt.«

»Wenn wir nicht die Sklavin für Pflichtvergessenheit

peitschen können, dann vielleicht den Bruder«, sagte Mlle. d'Armagnac und alle Damen kicherten über ihren kühnen Esprit.

»Selbstverständlich, sage Er Père de la Croix Bescheid«, befahl Mademoiselle einem Lakaien, und an Marie-Josèphe gewandt: »Ihr müßt beide die Menagerie sehen.«

»Mademoiselle, ich habe nichts anzuziehen.«

Lotte lachte, öffnete weit die Schranktüren, zog Kleider heraus und wählte eines aus prachtvollem Brokat. Marie-Josèphe hätte in einem Wirbelsturm gefangen sein können, so hilflos ausgeliefert war sie: Lottes Ehrendamen zogen sie aus bis auf Hemd und Korsett und kleideten sie in die neue Robe, kaum daß sie Zeit hatte, sich zu genieren und zu fürchten, man könnte das zusammengerollte Handtuch entdecken. Hätte sie nur gewagt, es abzunehmen, denn bis jetzt war es noch nicht von Nutzen gewesen.

»Das ist meine beste Hoftoilette vom letzten Sommer«, erklärte Lotte. »Ich war etwas dünner und Ihr seid nicht so dürr wie einige der Damen, die gerade in Mode sind – schnürt es enger, es wird wunderbar aussehen. Macht Euch nichts daraus, daß sie ein Jahr alt ist, mit einer Jupe, wie man sie in dieser Saison trägt, wird niemand es merken.«

Marie-Josèphe war davon nicht überzeugt. Sie war dankbar für Lottes Großzügigkeit, doch sie fragte sich – wenn auch mit schlechtem Gewissen wegen ihrer Unbescheidenheit –, ob sie jemals ein eigens für sie angefertigtes neues Kleid haben würde.

Mademoiselles Equipage rollte in Richtung der Menagerie. Marie-Josèphe saß neben Lotte, eingezwängt zwischen all den anderen Damen in großer Toilette. Müdigkeit ergriff von ihr Besitz. Sie versuchte sich zu erinnern, wann sie das letzte Mal etwas gegessen, wann sie das letzte Mal geschlafen hatte.

Das vergoldete Tor der Menagerie schwang auf. Die Geräusche und Gerüche exotischer Tiere erfüllten den Hof. Chartres, zu Pferde, begleitet von Herzog Léopold-Joseph, erwartete Lotte und begleitete sie durch das Tor zu dem achteckigen Mittelbau. Marie-Josèphe, die mit den übrigen Damen folgte, bemerkte die vielsagenden Blicke, hörte das Geflüster über die zarten Bande, die sich zwischen Mademoiselle und dem Lothringer zu spannen schienen.

Sie stiegen zu den Balkonen über den Tierpferchen hinauf. Im Gang standen Käfige mit Vögeln aus der Neuen Welt: leuchtend bunte, kreischende Papageien und Sittiche und Kolibris mit noch durchdringenderen Stimmen.

Ein Lakai hob die weißen Vorhänge zur Seite. Die Gäste des Königs traten in einen künstlichen Dschungel. Orchideen berankten die Wände und Decken, farbentrunken und üppig schwellend wie Fleisch. Purpurne Prachtmeisen und Kardinale zeterten und flatterten in dem Dickicht, scheinbar frei, doch sie waren mit Seidenfäden am Bein festgebunden. Einige hatten sich losgerissen und schwirrten aufgeregt hin und her. Aufseher, nicht weniger aufgeregt, versuchten, sie zu erhaschen, bevor sie die Speisen beschmutzten, fingen sie in Beuteln und banden sie wieder an die Orchideenranken.

Im Hauptgebäude standen Tische mit gebratenen Pfauen im Schmuck ihrer schillernden Schwanzfächer, mit Orangen und Feigen, mit Hasenbraten, Schinken und einer Vielfalt an Konfekt und Kuchen. Marie-Josèphe mußte sich zwingen, daran vorüberzugehen. Allein der Duft ließ ihr das Wasser im Mund zusammenlaufen. Benommen folgte sie Mademoiselle durch den Vorhang auf einen der Balkone, von denen man in die Tiergehege hinunterschauen konnte. In dem winzigen gemauerten Viereck unter ihnen ging ein Tiger auf und ab, zwei Schritte vor, zwei Schritte zurück. Er blieb stehen, hob den Kopf, erblickte Marie-Josèphe und schnellte fauchend in die Höhe. Die Krallen scharrten über das Mauerwerk unterhalb der Balustrade. Lotte und die anderen Damen schrien auf. Marie-Josèphe stockte der Atem, rührte sich nicht, wie zu Stein erstarrt unter dem Blick der Raubkatze.

Unten nahm der Tiger knurrend seine Wanderung wieder auf, er zuckte mit dem Schwanz und verteilte eine Wolke stechenden Moschusgeruch. Die Damen kicherten und stellten sich ängstlich, gaben sich schockiert. Sie waren alle schon hundertmal hier gewesen.

»Hat er Euch erschreckt?« fragte Lotte. »Mir hat er angst gemacht, als ich ihn zum erstenmal gesehen habe.«

»Mir macht er keine angst«, sagte Chartres. Er warf eine stibitzte Orange nach dem gereizten Tier. Der Tiger schlug mit der Pranke danach wie nach einem Moskito, zerfetzte die Orange und zerquetschte sie auf dem Boden.

»Und ich dachte, Euch könnte nichts erschrecken!« sagte Lotte zu Marie-Josèphe. »Ich dachte, Ihr würdet ihm eins seiner Schnurrbarthaare ausreißen, um es unter Euer Mikroskop zu legen.«

»Niemals würde ich einem so gewaltigen Geschöpf die Schnurrbarthaare ausreißen.«

»Sind seine Krallen denn viel schärfer als die des Seeungeheuers?«

»O ja, und er hat größere Zähne. Er würde nicht mit Gesang antworten, wenn ich zu ihm spräche!«

Die Damen lachten. Wie auf Befehl perlte Musik aus der Grotte unter dem achteckigen Turm zu ihnen hinauf.

»Die Musiker sitzen in der Grotte«, erzählte Lotte flüsternd. »Sie ist voller Wasserrohre. Wenn man weiß, wo die Hähne sind, kann man die Leute, die hindurchgehen, mit einem Guß überschütten! Mein Onkel, der König, tat das früher mit jedem, der sich hineinwagte. Das war ein

Spaß!« Der Tiger hatte keinen Spaß im Sinn. Er warf sich gegen die Trennwand zwischen seinem Gehege und dem nächsten. Die Kamele dort schaukelten davon, grunzend und spuckend vor Angst. Der Gestank ihrer Exkremente vermischte sich mit der Duftmarke des Tigers. Ihre Angst erregte die Löwen im Nachbargehege, sie brüllten, und der Tiger antwortete. Die Kamele drängten sich in der Mitte ihres Gevierts zusammen. Auf der anderen Seite der Kuppel trompete der Elefant. Ein Auerochse, das Fell vor Alter rötlichbraun verfärbt, warf den mächtigen Schädel in die Höhe und brüllte röchelnd. Die auf dem Balkon angeleinten Vögel – Blauhäher und Drosseln – kreischten und schlugen mit den Flügeln. Federn trudelten zu Boden.

In der Ferne sang das Seeungeheuer eine Antwort.

Auf den Balkonen, die im Kreis die Gehege umgaben, jubelten und applaudierten die Höflinge. Chartres war nicht der einzige, der Orangen als Wurfgeschosse benutzte oder Steine.

Plötzlich trat Stille ein, sogar die Tiere verharrten.

Seine Majestät war eingetroffen.

Der gesamte Hof versammelte sich im Mittelbau: die Männer, barhäuptig, dem König zunächst, die Damen im Hintergrund, sich der großen Ehre bewußt, denn gewöhnlich waren beim öffentlichen Diner des Königs keine Frauen zugegen. Marie-Josèphe hielt nach ihrem Bruder Ausschau, doch Yves war nirgends zu sehen. Die festgebundenen Vögel zwitscherten und schlugen mit den Flügeln. Ein Kardinal riß sich los, prallte gegen den Vorhang wie eine Puderquaste, taumelte, erholte sich, flog noch einmal gegen den Stoff und fiel mit gebrochenem Genick zu Boden. Ein Lakai hob ihn auf und ließ ihn verschwinden, bevor Seine Majestät ihn erblickte.

Ludwig saß allein an einem kleinen, eleganten Tisch unter einer Girlande purpurner und goldener Orchideen. Ein paar Schritte entfernt stand Monsieur mit dem

Mundtuch. Die bevorzugtesten Höflinge legten ihm die Speisen vor, Comte Lucien schenkte den Wein ein. Der König aß, wie er auch jede andere Aufgabe erledigte: gelassen, majestätisch, zielstrebig. Den Blick vor sich ins Leere gerichtet, arbeitete er sich stetig durch die verschiedenen Gänge seiner ersten Mahlzeit des Tages: ein Teller kräftige Suppe, Fisch, Rebhuhn, Schinken und Rindfleisch, eine Schale mit Salat.

Nach dem Rebhuhn wandte Seine Majestät sich an Monsieur. »Wollt Ihr Euch setzen, Bruder?«

Monsieur verneigte sich tief, ein Lakai brachte eilig einen Hocker aus Elfenbein und Perlmutt, auf dem der Herzog von Orléans neben seinem Bruder Platz nahm und die Serviette bereithielt.

Als Seine Majestät mit dem Schinken fertig war, richtete er den Blick auf M. du Maine, der mit Monseigneur, dem Grand Dauphin, und den legitimen Enkelsöhnen in der vordersten Reihe stand.

»M. du Maine, haben wir nicht Glück mit dem Wetter für unser Fest?«

M. du Maine verneigte sich zur Antwort noch tiefer als Monsieur. Der legitime Sohn betrachtete den ihm vorgezogenen Bastard mit einem törichten Ausdruck von unverhohlenem Neid.

Seine Majestät speiste allein. Aus Respekt vor dem König widerstand Marie-Josèphe der Versuchung, ein Stück Fleisch von den Tischen hinter ihr zu stibitzen. Niemand achtete auf sie; wenn sie es wagte, konnte sie ihren ersten Hunger stillen. Natürlich bestand die Gefahr, daß sie sich plötzlich gezwungen sah, zu knicksen und mit vollem Mund auf einen Gruß zu antworten. Sie stellte sich vor, wie Comte Lucien sie mißbilligend ansah. Sie würde sterben vor Scham.

Aber ich habe solchen Hunger, daß ich einen von den Fischen des Seeungeheuers essen könnte, dachte sie. *Auch wenn er noch lebt. Und zappelt.*

Der König beendete seine Mahlzeit, legte das Messer hin, wischte sich den Mund ab und spülte die Finger in einer Schale mit Weingeist. Er stand auf, und der ganze Hof verbeugte sich.

Einen Moment darauf – wie durch Zufall, aber zweifellos genau nach Plan – erschien Papst Innozenz, gefolgt von Kardinälen, Bischöfen und Yves, im Haupthaus.

Der König begrüßte ihn. Anschließend begab man sich – der König begleitet von seinem Bruder, seinen Söhnen und Enkelsöhnen, und Seine Heiligkeit begleitet von seinen Kardinälen und Bischöfen und seinem französischen Jesuiten – auf den Balkon über dem Löwengehege. Die Musiker auf diesem Balkon – Streicher und ein Cembalo – spielten ein heiteres Stück.

Die zurückgebliebenen Höflinge machten sich hungrig über das Essen her.

»Mlle. de la Croix, darf ich Euch das zweite Glas Wein einschenken?« Lorraine, heute besonders elegant, ragte über ihr auf. Marie-Josèphe bewunderte sein Lächeln, seine Augen, seine neue Brokatweste.

»Das Angebot kommt zu spät«, antwortete sie. Ein Zucken lief über sein Gesicht, dann stieß er ein kurzes Lachen aus. Marie-Josèphe war sich plötzlich überdeutlich ihres gewagten Dekolletés bewußt. »Aber ich hätte gern ein Glas Wein, vielen Dank, Monsieur.«

Er brachte ihr Wein, saftige Stachelbeeren aus dem Treibhaus und einige Scheiben kaltes Pfauenfleisch.

Während sie aß, ließ er die Pfauenfeder über ihre Schulter gleiten, über ihr Schlüsselbein. Die Feder glitt hinunter zu ihren Brüsten. Sie trat einen Schritt zurück. Lorraine steckte ihr die Feder ins Haar. »Exquisit«, sagte er.

Marie-Josèphe nippte an ihrem Wein. Er schmeckte nach Sommer, nach Sonnenschein, nach Blumen und stieg ihr sofort in den Kopf. Lotte war mit ihrem Verehrer, dem Herzog von Lothringen, auf den Balkon über den Giraffen hinausgeschlendert und hatte sie mit des Herzogs älterem, weniger begüterten und vornehmen, jedoch ungleich attraktiveren Verwandten zurückgelassen. Lorraine streichelte ihre Wange, er schob die Hand unter ihr Haar und liebkoste ihren Nacken. Sie erschauerte. Von einem seltsamen Gefühl übermannt, gab sie sich seiner Berührung hin. Er beugte sich zu ihr hinab. Erschreckt machte sie sich von ihm los.

Der Chevalier de Lorraine lachte samten.

Nicht weit entfernt trank Comte Lucien Wein mit der makellos schönen Mlle. de Valentinois, mit Mme. de la Fère und Mlle. d'Armagnac. Letztere kokettierte derart schamlos mit dem Comte, daß Marie-Josèphe sich um seinetwillen entrüstet fühlte.

»Chrétien hat sich von Mlle. Passé getrennt«, sagte Lorraine, »und Mme. Present wird bald Abschied nehmen; er ist auf dem Sprung zu Mlle. Future.«

»Ich verstehe nicht, was Ihr meint, Monsieur.«

»Wirklich nicht?« Er lächelte. »Schenkt ihnen keine Beachtung – Chrétien könnte Euch zuviel des Guten lehren und Mlle. Future zu wenig.«

Der Chevalier trat zwischen sie und die Gruppe um Comte Lucien, und zog sie an sich. Marie-Josèphe schaute in seine Augen.

»Habt Ihr die Pocken gehabt?«

»Wie bitte? Ja, Monsieur«, antwortete Marie-Josèphe, erstaunt über die Frage. »Als kleines Kind.«

»Dann seid Ihr wirklich schön. So schön, wie Ihr erscheint.«

»Mlle. de la Croix.«

Marie-Josèphe zuckte zusammen und hätte fast ihren Wein über den Rock des Zeremonienmeisters geschüttet. Lorraine lachte in sich hinein und nahm die Hand von ihrem Nacken.

»Seine Majestät bittet Euch, für ihn zu spielen.«

»Ich? Spielen? Für Seine Majestät? Das kann ich nicht!«

Lorraine schob sie leicht in Richtung des Vorhangs. »Selbstverständlich könnt Ihr. Ihr müßt!«

Verwirrt, überwältigt, folgte Marie-Josèphe dem Zeremonienmeister auf den Löwenbalkon. Sie knickste tief. Seine Majestät lächelte und half ihr auf.

»Mlle. de la Croix!« rief er. »Schöner denn je – und mit einer vernünftigen Frisur. Es würde Uns Freude machen, Euch spielen zu hören.«

Sie knickste erneut. Yves sah beunruhigt aus. Seine Heiligkeit betrachtete sie mit unbewegter Miene. Hinter ihnen stand M. Coupillet, seinen Musikern zugewandt, und sein steifer Rücken drückte unversöhnliche Abneigung aus. Höflinge tauchten aus dem Dschungel auf, versammelten sich auf dem Balkon. Ein zerzauster, aufgescheuchter Goldfink schoß pfeilschnell durch die Türöffnung, gelbe Seidenfäden wehten hinter ihm her. Er verschwand.

Der kleine Domenico rutschte vom Schemel vor dem Cembalo und verneigte sich galant vor Marie-Josèphe.

»Vielen Dank, Meister Domenico.« Wie immer mußte sie lächeln, obwohl sie sich fürchtete, nach seinem virtuosen Spiel den Platz am Cembalo einzunehmen. In Saint-Cyr hatte sie ein wenig üben können, davor jedoch war es ihr fünf Jahre lang verboten gewesen, ein Instrument anzufassen.

Marie-Josèphe setzte sich. Sie strich mit den Fingerspitzen über die seidenglatten schwarzen Tasten.

Sie begann zu spielen. Sie vergriff sich, einmal, zweimal. Sie nahm die Hände von den Tasten, ihre Wangen brannten.

Sie begann von vorn.

Die Musik war Sturm, Wolken, Meer. Die Gesänge des Seeungeheuers strömten in ihr Herz, in ihre Hände, in die Tasten des großartigen Instruments, das sie beherrschte.

Der letzte Ton verklang. Sie saß vor dem Cembalo wie

eine Gläubige, in Andacht versunken. Sie zitterte und hatte kaum die Kraft, die Hände zu heben.

»Charmant«, bemerkte Seine Majestät. »Ausgesprochen charmant.«

Trunken nicht vom Wein, sondern von all der Aufmerksamkeit, die ihr zuteil geworden war, lief Marie-Josèphe die enge Stiege zu ihrer Mansarde hinauf. Die Pfauenfeder kitzelte sie am Hals; die Handtuchrolle scheuerte die Innenseiten ihrer Schenkel wund.

Die Luft in ihrem Zimmer war muffig, aber eine Kerze brannte neben dem Bett. Odelette beugte sich über eine Meringe aus Spitzen und Bändern, ein neuer Kopfputz.

»Es ist dunkel hier drin!«

»Mir war kalt, deshalb habe ich die Vorhänge zugezogen.«

»Lassen wir die Nachmittagssonne herein, damit sie dich wärmt.« Marie-Josèphe schob die Vorhänge zur Seite, und Licht strömte ins Zimmer. Herkules sprang auf den Fenstersims.

Ein Lakai kratzte an der Tür – zwei Lakaien, der eine brachte ihr Reithabit, das in Mademoiselles Gemächern liegengeblieben war, der andere Brot und Suppe und Wein. Marie-Josèphe gab jedem einen Sou, schickte sie mit der leeren Schale von der Fleischbrühe fort und tat so, als hätte sie die verachtungsvollen Mienen wegen ihrer erbärmlichen Knauserigkeit nicht bemerkt.

»Ich bin so froh, daß du dich besser fühlst.« Marie-Josèphe steckte die Pfauenfeder in einen Schnörkel des Spiegelrahmens.

»Ich fühle mich schlechter«, sagte Odelette. Ihre Stimme bebte. Tränen liefen ihr über die Wangen. Marie-Josèphe setzte sich zu ihr auf die Bettkante, als wäre ihre Sklavin eine vornehme Dame, die Besucher empfing.

»Was hast du denn?«

»Mignon sagte, Ihr würdet mich schlagen. Sie sagte, Ihr hättet gesagt, ich wäre faul.«

»Das würde ich nie! Das habe nicht gesagt! Bist du nicht!«

»Sie sagte ...« Odelette wiederholte eine entstellte Version von Marie-Josèphes Wortwechsel mit Mlle. d'Armagnac.

»Ach du liebe Güte ...« Sie nahm Odelette die halbfertige Fontange aus den Händen. »Brauchst du ein sauberes Handtuch?« Odelette nickte. Marie-Josèphe holte frische Tücher und legte die blutigen Lappen zum Einweichen in kaltes Wasser.

»Mlle. d'Armagnac hat eine dumme Bemerkung gemacht.« Marie-Josèphe riß das Brot in Stücke, die sie in die Suppe warf. »Also habe ich zu ihr gesagt, daß ich ihr die Haare ausreißen würde, falls sie je versuchte, dich zu schlagen.«

Odelette aß ein Stück Brot. »Das habt Ihr nicht getan!«

»Nein«, gab Marie-Josèphe zu. »Aber ich *habe* gesagt, daß man dich nicht schlagen darf, und ich *würde* ihr die Haare ausreißen.«

Odelette brachte ein Lächeln zustande. Marie-Josèphe befeuchtete ein Tuch mit Rosenwasser, wischte Odelette die Tränen ab und half ihr, einen Becher Wein zu trinken.

»Kannst du mir mit diesen Knöpfen helfen, nur einen Augenblick?« fragte sie dann. »Nur wenn du dich kräftig genug fühlst.« Sie legte die wunderschöne Robe ab, die sie von Lotte bekommen hatte, und schlüpfte wieder in ihr Reithabit. Das unbequeme Handtuch legte sie vorläufig beiseite.

Während Odelette am Mieder des Reithabits die Knöpfe schloß, betrachtete sie prüfend die Robe. »Sie ist aus der Mode«, sagte sie, »aber ich könnte etwas daraus machen.«

»Du bist ein Schatz. Aber du rührst sie mir nicht an, bevor du dich besser fühlst. Nun leg dich wieder hin.

Herkules, komm her! Odelette braucht einen Bauchwärmer.« Herkules, der auf dem Rücken und alle Viere von sich gestreckt in der Sonne lag, blinzelte, rollte sich herum, streckte sich und beschloß, der Aufforderung Folge zu leisten.

Marie-Josèphe stopfte das Plumeau rings um Odelette fest und fütterte sie mit Wein und Brot.

»Wie *konntest* du nur glauben, daß ich dich schlagen würde?«

»Wir sind so lange getrennt gewesen. Ich dachte, vielleicht hat Mam'selle Marie sich verändert.«

»Bestimmt habe ich mich verändert, aber nicht so. Wir haben uns alle verändert, alle drei.«

»Wird es je wieder sein wie es war?«

»Besser. Es wird besser sein.«

Marie-Josèphe ging mit müden Schritten die Königsallee hinunter. Der liebliche Weg schien mit jedem Mal länger zu werden, wie eine verzauberte Straße ohne Ende. Sie lauschte auf den Gesang des Seeungeheuers, doch ein Orchester, das am Neptunbrunnen spielte, übertönte jedes andere Geräusch. Auch die meisten Besucher waren dorthin geströmt, um das Konzert zu genießen und sich das Ballett anzuschauen, das der König seinen Untertanen zum Ergötzen aufführen ließ.

Im Zelt schmolz das Eis zu Pfützen um den Seziertisch und tropfte laut in die Stille.

Yves war damit beschäftigt, seine Skalpelle zu schärfen. Diener schaufelten Eisgrus vom Kadaver des männlichen Seeungeheuers.

»Schwester, heute brauche ich deine Hilfe nicht.«

»Was?« rief sie. »Warum nicht?«

»Weil ich die Teile sezieren werde, die zu betrachten nicht für aller Augen schicklich ist. Ich werde die Damen bitten, sich fernzuhalten.«

Marie-Josèphe lachte. »Jede zweite Statue in Versaille ist nackt! Wenn das Geschlecht von Menschen kein Geheimnis ist, weshalb soll das eines Tieres unschicklich sein?«

»Ich werde es nicht vor weiblichem Publikum sezieren. Und du wirst es nicht zeichnen.«

»Wer dann?«

»Chartres.«

Marie-Josèphe war beleidigt. »Er zeichnet, wie du komponierst! Ich habe für dich das Geschlecht von Tieren gezeichnet, hundertmal ...«

»Als wir Kinder waren. Als ich es zuließ, weil ich es nicht besser wußte.«

»Nächstens wirst du sagen, ich soll meinem Pferd Hosen anziehen.« Sein entrüsteter Gesichtsausdruck reizte sie dazu, ihn zu necken. »Und dann wirst du sagen, überhaupt dürften alle Damen nur Pferde reiten, die Hosen tragen.«

»*Damen* tragen Hosen?« fragte Comte Lucien.

Er war ins Zelt getreten, ihm folgte ein Lakai mit einem Portrait Ludwigs in reichgeschnitztem Rahmen. Er stellte das Gemälde auf den Sessel des Königs, verneigte sich tief und entfernte sich rückwärtsgehend, als wäre es nicht ein Bild, sondern Seine Majestät persönlich.

»*Pferde*, die Hosen tragen«, berichtigte Marie-Josèphe.

»Merkwürdige Sitten hat man auf Martinique.« Comte Lucien nahm den Hut vom Kopf und verneigte sich vor dem Portrait.

»Auch auf Martinique tragen Pferde keine Hosen«, sagte Yves.

»Vergebt uns, Comte. Ich habe meinen Bruder geneckt, und jetzt ist er verärgert. Wie geht es Euch?«

»Ich bin bemerkenswert guter Stimmung für jemanden, der sich eine Stunde lang mit den Zensoren des Schwarzen Kabinetts herumgeschlagen hat.«

Er überreichte ihr einen Brief.

»Was ist das?«

»Eure Antwort von Mynheer van Leeuwenhoek.«

»Comte Lucien, ich kann Euch nicht genug danken.«

Sein Schulterzucken drückte aus, wieviel diplomatisches Geschick er hatte anwenden müssen, um die Spione Seiner Majestät zur Herausgabe dieses Schreibens zu bewegen. Sie überflog die in Lateinisch abgefaßten Zeilen: Mynheer van Leeuwenhoek fühlte sich geschmeichelt von dem Interesse eines jungen französischen Edelmannes an seiner Arbeit, bedauerte jedoch, daß in Anbetracht der derzeitigen Umstände der Verkauf eines seiner Instrumente nicht möglich wäre ...

Im ersten Moment glaubte sie, er wendete sich an Yves, aber sie hatte in eigener Sache geschrieben.

Vielleicht hat Mynheer van Leeuwenhoek, der ganz bestimmt ein Calvinist ist, meinen Firmungsnamen für meinen Taufnamen gehalten, dachte sie.

Enttäuscht las sie weiter.

... doch sobald die bedauernswerten Feindseligkeiten zwischen ihren jeweiligen Regierungen beigelegt wären, würde Mynheer sich glücklich schätzen, M. de la Croix in seiner Werkstatt empfangen zu dürfen.

Marie-Josèphe seufzte und lächelte Comte Lucien traurig an. »Ich werde also keine Konterbande erhalten«, sagte sie. *Und leider auch keine obszönen holländischen Pamphlete*, fügte sie in Gedanken hinzu. *Wahrscheinlich ist es ein sündhafter Wunsch, aber ich hätte sie gern gesehen.*

»Das weiß ich bereits.« Er sah ihre erstaunte Miene und fügte erklärend hinzu: »Ich bitte um Vergebung, Mlle. de la Croix, doch ich mußte den Brief lesen, um den Zensoren auseinandersetzen zu können, weshalb es keine Gefahr für den Staat bedeutet, wenn man ihn dem Empfänger zustellt.«

»Ich verstehe, und ich danke Euch nochmals. Seht Ihr, es sind keine unerfüllbaren Bitten, die ich an Euch richte.«

Der Comte verbeugte sich, dann gab er den Lakaien Anweisungen. Sie stellten die Paravents um, so daß der Seziertisch für das Publikum sichtbar war, doch gegen den Teich hin abgeschirmt. Daß der Comte sich um den Gemütszustand des Seeungeheuers bekümmerte, konnte eigentlich nur bedeuten, daß er fürchtete, es könne erneut mit seinem Klagegesang den König belästigen.

»Seine Majestät wird doch erscheinen?« Marie-Josèphe griff unwillkürlich an ihr Haar und bemühte sich, einige Strähnen wieder aufzustecken, die sich aus der Frisur gelöst hatten.

»Er ist anwesend«, antwortete Chrétien und deutete mit einem Kopfnicken auf das Portrait. »Diesmal jedoch wird er Eure Coiffure nicht zur Kenntnis nehmen.«

M. Coupillet, der Hofkapellmeister, bahnte sich einen Weg durch die Neugierigen, die gekommen waren, um der Sektion beizuwohnen.

»M. le Père, ein Wort mit Eurer Schwester.«

»Sie ist bereits beschäftigt, Monsieur.«

Der Maestro ließ sich nicht beirren. »Ich bin in Sorge«, verkündete er düster. »Ich bin in Sorge, M. de Chrétien. Mlle. de la Croix, ich wiederhole, ich bin *besorgt*. Wir müssen über die Kantate sprechen.«

»Ich habe damit angefangen – ich kann während der Nacht daran weiterarbeiten.«

»Ihr seid vielbeschäftigt«, bemerkte Comte Lucien. »Komposition bei Nacht, Dekomposition bei Tage.«

Marie-Josèphe lachte.

»Werdet Ihr ein Instrument benötigen?«

»Selbstverständlich benötigt sie ein Instrument«, rief M. Coupillet aus. »Kein Wunder, daß Mademoiselle noch nichts vorzuweisen hat! Glaubt Ihr, sie könnte das ganze Stück im Kopf komponieren?«

»Wäre es möglich, daß man mir ein Cembalo zur Verfügung stellt?« Marie-Josèphe wandte sich ausschließlich an Comte Lucien. Sie fürchtete, sie könnte sich

M. Coupillet gegenüber zu einer Unhöflichkeit hinreißen lassen.

»Was immer Ihr braucht – es ist des Königs Wunsch.«

»Es darf nur ein kleines Cembalo sein – wir leben sehr beengt.«

»Schwester, bring dein Zeichenpult«, sagte Yves. »Wir wollen beginnen.«

Sie knickste vor Comte Lucien und vor dem Portrait des Königs und begab sich eilig an ihren Platz. Offenbar dachte Yves nicht mehr daran, sie aus dem Zelt zu weisen. Wenn nur jemand M. Coupillet hinausschicken wollte!

Der Maestro di capella folgte ihr. »Wenn ich vorschlagen darf – erlaubt mir, Euch bei der Komposition anzuleiten.« Er vermied es, den Kadaver des toten Seeungeheuers anzusehen. »Ihr seid schließlich eine Dilettantin und eine Frau. Ohne meine Hilfe lauft Ihr Gefahr, Seine Majestät mit einem unausgereiften Werk zu verärgern.«

»Ich kann nicht von Euch verlangen, daß Ihr Euer Talent an meine dilettantischen Bemühungen vergeudet«, antwortete Marie-Josèphe. Die Befürchtung, den Erwartungen Seiner Majestät nicht gerecht zu werden, lag ihr wie eine schwere Last auf der Seele, auch ohne daß jemand daherkam und sie beleidigte.

»Aber, aber, Mlle. de la Croix, wie könnt Ihr mir verargen, daß ich Euer Wohl im Auge habe? Ihr belastet Euer Köpfchen mit Naturphilosophie und Kompositionslehre – nächstens werdet Ihr die Klassiker studieren wollen! Kein Wunder, daß Ihr verwirrt und erschöpft seid.«

Comte Lucien mischte sich in das Gespräch. »Sogar in Frankreich«, sagte er, »wird vielfach behauptet, Frauen seien nicht imstande, auf dem Gebiet der Kunst oder Wissenschaft Großes zu leisten.«

Marie-Josèphe wandte das Gesicht ab, um zu verbergen, wie sehr die Worte des Comte sie bestürzten.

»Da seht Ihr, Mlle. de la Croix, M. de Chrétien stimmt mir zu.«

»Genau wie man sagt«, fuhr Comte Lucien fort, an Marie-Josèphe gewandt, »daß ein Zwerg nicht in die Schlacht reiten kann.«

M. Coupillet richtete sich empört zu seiner vollen Höhe auf. Comte Lucien bedachte ihn mit einem Lächeln wohlwollender Herablassung. Der Kapellmeister sank in sich zusammen, trat einen Schritt zurück und verbeugte sich steif.

»Guten Tag, Mademoiselle«, sagte Comte Lucien.

»Guten Tag, Comte Lucien.« Marie-Josèphe war dankbar und immer noch überrascht, daß er ihre intellektuellen Bestrebungen mit seinen Taten bei Steinkirchen und Neerwinden verglichen hatte. »Vielen Dank für alles.«

Chrétien entfernte sich, nachdem er nochmals vor dem Portrait den Hut gezogen hatte.

»Wenn ich jetzt um deine Aufmerksamkeit bitten dürfte«, sagte Yves.

»Ja, ich bin bereit. Guten Tag, M. Coupillet, ich kann leider keine Zeit mehr für Euch erübrigen.«

»Damen mit emfindlichem Gemüt möchten dieser Demonstration vielleicht lieber nicht beiwohnen.« Yves entblößte den Genitalbereich des Seeungeheuers.

Einige Zuschauerinnen verließen das Zelt, zusammen mit M. Coupillet. Die anderen blieben, steckten die Köpfe zusammen und amüsierten sich flüsternd über die Skrupel des hübschen jungen Priesters und Gelehrten.

Bei Sonnenuntergang trug ein Lakai das Portrait des Königs respektvoll ins Schloß zurück, das Zelt leerte sich. Marie-Josèphe beendete eine letzte Skizze der Zeugungsorgane des Seeungeheuers, nun herausgelöst aus der glatten, pelzbewachsenen Tasche, in der geborgen sie im Innern des Körpers gelegen hatten. Sie sahen nicht anders aus als die männlichen Geschlechtsteile der Statuen überall in den Gärten von Versailles.

Yves ging, um seine Notizen ins Reine zu schreiben. Marie-Josèphe blieb es überlassen, das tote Seeungeheuer wieder zu verhüllen, darauf zu achten, daß man es sorgfältig in Eis und Sägemehl einpackte, und das lebende Seeungeheuer zu füttern.

Nachdem alle anderen das Zelt verlassen hatten, schloß Marie-Josèphe den Käfig auf und fing einen Fisch aus dem Faß. Die Abendsonne verlieh dem Gold von Apollo und seinen Rossen einen rötlichen Kupferschimmer.

»Seeungeheuer!«

Die Sonne sank unter den Horizont, mit ihrem Abschied flutete eine schmeichelnde Dämmerung heran. Leise trat ein Bedienter ein, entzündete schweigend die Kerzen und verschwand wieder. Ein kühler Luftzug ließ die Flammen tanzen, die Zeltwände flatterten. Marie-Josèphe fröstelte. Die Nachtwache beeilte sich, die Planen herunterzulassen und zu befestigen. Der Luftzug erstarb.

Das Seeungeheuer stieß einen Pfiff aus.

Marie-Josèphe zog das Netz durchs Wasser. »Seeungeheuer! Fischhh!«

Ein Keil aus flachen Wellen bewegte sich über den Teich.

Die plötzliche Wärme von Menstruationsblut quoll hervor und tröpfelte an Marie-Josèphes Schenkeln hinunter. Die aufgescheuerte Haut brannte.

Marie-Josèphe entfuhr ein Fluch, den sie vor einem Monat noch nicht gekannt hatte. Wieder einmal hatte Odelette recht behalten, wie gewöhnlich. Sie selbst hingegen war aus Ungeduld zu leichtsinnig gewesen.

Ich werde mich mit der Fütterung beeilen und dann zurücklaufen, dachte sie. *Und ich muß Odelette um Verzeihung bitten, falls ich meinen Unterrock beschmutzt habe. Mein Rock darf keinen Fleck bekommen! Die arme Odelette glaubt nicht, daß sie die silberne Jupe retten kann, und ich habe doch nur so wenig anzuziehen.*

Das Seeungeheuer tauchte auf. Marie-Josèphe streichelte ihm über das Haar. Das Geschöpf stieß einen schrillen Ton aus und entzog sich ihr.

Marie-Josèphe schwenkte den verzweifelt zappelnden Fisch hin und her. »Seeungeheuer, was hast du denn? Sei ganz ruhig.«

Das Seeungeheuer beobachtete sie aus einiger Entfernung. Nur Stirn und Augen waren über der Oberfläche zu sehen, unter Wasser blähten und verengten sich die Nüstern. Das Haar wogte um seine Schultern. Marie-Josèphe beugte sich vor, um vielleicht den Grund für das seltsame Benehmen des Seeungeheuers zu erkennen.

Das Seeungeheuer stieß schnaubend die Luft aus, Blasen schäumten um Mund und Nase. Es schwamm rückwärts, dann, unter Stöhnen und Seufzen, näherte es sich langsam den Stufen, und als es zu singen begann, klang es wie fragend, tröstend. Es öffnete das Netz, ließ den Fisch achtlos davon schwimmen. Dann griff es nach Marie-Josèphes Hand. Marie-Josèphe ließ es geschehen, aber nicht ohne Angst. Sie betete, das Geschöpf möge nicht vorhaben, sie zu beißen. Die warmen Lippen des Seeungeheuers berührten ihre Haut. Es streckte die Zunge heraus und leckte über ihre Knöchel.

Marie-Josèphe brach in ein erleichtertes Lachen aus.

»Du bist wie mein altes Pony«, sagte sie zu dem Seeungeheuer. »Du willst mir das Salz von der Haut lecken!«

Während Marie-Josèphe das Seeungeheuer fütterte, streichelte sie es immer wieder und sprach zu ihm, um es an ihre Berührung und ihre Stimme zu gewöhnen.

»Sag ›Seeungeheuer‹« forderte sie es auf und hielt ihm einen Fisch hin.

»Fischhh.« Dem abgelauschten Wort folgte eine komplizierte Koloratur. Es verschlang den Fisch mit zwei schnellen Bissen.

»Sag ›Marie-Josèphe‹.«

»Fischhh!«

»Sag ›Euer Majestät sind überaus gnädig.‹« Von einer plötzlichen leichtfertigen Stimmung ergriffen, warf sie einen weiteren Fisch in den Teich. Aus demselben Impuls heraus versuchte sie, ebenfalls durch Gesang zu sprechen. Das Seeungeheuer verstummte und starrte sie an.

Marie-Josèphe sang die Melodie, die sie für Seine Majestät gespielt hatte.

Das Seeungeheuer glitt langsam näher heran und summte eine exotische, zwingende, betörende zweite Stimme, die gegen jede Regel der Melodik verstieß.

Unvermittelt strömten Marie-Josèphe Tränen über die Wangen.

Ich habe keinen Grund, traurig zu sein, dachte sie. *Weshalb weine ich also? Weil es meine Zeit des Monats ist ...?*

Sie wischte sich mit dem Handrücken durch das Gesicht. *Aber meine Zeit des Monats hat mich sonst nie traurig gemacht. Nur ungeduldig, weil ich mich nicht frei bewegen konnte und weil es hieß, tu dies nicht, tu das nicht.*

Das Seeungeheuer griff nach ihrer Hand. Als sie Schritte hörte, streckte Marie-Josèphe das Netz nach hinten, um dem Posten zu bedeuten, daß sie einen Fisch haben wollte. Dabei hörte sie nicht auf zu singen. Das Seeungeheuer umspann die Melodie mit Variationen.

Das Netz wurde ihr aus der Hand genommen und zurückgegeben. Offenbar hatte das Seeungeheuer den Leckerbissen erspäht, denn es verstummte, nahm seine Belohnung entgegen und versank, den Fisch zierlich zwischen den Krallenfingern haltend.

»Vielen Dank, Monsieur.« Als Marie-Josèphe sich umdrehte, wäre sie fast gegen Comte Lucien geprallt, der hinter ihr auf der Teicheinfassung stand.

»Euer Lied war außerordentlich schön.«

»Ich dachte, Ihr wärt der Musketier!« Marie-Josèphe war zu verwirrt, um auf sein Kompliment zu antworten.

Er nahm ihr das Netz aus der Hand und fing noch einen Fisch. Das Seeungeheuer kam bis zur Treppe gepaddelt und knurrte. Marie-Josèphe warf ihm das Dessert zu.

Das Seeungeheuer schleuderte den Fisch in die Luft, fing ihn auf und ließ ihn schwimmen. Marie-Josèphe lachte, erfreute sich an dem Spiel ihres Schützlings.

Das Seeungeheuer drehte sich der Länge nach um die eigene Achse und schlug mit den Schwimmfüßen das Wasser zu Schaum.

Wie würde Seiner Majestät ein Bild von dem Seeungeheuer gefallen, wie es mit einem Fisch spielt? Und was würde Comte Lucien dazu sagen?

»Hör auf damit, Seeungeheuer!« Marie-Josèphe wischte sich die Tropfen vom Ärmel. »Was willst du? Du bist doch gar nicht mehr hungrig.«

»Es will spielen«, sagte Comte Lucien. »Mit dem Fisch. Wie eine Katze mit der Maus.«

Marie-Josèphe schöpfte mit dem Käscher die letzten Fische aus dem Faß und entließ sie in den Teich. Sie schossen davon. Das Seeungeheuer stieß einen Pfiff aus und jagte hinterher, schnellte aus dem Wasser, tauchte im Bogen wieder ein und verspritzte Gischt ringsumher.

»Gute Nacht, Seeungeheuer«, sagte Marie-Josèphe flüsternd.

Vor den Stufen tauchte es mit dem Oberkörper aus dem Wasser. Marie-Josèphe streichelte ihm zum Abschied über den Kopf. Das Seeungeheuer hielt ihre Hand fest und führte sie an die Lippen, jammerte und berührte zart mit der Zungenspitze ihre Finger.

Marie-Josèphe wußte nicht, was sie davon halten sollte. *Welchen Grund hätte das Seeungeheuer, mir Salz von der Haut zu lecken, wenn es doch in Salzwasser schwimmt?*

Das Seeungeheuer schob sich die Stufen hinauf bis zum Rand des kleinen Wassers, laut weinend vor Verzweiflung und zur Warnung. Die furchtlose, törichte Frau der Landgeborenen ging blutend großen Räubern entgegen, deren Brüllen und Fauchen die Dunkelheit und den Morgen erfüllten. Wenn die Räuber des Landes eine so gute Witterung hatten wie die Haie des Meeres, war die Frau verloren.

Das Seeungeheuer wiederholte das einfache Lied der landgeborenen Frau, Geplapper eines Kindes. Nur Schweigen antwortete ihm.

Wieder ruhig geworden, wusch sich das Seeungeheuer dicke salzige Tränen aus den Augen, dann stimmte es einen anderen Gesang an, weich und lyrisch, und schwamm zu seinem Zufluchtsort unter den Hufen der Rosse Apolls.

Kapitel 13

Marie-Josèphe verließ in Comte Luciens Begleitung das Zelt und spürte bei jedem Schritt das warme, feuchte Blut zwischen den Beinen. Fast war es zum Lachen: Der Comte versuchte höflich, ihr den Vortritt zu lassen, während sie sich bemühte, ihm nicht den Rücken zuzuwenden. Sie hoffte, daß auf dem burgunderfarbenen Rock Blutflecken nicht zu sehen sein würden.

Comte Lucien merkt vielleicht gar nicht, daß ich blute, selbst wenn er einen Fleck sieht, dachte sie. *Achten Männer überhaupt darauf? Und was ihn angeht, er weiß vielleicht gar nicht, was es bedeutet.*

Dann fragte sie sich: *Weshalb ist er hier?* und beantwortete ihre eigene Frage: *Um Seiner Majestät Seeungeheuer zu beobachten.*

Draußen verwandelte die untergehende Sonne den Grand Canal in flüssiges Gold. Der Mond, beinahe voll, hing über dem Schloß. Ein Reitknecht auf einem schwarzbraunen Halbblut hielt die Zügel von Comte Luciens grauem Araber und einem prachtvollen Braunen derselben Rasse.

Marie-Josèphe verabschiedete sich mit einem Knicks. »Gute Nacht, Comte Lucien.« Sie erhob sich. Jetzt würde sein Pferd ein Knie beugen, er würde aufsteigen und wegreiten.

»Könnt Ihr reiten, Mlle. de la Croix?«

»Ich habe seit langem ...« Dann dachte – hoffte! – sie, daß er vielleicht den Auftrag hatte, sie im Namen Seiner Majestät zur nächsten Parforcejagd einzuladen. »Ja, Monsieur, ich kann reiten.«

»Dann sprecht zu diesem Pferd.« Er deutete mit einer Kopfbewegung auf den Braunen.

Seine Wünsche, die Wünsche eines Bevollmächtigten Seiner Majestät, waren wichtiger als Marie-Josèphes Verlegenheit. Sie näherte sich dem Pferd behutsam. Es hieß, Hengste würden verrückt in der Nähe einer Frau, die menstruierte.

Aber es handelte sich um eine Stute.

Sie hielt ihr die flache Hand unter das Maul und spürte die Wärme ihrer forschend tastenden Oberlippe. Bei dem Geruch nach Fisch schnaubte das Tier leise. Marie-Josèphe blies ihm sanft in die Nüstern. Die Stute stellte die Ohren nach vorn und atmete ihr ins Gesicht.

»Wo habt Ihr das gelernt?« fragte der Comte.

Marie-Josèphe mußte bis in ihre Kindheit zurückdenken, zu der glücklichsten Zeit ihres Lebens.

»Mein Pony hat es mich gelehrt.« Sie lächelte und blinzelte und wandte das Gesicht ab, überrascht von ihren Tränen. »Als ich klein war.«

»Die Beduinen sprechen auf diese Weise zu ihren Pferden«, erklärte Comte Lucien. »Manchmal dachte ich, sie hegten für ihre Pferde größere Liebe als für sich untereinander.«

»Sie ist wunderschön«, sagte Marie-Josèphe. »Reitet Ihr nur Stuten?« Sie kraulte den Braunen sacht in der Kinngrube. Das Pferd reckte den Kopf nach vorn und genoß sichtlich die Liebkosung.

»Es ist Brauch bei dieser Rasse«, antwortete Comte Lucien. »Die Stuten sind schnell und stark und wild. Sie schenken all das ihrem Reiter, doch nur, wenn sie ihm vertrauen.«

»Genau wie Seiner Majestät Hengste«, sagte Marie-Josèphe.

»Einen Hengst muß man sich unterwerfen. Man vergeudet seine Kraft – und die eigene.« Der klare graue Blick des Comte verlor sich in der Ferne, doch nur für einen Moment. Als er weitersprach, hatte seine Stimme wieder den gewohnten sachlichen Ton. »Eure Zeit im Dienst Seiner Majestät ist wertvoll, Ihr dürft sie nicht damit vergeuden, mehrmals täglich diesen Weg zurückzulegen. Jacques wird Zachi im Stall Seiner Majestät für Euch bereithalten und sie Euch bringen, wann immer Ihr es wünscht.«

Marie-Josèphe streichelte den schlanken Hals der Araberstute, eingeschüchtert von der Ehre, von der Verantwortung, von dem Zweifel, daß sie fähig war, dieses magische Geschöpf zu reiten. Das Pferd wies prompt jeden Anspruch auf magische Eigenschaften oder Provenienz zurück, indem es den Schwanz hob und auf den Weg äpfelte. Ein Gärtner kam mit einer Schaufel angelaufen und entfernte das Malheur, als hätte er darauf gewartet. Vielleicht hatte er.

»Ich habe nicht mehr geritten, seit ich ein kleines Mädchen war«, gestand Marie-Josèphe. »Im Konvent war es nicht erlaubt, weil ...«

Aus einem hoffentlich, hoffentlich albernen Grund. Sie wollte vor Comte Lucien nicht albern erscheinen oder ihn in Verlegenheit bringen. Sie wollte auch nicht erfahren müssen, daß der Grund ein guter Grund war, denn falls es stimmte, daß Reiten die Jungfräulichkeit eines Mädchens zerstörte, würde kein Ehemann seiner jungen Braut mehr glauben, daß sie noch unberührt war.

»Man hat es uns nicht erlaubt.«

»Wir werden sehen, ob Ihr Euch erinnert.« Comte Lucien nickte dem Reitknecht zu, der aus dem Sattel sprang und den Tritt unter Zachis Steigbügel stellte. »Falls nicht, wäre eine Sänfte vielleicht besser geeignet.«

Marie-Josèphe grauste vor dem Gedanken, in einer Sänfte getragen zu werden, wenn sie die Wahl hatte, Zachi zu reiten. Trotzdem zögerte sie. Sie hatte Angst, ihr Blut könnte auf dem Sattel einen Fleck hinterlassen.

Ich hätte eine Ausrede erfinden sollen, irgend etwas, dachte sie. *Jetzt bleibt mir nichts anderes übrig, als das Beste zu hoffen.*

Sie war noch nie im Damensattel geritten, nur im Herrensitz wie ein Junge, und war überrascht, wie sicher sie sich fühlte, den linken Fuß im Steigbügel und das rechte Bein um das Horn gelegt. Mit einem Gefühl der Zuversicht setzte sie sich im Sattel zurecht.

Die graue Stute ging auf ein Knie nieder, so daß der Comte den Fuß in den Bügel setzen konnte und aufsteigen.

»Warte Er bei den Ställen«, befahl er dem Reitknecht. Jacques verneigte sich, sprang ohne Zuhilfenahme von Tritt oder Bügel in den Sattel, hängte den Tritt an den Knauf und trabte in Richtung des Schlosses und der Stallgebäude davon.

Der Apfelschimmel und der Braune folgten gemächlich. Selbst im Schritt bewegte die Stute sich mit gesammelter Kraft. Sie tänzelte und sträubte sich mit Kopfrucken gegen den Zügel, bis Marie-Josèphe den verkrampften Griff etwas lockerte und ihr mehr Spiel gab. Zachi beruhigte sich. Sie drehte die Ohren nach hinten zu ihrer Reiterin, wartete auf ein einziges Wort, das kleinste Zeichen, um sich zu strecken und aus dem Park hinaus und in den Wald zu galoppieren.

Marie-Josèphe hielt sie zurück. Bestimmt war es ungehörig, im Galopp durch des Königs Gärten zu reiten.

»Werdet Ihr auch meinem Bruder ein Pferd leihen?« fragte sie.

»Nein.«

Die Schärfe, mit der er das Wort aussprach, erregte ihre Neugier.

»Warum nicht?« *Ob er wohl antwortet, Yves Beine seien so lang, er brauche kein Pferd?*

»Weil ich noch nie einen Priester gesehen habe«, sagte Comte Lucien, »der ein Pferd reiten konnte, ohne es zu verderben.«

Ich sollte Yves verteidigen, dachte Marie-Josèphe. *Aber es stimmt, er ist kein guter Reiter.*

In der tiefer werdenden Dämmerung lösten die Ränder der Brunnen sich auf, die Statuen wurden zu weißen Schemen. Das Seeungeheuer sang, in der Menagerie brüllte ein Löwe.

Marie-Josèphe fröstelte. Als sie an der Stelle vorbeikamen, wo sie die Erscheinung von Yves gesehen hatte, wandte sie beklommen den Blick zur Seite.

Ein wellenförmiger Schatten bewegte sich am Saum des Weges.

»Comte Lucien, flieht!«

Der Tiger des Königs, ein Phantom aus züngelndem Dunkel und Gold, starrte aus spiegelnden Augen zu ihnen hin. Blut tropfte von seinen Zähnen und Pranken. Zachi scheute, schnaubte, drehte sich tänzelnd auf der Hinterhand.

In panischer Angst schlug Marie-Josèphe ihr die Ferse gegen die Rippen. Die Stute fiel in Galopp, Kies flog unter ihren Hufen auf. Marie-Josèphe trieb sie zu immer schnellerem Lauf an und wurde wie im Flug den Weg zurückgetragen, vorbei an dem Zelt des Seeungeheuers und durch den Schleier seines mißtönenden Gesangs, die Allée de la Reine entlang und auf die Menagerie zu.

Sie hatte Angst, sich umzuschauen, vielleicht die große Katze zu sehen, die zum Sprung ansetzte, oder Zeuge von Comte Luciens schrecklichem Ende zu sein. Das Grauen saß ihr im Nacken.

Endlich fiel Zachi in Trab, in einen federnden Schritt. Schweiß zeichnete dunkle Flecken in ihr Fell, aber ihre Bewegungen waren so leicht, als könnte sie noch Stunden laufen. Sie bog den Nacken, prustete, ließ die zierlichen Ohren spielen und schlug mit dem schwarzen Schweif. Marie-Josèphe hockte zusammengesunken im Sattel, Tränen, kalt in der Nachtluft, liefen ihr über das Gesicht.

»Du warst schneller als der Tiger«, lobte sie die Stute mit bebender Stimme. »Du hast uns gerettet.«

Zachi trat unruhig hin und her, offenbar mißfiel ihr die

Raubtierwitterung, die von der Menagerie herüberwehte.

Comte Lucien auf Zelis näherte sich in leichtem Trab. Bei Marie-Josèphe angekommen, hielt er an.

»Ich sehe, daß Ihr zu reiten versteht«, bemerkte er ruhig.

»Gott sei Dank ist Euch nichts geschehen! Ich hätte Euch nicht im Stich lassen dürfen ... Es tut mir leid ... Ich muß den Wärter des Tigergeheges suchen ...«

Der Comte unterbrach ihren stammelnden Wortschwall. »Mlle. de la Croix, wovon redet Ihr?«

»Habt Ihr ihn nicht gesehen? Den Tiger?«

»Da war kein Tiger.«

»Ich habe ihn gesehen, Zachi hat ihn gesehen. Sie war ebenso erschrocken wie ich.«

Der braunen Stute war keine Angst anzumerken.

»Zachi ergreift jede Gelegenheit, um zu laufen«, sagte er. »Ich habe nichts gesehen. Zachi hat nichts gesehen. Da war kein Tiger.«

»Er muß aus seinem Käfig ausgebrochen sein.«

»Da war kein Tiger.«

»Aber ich habe ihn gesehen – bei der Mittagstafel in der Menagerie.«

»Nach der Mittagstafel haben die Metzger des Königs den Tiger geschlachtet. Es gibt keinen anderen.«

Überrascht richtete Marie-Josèphe sich auf. »Sie haben ihn geschlachtet – schon?«

»Die Kürschner müssen den Pelz zurichten. Dr. Fagon muß die heilkräftigen Organe zurichten. M. Boursin muß das Fleisch für das Bankett anläßlich des Karussells zurichten.«

»Aber – was *habe* ich gesehen?« fragte sie tonlos.

Comte Lucien zog sein Pferd herum und schlug den Rückweg zum Schloß ein. Zachi folgte der Stallgefährtin unaufgefordert. »Einen Schatten in der Dunkelheit ...«

»Es war kein Schatten.«

Comte Lucien ritt schweigend weiter.

»Es war kein Schatten!«

»Nun gut.«

»Ich sehe keine Gespenster, ich bin nicht ... Ich ...«

»Ich habe gesagt, daß ich Euch glaube.«

Was habe ich gesehen? fragte Marie-Josèphe sich selbst. *Was heute abend und was, als ich glaubte, Yves sei gestorben?*

Comte Lucien zog aus seiner Tasche eine silberne Flasche hervor, die er öffnete und ihr reichte.

»Ich bin auch nicht betrunken.«

»Wenn Ihr es wärt, würde ich Euch keinen Schnaps anbieten. Wenn Ihr es wärt, würdet Ihr nicht so zittern.«

Sie trank. Der Duft von Äpfeln milderte den scharfen Alkoholgeschmack. Sie nahm noch einen Schluck.

»Seid so gut und laßt mir etwas übrig«, sagte der Comte.

Sie gab ihm die Flasche zurück, und er trank.

»Was ist das?«

»Calvados. Aus den Obstgärten der Bretagne.« Er lächelte. »Wüßte man, daß ich Calvados trinke statt Cognac, würde man mich als hoffnungslos unkultiviert bezeichnen.«

»Ihr seid bei Hofe der Maßstab für alle anderen. Jeder sagt das.«

Erst als sie ihn glucksend lachen hörte, erkannte sie die kleine, unbeabsichtigte Ironie in ihren Worten. Doch sie hatte ihn amüsiert, nicht beleidigt.

Die Pferde gingen kameradschaftlich nebeneinanderher. Das Seeungeheuer war verstummt, das Zelt dunkel und still. Die Sterne funkelten.

»Ihr seid nicht an Schnaps gewöhnt«, meinte Comte Lucien.

»Ich habe schon welchen getrunken«, antwortete Marie-Josèphe, »aber nur einmal, als mein Bruder und ich noch Kinder waren. Unser Vater hat ihn aus Melasse gebrannt. Ich habe ihn ein zweites Mal destilliert. Für

Yves' Arbeit. Er schmeckte furchtbar, er machte uns wirr im Kopf, und dann machte er uns krank. Danach haben wir ihn nur noch zum Konservieren von Yves' Präparaten benutzt.«

Der Comte lachte. »Ihr seid wahrhaftig ein Genie – Ihr habt eine nützliche Verwendung für Alkohol entdeckt!« Er bot ihr die Flasche an.

»Vielen Dank. Ich nehme noch einen Schluck.«

Zachi warf den Kopf, als sie die Stelle erreichten, wo der Tiger aufgetaucht war, aber nichts, auch kein Schatten, war am Rand des Weges auszumachen.

Zachi hat etwas gesehen, dachte Marie-Josèphe. *Was kann ich gesehen haben, wenn es kein Tiger war?*

»Zachi hofft, daß sie Euch noch einmal dazu bringen kann, ihr die Zügel zu lassen.«

»Nicht jetzt. Ihr müßt glauben ... Ich weiß, daß es zu gefährlich ist, im Dunkeln Galopp zu reiten.«

»Diese Kinder der Wüste können im Dunkeln sehen wie Katzen«, erklärte der Comte. »Ihr habt nicht mehr verlangt, als Zachi bereit war, Euch zu geben.«

»Ihr habt bei den Beduinen gelebt? In der Wüste?«

»Ich habe mich etliche Jahre in der Levante aufgehalten. In Arabien, Ägypten, Marokko.«

»Im Geheimauftrag des Königs?«

»Würde ich Euch davon erzählen, wenn es ein Geheimnis wäre?« Er lachte verhalten, wie über einen nur ihm bekannten Scherz. »Ich war nur ein Jüngling, und Seine Majestät waren nicht geneigt, mich mit einem Auftrag zu betrauen, geheim oder anderswie.«

»Marokko und Ägypten und Arabien.« Marie-Josèphe ließ diese Synonyme für fremde Welten auf der Zunge zergehen. »Was für ein Abenteuer – ich beneide Euch.«

Das Schloß wuchs vor ihnen empor, auf der Kuppe des Hügels sitzend wie eine Krone. Die Fenster im Parterre und Dachgeschoß leuchteten warm und golden, aus denen der Galerie de Glaces im ersten Stock strahlte von

Spiegeln und Kristallüstern tausendfach reflektiertes, gleißend helles Licht. Marie-Josèphe und Comte Lucien ritten in die Passage zwischen dem Mittelbau und dem Nordflügel.

Marie-Josèphe hatte mit dem langen Rock und den Tücken des ihr ungewohnten Sattels zu kämpfen. Ein Wort des Comte rief einen Bedienten herbei.

Sie stieg ab, ungeschickt, weil der Gedanke, es könnte Blut am Sattel sein, sie befangen machte.

»Habt Dank für Eure Großzügigkeit, Monsieur«, sagte sie zu Comte Lucien. »Ich bin Euch sehr verpflichtet.«

»Erfüllt Eure Pflichten gegenüber dem König«, antwortete Comte Lucien, »damit bezeigt Ihr ihm Eure Dankbarkeit.«

Sie reichte ihm die Zügel. Die braune Stute zupfte sanft mit den Lippen an ihrem Ärmel. Marie-Josèphe streichelte ihr über die weiche Nase.

»Macht Zachi auch einen Kniefall?« fragte sie.

»Gewiß, Mlle. de la Croix«, erwiderte der Comte. »Alle meine Pferde tun das.«

Marie-Josèphe trat leise in ihre Kammer, um Odelette nicht zu wecken. Herkules schaute sie blinzelnd an. Seine Augen schimmerten smaragden im Licht der Kerze.

Nicht ohne Mühe entledigte sie sich ihres Reithabits. Das Hemd hatte einen kleinen Fleck, aber das Blut war nicht bis in den Unterrock gedrungen. Sie stieß einen erleichterten Seufzer aus, doch war sie auch überrascht, weil ihre Blutung gewöhnlich sehr stark einsetzte. Nachdem sie das zusammengerollte Handtuch in Gebrauch genommen hatte, wusch sie das Hemd aus und die eingeweichten Lappen und hängte alles zum Trocknen auf.

Das Bett lockte mit einem warmen Plätzchen neben Odelette, aber sie widerstand der Versuchung, legte sich

Lorraines Mantel um die Schultern und trug Kerze und Zeichenpult ins Ankleidezimmer hinüber.

Der Kerzenschein flackerte über einem kastenförmigen, mit einer Decke verhangenen Gegenstand. Darunter kam ein prachtvolles Cembalo zum Vorschein. Das polierte Holz schimmerte, das Fries aus Intarsien schwang sich elegant an der Seite entlang. Sie klappte den Deckel auf. In jeder Ebenholztaste spiegelte sich eine orangene Flamme. Das Instrument roch nach Holz, Bienenwachs und seltenen Ölen.

Sie setzte sich auf den dazu passenden Schemel und strich mit den Fingerspitzen über die Tasten, die seidenglatt ihre Haut liebkosten, fast wie die Berührung von Lorraines manikürten Händen.

Sie spielte einen Akkord.

Der klirrende Mißton schmerzte die Ohren. Sie suchte nach dem Stimmschlüssel, doch es war keiner zu finden.

Tränen der Enttäuschung und der Ungeduld schossen ihr in die Augen. Sie versuchte sich einzureden, es sei halb so schlimm, das Instrument wäre durchaus brauchbar. Es genügte, um darauf zu komponieren, man mußte die Töne in Gedanken korrigieren. Doch die Freude der Arbeit an einem vollkommenen Instrument würde ihr fehlen, der wahren Stimme ihrer Inspiration.

In plötzlichem Entschluß sprang sie auf und lief die Treppe hinunter in den ersten Stock, in dem die königlichen Gemächer lagen.

»Wo finde ich Comte Lucien?« fragte sie den ersten Lakaien, den sie traf. »Hat Er den Comte de Chrétien gesehen?«

»Der Comte ist zu seiner Kutsche gegangen, Mam'-selle. Hinter dem Marmorhof.«

Sie lief zum Portal hinaus, über den Cour de Marbre – auf Zehenspitzen, denn sie befand sich genau unter dem Schlafgemach Seiner Majestät und es wäre eine grobe Ungehörigkeit gewesen, ihn zu stören – und auf die

Karosse mit dem Wappen der Chrétiens zu. Das Licht der Kutschenlaternen schien auf das Pflaster aus weißem und schwarzem Marmor. Die acht fuchsroten Gespannpferde schnaubten und stampften. Ein livrierter Diener schloß eben den Kutschenschlag und stieg hinten auf.

»Hü!« rief der Kutscher. Die Pferde zogen an, der Wagen setzte sich in Bewegung.

»Halt!« rief sie mit gedämpfter Stimme. »Halt! Bitte wartet!«

Comte Lucien lehnte sich aus dem Fenster. »Guillaume, anhalten«, befahl er. Die Kutsche blieb stehen. Der Lakai sprang zu Boden und öffnete den Schlag. Der Comte erhob sich, um mit Marie-Josèphe zu sprechen.

»Comte Lucien, es tut mir leid ... Ich will nicht undankbar erscheinen, vielen Dank für das Cembalo, es ist wunderschön, aber es ist – es ist verstimmt, und ich kann den Schlüssel nicht finden.«

»M. Coupillet hat Anweisung, es morgen früh für Euch zu stimmen.«

»M. Coupillet!«

»Er wird sich in allem nach Euren Anweisungen richten«, sagte er, als wäre es ein Geschenk für sie.

»Ich bin Euch dankbar, Comte, aber – ein Stimmschlüssel wäre mir lieber als M. Coupillet.«

Er lächelte. »Wie Ihr wünscht. Hat es Zeit bis morgen?«

»Natürlich. Ich würde sonst meinen Bruder mit dem Geklimper wecken.«

Er lachte in sich hinein.

»Nochmals meinen aufrichtigen Dank, Comte.«

»Es war mir ein Vergnügen, Mademoiselle.«

Die Kutsche von Monsieur, im Glanz von Vergoldung und Laternen, ratterte über das Kopfsteinpflaster, fuhr auf den Place d'Armes hinaus und entfernte sich auf der Avenue de Paris.

»Begleitet Ihr Monsieur nach Paris?« Sie neidete den

Männern ihre Freiheit. Zum Beispiel wünschte sie sich sehnsüchtig, einmal Paris zu sehen. Kaum waren ihr die Worte entschlüpft, hätte sie sich am liebsten auf die Zunge gebissen. Ihre Neugier war ungezogen und aufdringlich.

»Ich fahre nach Hause.«

»Ich dachte, Ihr wohnt hier. In der Nähe Seiner Majestät. Im Schloß.«

»In dieser Höflingskolonie? Nein. Ich benutze nur selten meine Wohnung hier. Ich brauche ein Höchstmaß an Bequemlichkeit, Versailles kann mir das nicht bieten.«

»Lucien, kommt herein, die Nachtluft schadet Euch.« Die Marquise de la Fère beugte sich vor und legte dem Comte die Hand auf die Schulter, eine liebevolle und fürsorgliche Geste. Im Licht der Kutschenlampen traten die Pockennarben in ihrem Gesicht grausam deutlich hervor. Sie schien sich dessen bewußt zu sein, denn mit der anderen Hand zog sie sich einen seidenen Schal über ihre entstellte Schönheit.

Comte Lucien wandte sich zu ihr um. Marie-Josèphe konnte nicht verstehen, was er sagte, aber seine Stimme klang scherzend und ebenso liebevoll. Die Marquise lachte halblaut, ließ den Schal sinken und streichelte seine Wange. Dann schaute sie Marie-Josèphe an und nickte. »Guten Abend, Mlle. de la Croix.«

»Guten Abend, Mme. de la Fère.« Marie-Josèphe, überrascht und bestürzt, geriet ein wenig ins Stottern.

»Guten Abend, Mlle. de la Croix.« Comte Lucien neigte zum Abschied den Kopf und setzte sich. Die Kutsche rumpelte vom Hof.

Marie-Josèphe kehrte in ihre Mansarde zurück. Jetzt verstand sie, was Madame, was der Chevalier gemeint hatten, wenn sie von Mme. de la Fère als »Mme. Présent« und von Mlle. de Valentinois als »Mlle. Passé« sprachen, und wahrscheinlich hatten sie guten Grund, Mlle. d'Armagnac als »Mlle. Future« zu bezeichnen, obwohl sie, dachte Marie-Josèphe, schon vollauf mit Lottes Bruder beschäftigt zu sein schien.

Vermutlich sollte ich nicht überrascht sein, Comte Lucien mit einer Mätresse zu sehen. Weshalb sollte er besser sein als Chartres? Schließlich ist er ein Atheist.

Wieder einmal hatte sie ihn mißverstanden, hatte mißverstanden, was man ihr über ihn erzählte. Madame hatte ihr gesagt, wenn auch nicht mit diesen Worten, daß der Comte ein Frauenheld sei. Der Chevalier de Lorraine hatte sie ebenfalls gewarnt. Sie hatte kein Recht, von Comte Lucien enttäuscht zu sein.

Ich frage mich, dachte sie, *ob Mlle. d'Armagnac die Geliebte von beiden, Chartres und Comte Lucien, sein wird? Ich frage mich, ob sie wissen, daß sie Rivalen sind?*

Im Ankleidezimmer breitete sie die Gobelindecke wieder über das Cembalo. Dann legte sie auf dem kleinen Tisch ein Blatt Zeichen- und ein Blatt Notenpapier zurecht. Sie dachte: *Wenn ich nur mit der einen Hand zeichnen und mit der anderen komponieren könnte!*

Sie entschied sich für das Zeichenpapier. Der Entwurf für die Medaille war weniger zeitraubend. Davon abgesehen hatte sie noch keine Vorstellung, wie sie die Kantate anlegen sollte. Wenn sie erst das herrliche Cembalo gestimmt hatte und darauf spielen konnte, verhalf es ihr vielleicht zu einer Inspiration.

Sie blätterte durch die bei der Sektion gemachten Skizzen und legte sie beiseite – Proben ihrer technischen Versiertheit, doch kein Ansporn für Kreativität. Eine tote Kreatur, abgeschälte Haut, freigelegte Knochen, zergliederte Muskeln – nein, das erfüllte nicht Comte Luciens Forderung. Auf der königlichen Gedenkmünze mußte ein lebendiges Seeungeheuer dargestellt sein, wild, eine angemessene, gefährliche Jagdbeute für Seine Allerchristlichste Majestät.

Sie versuchte sich vorzustellen, wie das männliche Seeungeheuer im Leben ausgesehen haben mochte, doch statt dessen skizzierte sie sein Gesicht, wie sie es in Erinnerung hatte, umgeben von einer Gloriole aus Glasscherben und doublierten Messingspänen. Erst als sie die fertige Zeichnung betrachtete, verstand sie, weshalb ihr Bruder den ersten Entwurf damals verbrannt hatte. Das Seeungeheuer sah aus wie ein toter Gott mit einem fratzenhaften Gesicht, ein dämonischer Christus mit einer Dornenkrone aus Glas.

Kein Wunder, daß frühere Generationen die Seeungeheuer für Geschöpfe des Teufels hielten, dachte Marie-Josèphe. Sie schauderte und schob die Zeichnung ganz nach unten in den Kasten.

Sie stellte sich das weibliche Seeungeheuer vor, wie es im Meer schwamm, Sprünge vollführte wie ein Delfin, sang wie eine Nachtigall. In ihrer Phantasie war es unbarmherzig wie ein Krake. Ihr Bild zeigte es frei, von Wellen umspielt.

Im unsteten Kerzenschein flackerte es an der Grenze der Lebendigkeit; es schrie auf, nicht aus Wut oder Angst, sondern als ein Ausdruck unbändiger Freude.

Marie-Josèphe fuhr auf und holte tief Atem. Ihren Körper durchströmte eine überwältigende, furchteinflößende Lust.

In der Dunkelheit draußen wogte opalisierender Dunst über dem Boden, so daß es aussah, als wandelten die marmornen Statuen auf Wolken, und das Zelt des Seeungeheuers ragte als geheimnisvolle Insel aus den Schwaden empor. Ein wohltönender Gesang perlte durch die Nacht, Schatten tummelten sich zwischen den Orangenbäumen.

Sind das Chartres und seine Mätresse? fragte sich Marie-Josèphe. *Oder ein Incubus und ein Succubus?*

Die Schatten wandten sich ihr zu, nackt, lockend. Sie winkten. Sie versprachen ihr Freude und Lust zum Lohn für ihre Unterwerfung. Marie-Josèphe erschauerte, bestürzt über die Gewalt der Versuchung. Und doch erschienen sie ihr nicht als böse. Marie-Josèphe blinzelte sich den Schlaf aus den Augen, unfähig, zwischen Phantasie und Traum zu unterscheiden.

Der Gesang des Seeungeheuers war nicht verstummt. Marie-Josèphe öffnete das Fenster. Zusammen mit der zarten Melodie strömte kalte, klamme Nachtluft herein. Sie nahm die Feder und übertrug den Refrain in Notenschrift.

Stunden später, der Mond war untergegangen, verwandelte das erste Morgenlicht den Bodennebel in glitzerndes Silbergespinst.

Das Seeungeheuer schwieg. Die Schatten vergingen. Die Feder entglitt Marie-Josèphes verkrampften Fingern. Sie sammelte die Blätter auf, die um sie her zu Boden geflattert waren, die Zeichnungen und die Partitur für die Kantate. Fröstelnd, erschöpft, mit schmerzenden Augen und Händen, schloß sie das Fenster wieder und schmiegte sich in des Chevaliers pelzgefütterten Umhang.

Kapitel 14

Lucien legte die Hand an die Seite von Juliettes Gesicht, um sich an das Gefühl ihrer Wärme zu erinnern, an ihren zweideutigen Humor, ihren Geist, die leichten Unregelmäßigkeiten ihrer Haut, die er so liebte wie ihre braunen Augen, ihr langes, seidenglattes Haar, das sich nicht in Löckchen und raffinierte Coiffuren zwingen lassen wollte.

Sie drehte den Kopf zur Seite, selbst jetzt noch befangen wegen ihrer von Blatternnarben gezeichneten Haut.

»Ich werde dich vermissen«, sagte er.

»Und ich dich.« Sie beugte sich nieder, um ihn zu küssen. »Aber die Erinnerung an unsere gemeinsame Zeit wird mir immer teuer sein.«

Er half ihr in die Kutsche und schaute hinterher, als sie in die Morgendämmerung hineinrollte.

Zelis bog das Knie. Lucien stieg in den Sattel und lenkte sie auf den Weg zum Schloß. Es gefiel der Stute nicht, im Schritt gehen zu müssen. Sie bockte spielerisch und ruckte ungeduldig mit dem Schweif hin und her. Er ließ sie traben. Er sprach ein Wort, und sie fiel in Galopp.

Lucien gab Zelis den Kopf frei, doch selbst die Freude an ihrer Schnelligkeit und ihrem Feuer vermochte nichts gegen die Trauer über den Abschied von der Marquise de la Fère.

Zelis galoppierte die Avenue de Paris hinauf. Lucien zügelte sie allgemach zu einem maßvollen Trab. Besucher spazierten auf den Wegen zum Schloß, und er hatte nicht die Absicht, die Untertanen Seiner Majestät niederzureiten.

Juliette und ich werden unsere letzte gemeinsame Nacht im Gedächtnis bewahren, dachte er, *und die Zärtlichkeiten, die wie uns schenkten. Ich will nicht an heute abend denken, an mein leeres Bett. Ich werde mir Gedanken über ein passendes*

Geschenk zu ihrer Hochzeit machen, ein angemessenes Zeichen der hohen Wertschätzung, die ich für sie empfinde. Und ich werde Mlle. d'Armagnac in Erwägung ziehen.

Zelis drehte die Ohren in Richtung der Kutschen, der Kinder, der Buden, in denen Eiscreme oder Schwerter aus Blech verkauft wurden. All das hatte sie schon tausendmal gesehen. Auf dem Schlachtfeld oder auf der Jagd war sie die zuverlässigste Gefährtin, aufmerksam und mutig. Zu anderen Zeiten machte Langeweile sie schreckhaft und launisch, so daß sie vor einem dürren Ast am Boden scheute. Andererseits blieb sie vollkommen ruhig, wenn dicht vor ihr ein Fasan aufstob.

Lucien hielt die Zügel leicht gestrafft, um die Stute daran zu erinnern, daß ihr Reiter aufpaßte und bereit war, ihr Einhalt zu gebieten. Sollte sie ein wenig herumspielen, doch er war nicht gesonnen, sich abwerfen zu lassen, nicht mit seinem fast geheilten Bein, nicht vor den Augen der Kaufleute und Großbürger, der Hausfrauen und Damen von Paris. Sie alle waren von höherem Stand als jene, unter die er die Almosen des Königs zu verteilen pflegte. Aber sie kannten ihn oder hatten von ihm gehört. Sie verneigten sich, wenn er vorüberritt, und er lüftete den Hut.

Lucien gestattete sich nicht, Juliettes Entscheidung zu bedauern. Sie wäre geblieben, doch er konnte ihr nicht versprechen, was sie sich wünschte. Jedesmal, wenn die Gebrechen seines Körpers ihn geißelten, so daß er sich krümmte, erneuerte er seinen Schwur, nie zu heiraten, niemals ein Kind zu zeugen.

In der Passage unter dem Nordflügel des Schlosses ließ Marie-Josèphe sich von Jaques die Zügel reichen und stieg mit Hilfe des Treppchens in den Sattel. Obwohl Zachi stockstill stand, während die Reiterin sich zurechtsetzte, war zu spüren, daß die Stute mit jeder Faser bereit war, durch den Park zu fliegen und durch den Wald. Sie schwenkte den Schweif wie eine Fahne hin und her.

Welche Schande und was für eine Verschwendung, dachte Marie-Josèphe, ein Pferd mit so viel Feuer nur aus dem Stall zu holen, um ein Stück hin und her zu reiten. Jaques reichte ihr das Zeichenpult hinauf. Hufschlag hallte zwischen den Wänden, Comte Lucien kam herangeritten.

»Guten Morgen, Mlle. de la Croix.«

»Guten Morgen, Comte«, erwiderte Marie-Josèphe kühl. »Ich hoffe, Eure Ansprüche an Bequemlichkeit sind letzte Nacht befriedigt worden.«

»Alledings, Madmoiselle. Danke der Nachfrage.«

Angesichts seiner tadellosen Höflichkeit schalt Marie-Josèphe sich für ihr plumpes Benehmen. Es stand ihr nicht zu, über Comte Luciens Liaisons oder Sünden zu urteilen. Er hatte nichts getan, um sie gegen sich aufzubringen, außer ihr die Wahrheit zu sagen. Sie schämte sich. Sie konnte sich nicht einmal entschuldigen, weil er keinen Anstoß genommen hatte.

In der Hoffnung, den Faux pas wiedergutzumachen, öffnete sie das Pult und reichte dem Comte die Entwürfe für die Medaille. Er betrachtete sie mit einer hochgezogenen Augenbraue.

»Sind sie akzeptabel?«

»Dazu kann ich nichts sagen. Der König muß entscheiden.«

»Ich hielt sie für ziemlich gelungen«, bemerkte sie mit einiger Schärfe.

»Sie sind ausgezeichnet. Ich habe nichts anderes erwartet. Ob sie genehm sind – der König muß entscheiden.«

»Ich danke Euch für Euer Urteil.« Marie-Josèphe lächelte. »Und für den Cembaloschlüssel, den ich ohne unerwünschtes Beiwerk erhalten habe.« Ein Lakai, nicht M. Coupillet hatte ihn gebracht. »Ebenfalls für das herrliche Cembalo.« Das Instrument adelte ihr Spiel weit über ihre wirklichen Fähigkeiten hinaus.

Zachi bog den Nacken und schlug mit dem Vorderhuf auf das Pflaster. Das Klirren von Eisen auf Stein hallte durch die Passage.

»Sie wird ungeduldig«, sagte Marie-Josèphe.

»Sie will laufen, das liegt ihrer Rasse im Blut. Morgen oder übermorgen wird sie vielleicht Gelegenheit dazu haben – Seine Majestät lädt Euch ein, an der Jagd teilzunehmen.«

»Wie wundervoll! Das heißt, ich fühle mich über die Maßen geehrt und bitte Euch, Seiner Majestät zu übermitteln, daß ich die Einladung dankbar annehme.«

Nach dem Grand Lever, während der König in der Kapelle die Messe hörte, saß Lucien eine Stunde lang über Berichten und Petitionen. Dann erhob er sich und schritt durch die Staatsgemächer, um Seine Majestät aufzusuchen.

Wohin man auch blickte, alles glänzte: mit Wachs poliert, frisch gestrichen oder mit einer neuen Schicht Blattgold überzogen. Blumen, golden und gelb, schmückten jeden Kerzenhalter und Tisch. Bei Einbruch der Dämmerung schafften Lakaien den Blütenschmuck hinaus und ersetzten ihn durch Kandelaber und neue Kerzen. Die zum Karussell geladenen Monarchen sollten sehen, daß Frankreich, daß Ludwig der Sonnenkönig, nichts an Großartigkeit oder Macht eingebüßt hatte, trotz der kostspieligen Kriege.

Lucien betrat das Gemach, in welchem man damit beschäftigt war, Seiner Majestät Kostüm für das Fest fertigzustellen. Die königlichen Sattler machten sich an einem großen, ausgestopften Schlachtroß zu schaffen.

Der König stand auf einer niedrigen Plattform, bekleidet nur mit Hemd und Strümpfen. Der Hofschneider und der Hofperückier und der Hofschuhmacher entfernten sich rückwärtsgehend und unter Verbeugungen von Seiner Majestät und trugen die jeweiligen Teile seines Kostüms zu ihren Arbeitstischen.

»M. de Chrétien, guten Tag. Wir werden sogleich für Euch zu sprechen sein, wenn Ihr Euch nur einen Augenblick gedulden wollt.« Ludwig erhob die Stimme: »Söhne, Neffe, Enfants de France, laßt Euch ansehen. Und wo ist Monsieur, Unser Bruder?«

Sie eilten herbei: Monseigneur, der Grand Dauphin, im Kostüm eines der Ureinwohner Amerikas, du Maine als Perser verkleidet und Chartres als Ägypter. Die Gewänder der beiden letzteren waren für Lucien ein Quell der Erheiterung, weil er nirgends in Ägypten oder Persien Ähnliches gesehen hatte. Du Maines persischer Samtrock, wie ein Gebetsteppich gemustert, sah recht artig aus, der Turban aus silbernem Schleierstoff bildete einen hübschen Kontrast. Wie all seine Kleider, überspielte der Rock seinen krummen Rücken, eine Einlage im Schuh glich das kürzere Bein aus.

Seine Majestät lacht vielleicht, dachte Lucien, *aber Mme. de Maintenon wäre entsetzt, wenn sie wüßte, daß ihr liebster Stiefsohn sich mit religiösen Symbolen des Islam schmückt.*

Allerdings hatte er nicht die Absicht, es ihr zu hinterbringen, und hoffte, die wenigen, die die Bedeutung kannten, würden so klug sein, den Mund zu halten.

Du Maine drehte sich vor seinem Vater im Kreis. Dann verneigte er sich und führte mit theatralischer Gebärde die Hand an Herz und Stirn. Der König nickte beifällig.

Monsieur kam ins Zimmer geeilt, Lakaien sputeten sich, ihm Kleidungsstücke an- und auszuziehen. Lorraine folgte ihm schlendernd und an einer Zigarre paffend. Er verneigte sich vor Seiner Majestät und gesellte sich dann zu Monsieur, um die Anprobe zu verfolgen. Dabei löschte er ohne sonderliche Eile die Zigarre, ein wohlberechneter Balanceakt an der Grenze zur Unverfrorenheit. Chartres war an der Reihe, sich mit seinem Kostüm zu präsentieren. Er trug ein bodenlanges Gewand aus plissiertem Leinen, einen Gürtel aus Silber und Saphiren, einen breiten, edelsteinbesetzten Kragen und silberne Sandalen. Die Uräusschlange und der Kopf der Geiergöttin prangten an seiner Stirn.

Seinen Mätressen wird das Gewand gefallen, kommentierte Lucien in Gedanken, *es ist nahezu durchsichtig.*

»Sehr gut, Neffe.«

Du Maine und Chartres, natürliche Rivalen, waren beide stattliche Erscheinungen. *Sie könnten Freunde sein,* dachte Lucien, *wären sie in anderen Familien geboren und würde man nicht das Mißtrauen zwischen ihnen schüren; müßten sie nicht ständig miteinander um ihren Platz wetteifern.*

Monseigneur zeigte sich seinem Vater mit sichtlichem Unbehagen, angetan mit Lederhemd und Beinlingen und einem Lendenschurz aus so dickem Pelz, daß er einem ausgestopften Hosenlatz glich. Goldfransen, durchflochten mit Leder und Perlen, hingen fast bis zum Boden. Er trug einen phantasievollen Kopfputz: ein Rahmen aus gebogenen Binsen, golden bemalt, besetzt mit Pompons, Reiherfedern und Spitzen.

Die amerikanische Tracht kleidete ihn nicht, er besaß weder den entsprechenden Körperbau noch den Aplomb, um sie zu päsentieren. Er war eine Dekade älter als du Maine und fünfzehn Jahre älter als Chartres; jeder der beiden jüngeren Männer hätte darin eine bessere Figur gemacht.

»Am Kostüm von Monseigneur fehlt etwas«, meinte der König. Sofort umkreisten die Schneider den Dauphin mit Spitzenbändern, noch mehr goldenen Fransen, einer buntschillernden Federkrone.

»Smaragde«, sagte der König.

Einer der Lehrlinge flüsterte dem Hoftailleur etwas ins Ohr.

»Untertänige Vergebung, Euer Majestät«, bemerkte dieser daraufhin, »aber die Wilden in Amerika pflegen sich nicht mit Smaragden zu schmücken.«

»Smaragde, nichts anderes. An den Säumen, den Nähten und in den Pelz hineingenäht, dazu eine Kette aus goldgefaßten Smaragden als Stirnband für Monseigneur.«

»Selbstverständlich, Euer Majestät.« Der Tailleur warf einen nichts Gutes verheißenden Blick auf seinen Lehrling.

»Wird das Eure Zustimmung finden, Monseigneur?« Weder des Königs Stimme noch seine Miene drückte die geringste Belustigung aus.

Der Lendenschurz wird ohne Zweifel die Zustimmung von Mlle. Choin finden, dachte Lucien, *wenn sie Monseigneur entkleidet und Smaragde in seinem Pelz verborgen findet. Aber Monseigneur selbst ist alles andere als glücklich.*

»Selbstverständlich, Sire«, antwortete der Dauphin.

»Und Monsieur? Wie geht es mit Eurem Kostüm voran?«

Monsieur näherte sich mit wackeligen Schritten. »Der Schuster hat mir Schuhe mit Absätzen unter den Spitzen angefertigt«, sagte er betrübt. »Ich befürchte, das kann nicht so bleiben.«

»Wir wissen aus zuverlässiger Quelle, daß dies echte japanische Sandalen sind«, antwortete seine Majestät. »Nach traditioneller Machart angefertigt.«

Monsieur raffte die zahlreichen bestickten und phantasievoll gefärbten Lagen seiner Kimonos. Darunter trug er weite, weißseidene Pluderhosen. Seine Sandalen waren kleine hölzerne Plattformen, vergoldet und mit goldenen Lederriemen und goldenen Schnallen an den Füßen befestigt.

»Wie soll ich beim Karussell mit diesem Schuhwerk reiten? Das Gewand ist exquisit, findet Ihr nicht, Sire? Aber die Sandalen ...«

Monsieurs Perückenmacher trat hinter ihn, nahm ihm die Perücke vom Kopf und setzte ihm eine neue auf, pechschwarz, glatt wie lackiert und zu einem komplizierten Knoten geschlungen. Sein Hals und seine Schultern wirkten seltsam nackt.

»Euer Sattler wird dafür gewiß eine Lösung finden«, sagte der König. »Doch in der Tat beglückwünschen Wir Euch zu der Auswahl Eurer Gewänder.«

Monsieur zog am Ausschnitt die einzelnen Lagen Stoff hervor. »Dies hier ist mit Gold bestickt. Dies hier ist ein Gewebe aus Silberfäden. Und dies hier ist echte orientalische Seide, die Technik erfordert ein ganzes Jahr für jede Farbe.« Winzigkleine Farbknötchen bildeten ein komplexes Muster auf der Seide des Untergewandes. »Die Handwerker, die sie weben, begehen nach der Fertigstellung eines Stücks rituellen Selbstmord, weil ihre Augen der Aufgabe nicht mehr gewachsen sind.«

»Wahrhaftig?«

»Aber ja, Sire«, beteuerte Monsieur. »Ich weiß es von meinem Seidenimporteur.«

Der Perückier brachte einen Spiegel. Monsieur drehte sich nach links und nach rechts und musterte seine lackierte Perücke. Der Waffenmeister brachte einen langen Bogen und einen elfenbeinernen Köcher mit gefährlich aussehenden Jagdpfeilen.

»Dieser Spiegel ist zu klein«, beschwerte sich Monsieur. Lakaien brachten einen mannshohen Spiegel angeschleppt.

»Ihr seid das Musterbild eines japanschen Kriegers, lieber Bruder«, lobte der König.

»Etwas fehlt noch, Sire. Ich werde keinen Hut aufhaben – wißt Ihr genau, daß diese Samurai keinen Hut tragen? –, und mein Haar sieht so nackt aus. Es braucht Schmuck, wie zum Beispiel die goldenen Chinoiserien.«

»Das ist Schmuck, der einer Dame ziemt«, sagte der König.

Mit fragend hochgezogenen Brauen wartete Monsieur auf eine Antwort, die ihn betraf.

»Wir haben sie Mme. de Chartres gegeben. Eurer Schwiegertochter.«

»Sie hat sich schon oft genug meine Juwelen ausgeborgt.« Monsieur schmollte. »Und sie oft genug nicht zurückgegeben.«

»Der Haarschmuck ist chinesisch. Ihr dürft Euer Kostüm nicht verfälschen.« Der König überlegte. »Japanische Krieger tragen angeblich Helme. Ihr bekommt einen Helm, mit Federbüschen und goldenen Schuppen.«

»Vielen Dank, Sire«, sagte Monsieur, einigermaßen versöhnt.

Lächelnd wandte Seine Majestät sich an Lucien. »M. de Chrétien. Ist Euer Kostüm fertig?«

»Ja, Euer Majestät.«

»Wir vertrauen darauf, daß Ihr nicht geknausert habt. Es soll prächtig sein, wenn auch nicht prächtiger als das Unsere.«

»Ich hoffe, daß es Euren Beifall finden wird.«

»Es ist sehr *schnell* fertig geworden.«

»Wie sollte es nicht, Majestät – es ist auch kleiner.«

Der König lachte. Dann deutete er mit einem Kopfnicken auf die zusammengerollten Papiere in Luciens Hand. »Was bringt Ihr mir?«

Lucien reichte dem König Marie-Josèphes Zeichnungen. Der Entwurf zeigte auf dem Avers der Medaille ein Abbild Ludwigs nach alter Manier, doch anläßlich der Karussells – durchaus passend – als Jüngling in römischer Rüstung zu Pferde, den Blick kühn in die Ferne gerichtet. Auf dem Revers tummelte sich ein Seeungeheuer. Das groteske Gesicht trug einen Ausdruck übermütiger Freude, mit den Flossen schlug es die Wellen zu Schaum.

»Wir erwarteten eine Darstellung der Jagd auf die

Kreatur.« Der König hielt das Blatt ins Licht. »Aber dies ist bemerkenswert. Chrétien, laßt die Münzen nach diesem Entwurf prägen. Sendet eine, mit Unserem Kompliment, an ...«

Beaufsichtigt von Lehrern und Kinderfrau, kamen Bourgogne, Anjou und Berry hereinmarschiert, angetan mit der kindlichen Version von Seiner Majestät Kostüm. Die Knaben nahmen vor dem König Aufstellung und schlugen sich grüßend mit der geballten Faust an die Brust. »Unsere römischen Legionen!« rief Seine Majestät. »Wir sind hocherfreut.«

Berry zückte sein Gladius.

»Unsere Fechtstunde, wenn's beliebt, M. de Chrétien!«

Lucien verneigte sich. »Gewiß, Euer Hoheit.«

»Ihr könnt M. de Chrétien später haben«, sagte der König. »Jetzt haben Wir mit ihm Staatsgeschäfte zu bereden.« Er entließ seine Erben. »Was sagten Wir gerade?«

»Euer Majestät gaben mir die Anweisung, eine Münze zu reservieren – für Mlle. de la Croix vielleicht?«

»Für Unsere Schwägerin, für ihre Sammlung. Ihr schlagt vor, daß auch Mlle. de la Croix eine bekommen sollte?«

»Wie Ihr sagt, Sire, es ist nur ein Vorschlag. Mlle de la Croix, und ihr Bruder selbstverständlich auch.«

»Haben sie eine Münzsammlung?«

»Ich bezweifle es, Sire. Die Familie ist mittellos.«

»Das wird sich ändern.«

»In diesem Fall«, Lucien verstand die angedeutete Absicht des Königs, »wäre die Verleihung dieser Gedenkmünze an den Bruder, der das Ungeheuer fing, und an die Schwester, die es dokumentierte, möglicherweise der Beginn einer Wendung zum Besseren.«

Ludwig betrachtete erneut sein Konterfei.

»Im Gegensatz zu Bernini versteht Mlle. de la Croix, wie ein Reiter im Sattel sitzt. Wird sie an der Jagd teilnehmen?«

»Sie hat mit großer Freude die Einladung angenommen, Sire.«

»Und schmeichelt sie Euch, wie sie Uns schmeichelt?«

»Aber Euer Majestät – sie schmeichelt keinem von uns.«

»Chrétien, Wir glauben gar, Ihr habt ein Auge auf sie geworfen.« Der König lachte. »Aber was ist mit Mme. de la Fère?«

»Mme. de la Fère ist des Witwenstandes überdrüssig. Sie wird sich erneut vermählen.«

»Ist Euch jemand zuvorgekommen?«

»Ich habe nicht vor zu heiraten; eine Tatsache, über die sich Mme. de la Fère durchaus im klaren war.«

»Ihr sagt es Euren Mätressen, aber ich frage mich, wie viele von ihnen hoffen, daß es ihnen gelingen könnte, Eure Meinung zu ändern.«

»Das wird ihnen nicht gelingen, aber ich hoffe, das ist die einzige Sache, in der ich sie enttäusche. Ich schätze Mme. de la Fère. Wir scheiden als Freunde.«

»Und Mlle. de la Croix?« Seine Majestät war nicht gesonnen, sich vom Thema abbringen zu lassen.

»Sie dient Euch mit Hingabe, Sire, und bemüht sich, ihren Bruder bei seiner Arbeit zu unterstützen. Sie wünscht sich wissenschaftliche Instrumente.«

»Wissenschaftliche Instrumente? Nun, vermutlich muß sie sich irgendwie die Zeit vertreiben, bis sie sich vermählt – sie braucht einen Ehemann. Sie ist eine fromme junge Dame. Sie betet in der Kirche, statt den halben Tag zu verschlafen und sich zu putzen und zu schmücken. Sie ist wohlangeschrieben bei Mme. de Maintenon, wie auch bei Madame, der Gemahlin Unseres Bruders.«

»Dann ist sie eine bemerkenswerte Person, Sire.«

»Wen soll sie heiraten, Chrétien? Es muß jemand sein, der Unserer Liebe für ihren Vater und ihre Mutter würdig ist. Ihre Mittellosigkeit und daß sie über keinerlei

Beziehungen verfügt, könnte abschreckend wirken, aber das werden Wir ausgleichen. Vielleicht, Comte, werde ich von Euch verlangen, daß Ihr Eure Meinung ändert.«

»Ich hoffe, das werdet Ihr nicht, Sire.« Lucien sagte es leichthin, trotz seiner Bestürzung.

Der König seufzte. »An Unserem Hof herrscht ein beklagenswerter Mangel an anderen passenden Kandidaten. Sie würde jemanden vorziehen, der heißblütig ist, davon sind Wir überzeugt, und wer sonst erfüllt diese Voraussetzung? In Unserer Jugend war es anders.«

Seine Majestät wollte vielleicht für sie einen Gemahl, der auch dem Fleische gerecht wurde, doch was Mlle. de la Croix von einem Gatten ersehnte, sofern sie denn überhaupt einen Gatten ersehnte, vermochte Lucien nicht zu beurteilen. Wie stark hatte das Konvent ihren Charakter verformt? Wieviel von ihrem natürlichen Verlangen hatte man in ihr durch Furcht abgetötet?

Er behielt seine Gedanken für sich.

Fontänen spielten und flüsterten in jedem Brunnen, Blüten in allen Nuancen von Gold und Gelb quollen aus silbernen Kübeln am Rand der Wege. Überall in den Gärten flanierten Besucher. Schon hatten sich Zuschauer im geöffneten Zelt des Seeungeheuers versammelt, sie standen um den Käfig, klatschten und lachten.

Marie-Josèphe hoffte, niemand von Bedeutung möge sich bemüßigt fühlen, an der heutigen Sektion teilzunehmen. Da Seine Majestät nicht anwesend sein würde, hatte niemand bei Hofe einen Grund zu erscheinen. Ihr konnte es nur recht sein. Sie fand, sie sah heute langweilig und gewöhnlich aus. Odelette, wieder ganz genesen, wartete an ihrer Stelle Lotte auf, so daß ihr Haar unfrisiert geblieben war. Sie trug weder Band noch Spitzen, und wegen Yves wagte sie nicht, ein Mouche aufzulegen.

Wie zum Ausgleich war ihre Monatsblutung kaum

noch halb so stark wie gewöhnlich. Die Veränderung bereitete ihr Sorge, doch gleichzeitig war es eine Erleichterung, und sie hatte solche Angst vor den Ärzten, daß sie beschloß, einfach nicht darüber nachzudenken.

Das Thema der Seeungeheuer-Kantate vor sich hin summend, betrat sie das Zelt, suchte sich einen Weg durch die Menge der Besucher, trat in den Käfig und schloß die Tür hinter sich.

Das Seeungeheuer stemmte sich an der Teicheinfassung in die Höhe und streckte die Flossenhand nach der Tonne mit den lebenden Fischen aus. Die Zuschauer schrien vor Erstaunen auf.

»Warte. Nur Geduld.« Marie-Josèphe zog den Käscher durch das Meerwasser und trug ihre zappelnde Beute die Stufen hinunter auf die Plattform.

Was soll ich ihm heute beibringen? fragte sie sich. Die Kreatur lernte bemerkenswert schnell.

»Seeungeheuer! Fischhh! Bitte um einen Fischhh!«

Das Seeungeheuer schwamm vor den Stufen hin und her, tauchte und schlug mit den Beinen, schoß in die Höhe und bespritzte Marie-Josèphe mit brackigem Wasser.

Es sang das Thema der Kantate.

»Was für ein kluges Seeungeheuer! Ich weiß, du kannst singen, aber jetzt mußt du sprechen. Sag Fischhh.«

»Fischhh!« Dem Wort folgte ein Knurren.

»Braves Seeungeheuer!«

Marie-Josèphe warf ihm einen Fisch zu. Das Seeungeheuer fing ihn mit dem Mund aus der Luft und verschluckte ihn mit drei schnappenden, knirschenden Bissen der scharfen Zähne.

»Jetzt mußt du näherkommen, du mußt mir den Fisch aus der Hand nehmen.«

Das Seeungeheuer tat wie geheißen. Während es den Fisch in den Schwimmhäuten gefangenhielt, starrte es

Marie-Josèphe ins Gesicht, unverwandt, aus dunkelgoldenen Augen.

Ganz langsam öffnete es dann die Hände und ließ den Fisch entschlüpfen.

»Bist du nicht hungrig, Seeungeheuer?«

Ein Fisch befand sich noch im Netz, Marie-Josèphe tauchte ihn ins Wasser.

Das Seeungeheuer seufzte. Seine Hand schob sich vorwärts, vorbei an dem Netz, bis sie Marie-Josèphes Finger berührte. Marie-Josèphe hielt still, als die spitzen Krallen sich in ihr Fleisch drückten, obwohl die Kraft des Seeungeheuers sie ängstigte. Das Seeungeheuer ließ ihre Hand los. Die Krallen hinterließen Spuren an ihrer Haut, aber sie hatten sie nicht geritzt.

Der Fisch zappelte und wand sich. Schnaubend pflückte das Seeungeheuer ihn aus dem Netz, wie Marie-Josèphe es ihm – einmal – gezeigt hatte.

»Kannst du springen, hast du Lust zu spielen?« Marie-Josèphe sprach mehr zu sich selbst als zu der Kreatur. »Wenn du dem König Kunststücke vorführen kannst, verschont er dich vielleicht.« Sie gab dem Seeungeheuer noch einen Fisch.

»Fischhh!«

»Du bist sehr klug, aber Seine Majestät hat schon Papageien, die nachplappern, was man ihnen vorsagt.«

Das Seeungeheuer paddelte rückwärts, bog sich nach hinten und sank langsam mit dem Kopf voran in die Tiefe. Es streckte die Flossenfüße in die Luft und wedelte damit. Marie-Josèphe stimme in das Gelächter des Publikums ein. Dann spreizte das Seeungeheuer den geteilten Schwanz und entblößte die weiblichen Geschlechtsteile. Die rosige Haut öffnete sich wie eine Blüte.

Die Zuschauer kicherten schrill und flüsterten miteinander.

Marie-Josèphe schlug mit der flachen Hand auf das Wasser.

»Nein!« sagte sie streng, als das Seeungeheuer wieder an die Oberfläche kam. *Du bist nur ein unvernünftiges Tier,* dachte sie, *aber selbst ein Tier könnte den Unwillen des Papstes erregen – oder von Mme. de Maintenon.*

Ihr stieg das Blut ins Gesicht, als sie sich daran erinnerte, wie in St. Cyr einmal ein junger Hund, verwirrt von seinem animalischen Trieb, Mme. de Maintenons Knöchel mit einer Hündin verwechselte und sich hechelnd und mit glasigen Augen daran zu schaffen machte. Mme. de Maintenon hatte ihn so heftig abgeschüttelt, daß das bedauernswerte Geschöpf durch das ganze Zimmer und gegen den Türpfosten geschleudert wurde.

Das Seeungeheuer schwamm auf sie zu, singend und brummend, und schlug mit der Hand auf die Wasseroberfläche, wie Marie-Josèphe es getan hatte.

»Schon gut«, sagte Marie-Josèphe leise. »Ich weiß, du verstehst es nicht. Ich weiß, du denkst dir nichts dabei.«

Auf Martinique hatte sie öfter einem alten Mann zugesehen, wie er sich mit den Delfinen vergnügte. Er warf ihnen eine luftgefüllte Schweinsblase zu, und sie stießen sie nach einigem Hin und Her zu ihm zurück, als spielten sie Tennis.

»Kannst du Tennis spielen, Seeungeheuer?«

Das Seeungeheuer zischte und tauchte unter.

Die Käfigtür klapperte. Yves trat mit einem großen Schritt von der obersten Stufe auf die Plattform hinunter. Nur eine leichte Bewegung der Wasseroberfläche zeigte an, wo das Seeungeheuer verschwunden war.

»Guten Morgen«, sagte Yves.

»Ist es nicht ein herrlicher Tag?«

»Herrlich, ja. Dein Seeungeheuer sieht viel gesünder aus. Es glänzt fast.« Er lächelte sie an. »Ich wußte, wenn irgend jemand es dazu bringen kann, Nahrung zu sich zu nehmen, dann nur du.«

»Es fängt an, mir zu gehorchen. Und zu sprechen.«

»Ja, wie ein Papagei, ich weiß.« Yves wandte beunruhigt den Blick ab. »Du solltest dich nicht zu sehr an das Tier gewöhnen.« Er setzte sich auf die Marmoreinfassung. »Es hat keinen Sinn, mit ihm Freundschaft zu schließen. Ich will nicht, daß dir das Herz bricht, weil du es liebgewonnen hast.«

»Eine solche Verschwendung!« rief Marie-Josèphe aus. »Die Art ist so selten. Kannst du nicht ...«

»Das Schicksal des Seeungeheuers ist besiegelt. Eine Begnadigung ist nicht möglich.«

Das Seeungeheuer paddelte dicht an ihnen vorbei und spritzte Tropfen auf Marie-Josèphes Rock.

Yves reichte seiner Schwester die Hand, sie griff danach. Das Seeungeheuer fauchte und warf eine Handvoll Wasser nach ihnen beiden.

»Oh ...« Marie-Josèphes Halsbinde war naß geworden. Sie wischte vorsichtig die Tropfen von Schulter und Mieder, damit wenigstens der Samtstoff keine Flecken bekam.

»Fischhh!« stieß das Seeungeheuer zischend hervor.

Marie-Josèphe schöpfte ein ganzes Netz voller Fische aus der Tonne und ließ sie im Teich schwimmen. Das Seeungeheuer schlug klatschend mit den Flossenfüßen auf das Wasser und schoß davon, um sich eine Nachspeise zu fangen.

Ein plötzlicher Krampf durchzog Marie-Josèphes Hand, die Feder entglitt ihren wie gelähmten Fingern. Tinte spritzte über die Zeichnung der von Häuten entblößten Gehirnoberfläche. Der Page sprang herzu, um die Feder aufzufangen, aber sie lag schon in einem großen schwarzen Klecks auf dem Bretterboden. Rasch hob er sie auf.

»Yves, einen Moment bitte.«

Steif vom langen gebückten Stehen am Seziertisch,

richtete ihr Bruder sich auf und wandte ihr das blasse Gesicht zu. »Was ist?«

Der Page brachte eine neue Feder. Marie-Josèphe massierte ihre Handfläche, der Krampf verging.

»Nichts, schon gut.«

Yves schaute sich um. Die untergehende Sonne warf lange Schatten. Lakaien gingen herum, entzündeten Kerzen und Laternen, ließen zum Schutz vor dem auffrischenden Abendwind die Zeltplanen herab. Der Duc de Chartres saß neben dem Portrait des Königs, die übrigen Zuschauer, allesamt Besucher von außerhalb, hatten die Sektion stehend verfolgt.

Yves reckte sich, bog die Schultern zurück. Er kniff die Augen zusammen. Sie waren blutunterlaufen vom Dunst der Konservierungsflüssigkeit.

»Mit Verlaub, M. de Chartres, ich werde morgen fortfahren«, sagte er. »Wenn meine Schwester genügend Licht hat, um zu zeichnen.« Er legte das Gehirn in eine Schale mit Deckel und verhüllte den Kadaver des Seeungeheuers. Lakaien brachten Eis und Sägemehl.

Der Page heftete die letzte Skizze an den Schaurahmen. Die Bilderfolge führte von einem Portrait der grotesken Züge der Kreatur durch Haut, Muskelschichten, Kavitäten des Gesichtsschädels ins Innere des Kopfes und zu dem von zahlreichen Windungen und Furchen gekerbten Gehirn.

Chartres sprang auf, um mit seinem guten Auge die Skizzen aus allernächster Nähe zu betrachten. Dabei hielt er eine Kerze so dicht an das Papier, daß Marie-Josèphe fürchtete, er würde alles in Brand setzen.

»Bemerkenswert«, sagte er. »Ein bemerkenswerter Tag. Bemerkenswerte Erkenntnisse. M. le Père, Eure Arbeit verfolgen zu dürfen ist ein Privileg.«

»Vielen Dank, Monsieur.«

»Seltsam.« Marie-Josèphe hatte zum erstenmal Gelegenheit, die Zeichnungen in ihrer logischen Reihenfolge zu sehen, von dem intakten Gesicht mit den geschwollenen Resonanzhöhlen durch Haut und Gewebe vordringend bis auf den Knochen, jede Schicht weniger grotesk, dafür vertrauter.

»Was ist seltsam?« fragte Yves.

»Der Schädel. Er sieht humanoid aus. Die Gesichtsmuskeln ...«

»Unfug! Wann hast du je einen menschlichen Schädel gesehen? Erst auf der Universität habe ich meinen ersten Leichnam seziert.«

»Im Konvent. Die Reliquie. An ihrem Festtag wurden die Gebeine der Heiligen ausgestellt.«

»Es ist der Schädel eines Tieres«, beharrte Yves. »Sieh dir die Zähne an.« Er zeigte auf die stark ausgebildeten Canini.

»Was die Zähne angeht, gebe ich dir recht.«

»Er ähnelt einem Affenschädel«, warf Chartres ein. »Ein Beispiel für Gottes Humor vermutlich, wie die Form zahlreicher Orchideen ...« Er verneigte sich vor Marie-Josèphe. »Wenn Ihr mir verzeiht, daß ich die Ähnlichkeit mit ...«

»Ich muß bitten, Monsieur«, fiel Yves ihm ins Wort. »Die natürliche Schamhaftigkeit meiner Schwester ...«

Chartres grinste.

»Die Kreatur hat sehr wenig Ähnlichkeit mit einem Affen«, sagte Marie-Josèphe rasch. »Ich *habe* einen Affen seziert.«

»Meint Ihr nicht, daß die Zähne nebensächlich sind, M. le Père?« meinte Chartres. »Schließlich verlieren wir sie so leicht. Wenn wir uns den Schädel des Weibchens ansehen, werden wir ohne Zweifel sehen, daß ihre Zähne erheblich kleiner sind.«

»Ihre Zähne sind ebenso groß und scharf wie die des männlichen Exemplars«, widersprach Marie-Josèphe.

»Deine Phantasie ist überreizt«, tadelte Yves.

»Nun da Mlle. de la Croix es erwähnt hat«, sagte Chartres, »stelle ich auch eine große Ähnlichkeit mit dem Schädel eines Menschen fest.«

»Hattet Ihr viel Gelegenheit, den menschlichen Schädel zu studieren, M. de Chartres?« fragte Yves.

»Allerdings, M. le Père. Auf dem Schlachtfeld, in Regen und Morast, wühlen die Hufe der Pferde alte Gräber auf, und die Toten früherer Kriege kommen ans Licht. Ich fand einen Schädel. Ich habe ihn den ganzen Sommer über in meinem Zelt behalten. Nicht nur habe ich ihn studiert, ich habe mit ihm gesprochen. Ich fragte ihn, ob er unter Karl dem Großen gefochten hätte oder unter Ludwig dem Frommen.«

»Hat er geantwortet?«

»Ein Totenschädel, antworten?« Chartres musterte ihn mit einem ironischen Blick. Er tippte mit dem Fingernagel auf den Rand des Blattes. »Aber er hat fast genauso ausgesehen wie dieser.«

»Ich werde Eure Beobachtungen in meinen Aufzeichnungen erwähnen«, sagte Yves. »Die ich mich jetzt sputen muß zu schreiben.«

»Ich begleite Euch«, sagte Chartres. »Noch bevor wir das Schloß erreichen, werde ich Euch zu meinem Standpunkt bekehrt haben.«

Chartres blieb stehen, um das Portrait seines königlichen Onkels zu grüßen, Yves folgte seinem Beispiel. Dann verließen die beiden Männer das Zelt, in eine philosophische Diskussion vertieft. Marie-Josèphe knickste vor dem Gemälde und machte sich unter den Augen Seiner Majestät daran, Yves' Utensilien zu säubern und aufzuräumen. Als die Diener kamen, um das Gemälde fortzuschaffen, fühlte sie sich unerklärlich erleichtert.

Kapitel 15

Die venezianische Gondel glitt den Grand Canal entlang, stehend gerudert von einem Gondoliere, der ein unverständliches italienisches Volkslied sang. Marie-Josèphe, im Bug des Bootes sitzend, ließ die Hand durchs Wasser gleiten. Silberne Seerosen, die brennende Kerzen trugen, drehten sich vorüber.

Lorraine hatte sich den nächsten Platz in der Gondel gesichert. Madame und Lotte saßen auf der mittleren Bank, Monsieur im Heck, zu Füßen des Gondoliere.

Vor ihnen lieferte sich des Königs Miniaturgaleone ein Rennen mit der Miniaturgaleere. Der Gondoliere hatte sich in Erkenntnis seiner Möglichkeiten von Anfang an mit dem letzten Platz beschieden. Seine Passagiere freuten sich an seinem Gesang. An Bord der Galeere brüllte der Aufseher die Sträflinge an und teilte Peitschenhiebe aus. Die Männer legten sich in die Riemen, und die Galeere übernahm die Führung.

»Nicht unbedingt ein faires Rennen.« Lorraine schaute Marie-Josèphe an. Das Licht der Kerzen und des zunehmenden Mondes schmeichelten seinen ebenmäßigen Zügen. »Eine Peitsche gegen ein lindes Abendlüftchen.« Seine Hand glitt um Marie-Josèphes Knöchel. Sie wollte den Fuß zurückziehen, er hielt ihn sanft fest.

Es ist nichts Schlimmes dabei, dachte Marie-Josèphe. *Seine Berührung ist mir angenehm. Yves würde nicht gefallen, daß ich es dulde, aber Yves gestattet sich seine eigenen Freuden. Er befindet sich bei dem König und Seiner Heiligkeit an Bord der Galeone und durchlebt in der Erinnerung noch einmal die Jagd auf das Seeungeheuer.*

»Wozu dieses Wettrennen?« fragte sie. »Die armen Männer ...«

»Es sind Sträflinge«, antwortete Lorraine. »Kriegsgefangene, Mörder ...«

»Gewiß nicht!«

»Würde man ihnen sonst eine derartige Behandlung zuteil werden lassen? Meine Liebe, der König veranstaltet dieses Rennen, um seine Wette mit König James zu verlieren. Dann hat der Engländer wieder Geld, um sich noch ein oder zwei Wochen in Versailles leisten zu können.«

»Seine Majestät ist außerordentlich großzügig«, sagte Marie-Josèphe.

Lorraine ließ seine Hand an ihrem Unterschenkel hinaufwandern.

Monsieur hielt den Blick auf Lorraine gerichtet. Trotz des Licht- und Schattenspiels der Kerzen, trotz des Puders und der diamantenen Mouches, erkannte man die Kümmernis in seinem Gesicht. Marie-Josèphe fragte sich, ob die Freunde vielleicht gestritten hatten.

Die Galeere erreichte die künstliche Insel am Kreuzungspunkt der beiden Arme des Grand Canal. Die Anhängerschaft des englischen Monarchen brach in lauten Jubel aus.

»Ihr seht heute abend ganz besonders zauberhaft aus«, bemerkte Lorraine.

»Vielen Dank, Monsieur. Es ist allein Euer Verdienst.« Sie berührte die Pfauenfeder in ihrem Haar. »Odelette hatte keine Zeit, mich zu frisieren. Mademoiselle brauchte sie, und Maria von Modena verlangte ausdrücklich nach ihren Diensten. Ich bin so stolz auf ihren Erfolg! Aber ohne Eure Pfauenfeder wäre mein Haar . . .«

»Diese Feder ist zu beneiden.« Er schloß die Augen und öffnete sie wieder, die langen Wimpern streichelten seine Wangen.

Der Gondoliere, mit sehr schöner Tenorstimme, hielt einen hohen Ton, bis der Bug des Bootes gegen die Insel stieß. Marie-Josèphe applaudierte ihm, er verneigte sich. Lorraine warf ihm ein Goldstück zu.

Die Passagiere stiegen aus. Lorraine ergriff galant

Marie-Josèphes Arm und half ihr auf die Plattform aus dicken Planken. Die Ruderer in der Galeere vor ihnen rangen nach Atem. Ihre Körper, nackt bis auf einen Lendenschurz und die Ketten, glänzten vor Schweiß und Blut. Lorraine führte sie schnell an ihnen vorbei, damit sie nicht hören mußte, wie sie stöhnten, weil der salzige Schweiß in den tiefen Peitschenstriemen brannte.

Die vornehmen Gäste fanden sich in einem Märchenland aus zierlichen goldenen Arkaden und hohen Obelisken wieder. Zweige aus Kristall streuten das Licht von tausend Kerzen als Regenbogenflitter über Blumenkaskaden und -gebinde. Das Kammerorchester spielte, Musik erfüllte die duftgeschwängerte Luft. Die Insel war ein Traum. Gestern hatte es sie noch nicht gegeben.

»Ich hole Euch etwas zu trinken«, sagte Lorraine.

Am Rand der Insel wandelten Feen und Kobolde über das Wasser. Sie brachten Wein und Körbe mit Konfekt. Die Balken des Gerüsts, auf dem die Insel ruhte, lagen dicht unter der Oberfläche – unsichtbare Brücken für die Bedienten in ihren Kostümen. Lorraine brachte Marie-Josèphe ein Glas Wein.

»Ist es Euer drittes? Oder Euer viertes?«

Marie-Josèphe lachte. »O Monsieur, das kann ich nicht mehr sagen.« Sie spazierten durch einen Laubengang, über einen Teppich aus weichem Moos. Lotte pflückte eine Erdbeere aus dem Rankengewirr und aß sie halb. Roter Saft glänzte an ihrem Mund. Die andere Hälfte gab sie Marie-Josèphe. Sie zerdrückte die süße Frucht zwischen den Zähne. Lotte strich ihr mit der Fingerspitze über die Lippen.

»Ihr benutzt kaum Puder oder Rouge«, sagte sie. »Seht, nun sind Eure Lippen nicht mehr gar so blaß.« Sie pflückte eine zweite Erdbeere und gab sie ihrer Mutter. Madame umarmte ihre Tochter und aß die Erdbeere. Die Arkaden hingen voller Früchte und Süßigkeiten an goldenen Fäden.

»Mon cher.« Monsieur ergriff Lorraines freien Arm. Der Chevalier beugte sich nieder und drückte ihm einen Kuß auf den Mund.

»In einer verschwiegenen Laube sollen Kartenspiele im Gange sein.« Monsieur wandte sich ausschließlich an Lorraine. Sein bekümmerter Blick streifte kurz Marie-Josèphes Gesicht und kehrte sofort wieder zu ihm zurück. »Ihr schuldet mir Revanche nach dem, was Ihr mir gestern abend angetan habt.«

»Es wird mir ein großes Vergnügen sein – mit Euch zu spielen, Monsieur.« Lorraines Ton wurde förmlich, er verneigte sich.

Monsieur, seine Familie und Marie-Josèphe folgten Lorraines Beispiel und begrüßten Seine Majestät mit tiefen Reverenzen. Der König zeigte sich wohlgelaunt und lächelte. Er war in Begleitung von Mme. de Maintenon, Madame du Maine, Mme. de Chartres und ihrer Freundin, Mlle. d'Armagnac. Mme. de Chartres trug eine turmhohe Fontange, doch Mlle. d'Armagnac widersprach mit ihrer Aufmachung noch deutlicher der Mode als Marie-Josèphe: Sie trug als Kopfputz einen großen Fächer aus Pfauenfedern.

Marie-Josèphe fragte sich, wohin Comte Lucien verschwunden sein mochte. Sobald sie den König sah, hielt sie unwillkürlich auch nach ihm Ausschau.

»Guten Abend, Bruder«, sagte Ludwig.

»Guten Abend, Sire.« Monsieur und der König lächelten sich an, trotz des Zeremoniells, mit dem sie sich stets begegneten.

»Mlle. de la Croix.« Seine Majestät hob sie freundlich vom Boden auf. »Das Ebenbild ihrer Mutter. Mademoiselle, Wir sind glücklich, Euch wohlbehalten bei Uns in Frankreich zu haben.«

»Vielen Dank, Euer Majestät.«

Sie erwiderte sein Lächeln. Obwohl er die oberen Zähne verloren hatte, bewahrte er das Charisma seiner

Jugend, geadelt durch die Feinsinnigkeit des Alters. Er tätschelte ihre Wange.

»Eure schwimmende Insel ist überaus anmutig«, sagte Monsieur.

»Ein hübsches kleines Spielzeug, nicht wahr? Bruder, Wir benötigen Euren Rat. Welcher der Herren in Unserer Gesellschaft heute abend ist wohl der männlichste?«

Monsieur zögerte mit der Antwort, aber sein Blick huschte zu Lorraine.

»Chrétien hat gebeten, nicht als Kandidat antreten zu müssen.«

»Weshalb, Euer Majestät? Weil er sich vor dem Wasser fürchtet?« Lorraines Handbewegung umfaßte die schwimmende Insel.

Seine Majestät lachte vergnügt. »Nein. Nein, vielleicht wäre es ein ungleicher Wettbewerb. M. de Maine ist heißblütig – seid Ihr das nicht, mein lieber Junge?« Der König tätschelte seinem natürlichen Sohn die Schulter. »Aber Ihr hebt Eure Leidenschaft für Eure Gemahlin auf.«

»Ich schlage Père de la Croix vor«, sagte Mme. Luzifer.

»Nein, nein, nein, er bleibt aus vielerlei Gründen ausgenommen. Vor allem hat er gelobt, seine Leidenschaft Gott zu weihen.«

Endlich meldete Monsieur sich zu Wort. »Entscheidet Ihr, Sire. Eure Entscheidung wird die richtige sein.«

»Wir wissen, auf wen Eure Wahl fallen würde, wenn Eure angeborene Bescheidenheit Euch nicht zurückhielte.« Ludwig sprach ohne Ironie. »Euer Rat ist uns stets überaus wertvoll. Nun begleitet Uns. Wir müssen die Herrschaft über die Meere an Unseren königlichen Vetter James abtreten.«

Als Mme. de Maintenon vorüberging, sah Marie-Josèphe bestürzt und verwirrt, daß sie ihr ein verkniffenes, böses Gesicht zeigte. Bisher war sie von ihr stets mit einer gemessenen Freundlichkeit behandelt worden.

Seine Majestät ging voraus zu dem freien Platz in der Mitte der Insel. Dort strömten auch seine Gäste zusammen, ihre Kostüme strahlten mit den Kerzen um die Wette. Das Kammerorchester spielte, und eine weite Fläche schimmernden Parketts lud ein zum Tanz. Papst Innozenz und seine Kardinäle in blendendem Weiß und leuchtendem Rot boten den Juwelen und goldenen Spitzen der Höflinge Paroli. Yves trug seine schwarze Soutane, dennoch zog er die Blicke auf sich. Odelette stand bei der englischen Königin und trug auf einem samtenen Kissen ihr Taschentuch.

Ludwig und James trafen sich in der Mitte des Tanzbodens. Ludwig krönte James mit einem Diadem und überreichte ihm den Dreizack des Poseidon. Eine kostbare Perlenschnur, wenigstens drei Ellen lang, war um die Waffe des Meeresgottes geschlungen.

»Ihr habt Uns besiegt, Vetter«, sagte der König. »Und mit Unserem eigenen Schiff!« Er lachte.

»Das nächstemal werde ich einen Wind herbeirufen, damit das Rennen spannender wird.« James lachte ebenfalls und schmückte Maria von Modena mit den Perlen. Da er nicht über ihre hohe Fontange reichen konnte, ließ er die Perlen über ihren Busen rieseln und drapierte sie über ihre bloßen weißen Schultern.

Der König setzte sich in seinen Sessel vor dem Orchester. Eine kleine Nymphe in goldenem Schuppenkleid kam herbeigelaufen und brachte ein Kissen für seinen Fuß. Der Aufforderung Seiner Majestät folgend, nahmen die hochadligen Gäste neben ihm Platz, die übrigen Höflinge versammelten sich dahinter.

Das Schauspiel samt den tänzerischen Einlagen vermochte Marie-Josèphe nicht zu fesseln, es behandelte Ereignisse aus der Vergangenheit: die Fronde, den Bürgerkrieg. Ihre Gedanken schweiften ab. Ihr war, als hörte sie das Seeungeheuer singen.

Madame, die vor ihr saß, nickte ein, fuhr auf, dann

sank ihr Kinn wieder auf das ausladende Dekolleté. Gleich würde sie anfangen zu schnarchen. Marie-Josèphe legte ihr sanft die Hand auf die Schulter. Die Herzogin von Orléans schnaufte einmal, erwachte mit einem Ruck und setzte sich kerzengerade hin. Marie-Josèphe lächelte verständnisvoll und bemühte sich, der Handlung auf der Bühne zu folgen. Ein Tänzer stellte den jungen König dar, der triumphierte, obwohl sein Onkel Gaston einen großen Teil der französischen Aristokratie gegen ihn aufgewiegelt hatte. Der Coup d'Etat scheiterte.

Marie-Josèphe wünschte sich, sie hätte Seine Majestät tanzen gesehen. Seine Auftritte in jungen Jahren – als die Sonne, als Apollo, als Orpheus oder Mars – waren legendär, doch er hatte seit Jahrzehnten in keinem Ballett mehr mitgewirkt.

Die Aufführung endete. Die Gäste des Königs verliehen ihrer Begeisterung Ausdruck, und der König akzeptierte ihren Beifall und Dank.

Der Oberhofzeremonienmeister, der sich um eine erkleckliche Summe Geldes dieses Amt für ein Quartal erkauft hatte, trat auf Madame zu. Er verneigte sich vor ihr und wandte sich dann an Marie-Josèphe.

»Seine Majestät erbittet Eure Anwesenheit, Mlle. de la Croix.«

Marie-Josèphe schlängelte sich aus der Menge der Höflinge heraus und eilte hinter dem Marquis her.

Der Köng saß in seinem Fauteuil und lauschte der Musik, ein wohlgeformtes Bein ausgestreckt, das andere ruhte auf dem Kissen. Umraschelt von Seide und Spitze, sank Marie-Josèphe in einen tiefen Hofknicks. Dabei war sie sich voller Unbehagen ihrer kunstlosen Frisur bewußt.

Ludwig beugte sich vor, legte ihr die Hand unter das Kinn und schaute ihr mit seinen wunderschönen dunkelblauen Augen ins Gesicht.

»Das Ebenbild Eurer Mutter«, sagte er wie jedesmal,

»Ihr seid das Ebenbild Eurer seligen Mutter. Sie pflegte ihr Haar in genau dieser Art zu frisieren – keine Türme, keine Nester für Mäuse!«

Seine Majestät erhob sich und zog Marie-Josèphe in die Höhe.

»Wir bitten um diesen Tanz, Mademoiselle.« Er geleitete sie in die Musik, in die komplizierten Schrittfolgen der Courante. Vor den Augen des gesamten Hofes tanzte Marie-Josèphe mit ihrem König.

Sie vermochte kaum zu atmen. Ihr Gesicht glühte, sie sah ihre Umgebung wie durch einen Schleier. Die Berührung des Königs, sein freundlicher Blick, seine Huld – alles zusammen benahm ihr fast die Sinne.

»Ihr versteht ebenso anmutig zu tanzen, wie Ihr das Cembalo spielt, Mlle. de la Croix«, sagte Ludwig. »Genau wie Eure Mutter.«

»Sie war sehr schön und sehr begabt, Euer Majestät«, antwortete Marie-Josèphe. »Ich kann nicht hoffen, ihr gleichzukommen.«

»Wir alle erinnern uns ihrer.« Für Marie-Josèphe existierten ihre Eltern in einem Glorienschein aus goldenem Licht, ihre Mutter klug und liebevoll, ihr Vater geistesabwesend und gutmütig, bis zu der entsetzlichen Woche, in der ihr beide genommen wurden.

»Unsere alten Freunde und Feinde, Unsere Protegés und Ratgeber verlassen uns einer nach dem anderen«, fuhr der König fort. »Königin Christina. Le Brun, Le Vau, der böse alte Louvois. Molière und Lully. Die Grande Demoiselle ... Manchmal vermissen Wir sogar Mazarin, den alten Tyrannen.« Der König seufzte. »Ich vermisse M. und Mme. de la Croix.«

»Ich vermisse sie ebenfalls, Sire. Sie fehlen mir unbeschreiblich. Nur Gott hätte meine Mutter retten können, so schnell wurde sie von der Krankheit dahingerafft.«

»Gott liebte sie und rief sie zu sich. Doch Er läßt nicht zu, daß Seine Engel leiden.«

Aber sie hat gelitten, dachte Marie-Josèphe . Auf's Neue flammte der schwelende Zorn auf Gott und die Ärzte in ihr auf. *Sie litt entsetzlich, und ich hasse Gott so sehr, daß ich nicht begreife, weshalb er mich nicht mit einem Blitz erschlagen und der ewigen Verdammnis überantwortet hat.*

Bei einer Drehung im Tanz wischte sie sich verstohlen eine Träne von der Wange und hoffte, daß Seine Majestät es nicht bemerkte. Natürlich bemerkte er es, doch er war zu taktvoll, um sich zu äußern.

»Ich denke, sie hätten nicht sterben müssen, wenn ...«

»Wenn Wir sie nicht nach Martinique gesandt hätten?«

»O nein, Euer Majestät! Es waren die Ärzte, die Chirurgen .... Eure Bestallung war eine große Ehre für unsere Familie.« Sie dachte, hütete sich aber auszusprechen: *Wenn Ihr sie so vermißt habt, Sire, weshalb habt Ihr meine Eltern und ihre Kinder nicht nach Frankreich zurückgerufen?*

»Euer Vater war ein ehrenhafter Mann. Nur Henri de la Croix konnte es gelingen, als Gouverneur einer Kolonie ärmer zu werden.«

»Vater hatte mehr Widerstandskraft«, sagte Marie-Josèphe leise. »Ich dachte, er würde genesen. Aber man ließ ihn zur Ader ...«

Der König richtete den Blick über ihre Schulter hinweg ins Leere.

Ich habe zuviel gesagt, dachte sie. *Er lenkt die Geschicke Frankreichs. Ich darf ihn nicht mit meinem Kummer und meinem Zorn belästigen.*

»Jene Zeiten kehren wieder«, sagte der König. »Die Zeiten der Jugend und des Glanzes. Euer Bruder wird sie mir zurückgeben.«

»Ich – ich hoffe es, Majestät.«

Sie schluckte die Tränen hinunter, zwang sich zu lächeln und konzentrierte sich auf die Figuren des Tanzes. Was würde geschehen, wenn Seine Majestät erkannte, daß Yves ihm nicht helfen konnte, ewig zu leben?

»Wir müssen für Euch einen würdigen Gemahl finden«, äußerte Ludwig unvermittelt.

»Ich kann mich nicht vermählen, Euer Majestät. Ich habe weder Verbindungen noch Mitgift.«

»Ihr müßt Euch doch einen Gatten wünschen?«

»O ja, Sire! Einen Gatten, Kinder ...«

»Und wissenschaftliche Instrumente?« Er lachte in sich hinein.

»Sofern mein Gemahl es erlaubte.« Sie errötete. Wer hatte sich vor dem König über sie lustig gemacht? »Doch ich sehe keine Möglichkeit, wie ein solcher Traum wahr werden könnte.«

»Hat Euer Vater Euch nie gesagt ...? Wahrscheinlich nicht. Bei Eurer Geburt haben Wir versprochen, Euch mit einer angemessenen Mitgift auszustatten.«

Die Musik endete mit einem Tusch. Seine Majestät verneigte sich. Der Applaus der Umstehenden überlief Marie-Josèphe wie Feuer. Sie sammelte sich, vollführte einen tiefen Knicks und küßte seine Hand. Der König geleitete sie mit dem ihm eigenen vornehmen Anstand zum Rand der Tanzfläche, wo Monsieur und der Chevalier standen und flüsterten.

»Ihr werdet den nächsten Tanz mit Mlle. de la Croix tanzen«, sagte er und legte ihre Hand in die Hand des Chevaliers de Lorraine.

Von ihrer großen Freude beflügelt, lief Marie-Josèphe die Treppe zu den Mansarden hinauf. Die Kerze in ihrer Hand flackerte, obwohl sie die Flamme mit der Hand beschirmte. Sie hoffte, daß Odelette vom Dienst bei der englischen Königin zurückgekehrt war und Yves von seinem Dienst bei Papst Innozenz. Und hoffentlich schliefen beide noch nicht. Sie wollte ihnen beiden von den wundervollen Neuigkeiten des Königs berichten. Odelette erzählte sie vielleicht auch von dem langen Spaziergang mit Lorraine, wie sie auf den geschickt verborgenen Stegen über den Kanal gewandert waren und im Mondschein am Ufer des Grand Canal entlang. Yves brauchte davon nichts zu wissen, noch nicht, obwohl Lorraine nur ein- oder zweimal die Grenze der Schicklichkeit überschritten hatte.

Auf dem oberen Treppenabsatz angekommen, hörte Marie-Josèphe gedämpfte Stimmen. Sie lächelte. *Odelette und Yves sind beide wieder da,* dachte sie, *und Yves hat etwas getan, worüber Odelette sich ärgert. Fast wie früher auf Martinique. Wir drei zusammen, und Odelette schimpft meinen Bruder aus, weil er seine Wäsche einfach auf den Boden geworfen hat.*

Sie öffnete die Tür.

Im ersten Moment vermochte sie den Anblick, der sich ihr bot, nicht zu deuten. Das Licht war schlecht. Davon abgesehen konnte sie nicht glauben, was sie sah.

Ein Edelmann wälzte sich auf ihrem Bett und wühlte zwischen Decken und Kissen. Auf dem Teppich davor lag sein Hut, halb zugedeckt von dem achtlos fallengelassenen Rock. Die Hose renkte sich um seine Knie, das Hemd war hochgerutscht und entblößte die nackten Hinterbacken. Ein Schuh rutschte ihm vom Fuß und polterte zu Boden.

»Ihr begehrt mich.« Die Stimme – vertraut – klang vor Erregung heiser. »Ich weiß, daß Ihr mich begehrt.«

»Bitte ...«

Marie-Josèphe stürzte zum Bett und griff nach der Schulter des jungen Mannes. Odelette schlug um sich, versuchte, seine Hände abzuwehren.

»Geh weg«, sagte Philippe, Herzog von Chartres. »Siehst du nicht, daß wir beschäftigt sind?«

»Laßt sie in Ruhe!« rief Marie-Josèphe. »Wie könnt Ihr es wagen!« Sein spitzenbesetztes Hemd zerriß bei ihren Bemühungen, ihn wegzuzerren.

»Mlle de la Croix!«

Verdutzt, verwirrt, sprang Chartres vom Bett und fummelte an seinen Kleidern, um sich zu bedecken. Odelette setzte sich auf, das blauschwarze Haar hing ihr aufgelöst um die Schultern. Ihre Augen waren groß und dunkel, ihr Gesicht gerötet.

»Wie könnt Ihr es wagen, Monsieur! Wie kommt Ihr dazu, meine Zofe zu belästigen?«

»Ich dachte ... Ich wollte ....« Seine braunen Locken waren wild zerzaust. »Ich glaubte, Ihr wärt es!«

Sein Lächeln raubte ihr die Worte. Odelette brach in Tränen aus.

Chartres verbeugte sich vor ihr. »Obwohl mit eine Stunde in deiner Gesellschaft gewiß Vergnügen bereiten würde.«

Odelette warf sich herum und schluchzte in ihr Kissen.

»Ich glaube, daß ich Euch nicht gleichgültig bin«, sagte Chartres, zu Marie-Josèphe gewandt.

Er streckte ihr die Hand hin, und sie versetzte ihm einen kräftigen Backenstreich.

»Was bringt Euch auf den Gedanken, die Nachstellungen eines verheirateten Mannes könnten mir angenehm sein? Oder überhaupt eines Mannes, der mir nicht durch den Segen der Kirche als Gemahl anvertraut ist?«

Sie stieß ihn zur Seite, setzte sich zu Odelette auf das Bett und nahm sie in die Arme.

»Falls es Eure Absicht war, mich zu vertreiben«, meinte Chartres, »hättet Ihr mich ebensogut mit Rosen bewerfen können.«

»Verlaßt uns, Monsieur!«

»Ihr habt mir Hoffnungen gemacht, Mademoiselle, und nun gebt Ihr mir die Schuld.« Chartres hob seinen Federhut auf, seinen mit goldener Spitze besetzten Rock, seine hochhackigen Schuhe.

Die Tür schlug zu. »Du Ärmste, geht es dir gut? Hat er dir wehgetan? Ich schwöre, ich habe ihm keinen Anlaß gegeben zu glauben, daß ich ...daß du ...«

Schluchzend stieß Odelette sie von sich, heftiger, als Marie-Josèphe Chartres gestoßen hatte.

»Weshalb habt Ihr Euch eingemischt? Weshalb habt Ihr ihn gehindert zu tun, was er tun wollte?«

»Was meinst du damit?« Marie-Josèphe glaubte, sich verhört zu haben.

»Vielleicht hätte er mir ein Kind gemacht. Dann würde er mich kaufen, mich freilassen und mit nach Hause nehmen – mein königlicher Gemahl!«

Sie schrie auf vor Wut und Kummer, zog die Knie an die Brust, begrub ihr Gesicht und verschränkte die Arme über dem Kopf. Marie-Josèphe streichelte ihr über das Haar, bis das Schluchzen nachließ.

»Er kann dich nicht zur Frau nehmen. Er ist bereits verheiratet.«

»Das ist nur wichtig in Eurer Welt, nicht in meiner!«

Marie-Josèphe biß sich auf die Unterlippe. Sie wußte über das Leben in der Türkei nur, was Odelettes Mutter ihnen beiden erzählt hatte. Odelette erschien sie als Paradies, Marie-Josèphe nicht.

»Er wird dich nie anerkennen. Oder ein Kind, das du ihm schenkst.«

»Doch! Er hat andere Bastarde!«

»Er sieht in dir eine Dienerin. Er würde mir befehlen, dich fortzuschicken, wegzujagen. Dich *und* das Kind.!«

Odelette hob den Kopf und schaute sie an, und in ihren Augen funkelte ein solcher Zorn, daß Marie-Josèphe bestürzt zurückwich.

»Ich bin eine Prinzessin!« rief Odelette. »Auch als Sklavin bleibe ich eine Prinzessin. Meine Familie ist tausend Jahre älter als diese Bourbonen oder irgendein Franzose. Meine Familie herrschte, als die Römer diese Barbaren in den Staub warfen!«

»Ich weiß.« Marie-Josèphe wagte es, sie wieder in die Arme zu schließen, und spürte, wie der innere Aufruhr sie schüttelte.

»Ich weiß«, wiederholte sie. »Aber er würde dich nicht anerkennen. Er würde dich nicht nach Konstantinopel bringen. Ich würde dich niemals fortjagen, doch wenn er sich an den König wendete und der König dich verbannte, könnte ich nichts dagegen tun.«

Sie strich über Odelettes langes Haar. Es bedeckte Schultern und Rücken wie ein Mantel und bauschte sich hinter ihr auf dem Bett.

»Ich lasse dich frei«, sagte sie.

Odelette machte sich los und schaute ihr ins Gesicht. »Sie hat gesagt, das würdet Ihr niemals tun.«

»Wer?«

»Die Nonne. Die Mutter Oberin. Jedesmal, wenn ich ihr Haar frisierte, weil sie einen Liebhaber erwartete ...«

»Einen Liebhaber!«

»Sie hatte Liebhaber. Mir ist gleich, wenn niemand es glaubt.«

»Ich glaube dir. Ich bin erstaunt, aber ich glaube dir.«

»... sagte sie, Ihr würdet mir niemals die Freiheit geben. Sie sagte, Ihr wärt nicht bereit, auf mich zu verzichten.«

»Die Schwestern haben mich davon überzeugt, Sklaven zu besitzen wäre eine große Sünde ...«

»Das stimmt«, sagte Odelette ernst.

»Ja. Aber sie wollten nicht, daß ich dich freigebe. Sie wollten, daß ich dich verkaufe und das Geld dem Konvent stifte.« Sie nahm Odelettes Hände und küßte sie. »Ich fürchtete mich, das zu tun, liebe Odelette. Man ließ mich nicht mit dir sprechen, ich wußte nicht, was du wolltest, und ich dachte – auch wenn ich manchmal zweifelte –, wie schlimm es im Konvent auch sein mag, es könnte noch viel schlimmer sein ...«

»Es war nicht schlimm im Konvent«, antwortete Odelette. »Ich habe ihnen das Haar frisiert. Ich will lieber die Wäsche von Nonnen besticken, als Eures Bruders Strümpfe waschen.«

Nun liefen Marie-Josèphe Tränen über die Wangen, vor nachträglicher Erschütterung über Chartres' Handlungsweise, Erleichterung über Odelettes Bekenntnis und, wenn sie ehrlich war, vor Selbstmitleid, denn für Marie-Josèphe war der Konvent ein Ort des Schreckens gewesen.

»Kein Wunder, daß Mademoiselle und Königin Mary dich von mir weglocken«, sagte sie mit dem Versuch zu lächeln. »Aber das ist jetzt nicht wichtig. Ich weigerte mich, dich zu verkaufen ...«

»Darüber bin ich froh«, sagte Odelette. »Ich sollte keine Sklavin sein. Ich werde niemals jemandes Sklavin sein, außer die Eure.«

»Du wirst nie mehr Sklavin sein«, verkündete Marie-Josèphe. »Du bist frei. Du sollst wie meine Schwester sein.«

Odelette schwieg.

»Ich werde ...« Marie-Josèphe zögerte. Sie zweifelte an ihrem Urteilsvermögen, denn sie hatte auch Chartres vertraut. »Ich werde Comte Lucien fragen.« Comte Lucien, wenn auch ein gefährlicher Freidenker, war zumindest ehrlich. »Er wird wissen, was man tun muß, welche Papiere du brauchst, aber von diesem Moment an bist du frei. Wir sind Schwestern.«

»Ja.«

»Ich verspreche es.«

»Weshalb habt Ihr so lange gewartet?«

»Du hast mich nie darum gebeten.« Sie nahm Odelette bei den Schultern. »Was für ein Unterschied bestand denn zwischen uns? Wir lebten im selben Haus, wir aßen die gleichen Speisen, wenn du meines Bruders Strümpfe gewaschen hast, so wusch ich sein Hemd! Ich habe nie von dir als Sklavin gedacht.«

»Ihr könnt das nicht verstehen.«

»Nein, das kann ich nicht. Bis die Schwestern mich wegen meiner Sünde bedrängten, habe ich nie darüber nachgedacht, und dafür bitte ich dich um Verzeihung. Aber, Odelette, nachher habe ich angefangen zu denken, und ich dachte, wenn ich dich freilasse, wird man dich auf die Straße werfen, ohne einen Sou. Keine Geldmittel, kein Beschützer, keine Familie. Ich hatte nichts, was ich dir geben konnte!«

»Ich komme allein zurecht«, erwiderte Odelette trotzig.

»Das mag sein, aber warte, Schwester, ich habe Grund zu glauben, daß uns bald das Glück hold sein wird. Wenn du noch bei mir bleibst, nur kurze Zeit, wirst du daran teilhaben. Dann wirst du nicht versuchen müssen, als Zofe dein tägliches Brot zu verdienen. Du könntest in die Türkei gehen – falls du wirklich in die Türkei gehen möchtest, die du gar nicht kennst ...«

»Wie Ihr Frankreich nicht gekannt habt«, sagte Odelette, »und trotzdem seid Ihr hier.«

»Das ist etwas völlig anderes.«

»Wieso, Mlle. Marie?«

»Vielleicht ist es nicht anders, Mlle. Odelette. Doch wenn du in deine Heimat gehst, würdest du nicht lieber wohlhabend und mit Dienerschaft zurückkehren, statt als Zofe oder Landstreicherin?«

»Das wäre besser«, Odelette nickte. »Aber – ich kann nicht zu lange warten.«

»Ich hoffe, das brauchst du nicht. Nun komm, versuche weiterzuschlafen. Ich werde die Tür abschließen.«

»Ich helfe Euch beim Auskleiden.«

»Hilf mir nur mit den Haken und Nesteln am Kleid, auf mich wartet noch einige Arbeit.«

Zuerst mußte Odelette etwas anderes anziehen, denn Chartres hatte ihr fadenscheiniges Nachthemd in Fetzen gerissen. Im Schrank entdeckte Marie-Josèphe unter ihrem Hemd mit dem bordierten Saum ein neues aus dickem, warmem Flannell mit drei Spitzenbordüren.

»Wo kommt das her?«

»Königin Mary hat es mit gegeben. Ihr könnt es tragen. Ich nehme das alte von Euch.«

»Es ist deins, du sollst es tragen. Und wir sind jetzt Schwestern, also sprich mit mir wie mit einer Schwester.«

Marie-Josèphe half Odelette in das neue Nachtgewand, ließ sich dankbar von ihr aus Kleid, Schuhen und Korsett helfen und steckte ihre Schwester wieder ins Bett. Anschließend wusch sie sich mit kaltem Wasser.

Sie merkte, daß ihre Periode aufgehört hatte, viel zu früh. In ihrer Sorge nahm sie sich vor, ihre Angst vor den medizinischen Künsten zu überwinden und einen Arzt aufzusuchen.

Andererseits – sie hatte so viele andere, wichtigere Dinge zu bedenken, so viele Dinge zu tun. Die Ärzte hier waren so tüchtig und gebildet, sie durfte ihnen nicht mit Weiberkram die Zeit stehlen. Außerdem war sie dankbar, daß ihr weitere Tage des Unwohlseins erspart blieben. Um nicht wieder ein Malheur zu erleben, legte sie ein sauberes Handtuch vor und weichte das blutige in einer Schüssel mit kaltem Wasser ein.

Ob das Seeungeheuer Blutungen hatte? *Dummes Zeug,* gab sie sich selbst zur Antwort. *Tiere haben keine Monatsblutungen. Sie sind unbefleckt von der Sünde Evas. Außerdem, würde das Seeungeheuer bluten wie eine Frau, wäre es eine leichte Beute für Haie.*

Sie holte sich Lorraines Umhang. Sein Moschusparfum kitzelte ihre Nase wie die Locken seiner Perücke ihre Wange, als er sich niederbeugte, um ihr leise etwas ins Ohr zu sagen. Sie setzte sich mit untergeschlagenen Beinen in den Sessel neben dem Bett, die Partitur auf dem Schoß, die nackten Füße unter den warmen Umhang gezogen. Kerzenschein huschte über die Blätter.

Ich glaubte, das Stück wäre vollkommen, dachte sie bei sich, *aber das Seeungeheuer ist so traurig, so voller Angst in seinem Gefängnis ...*

Odelette streckte die Hand unter der Decke hervor, tastete nach der ihren und hielt sie fest. Auch nachdem ihre Schwester eingeschlafen war, machte Marie-Josèphe sich nicht von ihr frei, obwohl sie dadurch gezwungen war, sich beim Redigieren und Umblättern mit einer Hand zu behelfen. Irgendwann nickte sie ein.

Und erwachte mit einem Ruck, erschreckt von der Lust, die sich in ihren Körper stahl. Die Blätter der Partitur rutschten von ihren Knien auf den Boden.

Die Kerze war erloschen und hatte der Dunkelheit das Regiment überlassen. Eine Melodie tändelte über ihre Haut, kalt wie die Nachtluft. Das Seeungeheuer schwamm durch das Fenster, als wäre das Glas durchlässig für feste Materie. Es schwebte über ihr, das schwarzgrüne Haar bewegte sich wie in einer unsichtbaren Strömung und wurde zur Decke emporgetragen.

Zitternd und benommen dachte Marie-Josèphe : *Das ist ein Traum. Ich kann tun, was ich will. Nichts, niemand kann mich hindern.*

Sie stand auf, streckte die Hände zu dem Seeungeheuer hinauf.

Der Gesang verstummte, das Seeungeheuer verschwand. Marie-Josèphe eilte zum Fenster. Unten im Garten schimmerte weißlich das Zelt über dem Bassin d'Apollon. Im Nördlichen Quincunx und dem Stern sah man die Fackeln der Gärtner hin und her wandern und auf der Wasserfläche des Spiegelbeckens flimmern. Das Knarren der Wagen mit den Orangenbäumen störte die leise flüsternde Stille der nächtlichen Gärten von Versailles.

Erneut erschien das Seeungeheuer, wie in Sonnenlicht getaucht und singend. Weitere Seeungeheuer folgten ihm, schwammen in der Luft, umkreisten, liebkosten sich, schufen einen Wirbelwind, einen Malstrom.

Marie-Josèphe trat ans Fenster. Sie erwartete, hindurchschweben zu können wie die Seeungeheuer, doch sie stieß schmerzhaft mit der Nase gegen die Scheibe und mußte erkennen, daß das Glas für sie nicht durchlässig war.

Seltsam, dachte sie. *In einem Traum sollte es mir möglich sein, mich ungehindert zu bewegen. Ich kann es nicht, meine Einbildungskraft läßt mich im Stich. Wenn ich das Fenster öffne und nach draußen steige, werde ich fallen. Es heißt, daß ein Träumender, der stürzt, statt zu fliegen, sterben muß.*

Sie lief die Stiege hinunter, sich vor den verwunderten Blicken der Lakaien in dem pelzgefütterten Umhang bergend. Sie waren es nicht gewöhnt, in der Stunde vor Tagesanbruch Mitglieder des Hoftstaats munter zu sehen. Für einige Höflinge war das die einzige Zeit, in der sie schliefen.

Draußen spürte sie schmerzhaft die Kieselsteine unter den nackten Füßen. Sie träumte sich auf Zachis Rücken. Sie träumte sich festes Schuhwerk. Nichts geschah. Die Steine fühlten sich noch scharfkantiger an. Sie lief die Treppen hinunter und trat auf den Grünen Teppich. Das Gras war kalt und feucht, aber weich. Von den Kerzen am Rand der Rasenfläche waren nur mehr qualmende Dochte in Wachspfützen übrig.

Der leuchtende Gesang des Seeungeheuers führte sie zum Zelt. Der Wachposten schlief, eingelullt von dem zauberischen Lied.

Im Innern des Zeltes, im Käfig, im Teich, peitschte das Seeungeheuer das Wasser mit heftigen Beinschlägen zu leuchtender Gischt. Es sang.

Marie-Josèphe setzte sich auf die Marmoreinfassung.

»Wäre dies mein Traum«, sagte sie, »wäre dies dein Traum, wärst du nicht eingesperrt.«

Das Seeungeheuer stieß mit klarer Stimme einen an- und abschwellenden Ruf aus. Ein männliches Seeungeheuer – das Seeungeheuer, dessen Körper Yves sezierte – schwamm, durch den Gesang wiedererweckt, unter dem Zelthimmel. Marie-Josèphe schloß die Augen, aber die

Erscheinung blieb. Ihrem Bewußtsein eingeprägt von dem Singen, tummelte es sich vor ihr wie etwas greifbar Lebendiges.

»Ich sehe deine Lieder«, sagte Marie-Josèphe. »Und du verstehst, was ich sage. Habe ich recht? Kannst du sprechen? Kannst du mit Worten sprechen?«

»Fischhh«, sagte das Seeungeheuer, und dann sang es.

Ein winziger Fisch, die Umrisse so rauh wie die Stimme des Seeungeheuers, huschte durch ihre Wahrnehmung. Das Lied beschrieb den Fisch selbst, seine Umgebung, das Geräusch seiner Bewegungen im Wasser, den Geschmack seines Fleisches. Die Seeungeheuer verständigten sich nicht durch Worte, sondern durch Bilder, Zusammenhänge, Assoziationen.

Marie-Josèphe summte die Melodie des Fisches. Ein formloser Schatten waberte vor ihr und verschwand. »Oh, Seeungeheuer, mein Lied muß für deine Ohren sein wie für meine Augen die ersten Malversuche eines Kindes.Ich werde lernen, ich verspreche es. Seeungeheuer, wie ist dein Name?«

Das Seeungeheuer sang eine komplizierte Melodie. Sie beschrieb das Seeungeheuer und deutete Freude und Kühnheit und jugendliche Weisheit an.

»Wunderschön! Er paßt genau!«

Das Seeungeheuer schwamm auf sie zu, das Leuchten floß wie ein Schleier über seine Schultern und an dem langen Haar entlang. Es stützte die Ellenbogen auf die unterste Stufe und richtete den Blick auf Marie-Josèphe . Sein geraunte Lied schuf Gestalten und Bilder.

Marie-Josèphe lief und holte sich Papier und Zeichenkohle. Sie skizzierte die Lieder, nicht mit Worten oder Bemerkungen, sondern mit flüchtig hingeworfenen Bildern. Tränen tropften auf das Papier, aber die Bilder blieben deutlich, denn sie hörte sie.

In seinem Lied war das Seeungeheuer allein. Schmutz und Algen trübten das Wasser des Beckens, Unrat und

Münzen bedeckten den Grund. Der Gesang färbte das Wasser saphirblau. Der Abfall und die Münzen verwandelten sich in weißen Sand und lebende Muscheln. Ein Schwarm schillernder Fische zog vorüber, bei jeder Wendung wechselte die Farbe von Blau nach Silber, Silber nach Blau. Ein fremdes Seeungeheuer schwamm durch das tropische Meer. Es war älter als das von Yves gefangene, die Haut dunkler, das Grün des Haares heller, der geteilte Schwanz silbern gefleckt. Es war schwanger.

Die Meerfrau schwamm durch das rasch flacher werdende Wasser an einen weißen Strand, ein einsames Eiland in der Weite des Ozeans. Sie kroch mühsam an Land, wühlte sich in den warmen Sand, bettete ihren Bauch darauf.

Marie-Josèphes Seeungeheuer schob sich neben der Wöchnerin an den Strand, das männliche Seeungeheuer folgte und noch eines. Sie umgaben die werdende Mutter, ordneten ihr Haar, massierten ihr den Rücken, streichelten ihren Bauch.

Die Mutter stöhnte und klagte, ihr Körper verkrampfte sich. Die Helfer hielten sie, stützten ihren Oberkörper, so daß sie halb lag, halb saß.

Marie-Josèphe beobachtete die Geburt mit Grauen und mit Faszination. Die Mutter litt. Es war mehr wie die Geburt eines Menschenkindes als das leichte Gebären von Tieren. Doch endlich lag das Neugeborene an der Brust der Mutter. Sie drückte es an sich, sang ihm vor und ließ es trinken, während die Familie es mit lauem Meerwasser wusch und seine zusammengefalteten, mit Schwimmhäuten verbundenen Zehen auseinanderbreitete.

Tage vergingen, es wuchs. Im flachen Wasser vor der Insel spielte es mit seiner Mutter und mit seinen Tanten und ihren Gefährten. Die Mutter nährte es, und die anderen fütterten sie mit Fisch und Seegurken, Muscheln und Wellhornschnecken und etwas Seetang als Beilage.

Die Seeungeheuer lehrten das Junge zu schwimmen, lehrten es, das Meer zu lieben. Sie nahmen es mit ins Tiefe, zeigten ihm, wie man über längere Zeit den Atem anhält, zeigten ihm die Wunder des Meeres, warnten es vor den Gefahren. Ein Hai tauchte auf, beäugte hungrig das Junge, wachsam die Erwachsenen und verschwand in der endlosen Bläue. Delfine eilten vorüber, antworteten auf die Gesänge der Seeungeheuer mit ihrem Keckern und Schnattern. Die Seeungeheuer schwammen zwischen den Tentakeln eines zahmen Kraken, der in dem Skelett einer spanischen Galeone lebte. Sie spielten mit Golddublonen und kostbarem Geschmeide, verstreuten die Reichtümer achtlos auf dem Meeresgrund und schwammen davon.

In Zeiten großer Gefahr oder während Stürmen, die zu wild tobten, um darin zu spielen, sanken die Seeungeheuer unter die Wogen, stießen große Trauben Luftblasen aus und bewegten sich kaum noch. Sie lagen auf dem Rücken mit geschlossenen Augen, offenem Mund, und ab und zu hob sich ihre Brust, als atmeten sie Wasser.

Sobald das Junge die Kunst beherrschte, am Grund des Ozeans zu schlafen, verließ die kleine Familiengruppe die Insel der Geburt. Abwechselnd das Junge tragend, verschwanden sie in der Weite.

Die Bilder flackerten. Die Stimme des gefangenen Seeungeheuers brach mit einem heiseren Laut und die Vision verging.

Der Sonnenaufgang dämpfte das Leuchten des Wassers.

Zitternd vor Kälte und Begreifen, hielt Marie-Josèphe den Stapel Blätter umklammert, auf denen festgehalten war, was sie gehört und in ihrem Kopf gesehen hatte. Das letzte Stück Zeichenkohle fiel sacht wie eine Aschenflocke zu Boden.

»Meerfrau«, sagte Marie-Josèphe. »Du hast mir dein Leben gezeigt. Dein Leben, deine Familie ...«

Die Meerfrau begann wieder zu singen.

Yves erschien vor Marie-Josèphe, wie in jener Nacht, schweigend, bleich, blutend. Verzweifelt hielt sie sich die Augen zu, aber das Bild ließ sich nicht aussperren, sie sah es in der Wölbung ihrer Handflächen. Sie deckte die Hände über die Ohren. Die Erscheinung ihres todwunden Bruders verschwamm und löste sich auf.

Die Meerfrau sang zu ihr, in Bildern: »Ich bedachte deinen Bruder mit dem gleichen Schicksal, das er meinem Gefährten bereitet hatte, doch ich konnte dich nicht damit erschrecken, daß ich drohte, ihm den Leib aufzureißen vom Puls bis zu den Hoden.«

Der Tiger loderte in der Morgendämmerung und verschwand.

Die Meerfrau sang: »Ich sang eine Warnung vor dem Räuber, denn ich fürchtete, er könnte dein Blut wittern, wie Haie aus großer Entfernung. Ich sang, bis du entweder tot sein mußtest oder in Sicherheit, und bis meine Kehle schmerzte. Aber du warst furchtlos, und ich konnte dich nicht zu meiner Verbündeten machen, in dem ich dich warnte.«

Der Strudel aus Seeungeheuern drehte sich um die Krone des Käfigs; sie streichelten Gefährten und Freunde, seufzten ihre Lust.

»Ich ließ Furcht hinter mir«, fuhr die Meerfrau fort, »und sang von Liebe und Leidenschaft, und endlich hörtest du mich.«

»Seeungeheuer ... Meerfrau ...«, flüsterte Marie-Josèphe.

Die Meerfrau knurrte heiser und kletterte die Stufen hinauf. Marie-Josèphe hob die Hände, hielt es zurück. Die Zeichnungen rutschten und flatterten zu Boden.

»Nicht, bitte. Laß es sein.«

Die Meerfrau stieß einen fragenden Laut aus. Mit seinen Krallen hätte sie Marie-Josèphe schwere Verletzungen zufügen können, doch sie blieb ruhig.

»Ich kann dich nicht freilassen«, sagte Marie-Josèphe . »Wohin würdest du gehen? Das Meer kannst du nicht erreichen, selbst der Fluß ist zu weit. Du bist Eigentum Seiner Majestät. Mein Bruder würde in Ungnade fallen, wenn du entfliehst.«

Die Meerfrau knurrte und fletschte die Zähne. Dann ließ sie sich klatschend in den Teich zurückfallen.

»O Seeungeheuer! Meerfrau! Was soll nun aus dir werden? Was soll ich tun?« Marie-Josèphe begann zu weinen.

Kapitel 16

Marie-Josèphe stolperte die Königsallee hinauf. Sie wollte sich in ihre Kammer flüchten, bevor jemand sie aufgelöst und barfuß durch den Garten laufen sah. Wenn sie doch Zachi hätte! Ihre Füße waren so kalt, daß sie die Zehen kaum noch spürte. Sie hielt den Stapel Skizzen an die Brust gedrückt, verbarg ihr gefährliches neues Wissen unter dem warmen Umhang des Chevaliers. Die Verzweiflung der Meerfrau verfolgte sie wie ein hungriges Tier.

Oben warf sie einen Blick in Yves' Kammer. Er schnarchte leise. Soutane, Hemd und Schuhe bildeten einen unordentlichen Pfad zum Bett. Sie legte ihre Skizzen auf seinen Schreibtisch und schüttelte ihn, bis er sich im Halbschlaf aufsetzte und brummte, er sei wach. Dann änderte sie ihren Entschluß, nahm die Blätter wieder an sich und versteckte sie.

Wenn ich Yves von der Meerfrau erzähle, wie soll er mir das glauben, dachte sie. *Doch wenn ich es ihm zeige ... wenn ich es allen zeige ...*

Odelette kam mit einem Frühstückstablett aus der Küche zurück. In ihrem neuen Morgenkleid aus Musselin und Spitzen bot sie ein strahlendes Bild von Gesundheit und Schönheit. »Ich werde bei Euch bleiben.« Sie sagte es mit ernster Miene, während sie das Tablett auf den Tisch am Fenster stellte.

Marie-Josèphe , in Gedanken weit weg, wußte im ersten Moment nicht, wovon sie redete, wunderte sich, wo das Gewand herkam. Dann fiel es ihr wieder ein: Chartres' versuchte Vergewaltigung; das von ihr gegebene Versprechen; Königin Marys Großzügigkeit.

»Aber nur, bis die Familie wieder zu einem Vermögen gekommen ist oder bis ich erhobenen Hauptes nach Hause zurückkehren kann. Ich werde versuchen, aus eigener Kraft mein Glück zu machen. Ich werde keine Dienstbotenarbeiten mehr verrichten – aber ich bin bereit, Euch zur Hand zu gehen, wenn Ihr es wünscht, weil, Mlle. Marie, Ihr überhaupt nichts von Mode versteht. Niemand soll mich jemals wieder eine Sklavin nennen.«

»Ich akzeptiere Eure Bedingungen, Mlle. Odelette, und ich nehme dankbar Eure Hilfe an«, erklärte Marie-Josèphe förmlich, aber lächelnd. Sie gab ihr einen Kuß auf die Wange. Odelette umarmte sie und lehnte die Stirn kurz an ihre Schulter. Ihre dunklen Augen glänzten feucht.

»Wenn Ihr geht, werdet Ihr mir fehlen wie eine Schwester«, sagte Marie-Josèphe. »Trotzdem werde ich alles tun, um Euch möglichst schnell zu Unabhängigkeit zu verhelfen.«

Odelette, wieder vollkommen gefaßt, neigte vornehm den Kopf. Sie nahm am Frühstückstisch Platz, Marie-Josèphe ebenfalls. Sie setzte sich auf die Fensterbank und schenkte ihnen beiden Schokolade ein. Herkules kam und miaute; Marie-Josèphe stellte ihm eine Untertasse mit warmer Milch hin.

»Rieche ich Schokolade?« Yves trat ein. Er fuhr sich mit beiden Händen durch das Haar, eine Perücke hätte keine schöneren Locken haben können. Er schaute Odelette an. »Und wo soll ich sitzen?«

»Ihr könnt Euch einen Stuhl holen«, antwortete sie ungerührt. »Ihr seid jung und kräftig.«

Er runzelte die Stirn. »Genug – ich habe Hunger. Laß mich auf meinen Platz, Odelette.«

»Ich heiße nicht Odelette. Mein Name ist Haleed.«

Yves lachte. »Haleed! Als nächstes erzählst du mir, du seist Mohammedanerin geworden!«

»Das bin ich in der Tat!«

»Ich habe Mlle. Haleed die Freiheit geschenkt. Sie ist jetzt unsere Schwester.«

»Du hast *was?*«

»Ich habe sie freigelassen.«

»Einfach so? Sie ist unser einziger Besitz von Wert.«

»Sie hat mir gehört – ich kann ihr die Freiheit schenken, wenn ich will.«

»In fünf Jahren vielleicht, wenn du volljährig geworden bist.«

»Ich habe ihr mein Wort gegeben. Sie ist frei. Sie ist unsere Schwester.«

Er zuckte die Schultern. »Ich werde nichts unterzeichnen.« Zu Haleed sagte er: »Du brauchst nicht fürchten, daß ich dich einmal verkaufen werde, aber wir können bei Hofe unmöglich ohne einen Dienstboten auskommen.«

Odelette – Haleed – erhob sich mit einer so heftigen Bewegung, daß ihr Stuhl umkippte, und flüchtete in das angrenzende Schlafzimmer.

»Yves, wie konntest du!«

Er stellte den Stuhl hin, setzte sich und schenkte sich ein. »Ich? Ich bin nur des Versuchs schuldig, unsere Stellung zu bewahren.« Er tunkte sein Brot in die Schokolade, biß das eingeweichte Ende ab und wischte sich mit der Hand die Tropfen vom Kinn.

»Es ist nicht recht, ein anderes menschliches Wesen als Eigentum zu betrachten.« *Oder in einen Käfig zu sperren.*

»Unsinn! Mit wem hast du geredet? Wer hat dir diese Flausen in den Kopf gesetzt?«

Jetzt war nicht der geeignete Augenblick, mit ihm über die Meerfrau zu sprechen. Marie-Josèphe faßte nach seiner Hand. »Sei nicht böse. Du besitzt die Gunst des Königs, und mir hat er eine Mitgift versprochen, einen Gemahl! Du kannst es dir leisten, großzügig zu sein. Unsere Schwester ...«

Yves warf sein Brot auf den Teller. »Eine Mitgift? Eine Mitgift! Mir gegenüber hat der König nie von deiner Heirat gesprochen!«

»Ich dachte, du würdest dich freuen.«

»Mir gefällt nicht, wie du dich verändert hast. Du sagst, dein größter Wunsch ist, mir zu helfen, aber ...«

»Wie kann ich dir helfen, eingesperrt in ein Kloster ...«

»Du mußt doch irgendwo bleiben, während ich reise ...«

»... wo man mir verbietet zu lernen, mich beschuldigt ...«

»... und Versailles ist nicht der rechte Ort für eine Jungfrau.«

»Wenn ich verheiratet wäre, wäre ich keine Jungfrau.«

»Und wenn du nach St. Cyr zurückgehst ...«

Marie-Josèphe bemühte sich, ruhig zu bleiben. Wenn sie ihren Bruder merken ließ, welches Grauen sein Vorschlag ihr erregte, würde er glauben, sie sei verrückt geworden. Vielleicht hätte er recht damit.

»Mme. de Maintenon hat allen Lehrerinnen befohlen, die Gelübde abzulegen. Deshalb mußte ich fort.«

»Geh zurück. Werde die Braut Christi.«

»Ich werde niemals den Schleier nehmen!«

Das satte Klingeln und Klimpern von Goldmünzen unterbrach sie. Odelette, in ihrem Zorn schöner denn je, schleuderte eine Handvoll Louisdor ins Zimmer. Die Münzen sprangen über den Teppich, rollten über die Dielen, trudelten in eine Ecke und fielen klappernd um.

»Ich kaufe mich selbst frei. Wenn das nicht genug ist, kann ich noch mehr bekommen.«

Eine Prinzessin hätte nicht hoheitsvoller aussehen können als sie in einer neuen Toilette aus mitternachtsblauer Seide. Eine lange Schnur aus schimmernden Perlen wand sich durch ihr blauschwarzes Haar.

»Woher hast du das?« verlangte Yves zu wissen. »Woher hast du das Kleid, den Schmuck?«

»Von Mademoiselle. Von Mlle. d'Armagnac. Von Mme. du Maine. Und von der englischen Königin!«

Yves sammelte die Münzen auf. »Ich werde deinen

Wunsch in Betracht ziehen – nachdem du wieder zum rechten Glauben zurückgekehrt bist.«

Marie-Josèphe nahm ihm die Goldstücke weg und drückte sie Haleed in die Hand. »Euer Lohn gehört Euch, wie auch Eure Freiheit.«

»Ich meine, was ich sage!« Yves stürmte aus der Kammer.

»Natürlich meint er es nicht so«, sagte Marie-Josèphe. »Er ...«

»Er ist besessen von diesem Teufel, der glaubt, alle Türken sollten Sklaven sein. Von diesem christlichen Teufel, dem Papst.«

Lucien stieg mühsam Stufe um Stufe die Treppe zu den Gemächern der Königin hinauf. Lieber wäre er ausgeritten, aber die Pflicht verlangte, daß er zuhörte, wie der Marquis de Dangeau sein Journal der Unternehmungen des Königs verlas, und die Richtigkeit bezeugte.

Der Musketier öffnete ihm mit einer Verbeugung die Tür zu Mme. de Maintenons Gemächern.

Der König saß bei seiner Gemahlin und redete halblaut mit ihr. Sie war über eine Stickarbeit gebeugt und nickte zu seinen Worten. Lucien hielt den Blick abgewandt. Er hatte nicht den Wunsch, noch mehr Ketzer brennen zu sehen.

»M. de Chrétien«, empfing ihn Seine Majestät, »guten Tag. Quentin, ein Glas Wein für den Comte.«

Lucien verneigte sich vor dem König. Er war dankbar für die Liebenswürdigkeit, die sein Souverän ihm erwies.

»Und bring ein Glas für M. de ...«

Ein Tumult draußen vor der Tür ließ den Kammerdiener auf halbem Weg innehalten. Er machte kehrt und eilte er zur Tür, um dem Lärmen Einhalt zu gebieten.

»Das kann nicht M. de Dangeau sein!« verwunderte sich der König.

»Monsieur, ich kann Euch nicht einlassen«, sagte Quentin. »Seine Majestät ist mit seinem Rat ...«

»Er ist bei seiner Mätresse, willst du sagen! Laß mich vorbei!«

Monsieur schob den Türhüter zur Seite, aber Quentin, ihm an Größe und Kraft zweifach überlegen, den Schnurrbart gesträubt, trat ihm entgegen. Inzwischen war hinter Monsieur der Marquis de Dangeau die Treppe heraufgekommen. Sichtlich bestürzt, zögerte er einen Moment, dann trat er unauffällig den Rückzug an.

»Laß meinen Bruder eintreten«, befahl Ludwig seinem Ersten Kammerdiener, der nur dem König Rechenschaft schuldete.

»Sire, Ihr müßt diese Farçe beenden!« Monsieur stapfte herein aufgeregt und aufgeputzt wie ein übelgelauntes Zirkuspferd.

»Farçe, Bruder?«

»Weshalb muß ich durch gewöhnlichen Klatsch erfahren, daß mein vertrauter Freund eins Eurer Protegés aus den Kolonien heiraten soll?«

»Vielleicht, weil Euer ›vertrauter Freund‹ beschlossen hat, Euch nicht einzuweihen«, bemerkte Mme. de Maintenon.

»Ihr wart dabei, als Wir sie ihm zugeführt haben ...«

»Für einen Tanz!«

»... und Ihr habt keine Einwände erhoben, geliebter Bruder.«

»Geliebter Bruder!« Er schrie fast. »Wie kann ich Euer geliebter Bruder sein? Ihr wollt mir wegnehmen, was ich liebe, meinen einzigen Trost, meine einzige Freude! Vor meinen Augen, *vor meinen Augen,* legt Ihr seine Hand in ... in ...«

Lucien wünschte sich weit weg. Zeuge dieser häßlichen Szene gewesen zu sein konnte sich späterhin nachteilig für ihn auswirken.

M. de Dangeau kann sich glücklich schätzen, dachte er,

schockiert von Monsieurs Ausbruch. *Er wird dafür belohnt, daß er fünf Minuten zu spät gekommen ist.*

»Aber Ihr scheint Mlle. de la Croix durchaus gewogen zu sein«, meinte Seine Majestät. »Immerhin ist sie ein Mitglied Eures Haushalts.«

»Des Haushalts meiner *Gemahlin*! Ich kann Mlle. de la Croix keinen Vorwurf machen – sie ist an dieser Kabale unschuldig! Ihr habt es geplant! Ihr wollt sie verkuppeln, damit Lorraine sich von mir abwendet!«

»Wir haben ihn Euch gegeben«, sagte Ludwig mit finsterer Miene. »Wir werden ihn Euch wegnehmen, wenn Wir es wünschen. Wir werden ihn jemand anderem geben, wenn Wir es wünschen.«

»Er wird nie von mir lassen ... er wird Euch trotzen ... ich ...«

»Philippe!« Ludwig sprang auf, packte seinen Bruder an den Schultern und schüttelte ihn.

Monsieur verstummte und starrte ihn an wie vor den Kopf geschlagen. Lucien konnte sich nicht erinnern, daß er je gehört hätte, wie Seine Majestät den jüngeren Bruder mit dessen Taufnahmen anredete. Monsieur hatte es wahrscheinlich auch noch nie erlebt.

»Ich hatte nur dein Wohl im Sinn, Bruder. Ich liebe dich. Wenn Lorraine heiratet ...«

»Ich brauche Eure Protektion nicht ...«

»Wirklich nicht?«

»Und Lorraine braucht keine Ehefrau!«

»Sie wird ihn – und dich – gegen Anschuldigungen abschirmen ...«

»Er kann Mätressen haben, so viel er will. Es macht mir nichts aus!«

Keiner widersprach ihm, obwohl jeder im Raum wußte, wie Lorraine ihn quälte, wenn er sich ungeniert seiner neuesten Eroberung widmete. Jeder im Raum wußte von Monsieurs Anfällen bitterer Eifersucht und Verzweiflung.

»Ihr dürft ihm keine Gemahlin aufzwingen. Er ist der einzige, der mich liebt.«

Mme. de Maintenon erhob sich. »Liebe!« rief sie schrill. »Wie könnt Ihr das Liebe nennen? Euer Betragen – eine Sünde und Schande! Der König hält seine Hand über Euch. Wärt Ihr nicht Monsieur, hätte man Euch auf dem Scheiterhaufen verbrannt, Euch und Euren lasterhaften Gespielen!«

Monsieur warf die Arme in die Höhe, stieß seinen Bruder von sich. Er richtete den Blick, voller Haß und Verzweiflung, auf Mme. de Maintenon.

»Ihr!« schrie er mit überschnappender Stimme. »Ihr wollt ihr meinen Geliebten zum Fraß vorwerfen, damit sie nicht den Euren raubt!«

Mme. de Maintenon sank auf ihren Sessel. Mit einer Gebärde der Fassungslosigkeit wandte Ludwig sich ihr zu: »Madame, das ist nicht wahr!«

»Leugnet nicht, daß Ihr Euch versucht fühlt«, eiferte Monsieur. »Von ihrer Schönheit, ihrer Klugheit, ihrer Unschuld. Glaubt Ihr, sie könnte Euch die verlorene Jugend wiedergeben?«

»Geht hinaus«, sagte Ludwig.

»Gern! Gebt mir meine Kavallerie zurück. Lorraine und ich werden in Euren Krieg ziehen, wie Alexander und Hephaistion. Vielleicht werde ich getötet, wie Patroklos ...«

»Habt den Anstand, Euch mit Achill zu vergleichen!«

»... und Ihr seid mich los ...«

»Nein. Es ist unmöglich.«

»Ihr gebt mir keine Aufgabe, Ihr versagt meinem Sohn die Möglichkeit, sich Ruhm und Ehre zu erwerben, und nun ...«

»Hinaus!« donnerte der König.

Mit einem Wehlaut warf Monsieur sich herum und stürzte zur Tür, riß sie auf und lief hinaus.

»Wie kann er mich der Boshaftigkeit beschuldigen?«

rief Seine Majestät. »Wie kann ich ihn retten? Wie soll ich ihm helfen?«

Tränen stürzten ihm aus den Augen, er hielt den Atem an, rang um Beherrschung. Ein langgezogener Jammerlaut entrang sich seiner Brust, erfüllte den Raum mit seinem Kummer, seinem Schmerz.

»Komm zu mir, mein Herz«, flüsterte seine Gemahlin. »Komm zu mir.«

Der König sank auf die Knie und vergrub das Gesicht an ihrem Busen. Sie nahm ihn in die Arme und redete leise und beschwichtigend auf ihn ein. Über seinen Kopf hinweg maß sie Comte Lucien mit einem eisigen Blick.

Ohne sich von seinem Souverän die Erlaubnis zu erbitten, verneigte sich Lucien, schritt rückwärtsgehend zur Tür und war froh, das Gemach verlassen zu dürfen.

Marie-Josèphe ritt auf Zachi an den Marmorstatuen vorbei, die den Tapis Vert säumten. Dankbar für die kurze Spanne des Friedens, blickte sie in jedes ernste, steinerne Gesicht und wünschte sich die gleiche Gelassenheit.

Die Oratoren würden nicht zögern, von der Meerfrau zu sprechen, dachte sie, *und niemand würde zögern, ihnen zu glauben.* Römische Götter und Redner würden sich nie schuldig fühlen, weil sie die Messe versäumt hatten. Sie würden auf Abenteuer ausziehen, gerechte Kriege gewinnen und nicht daran denken, daß sie mit ihrem Bruder gestritten hatten oder versäumt, Mademoiselle aufzuwarten.

Haleed wird Lottes Haar frisieren, sagte Marie-Josèphe zu sich selbst, *und Herzog Leopold wird ihr Komplimente machen, und sie wird meine Abwesenheit gar nicht bemerken.*

Am Fuß des Abhangs standen die Besucher Schlange, rückten vor in das Zelt, drängten sich um das Bassin d'Apollon und klatschten der Meerfrau Beifall.

Sie sollte nicht zur Schau gestellt werden wie ein Tier in der

Menagerie! dachte Marie-Josèphe. *Es ist würdelos! Und ich bin verantwortlich – ich habe sie die dummen Kunststücke gelehrt.*

Doch sie besaß nicht die Befehlsgewalt, um anzuordnen, daß das Zelt geschlossen wurde.

Zachi warf den Kopf und tänzelte; sie wollte galoppieren, laufen, bis ihre Mähne im Wind flatterte.

»Nein, meine Schöne«, sagte Marie-Josèphe leise zu ihr. »Wir müssen uns bezwingen. Wir könnten jemanden verletzen, wenn wir hinunterstürmen, um die Meerfrau zu entführen.«

Sie fragte sich, ob die Meerfrau reiten konnte, ob sie vielleicht auf dem Rücken mächtiger Wale durch den Ozean streifte.

Nein. Sie würde mit der Meerjungfrau nicht an den Wachen vorbeikommen, und mit doppelter Last konnte Zachi den Verfolgern nicht davonlaufen. Ihr mutiges Herz bewog sie vielleicht, es zu versuchen, und sie kam dabei zu Schaden.

»Es wäre sinnlos«, sagte Marie-Josèphe zu der Stute, zu sich selbst, »denn die Rettung könnte nicht gelingen. Yves würde mir niemals vergeben, um seiner Arbeit willen. Comte Lucien würde mir niemals vergeben, um Seiner Majestät willen. Und ich könnte mir niemals vergeben, um deinetwillen.«

»Um welche Zeit werdet Ihr zurückreiten?« Jaques brachte den Tritt und half ihr beim Absteigen.

»Das kann ich nicht sagen.« Sie streichelte Zachis glatten Hals und ihr weiches Maul, hauchte ihr in die geblähten Nüstern. »Ich lasse nach ihr schicken.«

»Ihr seid zu bewundern«, sagte einer der Musketiere, »das Seeungeheuer zu dressieren, so daß es die Besucher unterhält.«

»Schade, daß es nur für so kurze Zeit ist«, meinte der andere.

Marie-Josèphe eilte zum Becken. Die Meerfrau

schwamm hin und her und im Kreis herum, trieb Schabernack mit den Zuschauern.

Plötzlich tauchte sie unter. Über ihr schloß sich der Teich zu spiegelnder Glätte.

Die Oberfläche brodelte. In einer Fontäne aus Gischt schoß die Meerfrau aus dem Wasser. Ihr nackter Leib glänzte. Sie sprang über den Triton hinweg. Am höchsten Punkt des Bogens wedelte sie mit den Flossen – den Schwimmfüßen – und tauchte wie ein Pfeil wieder ins Wasser, ohne Klatschen oder Wellenschlag.

Die Zuschauer applaudierten. »Gebt ihm einen Fisch!«

»Es soll noch einmal springen!«

Marie-Josèphe hörte nicht auf die Zurufe.

Ich werde die Meerfrau nicht *zwingen, Tricks vorzuführen wie ein abgerichteter Hund,* dachte sie. Sie sang den Namen der Meerfrau; die Meerfrau trillerte und erschuf Schleier aus Licht und Klang, die glühten und brausten wie das Nordlicht. Marie-Josèphe ging durch sie hindurch. Die Zuschauer, blind für das diamantene Flimmern, warteten auf die Fortsetzung des Programms.

»Wache«, sagte Marie-Josèphe , »ruft die Lakaien her, damit sie die Tonne mit den Fischen in den Teich schütten.«

»In den *Teich*? Für das . . .«

Ein gebieterischer Blick wies ihn in die Schranken. Er verneigte sich.

Die Bedienten kippten das Faß um, Meerwasser und zappelnde Fische schwappten über die Teichbrüstung. Mit einem Jauchzen warf sich die Meerfrau in den Schwall des Salzwassers. Die Lakaien ließen vor Schreck das Faß los, das in den Teich rutschte, und flüchteten, obwohl die Musketiere brüllten und sie Feiglinge schimpften.

Die Zuschauer lachten und klatschten, als würde vor ihnen eine italienische Komödie aufgeführt. Marie-Josèphe , mit dem Rücken zum Pöbel, runzelte die Stirn.

»Nun habt Ihr keine Fische mehr, um das Seeungeheuer zu locken!« rief eine Stimme. »Wir wollen das Seeungeheuer sehen!«

»Werft dem Ungeheuer einen Fisch zu!«

»Sie ist kein Ungeheuer!« Niemand hörte sie. Wasser rauschte, die Meerfrau schnellte in die Höhe und warf einen Fisch, der durch die Luft flog, zwischen den Käfigstangen hindurch und dem Rufer gegen die Brust. Sie feierte den gelungenen Wurf mit übermütigem Planschen. Wasser spritzte Marie-Josèphe ins Gesicht und auf ihr Reithabit, Wellen liefen über ihre Füße, durchnäßten ihre Schuhe.

Die Zuschauer waren begeistert. Ein Kind drängte sich nach vorn, hob den Fisch auf und warf ihn zurück. Die Meerfrau sprang in die Höhe, fing ihn auf und verspeiste ihn mit zwei Bissen, Kopf voran. Das Kind lachte, die Meerjungfrau antwortete ihm trillernd.

»Das Seeungeheuer möchte uns dressieren«, sagte die Mutter des Kindes. Sämtliche Umstehenden und auch die Musketiere stimmten in ihr Lachen ein. Die Meerfrau schlug mit den Flossenfüßen und verschwand.

Das Faß dümpelte träge auf dem Wasser, doch plötzlich geriet es in Bewegung. Die Meerfrau schob es durch den Teich, drehte es quer um die eigene Achse, dann längs, bis es immer schneller rollte, dann ließ sie sich emportragen und nutzte den Schwung für elegante Kopfsprünge. Ihr Publikum applaudierte.

»Aufhören!« rief Marie-Josèphe zornig. Sie empfand das Spektakel als demütigend für die Meerfrau. Niemand schenkte ihr die geringste Beachtung.

»Mlle. de la Croix, nehmt Euch zusammen, ich bitte Euch.«

Comte Lucien stand am Becken, leicht auf seinen Gehstock gestützt. Seine Miene drückte Unwillen aus.

»Befehlt ihnen aufzuhören, Comte! Bitte!«

»Was tun sie denn, das Euch so mißfällt?«

»Sie quälen sie! Es ist wie bei der Bärenhatz!«

»Ich bezweifle, daß Ihr je bei einer Bärenhatz dabeigewesen seid, denn dies hier läßt sich damit in keiner Weise vergleichen. Euer Seeungeheuer spielt, zu seinem eigenen Ergötzen, wie auch zu dem der Zuschauer. Hat es nicht auch für Euch Kapriolen geschlagen?«

»Es ist würdelos!«

Comte Lucien schüttelte lächelnd den Kopf.

»Bitte macht Euch nicht lustig über mich.«

»Ich hatte nicht die Absicht. Im Gegenteil, Ihr tut mir leid, wenn Ihr nicht wißt, welches Vergnügen es bereitet zu spielen. Menschen ebenso wie Tieren.«

»Sie ist kein ...«

Das Faß wurde gegen die Plattform gerammt, wieder und wieder. Wasser strudelte um Marie-Josèphes Schuhe.

Sie kniete sich hin und streckte die Hände in den Teich. Die Meerfrau hörte auf, gegen das Faß zu stoßen, und schwamm zu ihr, streifte an ihren Fingerspitzen entlang.

In einem kurzen Gesang schilderte sie ihr Leben. Sie fing ihre Nahrung, sie schwamm durch bunte Korallenriffe in tropischen Meeren. Im Norden tummelte sie sich zwischen auf den Kopf gestellten Eisgebirgen, erforschte den Meeresgrund mit Klang und Wiederhall ihrer Stimme. Sie spielte mit den Kindern ihrer Familie. Zusammen mit ihrem Gefährten – dem Meermann, der jetzt tot und zerstückelt auf dem Seziertisch lag – schwamm sie zwischen den Fangarmen eines riesigen zahmen Kraken umher. Sie und ihr Gefährte liebten sich, einzig der sündigen Fleischeslust halber, ohne an Fortpflanzung zu denken, im Schein der von Sternenfunken übersäten Haut des Kraken. Drohte große Gefahr, sank die Meerfrau in die lichtlosen Tiefen und hörte fast auf zu atmen. Immer und überall war sie umgeben von den Berührungen und Gesängen des Meervolkes.

»Ich dachte nur an deine Angst«, flüsterte Marie-Josèphe. »Ich dachte nie daran, wie sehr du dich langweilen mußt. Wie einsam du bist.« Sie saß auf einer der Stufen, die Ellenbogen auf die Knie gestützt und das Kinn auf die Fäuste.

Die Leute am Gitter wurden ungeduldig. »Es soll springen! Es soll schreien und lachen!«

»Sing deine Geschichte noch einmal«, sagte Marie-Josèphe leise zu der Meerfrau. »Damit sie sie hören können.« Sie stand auf und wandte sich an die Zuschauer. »Die Meerfrau mag nicht mehr spielen, aber sie wird euch eine Geschichte erzählen.«

Die Meerfrau sang, nicht die Geschichte ihres Lebens, sondern ein Ereignis aus der Vergangenheit ihres Volkes.

Überrascht, von angespannter Erwartung erfüllt, bemühte sich Marie-Josèphe, die Bilder in Worte zu fassen, so unzulänglich sie sein mochten.

»Vor 3400 Jahren begegneten die Menschen des Meeres zum ersten Mal den Menschen des Landes.«

Ein faszinierendes Schiff, auf den Segeln Bilder von Kraken und Fischen, glitt schwerelos wie ein Albatros einher. Das Meervolk bestaunte es, neugierig, ohne Angst. Schöne schmalhüftige Jünglinge und Mädchen, alle mit lockigem Haar, warfen ihre kurzen, gegürteten Röcke ab und sprangen vom Schiff, um die Meermenschen zu begrüßen. Sie spielten und sangen zusammen. Die Landmenschen sahen fremdartig aus, anders als irgendein Volk, von dem Marie-Josèphe je gelesen oder gehört hatte: braunhäutig, mit schwarzen Augen und unbeschreiblich anmutig, geschmeidig wie Gräser im Wind.

»Wir gaben ihnen Lieder, sie gaben uns Geschichten«, sang die Meerfrau, »die man nicht nehmen kann, sondern nur schenken. Wir begegneten einander als Freunde.«

Das Meervolk begleitete das Schiff zu einer Insel, golden in der flimmernden Hitze des saphirblauen Mittelmeeres. Das Schiff glitt in einen Hafen. Ein aus Steinen erbauter Palast krönte die Klippen. An der Spitze einer Prozession kamen barbusige Frauen in glockenförmigen Röcken, das Haar mit Gold geschmückt, um die Gäste zu begrüßen. Die Kinder warfen Blumen ins Wasser, die Meermenschen wanden Kränze daraus.

»Die Meermenschen betraten die Hauptstadt von Atlantis«, erzählte Marie-Josèphe. »Wir fuhren in wassergefüllten Becken, deren Wände und Grund mit Delfinen und Tintenfischen bemalt waren. Die Meermenschen und die Landgeborenen tauschten Muscheln und Blumen.«

Der Gesang veränderte sich, klang auf einmal düster und bedrohlich. Marie-Josèphe hörte auf zu erzählen, als in dem Lied eine ungeheure Explosion den Boden erschütterte und einen heißen Wind über die Insel peitschte. Brennende Asche und flüssiges Gestein regneten herab. Asche häufte sich über die Wagen der Meermenschen.

Die Erde beruhigte sich. Die Stadt war zerstört.

»Wir suchten nach unseren Freunden«, sang die Meerfrau. »Wie sahen sie niemals wieder. Sie waren die ersten von uns, denen die Begegnung mit den landgeborenen Menschen zum Verhängnis wurde.«

»Das ist alles«, schloß Marie-Josèphe, ohne den Schluß der Geschichte zu übersetzen. Sie hatte die Meermenschen in einem ahnungslosen, blühenden Atlantis verlassen. Die Zuschauer applaudierten.

Die Meerfrau knurrte und spritzte ungehalten Wasser in ihre Richtung und verlangte eine Erklärung.

»Wie konnte ich ihnen sagen . . .?«

»Du mußt eine Geschichte immer zu Ende erzählen«, sang die Meerfrau. »Versprich es mir, oder ich werde nichts mehr singen. Du mußte eine Geschichte immer zu Ende erzählen.«

»Nun gut«, sagte Marie-Josèphe. »Ich verspreche es.

Von nun an, was es auch sein mag, werde ich alles so wiedergeben, wie du es erzählst.«

»Noch eine Geschichte!« riefen die Zuschauer. »Ja! Noch eine Geschichte!«

Ein Lakai drängte sich durch die Menge, eilte auf Chrétien zu und überreichte ihm ein Billett. Der Comte las. Dann trat er auf den freien Platz zwischen dem Käfig und der ersten Reihe der Zuschauer. Sein Hinken war kaum zu bemerken.

»Gäste des Königs«, sagte er. Seine angenehme Stimme, nur wenig erhoben, erfüllte das Zelt. Die Leute verstummten aus Respekt vor dem Repräsentanten des Königs. »Seine Majestät bittet Euch, das Seeungeheuer für heute in Ruhe zu lassen.«

Ohne Aufbegehren, ohne Widerspruch gingen die Zuschauer hinaus. Die Männer verneigten sich vor Comte Lucien, die Frauen knicksten. Sogar die Sprößlinge, entzückt darüber, einem Erwachsenen auf ihrer Augenhöhe zu begegnen, grüßten ihn mit kindlichen Respektsbezeigungen, die er ebenso ernsthaft erwiderte wie die ihrer Eltern. Die Meerfrau kam an die Oberfläche, gab einen ungehörigen Laut von sich und spie einen Strahl Wasser aus. Sie fragte Marie-Josèphe, wo die landgeborenen Menschen hingingen und was sie nun tun sollte, um sich die Zeit zu vertreiben.

Marie-Josèphe schaute sich nach dem Comte um. »Ihr hattet recht«, sagte sie. »Sie möchte lieber spielen und die Zuschauer necken – ich habe mich geirrt, als ich Euch bat, sie fortzuschicken.«

»Ich habe sie nicht fortgeschickt, um Euch einen Gefallen zu tun, Mlle. de la Croix.«

»Selbstverständlich nicht.« Eine tiefe Müdigkeit ergriff von ihr Besitz, und sie sank auf die unterste Stufe nieder. »Ich bin nicht vermessen genug, das zu glauben.« Die Musketiere ließen die Zeltbahnen herunter, schlossen die Stille ein.

Comte Lucien stieg auf die Marmoreinfassung. »Fehlt Euch etwas, Mlle. de la Croix?«

»Mir geht es gut, Monsieur.« Aber sie rührte sich nicht.

Comte Lucien reichte ihr seine Taschenflasche. Dankbar nahm sie einen Schluck von dem aromatischen Calvados.

Die Meerfrau paddelte heran und umfaßte Marie-Josèphes Fußgelenke. Sie tippte und stocherte mit ihren spitzen Nägeln, untersuchte Marie-Josèphes Schuhe, ihre Strümpfe und sang ihre Frage: »Was ist das für eine merkwürdige zweite Haut, die den landgeborenen Menschen wächst?«

Der Alkohol vertrieb das Gefühl der Erschöpfung. Marie-Josèphe rollte den Strumpf herunter, damit die Meerfrau ihre Haut berühren konnte. Ihre Schwimmhäute waren so weich und fein wie chinesische Seide. Sie strich über Marie-Josèphes Bein, betastete ihren Schuh. Sie schnalzte, das Gesicht mit geschlossenen Augen über Marie-Josèphes Fuß geneigt. Dann zog sie ihn ins Wasser, um ihn mit ihrer Stimme zu betrachten.

»Warte, Meerfrau! Ich kann es mir nicht leisten, den Schuh zu verderben!« Marie-Josèphe streifte ihn ab. »Nun kannst du dir meine Füße anschauen, solange du magst.«

Das kalte Teichwasser stieg über ihre Knöchel. Die Meerfrau tauchte unter, ihre Stimme kitzelte Marie-Josèphes Zehen.

Marie-Josèphe kicherte. »Darf ich mir deinen Fuß ansehen?«

Ohne Kopf oder Leib aus dem Wasser zu heben, schob die Meerfrau einen Fuß über den Rand der Einfassung. Ihre Hüften und Knie waren um vieles beweglicher als die Gelenke eines landgeborenen Menschen. Marie-Josèphe strich über ihren Spann, und sie wackelte mit den bekrallten Zehen. Die rauhe Haut an ihren Beinen fühlte sich ungewöhnlich warm an.

»Mlle de la Croix, ich glaube, Ihr habt genug getrunken.« Comte Lucien nahm seine Flasche an sich. »Die gelehrten Doctores der Akademie der Wissenschaften werden Euch nicht unbekleidet sehen wollen.«

»Die Akademie!« rief Marie-Josèphe aus. Yves hatte diese Ehre mit keinem Wort erwähnt. Sie riß der Meerfrau den Fuß aus den Händen, so daß sie verwundert an die Oberfläche kam.

Marie-Josèphe sah eine Möglichkeit, aber sie hatte keine Zeit zu planen. Sie sang den Namen der Meerfrau.

»Meerfrau, du mußt untertauchen! Atme unter Wasser! Wenn dir dein Leben lieb ist, komm nicht wieder an die Oberfläche, bis ich dich darum bitte.«

Die Meerfrau antwortete mit einem Pfiff, der ihre Beunruhigung ausdrückte, stieß kraftvoll mit beiden Beinen aus und tauchte rücklings in einem langen, eleganten Bogen ins Wasser. Luftblasen quollen ihr aus Mund und Nase, als sie den letzten Atem ausstieß und dann regungslos, wie tot, auf dem Boden des Beckens lag.

Draußen knirschten Schritte auf dem Kies.

Marie-Josèphe hob Schuh und Strumpf auf und lief zum Laboratorium. Man hörte nur jeden zweiten Schritt, wenn sie mit dem beschuhten linken Fuß auftrat. Sie erreichte ihren Platz am Seziertisch gerade rechtzeitig, um den nackten Fuß, Schuh und Strumpf unter dem Rock zu verbergen.

Lakaien stellten umständlich das Portrait des Königs auf. Yves betrat das Zelt an der Spitze von einem halben Dutzend schwarz gewandeter Scholaren und ihren Studenten. Er hatte für Marie-Josèphe nur ein flüchtiges Kopfnicken. Die Gelehrten verbeugten sich vor dem Portrait und vor Comte Lucien, dann versammelten sie sich um den Seziertisch. Comte Luciens Reitknecht brachte ihm eine Fußbank, damit auch er die Vorgänge verfolgen konnte.

Während Yves den Kadaver des Meermannes aufdeckte, begann er mit seinen Erläuterungen. Er sprach Latein. »Die Naturphilosophie beweist, daß es sich bei den Seeungeheuern um natürliche Geschöpfe handelt, den Seekühen ähnlich.«

Er hatte für die Herren von der Akademie einen Arm aufgehoben, den er jetzt sezierte, Sehnen, Knochen, Gelenke freilegte.

In der Stille des Wachschlafs der Meerfrau dokumentierte Marie-Josèphe die einzelnen Schritte seiner Arbeit, doch es fiel ihr schwer. Nun, da sie Bescheid wußte, erkannte sie die humanoiden Züge des Toten. Die langen, grazilen Knochen seiner Finger erinnerten sie an Comte Luciens wunderschöne Hände.

Yves legte das Skalpell beiseite. Marie-Josèphe schüttelte verstohlen die verkrampfte Hand. Ein Student heftete ihre letzte Zeichnung an den Rahmen.

Die Gelehrten von der Akademie befragten Yves über die Jagd, seine Arbeit, die Protektion des Königs.

»Die Kreaturen haben große Lungenflügel, wie nicht anders zu erwarten, vergleichbar denen der langsameren Meeressäuger. Ich habe beobachtet, wie ein Exemplar zehn bis zwölf Minuten lang unter Wasser geblieben ist.« Er ging rasch zu den anderen Organen über. »Das Herz . . .«

Den anomalen Lungenlappen ließ er unerwähnt.

»Der Kadaver des Ungeheuers hat keine Erkenntnisse mehr zu bieten«, schloß er seinen Vortrag. »Ich werde selbstverständlich eine vergleichende Studie anfertigen, soweit das Schicksal des Weibchens es zuläßt, obwohl die unvollkommene weibliche Kopie eines jeden Wesens uns nur wenig Wissenswertes vermittelt.«

»Bemerkenswerte Arbeit, M. le Père«, lobte der Doyen der gelehrten Abordnung, ebenfalls auf Latein. »Wenn Ihr uns jetzt erlauben wolltet, einen Blick auf das lebende Exemplar zu werfen?«

»Ruf das Seeungeheuer, Schwester.« Marie-Josèphe

gegenüber befleißigte Yves sich nicht des Lateinischen, als hätte er vergessen, daß sie es beherrschte. Marie-Josèphe eilte voraus, wegen des nackten Fußes ein wenig unbeholfen, und betrat den Käfig, schloß hinter sich ab, steckte den Schlüssel in die Tasche und setzte sich auf die Teicheinfassung, die Hände im Schoß gefaltet.

Wie merkwürdig es mir vorkommt, dachte sie, *müßig zu sein. Ich weiß gar nicht mehr, wann ich das letzte Mal ohne Beschäftigung ruhig dagesessen habe, ohne Handarbeit, ohne zu zeichnen, zu schreiben oder zu beten.*

Yves trat an die Tür. »Schließ auf.«

»Ich kann nicht«, antwortete sie auf Latein.

Als bemerkten sie die peinliche Situation nicht, spähten die Wissenschaftler in das trübe Wasser und hielten nach der Meerfrau Ausschau.

Yves runzelte die Stirn. »Sei nicht töricht! Befiehl der Kreatur, den Herren ihre Kunststücke zu zeigen. Und laß mich hinein, auf der Stelle!«

»Sie demonstriert ihre Fähigkeit, unter Wasser zu atmen.«

»Die junge Dame verwechselt Eure Kreatur mit einem Fisch«, bemerkte der Sprecher der Gruppe, die anderen Naturphilosophen kicherten. »M. le Père, Eure Assistentin hat durch die Beschäftigung mit den Klassikern ihr Gehirn überanstrengt, so daß sie jetzt ganz verwirrt ist.«

Yves' Miene verdüsterte sich. Er rüttelte an der Tür.

Wenn sie im Konvent eins gelernt hatte – und sonst wenig mehr – dann war es, Zorn und Verachtung mit Gelassenheit hinzunehmen. Doch um den Unmut ihres Bruders zu ertragen, mußte sie all ihre Seelenstärke aufwenden.

»Ihre Lungen besitzen einen besonderen Lobus, den es nur bei den Meermenschen gibt«, sagte Marie-Josèphe. Sie bediente sich auch weiterhin des Lateinischen.

Yves versteifte sich. »Deine Kommentare sind überflüssig.«

Er glaubt, ich verrate das Geheimnis, dachte Marie-Josèphe. *Das* falsche *Geheimnis.*

»Seit du gekommen bist, ist sie nicht aufgetaucht«, fuhr sie fort. »Der Lobus erlaubt den Meermenschen, unter Wasser zu atmen. Wasser *ein*zuatmen.«

»Komm augenblicklich heraus!« Yves erhob die Stimme.

»Sie wird untergetaucht bleiben, bis sie es bewiesen hat.«

»Existiert dieser anomale Lobus, M. le Père?«

Yves zögerte. »Allerdings.«

»Weshalb habt Ihr nichts davon erwähnt?«

»Ich gedenke, einen Aufsatz darüber zu schreiben. Da ich ihn noch nicht ausreichend studiert habe, wollte ich vermeiden, irrige Schlußfolgerungen weiterzugeben.«

»Eine bewunderungswürdige Zurückhaltung.«

»Vielen Dank.«

»Ein Blick auf das Seeungeheuer, während es noch lebt, wäre uns allen eine große Freude.«

Yves griff nach einer Pike und schob sie zwischen den Käfigstangen hindurch, aber die Meerfrau befand sich außerhalb seiner Reichweite.

»Mlle. de la Croix«, sagte Comte Lucien in verbindlichem Ton, »wollt Ihr so gut sein und die Tür öffnen?«

»Ich bitte um Vergebung, Comte, aber ich kann es nicht. Ich würde mich Euch nicht widersetzen, aber hier geht es um Leben oder Tod der Meerfrau.«

»Liegt sie im Sterben?«

»Sie bewahrt ihr Leben. Auf des Königs Gebot wird sie erwachen.«

Kapitel 17

Die Meerfrau auf dem Grund des Teichs war sich des schmutzigen Wassers bewußt, der Fische, die vorüberschwammen, der Stimmen der Menschen des Landes. Helles Sonnenlicht warnte sie, daß sie nicht tief genug tauchen konnte, um in eine vollkommene Trance zu fallen. Sie erhielt die Trägheit aufrecht, weil die Frau der Landgeborenen sie darum gebeten hatte. In gewissen Zeitabständen sog sie Wasser in die Lunge, stieß es nach und nach wieder aus.

Die Frau der Landgeborenen war das erste Wesen seit ihrer Gefangennahme, dem sie zu trauen wagte, das erste Wesen mit genügend Einfühlungsvermögen, um sie zu verstehen. Sie würde ihr auch weiterhin vertrauen, solange sie sich dadurch nicht in Gefahr brachte.

Sie lag sehr still, von einem phosphoreszierenden Leuchten umhüllt.

Die Meerfrau trieb auf dem Rücken am Grund des Beckens, ihre Augen waren offen und starr. Das lange grüne Haar breitete sich um ihren Kopf und Oberkörper wie ein Schleier. Sie öffnete den Mund und atmete Wasser ein als wäre es Luft.

Der König erschien.

Marie-Josèphe stand auf und knickste. Comte Lucien, Yves und die Doctores und Studiosi von der Akademie verneigten sich. Ludwig erhob sich mühevoll aus seinem Rollstuhl, die Gicht behinderte ihn wieder sehr. Er legte einen Arm um Lorraine und stützte sich mit der anderen Hand auf Comte Luciens Schulter. Monsieur folgte ihnen mit des Königs Gehstock und ließ den Blick nicht von Lorraine. Mit der übrigen Entourage kam auch M. Boursin ins Zelt scharwenzelt. Die weiße Spitze an seinem

Kragen und seinen Manschetten betonte seinen hervorstehenden Adamsapfel, seine knochigen Handgelenke und fleischlosen Hände. Er trug unter den Arm geklemmt ein altes Buch.

»Ist es tot?« brabbelte er vor sich hin. »Wenn es verdorben ist, bin ich ruiniert. Wenn es tot ist, bringe ich mich um! Gestern war es fett genug, hätte ich es nur gleich geschlachtet!«

Comte Lucien winkte einem Handwerker, der dem Schloß schüchtern mit einer Feile zu Leibe rückte. Metall scharrte über Metall.

Seine Majestät trat an den Käfig und schaute zwischen den Stäben hindurch. »Habt Ihr mein Seeungeheuer getötet, Mlle. de la Croix?«

»Nein, Euer Majestät.« Marie-Josèphes Gelassenheit war ebenso unerschütterlich wie die des Königs.

»Hat es sich selbst ertränkt?« Er erhob die Stimme, um das Raspeln zu übertönen. Feilicht rieselte zu Boden.

»Nein, Euer Majestät.«

Comte Lucien tippte dem Handwerker mit dem Stockgriff gegen die Schulter. Der Mann unterbrach seine Arbeit, während der König sprach.

»Was tut es dann?«

Der Handwerker bearbeitete das Schloß.

»Sie atmet unter Wasser, Sire.«

Die Feile schwieg – »Weshalb tut es das?« – schabte weiter.

»Weil ich sie darum gebeten habe, Sire.«

Der Handwerker unterbrach sich jedesmal, wenn Seine Majestät sprach, danach verdoppelte er seine Anstrengungen.

»Ihr habt es gut dressiert.«

»Ich kann nicht für mich in Anspruch nehmen, sie dressiert zu haben, Euer Majestät.«

»Es hat dir gehorcht«, sagte Yves. »Wie ein Hund.«

»Sie demonstriert die Funktion des von meinem Bruder entdeckten einzigartigen Teils ihrer Lunge. Es handelt sich nicht ...« Sie stockte und entschied sich dafür, das falsche Geheimnis zu wahren. »Es ermöglicht ihr, unter Wasser zu atmen.«

»Woher wißt Ihr um die wahre Funktion dieses Organs?«

»Euer Majestät, die Meerfrau hat er mir gesagt.«

Lorraine lachte, ein kurzes, hartes Bellen, rasch unterdrückt. Der Handwerker hielt inne, feilte weiter, hielt wieder inne.

»Meerfrau?« rief Seine Majestät. »Wollt Ihr behaupten, das Seeungeheuer spricht?«

»Marie-Josèphe, das ist genug! Ich verbiete dir ...« Yves verstummte wie der Handwerker, als Seine Majestät die Hand hob.

»Gebt mir Antwort, Mlle. de la Croix.«

»Ja, Euer Majestät. Ich verstehe sie. Sie versteht mich.« Der Handwerker sägte wieder an dem Schloß. »Sie ist kein Ungeheuer. Sie spricht, sie denkt. Sie ist eine Frau, sie ist ein Mensch, wie ich, wie wir alle.«

»Euer Majestät, bitte vergebt meiner Schwester – ich allein bin schuld, ich habe zugelassen, daß sie sich übernimmt ...«

»Wird es erwachen und auftauchen?«

»Sie wird tun, was Ihr befehlt, Sire«, antwortete Marie-Josèphe. »Wie auch ich Euren Befehlen gehorche.«

»Man soll dieses Lärmen unterlassen!«

Der Handwerker hörte auf zu arbeiten und trat unter wiederholten Verbeugungen zur Seite.

»Mlle. de la Croix«, sagte Ludwig, »seid so freundlich und öffnet die Tür.«

Sie stieg hinunter, steckte den Schlüssel in das Schlüsselloch und drehte ihn herum. Das Schloß fiel auseinander, die Tür ging auf.

Gestützt von Comte Lucien und Lorraine, humpelte der König zum Rand des Beckens.

»Sie versteht mich. Ich werde es Euch beweisen.« Marie-Josèphe stieg auf die Plattform hinunter. Sie schlug mit der flachen Hand auf das Wasser. »Meerfrau! Der König bittet dich aufzutauchen!« Sie sang den Namen der Meerfrau. Die Meerfrau reckte sich träge, öffnete die Augen. Sie stieß sich vom Boden ab und stieg in die Höhe. An der Oberfläche hustete sie und spie eine große Menge Wasser aus. Sie atmete tief ein, preßte die verbrauchte Luft aus der Lunge und holte wieder tief Atem. Die Erhebungen an ihrer Stirn und ihren Wangen blähten sich und schrumpften, wodurch sie wahrhaft furchterregend und grotesk aussah.

»Es lebt!« flüsterte M. Boursin.

»Was ist dieses Geschöpf«, fragte Ludwig, »wenn nicht ein Ungeheuer?«

»Sie ist eine Frau. Sie ist intelligent ...«

»Nicht intelligenter als ein Papagei«, fiel Yves ihr ins Wort.

»Dieses Abbild der Häßlichkeit, eine Frau?«

»Betrachtet Euch den Schädel des Meermannes, ihres Gefährten, Sire. Seht Euch seine Knochen an, seine Hände. Hört der Meerfrau zu, und ich werde Euch übersetzen, was sie erzählt.«

»Das Ungeheuer weist nicht die mindeste Ähnlichkeit mit einem Menschen auf«, widersprach Yves. »Dieses grobe Gesicht, die Gelenke an seinen Beinen – die Lage seiner Geschlechtsteile im Körperinneren, wenn Euer Majestät mir die Erwähnung dieses Themas vergeben wollen.«

»Ein Hund, ein Papagei, eine Kreatur!« rief der König aus. »Aber keinesfalls ein Mensch!« Er wandte sich ab.

Die Erkenntnis, versagt zu haben, traf Marie-Josèphe so kalt und betäubend, als wäre sie in das Gefängnis der Meerfrau gestürzt. Die Meerfrau, die vor ihren Füßen hin und her schwamm, verstand das Urteil des Königs. Sie kreischte schrill und spuckte.

»M. Boursin«, sagte Ludwig. »Eure Pläne, wenn Ihr so gut sein wollt.«

»Euer Majestät, ich habe genau das Richtige gefunden! Geradezu perfekt!« M. Boursin trat in den Käfig, öffnete den abgegriffenen alten Folianten und zeigte die aufgeschlagene Seite dem König.

»Ausgezeichnet, M. Boursin. Wir sind erfreut.«

»Seid so gut, ihm einen Fisch zuzuwerfen, Mlle. de la Croix, damit es springt und ich mir einen Eindruck verschaffen kann.« M. Boursin schaute begierig auf die Meerfrau, Marie-Josèphe ungläubig auf M. Boursin und den König.

Die Meerfrau spritzte mit den Zehen einen Tropfenregen in die Richtung der Menschen am Teichrand.

»Euer Majestät, nach dem Urteil der Kirche ist es ein Fisch, als Fastenspeise geeignet, schmecken soll es aber wie rechtes Fleisch. Wenn ich es jetzt schlachte, könnte ich etwas Spezielles zubereiten, ein kleines Gericht, eine Patê vielleicht, allein für Euer Majestät, zu Eurem Abendessen, so daß Ihr nicht bis zur Médianoche warten müßt.«

»Das ist sehr gut bedacht, M. Boursin.«

»Und mit dem übrigen Fleisch werde ich das Bankett Karls des Großen nachempfinden, es wird mein Meisterstück sein.« Er beugte sich gefährlich weit über die Teicheinfassung, schaute von dem Buch auf die Meerfrau und wieder zurück. Dann ließ er die Doctores, Yves und Marie-Josèphe sehen, was ihn so in Begeisterung versetzte.

Eine Meerfrau lag bäuchlings auf einer großen Servierplatte, den Oberkörper halb aufgerichtet, die Beine über den Rücken gebogen, so daß die Schwimmfüße fast ihren Scheitel berührten. Sie hielt einen toten Stör wie einen Säugling an die geschwollenen Brüste gedrückt.

»Ich werde seine Zitzen mit Garnelen und Muscheln ausstopfen, seinen Leib mit gebackenen Austern. Das

Haar werde ich mit goldenem Kaviar schmücken! Wie schade, daß das Männchen gestorben ist, wie schade, daß ich nicht beide herrichten kann! Ich muß dieses so bald wie möglich schlachten.«

Auf dem Holzschnitt starrte die Meerfrau mit weit offenen, blinden Augen ins Leere.

Marie-Josèphe schrie auf.

»Ich brauche einen kaspischen Stör ... Aber, aber, Mademoiselle, nicht erschrecken! Die Kreatur ist häßlich, gewiß, doch meine Kunst wird sie verschönen!«

»Schließt Euer Buch, M. Boursin«, sagte Comte Lucien.

Lorraine sprang mit einem Satz die Stufen hinunter, zog Marie-Josèphe in die Arme und erstickte ihr Schluchzen an seiner Brust.

»Was ist?« erkundigte sich M. Boursin. »Mlle. de la Croix – mögt Ihr keine Meeresfrüchte?«

»Wo ist mein Riechfläschchen?« Monsieur klopfte seinen Rock ab. »Ich habe es doch in die Tasche gesteckt – oder nicht? Kann ich es in meinem Muff gelassen haben?«

»Euer Majestät«, Yves drängte heran, »ich bitte um Vergebung. Meine Schwester ist schon immer sehr weichherzig gewesen. Sie hat aus dem Ungeheuer ein Schoßtier gemacht ...«

Marie-Josèphe klammerte sich an Lorraine. Sie zitterte am ganzen Leib und bemühte sich, ihr krampfhaftes Schluchzen zu unterdrücken.

»Hier ist es ja!«

Stechende Schwaden in den Nasenlöchern reizten sie zu heftigem Niesen. Tränen verschleierten ihren Blick.

»Darf ich mit dem Werk beginnen, Euer Majestät? Das Fleisch muß abhängen, oder es bekommt einen Hautgout.«

»Die Kreatur ist ein Fisch«, warf Comte Lucien ein.

»Ein *Fisch*, M. de Chrétien?«

»Wenn das Seeungeheuer kein menschliches Wesen

ist«, erklärte Comte Lucien, »dann ist es ein Tier. M. Boursin selbst hat Euer Majestät darauf hingewiesen, daß es sich nach den Kanones der Kirche bei den Seeungeheuern um Fischwesen handelt. Wenn M. Boursin es heute schlachtet, ist das Fleisch bis zum Bankett Eurer Majestät verdorben.«

»Aber ...«

»M. de Chrétien hat recht«, sagte der König.

»Aber ...«

»Genug, M. Boursin. Die Kreatur wird heute nicht geschlachtet! M. de Chrétien, Wir tragen Euch auf, zu veranlassen, daß Dr. Fagon sich um Mlle. de la Croix kümmert.« Der König war vollkommen ruhig, vollkommen Herr seiner selbst und der Situation.

»Sehr wohl, Euer Majestät.« Comte Lucien entfernte sich.

Lorraine nahm Marie-Josèphe auf die Arme. Sein schweres Parfum überdeckte die süßliche Schärfe von Monsieurs Olfaktorium.

»Untertänigste Vergebung, Sire«, sagte Yves. »Ich habe ihr zuviel abverlangt ... ihr weiches Herz ... der Schreck ...«

Lorraine drängte sich an Höflingen und Doctores vorbei und trug Marie-Josèphe aus dem Zelt. Sonnenlicht breitete sich über ihr Gesicht wie heißer Wein. In der Ferne der Rhythmus von Zelis' Hufschlägen. Comte Lucien war auf dem Weg zum Schloß.

»Laßt mich herunter«, verlangte Marie-Josèphe mit schwacher Stimme. »Ruft Comte Lucien zurück – ich will Dr. Fagon nicht sehen.«

»Ruhig, seid ganz ruhig.« Lorraine drückte sie fester an sich. Der König stieg in seinen Räderstuhl und machte es sich bequem, während seine Taubstummen ihn zum Schloß hinaufschoben.

»Seid ganz ruhig, Mademoiselle. Dr. Fagon wird dafür sorgen, daß es Euch bald wieder besser geht.«

Lorraine legte Marie-Josèphe auf das Bett. Haleed sprang von der Fensterbank auf. Spitzen und Drähte von Königin Marys neuer Fontange rutschten von ihrem Schoß. »Mlle. Marie, was ist geschehen?«

Yves setzte sich zu seiner Schwester ans Bett.

»Der Arzt wird bald hier sein«, sagte Lorraine

»Das ist, wovor ich Angst habe!« flüsterte Marie-Josèphe.

Haleed wischte ihr mit einem feuchten Tuch über das Gesicht.

»Du wußtest, daß das Geschöpf geschlachtet werden würde«, sagte Yves. »Wie konntest du dein Herz daran hängen? Genau wie mit deinem Lämmchen, als du Papa angefleht hast, es nicht zu töten ...«

»Halt mir nicht vor, was ich als Kind getan habe! Ich bin kein Kind mehr.«

»Dein Benehmen ...«

»Ich fühle mich der Meerfrau verbunden, wie ich mich dir verbunden fühle oder Mlle. Haleed – ich bitte um ihr Leben, weil sie ein denkendes, vernunftbegabtes Wesen ist, ein Geschöpf mit einer Seele, und weil ich verhindern will, daß mein König sich des Kannibalismus' schuldig macht ...«

Dr. Fagon räusperte sich. Marie-Josèphe verstummte.

»Du redest wirres Zeug«, sagte Yves.

Dr. Fagon und Dr. Félix traten ein, ohne Marie-Josèphe um Erlaubnis zu bitten. »Seine Majestät ist mit Grund wegen Eurer Gesundheit beunruhigt«, äußerte der Leibarzt.

»Mir geht es ausgezeichnet, Monsieur.« Ihre Stimme war ruhig, fror und fühlte sich benommen.

»Still, Ihr seid blaß und hysterisch.« Fagon beugte sich über sie und schaute ihr in die Augen. »Was ist geschehen?«

»Sie hat einen Schock erlebt«, antwortete Lorraine. »Sie ist ohnmächtig geworden.«

»Unsinn«, sagte Haleed. »Ohnmächtig geworden!«

»Schweige Sie!« herrschte Dr. Félix sie an.

»Sie ist nur müde.« Haleed war nicht gewillt, sich den Mund verbieten zu lassen. »Seit der Rückkehr von M. Yves ist sie kaum zum Schlafen gekommen.«

Dr. Félix fuhr zu ihr herum. »Niemand hat Sie um ihre Meinung gebeten.«

»Monsieur!« Yves trat dazwischen. »Ihr mögt beim König in Gunst stehen, aber das gibt Euch nicht das Recht, Euch gegenüber Angehörigen meines Haushalts einen derartigen Ton anzumaßen.«

»Rührt sie nicht an!« rief Marie-Josèphe . »Rührt mich nicht an!«

»Marie-Josèphe, gestatte ihm, dich zu untersuchen«, sagte Yves.

Haleed warf sich über Marie-Josèphe, die dankbar und voller Angst das Gesicht an ihrer Schulter vergrub.

Dr. Félix und Lorraine zogen Haleed zurück, trotz ihres Sträubens und Wehklagens. Félix schob sie Yves in die Arme. »Schafft Eure Magd hinaus«, befahl Fagon. »Wir können nicht arbeiten mit zwei hysterischen Frauen im Zimmer!«

Yves hielt Haleed neben sich fest, so daß sie nicht wieder zum Bett laufen konnte.

»Bruder ...« beschwor Haleed ihn.

»Schafft diese Verrückte hinaus«, wiederholte Fagon. »Ich werde den Barbier schicken, er soll sie ebenfalls zur Ader lassen.«

»Es ist zu deinem eigenen Besten, Schwester. Ganz gewiß.« Yves wich Schritt für Schritt aus der Kammer in das Ankleidezimmer zurück und zwang Haleed, ihm zu folgen.

»Yves, laß es nicht zu! Bitte ... Denk an unseren Vater ...« Marie-Josèphe geriet in Panik, denn nun war sie ganz verlassen.

Dr. Félix hielt mit seinen kräftigen Händen ihren Kopf

fest, Dr. Fagon zwang ihren Mund auf. Seine Finger schmeckten nach Blut und Unsauberkeit. Sie konnte nicht schreien. Er schüttete ihr einen bitteren Trunk in den Hals. Sie würgte und bäumte sich auf.

»Monsieur«, Fagon richtete den Blick auf Lorraine, »könntet Ihr Euch bereitfinden zu helfen, Seiner Majestät zuliebe?«

»Mir selbst zuliebe, denn sie ist mein.« Lorraine umfaßte mit hartem Griff ihre Arme und drückte sie auf das Bett.

»Ich bin nicht ohnmächtig geworden, ich werde niemals ohnmächtig.« Sie warf den Kopf hin und her, um Dr. Fagons schmutzigen Fingern auszuweichen. »Ich versichere Euch, Messieurs . . .«

»Ich werde sie zur Ader lassen«, verkündete Dr. Félix. »Der Blutverlust wird ihre Nerven beruhigen.«

Marie-Josèphe wehrte sich mit der ganzen Kraft ihres Entsetzens, aber gegen die vereinte Stärke der drei Männer vermochte sie nichts auszurichten. Sie versuchte zu beißen.

»Nehmt Vernunft an und haltet still. Wir wollen Euch nur helfen.«

Sie wollte schreien, doch wurde nur ein ersticktes Keuchen daraus. Lorraines Moschusduft hüllte sie ein; neben ihr auf dem Bett kniend, preßte er mit seinem ganzen Gewicht ihren Oberkörper auf die Matratze. Die langen Locken seiner Perücke wallten um sein Gesicht, stauten sich an Marie-Josèphes Kehle. Sie stieß mit den Beinen aus, doch sofort fing jemand ihre Füße ein.

»Beweist etwas Courage«, sagte Lorraine. »Gebt Seiner Majestät Grund, stolz auf Euren Mut zu sein, statt daß er sich wegen Eurer Feigheit schämen muß.«

Félix schob ihren Ärmel bis über den Ellenbogen hinauf und hielt ihr Handgelenk fest. Er griff nach seinem Skalpell, und die scharfe Klinge schnitt durch die zarte Haut in der Armbeuge. Heißes Blut quoll durch

Schmerz, der metallische Geruch verdrängte Lorraines schweres Parfum. Sie wimmerte. Ihr Blut strömte in die Schale, spritzte auf ihren Reithabit und die Bettücher, besprenkelte die Spitzenvolants an Dr. Fagons Manschetten mit leuchtend roten Tupfen.

Lächelnd, den Blick in ihre Augen getaucht, hielt Lorraine sie nieder.

Lucien ignorierte bewußt das dumpfe Ziehen in seinem verwundeten Bein und auch den stärkeren, nahezu ständigen Schmerz in seinem Rücken, während er humpelnd den engen Korridor entlangging. Er verabscheute das Dachgeschoß des Schlosses. Er verabscheute die Schäbigkeit, den Geruch, die Erinnerungen. Als Kind, als Page, hatte er in den Gemächern der Königin gewohnt. Nach dem marokkanischen Intermezzo, vom König wieder in Gnaden aufgenommen, hatte er im Dorf Versailles gelebt, bis der Bau seines eigenen Landhauses vollendet war. In dieser Höflingskolonnie hatte er nur in den elendesten Monaten seines Lebens gehaust, als er bei Seiner Majestät in Ungnade gefallen war.

Die Tür zu Mlle. de la Croix' Zimmer ging auf. Dr. Fagon, Dr. Félix und Lorraine traten heraus. Hinter ihnen hörte man leises Weinen. Lucien runzelte die Stirn. Er war ein guter Menschenkenner und irrte sich nicht oft in seiner Beurteilung. Er hatte Mlle. de la Croix als tapfer, wenn auch allzu spontan eingeschätzt.

Lucien nickte den beiden Ärzten zu, erwiderte Lorraines kühle Verneigung. Félix verrieb mit dem Daumen die Blutstropfen auf seinem Handrücken zu rötlichen Streifen. »Ich habe ihre Hysterie kuriert«, sagte er.

»Seine Majestät wird erfreut sein, das zu hören. Er ist der jungen Dame und ihrer Familie gewogen.«

»Nicht zuletzt wegen ihres goldenen Haares und ihres schneeigen Busens«, bemerkte Lorraine.

Lucien antwortete mit einer floskelhaften Artigkeit. »Beklagenswert, wer dafür blind wäre.«

Obwohl Mlle. de la Croix vollkommen unschuldig war, konnten Gerüchte über eine Liaison mit dem König ihr nur zugute kommen. Lucien hegte sogar den Wunsch, Seine Majestät möchte eine solche Liaison eingehen. Seine Verbindung mit Mme. de Maintenon, die ihn mit ihrer Frömmigkeit beeinflußte, war nicht geeignet, seine Lebensgeister anzuregen.

»Wahrscheinlich ist morgen ein zweiter Aderlaß notwendig, damit die Kur anschlägt.« Fagon hielt das Becken schräg. Flüssiges Blut bewegte sich unter der geronnenen Oberfläche.

Félix tauchte prüfend den Finger ein. »Ihr Blut ist viel zu dick, wie Ihr bemerkt haben werdet«, sagte er, »aber ich werde ihre Körpersäfte ins Gleichgewicht bringen.« Er schüttelte mißbilligend den Kopf. »Auch wenn sie eine überaus unverständige junge Dame ist!«

»Sie hat mich zu beißen versucht«, sagte Lorraine, als sie weitergingen. »Der kleine Wildfang.« Er kicherte. »Wie ein Tier in der Falle. Dabei ist es ihr gelungen, *mein* Herz in *ihrer* Falle zu fangen.«

Mlle. de la Croix lag alleingelassen in einem Durcheinander aus Bettzeug und blutiger Scharpie, einen Arm über dem Gesicht. Sie hörte oder fühlte Lucien neben sich und streckte kraftlos die Hand aus.

»Lieber Gott, bitte nicht wieder ...« Sie tastete an seinem Ärmel hinauf. Ein Blutfleck wuchs auf dem weißen Verband. Lucien hielt ihre Hand fest.

»Oh!« Sie zuckte zurück, erschreckt und konsterniert. Feuchte Haarsträhnen klebten in ihrem eingefallenen Gesicht. »Vergebt mir – ich dachte, es wäre mein Bruder.«

»Ich werde ihn rufen.«

»Nein! Ich will ihn nicht sehen.«

»Fühlt Ihr Euch besser? Ruhiger? Befreit von Euren Wahnvorstellungen?«

»Ich habe keine Wahnvorstellungen! Ich kann mit der Meerfrau sprechen! Ihr glaubt mir doch, Monsieur – wenn nicht, was hat Euch veranlaßt, um ihretwillen ein solches Risiko auf Euch zu nehmen?«

»Seine Majestät entscheidet nach eigenem Ermessen«, antwortete Comte Lucien. »Ich habe lediglich die Tatsachen dargelegt.«

»War das Euer einziger Beweggrund?«

Lucien gab keine Antwort. »Schon gut«, flüsterte sie. »Eure einzige Sorge gilt Seiner Majestät. Ihr habt gesprochen, weil Ihr wißt, daß er die Meerfrau nicht töten darf – daß er seine unsterbliche Seele nicht beflecken darf!«

»Schlaft.« Dieses Gespräch nahm eine gefährliche Wendung, und Lucien gedachte nicht, es fortzusetzen. »Dr. Fagon wird morgen früh wiederkommen.«

»Wollt Ihr, daß man mich mit Aderlässen zu Tode bringt wie meinen Vater?«

Ihre Stimme war zu einem tonlosen Wispern herabgesunken. Lucien bedauerte, an ihrem Mut gezweifelt zu haben. Jeder Mensch, soweit er es beurteilen konnte, hegte eine geheime Furcht, und nach seinen Maßstäben war es durchaus vernünftig, vor Ärzten Angst zu haben.

»Haßt Ihr mich?« fragte sie leise.

»Selbstverständlich hasse ich Euch nicht.«

»Dann hindert sie daran, mich wieder zur Ader zu lassen. Ich bitte Euch.«

»Ihr verlangt zuviel von mir.« Wenn der König befahl, Mlle. de la Croix zur Ader zu lassen, konnte Lucien nichts daran ändern. Er hatte es sich zur Aufgabe gemacht, Ludwigs Wünsche auszuführen, nicht sie zu vereiteln.

»Bitte! Bitte versprecht es mir.« Sie richtete sich mühsam auf und umklammerte in grenzenloser Verzweiflung seine Hand. Angst und Schmerz hatten die wache Klugheit aus ihrem Gesicht getilgt. »Bitte helft mir. Ich bedarf eines Freundes.«

»Ich werde tun, was ich kann.«

»Gebt mir Euer Wort.«

»Nun gut«, sagte er wider besseres Wissen, doch gerührt von ihrer Not. »Ich gebe Euch mein Wort.«

Sie sank zurück und schloß die Augen. Allmählich wurde sie ruhiger, ihre Finger lösten sich von seiner Hand.

Lucien seufzte und strich über ihr vom Schweiß dunkel gefärbtes Haar.

Marie-Josèphe trieb in dem Dämmerreich zwischen Schlaf und Wachen, getröstet von Comte Luciens Gegenwart und seinem Versprechen, belauert von den Schreckensgestalten ihres Unterbewußtseins, voller Angst, ihnen im Traum zu begegnen. Sie fürchtete den Schlaf, doch auch das Erwachen.

Als sie schließlich doch aufwachte, strömte Mondlicht durch das Fenster und glänzte auf dem Boden wie ein Teich aus geschmolzenem Silber. Comte Lucien war gegangen. Haleed lag schlafend dicht an sie geschmiegt, ein willkommener Wärmequell. Dr. Félix mußte seine Drohung vergessen haben, auch sie zur Ader zu lassen, denn an ihren Armen war keine Wunde und kein Verband zu sehen. Yves war im Sitzen über einem Stapel Blätter eingeschlafen. Er würde am Morgen mit einem steifen Hals dafür büßen.

Yves und Haleed mußten sie ausgekleidet haben, denn sie trug nur noch ihr blutbespritztes Hemd. Sie hoffte, daß Comte Lucien von Haleed hinausgeschickt worden war, daß man sie nicht vor den Augen von des Königs vertrautem Ratgeber ihrer Kleider entledigt hatte. Anders als die Damen des Hochadels war sie nicht daran gewöhnt, von Tailleuren angekleidet zu werden und sogar während der intimsten Augenblicke ihres Lebens Zuschauer zu haben.

Sie setzte sich auf, schwach und benommen.

Yves erwachte. »Schwester – hast du dich erholt?«

»Wie konntest du zulassen, daß man mich zur Ader läßt?«

»Es war zu deinem Besten.«

Er hatte ihre Zeichnungen gefunden und schaute jetzt die Blätter an. Sein Gesicht blieb ausdruckslos.

»Die Meerfrau hat mir diese Geschichte erzählt«, sagte Marie-Josèphe. »Die wahre Geschichte deiner Jagd. Ihr habt drei Meermenschen gefangen. Nicht zwei. Sie haben sich gewehrt. Die Matrosen haben einen getötet ...«

»Still«, sagte er. »*Ich* habe dir diese Geschichte erzählt.«

»Das hast du nicht. Sie haben einen getötet. Sie haben sein Fleisch gegessen. *Du* hast ...«

»Ich habe das Fleisch eines Tieres gegessen! Es war köstlich! Weshalb sollte ich es nicht essen?«

»Du behauptest, die Wahrheit zu lieben, doch wenn du sie hörst, stellst du dich taub! Yves, lieber Bruder, was hat dich so verändert, daß du kein Vertrauen mehr zu mir hast?«

Ihre erregten Stimmen weckten Haleed. »Mlle. Marie?« Verschlafen blinzelnd stützte sie sich auf einen Ellenbogen. Marie-Josèphe griff trostsuchend nach ihrer Hand.

»Die Seeungeheuer sind Tiere, zum Nutzen der Menschen erschaffen«, sagte Yves. Er setzte sich zu ihr auf die Bettkante. »Du solltest den Hof verlassen. Das Übermaß an Aufmerksamkeit hat dich aus dem Gleichgewicht gebracht. In einem Kloster wärst du sicher vor dieser Überreizung der Nerven.«

»Nein!«

»Du wärst glücklich daheim im Konvent.«

»Sie wäre niemals glücklich dort!« rief Haleed.

Marie-Josèphe beschloß, ihr Stillschweigen über die

furchtbare Zeit in dem Konvent zu brechen. Sie hatte sich bemüht, ihrem Bruder die seinerzeit getroffene Entscheidung zu verzeihen, aber sie konnte nicht zulassen, daß er seinen Fehler wiederholte. »Fünf Jahre lang durfte ich keine Bücher lesen. Die Schwestern sagten, das Wissen würde mich verderben wie Eva. Ich durfte auch keine Musik hören. Die Schwestern sagten, Frauen müßten schweigen im Hause Gottes. Der Papst hätte es befohlen. Ich mußte mich fügen, ich hatte keine Wahl. Aber ich konnte nicht aufhören zu denken, Fragen zu stellen, auch wenn ich sie nicht aussprechen durfte. Mathematik ...!« Sie lachte schrill und zornig. »Sie sagten, es wären Zauberformeln! Ich hörte Musik, die nur in meinem Kopf war und die ich nie zum Schweigen bringen konnte, soviel ich auch betete und fastete, bis ich selbst an meinem Verstand zweifelte, mich eine Sünderin nannte ...« Sie schaute ihm ins Gesicht. »M. Newton hat auf meinen Brief geantwortet, aber sie haben ihn ungeöffnet vor meinen Augen verbrannt. Wie konntest du mich an einen Ort verbannen, wo jede Minute eine Qual für mich war? Ich dachte, du liebtest mich ...«

»Ich wollte, daß du gut aufgehoben bist.« Seine schönen Augen füllten sich mit Tränen der Reue. Er schloß sie in die Arme und drückte sie beschützend an sich. »Und nun habe ich zuviel von dir verlangt – die Arbeit ist zu schwierig.«

»Ich liebe diese Arbeit!« protestierte sie. »Ich tue sie gern. Ich tue sie gut, und ich bin keine Närrin. Du mußt mir zuhören!«

»Ich habe die Pflicht, dich zu leiten. Deine Zuneigung zu dem Seeungeheuer ist unnatürlich.«

»Meine Zuneigung hat nichts mit dem zu tun, was sie mir erzählt hat. Du weißt, daß ihre Geschichten wahr sind.«

Er kniete neben dem Bett nieder und griff nach ihrem Arm.

»Bete mit mir«, sagte er.

Beten wird mich trösten und mir neue Kraft geben, dachte Marie-Josèphe. Sie stand auf und kniete nieder, faltete die Hände, neigte den Kopf und wartete darauf, daß die Wärme der Gegenwart Gottes sie durchströmte.

»Odelette, bete mit uns für Marie-Josèphes Genesung.«

»Das werde ich nicht!« antwortete Haleed. »Ich werde nie wieder nach Art der Christen beten, denn ich bin frei und eine Mohammedanerin, und mein Name ist Haleed!« Sie schlang die Arme um den Leib, wandte ihnen den Rücken zu und starrte in den mondhellen Garten.

»Lieber Gott«, flüsterte Marie-Josèphe . »Lieber Gott . . .«

Verbindet Gott eine Absicht mit meinen Prüfungen? fragte sie sich. *Aber meine Prüfungen sind nichtig, verglichen mit den Leiden der Märtyrer – verglichen mit der Verzweiflung der Meerfrau. Andere Menschen unterziehen sich ohne Bedenken einem Aderlaß. Ich sollte mich klaglos darein fügen.*

Statt dessen hatte sie Lorraine gezwungen, ein Verhalten an den Tag zu legen, das ihre hohe Meinung von ihm zerstörte. Es kümmerte sie nicht länger, was Lorraine dachte, aber sie war in Comte Luciens Achtung gesunken, und das schmerzte sie sehr.

»Lieber Gott«, flüsterte Marie-Josèphe , »lieber Gott, bitte sprich zu mir, steh mir zur Seite. Sag mir, was zu tun für mich richtig und angemessen ist.«

Sie flehte um eine Antwort, hoffte in ihrer Bedrängnis, erhört zu werden. Gott blieb stumm.

Kapitel 18

Mondlicht strömte durch das Fenster, zeichnete ein schiefes Rechteck und darin ein Kreuz auf den Dielenboden. Marie-Josèphe schlüpfte aus dem Bett und stand einen Moment still, bis das Schwindelgefühl vergangen war.

Haleed schlief tief und fest, Yves war fort. Fröstelnd legte sie sich Lorraines Mantel um die Schultern und tastete sich an der Wand entlang ins Ankleidezimmer hinüber. Unter der Tür mußte sie einen Moment stehenbleiben und sich festhalten, weil ihr schwindelig wurde.

Der Geruch von Lorraines Parfum kam ihr zu Bewußtsein. Ihr Magen krampfte sich zusammen. Sie schleuderte den Umhang von sich und kämpfte gegen einen würgenden Brechreiz an. Niemals wieder würde sie diesen Umhang tragen, mochte er auch noch so weich und warm sein. Wenn sie ein Feuer gehabt hätte, hätte sie ihn verbrannt.

Sie öffnete das Fenster und schaute in die Nacht hinaus. Der Mond, beinahe voll, stand über dem Gefängnis der Meerfrau. Marie-Josèphe versuchte zu singen, aber sie brachte nur ein Flüstern heraus.

Doch die Meerfrau hörte sie und antwortete.

Sie lebt noch, dachte Marie-Josèphe. *Gesegnet sei Comte Lucien ...*

Marie-Josèphe griff nach der Feder. Der Gesang der Meerfrau malte ein neues Bild für die Kantate. Die Feder tupfte winzige Agréments über das Thema. Die Kerze zerfloß und erlosch.

Sie schrieb die letzten Noten und schwenkte das Blatt durch die Luft, um die Tinte zu trocknen. Die Kantate war vollendet.

Marie-Josèphe zog die Decke vom Cembalo und warf sie sich um die Schultern. Sie klappte den Deckel auf.

Im Grau der Morgendämmerung, das Gesicht von Tränen überströmt, spielte sie die Geschichte der Tragödie des Meervolks.

Lucien nahm am Lever des Königs teil, doch in Gedanken war er anderswo. Während Dr. Fagon seine Arbeit tat, trocknete Lucien Seiner Majestät den Schweiß von der Stirn. Er verneigte sich vor Seiner Majestät, als er sich zur Messe begab, doch er schloß sich ihm nicht an. Eine Kirche war der einzige Ort, wohin er seinem König nicht folgen würde.

»Dr. Fagon.«

Lucien und der Leibarzt befanden sich allein im Schlafgemach Seiner Majestät. »M. de Chrétien«, sagte der Arzt und verneigte sich. Er hatte die Ergebnisse von des Königs allmonatlicher Darmreinigung studiert.

Comte Lucien erwiderte den Gruß mit einem Kopfnicken.

»Mlle. de la Croix geht es besser, hoffe ich? Ich werde sie später noch aufsuchen.« Fagon schüttelte mißbilligend den Kopf. »Kein Wunder, daß sie zusammengebrochen ist, bei all ihren unweiblichen Aufgaben. Jemand sollte mit ihrem Bruder sprechen. Ich erwäge, sie einer Reihe von Aderlässen zu unterziehen.«

»Das wird nicht nötig sein.«

»Ich bitte um Vergebung?«

»Ihr werdet Mlle. de la Croix kein Blut mehr abnehmen.«

»Monsieur, wollt Ihr mich über meine Arbeit belehren?«

»Ich setze Euch nur davon in Kenntnis, daß sie keine weitere Behandlung mehr wünscht und fordere Euch auf, ihren Wunsch zu respektieren.«

Lucien sprach mit ruhigem Nachdruck. Dr. Fagon war sich bewußt, welchen Einfluß der Comte de Chrétien auf den König hatte, wie sehr der König ihn schätzte und wie gefährlich es war, ihn gegen sich aufzubringen.

Fagon breitete die Hände aus. »Wenn Seine Majestät befiehlt ...«

»Es ist in höchstem Maße unwahrscheinlich, daß Seine Majestät Eurer Behandlung zusehen wird.«

»Es ist in höchstem Maße *wahrscheinlich*, daß Seiner Majestät Spione zusehen werden!«

»Laßt niemanden anwesend sein, von dem zu vermuten ist, daß er Euch denunzieren könnte. M. Félix ist doch vertrauenswürdig?«

Fagon überlegte, dann verneigte er sich wieder. »Ich werde Euren Anweisungen Folge leisten, vorbehaltlich ...«

Lucien hob eine Augenbraue.

»... vorbehaltlich der Anwesenheit Seiner Majestät.«

Lucien verneigte sich ebenfalls. Er konnte nicht von M. Fagon verlangen, gegen den Befehl des Königs zu handeln, in des Königs Gegenwart. Er hoffte, Mlle. de la Croix würde es nicht von ihm verlangen.

Das Cembalo kündete das Drama der Jagd auf die Seeungeheuer. Zu Anfang, als sie mit der Kantate begann, war ihr die Geschichte großartig und heroisch erschienen, doch mit jeder Überarbeitung hatte sie tragischere Züge bekommen. Sie schloß den Deckel und starrte auf das schimmernde Holz. Sie fühlte sich leer.

Irgendwie, auf irgendeine Weise muß ich Seiner Majestät vor Augen führen, was er tut, dachte sie. *Er liebt Musik. Wenn er der Meerfrau zuhören würde, sähe er vielleicht, was ich sehe, und könnte sie verstehen.*

Die Tür des Ankleidezimmers öffnete sich, Marie-Josèphe blickte überrascht auf. Sie erwartete niemanden. Ihre Schwester war gegangen, um der englischen Königin aufzuwarten, und Yves zum Grand Lever. Lorraine stand in der Tür zwischen ihrer Mansarde und dem Ankleidezimmer und musterte sie begehrlich. Dunkle Ringe unter den Augen beeinträchtigten seine Schönheit.

»Ihr betretet das Gemach einer Dame, ohne aufgefordert worden zu sein, Monsieur, und in Abwesenheit eines Chaperons?«

»Was brauchen wir einen Chaperon, mein Herz? Es war auch keiner bei uns am Grand Canal.«

Sein Samtumhang, jammervoll zerknüllt und salzfleckig, lag in einer Ecke auf dem Boden. Er hob ihn auf und schüttelte ihn aus.

»Ihr habt meinen Mantel nicht geschont, wie ich sehe.«

»Ihr könnt ihn zurückhaben.«

Er hielt sich den Kragen ans Gesicht. »Getränkt mit Eurem Duft. Eurem Duft, Eurem Schweiß, den Geheimnissen Eures Körpers ...«

Verlegen, verwirrt, wandte sie den Kopf zur Seite.

»Habt Ihr nicht einmal ein Lächeln für mich? Der König bringt mich Eurer Schönheit zum Opfer dar, doch Ihr brecht mir das Herz. Ich lege Euch mein kostbarstes Kleidungsstück zu Füßen – Ihr achtet es nichts gleich!« Er warf den Umhang wieder auf den Boden. »Ich untergrabe meine Gesundheit mit Sorge um Euch ...« Er strich sich mit einem Finger über die Wange, unter dem Augenschatten hinweg.

»Ihr untergrabt Eure Gesundheit«, bemerkte Marie-Josèphe sarkastisch, »mit nächtelangen Ausschweifungen in Paris.«

Lorraine lachte entzückt. »Dr. Fagon hat Euch gutgetan! Ihr seid wieder Ihr selbst und von Euren Hirngespinsten kuriert, hoffe ich.« Auf das Cembalo gestützt, schenkte er ihr einen seelenvollen Blick.

»Ihr habt Dr. Fagon geholfen, meine Kraft zu stehlen. Wenn die Meerfrau stirbt, werde ich sie niemals wiedergewinnen.«

»Wenn sie tot ist, werdet Ihr etwas anderes finden, um

Euch zu beschäftigen. Einen Gatten. Einen Liebhaber.« Er trat ein, zwei Schritte näher, als wäre er an der Partitur interessiert.

»Es ziemt sich nicht für Euch, hier zu sein, Monsieur.«

Unversehens stand er hinter ihr und preßte sich gegen ihren Rücken. Sein Geruch benahm ihr den Atem. Seine Hände waren auf ihren Schultern, unter ihrem Haar, in ihrem Hemd, umfaßten ihre Brüste. Sie erstarrte vor Bestürzung und Kälte und Empörung.

»Mlle. de la Croix.« Comte Lucien stand in der offenen Tür. »Ich sehe, Ihr habt jemanden gefunden, der Euch vor Ärzten beschützt.«

Beim Klang seiner Stimme fiel die Lähmung von ihr ab. Er verneigte sich und ging. Sie machte sich von Lorraine los und lief hinter ihm her.

»Comte Lucien!« Er war auf halbem Weg zur Treppe. »Ich ... Der Chevalier ... Es war nicht ...«

»Nicht? Das ist schade.«

»Ihr findet es *schade*?«

Comte Lucien drehte sich herum und schaute, auf seinen Gehstock gestützt, spöttisch zu ihr auf.

»Seine Majestät wünschte diese Verbindung. Lorraine entstammt einer illustren Familie, doch er ist beständig in Geldnot. Ihr werdet von Seiner Majestät eine großzügige Mitgift erhalten. Eine Alliance zwischen Euch und Lorraine ist für beide Parteien günstig.«

»Ich empfinde keine Liebe für den Chevalier de Lorraine.«

»Was hat das mit Heirat zu tun?«

»Ich verachte ihn!«

»Und wenn der König befiehlt?«

»Ich werde ihn niemals heiraten!« Marie-Josèphe erschauerte. Sie sah Lorraines leuchtend blaue Augen über sich, während das Skalpell des Chirurgen in ihr Fleisch schnitt. Sie schob die Hand unter den linken Ärmel. Der Verband war von Blut durchfeuchtet.

»Vielleicht solltet Ihr diesen Euren Entschluß Monsieur mitteilen.«

»Weshalb dem Bruder Seiner Majestät?«

»Weshalb sagt Ihr es mir?`«

»Weil ich – weil ich möchte, daß Ihr eine gute Meinung von mir habt.«

»Ich habe durchaus eine gute Meinung von Euch.«

Lorraine schlug die Tür von Marie-Josèphes Mansarde zu und kam herangeschlendert, den Umhang über einer Schulter drapiert. »Der Hofnarr und die wilde Karibenmaid«, spottete er. »Welch eine Zusammenstellung.«

Comte Lucien trat einen Schritt vor, er hielt seinen Stock, als wäre er ein Degen. Wenn es zum Kampf kam, war anzunehmen, daß Lorraine ihn verwundete oder tötete. Der Chevalier hatte einen richtigen Degen, Comte Lucien nur seinen Dolch.

»Ihr seid unverschämt, Monsieur!« sagte Marie-Josèphe.

Lorraine lachte. »Chrétien, ist sie Euer Beschützer?«

»Offenbar. Ich hoffe, der Eure ist ebenso mutig.«

»Ich habe einen Souverän, der Duelle verbietet, und ich bin ihm gehorsam – in *allen* Dingen.« Er schritt an ihnen vorbei und ging die Treppe hinunter.

»Es tut mir leid.« Marie-Josèphe lehnte sich gegen die Wand. »Ich habe gesprochen, wo es mir nicht zustand.«

Eine Handbreit geschliffener Stahl glänzte zwischen Knauf und Stab von Comte Luciens Gehstock. Er drückte und drehte den Griff, ein Klicken und die Klinge verschwand.

»Lorraine hat recht«, sagte er. »Seine Majestät hat Duelle verboten. Ihr habt mir den Hals gerettet.«

»Ihr macht Euch lustig über mich, Monsieur ...«

»Im Gegenteil.«

»... während ich Euren Respekt zu gewinnen hoffe.«

»Meinen Respekt und mehr«, sagte Chrétien. »Um Eures eigenen Glückes willen, müßt Ihr anderwärts Ausschau halten.«

Marie-Josèphe kehrte in ihre Kammer zurück. Fast glaubte sie, bei jedem Schritt die Scherben ihrer hoffnungsvollen Pläne unter den Füßen knirschen zu hören. Sie weigerte sich, darüber nachzudenken, was Comte Lucien gesagt hatte. Lieber nahm sie Zuflucht zu der einzigen Sache, die gelungen war – auf dem Cembalo suchte sie die Blätter der Partitur für die Seeungeheuer-Kantate zusammen.

Ich bin ihrer Musik gerecht geworden, dachte sie. *Wenn Seine Majestät sie hört und ich ihm sage, von wem sie stammt, muß er glauben, was ich über sie erzähle.*

Sie fühlte sich immer noch benommen, doch nicht mehr so schlimm, daß sie fürchtete, ohnmächtig zu werden.Also machte sie sich mit der Partitur auf den Weg durch das Schloß zum Musikzimmer. Sie lugte durch die Tür, ob vielleicht M. Minoret, der gestrenge Musikmeister des dritten Quartals, oder M. de la Lande, charmant und Meister des vierten Quartals, anwesend waren. Zum Jubiläum Seiner Majestät hatten sich alle vier Kapellmeister und sämtliche Orchestermusiker in Versailles eingefunden.

Die Gäste des Königs waren nie ohne Musik.

Der kleine Domenico Scarlatti befand sich allein im Zimmer. Er saß am Cembalo und spielte. Marie-Josèphe wartete und lauschte dem ihr fremden Stück, bis er mit einer Kaskade von Agréments endete, in den wunderschönen Tag hinausschaute und einen tiefen Seufzer ausstieß. Den Blick zum Fenster gerichtet, spielte er mit einer Hand Übungsläufe.

»Démonico.«

»Signorina Maria!« Er sprang auf. Doch sofort sank er wieder auf die Bank zurück. »Ich muß noch zwei ganze Stunden hier sitzenbleiben.«

»Ich werde dich nicht stören.« Sie umarmte ihn. »Das war sehr schön.«

»Eigentlich darf ich es nicht spielen.« Er skizzierte mit

wenigen Akkorden das Thema. »Nur die Stücke, die Papa für den König ausgewählt hat.«

»Ist es von dir?«

»Hat es Euch gefallen?«

»Ausgezeichnet.«

»Vielen Dank«, sagte er schüchtern.

»Wenn du erst älter bist, darfst du spielen, was du möchtest«, tröstete sie ihn. »Ich glaube nicht, daß jemand dich hindern kann!«

Er grinste. »In zwei Jahren – wenn ich acht bin?«

»Vielleicht in zwei Jahren – wenn du zehn bist.«

»Was ist das? Die Kantate für Seine Majestät? Kann ich einmal sehen?«

Er blätterte, nickte den Takt, summte hier und da ein paar Töne, spielte mit der freien Hand kurze Passagen.

»Wundervoll, sie ist wundervoll! Viel besser als ...« Er verstummte betreten. »Ich meine, sie ist ...«

»Viel besser, als was ich in St. Cyr gespielt habe?«

»Seid mir nicht böse, Signorina Maria, aber ja, sehr viel besser.«

»Du hast gesagt, die anderen Stücke hätten dir gefallen.«

»Ich ... Ja, schon, sie waren hübsch, aber ich – ich wollte, daß Ihr mich gern habt, damit Ihr mich heiratet. Wenn ich erwachsen bin.«

»O Démonico!« Trotz ihres Kummers mußte sie lächeln. Natürlich konnte sie ihn nicht verletzen, indem sie ihm erklärte, daß der Rangunterschied zwischen ihnen zu groß war, um je überbrückt zu werden. »Ich bin viel zu alt für dich. Ich werde eine alte Frau sein, bevor du soweit bist zu heiraten.«

»Das würde mich nicht kümmern – und M. Coupillet ist ein alter Mann!«

»Nein, das ist er nicht.« Dann begriff sie: Domenico war eifersüchtig. »Aber er ist selbstsüchtig und mißgünstig – wer könnte ihn gern haben?«

»*Ich* bin *nicht* selbstsüchtig, und *ich* bin *nicht* mißgünstig ...«

»Natürlich bist du das nicht!«

»... und obwohl ich Euch liebhabe, ist Eure Kantate wundervoll! Eure anderen Stücke waren sehr hübsch, aber ...«

»Ich hatte seit vielen Jahren nicht geübt oder gespielt oder komponiert. Es war verboten.«

Er schaute sie aus großen Augen an. »Wie furchtbar!«

»Ja, es war furchtbar.«

»Wie wollt Ihr das je aufholen?«

»Das kann ich nicht, Démonico«, sagte sie, »aber die Zeit ist dahin, gestohlen, und ich muß aufhören, ihr nachzutrauern. Die Meerfrau hat mir diese Musik zum Geschenk gemacht. Was daran wertvoll sein mag, ist ganz und gar ihr Verdienst.« Hatte die Komposition einen künstlerischen Wert, oder sah Domenico nur deshalb etwas Besonderes darin, weil er sie liebte? Sie fragte sich, ob ihre ungeübten Talente das Lebenslied der Meerfrau herabgemindert hatten.

M. Coupillet stolzierte in den Raum, gefolgt von einer Gruppe sonnengebräunter Streicher, die sich den Schweiß von der Stirn wischten, in den dämmrigen Raum blinzelten und nach Wein und Bier riefen.

Domenico neigte sich verschwörerisch zu ihr hinüber. »M. Coupillet sagte, Ihr würdet niemals fertig werden. Er sagte, Ihr wärt dazu nicht fähig.«

»Hat er das gesagt!« rief sie aus, doch ihre Empörung wich rasch der Einsicht. »Immerhin hatte er beinahe recht.«

Domenico beugte sich über die Tasten, als hätte er nie aufgehört zu üben. Er spielte Marie-Josèphes Kantate.

»Der Lack auf meiner Viola ist geschmolzen, ich schwöre es bei Gott«, lamentierte einer der jüngeren Musiker. »Das nächstemal, wenn ich dem König durch den Garten folgen soll, in praller Sonne, ohne Hut, nehme ich mein ältestes Instrument.«

»Michel will seiner Bratsche einen Hut aufsetzen«, lachte ein anderer.

»Und ich werde meine neuesten Saiten aufziehen.« Ein dritter betrachtete kummervoll die gerissene Saite an seiner Geige.

»Das war die Schuld der dicken kleinen Prinzessin«, sagte Michel. »Ich wette, unter diesen silbernen Unterröcken blutet sie wie ...«

M. Coupillet stieß seinen Taktstock auf den Boden. »Genug, Michel. Du hast geflucht, den König beleidigt und unkeusche Reden geführt, alles innerhalb einer Minute. Und das vor M. Scarlattis kleiner Arithmetiklehrerin.«

»Ich bitte um Vergebung, Mam'selle.« Michel, der Bratschist, verneigte sich vor ihr, bevor er sich mit weit größerer Hingabe einem Becher Wein und einem Stück Brot mit Käse widmete.

»Was wünscht Ihr, Mlle. de la Croix?« erkundigte sich M. Coupillet. »Was hat Euch hergeführt? Wollt Ihr darum bitten, daß man Euch von dem Auftrag befreit, die Kantate für Seine Majestät zu komponieren?«

»Sie ist fertig.« Marie-Josèphe hörte kaum, was er redete, sie hatte nur Ohren für Domenico. Wenn er spielte, klang ihre Musik genau so, wie sie es sich vorgestellt hatte.

M. Coupillet wartete. Als sie nicht weitersprach und auch keine Anstalten machte, ihm die Partitur zu überreichen, stieß er wieder mit dem Stab auf den Boden, um ihre Aufmerksamkeit auf sich zu lenken.

»Ihr müßt mir die Noten geben«, sagte er.

»Aber Domenico ...« Sie verstummte überrascht. Die Partitur lag neben Domenico auf der Bank; er spielte aus dem Gedächtnis.

Nur ungern reichte sie M. Coupillet den Stapel. Er wog ihn in der Hand, blätterte flüchtig und zog die Augenbrauen hoch.

»Was ist das? Eine Oper? Haltet Ihr Euch für Mme. de la Guerre? Ihr – eine Dilettantin, eine Frau! – gebt mir eine Oper zu dirigieren? Wertlos! Hoffnungslos!« Er versuchte, den Stapel zu zerreißen, doch er war zu dick, fächerte auseinander, und nur das erste halbe Dutzend Blätter bekam einen Riß. Doppelt erbost malträtierte er den Packen wie ein Hund, der eine Ratte schüttelt, und warf ihn schließlich zu Boden, wo er sich über das gebohnerte Parkett verstreute.

»Monsieur!« Sie bückte sich, um die zerrupften, zerknitterten Blätter aufzusammeln.

»Inkompetenz! Unerträgliche Inkompetenz!« Er wies mit dem Stock auf Domenico. »Ihr maßt Euch an, es einem Genie wie Signor Scarlatti gleichtun zu wollen?«

Domenicos Schultern zuckten vor Lachen, doch seine Hände vergriffen sich nicht ein einziges Mal, während er das Stück spielte, das M. Coupillet für ein Werk seines Vaters hielt.

»Signor Scarlatti hat es gelobt!« sagte Marie-Josèphe.

»Was erwartet Ihr? Er ist *Italiener* – Signor Alessandro bewundert Euren weißen Busen, Euren ...«

»Ihr beleidigt mich in jeder Beziehung, Monsieur!« Sie wollte den Raum verlassen, doch M. Coupillet trat ihr in den Weg.

»Seine Majestät hat Euch um ein Lied gebeten, einige wenige Minuten Musik! *Ihr* beleidigt *mich* – Ihr beleidigt *ihn* – mit dieser ... dieser aufgeblähten Mißgeburt!« Zur Betonung seiner Worte stieß er mit dem Taktstock auf den Boden. »Ihr habt ihn betört mit Eurem koketten Gehabe, doch Euer Charme wird ihn nicht über Eure anmaßende Stümperei hinwegtäuschen.«

»Ihr seid ungerecht, Monsieur.«

»Tatsächlich? Dieser Auftrag hätte mir zugestanden, er wäre nie auf Euch aufmerksam geworden, ohne meine Verbesserungen ...«

»Domenicos Verbesserungen, wenn Ihr so gut sein

wollt, M. Coupillet. Es ist schon verachtenswert genug, meine Arbeit als die Eure auszugeben, aber von einem Kind zu stehlen ...«

»Ein Kind, ein Kind!« Er schüttelte den Stock in die Richtung Domenicos. »Ich weiß aus zuverlässiger Quelle, daß dieses Wunderkind ein Liliputaner ist und dreißig Jahre alt!«

»Ich bin sechs!« rief Domenico, ohne sein Spiel zu unterbrechen.

Marie-Josèphe mußte lachen, doch ihr Sinn für das Absurde brachte M. Coupillet nur umso mehr in Harnisch.

»Ihr wagt es, über mich zu lachen? Bin ich Euch nicht gut genug? Ich, der ich die Aufmerksamkeit Seiner Majestät auf Euch gelenkt habe!«

»Nicht aus eigenem Verlangen!«

»Verlangen? Darin seid Ihr wohl beschlagen! Ihr kokettiert mit dem Neapolitaner, Ihr kokettiert mit dem König, sogar mit Zwergen und solchen, die den italienischen Sitten frönen, doch mich überseht und verachtet Ihr ...«

»Guten Tag, Monsieur.«

Noch immer wollte er sie nicht vorbeilassen.

»Glaubt Ihr, ich habe Euch wegen Eurer musikalischen Talente bemerkt? Wegen Eurer dilettantischen Kompositionen und dem laienhaften Spiel? Oh, ich gebe zu, Ihr hättet es zu einer akzeptablen Fertigkeit bringen können – akzeptabel, nicht mehr –, doch statt Euch der Muse zu weihen, habt Ihr Euer Talent verkommen lassen, und das ist kein Verlust! Frauen spielen nach dem Lehrbuch! Frauen spielen, als säßen sie noch im Schulzimmer! Und die Kompositionen von Frauen – Frauen sollten schweigen! Frauen taugen nur für eines, und Ihr seid eine solche Törin, daß Ihr nicht einmal wißt, was das ist.«

Speichel sammelte sich in seinen Mundwinkeln, seine Stimme war immer lauter geworden.

Sie umklammerte den unordentlichen Stapel Papier. »Laßt mich vorbei!« Es sollte eisig klingen, doch man hörte ihr an, wie sehr sie sich getroffen fühlte. Die jungen Musiker am anderen Ende des Zimmers schwiegen und schauten weg. Sie hatten ebensoviel Angst vor ihrem Meister wie Marie-Josèphe.

»Gebt mir die Partitur«, sagte er. »Ich erkläre mich bereit zu sehen, was ich daraus machen kann, aber ich erwarte etwas Dankbarkeit von Euch – und Seine Majestät muß erfahren, daß der Verdienst bei mir liegt.«

»Nein, Monsieur. Keinesfalls will ich Seine Majestät mit meiner minderwertigen, weiblichen Musik beleidigen.«

Coupillet trat zur Seite. Seine Verbeugung war blanker Hohn, ein Affront.

»Ihr wollt gehen? Nur zu! Ohne meine Hilfe werdet Ihr versagen. Ich werde Seine Majestät davon unterrichten, wie wenig Ihr Euch der Ehre seines Auftrags würdig erwiesen habt!«

Marie-Josèphe ritt auf Zachi zum Brunnen des Apoll. Sie hatte ihr Zeichenpult bei sich und darin auch die Partitur. Sie wagte nicht, in das Musikzimmer zurückzukehren. Vielleicht fand sich irgendwann später eine Gelegenheit, mit Domenico zu sprechen.

Aber sollte ich mit ihm sprechen? fragte sie sich. *Er ist nur ein kleiner Junge. Wunderkind oder nicht – besitzt er den Sachverstand, die Musik zu beurteilen? Außerdem wird ihm M. Coupillet bestimmt verbieten, sie zu spielen. Ich hätte M. Coupillet gestatten sollen, einige Passagen herauszunehmen und zu bearbeiten, dann müßte ich nicht befürchten, mich vor dem König gänzlich mit Schande zu bedecken.*

Doch in Wahrheit war ihr der Gedanke unerträglich, M. Coupillet könne sich an der Musik der Meerfrau zu schaffen machen.

Im Bassin d'Apollon sang und kapriolte die Meerfrau zur Unterhaltung der Besucher. Marie-Josèphe schob all ihre eigenen Sorgen und Demütigungen beiseite. Ihr Kummer war trivial, verglichen mit dem Schicksal, das der Meerfrau drohte.

Sie drängte sich durch die Menge bis zum Käfig, vor dem leuchtend bunt eine Gruppe Edelfrauen saß und der Meerfrau zusah. Mme. Luzifer rauchte eine dünne schwarze Zigarre und flüsterte mit Mlle. d'Armagnac, deren Haar unter einem schillernden Kopfputz aus Pfauenfedern verborgen war.

Als Mlle. d'Armagnac Marie-Josèphe bemerkte, erhob sie sich, und die übrigen Damen folgten ihrem Beispiel. Verdutzt erwiderte Marie-Josèphe die Respektsbezeigung mit einem Knicks.

Sie kniete am Rand des Teiches nieder und sang den Namen der Meerfrau. »Meerfrau, willst du diesen Landgeborenen eine Geschichte erzählen?«

Die Meerfrau schwamm zu den Stufen. Sie hob die Arme, streckte die Hände aus, und Marie-Josèphe legte die ihren hinein. Die Meerfrau schnaubte, die Wülste in ihrem Gesicht blähten sich. Sie zog Marie-Josèphes Hand zu sich heran, so daß sie sich vorbeugen mußte. Dann betastete sie den Verband und knabberte an dem Knoten, mit dem er zugebunden war. Durch die Berührungen wurde das Pochen in der Wunde schlimmer.

»Bitte laß das sein.« Marie-Josèphe zog die Hand zurück. »Du tust mir weh.«

Eine Gruppe von Höflingen trat ins Zelt, Lorraine mit einem halben Dutzend Epheben im Schlepptau. Sie lachten und bahnten sich einen Weg durch die Zuschauer bis in die vorderste Reihe. Dort verneigten sie sich mit übertriebener Höflichkeit vor den Damen und dem Portrait Seiner Majestät. Dann warfen sie sich in ihre Sessel, rekelten sich müßig und rauchten. Marie-Josèphe strafte Lorraine und Chartres mit Nichtachtung.

»Bitte, Meerfrau«, sagte sie. »Eine Geschichte?«

Madame traf ein, mit Lotte und in Begleitung von Comte Lucien. Marie-Josèphe stand auf und knickste. Sie lächelte den Comte an, befangen, in der Hoffnung, er habe ihr das törichte Benehmen vom Morgen verziehen. Er nickte ihr höflich zu. Madames Anwesenheit – oder war es Comte Luciens? – bewirkte, daß Lorraine und seine Genossen sich auf ihre Manieren besannen.

Die Meerfrau stimmte einen melodischen Singsang an.

»Sie wird Euch eine Geschichte erzählen«, verkündete Marie-Josèphe .

»›Der Ozean war tausendhundert Jahre die Heimat des Meervolks. Wir lebten in Frieden mit den Landgeborenen.‹« Von einem Augenblick zum anderen befand sich Marie mitten in der Geschichte. Das Meer umgab sie, kühl auf ihrer nackten Haut. Sie fuhr fort zu sprechen, zu singen, die Geschichte zu erzählen, doch ihr Publikum verschwand und das Meervolk war um sie herum. Sie schwamm und sang, sie fing Fische und aß sie roh. Lachend spielte sie mit den Meerkindern zwischen den gescheckten Fangarmen eines riesigen Kraken.

»›Dann entdeckten die Landgeborenen, daß es Vergnügen machte, uns mit ihren Schiffen zu jagen.‹«

Ein seltsames, fremdes Geräusch durchdrang das Wasser. Sie und ihre Familie stiegen empor ins Sonnenlicht. Neugierig, ohne Angst, bereit, die Landgeborenen willkommen zu heißen, wie sie die Atlanter begrüßt hatten, schwamm das Meervolk auf das Schiff mit dem Drachenhaupt zu, das sich ihnen näherte.

»›Sie drangen in unsere Gewässer ein . . .‹«

Ein großes Netz senkte sich über das Meervolk, in seinen Maschen verstrickten sich einer ihrer Brüder und zwei ihrer Schwestern. Männer der Landgeborenen beugten sich über die Seite des Schiffes, lachten und johlten. Sie hievten die Meermenschen an Bord, ohne auf ihre Schreie zu achten.

»›Sie raubten die Unsrigen ...‹«

Mit Segeln und langen Rudern setzten die Nordmänner ihr Schiff in Bewegung. Die übrigen Meermenschen folgten ihnen, entsetzt, ratlos. Die Stimmen ihrer gefangenen Freunde tönten durch die hölzernen Flanken des Schiffes und erfüllten das Meer mit Schmerz.

»›...und sie marterten uns.‹«

Die Nordmänner banden den Meermann an ihren Drachenbug. Seine Schreie warnten sie vor Riffen und Klippen. Manchmal steuerten sie geradewegs auf die Felsen zu und lachten über seine Todesangst.

»›Sie wohnten den Meerfrauen bei gegen ihren Willen, wie keine Frau sich wünscht, daß man ihr beiwohnt.‹«

Die Nordmänner warfen die Meerfrauen über Bord. Sie trieben im Wasser, reglos, zerschlagen, aus den geheimen Orten des Leibesinneren blutend.

»›Die Meermenschen ...‹« Tränen erstickten Marie-Josèphes Stimme. »Bitte, Meerfrau, laß es genug sein.«

»Du mußt zu Ende erzählen«, sang die Meerfrau. »Du hast versprochen, jede Geschichte zu Ende zu erzählen.

Marie-Josèphe fuhr fort. Die Meermenschen trösteten ihre verletzten Schwestern. Doch schon nahten aus der Weite des Ozeans schlanke, tödliche Leiber: Haie witterten das Blut, sammelten sich, kamen näher.

Die Meermenschen wandten sich dem Feind zu, bildeten einen schützenden Kreis um die Verletzten und die Kinder. Sie sangen ein Lied der Beschreibung und Warnung in das Meer, so daß andere Familien es hörten und sich vor den Landgeborenen und ihren räuberischen Schiffen hüteten.

Yves schaute bestürzt auf seine Schwester. Er war mit Dr. Fagon hereingekommen, während sie mit dem Meervolk gelitten und gebangt hatte und nichts anderes wahrnahm. Stammelnd berichtete sie den Rest, die Hände vor das Gesicht gelegt, um ihre Tränen zu verbergen. Ihr Herz klopfte wild, vor Grauen über das Schicksal der Meermenschen, aber auch wegen ihrer eigenen Angst und Beschämung.

Die Besucher und die meisten der Höflinge applaudierten, begeistert wie über das größte Drama von Racine.

»Nun, nun, meine Liebe«, sagte Madame tröstend. Die Pfalzgräfin schloß Marie-Josèphe in die Arme und drückte sie sanft an ihren üppigen Busen, Lotte streichelte ihre Hand.

»Was für eine tragische Geschichte! Ihr habt eine erstaunlich lebhafte Phantasie!«

»Überspanntes Melodram«, äußerte Lorraine.

»Ihr urteilt zu hart, Monsieur«, tadelte Chartres milde.

»Kommt mit, Kind«, sagte Madame. »Wir werden mit dem König auf die Jagd reiten. In der frischen Luft werdet Ihr Euch rasch erholen.«

»Fagon«, Lorraine wandte sich an den Leibarzt des Königs, »Ihr solltet sie noch einmal zur Ader lassen.«

Marie-Josèphe zuckte zusammen und war auf dem Sprung, hinauszulaufen zu Zachi, zu fliehen. Lorraine lachte, ihr erster wirklicher Feind.

Comte Lucien räusperte sich.

»Ein Aderlaß«, meinte Dr. Fagon nervös, »erscheint mir nicht angebracht, wie die Dinge liegen.«

Kapitel 19

Zachi trug Marie-Josèphe in ruhigem Schritt durch das Chaos aus Pferden und Hunden, Kutschen und Geschrei im Cour Royal, als hätte sie nie vor einem Schatten am Wegesrand gescheut. Marie-Josèphe streichelte den rotgoldenen Hals der Stute.

»Fühlst du meine Schwäche, Zachi?« *Ich bin nur müde,* dachte sie, obwohl sie etwas wie diese fiebrige Beklommenheit noch nie zuvor empfunden hatte.

Zachi drehte ein Ohr nach hinten, dann spitzte sie beide nach vorn und bog den Nacken. Ihr Gang war ebenmäßig wie stilles Wasser.

Jauchzend, ihre Ban-Ponies mit Hackenschlägen antreibend, stoben die jungen Prinzen über den Hof. Ein halbwüchsiger Welpe kläffte und strebte mit scharrenden Pfoten hinter ihnen her, aber seine Leine, am Halsband einer erfahrenen Hündin befestigt, zog ihn zurück. Die Hündin knurrte, der Welpe duckte sich. Die Jagdgesellschaft des Königs sammelte sich, fünfzig Pferde und Reiter, ein Dutzend offene Kaleschen. Die Hengste schnaubten und tänzelten, die Höflinge gebärdeten sich ebenso martialisch.

Schweiß von Pferden und Menschen, Rauch- und Parfumschwaden vermischten sich mit dem Duft von Orangenblüten und der kühlen, frischen Septemberluft. Der Himmel strahlte blau.

Monsieur und der Chevalier Lorraine erschienen auf genau gleichen schwarzen Andalusiern. Monsieurs diamantene Mouches glitzerten auf der gepuderten Haut, sein neuer Rock war mit goldenen Spitzen überladen und weiße Federbüsche wallten fast bis zum Hinterzwiesel seines Sattels. Den Hut hatte er der Mode entsprechend in einem verwegen schrägen Winkel aufgesetzt. Lorraine, eine blendende Erscheinung in seinem bestickten blauen Rock, trug am Zeigefinger über dem Handschuh einen funkelnden Diamantring, offenbar eine neue Akquisition.

Marie-Josèphe hoffte, sie würde ihm in der Menge ausweichen können.

»Ein ungewöhnlicher Anblick, Monsieur im Herrensitz«, bemerkte der Duc du Maine. Sein schweres Jagdpferd drängte sich gegen Zachi.

»Er hat einen ausgezeichneten Sitz«, sagte Marie-Josèphe . »Seht, wie er sein Pferd ganz unmerklich dirigiert.«

»Wahrscheinlich träumt er davon, Lorraine dieses Zaumzeug anzulegen und ihm seinen guten Sitz vorzuführen.« Du Maine kicherte.

Marie-Josèphe verstand nicht, was er meinte, aber der beleidigende Ton mißfiel ihr.

»Ich habe gehört, er hätte sich als Befehlshaber durch großen Mut ausgezeichnet. Er sei an der Spitze seiner Kompanie in die Schlacht geritten.«

»Nachdem er zwei Stunden vor dem Spiegel verbracht hatte. Heute muß er vier Stunden gebraucht haben, um sich herzurichten.« Du Maines Pferd schob sich noch näher heran, das Knie des Reiters berührte Marie-Josèphes Bein. Zachi legte die Ohren an und schnappte nach dem Warmblut. Marie-Josèphe rief sie nicht zur Ordnung.

»Monsieur ist mir gegenüber stets die Freundlichkeit in Person gewesen«, sagte sie. »Und Madame und Mademoiselle – ich möchte nicht hören, daß man über sie respektlose Reden führt.«

Du Maine wandte sich ihr zu. In dieser Haltung war die Ungleichheit seiner Schultern nicht zu bemerken. Der Schatten des breitkrempigen Federhuts betonte die fesselnde Schönheit seiner Züge, die Schönheit seines Vaters, des Königs, in jungen Jahren.

»Madame hätte als Mann geboren werden sollen und Monsieur als Frau.«

Während Marie-Josèphe noch nach Worten suchte, sprachlos gemacht von dem Gift in seiner Stimme, stach du Maine seinem Pferd die Sporen in die Weichen und galoppierte davon.

»Mlle. de la Croix!« Madame, gekleidet in den schäbigen Reithabit, den sie trug, wenn sie einmal nicht gezwungen war, in großer Toilette zu erscheinen, lenkte ihren stämmigen Braunen heran.

»Guten Tag, Madame.« Marie-Josèphe lächelte. Madame verströmte eine unschuldige Glückseligkeit, vor der keine düstere Stimmung zu bestehen vermochte: Sie befand sich unter freiem Himmel, zu Pferde, an einem Septembertag, wie er schöner nicht sein konnte. Ihr Gesicht hatte eine lebhafte Farbe, ihre Wangen waren rot, ihre Augen leuchteten.

Sie erwiderte Marie-Josèphes Lächeln mit herzlicher Freundlichkeit. »Mademoiselle und ich waren in nicht geringer Sorge wegen Eures Unwohlseins. Ihr seht ein wenig erhitzt aus, mein Kind. Soll ich Euch meinen Arzt schicken?«

»Ich fühle mich wieder ganz wohl, Madame. Bemüht Euren Arzt nicht meinetwegen.« Marie-Josèphe zog an ihrem Ärmel und vergewisserte sich, daß der Verband und die roten Streifen nicht zu sehen waren.

»Seid Ihr kräftig genug, um zu reiten?«

»Um nichts in der Welt würde ich des Königs Jagd verpassen!« Blieb zu hoffen, daß der König nicht seine Einladung zurücknahm, sobald er ihrer ansichtig wurde. »Zachi wird auf mich aufpassen.« Wieder strich sie am Hals der Stute entlang. Sie wurde es nicht müde, die weiche Wärme der Haut zu spüren und die harten Muskeln darunter.

»Chrétiens Pferde sind schnell und trittsicher«, bemerkte Madame, »jedoch zu klein für mich!« Sie lachte, dann schaute sie Marie-Josèphe vielsagend an. »Meines Wissens ist es bisher noch nie vorgekommen, daß der Comte eines seiner Pferde verliehen hat, nicht einmal an seine engsten Vertrauten und Mätressen.«

»Er tut es, um uns – meinem Bruder und mir – zu helfen, Seiner Majestät besser zu dienen. Doch es ist sehr gütig von ihm, mir Zachi zu überlassen, damit ich an der Jagd teilnehmen kann, allein zu meinem eigenen Vergnügen.«

»Kind, Ihr habt ein wenig Vergnügen verdient – mich deucht, Ihr tut weiter nichts als arbeiten.«

»Ich bin in meinen Pflichten Euch und Mademoiselle gegenüber nachlässig gewesen. Bitte vergebt mir.«

»Euer Bruder bedarf Eurer, solange er dem König dient, damit habe ich mich abgefunden. Doch wir können nicht auf Dauer ohne Euch auskommen, denkt daran.« Madame seufzte. »Und Eure Odelette ist Mademoiselle ganz unentbehrlich geworden – sie haben allein an diesem Vormittag sechs neue Frisuren kreiert und werden ein Dutzend neue erfinden, während wir auf der Jagd sind.«

»Meine Schwester Haleed ist eine Künstlerin in dieser Hinsicht, Madame, Ihr habt recht.«

»Eure – Schwester?« Madame zog beide Augenbrauen in die Höhe. »Haleed?«

»Meine angenommene Schwester, die nun frei ist, wieder ihren richtigen Namen trägt und an allem Guten teilhaben soll, das mir möglicherweise widerfährt.«

Madame überlegte. »Eine großherzige Entscheidung und richtig. Es – ziemt Euch nicht, eine Sklavin zu besitzen.«

»Ich bin mir dessen vor kurzem bewußt geworden, Madame. Vergeßt nicht, ich stamme aus den Kolonien und bin nicht beschlagen in den Dingen der Welt.«

Madame schmunzelte, dann wiegte sie bedenklich den Kopf. »Doch ich frage mich, Kind, ob es nötig ist, sie in den Status Eurer Schwester zu erheben. Eure Zofe, wäre vielleicht passender.«

»Aber unmöglich, Madame, da ich nicht über die Mittel verfüge, eine Zofe zu bezahlen.«

Madames skeptische Miene drückte Zweifel aus, aber Hufgeklapper und helle Kinderstimmen lenkten sie ab, bevor sie etwas sagen konnte. Die Enkelsöhne Frankreichs galoppierten zum dritten Mal über den Hof, lachten und feuerten ihre unsichtbare Kavallerie an. Zachi, erhaben wie ein Wüstenscheich, ignorierte den Tumult, aber Madames Pferd scheute. Sie lachte und beruhigte es.

»Diese Knaben!« Madame schüttelte mißbilligend den Kopf. »Von dem Herumjagen auf dem Pflaster werden ihre Ponies lahm! Und Berry gebärdet sich leichtsinniger, als gut für ihn ist!«

Monsieur ritt heran, begleitet von Lorraine und Chartres. Marie-Josèphe hielt angstvoll nach einer Möglichkeit Ausschau, um sich sowohl vor Monsieurs Freund als auch vor seinem Sohn in Sicherheit zu bringen.

Chartres schenkte ihr sein keckes Grinsen, als hätte es den unentschuldbaren Vorfall nie gegeben, als hätte sie ihn nie aus dem Zimmer weisen müssen. Monsieur warf ihr einen seltsam mitleidigen Blick zu, legte Lorraine die Hand auf den Arm, beugte sich zu ihm hinüber und redete flüsternd auf ihn ein. Weshalb nur flüsterten sie ständig?

Chartres, dachte Marie-Josèphe , *traue ich mir zu, auf Distanz zu halten, aber ich wünschte, die Gegenwart von M. de Lorraine brauchte ich nicht zu ertragen.*

»Meine ungezähmte Inselmaid!« sagte Lorraine.

»Ich bin nicht Eure Inselmaid, Monsieur«, antwortete sie abweisend. »Und ich finde Euren Scherz nicht amüsant.«

Ein hämisches Lächeln umspielte Lorraines Mund. »Ich werde dafür sorgen, daß Ihr Eure Meinung ändert.«

»Ihre Meinung steht bereits fest!« äußerte Monsieur ungewöhnlich scharf.

Die jungen Prinzen zügelten plötzlich ihre Ponies und nahmen die Hüte ab. Die gesamte Höflingsschar beeilte sich, zu beiden Seiten des Ehrentors Aufstellung zu nehmen. Marie-Josèphe hatte Madame zur Rechten, ein verläßlicher Schutzwall, und Chartres zur Linken , unberechenbar. Er und Monsieur trennten sie von Lorraine.

Sie zwang sich zur Ruhe. *Was können sie mir schon tun, Chartres oder Lorraine, vor so vielen Leuten, vor Madame und Monsieur?*

Ihre Zuneigung zu Madame und Monsieur wuchs mit ihrer Dankbarkeit. Sie fühlte sich sicher bei ihnen. Erneut fragte sie sich, was du Maine mit seiner gehässigen Bemerkung über Monsieur gemeint haben könnte.

Des Königs offene Voiture de Chasse rollte durch das goldene Tor, vierspännig, gelenkt von zwei Postillions. Innozenz saß neben dem König in Fahrtrichtung auf den goldbestickten Polstern, Mme. de Maintenon und Yves saßen ihnen gegenüber. Gewehrträger, Hundeführer und Leibwache folgten.

Seine Majestät nickte im Vorüberfahren dem Hofstaat zu und alle grüßten ihn. Marie-Josèphe verneigte sich, so gut sie es vom Damensattel aus zuwege brachte. Sie unterdrückte ein Kichern bei dem Gedanken, daß sie jetzt gern gewußt hätte, mit welchem Befehl man Zachi veranlassen konnte, das Knie zu beugen. Vielleicht würde Comte Lucien es ihr noch zeigen.

Eben dieser, überaus elegant gekleidet und im Sattel von Zelis, ritt neben Seiner Majestät her. Zachi blähte die Nüstern beim Anblick der Stallgefährtin, Zelis spitzte die Ohren und schnaubte, aber beide Pferde waren zu wohlerzogen, um zu wiehern. Marie-Josèphe verneigte sich vor dem König und dann vor Comte Lucien. Sie fühlte sich ihm gegenüber befangen, nach allem was vorgefallen war. Er lüftete höflich den Hut.

Im selben Moment spürte sie einen scharfen Schmerz an der oberen Rundung ihres Allerwertesten. Sie unterdrückte einen Aufschrei und schlug nach der Stelle, bevor die Pferdebremse ein zweites Mal zustechen konnte.

Doch statt einer Pferdebremse traf ihr Schlag eine Hand, die rasch zurückgezogen wurde.

Chartres zwinkerte ihr lächelnd zu. Er steckte die Finger in den Mund und saugte daran. Dann küßte er zum Hohn die Stelle, wo sie ihn getroffen hatte. Sie schaute ihn strafend an und ließ Zachi einige Schritte zurücktreten, so daß sie sich hinter ihm befand. Sie hatte keine Reitgerte – eine solche wäre eine Beleidigung für ihr Pferd gewesen – und konnte deshalb nicht der Versuchung nachgeben, ihn mit einem Hieb zu züchtigen. Zu ihrem Glück, denn es wäre ein ungeheurer Skandal gewesen, wenn sie den Neffen des Königs mit der Peitsche geschlagen hätte.

Zu ihrer Erleichterung zog Chartres sein Pferd herum und schloß sich Monsieur und Lorraine an, die der Equipage folgten.

»Habt Ihr es gesehen?« fragte Madame. »Habt Ihr es bemerkt?«

»Was denn, Madame?« Marie-Josèphe fürchtete beides: Madame könnte das Benehmen ihres Sohnes beobachtet haben oder sie beschuldigen, den Vorfall erfunden zu haben.

»Der König. Seine Perücke.«

»Sie ist sehr schön.«

»Sie ist braun!« rief Madame aus.

»Braun?«

»Braun! Dunkelbraun zwar, aber dennoch braun; heller, als er sie seit vielen Jahren getragen hat.«

Madame ordnete sich in die Kavalkade der Jagdgesellschaft ein. Marie-Josèphe ritt hinter ihr her und wunderte sich über Madames offensichtliches Entzücken.

»Findet Ihr nicht auch, Mlle. de la Croix, daß dieser Rock eher goldfarben ist als braun?«

»Ich glaube, Madame, man könnte die Farbe als *Altgold* bezeichnen.«

»Genau meine Meinung!«

Vor Madame konkurrierten die Höflinge um die besten Plätze, verdrängten nach und nach die Musketiere, die den König schützten, und die Schweizer Garde des Papstes. Doch nicht einem gelang es, den Platz von Comte Lucien zur Rechten Seiner Majestät zu erobern, denn er war zu wachsam und Zelis zu kämpferisch. Monsieur und Lorraine ritten neben Yves, an der linken Seite des Jagdwagens. »Mlle. de la Croix«, sagte Madame leise, »vergebt mir, falls ich mich in Eure Angelegenheiten mische, doch ich bin in gewisser Hinsicht verantwortlich für Euren Platz bei Hofe ...«

»Ich bin Euch sehr dankbar für Eure Protektion, Madame.«

»Mir schien es, als wärt Ihr M. de Lorraine zugetan.«

»Das glaubte ich ebenfalls, Madame.«

»Es wäre eine begrüßenswerte Verbindung.«

»Es wird keine Verbindung zustandekommen.«

»Gab es Unstimmigkeiten?«

»Nein, Madame.«

»Und dennoch ...«

»Er hat mir seine wahre Natur offenbart.«

»Er hat Euch ...« Madame stieß die Worte mit erhobener Stimme hervor.

»Ich habe ihn gebeten, ihn angefleht, nicht zu dulden, daß Dr. Fagon mich zur Ader läßt, doch er lieferte mich ihm aus und lächelte nur.«

»Oh, mein armes Kind ...«

»Comte Lucien würde sich niemals derart kaltherzig betragen haben.« Marie-Josèphe schluckte, sie wollte nicht vor Madame anfangen zu weinen, einen herrlichen Tag nicht mit Tränen und schrecklichen Erinnerungen verderben. »Der Chevalier gab vor, Sympathie für mich zu empfinden, aber er ist ohne Mitleid.«

Madame drückte ihr die Hand. »Ich hoffte, durch den Einfluß Seiner Majestät und Eurer liebreizenden Unschuld würde er – nun, lassen wir es gut sein. Ich habe dabei verloren, doch Euretwegen bin ich froh.«

Marie-Josèphe küßte Madame die Hand. Die Herzogin lächelte, doch ihr standen Tränen in den Augen. Sie schaute auf ihren Gemahl und Lorraine.

»Ich wünschte, er würde jemanden lieben, der seiner würdig ist«, sagte sie leise vor sich hin.

»Lorraine?« Marie-Josèphe konnte nicht glauben, daß Madame sie nach ihren freundlichen Worten von eben nun dermaßen grausam beleidigte.

»Nicht Lorraine! Lorraine ist ein Narr, daß er Eure Zuneigung nicht zu schätzen weiß.« Sie seufzte. »Nicht Lorraine. Monsieur. Mein Gemahl.«

»Aber Madame! Ihr seid seiner würdig. Tausendfach.«

»Mein gutes Kind. Ihr besitzt die gleiche edle Herzensbildung wie Eure Mutter; kein Wunder, daß der König Euch liebt.«

»Tut er das, Madame?« fragte Marie-Josèphe. Weder erwartete noch erhielt sie eine Antwort.

Lucien ritt in leichtem Trab neben des Königs Jagdwagen einher. Der lächelnde Tag vertrieb Sorgen wie die Sonne und die leichte Brise den miasmatischen Brodem, der für Versailles kennzeichnend war. Zelis tänzelte, zeigte den stolzen Bogen ihres Nackens, das Banner ihres schwarzen Schweifs. Die Bewegung des Reitens linderte den Schmerz in Luciens Rücken. In letzter Zeit war er zu sehr von sitzenden Tätigkeiten bei Hofe beansprucht gewesen und hatte zu wenig Muße gehabt für die Liebe. Mlle. Future – Lucien wußte um die Spitznamen, die man seinen Mätressen gab – zeigte einen Lucien gänzlich ungewohnten Mangel an Neigung, Mlle. Présent zu werden.

Aber hast du schon ernsthaft um sie geworben?

Lucien stellte zu seiner eigenen Verblüffung fest, daß sein Interesse an Mlle. d'Armagnac zu schwinden begann, bevor es überhaupt zur Reife gelangt war. Sie war schön, doch ihre Konversation enthielt keinen Funken Originalität. Sie verstand zu kokettieren, das war angenehm. Sie hatte bereits damit geprahlt, seine Mätresse zu sein, das war unverschämt, nicht zuletzt gegenüber Juliette. Außerdem entsprach es nicht der Wahrheit. Auf seine Art war Lucien treu, er liebte immer nur eine Frau zu einer Zeit.

Die Equipage rollte durch das Spalier der Höflinge. Wegen der am Hof weilenden Gäste fand die Jagd heute in einem größeren Rahmen statt als gewöhnlich. Zum einen wollte Seine Majestät die Besucher trefflich unterhalten, zum anderen die Küche mit genügend Wildbret für seine Tafel versorgen.

Auf der breiten Chaussee zum Forst von Versailles begannen die Kutschpferde zu traben. In der Ferne hörte man Trommelschlag, ein Hornruf ließ die Hunde aufmerken. Ein Gerfalke schrie, hob sich auf dem Handschuh des Falkners und schlug langsam und kraftvoll mit den Flügeln.

Der Wagen passierte Monsieurs Haushalt. Monsieur bezeigte dem königlichen Bruder seinen Respekt, indem er das Haupt entblößte, sein Freund Lorraine verneigte sich mit offenkundiger Beflissenheit. Madames Blick ruhte, während sie Mme. de Maintenon völlig ignorierte, mit wehmütigem Entzücken auf dem König. Lucien sah Mlle. de la Croix und grüßte, im selben Moment kniff Chartres ihr par derrière in eben diesen.

Damit gelang es ihm sogar, Lucien zu schockieren, dem der Ruf anhaftete, nichts könne ihn erschüttern. Seine Majestät bemerkte nichts, und das war gut. Mlle. de la Croix, obschon sie überrascht zusammenzuckte, hatte sich in der Gewalt und statt ein Aufhebens zu machen, schlug sie Chartres gehörig auf die Finger. Er riß die Hand zurück.

Du kannst dich glücklich schätzen, daß sie keine Krallen hat, törichter Fant, dachte Lucien, *oder du könntest jetzt an deinen Fingern nur noch bis neun zählen.*Monsieurs Familie formatierte sich hinter des Königs Kutsche, der übrige Hof schloß sich an. Sämtliche Prinzen, die Enkelsöhne Seiner Majestät, sein Neffe und die natürlichen Söhne und Töchter galoppierten in einem Pulk, wetteiferten um einen Platz möglichst weit vorn. Nicht für einen Augenblick vergaßen sie ihre Rivalität untereinander.

Der Wald nahm die Equipage auf, die Jagdgesellschaft bewegte sich von der angenehmen Wärme der Sonne in die angenehme Kühle des Baumschattens. Die ausgelegten Grassoden verschluckten den Hufschlag der Pferde, Trommeln hallten in dem goldgrünen Zwielicht.

Die Kutschpferde kanterten den Waldweg entlang. Zelis zuckte mit einem Ohr, sie wollte galoppieren, laufen. Lucien hielt sie behutsam zurück, es wäre ein Faux pas gewesen, den König und sein Gefolge zu überholen.

Wenn Mlle. de la Croix sich von all ihrem Ballast befreien würde, dachte Lucien, *wäre sie eine junge Dame, der so leicht keine andere gleichkommt.* Er lachte in sich hinein, aber seine Belustigung hielt nicht an, denn ihr Mitleid machte sie zur Sklavin. Die Gesten der Zuneigung, die er bei ihr zu erkennen glaubte, machten ihm Sorge, denn eine Verbindung zwischen ihnen konnte nur mit ihrer beider Unglück enden.

Zachi bekundete ihre Bereitwilligkeit, jedes andere Pferd hinter sich zu lassen. Marie-Josèphe beschwichtigte sie mit den Händen, mit ihrer Stimme, die Stute fügte sich und kanterte hinter den Prinzen her. Was vor ein paar Tagen noch ein zerfurchter Karrenweg gewesen war, hatte sich in einen glatten Grasteppich verwandelt.

Dankbar für die Gutmütigkeit des Pferdes, sich aber stets der Nähe von Chartres und Lorraine bewußt, versuchte Marie-Josèphe, ihre Sorge um die Meerfrau beiseitezuschieben. Sie genoß den Wind auf ihrem Gesicht, die Frische des Tages, das Wechselspiel von Licht und Schatten. Die Kutsche fuhr durch das grüne Blätterportal auf eine große Wiese hinaus. Sonnenwärme wogte um Marie-Josèphe wie ein tropisches Meer und trug den Duft von zerdrücktem Gras heran. Die Kutsche hielt. Die Jagdgesellschaft bezog zu beiden Seiten Stellung, Bedienstete brachten die Büchsen.

Trommeln und Klappern verschmolzen zu einem Ring aus Lärm. Zachi bog den Hals, schnaubte, trat auf der Stelle. Sie wollte zu ihrer Stallgefährtin Zelis, und Marie-Josèphe hätte ihr gern den Willen gelassen. Sie wäre froh gewesen über eine Gelegenheit, mit Comte Lucien zu sprechen, um irgendwie ihr unentschuldbares Verhalten wiedergutzumachen. Doch Comte Lucien ritt neben Seiner Majestät, und Marie-Josèphe hatte keine Erlaubnis, sich dem König zu nähern, nicht einmal, um mit ihrem Bruder zu sprechen.

Ein Bediensteter gab Comte Lucien ein Gewehr, das er inspizierte und Seiner Majestät reichte. Papst Innozenz und Mme. de Maintenon verzichteten, Yves aber suchte sich eine Vogelflinte aus.

In unserer Kindheit war Yves ein miserabler Schütze, dachte Marie-Josèphe . *Ich hoffe, er hat sich gebessert, oder nicht nur Kaninchen droht heute Gefahr für Leib und Leben!*

Ihre Gedanken kehrten zu der Meerfrau zurück. Es war selbstsüchtig von ihr, dieses Gefühl von Freiheit zu genießen, solange ihre Freundin in dem Teich mit brackigem Wasser ausharren mußte, gefangen, sie, die daran gewöhnt war, im sauberen, tiefen Meer zu schwimmen, so weit und wohin sie wollte, ganz nach ihrem eigenen Belieben. Allein Seine Majestät konnte sie ihrem Heim und ihrer Familie zurückgeben.

»Mlle. de la Croix ...«

Marie-Josèphe zuckte zusammen. Sie war so mit der Bedrängnis der Meerfrau beschäftigt gewesen, daß sie ihre eigene vergessen hatte.

»... Ihr müßt mir ein Pfand geben, als wäre ich ein Ritter aus früherer Zeit.« Chartres zupfte lächelnd an einem ihrer Spitzenvolants, das rollende Auge verlieh seinem Gesicht einen Ausdruck von Lüsternheit. Der Wind bauschte die langen weißen Federn an seinem Hut.

In dem Mann neben ihm erkannte Marie-Josèphe zu ihrem Erstaunen den Herzog von Berwick. Madame würde es nicht gutheißen, daß ihr Sohn mit einem Bastard Umgang hatte, auch wenn es James Fitzjames war, des Königs von England natürlicher Sohn.

»Laßt meinen Freund Chartres Euer Ritter sein, ziert Euch nicht«, sagte Berwick. Er sprach mit schwerem Akzent, doch ohne zu lispeln wie sein Vater, und er war sehr attraktiv.

»Ich habe kein Pfand zu vergeben, Monsieur«, antwortete Marie-Josèphe.

»Aber doch, ganz gewiß – ein Ohrring, ein Taschentuch, ein Schnürband von Eurem Mieder ...«

»Ein Volant von Eurem Unterrock«, schlug Lorraine vor.

Die Männer auf ihren großen Pferden hatten sie eingekeilt, was Zachi ebensowenig behagte wie ihrer Reiterin. Die Stute legte die Ohren zurück und stampfte mit einem Hinterfuß auf.

»Wenn ich Euch mein Taschentuch gebe, Monsieur, habe ich keins mehr, und meine Mutter würde sich für mich schämen.«

Das Trommeln kam näher, eine Mauer aus Lärm.

Noch lauter dröhnte es, als der Auerochse, aus dem Gehege freigelassen, stampfend aus dem Unterholz hervorbrach. Die Jagdgesellschaft begrüßte das außergewöhnliche Wild mit Begeisterungsrufen.

Der mächtige Bulle riß mit den Hufen den Boden auf, seine Hörner fegten durch das Buschwerk. Er brüllte, schüttelte den Kopf und schaute mit alterstrüben Augen um sich. Niemand feuerte, man respektierte das Recht des Königs, den Ur zu erlegen.

Seine Majestät legte an. Der Auerochse trank mit geblähten, feuchten Nüstern die Luft. Als witterte er im Geruch des Schießpulvers die Gefahr, senkte er den Kopf und nahm die königliche Kalesche an.

Seine Majestät feuerte.

Der Auerochse galoppierte weiter, Herzblut schoß pulsierend aus der Wunde.

»Eure Mutter ist tot, Mlle. de la Croix«, sagte Lorraine.

»Ihr seid grausam, Monsieur.«

Vollkommen ruhig reichte Comte Lucien dem König eine frische Büchse. Ebenso ruhig legte Seine Majestät an und schoß.

Der Auerochse stolperte, fing sich und stürmte unbeirrt auf die Kutsche zu.

Sogar Chartres zögerte, gefesselt von dem Spektakel, aber das Spiel, das Lorraine in Gang gebracht hatte, war zu ergötzlich. Er beugte sich aus dem Sattel und griff nach dem Spitzenbesatz von Marie-Josèphe's Unterrock.

Seine Majestät zielte und feuerte ein drittes Mal.

Dicht vor der Kutsche brach der Auerochse in die Knie und stürzte. Seine Läufe schlegelten durch die Luft, Blut spritzte auf die Erde, auf die Kutsche, auf des Königs goldenen Rock. Die Höflinge bejubelten die Schießkünste ihres Monarchen.

»Ihr verpaßt die Jagd, Monsieur.« Marie-Josèphe schlug Chartres' Hand zur Seite, diesmal in der Absicht, ihm wehzutun.

Der Wald bebte wie ein lebendiges Wesen, Kamele kamen in schlenkerndem Galopp zwischen den Bäumen hervor, Hirsche in weiten Fluchten, zu viele, um sie zählen zu können, Kaninchen sprangen kopflos hin und her, mitten unter ihnen ein Fuchs mit vor Angst gesträubter Rute.

Nachdem Seine Majestät das erste Wild erlegt hatte, war die Jagd frei, und die Jäger feuerten Salve um Salve, so schnell man ihnen die nachgeladenen Gewehre nur reichen konnte. Mit dumpfem Röhren brachen die Kamele zusammen, die Hirsche stürzten, pflügten mit dem Geweih im Todeskampf den Boden. Hasen und Kaninchen wurden wie Fellbündel, vom Schrot zerfetzt, über das Gras und durch die Luft gewirbelt.

Madame, in ihrem dunkelroten Jagdgewand, zielte und feuerte mit unerschütterlicher Ruhe. Der Fuchs sprang senkrecht in die Höhe, stieß ein schrilles Fiepen aus, das die Kakophonie von Gewehren und Trommeln zerriß, und fiel vor den Hufen ihres Pferdes tot zu Boden.

»Das Wild, das es zu jagen gibt, langweilt mich, Mademoiselle«, sagte Chartres. »Ich habe eins entdeckt, das mir besser gefällt.« Er befingerte das Jabot an ihrem Kragen. Marie-Josèphe ließ Zachi rückwärts gehen, aber Lorraine verstellte ihr den Weg. Die Spitze zerriß. Lorraine zog ihr eine Nadel aus dem aufgesteckten Haar.

Arabische Oryxantilopen barsten aus dem Gehölz. Die Jagdgesellschaft verdoppelte ihr Feuer. Wie niedergemäht, stürzten die Antilopen in einem Gewirr aus grazilen Läufen und grazilem Gehörn, im Tod ihrer Anmut beraubt. Schrill kreischende, schillernde Pfauen flatterten in den Schützenkessel, wurden vom Geschoßhagel aus der Luft gerissen und fielen auf die zuhaufliegenden blutigen Leiber.

Der Wald verschwand hinter einem wallenden Vorhang aus Pulverrauch, das Blaffen und Knattern der Schüsse übertönte den Lärm der Treiber. Der leichte Wind bewegte die grauen Schwaden wie dichten Nebel.

Auf ein Zeichen von Marie-Josèphe setzte Zachi sich in Bewegung, doch Berwicks Warmblut schob sich vor sie. Chartres griff wieder nach ihrem Jabot und riß es ihr vom Hals. Lorraine zerrte am Spitzenbesatz ihres Ärmels, so daß der Stoff an dem Schnitt von Dr. Fagons Skalpell scheuerte.

Ein Wolke Birkhühner stob aus dem Unterholz auf. In ihrer Angst flogen sie der Gefahr entgegen, statt vor ihr davonzulaufen. Berwicks Pferd scheute und machte auch Lorraines und Chartres' Tiere nervös.

Gerfalken stürzten sich pfeilgeschwind auf ihre Beute, ihre Krallen schlugen mit einem weichen, dumpfen Geräusch in die rundlichen Leiber.

Marie-Josèphe ruckte leicht mit den Zügeln. Die Stute ging rückwärts, steilte, drehte sich auf der Hinterhand und galoppierte davon. Chartes, Berwick und Lorraine nahmen augenblicklich die Verfolgung auf. Zachi preschte an Jagdgehilfen vorbei, die Weidenkörbe öffneten und einen Schwarm kollernder *dindons* aus Amerika in die Luft warfen. Zachi ließ sich nicht beirren vom Flügelschlagen der schweren braunen Vögel, die blind in das Schußfeld der Jagdgesellschaft flatterten.

Marie-Josèphe hörte den Hufschlag so dicht hinter sich, daß sie sich fürchtete, über die Schulter zu sehen. Sie beugte sich vor und gab Zachi den Kopf frei. Chartres, der leichteste der drei Männer, bekam den Saum ihres Rocks zu fassen, und beinahe wäre es ihm gelungen, sie aus dem Sattel zu reißen, aber sie hakte das rechte Bein fester um das Horn und schlug Zachi die linke Ferse gegen den Leib: »Lauf! Lauf, so schnell du kannst!«

Und Zachi lief wie der Wind, als berührte sie kaum den Boden. Der Hufschlag und das Schnauben der großen Pferde blieb weiter zurück; das Lachen der Verfolger wandelte sich zu Schimpfen und Fluchen. Marie-Josèphe beugte sich so tief über den Pferdehals, wie es im Damensattel möglich war.

Zachi ließ die Verfolger hinter sich, den Tumult der Jagd, die Angst. Marie-Josèphe richtete sich auf, Zachi kanterte, fiel schließlich in Trab, ging dann im Schritt den breitesten einer Vielzahl von makellos gepflegten Pfaden entlang und lauschte mit spielenden Ohren auf Marie-Josèphes Worte.

»Kein Pferd ist schneller als du«, lobte sie. »Kein Pferd kann mit dir mithalten. Du bist wundervoll, und wenn ich dich zurückgeben muß, werde ich traurig sein. Aber ich habe nicht die Mittel, dich zu halten, wie Comte Lucien es kann – wie du es verdienst.«

Als hätte sie ihn durch die Nennung seines Namens herbeibeschworen, tauchte Comte Lucien aus einem Seitenweg auf.

»Wenn Ihr diese Gewohnheit, mit Tieren zu reden, beibehaltet, Mlle. de la Croix«, sagte er, »genießt Ihr bald einen Ruf, der Euch nicht gefallen wird.«

Zelis blieb vor Zachi stehen, die beiden Stuten prusteten sich gegenseitig in die Nüstern. Marie-Josèphe stellte sich vor, wie sie sich erzählten, was geschehen war, und daß Comte Lucien sie verstand.

»Die Reputation einer Hexe könnte mir zur Zeit hilfreich sein«, sagte sie. »Nein, vergebt mir, selbstverständlich habe ich das nicht ernst gemeint.«

»Ihr verpaßt die Jagd.«

»Wie Ihr auch.«

»Ich habe mit ein paar Rebhühnern mein Soll erfüllt. Ich bin ein bescheidener Esser.«

Die in Marie-Josèphe brodelnde Empörung brach sich Bahn, sie konnte nicht mehr an sich halten. »Diese schrecklichen Burschen!« rief sie aus. »Dieser schreckliche Lorraine!« Das Haar hing ihr in zerzausten Locken ins Gesicht, ihre Spitzenvolants waren zerrissen, ihr linker Arm schmerzte heftig. Sie versuchte mit der gesunden rechten Hand das Haar zu ordnen, gab es auf, nestelte an ihrem aus der Fasson geratenen Halstuch. Endlich brach sie in zornige, hilflose Tränen aus. Beschämt wandte sie sich ab.

»Was müßt Ihr von mir denken!« sagte sie. »Ihr seht mich nur, wenn ich Euch um Hilfe bitte oder weine wie ein Kind oder eine Närrin aus mir mache ...«

»Kaum.« Er trieb sein Pferd heran. »Haltet still.«

Sie erschauerte bei seiner Berührung und dachte aufgewühlt: *Chartres hat mich verfolgt, aber Chrétien hat mich gefangen, sie glauben beide, ich ...*

»Ich bin ein gefährlicher Mann, aber Ihr werdet nie etwas von mir zu befürchten haben.« Comte Luciens Stimme wirkte beruhigend.

Er nahm sein eigenes Band, um ihr Haar zurückzubinden, so daß die Lockenbahnen seiner braunen Perücke ihm auf die Schultern fielen.

»Ich mochte Chartres«, sagte Marie-Josèphe leise. »Ein lieber Junge – dachte ich! Was habe ich getan, daß er sich so schändlich benimmt?«

»Er hat sich so schändlich benommen, weil ihm danach war und weil sein hoher Rang ihm erlaubt, all seinen Begierden nachzugeben«, antwortete Comte Lucien. »Es hatte nichts mit Euch zu tun, außer daß Ihr ihm ins Visier geraten seid, nicht anders als ein Reh.«

Marie-Josèphe streichelte Zachis Schulter. »Aber ich bin entkommen – weil Ihr für meinen Schutz gesorgt habt.«

»Zachi ist nur ein Pferd. Ein bemerkenswert schnelles Pferd, aber dennoch nur ein Pferd.« Er lenkte Zelis auf ihre linke Seite, wo er ihr Halstuch nach Steinkirchner Art band und das Ende mit seiner eigenen Diamantagraffe an ihrer Schoßjacke feststeckte.

»Ich werde eine neue Mode kreieren«, sagte Marie-Josèphe.

»Eine Wegbereiterin des guten Geschmacks.«

Marie-Josèphe nahm mit der rechten Hand die Zügel auf. Die linke schmerzte, war geschwollen und nicht zu gebrauchen. Sie legte sie vorsichtig in den Schoß.

»Was habt Ihr?«

»Nichts.«

»Eure Wangen sind gerötet. Ihr fiebert.«

»Das macht der Wind. Der schnelle Ritt.«

Comte Lucien griff nach ihrer Hand, sie zog sie zurück.

»Wirklich, es ist nichts . . .«

»Seid still!« Er schob den Ärmel ein Stück zurück. Sein heller Teint wurde noch blasser.

Die roten Streifen hatten sich zu einem häßlichen Purpur verfärbt. Der Verband hatte einen großen braunen Fleck von getrocknetem Blut und klebte an ihrer Haut fest. Ihr Arm pochte. *Obwohl er Soldat ist, kann er kein Blut sehen,* dachte sie.

»Ich werde nach Hause schicken, um meinen Wundbalsam. Er ist unübertroffen in seiner Heilkraft. Mir hat er in diesem Sommer das Leben gerettet.«

»Ich weiß nicht, wie ich Euch danken soll, Monsieur.«

»Könnt Ihr zurückreiten, oder soll ich eine Kutsche holen?«

»Ich kann reiten.« Sie schämte sich zuzugeben, daß sie Angst hatte, alleingelassen zu werden. »Ich bin sehr kräftig, ich werde nie krank.«

»Gut. Wenn man Euch zu Pferd sitzen sieht, wird niemand auf den Gedanken kommen, Dr. Fagon zu rufen.«

Um von Dr. Fagon verschont zu bleiben, dachte Marie-Josèphe, *würde ich bis zum Atlantik reiten – die Seidenstraße hinunter bis zum Stillen Ozean. Am Ufer wird Zachi sich in ein Seepferd verwandeln, wie durch Zauberei wird die Meerfrau bei uns sein, und wir werden alle nach Martinique schwimmen.*

»M. de Chrétien«, sagte sie, »ich habe keine Hirngespinste.«

»Weshalb sagt Ihr mir das?«

»Als ich glaubte, Yves im Garten zu sehen, blutend, als ich vor dem Tiger flüchtete, der nicht da war – die Meerfrau ließ mich diese Dinge sehen. Es war die Meerfrau, die mir zeigte, wie ich sie verstehen konnte. Die mich lehrte, ihre Geschichten in Worte zu fassen.«

»Schmerzhafte Lektionen.«

»Aber wirksam. Wie Ihr gehört habt ...«

»Ja.« Comte Lucien nickte. »Es war außergewöhnlich.«

Sie ritten über die zertrampelte, blutgetränkte Walstatt des Schützenkessels. Hunde balgten sich knurrend um Gekröse, während Jagdgehilfen das erlegte Wild ausweideten und auf Karren luden. Pulverqualm hing in der Luft. Der Geruch von Blut und Angst machte Marie-Josèphe benommen. Ihre Wangen glühten. Sie versuchte, sich von dem Fieber abzulenken, von dem Pochen in ihrem Arm.

»Darf ich Euch etwas fragen, Comte Lucien?«

»Gewiß.«

»Madame sagte etwas, das ich nicht verstehe. Sie sagte: ›Ich wünschte, Monsieur würde jemanden lieben, der seiner würdig ist.‹ Wie kann eine solch bewunderungswürdige Persönlichkeit wie die Herzogin von Orléans sich selbst dermaßen geringachten?«

»Ihr habt sie mißverstanden. Sie meinte, er liebt Lorraine.«

»Lorraine?«

»Monsieur«, Comte Lucien wählte seine Worte mit Bedacht, »ist seit vielen Jahren dem M. de Lorraine in leidenschaftlicher Zuneigung verbunden.«

Marie-Josèphe überlegte. »Ihr meint, wie Achill und Patroklos?«

»Eher wie Alexander und Hephaistion.«

»Ich wußte nicht ...«

»Man spricht nicht darüber, es ist zu gefährlich.«

»... daß es heutzutage noch Jünger Alexanders gibt. Ich dachte, leidenschaftliche Liebe zwischen Männern gehörte ins reich der Mythologie, wie die Kentauren ... Sagtet Ihr, gefährlich?«

»Hielte nicht Seine Majestät die Hand über sie, könnten sie beide auf dem Scheiterhaufen verbrannt werden.«

»Verbrannt! Weil sie sich lieben?«

»Wegen ihrer Amour bleu.«

»Was ist Amour bleu?«

»Leidenschaftliche Liebe zwischen Männern«, erklärte Lucien. »Oder zwischen Frauen.«

Sie schüttelte verwirrt den Kopf.

»Körperliche Liebe. Geschlechtsverkehr.«

»Zwischen Männern?« fragte sie erstaunt. »Zwischen Frauen!«

»Ja.«

»Aber warum?« rief sie aus. Sie fragte nicht nach dem Wie, weil sie nur eine höchste vage Vorstellung von dem Wie zwischen Männern und Frauen hatte, und es wäre für sie auch nicht ziemlich gewesen, mehr zu wissen.

»Weil Eure Kirche es verbietet.«

»Ich meine, weshalb sollten sie das tun wollen, ohne Hoffnung auf Kinder ...«

»Aus Liebe. Aus Leidenschaft. Zur Lust.«

Sie lachte laut auf. »Unsinn!«

»Ihr lacht über mich, Mlle. de la Croix. Wißt Ihr mehr über Sexualität als ich?«

»Ich weiß, was die Nonnen mir erzählt haben.«

»Und diese frommen Damen wissen nicht das Geringste über fleischliche Liebe.«

»Sie wissen, es ist ein Laster, ein Fluch der Menschheit, den Frauen auferlegt als Sühne, den Männern als Prüfung, um an Evas Sünde im Garten Eden zu erinnern.«

»*Das* ist der Unsinn.«

»Was habe ich gesagt, um Euch so aufzubringen?«

»Ihr? Nichts. Aber Eure Lehrer machen mich zornig. Sie haben Euer Denken mit Lügen korrumpiert.«

»Weshalb sollten sie lügen?«

»Das hat mich immer gewundert. Vielleicht solltet Ihr Papst Innozenz fragen – doch ich bezweifle, daß er Euch die Wahrheit sagen würde.«

»Und Ihr würdet mir die Wahrheit sagen?«

»Wenn es Euer Wunsch ist?«

Sie zögerte. In allen anderen Dingen war sie stets bemüht gewesen, die Wahrheit zu ergründen.

»Man hat mich ermahnt«, sagte sie, »daß es für eine junge Dame von guten Sitten unziemlich wäre, über die Dinge des Ehestandes Bescheid zu wissen. .«

»Man hat Euch ermahnt, es gäbe vielerlei Dinge, über die Bescheid zu wissen unziemlich wäre – Wissenschaft, Musik, ganz zu schweigen von der Schicklichkeit selbständigen Denkens ...«

»Ich möchte, daß Ihr mir die Wahrheit sagt!«

»Die Wahrheit also«, sagte Comte Lucien. »Leidenschaftliche Liebe – körperliche Liebe – ist die größte Wonne, die man erfahren kann. Sie vertreibt Traurigkeit. Sie lindert Schmerzen. Sie ist wie erlesener Wein, wie der Morgen eines vollkommenen Tages, wie die ergreifendste Musik, wie der Rausch grenzenloser Freiheit. Und doch wie keins von diesen Dingen.«

Comte Luciens Stimme – wirklich nur seine Stimme? – ließ ihr Herz schneller schlagen, erregte in ihr eine Ahnung von Gefahr und verbotenen Genüssen. In ihrem Arm pochte das Fieber, doch gleichzeitig spannte sich in ihr eine geheimnisvolle Saite der Ekstase, deren Klang sich emporschwang zu einer Melodie von überirdischer Süße ...

»Hört auf, bitte.« Ihre Stimme schwankte. Ihren Körper durchbebte die gleiche Lust, die sie für das Lied der Meerfrau empfänglich gemacht hatte.

»Wie Ihr wünscht.«

Im kühlen Waldschatten gewann sie ihre Fassung zurück. »Comte Lucien, wenn M. de Lorraine Männer liebt – was will er dann von mir?«

»M. de Lorraine liebt nicht so sehr Männer oder Frauen als vielmehr sich selbst und seine eigenen Interessen.«

»Weshalb hat man mich nicht aufgeklärt? Mich gewarnt?«

»Vielleicht, weil Ihr nicht gefragt habt.«

»Als Kind habe ich ständig Fragen gestellt.« Sie begegnete seinem durchscheinenden grauen Blick. »Es war meine Lieblingsbeschäftigung.«

»Ihr könnt mich fragen, was immer Ihr wollt, Mlle. de la Croix, und wenn ich die Antwort weiß, werde ich sie Euch sagen.«

Zachi schnaubte. Dicht neben dem Pfad raschelte und knackte es im Unterholz.

»Da ist sie ja, unsere verlorengegangene Diana!«

Lorraine, Chartres und Berwick trieben ihre schweißbedeckten Pferde zwischen den Bäumen hervor. Chartres drängte sich vor die beiden anderen.

»Ich fürchtete, ein Bär hätte Euch gefressen!« rief er und hielt auf sie zu, doch sah er sich plötzlich Comte Lucien auf Zelis gegenüber. Sein Pferd warf den Kopf in die Höhe, blutiger Schaum flockte von der Trense.

»Bären sind scheue Tiere«, sagte Marie-Josèphe. »Sie tun einem nichts, außer sie werden gereizt. Im Gegensatz zu anderem Raubzeug.«

»Aber Eure Reize sind so unwiderstehlich!« Chartres verdrehte die Augen. »Ich werde an gebrochenem Herzen sterben.«

Berwick und Lorraine spornten ihre großen Hengste dicht hinter Zachi und Zelis.

»Hütet Euch vor ihren Hufen«, sagte Comte Lucien, denn Zelis legte drohend die Ohren flach an den Kopf. Lorraine und Berwick wichen ein kleines Stück zurück.

»Welch ein Tier!« rief Berwick aus. »Die Schnelligkeit dieser Stute ist einzigartig. Mlle. de la Croix, Ihr müßt sie mir verkaufen.«

»Das wird nicht möglich sein, Zachi gehört nicht mir.«

»Also dem König? Er wird sie mir geben, ich bin sein Vetter.«

Das Verwandtschaftsverhältnis war ein wenig verzwickter, aber Marie-Josèphe konnte sich nicht genau an die Zusammenhänge erinnern, zumal der Sachverhalt durch Berwicks illegitime Geburt kompliziert wurde.

»Berwick«, erklärte Chartres gönnerhaft, »diese Spielzeugpferde gehören alle Chrétien.«

Lorraine lachte höhnisch. »Wem auch sonst?«

»Die Stute mag klein sein, aber sie ist schnell wie der Wind. Monarch wird sie decken. Ihre Nachkommen werden jedes Rennen gewinnen ...«

»Diesen Plan werdet Ihr aufgeben müssen, M. de Berwick«, sagte Comte Lucien. »Doch Ihr könnt jederzeit eine Stute zu meinem Hengst in Finsterre schicken, wenn Ihr ein Fohlen mit Eigenschaften der arabischen Rasse haben wollt.«

»Das kommt überhaupt nicht in Frage. Euer Hengst auf meiner Stute? Absurd!«

»Irgendwie«, bemerkte Lorraine, »würde er es fertigbringen.«

»M. de Lorraine, M. de Berwick«, mahnte Chartres ernst, »Ihr befindet Euch in Gegenwart einer Dame.«

Chartres' Bigotterie reizte Marie-Josèphe zum Lachen, aber sie fürchtete, die Männer würden sie für hysterisch halten. Diesmal nicht ganz zu unrecht.

»Ich bitte um Vergebung, Miss«, sagte Berwick halb Englisch, halb Französisch, ohne den Blick von Comte Lucien abzuwenden. »Chrétien, Ihr *müßt* mir diese Stute verkaufen!«

»Muß ich das?«

»Ich gebe Euch zehntausend Louisdor!«

»Sir, verwechselt Ihr mich vielleicht mit einem Pferdehändler?«

Der französische Adel trieb keinen Handel. Obwohl Comte Luciens Stimme keinerlei Unmut verriet, zweifelte Marie-Josèphe von diesem Augenblick nicht mehr daran, daß er tatsächlich ein gefährlicher Mann war.

»Keinesfalls, keinesfalls.« Berwick bemühte sich, den Faux pas gutzumachen. »Doch ein Arrangement zwischen Edelleuten, ein Austausch ...«

»Ich trenne mich nicht von diesen Pferden. Sie waren ein Geschenk. Würde Zachi von einem Hengst einer anderen Rasse gedeckt, wäre ihre Blutlinie auf Dauer verunreinigt.«

»Lächerlich!«

»Der Scheich war überzeugt davon. Ich beschloß, seine Überzeugung zu respektieren. Ich trenne mich nicht von den Stuten: Ich habe mein Wort gegeben.«

»Euer Wort!« rief Berwick aus. »Ihr habt einem Sarazenen Euer Wort gegeben? Kein Christ muß sich an ein solches Versprechen gebunden fühlen!«

Sogar Chartres und Lorraine zuckten zusammen. Marie-Josèphe starrte Berwick schockiert an.

»Das mag richtig sein«, sagte Comte Lucien kalt. »Aber ich bin kein Christ.«

Berwick lachte. Niemand stimmte ein. Er verfiel in ein unbehagliches Schweigen.

»Wir sollten uns wieder zur Jagdgesellschaft begeben.« Comte Lucien trieb Zelis an, als hätte er es, aus welchem Grund auch immer, plötzlich sehr eilig.

Marie-Josèphe sprach zu Zachi und gab ihr den Kopf frei. Die beiden Araber galoppierten den Weg zurück und die erschöpften Hengste und ihre Reiter hatten einmal mehr das Nachsehen.

Marie-Josèphe folgte Comte Lucien durch die Geschäftigkeit des Schützenkessels. Jäger und Bediente verneigten sich, wenn er vorbeiritt, die Höflinge gaben dem Ratgeber des Königs den Weg frei. Er ritt auf die Equipage des Königs zu, in der Mme. de Maintenon angelegentlich auf Seine Majestät und Innozenz einredete. Sie wirkte ungewöhnlich lebhaft, als befände sie sich an ihrem bevorzugten Ort, St. Cyr, und unterrichtete ihre geliebten Schülerinnen. Monsieur schäkerte derweil mit Yves, der sich tapfer bemühte, Mme. de Maintenons Vortrag zu lauschen, ohne Monsieur vor den Kopf zu stoßen.

Madame ritt hinter dem König, plauderte und lachte mit ihren Damen, die in großer Hoftoilette in einer offenen Equipage fuhren.

»Ihr solltet Euch Madame anschließen«, riet Comte Lucien. »Unter ihren Augen kann Chartres sich nicht allzuviel herausnehmen, oder die formidable Herzogin wird ihn übers Knie legen und Lorraine ebenfalls.«

Wie sehr Marie-Josèphe wünschte, es wäre so, wie sehr sie sich wünschte, Comte Lucien würde neben ihr zum Schloß zurückreiten.

»Ich danke Euch«, sagte sie. »Ihr müßt Euren Platz an der Seite Seiner Majestät einnehmen ...«

»Ich muß nach dem Wundbalsam schicken«, stellte Lorraine richtig. »Begebt Euch in Eure Wohnung und legt Euch zu Bett – ich lasse Euch die Salbe bringen.«

»Das kann ich nicht tun. Die Meerfrau ist allein ...«

»Jemand anders kann sie füttern.«

»... und einsam. Wenn ich mich nicht um sie kümmere, wird man sich wundern – man wird glauben, ich sei krank!«

»Dann zum Bassin d'Apollon.« Er lüftete höflich den Hut und ritt davon. Marie-Josèphe sah, wie er anhielt, um mit einem Musketier zu sprechen, der sich daraufhin sofort auf den Weg zum Schloß machte. Dann trug Zelis ihn in kurzem Trab zur Kutsche Seiner Majestät. Sie hoffte, daß die Salbe das Vertrauen des Comte rechtfertigte. Die purpurnen Streifen hatten sich bis in ihren Handteller ausgedehnt.

Niemand darf es sehen, dachte sie, während sie zu Madame hinüberritt, *oder man wird Dr. Fagon holen ...*

»Mlle. de la Croix!« Madame empfing sie in bester Laune. »Da seid Ihr ja, mein Kind. Habt Ihr meinen Fuchs gesehen?«

Seit der Jagd hätte ein Jahr vergangen sein können, so

wenig Erinnerung hatte Marie-Josèphe daran. Auch den Fuchs hatte sie vergessen. Erlöst von Chartres und Lorraine, in der Nähe von Madame verhältnismäßig sicher, fühlte sie sich matt und fiebrig.

»Ja, Madame, selbstverständlich. Euer Fuchs.«

»Ich werde ihn Seiner Majestät darbieten lassen.« Ein Bedienter in Madames Livree lief mit dem schlenkernden Fellbündel auf die königliche Kalesche zu. »Doch Seine Majestät wird ihn mir zurückgeben. Der Pelz macht sich hübsch als Kragen. Ich habe ihn mit einem Schuß getötet, deshalb wird das Fell kaum beschädigt sein.«

Der Lakai übergab den Fuchs einem Jäger, der ihn an Yves weiterrichte, welcher ihn dem König präsentierte. Seine Majestät berührte den toten Fuchs. Seine Erwiderung nahm einen ebenso umständlichen Weg.

Madames Lakai schlängelte sich zwischen den Pferden hindurch und trat neben Marie-Josèphe.

»Seine Majestät läßt Madame zu sich bitten.«

»Madame«, sagte Marie-Josèphe, »Seine Majestät . . .«

Ohne abzuwarten, bis Marie-Josèphe ausgesprochen hatte, setzte Madame sich in Bewegung; Marie-Josèphe folgte ihr in der breiten Schneise, die sich für sie auftat. Comte Lucien räumte aus Respekt vor der Pfalzgräfin seinen Platz, nur Madame befand sich noch zwischen Marie-Josèphe und dem König.

Lorraine, Chartres und Berwick tauchten am Waldrand auf und mischten sich unter die Jagdgesellschaft.

Lorraine, an Monsieurs Seite, lüftete vor Marie-Josèphe den Hut. Sie schenkte ihm keine Beachtung, bei Madame und Comte Lucien fühlte sie sich geborgen. Monsieur strich ihm mit den Fingerspitzen über die Hand, eine besitzergreifende Geste, die Marie-Josèphe nun verstand, wie auch das Stirnrunzeln des Papstes. Es tat ihr leid, Monsieur Qualen der Eifersucht bereitet zu haben.

So gerne ich möchte, ich darf ihm nicht sagen, daß er von mir nichts zu befürchten hat. Es wäre eine Beruhigung für ihn, aber es wäre auch der Gipfel der Vermessenheit.

»Guten Tag, Madame«, sagte Seine Majestät. »Ein erstklassiger Schuß, wie Wir ihn von Euch nicht anders erwarten.«

»Sire, es gibt für mich keine größere Freude, als mit Euch auf die Jagd zu reiten.« Immer, wenn sie mit dem König sprach, verrieten Madames Stimme und Worte das tiefe Gefühl, das sie für ihn empfand.

»Ihr habt zu Recht den Preis gewonnen.« Seine Majestät löste ein funkelndes Geschmeide vom Hals des Fuchses, ein breites Armband aus Gold und Diamanten. Er legte es Madame um das Handgelenk.

»Euer Majestät!« Madame war überwältigt. »Ihr ehrt mich über Gebühr.« Sie bewunderte das Regenbogenfeuer der Steine und zeigte den Schmuck Marie-Josèphe.

»Es ist wunderschön«, sagte Marie-Josèphe aufrichtig. »Das herrlichste Armband, das ich je gesehen habe.«

Madame blühte auf in der Sonne der königlichen Huld. Sie nickte sogar Mme. de Maintenon mit einem Lächeln zu, das nicht mit ihrer sonstigen eisig-förmlichen Höflichkeit zu vergleichen war. Mme de Maintenon stutzte und zögerte, dann neigte sie ebenfalls den Kopf.

»Für Euch haben Wir auch etwas«, sagte der König zu ihr. »Schließt Eure Augen und haltet die Hände auf.«

»Oh, Sire ...«

»Wir wünschen es!« Er drohte ihr spaßhaft mit dem Finger.

Mme. de Maintenon gehorchte ihrem Gemahl. Der König öffnete einen Beutel aus schwarzem Samt und ließ eine prachtvolle Garnitur aus Diamanten mit Saphiren in ihre ausgestreckten Hände gleiten: Ohrringe, Brosche und Armband. Mme. de Maintenon saß wie zum Trotz bewegungslos und hielt die Augen festgeschlossen.

Die gute Laune des Königs verflog. »Ihr könnt die Augen jetzt öffnen.«

Mme. de Maintenon gönnte dem Geschmeide kaum einen Blick. »Sehr schön – natürlich kann ich es nicht guten Gewissens tragen.« Sie drückte Papst Innozenz die Juwelen in die Hände. »Verkauft sie und gebt den Erlös den Armen.«

»Eure Mildtätigkeit ist ohnegleichen.« Seine Heiligkeit gab die Schmuckstücke an Yves weiter, der sie ebenso reserviert entgegennahm wie den toten Fuchs.

Ludwigs Gesicht blieb ausdruckslos, Madame war nicht so stoisch.

»Ich könnte mich nie von einem Geschenk Seiner Majestät trennen«, verkündete sie. »Ich bin viel zu selbstsüchtig und weltlich. Ich werde mein Armband anläßlich des Karussells tragen.«

Seine Majestät nickte Madame huldvoll zu.

Selbst seine geringste Handlung hat Größe, dachte Marie-Josèphe und wagte für ihre Gönnerin zu hoffen.

»Ich *sollte* es verkaufen, um meine Leute zu bezahlen«, bemerkte sie mit gedämpfter Stimme zu Marie-Josèphe, »aber ich werde es tragen – falls Monsieur nicht darauf besteht, es auszuleihen.«

Der König hatte sich derweil an Mme. de Maintenon gewandt. »Wir hätten gern gesehen, daß Ihr Unser Geschenk tragt, und sei es nur einmal.« Er erhob nicht die Stimme, ebensowenig unternahm er einen Versuch, das Gespräch vertraulich zu führen. Monsieur wandte sich plötzlich an Lorraine und begann eine angeregte Unterhaltung. In ähnlicher Weise verspürte Madame auf einmal den Wunsch, Marie-Josèphe den komplizierten Verschluß ihres neuen Armbands zu erklären. Jedermann gab vor, den Wortwechsel zwischen dem König und seiner Gemahlin nicht zu bemerken. Sogar Innozenz wandte diskret den Blick ab und befragte Yves über irgendeinen Vogel, ein Blatt, ein Insekt.

Der König hat kein Privatleben, sagte Marie-Josèphe zu sich selbst. *Es kann für ihn keinen Unterschied machen, ob er Familienangelegenheiten vor den Ohren einiger Edelleute bei seinem Morgenempfang bespricht oder vor seinem gesamten Hofstaat.*

»Sire, ich bin eine reizlose alte Frau. Es steht mir nicht an, mich zu schmücken wie eine junge Braut.«

»In meinen Augen seid Ihr immer schön.«

»Meine einzige Schönheit sind meine guten Werke, die ich Euch weihe, der Ihr durch die Gnade Gottes Herrscher seid.«

Ludwig, in seiner Jugend Dieudonné genannt, der von Gott Geschenkte, schüttelte den Kopf. »Das ist wahr, dennoch bin ich immer noch ein Mann, der den Wunsch hatte, seiner Gemahlin ein Geschenk zu machen.«

Ein peinliches Schweigen senkte sich zwischen den König und Mme. de Maintenon.

Monsieur unterbrach es mit einem spitzen Kichern. »Das Seeungeheuer?« rief er aus. »Das Seeungeheuer hat anstößige Geschichten erzählt?«

»Allerdings, und Mlle. de la Croix hat sie für uns in Worte gefaßt.«

Lorraine schaute an Monsieur vorbei, vorbei an Yves und Seiner Majestät, vorbei an Madame. Er schenkte Marie-Josèphe sein unwiderstehliches Lächeln, doch er hatte sich durch eigene Schuld seiner Macht über sie beraubt.

»Erzählt Eure Geschichte noch einmal«, forderte Lorraine sie leichthin auf, »für Monsieur und Seine Majestät.«

»Es ist nicht meine Geschichte, Monsieur«, die abweisende Kälte in ihrer Stimme war nicht beabsichtigt, aber auch nicht unerwünscht, »sondern die ...«

»Ich verbiete dir, sie zu wiederholen!« sagte Yves streng.

»... der Meerfrau.«

»Und in höchstem Maße unschicklich, Monsieur«, erklärte Lorraine. »Seeräuber aus dem Norden und Sodomie mit Seeungeheuern.«

»Wäre das nicht ziemlich kalt und glitschig?« Monsieur schauderte theatralisch. »Ich würde lieber – aber, mein Freund, Ihr wißt, was ich lieber würde.«

»Die Geschichte handelt nicht von Sodomie«, warf Comte Lucien ein. »Sie handelt von Mord, Raub – und Verrat.«

»Sicherlich, M. de Chrétien, Ihr habt ganz recht.« Zu Marie-Josèphe sagte Lorraine: »Von Euren keuschen Lippen klingt sie umso erregender – Barbaren treiben Unzucht mit abscheulichen Fischwesen ...«

»Monsieur!« Mme. de Maintenons hochrote Wangen waren die einzige Farbe in ihrem Gesicht. »Bedenkt, in wessen Gegenwart Ihr Euch befindet!«

Wie weggewischt war das lebhafte Interesse auf den Zügen Seiner Heiligkeit, statt dessen trat ein Ausdruck entrüsteter Tugendhaftigkeit auf sein Gesicht.

»Mlle. de la Croix«, sagte der König, »bringt dem Seeungeheuer Kunststücke bei, wenn es Euch Freude macht, doch hütet Euch vor diesen Phantastereien hinsichtlich seiner Natur. Eure Mutter hätte niemals derart unschickliche Geschichten erfunden.«

Es wurde still. Monsieur hörte auf zu kichern.

»Euer Majestät ...«

Lorraine fiel ihr ins Wort. »Sie glaubt, Euer Majestät sei ein Kannibale.«

»Und hütet auch Eure Zunge.«

»Das habe ich nie geglaubt, Sire!« Marie-Josèphe war entsetzt. Sie hatte nur den Wunsch gehabt, ihn vor genau dieser Anschuldigung zu schützen.

Yves mischte sich ein. »Vergebt meiner Schwester, Sire. Sie ist noch nicht von ihrer Krankheit genesen.«

Das Fieber ermutigte Marie-Josèphe zu einer ihr sonst fremden Hartnäckigkeit. »Euer Majestät, bitte schont ihr

Leben. Sie ist ein denkendes, fühlendes Wesen mit einer Seele wie die Eure oder meine. Wenn Ihr sie ermordet, begeht Ihr eine Todsünde!«

»Wir könnten Uns dazu verstehen, die Ansichten Seiner Heiligkeit über Sünde zu erwägen«, versetzte der König. »Eventuell sogar die Eures Bruders. Doch Wir glauben kaum, daß Wir Eurer Belehrung bedürfen.«

»Nennt Ihr Seine Majestät einen Mörder?« Lorraines Stimme war so glatt wie geölte Seide.

»Weder ist es Mord«, sagte Innozenz, »noch verstößt es gegen eines der Gebote, ein Tier zu töten, denn Gott sprach zu den Menschen: ›Und herrschet über die Fische im Meer und über die Vögel unter dem Himmel und über das Vieh und über alles Getier, das auf Erden kriecht.‹ Belastet Euch nicht mit Moraltheologie, Mlle. de la Croix. Sie ist ein zu schweres Gebiet für den weiblichen Verstand.« Er machte eine geringschätzige Handbewegung. »Befaßt Euch mit Eurer Naturphilosophie oder besser noch, lernt kochen!«

»Gerade die Naturphilosophie beweist, daß die Meerfrau menschlich ist!« rief Marie-Josèphe .

Ludwig schüttelte den Kopf. »Dr. Fagon hat mir versichert, Ihr wärt von Euren hysterischen Zuständen kuriert.«

Comte Lucien legte Marie-Josèphe die Hand auf den Unterarm und bedeutete ihr damit zu schweigen.

»Euer Majestät«, sagte er.

Sowohl Mme. de Maintenon als auch Innozenz ignorierten ihn, aber der König wandte sich ihm mit unverhohlenem Interesse zu.

»Euer Rat, M. de Chrétien?«

»Erwägt, Sire, ob Mlle. de la Croix unter Umständen recht haben könnte.«

»Lächerlich!« sagte Innozenz.

»Sie hat bewiesen, daß das Seeungeheuer sie versteht.«

»Das stimmt«, gab der König zu. »Doch Wir haben

erfahren, daß auch ihre Katze sie versteht. Sollen Wir M. Hercules unter Unsere Höflinge aufnehmen?«

Man lachte zaghaft über seinen Scherz.

»Ihr könnt Euch glücklich schätzen, in diesem aufgeklärten Zeitalter zu leben.« Innozenz musterte Marie-Josèphe mit väterlicher Sorge. Und Argwohn. »Früher drohte einer Frau, die mit Tieren sprach – oder mit Dämonen –, der Scheiterhaufen.«

Die Höflinge hörten auf zu lachen. Yves wurde blaß. »Euer Heiligkeit, meine Schwester hat das Ungeheuer als Schoßtier ins Herz geschlossen. Sie begreift nicht ...«

»Sei beruhigt, mein Sohn. Ich beschuldige Eure Schwester nicht der Hexerei. Ich vermute vielmehr, daß sie verwirrt ist und Menschen mit Tieren verwechselt.«

»Wie die Kirche irrtümlich Tiere für Dämonen gehalten hat«, warf Comte Lucien ein.

Des Heiligen Vaters Miene verfinsterte sich. »Kein Irrtum – sie waren dämonischer Besessenheit entsprossen. Die Inquisition hat den dämonischen Einfluß ausgetrieben.«

»Ihr Status hat sich einmal geändert – weshalb nicht wieder? Es bleibt zu beweisen ...« Comte Lucien wandte sich an den König, »... ob die Kreatur einer menschlichen Sprache mächtig ist und deshalb nicht zu den *bestiae* gehört. Dies ist ein wissenschaftliches Zeitalter. Wenn ich recht verstanden habe, was M. le Père über Wissenschaft sagte – ich bin sicher, er wird mich gegebenenfalls berichtigen –, verlangt wissenschaftliche Forschung Beweise. Gestattet Mlle. de la Croix, ihre Behauptung zu beweisen.«

Der Blick des Königs forschte in Comte Luciens Gesicht. Endlich sagte er ausdruckslos: »Wir werden sehen.«

Kapitel 20

Marie-Josèphe betrat das Gefängnis der Meerfrau und blieb stehen, weil ihr schwindelig wurde. Das Wasser im Teich war trübe. Sie setzte sich hin, um nicht hinzufallen, falls eine plötzliche Schwäche sie anwandelte. Das Pochen in ihrem Arm war schlimmer geworden.

Sie flüsterte den Namen der Meerfrau. »Seine Majestät hat eingewilligt, mich in deiner Sache anzuhören. Du mußt ihm eine Geschichte erzählen, die ich mir nie ausdenken könnte. Eine Geschichte, die ihn bewegt. Eine Geschichte, die ihn veranlaßt, uns zu helfen.«

Die Meerfrau bekundete knurrend ihre Verachtung für den König. Sie war bereit, mit dem Zahnlosen um ihre Freiheit zu kämpfen. Die Frau der Landgeborenen sollte ihn in den Teich stoßen, wo die Meerfrau gegen ihn singen konnte, bis sein Herzschlag aussetzte und seine Eingeweide zu Wasser wurden.

»Sag nicht solche Dinge! Was, wenn noch jemand lernt, dich zu verstehen?«

Die Meerfrau schwamm auf sie zu. Ihr gerauntes Lied schuf Einsamkeit und Verzweiflung. Langsam keilförmig auseinanderstrebende Wellen bezeichneten ihren Weg. Marie-Josèphe streckte die Hand in den Teich, sie erhoffte sich von dem kühlen Wasser Linderung. Die Wellen, die sie verursachte, liefen denen der Meerfrau entgegen. Ihre wechselseitige Beeinflussung schlug sie für einen Moment in ihren Bann.

Die Meerfrau griff nach Marie-Josèphes geschwollener Hand. Ihre Nasenlöcher weiteten sich. Marie-Josèphe entfuhr ein Wehlaut, der Schmerz der Berührung durchbrach ihre fieberdumpfe Versunkenheit.

»Laß mich los, bitte, du tust mir weh.«

Die Meerfrau hörte nicht auf sie. Ihre Augen glänzten dunkelgolden. Sie beschnüffelte und beleckte die geschwollene Handfläche. Dann schob sie, den bedrohlichen roten Streifen folgend, den Ärmel von Marie-Josèphes Reitgewand nach oben und entdeckte den Verband. Sie summte besorgt, dann wechselte sie zu einer aufmunternden Tonart. Erst beknabberte sie den Knoten, dann wickelte sie mit ihren langen, bekrallten Fingern den blutigen Stoffstreifen ab, den das Wasser von der Haut losgeweicht hatte. Sie legte die entzündete Wunde frei.

Vor dem Zelt näherte sich galoppierender Hufschlag, verstummte. Redende Männerstimmen, dann kam Comte Lucien herein; unverkennbar sein hinkender Schritt und das Pochen des Stockdegens.

Die Meerfrau küßte Marie-Josèphes Arm, beleckte den Schnitt und ließ reichlich Speichel darüberfließen. Der Schorf brach auf und Blut sickerte hervor. Marie-Josèphe wurde übel.

»Was tut sie da?« Comte Lucien sprach leise, aber mit scharfer Anspannung in der Stimme.

Die Meerfrau ließ Marie-Josèphes Hand los und tauchte unter.

»Ich weiß nicht«, antwortete Marie-Josèphe. »Sie hat es mir nicht gesagt.«

Die Meerfrau floh. Der kleine Mann der Landgeborenen in seiner komplizierten äußeren Haut handelte nicht grausam wie jener andere, der sich mit Schwarz bedeckte. Der kleine Mann faszinierte sie mehr, als daß er sie erschreckte, trotzdem fürchtete sie ihn. Wäre er der besondere Gefährte der Frau der Landgeborenen, könnte man es wagen, ihm zu vertrauen, aber die Frau der Landgeborenen hatte ihn noch nicht erwählt.

Allein unter der Wasseroberfläche, weinte sie. Hatte sie der Landgeborenen geholfen? Hatte sie ihren Arm gründlich genug geküßt? Sie hatte ihrer Verbündeten nicht erklären wollen, was sie tat, hatte sich gefürchtet zu sagen, was sie tun konnte, denn wenn die Landgeborenen entdeckten, was sie getan hatte, was sie vermochte, würden sie ihr die Zunge herausschneiden und behalten. Einer von ihnen würde sie an einer Schnur aus Seetang um den Hals tragen, wie es die Seeleute taten. Ihre grenzenlose Dummheit machte ihr mehr Angst als alles andere.

Ich habe nur noch Angst, dachte sie. *Seit dem Netz, seit dem Schiff, habe ich Angst, obwohl ich nur zuvor in meinem Leben Angst kannte!*

Die Angst erregte ihren Zorn. Wenn die Frau der Landgeborenen an ihren Wunden starb, war sie allein, ohne jemanden, der ihr half zu fliehen. Und sie mußte fliehen.

Lucien ließ den Schnitt an Marie-Josèphes Arm bluten.

»Tut etwas dagegen!« sagte sie, der Panik nahe.

»Gleich. Noch einen Augenblick. Das Blut wird ...« Er verstummte, denn er wollte ihre Furcht nicht unnötig vergrößern, indem er davon sprach, daß das Blut das Gift aus der Wunde schwemmte. »Seid ganz ruhig. Nur noch einen Moment.«

Er zog die Handschuhe aus und kramte in seiner Satteltasche nach Scharpie, Verbandsstoff, Weingeist.

»Das wird jetzt etwas schmerzen.« Er goß den Spiritus über die Wunde, der das gerinnende Blut auflöste und in rosafarbenen Rinnsalen an ihrem Arm hinunterströmte. Marie-Josèphe schrie weder auf, noch zuckte sie zusammen. Lucien drückte einen Scharpiebausch auf die Inzision. Er öffnete die kleine Silberdose, die den Rest des Wundbalsams enthielt. Das meiste hatte er verbraucht, um Chartres' Schußwunde und seine eigene zu behandeln, und er war noch nicht wieder zu Hause in der Bretagne gewesen, um seinen Vorrat aufzufüllen.

Wenn Vater mir nur das Rezept geben würde, dachte

Lucien. *Wenn er es nur an mich weitervererbt oder auch an Guy, statt das Geheimnis mit ins Grab zu nehmen.*

»Das wird Euch helfen«, sagte er zu Marie-Josèphe. Sobald die Blutung gestillt war, strich er die dicke schwarze Salbe auf den Schnitt und die gerötete Umgebung, alles, was noch übrig war. Eine Entzündung wie diese konnte einen kräftigen, jungen Soldaten umbringen, auch mit der Salbe war die Gefahr von Wundbrand nicht gänzlich ausgeschlossen. Er deckte die Wunde ab und legte einen Verband an.

»Seht Ihr, die Schwellung ist bereits zurückgegangen.« Hoffentlich machte er sich nicht selbst etwas vor. Er lächelte und schob die Zweifel beiseite. »In ein, zwei Tagen seid Ihr genesen.«

»Comte Lucien, ich weiß nicht, wie ich Euch danken soll.« Sie legte die gesunde Hand auf die seine. »Wie viele Male habt Ihr mich allein heute gerettet? Ihr seid der einzige, der mir zuverlässig zur Hilfe kommt.«

Lucien beugte sich über ihre Hand. Dann richtete er sich auf und streifte die Handschuhe wieder über, obwohl es verlockend war, ihre Berührung zu genießen, ihre Wärme in seine Gelenke strömen zu lassen, die immer schmerzten.

»Viele Leute machen die Feststellung, daß Versailles voller Treibsand und Fieber ist«, sagte er.

»Euch habe ich auch zu verdanken, daß ich von St. Cyr an den Hof gekommen bin, nicht wahr?«

»Ich habe den Wechsel veranlaßt.«

»Und Ihr habt mich aus dem Konvent auf Martinique befreit – mich und meine Schwester Haleed?«

»Es geschah auf Wunsch Seiner Majestät.«

»Erlaubt mir, daß ich Euch erneut meiner Dankbarkeit versichere«, sagte sie, »auch wenn Ihr nur daran gedacht habt, dem König zu dienen.«

»Es war mir dennoch ein Vergnügen.«

»Comte Lucien«, sie zögerte, »darf ich Eure Hilfe in

einer Angelegenheit erbitten, die ausschließlich mich persönlich betrifft?«

»Ich werde gern tun, was ich kann.«

Sie erklärte ihm, daß sie ihre Sklavin freilassen wolle, die sie als ihre Schwester betrachtete. Lucien sagte zu, sich um die Dokumente zu kümmern, doch wies er sie daraufhin, daß sie nur durch die Unterschrift ihres Bruders rechtskräftig würden. Er bezweifelte, daß es ihr gelingen würde, ihn zur Unterzeichnung der Papiere zu bewegen, denn hinter Yves de la Croix' höfischer Manier verbarg sich ein nicht zu unterschätzender Zug von Starrsinn.

»Wieder habe ich Euch zu danken.« Marie-Josèphe berührte sanft seine Hand.

Yves stürmte ins Zelt, riß die Käfigtür auf und trat mit einem Schritt von der Teicheinfassung auf die Plattform. Marie-Josèphe zog schnell die Hand zurück und richtete ihren Ärmel, so daß der Verband nicht zu sehen war.

»Um der Liebe Gottes willen, Schwester, weshalb tust du das?«

»Weil ich die Meerfrau retten will. Weil ich Seine Majestät davor bewahren will, seine unsterbliche Seele zu beflecken.«

Er warf verzweifelt die Arme in die Höhe. »Du setzt meine Arbeit aufs Spiel und das Wohlwollen des Königs, um ein Schoßtier zu retten. Wenn Innozenz glaubt, die Kreatur wäre dein *spiritus familiaris*, steht sogar dein Leben auf dem Spiel!«

Die Wachen hielten die Zeltvorhänge zur Seite.

Seine Majestät trat ein.

Marie-Josèphe stand auf und bemühte sich, ihre Gedanken zu sammeln. »Meerfrau«, flüsterte sie, um sie herbeizurufen.

Der Hof von Versailles formierte sich, geordnet nach Rang und Privilegien. Madame fing Marie-Josèphes Blick auf und schenkte ihr ein halb ermutigendes, halb bedenkliches Lächeln. Lotte, phantasievoll und kunstreich frisiert, warf ihr eine Kußhand zu. Sogar Monsieur, Arm in Arm mit Lorraine, hatte ein freundliches Nicken für sie. Lorraine musterte sie aus verhangenen Augen.

Sobald die Höflinge ihre Plätze eingenommen hatten, ließen die Wachen Besucher ins Zelt. Draußen pries ein Händler Flugschriften mit der ersten Geschichte der Meerfrau an, dem Besuch in Atlantis, illustriert mit Zeichnungen von Meerungeheuern, die sich in Meereswellen tummelten.

Ludwig und Papst Innozenz, die beiden mächtigsten Männer der Welt, traten in den Käfig, um die Gefangene Seiner Majestät zu betrachten.

Marie-Josèphe knickste, um durch Respekt die Mängel ihrer äußeren Erscheinung wettzumachen – die Reitkleidung, die zerrissene Spitze, das zerzauste Haar. Alle anderen hatten sich umgekleidet und große Toilette angelegt. Innozenz trug eine schimmernd weiße Soutane. Der König hatte einen prachtvollen Rock aus goldfarbenem Samt angetan, mit goldener Spitze und Diamanten sowie eine braune, mit Goldstaub gepuderte Perücke. Die Meerfrau ließ sich neben der Apollostatue im Wasser treiben. Sie schnaubte, die Wülste in ihrem Gesicht blähten sich.

Sie tauchte, war verschwunden, dann schoß sie plötzlich aus dem Wasser wie eine Kanonenkugel, drehte sich in der Luft und landete mit großem Klatschen flach auf dem Rücken. Papst Innozenz trat so hastig zurück, daß er das Gleichgewicht verloren hätte, hätte Yves nicht nach seinem Ellenbogen gegriffen und ihn gestützt. Seine Majestät rührte sich nicht, obwohl Tropfen wie winzig kleine Perlen seinen Rock sprenkelten.

Die Meerfrau trillerte und knurrte, spie einen Strahl Wasser aus und schwamm unter der Oberfläche davon.

»Ungesittete Kreatur«, tadelte Innozenz.

»Sie sagt ...«

»Still!« fuhr Yves ihr über den Mund.

»Laßt Eure Schwester sprechen, M. le Père. Was hat die Kreatur gesagt?«

»Die Meerfrau hat gesagt: ›Der Weiße ist häßlich wie ein Aal.‹ Ich bitte um Vergebung, Euer Heiligkeit, aber in den Augen des Seevolks sind wir alle häßlich, unserer glatten Gesichter wegen.«

»Einzig Eure Naivität entschuldigt Eure Insolenz.« Des Königs Miene war ernst.

»Nichts entschuldigt einen solchen Mangel an Ehrerbietung«, zürnte der Papst.

»Es war nicht meine Absicht, jemanden zu beleidigen, Sire, Euer Heiligkeit. Auch die Meerfrau hat es nicht so gemeint.«

»Wirklich nicht?«

»Ich spreche für sie. Ihr Name ist ...« Sie sang den Namen der Meerfrau. Der König lauschte mit halbgeschlossenen Augen. Marie-Josèphe wünschte, er würde sein Bewußtsein öffnen, sehen, was sie hören konnte. »Sie weiß nichts von unseren Gebräuchen.«

»Und wie steht es mit Euch, Mlle. de la Croix?« fragte der König.

»Unser Brauch ist«, sagte Innozenz, »das Fleisch von Seeungeheuern zu essen. Gott hat Seeungeheuer – und alle Tiere – erschaffen zu unserem Nutzen, wie er die Frau erschaffen hat, auf daß sie dem Manne untertan sei. Ich freue mich darauf, Seeungeheuerfleisch zu speisen.«

»Wir werden anhören, was das Seeungeheuer – was Mlle. de la Croix zu sagen hat.«

Schwach vor Erleichterung fiel Marie-Josèphe vor dem König auf die Knie, ergriff seine Hand und küßte sie.

»Ich danke Euch, Sire.«

Er befreite seine Hand aus ihrem Griff und strich einmal mit den Fingerspitzen über ihr Haar. Dann verließ er den Käfig und nahm Platz in seinem Fauteuil, Papst Innozenz zur Rechten.

Sollte ich versuchen, in meiner Übersetzung abzumildern, was die Meerfrau sagt? überlegte Marie-Josèphe. *Nein, ich würde mich in Widersprüche verwickeln. Außerdem würde sie es mir nicht durchgehen lassen.*

Die Meerfrau wartete. Neben der Plattform in dem schmutzigen Wasser schwimmend, peitschte sie die Oberfläche mit den Flossenfüßen zu gelblichem Schaum. Sie kroch die Stufen hinauf und lag – ausgeliefert und verwundbar – auf dem Rand des Brunnens. Sie knurrte.

Marie-Josèphe bückte sich, um sie auf die geriffelte Stirn zu küssen. Die Meerfrau haschte nach ihrer linken Hand und berührte mit den Lippen die Innenfläche, eine plumpe Parodie des Kusses, den Marie-Josèphe dem König gegeben hatte. Wie Ludwig, zog auch sie die Hand zurück. Sie stellte sich das Zeichenpult zurecht.

Die Meerfrau sang Zorn wie tosende Brandung an schroffen Klippen.

»Nein, Meerfrau, bitte«, flüsterte Marie-Josèphe, »dies könnte deine letzte Chance sein. Sie wollen eine Geschichte, eine Geschichte von Bewohnern des Meeres, von großen Stürmen, von Atlantis ...«

Die Meerfrau murmelte, versprach eine Geschichte, eine außergewöhnliche, großartige Geschichte, wenn Marie-Josèphe so gut sein wollte, sie in Worte zu übertragen.

Marie-Josèphe wandte sich dem König zu und versuchte, die Bilder der Meerfrau in Sprache zu fassen.

»Weshalb habt ihr meinen Gefährten ermordet und zerstückelt?«

Yves erbleichte unter seiner Sonnenbräune.

»Wenn ihr in ihn hineinsehen wolltet, hättet ihr ihn mit eurer Stimme berühren sollen.«

Die Zeichnung erschien, wie von der Meerfrau mit der Stimme in das Papier gebrannt. Der Meermann, lebendig, wohlgemut, ließ sich von der Dünung wiegen; Knochen und Organe waren klar und deutlich umrissen in seinem Körperinneren zu erkennen. »Weshalb habt ihr meinen liebsten Freund getötet, der die Berührung von ...« Marie-Josèphe stockte, suchte fieberhaft nach einer Formulierung, die nicht die Ohren des Königs beleidigte. »Der die Berührung unserer geheimen Orte teilte.«

Marie-Josèphe sah den Leichnam des Meermannes in dunkle Tiefen sinken. Die Meerfrau schwamm neben ihm, ihre Tränen vermischten sich mit dem Salzwasser.

»Ihr habt sein Leben nicht geachtet«, sagte Marie-Josèphe. »Ihr achtet nicht seinen Tod.«

Die Meerfrau begleitete ihren toten Liebsten, verflocht sein Haar mit dem ihren, helles Grün mit dunklem.

»Nachdem ihr ihn ermordet hattet, wäre es ein Geringes gewesen, ihn dem Meer zu übergeben.«

Sie sank neben ihrem Liebsten tiefer in die Dunkelheit. Marie-Josèphe brannten Tränen in den Augen, verschleierten ihren Blick, aber die Bilder in ihrem Kopf blieben klar. Sie fürchtete, daß die Meerfrau sich nach dem Tod sehnte.

Der Liebste der Meerfrau sank in eine lichtgesprenkelte Dunkelheit. Seltsame Meeresgeschöpfe, in ein von ihnen selbst erzeugtes Leuchten gehüllt, schimmerten wie Sterne am Nachthimmel. Die Meerfrau durchtrennte die Haarsträhne ihres Freundes mit einem Muschelmesser.

Im Bassin d'Apollon betastete die Meerfrau die hellgrüne Strähne in ihrem eigenen, dunkleren Schopf.

»Er gab mir ein Geschenk, einen hübschen glänzenden Stein, um ihn in mein Haar zu flechten. Ich möchte es ihm zurückgeben.«

Der Gesang der Meerfrau verklang, das Bild des Toten verblaßte, während er durch die Zone der Lichtpunkte und leuchtenden Bänder in die Dunkelheit sank. Marie-Josèphe senkte den Kopf und wischte sich mit dem Ärmel über die Augen. Die Wirklichkeit nahm um sie wieder Gestalt an.

Ihr Herz wurde schwer, denn der König runzelte die Stirn, und Innozenz schaute grimmig drein. Yves sah aus, als wäre er einer Ohnmacht nahe, während die Höflinge untereinander flüsterten. Die Bürgerlichen im Publikum aber waren sichtlich von Mitleid ergriffen, seufzten und einige weinten sogar. Comte Lucien, hinter dem König stehend, starrte zu Boden. Die Lockenbahnen der Perücke verbargen sein Gesicht.

»Das ist alles«, sagte Marie-Josèphe leise.

»Heidnische Rituale«, bemerkte Seine Heiligkeit. »Habt Ihr diese Dinge von den Wilden in Eurer Heimat gelernt, Mlle. de la Croix?«

Der König erhob sich. »Wünscht das Seeungeheuer nicht, dieses Liebespfand zu behalten?«

Lorraine lachte über die Spöttelei Seiner Majestät, und er weidete sich an Marie-Josèphes Bedrängnis. Monsieur kicherte, doch er wirkte nicht so sehr belustigt als vielmehr betroffen.

Die Meerfrau sang eine herzzerreißend schöne Melodie, die Essenz von Liebe und Trauer.

»Ich will es ihm mitgeben«, folgte Marie-Josèphe mit ihren Worten, »mit ihm in die Tiefe sinken lassen, als Zeichen dafür, daß auch ich sterben werde.«

»Behauptet sie nicht«, forschte Ludwig behutsam, »unsterblich zu sein.«

»Nein, Euer Majestät.«

»Wir sind alle unsterblich in der Liebe Gottes«, sagte Innozenz. »Glaubt Euer Seeungeheuer an die Auferstehung? An Gottes ewiges Leben?«

»Das Leben selbst ist ewig.« Marie-Josèphe verfiel in einen melodischen Sprechgesang. »Menschen leben, Menschen zeugen neues Leben, Menschen sterben. Menschen kehren nie zurück.«

Der Papst stieß einen Laut abgrundtiefen Widerwillens aus. »Mit Eurer Komödie habt Ihr die Grenze des Lustigen überschritten, sogar die Grenze heidnischen

Aberglaubens. Euch trennt nur noch ein Schritt von schlimmster Ketzerei!«

»Ich habe die Geschichte nicht erfunden, Euer Heiligkeit«, beteuerte Marie-Josèphe. »Bitte glaubt mir, die Meerfrau hat sie erzählt. Sie weiß nichts, was Ketzerei ist ...«

»*Ihr* solltet es wissen!«

»Aber sie könnte lernen, an Gott zu glauben«, rief Marie-Josèphe. »Bestimmt, wenn Ihr sie unterweist. Ihr könntet den Völkern des Meeres unseren Heiland bringen ...«

»Schweigt! Unvernünftige Tiere bekehren?«

»Sie glaubt, Jesus hätte auf dem Berge den Broten und Fischen predigen sollen, statt den Menschen.«

Niemand lachte über Lorraines Bemerkung, Comte Lucien warf ihm einen Blick unverhohlener Feindseligkeit zu.

»Wo ist dieses Unterpfand?« Ludwig ignorierte sowohl Lorraine als auch Comte Lucien. »Das Pfand, welches sie ihrem Gefährten mitgeben will?«

Die Meerfrau stieß ein langgezogenes Grollen aus. Marie-Josèphe zuckte zusammen. Die Antwort bestürzte sie, aber überrascht war sie nicht. Sie zögerte, suchte vergeblich nach einer Möglichkeit, eine Lüge zu umgehen.

»Euer Majestät, jemand hat es ihr weggenommen.«

»Wer?«

»Einer – einer der Matrosen.«

Die Meerfrau protestierte und schlug heftig mit den Beinen. Kaltes, brackiges Wasser spritzte auf Marie-Josèphes Rücken.

»Sire, ist das nicht ein Beweis, daß sie mit mir spricht? Wie sonst könnte ich von diesem Pfand wissen?«

»Liebes, einfältiges Kind«, sagte Ludwig, »es gibt keinen Beweis, daß dieser Gegenstand je existiert hat.« Er schaute sie bekümmert an. Seine nächsten Worte, sie spürte es, würden ein Todesurteil sein.

»Laßt es leben«, flüsterte eine Stimme aus den hinteren Reihen. Andere fielen ein: »Laßt es leben, laßt es leben!« Des Königs Stirn bewölkte sich. Marie-Josèphe wollte ihnen zurufen: »Wißt ihr nicht, daß Seine Majestät weder durch Bitten noch durch Drohungen zu beeinflussen ist?« Sie meinten es gut, aber sie machten alles nur umso schlimmer. Ein Musketier setzte sich in Richtung der Störenfriede in Bewegung, das Skandieren verstummte.

»Ein kluger Schachzug von Euch«, bemerkte Ludwig, »daß Ihr versucht, Euer Schoßtier zu retten, indem Ihr es mit Scheherazade vergleicht.«

Die Höflinge lachten, alle, bis auf Comte Lucien.

»Tausend und eine Meeresnacht, von Scheherazade, dem Seeungeheuer!« rief Chartres.

Die Meerfrau schob sich an Marie-Josèphe vorbei die Stufen hinauf. Sie schaute den König an.

»Schhhrrrzzzaadddd«, stieß sie schnarrend hervor.

»Die kluge Mlle. de la Croix hat das Ungeheuer sprechen gelehrt!« kommentierte Lorraine. »Auch wenn es seiner Lehrerin weniger Ehre macht als ein Papagei.«

Monsieur lachte. »Scheherazade, die Papageienkönigin!«

»Nach den Regeln des Märchens ...«, sagte Ludwig.

Das Lachen verstummte.

»... bin ich verpflichtet, sie noch einen weiteren Tag am Leben zu lassen.«

Sprachlos, von Dankbarkeit überwältigt, warf Marie-Josèphe sich dem König zu Füßen und küßte die kalten, harten Diamanten am Saum seines Rocks. Er strich mit den Fingerspitzen über ihr Haar.

Seine Majestät verließ das Zelt festen Schrittes, als hätte er nie unter der Gicht zu leiden gehabt. Innozenz und seine Kardinäle folgten ihm, der übrige Hofstaat schloß sich an. Die Besucher von außerhalb ließen den König hochleben, als könnten sie sich ein Verdienst an seiner Entscheidung zuschreiben.

»Laßt das Seeungeheuer noch eine Geschichte erzählen, Mam'selle!« rief einer der Besucher, nachdem der König das Zelt verlassen hatte.

Zustimmende und beifällige Rufe hüllten sie in eine milchige Wolke aus Geräuschen, die sie zu betäuben drohten. Comte Lucien griff nach ihrem Ellenbogen.

»Geht es Euch gut?«

Sie war vor Mattigkeit und Erleichterung zu schwach, um ohne Hilfe aufzustehen. Comte Lucien schob ihren Ärmel hoch. Die Schwellung war abgeklungen, die roten Streifen verblaßten.

Marie-Josèphe zog die Hand zurück, seine Berührung machte sie zittern.

»Wird er sie verschonen?« fragte sie mit kraftloser Stimme.

»Ich kann es nicht sagen. Dies ist eine Galgenfrist.«

»Ein Tag ...«

»An einem Tag kann vieles geschehen.«

Yves entfernte sich unauffällig von der Schar der Höflinge. Er war bis ins Innerste aufgewühlt. Wer ihn sah, mußte ihn für einen Wahnsinnigen halten. Er sah vor sich ein Bild seiner selbst: mit glasigen, stieren Augen, die Haare zerrauft wie die eines Wilden. Er umklammerte den Ring in seiner Tasche. Das Gold brannte sich in seine Haut.

Er verließ den Tapis Vert, wo die Gefahr bestand, von den Grandseigneurs in der Entourage des Königs gesehen zu werden, und eilte am Obeliskenbecken vorbei, den Hügel hinauf und betrat den Sternengarten.

Mit wild klopfendem Herzen durchquerte er den Kreis und stolperte keuchend in die Kapelle. Sie war natürlich leer. Vor dem Altar, vor der Darstellung der Kreuzigung, warf er sich zu Boden. Er bebte am ganzen Leib, würgte gegen das Schluchzen an, bis Brust und Kehle schmerzten vor ungeweinten Tränen. Vor seinen Augen drehte sich alles, als wäre er betrunken; er verlor jedes Gefühl für Zeit.

Auf dem Boden ausgestreckt, die fieberheißen Hände auf den kühlen Marmor gepreßt, betete Yves de la Croix zu Gott um die Vergebung seiner Sünden.

Kapitel 21

Scherzad sang.

Die Visionen der Meerfrau umkreisten Marie-Josèphe wie die sich bewegenden Szenen einer Laterna magica. Auf einer kleinen, sandigen Insel schwelgten Meermenschen in der Sonne. Der Ozean erstreckte sich ohne Unterbrechung bis zum Horizont. Das Meervolk, keiner Gefahr gewärtig und glücklich, spielte mit dem jüngst geborenen Sproß der Familie. An den Händen des kleinen Mädchens begannen die Schwimmhäute zu wachsen, die Zehennägel wurden dicker und bogen sich zu Krallen. Ihr Haar war so weich wie Gischt. Sie summte und plapperte und erschuf große, amorphe Bilder. Ihre Mutter, ihre Schwestern und Bruder, Basen und Vettern, ihre Tanten und Onkel, sparten nicht mit Lob und Bewunderung.

»Auf unserer Geburtsinsel sind wir verwundbar, aber wir wähnten uns sicher.«

Marie-Josèphe dolmetschte, so gut sie konnte, aus einer Sprache ohne Worte. Dabei zeichnete sie mit raschen, bestimmten Strichen. Die Kohleskizzen wurden der Ausdruckskraft von Scherzads Gesang nicht gerecht, aber sie dokumentierten das Geschehen. Lakaien nahmen die fertigen Bilder und hängten sie auf.

»Doch wir waren nicht sicher.«

Eine Galeone erschien am Horizont, auf der Fahne am Mast leuchtete ein Kreuz. Die lyrischen Harmonien schlugen um in Dissonanzen. Auf der Galeone schoben sich die Kanonenrohre aus den Stückpforten.

»Die Schiffe der Landgeborenen suchten uns.«

Die Galeone wendete und zeigte der kleinen Insel die Breitseite. Kanonendonner grollte. Scherzad sang Grauen und Schmerz im höchsten Diskant. Männer mit Piken und Netzen stürmten auf die Insel.

»Sie nannten uns Teufel. Sie mordeten uns, verschleppten uns, zum Ruhme eures Gottes.«

Lucien hörte im Gesang der Meerfrau den Lärm der Schlacht, hörte die Schreie von sterbenden Männern und Pferden. Kampfeslust berauschte ihn wie starker Wein, Ernüchterung folgte auf dem Fuße. Scherzads Gesang brachte Steinkirchen und Neerwinden zurück.

»Sie brachten uns aufs Festland, zu ihren Städten. Sie warfen uns in ihre Kerker, marterten uns, sie töteten uns langsam.«

Auf Marie-Josèphes Zeichenblatt lag ein Meermann im Folterkeller der Inquisition auf der Streckbank; im Hintergrund brannte eine menschliche Gestalt in den Flammen des Scheiterhaufens.

Lucien hörte wieder die Spottrufe aus seinen Jugendjahren, die anderen Pagen bei Hofe, die ihn hänselten: »Däumling! Wicht! Dein Vater ist ein Teufel, deine Mutter ist eine Hexe!«

Das hörte erst auf, als er die Wertschätzung des Königs errungen hatte.

»Die Männer der Landgeborenen verfielen in Raserei. Sie töteten uns, sie töteten solche ihres eigenen Blutes.«

Die Kirche suchte Beweise für Unzucht zwischen Frauen und den Dämonen aus dem Meer. Was sie suchte, fand sie auch. Sie verdammte jede Frau mit einem zwergwüchsigen Kind, denn das Kind war eindeutig die Frucht ihres Umgangs mit dem Teufel.

»Das Meervolk erkannte die Landgeborenen als Feinde.«

Marie-Josèphe starrte von Grauen erfüllt auf ihre Zeichnung: eine Frau auf das Rad geflochten und dann ins Meer geworfen; ihr Zwergenkind, das sich an sie klammerte, ging mit ihr unter und ertrank.

Der Lakai nahm das Blatt weg, bevor sie ihn daran hindern konnte, und zeigte es herum. Während die übrigen Zuhörer noch die Dramatik von Marie-Josèphes

Geschichte beklatschten, kam der Bediente zu Lucien. Zwar versuchte er, sich rasch vorbeizudrücken, aber Lucien griff nach seinem Handgelenk, hielt ihn fest und nahm ihm das Bild ab. Er schaute es an und dachte: *Vor noch nicht allzulanger Zeit hätte diese Frau meine Mutter sein können. Das Kind wäre ich gewesen.*

Die Meerfrau verstummte.

»Das ist alles.« Marie-Josèphes Stimme schwankte. Sie wandte sich an die Meerfrau. »Wie *konntest* du?« Die Meerfrau kreischte schrill, warf sich klatschend nach hinten, daß Wasser nach allen Seiten spritzte, dabei lachte sie gellend, lachte, wie kein Tier lachen konnte. Falls Lucien bisher noch Zweifel gehegt hatte, nun glaubte er alles, was Mlle. de la Croix je in Bezug auf das Geschöpf behauptet hatte und mehr.

Bevor der Zorn, der in ihm schwelte, zum Ausbruch kommen konnte, verließ Lucien das Zelt. Er durfte sich nicht erlauben, in der Öffentlichkeit die Beherrschung zu verlieren.

Lucien saß am Rand des Bassin de Glace. Wenn er ins Wasser sprang, half es vielleicht, sein erhitztes Gemüt abzukühlen.

Wenn ich ins Wasser springe, dachte er, *könnte ich auch ertrinken. Ich bleibe lieber zornig.*

»Comte Lucien!« Mlle. de la Croix hatte ihn gefunden, sie war blaß vor Sorge. »Es tut mir leid, es tut mir so leid, ich wollte nicht ... Wie konnte Scherzad nur so grausam sein?«

»Habt wenigstens den Mut, nicht jemand anderen vorzuschieben, um Rache zu üben.«

»Rache? Für was?«

»Ihr habt Euch angeboten, und ich habe abgelehnt.«

»Und ich spiele jetzt die Verschmähte? Monsieur, Ihr tut mir Unrecht.«

Nun flammte Luciens Zorn doch auf. »Was erwartet Ihr von einem Zwerg, häßlich, mißgestaltet ...«

»Comte Lucien, ich liebe Euch.«

»Das ist Euer Unglück.«

»Euer Geist ist schön. Ich durfte Eure Güte erfahren und ...« Sie stockte. »Begreift Ihr, was ich gesagt habe? Ich *liebe* Euch.«

»Viele Frauen lieben mich. Ich bin ein großzügiger Mann und ein kundiger Liebhaber.«

»Ihr haltet Euch einiges zugute, Monsieur.«

»Dazu habe ich Grund. Ich besitze den Titel der Paladine Karls des Großen, ein Titel, der schon alt war, als diese emporgekommenen Herzöge und Marquisen erschaffen wurden. Ich genieße das Wohlwollen des Königs, ich bin Erbe weitläufiger Ländereien und großer Reichtümer ...«

»Das kümmert mich nicht. Wärt Ihr nicht Lucien de Barenton, Comte de Chrétien, würde ich dasselbe für Euch empfinden.«

»Aha. Wäre ich ein darbender Landmann, der sich prügeln lassen muß, weil er seine Steuern nicht hat zahlen können, seine Kate ausgeplündert von den Soldaten des Königs – würdet Ihr mich lieben?«

»Ihr seid *Atheist*, und ich liebe Euch.«

Vor Luciens Sinn für das Absurde kapitulierte sein Zorn.

Er lachte. Als er sich wieder gefaßt hatte, sagte er: »Mlle. de la Croix, wäre ich als Sohn eines Bauern zur Welt gekommen, hätte man mich aus der Wiege an Zigeuner verkauft – oder ertränkt, wie das Kind in Scherzads Geschichte.«

»Aber doch *heute* nicht mehr. Nicht *Euch*.«

»Mlle. de la Croix, Ihr wünscht Euch einen Gemahl.«

»Ja, das tue ich.«

»Ich werde mich niemals vermählen. Ich werde nie ein Kind in die Welt setzen.«

»Aber Euer Leben ist wundervoll. Der König liebt Euch, Ihr werdet von jedermann respektiert ...«

»Der wahre Herrscher meines Lebens ist der Schmerz.« Er gestand ihr, was er sonst als sein Geheimnis hütete, außer gegenüber seinen Mätressen.

»In jedem Leben gibt es Schmerz.«

»Ihr wißt nicht, wovon Ihr redet«, sagte er, gereizt von ihrer treuherzigen Ignoranz. »Nicht einen Augenblick meines Lebens bin ich ohne Schmerzen. Außer, wenn ich Eros diene ...« Er verstummte, nahm einen neuen Anlauf. »Wenn ich eine Frau liebe, wie könnte ich mein Gebrechen an ihre Kinder weitergeben? Ihr wollt einen Gatten, Ihr wollt Kinder. Ich werde niemals heiraten, und ich werde niemals ein Kind zeugen.«

»Gott läßt uns kaum eine Wahl in dieser Sache«, meinte sie. »Wenn wir uns für die Liebe entscheiden.«

Er lachte sie aus. »Kein Gott hat damit etwas zu tun. Selbst der einfallsloseste Liebhaber dürfte imstande sein, eine Baudruche über sein Glied zu streifen. Es gibt einen Weg, ein Kind zu zeugen, tausend Wege, um zu lieben.« Er wiederholte: »Ich werde niemals heiraten.«

»Weshalb sagt Ihr mir das?« rief Marie-Josèphe. »Weshalb sagt Ihr nicht: Ich empfinde kein Zuneigung für Euch, ich kann Eure Liebe nicht erwidern?«

»Weil ich versprochen habe, Euch die Wahrheit zu sagen, sofern ich sie weiß.« Hoffnung und Verwirrung verschlossen ihr den Mund.

»Wollt Ihr mich immer noch?« fragte Lucien. »Als Liebhaber?«

»Ich ... Es wäre gegen ... Ich kann nicht ...« Sie errötete und rang vergeblich nach Worten. »Die Kirche sagt ... Mein Bruder würde ...«

»Nichts könnte mir gleichgültiger sein als die Gebote der Kirche oder die Wünsche Eures Bruders. Was wollt *Ihr*?«

Sie antwortete, wenn auch auf einem Umweg. »Wenn

Ihr heiratet, sind Eure Kinder vielleicht ... werden Eure Kinder vielleicht nicht ...«

»Mein Vater ist ein Zwerg. Er hat sich vom Hof zurückgezogen, als die Krankheit es ihm unmöglich machte, seinem König weiterhin zu dienen ...«

Sein Vater war an der Seite Ludwig XIII. geritten und hatte als treuer, ruhmreicher Vasall auch im Dienst des Kindkönigs Ludwig XIV. während des Bürgerkriegs seine Pflicht getan. Nun war er ein Krüppel und konnte seit vielen Jahren nicht mehr im Sattel sitzen.

»Ich bin das Ebenbild meines Vaters«, sagte Lucien.

»Es gibt ein Gerücht ...«

»Das Gerücht lügt.«

»Viele Leute halten es für wahr.«

»Ludwig hat genug bresthafte Kinder, ohne auch mich noch zu seiner Brut zählen zu müssen. Außerdem, er erkennt seine Bastarde an.« Sie sank vor ihm nieder und faßte nach seinen Händen.

»Ich habe mir Scherzads Geschichte nicht ausgedacht. Ich habe mich nicht mit ihr verschworen, um Euch zu verletzen. Ich hörte die Geschichte zum ersten Mal, wie alle anderen auch. Hätte ich gewußt, was sie plante, *hätte* ich eine andere erfunden. Niemals würde ich Euch wissentlich Schmerz zufügen, bitte glaubt mir.«

»Ich glaube Euch«, sagte er sanft. »Aber ich kann Euch nicht geben, wonach Ihr Euch sehnt. Wenn Ihr darauf besteht, mich zu lieben, werde ich Euch das Herz brechen. Wenn Ihr Euch auf die Seite der Meerfrau stellt, gegen den König, wird er Euch das Herz brechen. Falls Euch nicht Schlimmeres widerfährt.«

»Aber Scherzad ist menschlich. Ebenso Mensch wie Ihr und ich.«

»Ja«, sagte Lucien, »ja, ich glaube es. Nur ein Mensch kann so grausam sein.«

»Es tut mir leid ...«

»Nicht grausam zu mir. Grausam zu Euch.«

Schritte rissen Yves aus dem Zustand der Fuge, Schritte und die Furcht, die sie in ihm weckten. Abgesehen von den Zeiten, wenn der König die Kapelle besuchte, kam nur selten jemand her. Yves fühlte sich nicht imstande, Seiner Majestät unter die Augen zu treten. Er stützte sich auf einen Ellenbogen, bis ins Mark durchdrungen von der Kälte des Marmors.

»Hier bist du!« Marie-Josèphe s Stimme erfüllte ihn mit dumpfer Resignation. Als sie nähertrat, bemerkte er, was ihm längst hätte auffallen sollen: ihre Erschöpfung, ihre Verzweiflung, ihre Liebe zu ihm, ihre Enttäuschung.

»Ich habe mir Sorgen gemacht.« Sie setzte sich auf eine Bank. »«Ich suche Vergebung.«

Er öffnete den Mund, um zu antworten, sie zu ermahnen ...

»Vergebt mir, Vater, denn ich habe gesündigt.«

Yves stand auf. »Es ziemt mir nicht ... und dir ...«

»Du hast versprochen, die Beichte zu hören. Du hast es Seiner Heiligkeit versprochen.«

Sie faltete die Hände im Schoß und wartete in einer Haltung gelöster Ruhe. Als Kind konnte sie stundenlang im Wald sitzen, bis sie für die Vögel und die Tiere unsichtbar geworden war. Sie würde sich nicht von der Stelle rühren, bis er seine Feigheit überwand und ihr die Beichte abnahm.

Er setzte sich neben sie und richtete den Blick auf seine Hände. »In welcher Weise hast du gesündigt, mein Kind?«

»Ich habe meinen König belogen.«

»Das hat bisher dein Gewissen nicht belastet!« rief er aus.

»Über die Meerfrau.«

Wenn sie alles über die Meerfrau erfunden hatte, woher konnte sie dann wissen ... Unwichtig.

»Ich danke Gott, daß du bereust«, sagte er erleichtert. »Ego te ...«

»Ich bin noch nicht fertig«, unterbrach sie ihn. Sie schaute ihm in die Augen. »Es war kein Seemann, der Scherzads Kleinod genommen hat! Du weißt es, aber du hast geschwiegen. Scherzad sagte: ›Der dunkle Mann war es, der Mann in dem schwarzen Gewand.‹« Sie holte zitternd tief Atem. »Der Mann, der mein Bruder ist.«

»Du hast den Ring gesehen ... du hast erraten ...«

»Ich habe ihn nie gesehen. Du hast ihn genommen, während sie besinnungslos war, nachdem du ihr Seetang und toten Fisch in den Hals gestopft hattest ...«

»Es *hat* zu dir gesprochen ...« flüsterte Yves.

»Ich konnte nicht zu unserem König sagen: ›Mein Bruder ist ein gewöhnlicher Dieb.‹ Deshalb habe ich gelogen! Ich habe gelogen und meine Lüge könnte Scherzad das Leben kosten!«

Yves zog den Rubinring, den goldenen Ring mit dem glänzenden Stein aus der Tasche seiner Soutane.

»Es tut mir leid«, sagte er. »Es tut mir leid, ich wußte nicht ...«

Er sprang auf und floh aus der Kapelle.

Er lief den Hügel hinunter zum Apollobecken, schneller, als Marie-Josèphe ihm zu folgen vermochte. Er drängte sich durch die Besucher, riß die Käfigtür auf und sprang die Stufen hinunter. Sein Atem ging keuchend.

Ohne sich um die Leute zu kümmern, die ihm zuschauten, trat Yves von der Plattform hinunter ins Becken. Das Wasser stieg kalt an ihm empor, die Soutane bauschte sich, dann sank sie schwer nach unten und haftete an seinen Beinen. Er watete auf die Statue des Apoll im Sonnenwagen zu.

»Meerfrau! Scherzad!«

Die Gerufene kam unter einem Triton hervor. Sie spie einen Wasserstrahl in seine Richtung und knurrte.

»Verzeih mir, ich ahnte nicht, ich wußte nicht ... ich habe nicht geglaubt ...«

Die Meerfrau beobachtete ihn, nur der obere Teil des

Kopfes und die Augen waren über der Wasserfläche zu sehen.

Yves schaute sich um, als Marie-Josèphe an den Teichrand trat.

»Du mußt ihr erklären – ich dachte mir nichts dabei, den Ring zu nehmen. Ich dachte, wie merkwürdig, Rubine im Haar eines Tieres zu finden ...«

»Erklär es ihr selbst«, sagte Marie-Josèphe außer Atem. »Aber du machst ihr Angst, also sprich ruhig mit ihr.«

»Ich habe dich gefangen«, sagte Yves. »Ich habe zugelassen, daß dein Freund stirbt, und nun habe ich auch dich zum Tode verurteilt. Ich war blind. Ich bereue. Um der Liebe Gottes willen, vergib mir.« Er streckte ihr die Hand mit dem Ring entgegen.

Langsam kam Scherzad näher. Sie summte eine monotone, herzzerreißend traurige Totenklage.

Vor dem Zelt stampften ungeduldig die Zugpferde, Geschirrketten klingelten. Der Fuhrmann wartete auf seine Fracht, die er zur Küste bringen sollte.

Marie-Josèphe saß auf der Einfassung des Bassin d'Apollon, hielt Scherzads Hand und streichelte ihr struppiges, dunkelgrünes Haar. Die Meerfrau lag oben auf den Stufen an Marie-Josèphe gelehnt, schmiegte die Wange in ihre Handfläche und netzte sie mit ihren Tränen. Marie-Josèphe wünschte sich, sie könnte sie trösten. Scherzads Trauergesang schnitt in ihre Haut wie mit kleinen Messern.

Yves breitete ein seidenes Tuch über das verwüstete Gesicht des Meermanns und schlug das Segeltuch um ihn. Eigenhändig half er drei Lakaien, ihn hochzuheben und in den Sarg zu legen. Dann wurde der Sarg zum Käfig getragen, damit Scherzad von ihrem Liebsten Abschied nehmen konnte.

Die Meerfrau verstummte. Sie machte keine Anstalten,

den Toten mit der Stimme zu berühren, aber sie legte die Hand auf seine Brust. Ihre Finger bebten.

»Er hat keine letzte Ölung erhalten«, sagte Yves. »Ich war bei ihm, aber ich gab ihm keine letzte Ölung.«

»Sorg dich nicht«, beruhigte ihn Marie-Josèphe . »Die Meermenschen sind keine Christen. Sie haben keinen Gott.«

»Ich hätte ihn retten können.« Yves rang die Hände. »Wenn ich nicht so voreingenommen gewesen wäre ... Aber Scherzad werde ich helfen, und ihrem Volk.«

»Gib Scherzad den Ring.«

Die Meerfrau nahm den Ring mit den Krallen von Yves' Handfläche.

»Ich werde deinen Freund auf See bestatten«, sagte Yves. »Ich verspreche es.«

Scherzad sang flüsternd: »Ich möchte ihn begleiten, ich möchte seinen Tod bezeugen und über mein Leben nachsinnen ...«

Yves schüttelte den Kopf.

»Meine Freundin«, Marie-Josèphe drückte sie an sich, »es tut mir so leid, aber es ist nicht möglich.« Scherzads Trauer rührte sie zu Tränen, aber sie mußte stark bleiben, um trösten zu können.

Scherzad zog eine der verfilzten Strähnen ihres Liebsten unter dem Tuch hervor und knotete den Ring hinein. Sie beugte sich über den Sarg, das lange Haar verdeckte ihr Gesicht. Marie-Josèphe legte ihr den Arm um die Schultern, aber die Meerfrau schüttelte sie ab, glitt die Stufen hinunter und tauchte still ins Wasser.

»War es ihr Gatte, den ich habe sterben lassen?«

»Ihr Freund, ihr Geliebter, nicht ihr Gatte«, erklärte Marie-Josèphe . »Die Meermenschen heiraten nicht, sie frönen der Liebe zum Vergnügen, und am Mittsommertag kommen sie zusammen, um sich zu paaren ...«

»Ich weiß! Ich habe es gewußt, berechnet, ich habe es gesehen – ich hätte erkennen müssen, daß Tiere sich nicht mit solcher Wollust einander hingeben würden. Vielleicht sind es doch Dämonen ...«

»Die Kirche sagt nein. Und ist die Kirche nicht unfehlbar?«

Grimm und Sarkasmus in ihrer Stimme trafen Yves wie ein Schlag ins Gesicht.

Er half den Lakaien, den Sarg wieder auf den Schragen zu setzen. Sie legten den Deckel auf, Yves schlug die Nägel ein und faßte mit an, als der Sarg zum Wagen getragen wurde. Er gab dem Knecht ein Goldstück und sah zu, wie das Fuhrwerk sich in Bewegung setzte, um die Fracht nach Le Havre zu bringen.

Beim Zelt der Meerfrau ließ Lucien Zelis niederknien. Dann stieg er vorsichtig aus dem Sattel. Schmerz kroch seinen Rücken hinauf, pirschte sich an wie ein Tiger, während der Tag voranschritt. Er bedauerte Juliettes Weggang zutiefst, doch er konnte sie nicht bitten zurückzukommen.

Du bist ein Narr, sagte er zu sich selbst, *dich von Mlle. de la Croix' mädchenhafter Scheu abhalten zu lassen.*

Er war viel zu stolz, um sie mit Versprechungen in sein Bett zu locken, Versprechungen, die er nicht zu halten gedachte: sie zu heiraten, der Meerfrau zu helfen. Wenn Marie-Josèphe ihn nicht aus Freundschaft wollte, aus Liebe, wegen des Vergnügens, das sie sich gegenseitig schenken konnten, wollte er sie auch nicht.

Trotz allem blieb die Tatsache bestehen: Er mochte sie, er unterhielt sich gern mit ihr, er hatte Verständnis für die schwierige Lage, in der sie sich befand. Aus letzterem Grund freute er sich, der Überbringer einer guten Nachricht zu sein.

»Comte Lucien, guten Tag.« Marie-Josèphe wandte den Blick von dem flachen Wellengekräusel ab, das den Weg der Meerfrau anzeigte, und lächelte ihm zu, traurig, zaghaft. Sie zeigte ihm ihren Arm. »Eure Salbe hat gewirkt. Vielen Dank.«

Er nahm ihre Hand, nur, um sie zu berühren. Monsieurs Lotionen hatten die rauhe Haut geglättet – die Lotionen und daß sie nicht mehr gezwungen war, die Steinfußböden eines Klosters zu scheuern. Dafür hatte sie Tintenflecken an den Fingern.

»Ich bin froh zu sehen, daß es Euch wieder besser geht.« Die Hitze in seinem Gesicht kam nicht von ihrer Nähe, sondern nur vom Wein.

»Und Ihr? Geht es Euch gut? Ihr scheint ein wenig ...«

Lucien lachte glucksend.

Mlle. de la Croix wurde glühend rot, wie zu Anfang ihrer Bekanntschaft, als sie glaubte, ihn mit allem, was sie sagte, vor den Kopf zu stoßen.

»Entschuldigt«, sagte sie, »es geht mich nichts an, wenn Ihr so früh am Abend betrunken seid.«

»Ich bin so früh am Abend betrunken, weil ich so früh am Abend nicht der Liebe fröne.«

War sie scharfsichtiger als alle anderen hier am Hof, fragte er sich, die niemals merkten, wenn er die Schmerzen in seinem Rücken mit Bacchus statt mit Eros betäubte? Oder hatte nur sie den Mut – war so naiv? –, darüber zu sprechen?

Sie wandte den Blick ab, vermutlich, weil sie glaubte, sie hätte ihn in Verlegenheit gebracht, während er bedauerte, so plump gewesen zu sein.

Eine Locke ihres Haares ringelte sich über ihre Schulter. Fast hätte er die Hand ausgestreckt, um sie zu berühren, bei jeder anderen Frau, die sein Interesse erregte, *hätte* er es getan, und wer weiß, möglicherweise wäre eins zum anderen gekommen. Doch Marie-Josèphe hatte bereits ihre Bedingungen geäußert. Lucien nahm sich selbst fester an die Kandare, als er es je bei einem seiner Pferde tun würde.

»Glaubt Ihr nicht«, Marie-Josèphe schaute auf den

Teich, »es wäre besser für Euch, Euer Leiden duldend anzunehmen? Glaubt Ihr nicht, Leiden vermöchte Eure Seele zu läutern?«

»Ganz und gar nicht«, antwortete Lucien. »Ich vermeide es, wann und wie ich kann und mit allen Mitteln, die gerade zur Hand sind.«

»Die Kirche glorifiziert das Ertragen!«

»In erzwungenem Schweigen Fußböden scheuern – war das in irgendeiner Weise erhebend? Hat das Gefängnis Eurer Freundin Scherzad irgendeinen Nutzen gebracht? Leiden ist kein Mittel zur Sublimierung, es macht nur unglücklich.«

»Ich darf mich mit Euch nicht auf einen Disput über meine Religion einlassen, Monsieur. Ihr werdet mich in Verwirrung stürzen, denn Ihr seid viel klüger als ich.«

»Ich diskutiere niemals über Religion, Mlle de la Croix, doch gelegentlich erlaube ich mir eine vom gesunden Menschenverstand diktierte Bemerkung.«

Sie gab keine Antwort. Unter dem Gewicht von Mutlosigkeit und Erschöpfung sanken ihre Schultern herab. Ironische Spitzfindigkeiten konnten ihre Angst nicht lindern, aber seine Neuigkeit ermöglichte ihr vielleicht ein kurzes Aufatmen.

»Seine Majestät der König wünscht ...« begann er.

»M. de Chrétien!« Marie-Josèphes Bruder betrat das Zelt. »Ich habe einen Auftrag für Euch.«

»Yves, wie kannst du Comte Lucien unterbrechen!«

»Worum handelt es sich, M. le Père?« Lucien wahrte die Höflichkeit, obwohl ihm die Form der Bitte mißfiel. Niemand erteilte ihm Befehle, außer der König.

Yves erklärte die Sachlage und sein Ersuchen. »Der Sarg ist auf dem Weg nach Le Havre. Könnt Ihr veranlassen, daß er auf ein Schiff gebracht und draußen auf dem offenen Meer versenkt wird?«

Luciens Stimme wurde kalt. »Ihr habt Euch angemaßt, über das Seeungeheuer des Königs zu verfügen?«

»Um dem Meermann ein anständiges Begräbnis zu geben. Seine Majestät würde nicht ...«

»Comte Lucien, Ihr glaubt doch auch, daß die Meermenschen ...«

Bruder und Schwester sprachen gleichzeitig.

»Weshalb ist das so schwer zu verstehen?« Lucien war ernsthaft verärgert. »Es kommt nicht darauf an, was *ich* glaube. Der König hat sich noch nicht zu der Frage geäußert, ob die Seeungeheuer als menschliche Wesen zu betrachten sind.«

»Ich habe Scherzads Gefährten ein angemessenes Begräbnis versprochen«, verteidigte sich Yves.

»Ihr hattet nicht das Recht, ein solches Versprechen zu geben.« Trotz seines Unmuts sprach er in ruhigem Ton. »Noch weniger habt Ihr ein Recht, von mir zu verlangen, daß ich es erfüllen helfe.«

Verwirrt schüttelte Yves den Kopf. »Aber M. de Chrétien, Ihr habt mir gesagt, was immer ich brauche ...«

»Um dem König zu dienen!« rief Lucien. »Nicht zu Eurem eigenen Plaisier!«

»Seine Majestät ist nicht interessiert an der toten Kreatur. Er interessiert sich nur für ...«

Lucien hob die Hand und Yves verstummte. »Mlle. de la Croix«, sagte er, »Ihr selbst habt den König gebeten, den Schädel des Seeungeheuers zu studieren. Seine Majestät hat nun den Wunsch geäußert, dies selbst zu tun.«

Mit einem verzweifelten Aufstöhnen vergrub Marie-Josèphe das Gesicht in den Händen.

Auf Yves Zügen malte sich Betroffenheit. Er schaute seine Schwester an, dann Chrétien. »Der Wagen ist erst vor einer Stunde abgefahren. Man könnte ihn noch einholen ...«

»Seine Majestät wünscht, den Schädel *jetzt* zu inspizieren.«

»Ich habe Euch in eine furchtbare Lage gebracht«, klagte Marie-Josèphe. »Kann ich hoffen, daß Ihr mir verzeiht?«

»Meine Verzeihung ist kein Ausweg aus diesem Dilemma«, antwortete Lucien.

Yves hatte einen Vorschlag. »Sagt dem König, daß ich den Schädel erst präparieren muß, damit ...«

»Ihr meint, ich soll meinen König anlügen?« Luciens Blick wurde hart. »Es tut mir leid, Monsieur, daß ich eine derartige Ungeheuerlichkeit nicht in Betracht ziehen kann.«

Kapitel 22

Die Gärten des Schlosses waren taghell erleuchtet. Besucher wanderten in Scharen die Pfade entlang, auf der Suche nach dem besten Aussichtspunkt für das Feuerwerk über dem Grand Canal. In den Staatsgemächern nahmen die Gäste des Königs einen leichten Imbiß zu sich. Der Südflügel des Schlosses mit den Salons de la Reine wirkte dagegen verlassen.

Marie-Josèphe und Yves stiegen hinter Comte Lucien die Treppe zu den Gemächern der Königin hinauf. Marie-Josèphe fürchtete sich vor dem, was bevorstand.

Ich habe Comte Luciens Zuneigung verloren, dachte sie. *Nein, nicht seine Zuneigung – die habe ich nie besessen –, aber ich hoffte, seine Achtung erworben zu haben. Ich kann ihm keinen Vorwurf machen, aber ihn nicht mehr als Freund betrachten zu dürfen ist schlimmer als alles andere.*

Sie und Yves hatten ihn ausgenutzt. Immer wieder hatte er für sie Partei ergriffen, und sie dankten es ihm, indem sie ihn bei seinem König mißliebig machten.

Marie-Josèphe fühlte sich einsamer als je zuvor in ihrem Leben. Comte Lucien war böse auf sie, Scherzad traute ihr nur bedingt.

Und ihr Bruder ... Yves ging neben ihr her, grimmig und schweigsam, schuldbewußt und bedrückt. Sie hatte ihm bewiesen, daß es sich bei den Seeungeheuern um denkende, vernunftbegabte Wesen handelte, und damit seinen Glauben, das Fundament seiner Berufung, ins Wanken gebracht.

Als er mich in das Kloster schickte, dachte Marie-Josèphe, *konnte ich mir einreden, daß es ihm leid täte, wenn er wüßte, was er mir angetan hatte. Ich hatte die Erinnerung an ihn zum Trost. Nicht einmal das habe ich jetzt. Comte Lucien hatte recht. Leiden führt nur dazu, daß man sich elend fühlt.*

Und wenn das stimmt, setzte sie ihren Gedankengang

fort, *hat er dann vielleicht auch recht, was das Vergnügen angeht?*

Eigentlich hätte sie sich schuldig fühlen sollen, ihren Mangel an Glauben bereuen, aber sie fühlte sich nur betrogen und unglücklich. Mit bleischweren Füßen wanderte sie durch die Korridore, blind für kostbare Tapeten, Orangenbäume, Blumen und Kerzen, wie eine Pilgerin, die auf Vergebung hofft.

Sie malte sich aus, wie sie auf Zachi durch diese Flure galoppierte, die Botschaftertreppe hinunter, oder vielleicht sprang sie vom Balkon wie Pegasus, dann mit verhängten Zügeln durch den Park, in den Wald, und sie wären verschwunden.

Dann dachte sie: *Ob ich Zachi je wieder reiten darf?*

Der Türsteher ließ sie in die Gemächer von Mme. de Maintenon eintreten.

Der König und Innozenz saßen zusammen am offenen Fenster. Mme. de Maintenon beugte sich in ihrer *niche* über eine Stickarbeit aus Goldfaden auf scharlachrotem Satin. Marie-Josèphe schaute zu ihr hin, hoffte auf ihre Sympathie, auf die Freundlichkeit, mit der die Marquise ihr in St. Cyr begegnet war. Mme. de Maintenon hob nicht den Kopf. Marie-Josèphe fröstelte.

Es ist nur die Kälte, dachte sie. *Die arme Mme. de Maintenon und ihr Rheumatismus.*

Comte Lucien verneigte sich. »Euer Majestät.«

»M. de Chrétien.«

Marie-Josèphe vollführte vor dem König eine tiefe Reverenz. Sie kniete nieder, um den Ring des Papstes zu küssen. Innozenz streckte die Hand Comte Lucien hin, der ihn eisig schweigend musterte. Marie-Josèphe knickste vor Mme. de Maintenon, aber die Marquise erwiderte den Gruß nicht. »Mlle. de la Croix«, sagte der König. »Was ist Euch nur in den Sinn gekommen?«

»Ich bitte Euch um Vergebung, Sire. Was ich getan habe, geschah nicht in böser Absicht.«

»Ihr habt Uns aufgefordert, die Wahrheit zu ergründen. Wir haben Uns entschlossen, Euch als Anwältin der Kreatur Gelegenheit zu geben, Uns die Wahrheit Eurer Behauptung zu beweisen – und nun stellen Wir fest, daß keine Beweise mehr vorhanden sind. Wie soll man nun herausfinden, ob Ihr nicht alles erfunden habt?«

»Ich wäre eine Närrin, Euch betrügen zu wollen, Sire! Ich bin keine Närrin, doch ich hatte Mitleid mit Scherzad . . .«

»Mitleid – mit einem Tier!« Innozenz wandte sich mit väterlicher Strenge an Yves. »Mein Sohn, Eure Verbindung mit dieser Kreatur bereitet mir Sorge. Ihr laßt Euch auf gefährliche Irrwege führen.«

»Ich suche nach der Wahrheit Gottes«, antwortete Yves.

»Glaubt Ihr, Gottes Wahrheit besser zu kennen als ich?« Die Miene des Papstes verfinsterte sich.

»Nein, Euer Heiligkeit, gewiß nicht – ich bemühe mich nur, in Seinen irdischen Schöpfungen Gottes Willen zu erkennen.«

»Ihr sollt Sein Wort studieren und nicht den Einflüsterungen von Dämonen Euer Ohr leihen.«

»Dämonen lügen!« rief Marie-Josèphe. »Scherzad sagt nichts als die Wahrheit.«

»Nicht Ihr seid berufen, darüber zu urteilen, was wahr oder falsch ist, Mlle. de la Croix.«

»Wann hätte sie denn gelogen? Es waren häßliche Wahrheiten, die sie uns gesagt hat, aber Wahrheiten.«

»Euch würde besser anstehen, dem Wort des Apostels Paulus zu folgen: ›Wie in allen Gemeinden der Heiligen lasset die Frauen schweigen in der Gemeinde; denn es soll ihnen nicht zugelassen werden, daß sie reden, sondern sie sollen sich unterordnen, wie das Gesetz sagt.‹«

»Auch Frauen haben eine Seele. Scherzad ist eine Frau. Sie zu schlachten und zu essen wäre eine Todsünde.«

»Wollt Ihr mich über die Gebote Gottes belehren?«

Schweigen sank herab und vertiefte sich. Das einzige Geräusch war das leise Schnurren, wenn Mme. de Maintenon ihren Goldfaden durch den Stoff zog.

Yves ergriff das Wort. »Ich glaube, daß meine Schwester recht hat, Euer Majestät. Euer Heiligkeit.«

»Wahrhaftig?« Der Tonfall des Papstes verriet seinen Unmut. »Habt Ihr mit der Kreatur über die unsterbliche Seele gesprochen. Habt Ihr sie über den christlichen Glauben belehrt? Habt Ihr sie bekehrt?«

»Nein, Euer Heiligkeit.«

»Was bringt Euch also zu dem Schluß, Eure Schwester hätte recht und die Kirche befände sich im Irrtum?«

»Nicht im Irrtum!« wehrte Yves ab. »Ich glaube, Gott hat mir die Gnade gewährt, Zeuge eines Wunders zu sein. Ich glaube, Er hat die Seeungeheuer zu Unseresgleichen erhoben.«

»Die Kreatur ist grotesk«, sagte Innozenz. »Sie hat absolut nichts Menschenähnliches.«

»Scherzad ist weniger grotesk als ich«, bemerkte Comte Lucien mit einer Stimme, die war wie eine Rose: makellos, wunderschön, voller Dornen. »Und ich bin ein Mensch. Natürlich bin *ich* auch sehr reich.«

Marie-Josèphe mußte sich beherrschen, um nicht zu ihm hinzulaufen, ihn zu umarmen, seiner Selbsteinschätzung zu widersprechen, denn er war wundervoll.

Innozenz erhob sich, in heiligem Zorn entbrannt. »*Ihr* leugnet die Existenz Gottes! Vielleicht hatte der Großinquisitor doch recht. Vielleicht seid Ihr und die Ungeheuer Früchte teuflischer Unzucht.«

»Mein Vater und meine Mutter würden das nicht gern hören«, sagte Lucien gelassen.

»Chrétien, genug von Eurem religiösen Sarkasmus«, sagte der König.

»Chrétien!« Der Papst spie ein Wort aus, das er sonst mit Ehrfurcht aussprechen würde. »Selbst Euer Name ist Hohn!«

»Dann verhöhnt Ihr Karl den Großen, der ihn meiner Familie verlieh, für die Dienste, die sie ihm geleistet hatte.«

»Vetter«, wandte Ludwig sich an Innozenz, »M. de Chrétien genießt meinen Schutz für seine Überzeugungen – oder auch für seinen Mangel an Überzeugungen.«

»Euer Majestät«, warf Marie-Josèphe ein, »Ihr seid der Allerchristlichste König. Werdet der Beschützer des Meervolks – seine Bekehrung würde Euren Ruhm mehren!«

»Das ist nur Taktik, um Euer Schoßtier zu retten«, sagte Ludwig.

»Ihr habt recht, ich kann nicht ertragen, daran zu denken, daß man sie töten wird, aber ich bin aufrichtig davon überzeugt, daß sie eine Frau ist wie eine Menschenfrau. Sire, wenn Ihr von ihrem Fleisch eßt, gefährdet Ihr Eure unsterbliche Seele.«

Ludwig lehnte sich in seinem Fauteuil zurück, müde und alt unter seiner kastanienbraunen Perücke.

»Liebes Kind«, sagte er, »ich regiere seit fünfzig Jahren. Verglichen mit manchem, das ich zum Ruhme Frankreichs getan habe, ist Kannibalismus eine läßliche Sünde.« Marie-Josèphe war zu entsetzt, um etwas sagen zu können.

»Überlaßt mir das Seeungeheuer, Vetter«, drängte Innozenz. »Ihr müßt es tun.«

»Tatsächlich.«

»Es muß untersucht werden. Es ist gefährlich. Falls Père de la Croix sich irrt, dann ist die Kreatur ein Dämon, und ein Exorzismus ist notwendig. Doch möglicherweise hat M. le Père recht, und wir dürfen ein Wunder erleben. Trifft letzteres zu, muß die Kreatur zu Gott geführt werden und erlöst aus ihrer heidnischen Wildheit.«

»Ihr sollt Unseren Pavian bekommen«, gab der König zur Antwort. »Bei ihm werdet Ihr mit Euren Bekehrungsversuchen ebensoviel Glück haben.«

Der Papst richtete sich gekränkt auf. »Ihr werdet verzeihen, wenn ich mich zurückziehe. Ich bin ein alter Mann und Eure Opposition in allen Dingen ermüdet mich. Père de la Croix, ich fordere Euch auf, mich zu begleiten.« Er verließ das Gemach.

Yves verneigte sich. »Vergebt mir, Sire . . .«

»Geht.« Der König deutete mit einem Wink seiner Hand zur Tür. »Wir geben Euch die Erlaubnis.«

Yves verneigte sich nochmals und eilte hinaus.

Marie-Josèphe ballte so fest die Fäuste, daß sich die Fingernägel in ihre Handflächen drückten, Tränen brannten in ihren Augen. Von fern tönte Scherzads Gesang zum Fenster herein. Der kühle Abendwind wehte ihre Trauer durch den Park.

»Ihr solltet Unseren Vetter auf dem Stuhle Petri nicht unnötig brüskieren, M. de Chrétien«, sagte der König.

»Vergebt meine schlechten Manieren, Sire. Euer heiliger Mann hat mich verblüfft mit der plötzlichen Übertragung seiner Aversion auf meine Person.«

»Was kümmert Euch die Meinung heiliger Männer?«

»Keinen Deut, Sire. Doch ich bin immer wieder überrascht, wenn sie sich als Heuchler entpuppen.«

»Ich benötige ihn als Verbündeten. Frankreich braucht den Vatikan, seine Armeen und seine finanzielle Unterstützung.«

»Ihr brauchtet nur zu wollen und hättet in den Protestanten treuere Verbündete.«

Mme. de Maintenon hob ruckartig den Kopf und schaute ihn an, als wäre er der leibhaftige Antichrist. Auch des Königs Miene verfinsterte sich.

»Erzürnt Uns nicht, M. de Chrétien. Ihr könnt Euch glücklich schätzen, daß Ihr nur ein Atheist seid und *nicht* ein Protestant.«

Lucien schwieg. Marie-Josèphe tat das Herz weh seinetwegen. Ihr war zumute, als könne der Basiliskenblick des Königs sie beide zu Stein verwandeln.

»Euer Majestät«, fragte sie scheu, »steht es sehr schlecht um die Staatsfinanzen?«

»Das Königreich sieht sich zahlreichen Gefahren ausgesetzt«, antwortete Ludwig. »Doch es wird siegreich daraus hervorgehen, auch ohne die Hilfe von Ketzern.« Sein Blick wurde weicher, fast traurig. »Wir trügen weniger schwer an der Last des Regierens, wenn nicht die Menschen, die Uns teuer sind, die Wir lieben, sich gegen Uns wendeten, Unsere Geduld auf die Probe stellten und Unseren Seelenfrieden zerstörten. M. de Chrétien, Mlle. de la Croix, Ihr habt Unsere Erlaubnis, Euch zurückzuziehen. Wir verzichten heute abend auf Eure Gesellschaft.«

Marie-Josèphe erwartete, daß Comte Lucien ihr vor den Gemächern von Mme. de Maintenon gute Nacht wünschte und sich verabschiedete. Doch statt dessen ging er mit ihr zu der schmalen Stiege, die zu den Mansarden hinaufführte.

»Ihr braucht nicht weiter mitzukommen, Monsieur«, sagte sie. »Habt Dank für Eure Höflichkeit.«

»Ich werde Euch in Eure Wohnung bringen.« Er begleitete sie die Treppe hinauf in das düstere, schäbige Dachgeschoß. Für Marie-Josèphe gehörte er nicht an Orte wie diesen, sondern ins helle Sonnenlicht, in seinem blauen, goldbestickten Justaucorps à brevet als einer der sechzig Auserwählten im Sattel von Zelis an der Seite des Königs reitend.

»Warum hört er nicht zu?« brach es aus ihr heraus.

»Er *hört* zu. Er hört zu, doch er trifft seine eigenen Entscheidungen.«

»Eure Liebe zu ihm macht Euch blind.«

»Meine Liebe zu ihm hilft mir, ihn zu verstehen. Ihr Christen – Euer Anspruch, alle zu lieben, bedeutet, ihr liebt niemanden.«

»Das ist ungerecht!«

»Selbstverständlich – wie Euer Heiliger Vater mir deutlich zu verstehen gegeben hat, bin ich keiner der Gerechten.«

»Comte Lucien ...« Marie-Josèphes Stimme schwankte. »Für mich seid Ihr der Gerechteste von allen.«

Sie öffnete die Tür. Ihre Kammer war leer, und Marie-Josèphe fragte sich besorgt, wo Haleed sein mochte. Frisierte sie Lottes Haar, trug ihr das Taschentuch, stand sie bei der Königin von England und wartete auf das Feuerwerk?

Wird Lotte sich wundern, wo ich bleibe? dachte sie. *Oder Haleed? Nicht wichtig. Ich habe kein Interesse an den Lustbarkeiten des Karussells.*

»Ich habe in jungen Jahren eine Zeitlang hier gehaust«, sagte Lucien. »Es war mir zuwider – so sehr, daß ich beinahe froh war, den Hof verlassen zu können.«

Er schob sich an ihr vorbei, stemmte sich auf die Fensterbank – Herkules fuhr zornig fauchend aus zusammengerolltem Schlummer auf – und kletterte nach draußen.

»Comte Lucien!« Marie-Josèphe lief zum Fenster.

Er stand zwischen zwei Skulpturen von Musikern und schaute auf den Garten, über Wasserbecken bis zu Scherzads Zelt und zum Wald dahinter.

»Kommt wieder herein, Ihr werdet fallen ...«

»Unter dem Dach war es heiß und stickig – wenn ich es nicht mehr aushalten konnte, habe ich mich hierher geflüchtet.«

»Ich wünschte, es *wäre* heiß.«

»Der Abend ist mild und der Himmel wie ein Gemälde.«

Der Ausblick war weder spektakulär noch erhaben, aber schön: Bevölkerte Gartenwege, gesäumt von Kerzen hinter Schirmen aus Ölpapier, der Grand Canal hinter dem leuchtenden Zelt, geometrische Perfektion vor dem

Grün der fernen Wälder. Die höchsten Wolken im Westen wurden von den letzten Strahlen der untergehenden Sonne beschienen.

Comte Lucien suchte mit den Augen Fugen und Mulden in der Steinfassade des Schlosses: beim Klettern Halt für Finger und Zehen.

»Ich bin nicht mehr auf das Dach gestiegen, seit ich ein Junge war. Kommt Ihr mit?«

»In Kleidern wie diesen?«

Er schlüpfte aus dem Rock und der goldbestickten Weste und warf beides auf die Fensterbank. Dann entledigte er sich seiner Schuhe und nahm die Perücke ab. Sein helles Haar, weißgolden, schimmerte im Dämmerlicht.

Comte Lucien und Herkules musterten sich gegenseitig. Der Kater knetete mit ausgestreckten Krallen genußvoll das Polster, und Comte Lucien plazierte seine neue Perücke zur Sicherheit auf dem Haupt des Musikers vor Marie-Josèphes Fenster.

Sie lachte. »So könnte er an den Lustbarkeiten Seiner Majestät teilnehmen.» Seufzend fügte sie hinzu: »Ich kann nicht mitkommen.«

»Weshalb nicht?«

»Korsett. Glatte Schuhe. Was würdet Ihr von mir denken, wenn ich in meinem Untergewand aufs Dach stiege?«

»Daß Ihr aufs Dach hinaufsteigen wollt. Entscheidet Euch, schnell – wenn man sich zum Feuerwerk auf der Terrasse versammelt, werde ich nicht barhaupt hier stehen, wo der König mich sehen kann.«

Sie schöpfte Atem und Mut. »Wenn Ihr mich aufschnürt.«

Er nickte, und sie zog den Schoßrock aus, die Schuhe und Strümpfe. Dann stellte sie sich mit dem Rücken zum Fenster. Comte Lucien befreite sie in allen Ehren, aber mit kundigen Händen von ihrem Korsett.

Barfuß und im Unterkleid beugte sie sich aus dem Fenster.

»Kommt heraus. So gefährlich ist es nicht.«

Sie ergriff seine Hand und stand gleich darauf neben ihm auf dem Sims. Den freien Arm legte sie haltsuchend um die Statue des Flötenspielers.

Comte Lucien machte sich an den Aufstieg; er zeigte ihr die alten, vielgebrauchten Griffe und Fußstützen. Oben angekommen, beugte er sich hinunter, um ihr zu helfen. Stimmen tönten herauf. Die Gäste strömten aus dem Schloß, sammelten sich auf der Terrasse. Marie-Josèphe versteckte sich hinter dem Flötenspieler.

»Eilt Euch!«

Sie folgte ihm, am Anfang der Kletterpartie von der Statue verdeckt. Beschwingt von ihrem eigenen Wagemut und der Kühnheit des Unterfangens, schwang sie sich über die Kante und saß auf dem leicht ansteigenden Dach.

»Ihr habt recht, Comte«, sagte sie. »Man hat von hier einen viel besseren Blick. Aber wenn Seine Majestät wüßte ...!«

Sie zog unter dem Hemd die Knie an und schlang die Arme darum. Die Dachpfannen strahlten die tagsüber gespeicherte Wärme ab.

»Der König verbrachte einen gut Teil Zeit auf diesem Dach, in seinen Jünglingsjahren.«

»Wieso?«

»Um seine Mignonnes zu besuchen – und die Kammerzofen.«

Marie-Josèphe schaute ihn erschreckt an.

»Ihr habt nicht zu befürchten, daß ich versuchen könnte, Euch zu verführen, Mlle. de la Croix. Das Dach ist ein angenehmer Sitzplatz, doch als Bett läßt es zu wünschen übrig. Ich habe Euch gesagt ...«

»Daß ich von Euch nichts zu befürchten habe. Ich vertraue Euch, Monsieur.«

»... ich habe Euch gesagt, ich brauche soviel Bequemlichkeit wie möglich.«

»Habt Ihr Calvados?«

»Ich habe die Flasche in meinem Rock gelassen.«

»Schade.«

»Bei manchen Gelegenheiten empfehle ich Nüchternheit.«

»Zum Beispiel?«

»Wenn man auf das Dach eines Schlosses klettert.«

Sie lachte. Mitten im Lachen war ihr plötzlich danach, in Tränen auszubrechen.

»Und vielleicht ist es gut, nüchtern zu sein, wenn man die Beherrschung verliert. Es tut mir leid, daß mein Bruder und ich Euch so viel Verdruß bereitet haben. Aber – Ihr seid sehr streng mit Yves gewesen.«

»Er sprach zu mir, als wäre ich ein Domestik! Was dachte er – was dachtet Ihr –, wie ich darauf antworten würde? Mlle. de la Croix, Ihr habt keine Ahnung, wie streng ich werden kann. Wenn Ihr Glück habt, werdet Ihr nie erleben, daß ich die Beherrschung verliere – nüchtern.«

»Es tut mir leid, daß wir Euch gekränkt haben ...«

»Er hat mich gekränkt. Ihr habt nur verlangt, daß ich das Unmögliche vollbringe.«

»Das empfindet Ihr nicht als kränkend?«

»Daß man glaubt, ich könne Wunder vollbringen?« Er lächelte, und Marie-Josèphe wußte, ihr war vergeben.

»Werdet Ihr Scherzad verzeihen, daß sie Euch Schmerz bereitet hat?« Kaum war es heraus, wünschte sie, sie hätte geschwiegen, aber nun ließen sich die Worte nicht mehr zurückholen. Sie konnte nur versuchen, sie abzumildern. »Ich bin sicher, daß sie nicht ...«

Comte Lucien schnitt ihr mit einer Handbewegung das Wort ab. »Ihre Geschichte hat mir die Augen geöffnet, wie zweifellos von ihr beabsichtigt. Ihr müßt begreifen, daß es darauf nicht ankommt.«

»Nur was der König glaubt, zählt.«

»So ist es.«

»Er würde nichts verlieren, wenn er sie freiläßt.«

»Nichts?« rief Lucien aus. »Unsterblichkeit?«

»Sie kann ihm nicht das ewige Leben verleihen, Comte Lucien. Das vermag allein Gott.«

Comte Lucien schaute mit verschlossener Miene über den Garten hin.

»Es tut mir leid.«

»Ich hoffte ...« Er schüttelte den Kopf. »Was aus Frankreich wird, wenn er stirbt ...«

»Wir müssen alle sterben. Er würde sie für nichts und wieder nichts töten.«

»Es wäre ein Akt der Staatsräson. Zu beweisen, daß die Seeungeheuer ihm untertan sind, vergrößert seinen Ruhm und seine Macht. Es demonstriert die Vitalität Frankreichs.«

»Das ist viel verlangt von einem kleinen Seeungeheuer! Soll sie den Krieg gewinnen, die Hungersnot beenden und die Staatskasse füllen?«

»Wenn sie das tun könnte, in dem sie lebt, anstatt zu sterben«, antwortete Comte Lucien, »dann wäre Seine Majestät möglicherweise bereit, sie zu verschonen.«

Der Mond, beinahe voll, stand hinter ihnen über dem Schloßdach. Eine zerklüftete Wolke zog vorbei, so daß der silberne Schein gaukelnden Blütenblättern gleich auf Comte Luciens Kopf und Schultern fiel, auf sein kurzgeschnittenes Haar, so blond, so hell, von der Farbe weißen Goldes. Licht und Schatten modellierten sein Profil, den Schwung seiner Braue.

Lucien schaute sie fragend an, als Marie-Josèphe plötzlich tief Atem holte.

»Ihr seid nicht des Königs Sohn!«

»Das habe ich Euch bereits versichert.«

»Ihr seid der Sohn der ...«

»Ich bin meines Vaters Sohn«, fiel Lucien ihr schroff

ins Wort, um sie daran zu hindern auszusprechen, was besser ungesagt blieb.

»... der Königin! Der Königin Marie-Thérèse! Von ihr habt Ihr das helle Haar, die grauen Augen ... Sie liebte Euch ...«

Nur sehr wenig Menschen hatten je das Geheimnis von Luciens Herkunft erraten, oder wenn sie Bescheid wußten, waren sie so klug gewesen, ihr Wissen für sich zu behalten.

»In mir meinen Vater.« Lucien konnte Mlle. de la Croix nicht anlügen. »Und mein Vater liebte seine Königin. Er war gerührt von ihrem stillen Kummer. Er liebte auch seinen König, dem er seinen Respekt und seine Freundschaft schenkte. Die Königin ist tot und jedem Vorwurf entzogen, aber mein Vater lebt: Wenn Ihr Eure Vermutung in die Welt hinausposaunt, wird man ihn der Majestätsbeleidigung anklagen und mich ...«

»Ich werde nie wieder davon sprechen.«

Schweigend saßen sie nebeneinander, während der Garten unter ihnen sich mit Menschen füllte: die vornehmen Gäste des Königs, der Hofstaat, die Untertanen seiner Majestät. Am Himmel zogen sich Wolken zusammen, verdeckten den Mond.

»Wie konnte das unbemerkt bewerkstelligt werden?« fragte Marie-Josèphe flüsternd.

Lucien lächelte. Trotz der Gefahr, die das Wissen um dieses Geheimnis mit sich brachte, genoß er es, die abenteuerlichen Verwicklungen zu entflechten. »Meine Geburt war einer Komödie von Molière würdig, und wirklich dachte M. Molière daran, die Affäre zum Thema eines Stückes zu machen: Eine adlige Dame – sie als die Königin auftreten zu lassen, wagte er doch nicht –, bringt das Kind ihres Amant zur Welt, eines Mannes ebenfalls von hoher Geburt, aber kleinwüchsig. Vor den Augen von einem Dutzend Höflinge, die gekommen sind, um ihre Aufwartung zu machen, vertauscht er seinen kleinen Sohn gegen die neugeborene Tochter der Mätresse des Narren der Königin, und bringt den Knaben heimlich seiner in den Plan eingeweihten Gemahlin, damit sie ihn als ihren eigenen Sohn ausgeben können. Später kehrt er als Page zu seiner leiblichen Mutter zurück, während das Mädchen in einem Kloster heranwächst.«

»Ein bemerkenswertes Verwirrspiel«, sagte Marie-Josèphe.

»Allerdings.«

»Molière hat dieses Stück nie geschrieben.«

»Zu gefährlich.«

»Davon pflegte M. Molière sich nicht hindern zu lassen.«

»Er war furchtlos angesichts von Zensoren und Gefängnisstrafen, das stimmt«, gab Lucien zu. »Es ist nicht mehr so leicht, furchtlos zu sein, wenn man es mit meinem Vater zu tun hat.«

»Euer Vater hat ihn gefordert?«

»Einen Bürgerlichen zum Duell fordern? Gewißlich nicht. Er ließ ihn wissen, er werde ihn von Bedienten bewußtlos schlagen lassen, weil er die Königin beleidigt habe. M. Molière vermochte dieser Angelegenheit keine humoristische Seite abzugewinnen.«

»Armer M. Molière.«

»Armer M. Molière, von wegen – er hätte der Untergang unserer ganzen Familie sein können. Und der Familie Seiner Majestät, wenn man in der Folge auch Monseigneurs Abstammung in Frage gestellt hätte.«

»Es stimmt, daß Monseigneur kaum Ähnlichkeit mit . . .«

»Beleidigt bitte nicht die verstorbene Königin in meiner Gegenwart.«

»Verzeihung. Aber weshalb diese Umstände? Weshalb Euch nicht einfach an einen geheimen Ort schaffen?«

Erstaunt, daß sie so intelligent sein konnte und gleichzeitig so naiv, erklärte Lucien: »Weil die Tochter einer

Königin und eines Bürgerlichen keine große Bedrohung darstellt. Der Sohn einer Königin und eines Grafen, Sproß einer Familie, die ihren Titel auf Karl den Großen zurückführt, könnte Anspruch auf den Thron Frankreichs und auch Spaniens erheben.«

Sie nickte verstehend. »Was ist aus Eurer Schwester geworden?«

»Ich habe keine Schwester. Meint Ihr das vertauschte Mädchen?«

»Ja.«

»Sie ist zufrieden in ihrem Kloster. Sie versammelt in sich alle Frömmigkeit, die meiner Familie abgeht. Natürlich waren ihre Eltern Spanier, im Gefolge Ihrer Majestät nach Frankreich gekommen.«

»Hat sie nicht den Wunsch, das Kloster zu verlassen und in der Welt zu leben?«

»Vermutlich nicht. Sie ist ebenfalls ein Zwerg. Und eine Maurin, mit christlicher Berufung. Dort, wo sie ist, respektiert man sie. Frankreich ist ihre Heimat. Wohin sollte sie gehen? An den spanischen Hof, als Nachfolgerin ihres leiblichen Vaters? Sie könnte ihrem jämmerlichen König den Spiegel der Wahrheit vorhalten, doch er würde nicht einmal begreifen, was er sieht.«

»Habt Ihr deshalb beschlossen, keine Kinder in die Welt zu setzen?«

»Weil man sie mir wegnehmen und auf den Thron von Spanien setzen könnte?« Lucien lachte. »Ein furchtbares Schicksal. Nein. Ich habe Euch gesagt, weshalb ich niemals ein Kind zeugen werde. Weshalb denkt Ihr, es gäbe noch einen anderen Grund?«

»Und die Zukunft Eures Hauses? Eures alten Namens?«

»Mein jüngerer Bruder wird beides weiterführen.«

»Euer Bruder! Ist er ...«

»Mir ähnlich? In keiner Hinsicht.«

»... denn nicht hier am Hof?«

»Nein.«

»Weshalb nicht?«

Lucien seufzte. »Mein Bruder ist ein Dummkopf.«

»Das glaube ich nicht!«

»Versteht mich nicht falsch. Guy ist äußerst liebenswert. Gutmütig. Aber Geist oder Intelligenz – er besitzt beides nicht. Er läßt sich in Schwierigkeiten hineinziehen und glaubt noch, es wäre alles nur ein Spaß.«

»Und doch vertraut Ihr ihm die Zukunft Eurer Familie an.«

»Ich habe eine gute Frau für ihn gefunden«, sagte Lucien. »Sie ist von ausgezeichneter Herkunft und begütert. Sie ist Guy zugetan und führt die Familie gut. Ihre Kinder sind eine Wonne. Sobald mein Brudersohn mündig wird, gebe ich den Titel Comte de Chrétien an ihn weiter. Er wird ihm keine Schande machen.«

»Hat dieser Brudersohn Euer Temperament?«

»Er hat das Temperament meiner Mutter – und den starken Rücken meines Bruders.«

»Und ...« Marie-Josèphe zögerte. »Und was ist mit der Frau, die Ihr Mutter nennt? Die Gemahlin Eures Vaters? Haßt Sie Euch sehr?«

»Ich achte und liebe sie. Sie ist meine Mutter, wie Ihr Gemahl meines Bruders Vater.«

»In den Augen des Gesetzes, aber ...«

»In der Erbfolge, und das ist das Wichtigste. Wir sind beide anerkannt und legitim und werden geliebt. Sie begegnet mir mit Wohlwollen, wie mein Vater ihrem Sohn begegnet. Anders als die meisten Eheleute, waren sie einander nicht untreu um des Vergnügens oder der Liebe willen. Nur wegen ihrer Kinder.«

»Wer ist der Vater Eures Bruders?«

»Das zu verraten steht mir nicht zu«, antwortete Lucien. »Ihr müßt mir eine andere Frage stellen.«

Sie dachte nach.

»Wie kommt es, daß Ihr den Hof verlassen habt? Ich

kann mir Euch nur schwer an einem anderen Ort vorstellen.«

»Ich bin nicht freiwillig gegangen. Es war eine Art Verbannung.«

»Das glaube ich nicht.«

»Traut Ihr mir keinen Ungehorsam zu?«

Marie-Josèphe lachte. »Ihr trotzt selbst dem Papst, Ihr ignoriert jede Konvention! Aber den König erzürnen? Nie und nimmer.«

»Eine Jugendtorheit. Ich war kaum fünfzehn Jahre alt.«

Er hatte nie jemandem die Wahrheit erzählt, daß der eigentlich Schuldige sein Bruder gewesen war. Schließlich hatte er als der Älteste die Pflicht gehabt, dafür zu sorgen, daß Guy seinen Platz im Hofstaat des Königs fand. Darin hatte er versagt. Guy traf die schwerste Strafe; zwar wurde er nicht von Seiner Majestät ins Exil geschickt, doch Lucien sandte ihn umgehend nach Hause in die Bretagne und widerstand all seinen Bitten, eine zweite Einladung an den Hof für ihn zu erwirken.

»Die Strafe, die Seine Majestät für mich ausersehen hatte, schlug mir zum großen Vorteil aus«, erzählte er. »Er schickte mich mit seiner Gesandtschaft nach Marokko. Um die Kunst der Diplomatie zu erlernen, wie er sagte. Wir reisten durch Arabien, Ägypten, die Levante.«

»Arabien hat die größten Mathematiker der Welt hervorgebracht«, sagte Marie-Josèphe. »Bis zu M. Newton.«

»Ich hatte nicht die Ehre, arabische Mathematiker kennenzulernen. Aber ich traf Scheichs und Krieger und heilige Männer. Ich ritt mit den Beduinen. Mein Degen wurde in Damaskus geschmiedet. Ich lebte in einem Harem.«

»In einem Harem – wie das?«

»Auf der Reise erkrankten wir alle an der Ruhr – ich erspare Euch die Einzelheiten.«

»Die Einzelheiten sind mir bekannt.«

»Ihr habt mein Mitgefühl. Der Sultan nahm uns bei sich auf. Ein weniger tapferer und moralischer Mann hätte uns auf die Straße geworfen und dort sterben lassen. Einige von uns sind gestorben, doch seine Menschenfreundlichkeit rettete den meisten von uns das Leben. Seine Ärzte behandelten die erwachsenen Männer, die Frauen nahmen sich der Knaben an, der Pagen, denn im Haus eines frommen Muslims leben Männer und Frauen in getrennten Räumen. Knaben wohnen im Quartier der Frauen, bis sie in ein gewisses Alter kommen und ein gewisses Interesse entwickeln.

Als junger Mann«, fuhr Lucien mit trockener Freimütigkeit fort, »war ich ziemlich klein. In dem Chaos aus Krankheit und Dunkelheit und Tod hielt man mich für einen Knaben im noch ungefährlichen Alter, und von meinen Gefährten konnte niemand sagen, es sei ein Irrtum, und mich zurückrufen. Wir waren alle viel zu elend. Ich kam zu mir, ahnungslos, und fragte mich, ob es vielleicht doch einen Gott im Himmel gäbe ...«

»Selbstverständlich gibt es Ihn!«

»Dann ist sein Name Allah, und Er brachte mich in Seinen Garten, um meinen Unglauben zu verspotten. Ich erwachte in den Gemächern der Frauen.«

»Sie werden Euch flugs hinausbefördert haben, wette ich.«

»Aber nein – wie hätten sie das tun können? Man hätte mich getötet oder Schlimmeres. Die Frauen – Gemahlinnen des Sultans, seine Schwestern, die Gemahlinnen seiner Brüder, seiner Söhne – wären entehrt gewesen. Sie mußten fürchten, verstoßen zu werden. Oder zu Tode gesteinigt.«

»Wie ist es Euch gelungen zu fliehen?«

»Gar nicht. Ich blieb bis zum letzten Tag der diplomatischen Verhandlungen. Dann machte ich mich über die Dächer davon und schloß mich der Karawane an, mit der die Gesandtschaft die Rückreise antrat. Die Frauen wahrten mein Geheimnis. Ich wurde ihr Geheimnis. Es waren Frauen mit Verstand und Herz und Leidenschaft, eingesperrt, den Launen der Männer ausgeliefert.«

»Und Ihr wart ein Jüngling in jenem gewissen Alter und mit jenen gewissen Interessen.«

»Allerdings.«

»Zur Unzucht verführt. Ihrer Gnade und ihren Launen ausgeliefert.«

Lucien lachte. »So habe ich das noch nicht betrachtet. Sie seien gepriesen für ihre Gnade und ihre Launen. Sie erweckten mich. Vorher hatte ich nie einen Moment gekannt, in dem ich ohne Schmerzen war.«

»Ihr seid nicht besser gewesen als ihre Ehegatten, die sie eingesperrt hielten«, empörte sich Marie-Josèphe. »Ihr habt sie ausgenutzt und in Gefahr gebracht.«

»Niemand wurde ausgenutzt, zwischen uns war ein Geben und Nehmen. Was ich zu geben hatte, war anfangs ungeschickt und tölpelhaft, doch von gutem Willen beseelt, und meine Freundinnen waren geduldig. Ich lernte nichts von der Kunst der Diplomatie während dieser Monate, dafür aber die Kunst der Ekstase. Ich lernte, sie zu schenken und zu empfangen. Ich lernte, wieviel mehr es wert ist, wenn man die Stufen gemeinsam erklimmt.«

Lucien verstummte. Marie-Josèphe bemühte sich, Widerwillen und Entrüstung zu empfinden, weil sie wußte, es gehörte sich so, doch seine Geschichte bewegte sie.

Wie gern hätte ich im Kloster jemanden gehabt, dachte sie. *Keinen Mann. Nicht für Ekstase. Für Zuneigung, für Gespräche, für Freundschaft, für all die Dinge, die mir verboten waren, weil sie mich von der reinen Liebe zu Gott ablenken würden. Wenn eine Heidin, eine Ketzerin in meiner Zelle erschienen wäre und um Asyl gebeten hätte, ich hätte sie versteckt und beschützt.*

»Wenn Ihr dort in Ekstase gelebt habt, weshalb seid Ihr

traurig?« erkundigte sie sich, weil Lucien geistesabwesend und melancholisch in die Ferne schaute.

Er schwieg so lange, daß sie glaubte, er werde nicht antworten. »Des liebenswürdigen Sultans ältester Sohn, der Kronprinz ... Er nahm eine junge Nebenfrau, das heißt, eine neue Konkubine. Sie war vierzehn, sie hatte Heimweh, aber sie würde nie mehr nach Hause zurückkehren können – sie war in Sklaverei geraten und verkauft worden. Sie war an ein Leben in Freiheit gewöhnt. Ihr Blick war der eines gefangenen Vogels. Wir wurden Freunde.«

Seine Stimme drohte zu versagen, und er schwieg einen Moment, um sich zu fassen.

»Sie hatte so wenig Erfahrung wie ich. Ihre Haremsschwestern konnten ihr erklären, was sie tun mußte, um ihren Gemahl zu erfreuen, wenn er sie rufen ließ und ihre erste Hingabe verlangte. Sie hätten *ihm* sagen können, was in seiner Macht stand zu tun, damit sie auch bei diesem ersten Mal Vergnügen empfand. Doch er schenkte ihrer Weisheit kein Gehör. Er nahm sich sein Recht. Er tat ihr Gewalt an.«

Lucien rieb sich mit der Hand über die Stirn, verbarg seine Augen vor der Erinnerung.

»Aber er war ihr Gatte«, sagte Marie-Josèphe so sanft wie möglich. »Er konnte ihr keine Gewalt ...«

»Verschont mich mit Eurer Unwissenheit.«

»Entschuldigt.«

»Nach ihrem Gesetz – nach Eurem Gesetz – konnte er sie nicht vergewaltigen. Doch was sie ertragen mußte, war Vergewaltigung, tausendmal schlimmer, weil sie sich nicht sträuben, nicht um Hilfe rufen, sich nicht weigern konnte. Hätten wir sie damit trösten sollen, daß wir zu ihr sagen: ›Dein Gemahl hat nach dem Gesetz gehandelt‹?«

»Es ist Gottes Wille, M. de Chrétien, daß Frauen leiden.« Marie-Josèphe hoffte, wenn sie es nur richtig erklärte, könnte sie Comte Lucien überzeugen. »Wäre sie eine Christin gewesen, hätte sie das gewußt und sich ihrem Los gefügt.«

»Ich kann nicht begreifen, weshalb Ihr einen solchen hanebüchenen Irrsinn glaubt.« Er sprach mit großer Ruhe. »Wäre sie eine Christin gewesen, würdet Ihr sie in die Hölle verdammen, denn sie starb von ihrer eigener Hand.«

Marie-Josèphe schwieg betroffen, schließlich sagte sie leise: »Es tut mir so leid. Ich bedaure das Schicksal Eurer Freundin, Eure Trauer und meine Überheblichkeit.« Sie ergriff seine Hand. Er wandte das Gesicht ab, um seine Tränen zu verbergen, doch er duldete ihre Berührung.

Eine Rakete flammte über den Himmel. Explodierende Feuerwerkskörper woben einen Baldachin aus hundert Farben vom Grand Canal bis zum Schloß. Der Lärm wie von Geschützdonner ließ die Dachpfannen erzittern. Die jubelnden und staunenden Rufe der Zuschauer mischten sich in das Knallen und Krachen der Raketen.

Sprühende blaue und goldene Funken wuchsen zu einer großen, flimmernden Kugel, gekreuzt von roten Girandolen. Der Widerschein des Feuerwerks flackerte über die Unterseite der tiefhängenden Wolken, ein düsterer, verzerrter Spiegel. Das Getöse der Explosionen verdichtete sich zu einer massiven Wand.

Pulverqualm trieb in Schwaden durch die Luft, beißend und fettig. Lucien legte sich rücklings auf die warmen Dachpfannen und schaute in den Himmel.

»Ist es wie im Krieg?« fragte Marie-Josèphe.

»Nicht im geringsten. Der Morast fehlt, die Unbequemlichkeit, die Angst. Es fehlen die Schreie sterbender Männer und Pferde. Es fehlen abgetrennte Gliedmaßen und Tod. Es fehlen die Erregung und die Glorie.«

Das Feuerwerk nahm seinen Fortgang, bestickte den Himmel mit Nadeln aus Farbe und Licht. Der goldene Buchstabe »L« und sein Spiegelbild, umgeben von Blumen und Funkensternen, tauchten den Garten in Tages-helle.

Marie-Josèphe sprang auf, stieg über die Dachkante und verschwand. Lucien folgte ihr überrascht. Sie war in ihrer Kammer damit beschäftigt, mehr schlecht als recht ihre Kleider anzulegen. Auf der Fensterbank stehend, während der Kater ihn aus dem Halbdunkel heraus mit schmalen Augen ungnädig musterte, fragte Lucien: »Kann ich helfen?«

»Ich habe Scherzad gehört«, erklärte Marie-Josèphe.

Lucien schloß die Knöpfe an ihrem Kleid. Abgelenkt durch die Berührung ihres Haares, das seine Hände streichelte, achtete er kaum auf das, was sie sagte.

»Ich habe nicht nachgedacht – sie muß sich fürchten!« Sie schlüpfte in die Schuhe und war hinausgelaufen, bevor Lucien sich seine Perücke von dem Flötenspieler zurückgeholt hatte. Er setzte sie auf und dachte: *Du hättest dich ihr nie ohne zeigen dürfen.*

Scherzad hatte sich in die Mitte des Beckens zurückgezogen und sang von dort eine schrille Kampfansage. Das Krachen der Explosionen erschreckte sie, die Lichtblitze wie von Kartätschen und Kanonen, griechischem Feuer und Mörsern, all den Vernichtungsmittel, die man seit so vielen Generationen gegen das Meervolk gerichtet hatte.

Sie schrie vor Wut und Trauer.

Marie-Josèphe stürzte ins Zelt.

Ein unirdisches Leuchten erfüllte das Wasserbecken, um die Hufe von Apolls Rossen sprühten Funken. Scherzad schlug mit den Beinen, wühlte eine lumineszierende Gischtfontäne auf. Mit jeder Detonation wurde das Leuchten stärker.

Das Getöse war betäubend, Marie-Josèphe hielt sich die Ohren zu. Sie rief leise nach Scherzad, versuchte sie durch den Wall aus Angst und Zorn zu erreichen, durch die Mauer aus Lärm.

Klagend schwamm die Meerfrau auf sie zu, begleitet von schimmerndem Wellengekräusel. Marie-Josèphe hielt ihre Hände fest und schaute ihr in die Augen, Scherzad berührte sie mit ihrer Stimme.

»Es tut mir so leid, meine Freundin«, sagte Marie-Josèphe. »Ich habe noch nie ein Feuerwerk erlebt, nicht eins wie dieses, ich hatte keine Ahnung – schon gut, es ist nicht Krieg, es sind nicht die Kanonen und Musketen. Du brauchst nicht kämpfen, du brauchst dich nicht fürchten. Die Landgeborenen tun dies zu ihrem Vergnügen.«

Scherzad kroch schwerfällig auf die Plattform und lag beruhigt und getröstet in Marie-Josèphes Armen. Ihr Körper leuchtete wie von innen heraus. Marie-Josèphe streichelte ihr langes, struppiges Haar und strählte die wirren Locken. Bei der eingeknoteten Strähne von Scherzads Geliebtem hielt sie inne, drehte sie nachdenklich zwischen den Fingern. Ihre Hände waren in Licht gebadet.

»Scherzad«, fragte Marie-Josèphe, »wo hat dein Freund den Rubinring gefunden?«

Kapitel 21

Am Sonntagmorgen, als der König sich mit seiner Familie zur Messe begab, drängte Marie-Josèphe sich durch die Schar der Bittsteller und warf sich ihm zu Füßen. Wortlos hielt sie mit beiden Händen einen Brief in die Höhe. In ihrer Angst, er könne sich weigern, ihn anzunehmen, wagte sie es, die Augen zu ihm aufzuheben. Er schaute sie an, unbewegt, weder verriet seine Miene Mißfallen über ihr Erscheinen noch Befriedigung über ihre Demutshaltung.

Lucien stand im Marmorhof und kam sich albern vor. Rote und weiße Bänder waren an seinen Jagdrock und seine Culotte genäht und fielen bis auf seine Füße. *Hätten wir Frühling*, dachte er, *könnte ich den Maibaum darstellen.*

»Ihr braucht noch mehr Bänder, M. de Chrétien«, sagte der König. »Euer Pferd muß sich an das Flattern gewöhnen.« Ludwigs Rock war in ähnlicher Weise geschmückt.

»Mein Pferd ist an das Getümmel einer Schlacht gewöhnt, Sire«, antwortete Lucien. »Zelis wird sich nicht von ein paar bunten Stoffetzen kopfscheu machen lassen.« Zelis stand vor den Stufen zum Marmorhof, am Platz gehalten einzig von den am Boden liegenden Zügelenden, als des Königs Gleve über den Place d'Armes galoppierte, umflattert von Bändern an Handgelenken, Schultern und Knien. Die Ban-Pferde bockten und rollten mit den Augen und wieherten schrill, wenn die Fransen gegen ihre Flanken schlugen. Des Königs Stallmeister hatte Mühe, das schnaubende Roß Seiner Majestät zu bändigen.

»Mehr Bänder«, befahl der König.

Der Hoftailleur heftete weitere Bänder an Luciens guten Samtrock.

Der König reichte Lucien ein zusammengefaltetes Papier.

Lucien öffnete das Billett. Er kannte den Inhalt; er hatte empfohlen, sich auf das Wesentliche zu beschränken:

> »Euer Majestät,
> Scherzad bietet Euch als Lösegeld
> ein mit Schätzen beladenes Schiff.«

»Habt die Güte, Uns das zu erklären, M. de Chrétien.«

»Die Angehörigen des Meervolks spielen in den Wracks untergegangener Schiffe, Sire«, antwortete Lucien. »Sie benutzen Goldstücke und Edelsteine, um sich zu schmücken, geben sie ihren Kindern als Spielzeug, die sich mit Perlenketten behängen und sie wieder fallenlassen, denn sie können jederzeit neuen Tand finden.«

»Mlle. de la Croix behauptet das, um dem Seeungeheuer das Leben zu retten. – Genug Bänder!« Der Schneider entfernte sich katzbuckelnd.

»Ja. Aber ich glaube, es ist die Wahrheit.«

»Und glaubt Ihr auch die Geschichten, die das Seeungeheuer angeblich erzählt?«

»Ich glaube, daß Mlle. de la Croix getreulich wiedergibt, was das Seeungeheuer ihr vorsingt.«

»Es gibt keinen Beweis.«

Lucien zog Scherzads Ring aus der Tasche und reichte ihn dem König. Er hatte ihn aus dem Sarg des toten Meermanns genommen, der nach Versailles zurückgeschafft worden war.

»Scherzad hatte dies, als sie gefangen wurde.«

»Weshalb sollten Wir das glauben?«

»Weil ich sage, daß es so ist.« In einem solchen Ton hatte Lucien noch nie zu seinem Souverän gesprochen. Er verneigte sich steif. »Darf ich mich zurückziehen, Sire?«

»Keinesfalls. Die Mannschaft kann bei der Generalprobe nicht auf Euch verzichten.«

Lucien verließ den Marmorhof, Zelis beugte das Knie, damit er in den Sattel steigen konnte.

Die Stute trabte auf den Place d'Armes hinaus und kanterte an ihren Platz in der Formation. Die Bänder an Luciens Kleidung flatterten wild, die Enden schnappten im Luftzug des kurzen Galopps. Der König kam herangeritten, sein Fransenbesatz wehte und hüpfte im Gleichtakt mit den Locken seiner kupferfarbenen Perücke. Er hielt in der Mitte des Glacis.

Schulter an Schulter querte die Equipe Seiner Majestät in erhabenem Schritt den Platz, die Reihe teilte sich, im Trab bogen die Pferde seitwärts aus, sechzehn zur einen Seite, sechzehn zur anderen. Seine Majestät ritt an der Tête der ersten Reihe, der Herzog von Bourgogne führte die zweite. Die zwei Reihen teilten sich in vier, die beiden neuen angeführt von Anjou und Berry auf ihren Ban-Ponies. In starkem Trab vollführten sie einen komplizierten Drill.

An den vier Seiten des Place d'Armes kehrten die Pferde sich zur Mitte, fielen in Galopp und stürmten geradewegs aufeinander zu. Im Zentrum des Platzes kreuzten sich die Linien, die Pferde fädelten sich in voller Karriere durch ein gefährliches Karree.

Die vier Reihen verbanden sich zu zweien, die einander gegenüber Aufstellung nahmen. Die Reiter verneigten sich, Bourgogne vor Seiner Majestät, Berry vor Anjou. Luciens Gegenüber war Berwick, sie grüßten steif. Die beiden Reihen trennten sich, fanden wieder zusammen und parierten vor Seiner Majestät die Pferde durch.

»Ausgezeichnet.« Der König nahm ihren Gruß entgegen.

Obwohl er sich gekränkt fühlte, weil der König seine Aufrichtigkeit in Zweifel gezogen hatte, erfüllte die

Nähe seines Monarchen Lucien nach wie vor mit einem Gefühl von erhabener Ehrfurcht.

Ludwig wendete seinen Schecken und führte seine Mannschaft vom Feld. Die Reiter begaben sich im Schlendertrab zu den Ställen, doch Seine Majestät schlug eine andere Richtung ein. .

»Begleitet Uns, M. de Chrétien«, sagte er.

Lucien folgte dem König durch den Park in Richtung des Bassin d'Apollon. Im Reiten zog er seinen Dolch und trennte damit soweit er reichen konnte, die Bänder von seinem Rock ab.

Das Innere des Zeltes war erfüllt vom traurigen Singen der Meerfrau. Père de la Croix wartete in seinem Laboratorium, blasser und asketischer denn je. Mlle. de la Croix unterhielt sich in halblautem Singsang mit ihrer Freundin. Lakaien brachten ein hölzernes, reichgeschnitztes Gestell und setzten den gemalten Globus hinein.

»Schickt sie hinaus, M. de Chrétien«, befahl der König, »und bringt Mlle. de la Croix zu Uns.«

Scherzad knurrte und brummte und tauchte in das schmutzige Wasser. Marie-Josèphe erkannte Lucien an seinen Schritten auf den Planken hinter ihr.

Er kann nicht mehr erscheinen wie durch Zauberei, dachte sie. *Ich weiß immer, wenn er kommt ...*

»Seine Majestät wünscht, Euch zu sehen.«

»Es ist mir eine Ehre, und ich bin überaus dankbar ...«

»Nichts mehr von Dankbarkeit«, wehrte Lucien ab. »Dies betrifft uns beide.«

Marie-Josèphe drückte Scherzad noch einmal beruhigend die Hand, rollte die feuchte, zerknitterte Seekarte zusammen und folgte Lucien ins Laboratorium. Die nassen Säume von Ober- und Unterröcken schlugen gegen ihre Knöchel. Sie hatte große Hoftoilette angelegt, schulterfrei und mit einem Ausschnitt, der ihr überaus gewagt erschien, obwohl es züchtig war im Vergleich zu den Prinzessinnen, die sich über die Grenzen des Schicklichen hinaus dekolletiert zeigten. Der König hob sie aus ihrem tiefen Hofknicks auf. Nur er und sie befanden sich in dem Zelt, außer ihrem Bruder und Lucien. Sie stand ihrem Monarchen gegenüber, fast Auge in Auge. Bestürzt dachte sie: Er ist gar nicht viel größer als ich. Ich dachte, er sei größer als Lorraine – viel größer! –, aber das war eine Täuschung, verursacht durch die hohen Schuhe und die Perücke, die Aura seiner Macht.

»Unsere unbarmherzige Mlle. de la Croix«, sagte der König. »Erklärt Uns Euer Vorhaben.« Seine Kleidung war übersät mit roten und weißen Bändern wie am Rücken von Luciens Rock.

Marie-Josèphe breitete die Karte auf dem Laboratoriumstisch aus. Scherzad hatte darüber gerätselt, sie konnte den Zweck einer Zeichnung nicht begreifen, die in ihren Augen furchtbar und gefährlich ungenau war. »Was soll es nützen«, hatte sie gefragt, von Marie-Josèphes Erklärungen nicht zufriedengestellt, »nur den Rand des Meeres zu zeigen?«

Die Meerfrau sang. Die Unterwasserlandschaft mit Hängen und Schluchten und Klippen bildete für Marie-Josèphe eine geisterhafte Kulisse um ihren Bruder, Comte Lucien und den König.

»Hier.« Sie deutete auf einen Punkt auf der Karte, eine Untiefe in einer Bucht nahe Le Havre. »Hier ist eine Galeone gesunken. Sie liegt auf den Felsen, und die Schätze, die sie geladen hat, quellen aus ihrem aufgerissenen Leib.«

»Das Flaggschiff Eurer Majestät könnte die Stelle in wenigen Stunden erreichen«, sagte Lucien.

»M. de Chrétien«, sagte der König mit einem Anflug von Humor und Wärme in der Stimme, »Ihr mögt nicht einmal den Grand Canal befahren. Und jetzt haltet Ihr Euch für befähigt, Ratschläge in Sachen Navigation zu erteilen?«

»Ich bitte um Euer Majestät Vergebung.«

»Wie auch immer, Ihr habt recht. Falls der Schatz existiert. Hat die Kreatur sich von Neugier getrieben so nah an die Küste gewagt?«

»Sie weiß von der Galeone aus einer Geschichte, die man in ihrer Familie erzählt.« Marie-Josèphe zögerte, dann sprach sie entschlossen weiter. »Die Meermenschen erzählen mit Vorliebe von Schiffen, die *beinahe* den sicheren Hafen erreichten.«

»Wie lange ist es her?«

»Ich weiß es nicht, Sire. Ihre Großtante hat es mit eigenen Augen gesehen.«

»Zwei Generationen! Das Wrack könnte zerfallen sein, der Schatz verloren.«

»Ein geringfügiges Risiko, eine geringfügige Investition, Sire«, gab Lucien zu bedenken. »Die lebende Meerfrau bringt Euch Reichtümer. Ihr Tod bringt Euch einen Bissen Fleisch.«

»Dieser Bissen übertrifft jedes Festmahl Karls des Großen«, antwortete Ludwig, »und er kann mir Unsterblichkeit verleihen.«

»Das ist ein Mythos, glaubt mir, Sire, ich flehe Euch an«, sagte Marie-Josèphe. »Scherzad kann Euch nicht zu ewigem Leben verhelfen.«

Der König wandte sich an Yves. »Ihr schweigt?«

»Ja, Euer Majestät.«

Marie-Josèphe wünschte mit aller Kraft, ihr Bruder möge sagen, was er doch genau wußte: daß Scherzad niemandem Unsterblichkeit verleihen konnte, auch nicht Ludwig XIV. oder Papst Innozenz.

»Wir wünschen, daß Ihr sprecht, M. le Père.«

Yves' Schweigen dauerte an. Er vermied es, Marie-Josèphes Blick zu begegnen. Endlich holte er tief und resigniert Atem.

»Euer Majestät, ich habe weder für das eine noch für das andere einen Beweis. Um mir Beweise zu verschaffen, muß ich das Seeungeheuer töten – oder mir ein anderes Exemplar dieser Spezies beschaffen, falls noch welche existieren.«

»Bruder«, Marie-Josèphe faltete beschwörend die Hände, »abgesehen von den Dingen, die du nicht weißt – du *weißt*, daß Scherzad ein menschliches Wesen ist.«

»Sire«, ergriff Lucien wieder das Wort, »nichts hindert Euch daran, dem Seeungeheuer das Leben zu nehmen, wann immer es Euch beliebt.«

»Bittet Ihr Uns, es zu verschonen?«

»Ich biete Euch meinen Rat an, den anzunehmen Euer Majestät in der Vergangenheit geruht haben.«

»M. Boursin bedrängt mich, das Seeungeheuer schlachten zu dürfen, weil das Fleisch für das Festmahl vorbereitet werden müsse. Wir werden ihm einen Tag geben, obwohl er Uns mit seinen Beschwerden molestieren wird. Ihr habt Zeit bis zur Mitternachtsstunde des Karussells, des morgigen Tages also, um den Schatz zu suchen.«

»Und wenn Scherzad ihn findet – werdet Ihr sie verschonen?«

Der König ließ sich kein Zugeständnis abringen. »Wir werden sehen.«

Marie-Josèphe eilte zum Bassin d'Apollon und zu Scherzad. Die Meerfrau schwamm langsam zum Rand des Beckens, ihre Bewegungen waren kraftlos. Obwohl selber des Trostes bedürftig, sprach sie Scherzad Mut zu.

»Ein Bote ist auf Comte Luciens schnellstem Pferd zum Hafen unterwegs«, berichtete sie. »Das Schiff wird auslaufen, man wird den Schatz finden. Und du wirst frei sein.«

Scherzad lehnte sich gegen Marie-Josèphes Knie.

»Zu Hause«, sang sie, »konnten wir unsere Wünsche ins Meer hinausrufen. Alle hörten es. Doch wenn man in den Wind hineinruft, geht die Stimme verloren.«

Marie-Josèphe lachte traurig. »Du hast die Wahrheit erkannt, Schwester.«

»Schwimme mit mir«, sang Scherzad. »Ich sterbe, ich brauche die Berührung von Freunden, um mich am Leben zu erhalten.«

»Ich kann nicht«, flüsterte Marie-Josèphe. »Es tut mir so leid, Scherzad, doch es ist unmöglich.«

Die Musketiere öffneten das Zelt und ließen die Besucher eintreten, die sich um den Käfig sammelten, nach Scherzad riefen, pfiffen und die Hände zwischen den Stäben hindurchsteckten, um ihre Aufmerksamkeit zu erregen.

Ein Lakai brachte das Portrait des Königs und stellte es auf sein Fauteuil.

»Wir müssen wieder eine Geschichte erzählen«, sagte Marie-Josèphe zu Scherzad. »Eine heitere Geschichte diesmal, ich bitte dich.«

Lorraine, Chartres und der Herzog von Berwick kamen hereingeschlendert. Sie nahmen in der vordersten Reihe Platz, nachdem sie sich mit übertriebener Grandezza vor dem Gemälde verneigt hatten. Marie-Josèphe tat, als wären sie nicht da, auch dann noch, als sie flüsternd die Köpfe zusammensteckten, lachten und sie mit bedeutungsvollen Blicken beleidigten.

Wenn sie auch nur einen Schritt in meine Richtung tun, dachte sie, *schlage ich ihnen die Tür vor der Nase zu.*

»Wir sind gekommen, um eine Geschichte zu hören, Mlle. de la Croix!« rief Chartres.

Marie-Josèphe ignorierte ihn, eine gefährliche Unhöflichkeit. Sie streckte Scherzad die Hand hin. Die Meerfrau umschloß ihre Finger mit den seidenweichen Schwimmhäuten. Dann warf sie sich herum und schloß mit halsbrecherischer Geschwindigkeit durch das Becken. Sie sprang, schnellte aus dem Wasser und im Bogen über den trompetenblasenden Triton hinweg.

»Scherzad, hör auf! Sei vorsichtig!«

Lorraine lachte. »Das soll sie noch einmal tun!«

»Nein!« rief Marie-Josèphe, voller Sorge und zu erbost, um Lorraine weiterhin zu ignorieren. »Sie hat in diesem kleinen Becken nicht genug Platz.«

»Der König gesteht dem Seeungeheuer mehr Raum zu als seinen Höflingen.«

Doch Scherzad sprang erneut und tauchte diesmal gefährlich dicht bei der Plattform wieder ein. In ihren goldenen Augen brannten Zorn und Verzweiflung.

»Bravo!« rief Lorraine.

»Wenn es Euch beliebt, Mlle. de la Croix«, sagte Chartres, »laßt uns nun die Geschichte hören.«

Scherzad schwamm durch den Teich, kehrte um und schwamm wieder zurück. Das Gefängnis war für sie eine Qual. Sie tauchte zum Wassereinlauf hinunter und rüttelte an dem Gitter, doch es saß fest. Das Becken enthielt nichts, das ihr als Werkzeug dienen konnte, die Metallstücke am Grund, die grauen wie die sonnenfarbenen, waren zu weich und verbogen sich ihr unter den Händen. Marie-Josèphe rief nach ihr, Scherzad hörte nicht darauf. Sie schwamm hin und her, so schnell es in dem begrenzten Raum möglich war, nicht annähernd so schnell, wie sie im offenen Meer hätte schwimmen können. Sie tastete mit ihrer Stimme durch das Becken. Ein Fisch schwamm vorbei. Sie schnappte danach und riß ihn in Stücke. Blinkende Schuppen trieben davon.

Sie sprang. Die kraftvollen Beine katapultierten ihren ganzen Körper aus dem Teich. Sie landete rücklings, der Länge nach mit lautem Klatschen auf der Oberfläche.Wasser spritzte, schwappte über die Stufen und über die steinerne Einfassung. Marie-Josèphe sprang mit einem Aufschrei zurück. Scherzad konnte nicht begreifen, weshalb sie es nicht leiden mochte, wenn ihre Füße naß wurden.

Hinter den Käfigstangen rückten die Landgeborenen in ihren seltsamen, scheckigen Körperhüllen näher, um ihr zu lauschen. Die meisten standen aufrecht – Scherzad fragte sich, wie sie den Schmerz ertragen konnten –, doch einige saßen. Marie-Josèphe hatte versucht zu erklären, weshalb es so war. Sie hatte Scherzad gebeten, die Augen niederzuschlagen, wenn der zahnlose Mann den Blick auf sie richtete. Scherzad sah keinen Grund, das zu tun.

Heute lehnte das Bildnis des Zahnlosen an seinem Platz. Die Landgeborenen machten sich Bilder mit Farben auf glatten Flächen, armselige, flache Darstellungen eines der ihren. Sie sollten jemanden damit beauftragen, die Gestalt abwesender Gäste zu singen.

Scherzad sprang. Die Landgeborenen stießen Rufe aus und schlugen die Hände zusammen. Sie sprang wieder, und wieder überschüttete man sie mit einer Woge bedeutungsloser Geräusche. Bedeutungslos für sie, Scherzad, aber wichtig für die Landgeborenen – ihre Art, Interesse oder Zustimmung zu bekunden.

Der kleine Mann betrat das Zelt. Scherzad zischte und tauchte unter. Man konnte ihm nicht trauen. Er hatte dieses abscheuliche schwarze Zeug auf Marie-Josèphes Arm geschmiert. Führte er Böses im Schilde? Sie würde ihm die Krallen zu spüren geben, sobald sich eine Gelegenheit fand, weil er versucht hatte, Marie-Josèphe ein Leid anzutun. Gern hätte sie ihre Freundin gewarnt, aber dazu mußte sie erklären, wie Marie-Josèphes Heilung zustandegekommen war. Das wagte sie nicht.

All die Landgeborenen erhoben sich plötzlich. Der Mann in Weiß mit dem goldenen Kreuz kam ins Zelt. Die Landgeborenen verneigten sich, bis er neben dem Bild des Zahnlosen Platz genommen hatte. Marie-Josèphe lief hin und kniete nieder und küßte seine Hand. Ihr Verhalten verwirrte Scherzad, denn der Mann in Weiß zeigte kein Vergnügen an dem Kuß, ebensowenig wie es Marie-

Josèphe Vergnügen bereitete, ihn zu küssen. Marie-Josèphe kehrte zum Teich zurück und sang, eine Bitte an Scherzad, eine Geschichte zu erzählen. Scherzad sprang erneut, um die Reaktionen der Landgeborenen zu prüfen. Sie landete gefährlich nah am Teichrand, das Wasser spritzte hoch auf. Die Landgeborenen veranstalteten ein erhebliches Getöse.

Scherzad schwamm zu den Stufen, schob sich über die scharfen Kanten und legte sich neben Marie-Josèphe auf die Einfassung.

»Scherzad, du machst mir Angst mit deiner Waghalsigkeit ...«

Scherzad wandte ihre Aufmerksamkeit dem Mann in Weiß zu. Manchmal entdeckte sie einen Zug von Güte in seinem Gesicht, obwohl er das goldene Kreuz trug, das Scherzads Herz mit solchem Entsetzen erfüllte.

Kann ich ihn für mich gewinnen? fragte sie sich. *Oder ist sein Verlangen, uns zu töten, zu stark?*

Marie-Josèphe sprach wie ein Kind, denn ihre ungeschulte Stimme brachte nur einzelne Töne hervor. Scherzad antwortete mit einem melodischen Triller, richtete den Blick auf den Papst und begann.

Sie sang von der ersten Begegnung ihres Volkes mit dem goldenen Kreuz.

Die Menschen des Meeres gewannen einen Aufschub, indem sie den Landgeborenen auswichen, Geburtsinseln mitten im Ozean suchten, sich in ausgedehnte Wälder aus Seetang zurückzogen, die Schiffe nicht durchfahren konnten.

Ihren Paarungsort verlegten sie nicht. Seine indigoblauen Abgründe waren von tückischen Untiefen umgeben. An einem einzigen Tag im Jahr kamen alle Familien dort zusammen und trennten sich dann wieder. Gewiß konnten die Männer der Landgeborenen sie dort nicht finden.

In einem Jahr ging dem Mittsommertag ein schwerer

Sturm voraus. Die Meermenschen hatten ihre Freude daran, ritten auf den Wellenbergen und tauchten durch die Gischt, ließen sich, als das Unwetter zu schlimm tobte, in die Tiefe sinken, um dort im Wachschlaf sein Ende abzuwarten. Als der Sturm sich ausgetobt hatte, stiegen sie zur Oberfläche empor und badeten in der hellen, heißen Sonne. Während die Kinder in der Obhut der Halbwüchsigen zurückblieben, sammelten die Erwachsenen sich zur Paarung.

Marie-Josèphe hörte auf zu singen, hörte auf zu sprechen. Scherzad umfaßte ihr Handgelenk, so daß die spitzen Krallen in ihre Haut stachen und knurrte vor Ärger über ihre Feigheit. »Sag es ihnen«, forderte sie. »Du mußt es ihnen sagen. Wie sollen sie begreifen, daß wir Menschen sind, wenn sie nicht glauben, daß wir Gefühle haben?«

Der Hochzeitsrausch ergriff von ihnen Besitz. Sie scharten sich zusammen, schwammen in einem großen Kreis, der sich spiralförmig verengte; ein Strudel der Ekstase. Sie strichen aneinander vorbei, Haut an Haut, erregten sich selbst, erregten sich gegenseitig, verloren sich im Sinnentaumel.

Marie-Josèphe hielt den Blick auf den Papst gerichtet, während sie sprach und Scherzad sang.

Mitten in dem Fest des Lebens näherte sich ein vom Sturm verschlagenes Schiff in schwerfälliger Fahrt dem Paarungsort. Es hatte in dem Unwetter Schaden genommen, doch zwischen Rissen und wehenden Fetzen leuchtete am Großsegel, wie mit Sonnenlicht gemalt, ein goldenes Kreuz.

Die Landgeborenen erspähten die Meermenschen bei ihrem Fest und steuerten auf sie zu. Sie waren neidisch auf deren Glück, begeistert und entsetzt über die Entdeckung von Meeresdämonen in solcher Zahl. Ihr Schiff pflügte durch das Lebensfest, durch das Getümmel der Lust hingegebener Leiber.

Der Bug zermalmte Meermenschen, die in ihrer Selbstvergessenheit das Auftauchen des Schiffes nicht bemerkt hatten und nicht einmal den Versuch machten, sich zu retten. Die Matrosen warfen mit dem Ruf: »Dämonen! Dämonen!« Fässer über Bord.

Die Fässer explodierten, schleuderten Scherben, Nägel, Stücke eiserner Ketten über die Wellen. Dic Meermenschen kamen zur Besinnung, als ihre Lust zu Todesschmerz wurde und ihr Blut das Wasser rot färbte. Der von dem Schiff durchschnittene Strudel versank in der Tiefe. Von Grauen erfüllt sahen die Halbwüchsigen, weinende Kinder in den Armen, ihre Familien sterben.

Der Papst blickte Scherzad ausdruckslos an. Sein Gesicht war steinern. Er zeigte so wenig Mitleid wie der Priester, der im Heck des Schiffes stand, ein Kreuz aus dem Sonnenmetall emporhielt und sich der Verantwortung für das Gemetzel rühmte.

»Ich bin der Hammer der Dämonen, die Geißel Luzifers«, sang Marie-Josèphe.

Der Papst erhob sich. Scherzad ließ Marie-Josèphes Handgelenk los. Marie-Josèphe taumelte und hielt sich an einer Käfigstange fest. Die Zuschauer beklatschten Dramatik und das tragische Moment der Geschichte.

»Ich habe das nicht erfunden«, flüsterte Marie-Josèphe. »Wie hätte ich das erfinden können?«

»Ich muß diese Kreatur in meinem Besitz haben«, sagte der Papst.

Kapitel 24

Die goldenen Sonnensymbole, die mit frischen Blumen geschmückten Kandelaber, der Duft von Orangenblüten und schweren Parfums, die kostbaren Tapisserien und die wundervollen Gemälde – das alles verursachte Marie-Josèphe ein Gefühl der Beklemmung. Dicht hinter Madame und Lotte blieb sie am Eingang zum Salon d'Apollon stehen. Die nachdrängenden Höflinge schoben sie weiter, eingezwängt in der Menge war ein Ausweichen unmöglich.

Der Zeremonienmeister pochte mit dem Stab auf den Boden.

»Seine Majestät, der König.«

Eine Gasse tat sich auf, die Kavaliere nahmen ihre reichverzierten Hüte ab. Marie-Josèphe blieb bei Madame und Lotte, zu weit vorne und zu sehr den Blicken ausgesetzt, als daß sie sich hätte davonstehlen und zu Scherzad flüchten können. Scherzads Stimme sprach raunend zu ihr, aber sie vermochte nicht zu unterscheiden, ob sie sie wirklich hörte oder es nur glaubte, verwirrt von dem Gedränge und dem Lärm, den Gerüchen und der Hitze.

Dies muß das erste Mal sein, daß mir in Versailles zu warm ist, dachte sie.

Sie spähte über Lottes Schulter hinweg. In jeder anderen Richtung versperrten die aufgetürmten Frisuren der Damen und die löwenmähnigen Perücken der Herren die Sicht.

Man verbeugte sich. Bevor sie in einen tiefen Hofknicks versank, erhaschte Marie-Josèphe einen Blick auf den König. Statt einer kupferfarbenen Perücke trug er nun eine in hellem Blond. Die schimmernden Locken bildeten einen ansprechenden Kontrast zu seinen dunkelblauen Augen. Von seinem Hut wallten weiße Federbüsche herab, der flammenfarbene Samtstoff seines Rocks verschwand fast unter Goldstickerei und Rubinen. Er trug eine altmodische Rheingrafenhose aus rotem Satin, dazu Schuhe mit diamantbesetzten Schnallen und leuchtendroten Absätzen.

»Wie ein junger Mann!« flüsterte Madame Lotte ins Ohr. »Genau so hat er damals ausgesehen, in seiner Jugend.« Ihre Stimme bebte. »Unser Licht ... Unsere Sonne ...« Ihre Augen füllten sich mit Tränen.

Madame hatte Mühe, ihrer Bewegung Herr zu werden, ausgerechnet sie, die sich erbarmungslos über die Damen bei Hofe lustig machte, wenn sie versuchten, jünger zu erscheinen als sie waren, und auch die eigene Person nicht mit Spott verschonte, weil sie sich keine Mühe gab, gegen die äußeren Spuren des Alterns anzukämpfen. Die stattliche Herzogin faßte nach dem Arm der Tochter. Auf einen Blick von Lotte trat Marie-Josèphe an ihre andere Seite und schob ihr die Hand unter den Ellenbogen, um sie zu stützen.

»Wir bringen Euch in Eure Gemächer, Maman«, sagte Lotte.

»Nein.« Madame schüttelte schwach den Kopf. »Seine Majestät würde es bemerken und wäre ungehalten.« Sie nahm ihre Kraft zusammen und richtete sich auf, nach außen wieder ganz ihr altes, unerschütterliches Selbst.

Der König bestieg seinen silbernen Thron. Seine Söhne und Sohnessöhne nahmen die ihrem Rang entsprechenden Plätze ein.

»Seine Heiligkeit, Papst Innozenz von Rom.«

Innozenz betrat den Raum, gekleidet in leuchtendes Weiß, umgeben von seinen Kardinälen. Yves folgte ihnen mit einer kostbaren Monstranz. Durch ein Fenster aus Kristall, umgeben von einem silbernen Strahlenkranz, sah man die heilige Fracht, die sie in sich barg: den Leib Christi. Yves stellte den geweihten Behälter vor Ludwigs Thron nieder.

»Wir begrüßen das Zustandekommen unseres Bündnisses«, sagte Innozenz.

»Wie begrüßen es ebenfalls, Vetter«, sagte Ludwig.

Der Zeremonienmeister stieß erneut den Stock auf den Boden. »Seine Majestät, James II. von England, und Ihre Majestät Königin Mary.«

James trat ein. Mit den Fingerspitzen hielt er die Hand seiner zweiten Gemahlin, Maria von Modena, und geleitete sie auf diese Weise durch das Spalier des Hofstaats bis vor den Thron. Beide waren in weißen, über und über mit Perlen bedecktem Samt gekleidet; Geschenke Seiner Majestät. Marie-Josèphe schlug die Hand vor den Mund, um beim Anblick des fantastischen Kopfputzes der englischen Königin nicht in Lachen auszubrechen. Sie erkannte Haleeds Werk und dachte: *Ich muß einen Weg finden, meine Schwester in ihre Heimat zurückzuschicken, oder Königin Mary wird sie auf die kalte Insel England entführen!*

»Vetter«, sagte James, »ich habe ein Geschenk für Euch anfertigen lassen.«

Der Königin halbverhungerte irische Sklaven kamen herein. Sie wankten unter dem Gewicht eines mächtigen, geschnitzten und vergoldeten Bilderrahmens. Ein Überwurf aus weißer Seide bedeckte das Gemälde. Ludwig beugte sich unwillkürlich vor. Dann jedoch besann er sich auf seine Würde und versuchte, den Anschein zu erwecken, als hätte er sich nur auf dem Thron zurechtgesetzt. Er liebte die Werke der großen Meister; zu seinen am höchsten geschätzten Besitztümern gehörten Gemälde von Tizian, Geschenke aus Italien. Falls James für ihn ein weiteres erworben hatte, war es mit Ludwigs eigenem Geld bezahlt, aber was machte das schon.

James zog das Seidentuch zur Seite und enthüllte ein überlebensgroßes Portrait – ein schmeichelhaftes Portrait – seiner selbst im Hermelinmantel und mit den Kronjuwelen von England.

»Auf diese Weise werden wir uns stets nahe sein«, sagte er.

»Verbunden im Kampf gegen die Protestanten«, fügte Königin Mary hinzu.

Ludwig dankte dem Königspaar mit einem Nicken. Die Sklaven schleppten das Portrait zur Seite und hielten es aufrecht, so daß der gemalte James die weiteren Vorgänge verfolgen konnte. Der James aus Fleisch und Blut stellte sich an einen Platz, von dem aus er sein Konterfei betrachten konnte.

»Seine Majestät, der Schah von Persien!«

Was für ein diplomatisches Vexierrätsel dies für den Oberhofzeremonienmeister gewesen sein muß! dachte Marie-Josèphe. *Woher wissen, nach welchen Kriterien man entscheiden soll, wer vor wem Vorrang genießt? Vielleicht hat Seine Majestät für dieses Entrevue neue Regeln erlassen.*

Der Schah, eine glanzvolle Erscheinung in goldenen orientalischen Gewändern und der aus mehreren Stufen bestehenden goldenen Krone, betrat das Throngemach. Er legte die Hand auf das Herz, an die Stirn. Ludwig erwiderte den Gruß mit einem Neigen des Kopfes. Des persischen Monarchen Wesir und Würdenträger folgten. Sie trugen seidene Gewänder und weiße Turbane. Diener brachten zusammengerollte Teppiche, die sie vor Ludwig ausbreiteten, fünfzig Stück übereinander, einer phantasievoller, farbenreicher, größer als der vorige. Der oberste Teppich bedeckte den hüfthohen Stapel, er reichte an allen Seiten bis zum Boden, als hätte er sich wie ein fliegender Zauberteppich aus den Märchen von Scheherazade in die Luft erhoben.

Der Schah hub an zu sprechen, sein Wesir übersetzte:

»Ein Zeichen der Wertschätzung und Liebe für Unseren Bundesgenossen, Ludwig von Frankreich, den Sonnenkönig.«

Der Zeremonienmeister kündigte mit lauter Stimme den nächsten Gast an: »Der Prinz von Nippon.«

Der Prinz war ein kleiner, eleganter Mann mit glattem, schwarzem, kunstvoll aufgestecktem Haar. Ein Dutzend Männer in roten Lackrüstungen begleiteten ihn. Er trug einen Seidenkimono, herbstlich gefärbt und gemustert, sehr weite weiße Hosen und zwei gekrümmte Schwerter. Während man am französischen Hof bestrebt war, vermittels der Kleidung größer zu erscheinen, waren die Gewänder des Prinzen darauf zugeschnitten, Schultern und Oberkörper breiter erscheinen zu lassen.

»Ich bringe Grüße von Shogun Tsunayoshi im Namen von Higashiyama-Tenno, dem größten Herrscher des Ostens, wie Ihr der größte Herrscher des Westens seid.«

Seine Gefolgsleute brachten Truhen aus rotem und schwarzem Lack, mit goldenen Drachen bemalt. Die Truhen enthielten fünfzig Ballen gemusterte Seide, fünfzig Kimonos von erlesener Schönheit und fünfzig Jadefiguren an Seidenkordeln, jede einzelne so lebensecht, daß man glaubte, das Hündchen müsse dem Prinzen von der Hand springen und auf dem Boden herumtollen, der Frosch werde gleich quaken und in den spiegelnden Teich hüpfen.

Zu guter Letzt zog der Prinz einen langen, schmalen, vollkommen schmucklosen Kasten aus rotem Lack hervor.

»Die größte Kostbarkeit, von der Hand unseres größten Künstlers.« Er kniete nieder und legte den Kasten auf ein niedriges Tischchen, das zwei seiner Bedienten ihm hingestellt hatten. Ehrfürchtig nahm er eine Schriftrolle heraus und öffnete sie. Rückseite und Ränder waren aus zartgemusterter Seide, aber sonst bestand die Rolle nur aus weißem Papier, versehen mit drei Kritzeln aus schwarzer Tusche. Der Prinz hielt die Rolle in beiden Händen, als wäre sie eine Reliquie oder die Urfassung der Heiligen Schrift. Die Höflinge flüsterten, und Madame bemerkte zu Lotte: »Liebe Güte, sogar die Abordnung aus Siam brachte bessere Geschenke als das da!« Seine Majestät nickte dem Prinzen zu, ohne sich anmerken zu lassen, ob er womöglich enttäuscht oder gekränkt war.

»Unsere Verbündeten, die Kriegshäuptlinge der Huronen.«

Zwei Wilde aus Amerika kamen herein, ein älterer und ein jüngerer Mann, Seite an Seite. Sie trugen perlenbesticktes Leder, schwere Stahlmesser und Hüte aus Paris. Sie nahmen die Hüte nicht ab und niemand wies sie auf diesen Fauxpas hin. Sie verneigten sich nicht, sie lächelten nicht, obwohl Marie-Josèphe zu sehen glaubte, wie die Lippen des jungen Mannes vor unterdrücktem Lachen zuckten. Das Gesicht des älteren war gezeichnet von Alter und Schmerz; er hatte die Zerstörung seines Dorfes erlebt, die Ermordung seiner Familie, seines Volkes. Die Überlebenden seines Stammes waren symbolische Verbündete Frankreichs, auf die gleiche Weise wie James von England und sein Hof im Exil.

Zwei Lakaien brachten ein Birkenrindenkanu und legten es zu Füßen des Königs nieder. Der jüngere Hurone entrollte ein Hemd aus fransenbesetztem weißem Rehleder, mit Stachelschweinborsten in einem bemerkenswerten geometrischen Muster bestickt.

Der König lächelte. »Als ich ein Kind war, habt ihr Uns perlenbestickte Wickeltücher geschickt. Nun, da Wir alt sind, ist es angemessen, daß ihr Uns ein perlenbesticktes Hemd schenkt.«

Der ältere Häuptling schlug ein Ledertuch auseinander und brachte eine geschnitzte und bemalte Pfeife zum Vorschein. Lange, goldbraune Federn hingen daran, mit weißen Spitzen.

»Wir bringen die Friedenspfeife«, erklärte der jüngere Häuptling in fehlerlosem Französisch, »um unseren Bund zu besiegeln.«

Sie legten ihre Geschenke Seiner Majestät zu Füßen.

»Ihre Hoheit, die Königin von Nubien!«

Die Königin von Nubien, mit Haut und Haaren in der Farbe von Ebenholz, war die schönste Frau, die Marie-Josèphe je gesehen hatte. Ihr Kopfschmuck bestand aus unzähligen Perlen aus Gold und Lapislazuli, die bei jeder Bewegung leise klingelten. Ihr plissiertes Gewand war fein und glatt wie Seide, durchscheinend wie Flor, nur ihre Brüste und die Scham waren bedeckt. Sie wurde von acht hochgewachsenen schwarzen Männern auf einer Sänfte in den Salon getragen. Vier junge Frauen, ihr an Schönheit fast ebenbürtig, folgten der Sänfte mit Fächern. Vier weitere Mitglieder ihres Gefolges führten die Geschenke herein. Das Raunen im Gemach verriet Staunen, denn noch nie hatten Pferde die Treppen im Schloß erklommen, noch dazu solch merkwürdige gestreifte Pferde wie diese. Als Quadriga zogen sie einen Jagdwagen, auf dessen goldenen Seiten in schimmernden Edelsteinfarben Szenen mit Antilopen und Geparden dargestellt waren. Händevoll Karneol, Türkis und Lapislazuli waren zermahlen worden, um Farben von dieser unirdischen Leuchtkraft zu erzielen.

Raubtierhaftes Fauchen und Knurren tönte durch das Gemach. Marie-Josèphe hielt den Atem an. Sie war überzeugt, Scherzad hätte so laut die Stimme erhoben, daß jeder sie hören konnte. Dann wurden bei der Tür aufgeregte Rufe laut, und die dort Stehenden wichen auseinander.

Sechs Geparden wurden hereingeführt, hochbeinige, vornehm schreitende Geschöpfe; ihr schwarzgeflecktes goldenes Fell glänzte schöner als das edelste Metall. Jedes Tier trug ein Halsband mit einem andersfarbigen Edelstein und ging zwischen zwei Männern, die es an Leinen führten.

Alle zogen sich zurück, außer Madame und – notgedrungen – Marie-Josèphe und Lotte, denn Madame war fasziniert von den Geschöpfen.

»Man kennt Eure Leidenschaft für die Jagd«, sagte die

Königin. »Ich bringe Euch einen Jagdwagen und die besten Hetzjäger der Welt, Geparden aus der Steppe meines Heimatlandes.«

»Eure Gabe ist so außerordentlich wie Eure Schönheit, erhabene Königin«, sagte Ludwig.

Die Zeremonie zur feierlichen Besiegelung des Bündnisabkommens begann.

Marie-Josèphe senkte den Blick, Comte Lucien war neben sie getreten.

»Das Schiff ist ausgelaufen«, sagte er leise. »Erhofft nicht zuviel.«

»Mir bleibt nichts anderes, als zu hoffen«, antwortete sie. Während der Vertrag zwischen Ludwig und Innozenz vorgelesen wurde, ein langer, eintöniger Monolog in lateinischer Sprache, fragte sie flüsternd: »Comte Lucien, weshalb habt Ihr für mich gesprochen? Und für Scherzad?«

»Weil Ihr recht habt. Ein Seeungeheuer zu schlachten bringt unserem König keinen Nutzen. Das Lösegeld eines Seeungeheuers hingegen nützt ihm sehr.«

»Das war der einzige Grund?«

Ohne zu antworten, wandte Lucien sich ab, um zu verfolgen, wie sein Souverän der Kirche von Rom Brosamen seiner Autorität überließ.

Marie-Josèphe lenkte Zachi auf den Weg neben dem Tapis Vert. Besucher der Gärten saßen auf dem Grünen Teppich und tafelten. Die Höflinge waren verschwunden, um sich für das Fest herzurichten. Musik schwebte in der Luft, ohne daß man die Musikanten sehen konnte. Die Pumpen knirschten und knarrten, Untermalung der heiteren Weisen und des Plätscherns der Fontänen.

Ein schwerer Wagen rumpelte durch Musik und Idylle und hielt vor dem Bassin d'Apollon. Sechs Männer sprangen heraus, sie hielten lange Stäbe in den Händen.

Der Chevalier de Lorraine stieg von seinem Pferd und ging ihnen voraus ins Zelt.

Marie-Josèphe spornte Zachi zu schnellem Lauf. Beim Zelt angekommen, ließ sie das Zeichenpult fallen, kletterte umständlich aus dem Sattel und lief hinein.

»Monsieur! Haltet ein! Im Namen Seiner Majestät!«

Lorraine, der vor Yves' provisorischem Laboratorium stand, drehte sich um. »Darf ich um den Schlüssel zu dem Käfig bitten, Mlle. de la Croix?«

»Ihr seid zu früh! Es ist erst Mittag! Der König hat versprochen ...!«

»Beruhigt Euch. Seine Majestät hat befohlen, daß das Seeungeheuer seine Gäste mit Kunststücken unterhalten soll.« Er rüttelte an den Gitterstäben. »Zeig was du kannst, Seeungeheuer!«

»Nein!«

Scherzad schnellte in die Höhe und tauchte gefährlich nah an der Marmoreinfassung wieder ins Wasser.

»Sie hat nicht genug Raum für ihre Sprünge. Aber Ihr seht selbst, es besteht keine Notwendigkeit, sie zu zwingen.« Sie stand zwischen den Männern und dem Käfig und suchte fieberhaft nach Argumenten, um sie aufzuhalten.

»Seine Majestät befiehlt, daß sie ihre Kunststücke im Grand Canal vorführt.«

Scherzad würde den Wechsel begrüßen, aber Marie-Josèphes Argwohn war nicht beschwichtigt. »Weshalb beaufsichtigt Ihr dieses Vorhaben und nicht Comte Lucien?«

»Vielleicht hat M. de Chrétien wichtigere Pflichten zu erfüllen – oder vielleicht ist er bei Seiner Majestät in Ungnade gefallen.«

»Weshalb hat der König ... Weshalb habt Ihr mich nicht unterrichtet, damit ich Scherzad erkläre, was man vorhat?« Sie deutete auf die bewaffneten Männer. »Das wäre nicht nötig gewesen.«

»Natürlich habe ich es vorgeschlagen«, antwortete Lorraine. »Als ein Geschenk an Euch – ich habe Euch nie aufgesucht, weil Ihr auf dem schnellsten Pferd des ganzen Königreichs die Flucht ergreift, sobald ich mit Euch zu sprechen versuche.«

»Aus gutem Gund!«

»Soll ich dem König melden, daß sein Seeungeheuer sich seinem Befehl widersetzt?«

»Nein«, sagte Marie-Josèphe. »Aber legt die Stangen weg. Wenn man sie nicht erschreckt, ist sie vielleicht bereit, sich ohne Gegenwehr tragen zu lassen.«

Sie schloß den Käfig auf und eilte zu Scherzad, die unruhig auf sie wartete, Fragen summte und davon sang, daß sie immer noch die Spuren des Netzes am Körper trüge, mit dem man sie gefangen und gefesselt hatte.

»Bitte vertrau mir, Scherzad«, sagte Marie-Josèphe. »Der Grand Canal ist viel größer als dieses Becken – und das Wasser viel sauberer!«

Scherzad berührte die Trage. Als sie zögernd hineinschwamm, dachte Marie-Josèphe : *Sie vertraut mir, aber woher weiß ich, daß ich M. de Lorraine trauen kann? Ist dies vielleicht eine List, um sie zu M. Boursin zu bringen?*

Doch wenn man sie töten wollte, hätte man sie speeren können wie einen Fisch oder sie erschießen, während sie im Wasser schwamm.

Marie-Josèphe hatte keine Wahl. Entweder ließ Scherzad sich freiwillig transportieren, oder die Männer würden sie schlagen und in einem Netz fangen.

Mit angstvoll klopfendem Herzen ging sie neben Scherzad her und hielt ihre Hand. Die Meerfrau sang erwartungsvoll. Falls sich herausstellte, daß Lorraine ein Verräter war, hatte sie Bewegungsfreiheit, um sich zu verteidigen. M. Boursin kam stelzbeinig den Tapis Vert hinuntergelaufen.

»Ausgezeichnet, ausgezeichnet!« rief er. »Ist es soweit? Kann ich es schlachten? Folgt mir, schnell, schnell ...«

»Nein!« schrie Marie-Josèphe auf. »Ihre Frist läuft erst um Mitternacht ab.« Zornerfüllt fuhr sie auf Lorraine los. Scherzad stieß einen durchdringenden Kampfruf aus. Ihre Krallen zerfetzten den Stoff der Trage »Ihr habt gelogen ...«

»Ich habe nicht gelogen, Contenance, Mademoiselle!« Lorraine gebot Boursin mit einer Handbewegung Einhalt. »Bleibt zurück, Monsieur.«

»Sei ganz ruhig, Scherzad, alles wird gut werden.« Die Meerfrau wurde still, nur Marie-Josèphe konnte unter ihrer Hand spüren, wie sie zitterte. Sie schalt sich selbst für ihr Mißtrauen.

Boursin ließ sich nicht vertreiben. »Ihr wollt es freilassen? Seid Ihr von Sinnen?«

»Es ist der Wunsch des Königs«, antwortete Marie-Josèphe. »Er hat versprochen, Scherzad zu schonen – Ihr müßt Euch nach einem neuen Rezept umtun!«

»Sein Majestät hat mir tausend Louisdor versprochen«, hielt M. Boursin ihr entgegen, »falls mein Festmahl großartiger ist als das von Karl dem Großen.«

»Scherzad hat ihm mehr versprochen – für ihre Freiheit.«

»Vielleicht möchte Seine Majestät ja beides haben«, sagte M. Boursin. »Den Schatz und das Fleisch.«

Die Arbeiter, erschreckt von Scherzads Toben, eilten zum Kanal und legten die zerrissene Trage am Ufer nieder. Scherzad befreite sich zappelnd, unter Knurren und Fauchen, und rutschte ungraziös ins Wasser.

»Es wird sich zuviel bewegen«, jammerte M. Boursin. »Wenn ich es dann in die Hände bekomme, ist es zäh und sehnig – wenn das Bankett nicht perfekt ist, bringe ich mich um!«

»Spring, Seeungeheuer!« rief Lorraine.

Scherzad plantschte mit den Flossenfüßen, Wasser spritzte auf Lorraines polierte Reitstiefel. Sie tauchte unter und war verschwunden.

»Ich hoffe, es verletzt sich nicht oder stößt irgendwo an. Das Fleisch muß ohne Fehl sein. Auf keinen Fall darf es blutunterlaufene Stellen haben.«

Lorraine schaute mit gerunzelten Brauen auf das Wasser. »Die Kreatur kann blutunterlaufene Stellen haben, soviele sie will, aber sie sollte nicht versuchen, aus dem Kanal zu steigen.«

»Sie kann nirgends hin«, sagte Marie-Josèphe. »Sie ist nicht fähig zu gehen, sie kann nur schwimmen.«

Sie beugte sich über den Kanal und hielt nach Scherzad Ausschau. M. Boursin spähte gleichfalls nach ihr aus, doch ein zorniger Blick von Lorraine scheuchte ihn zurück.

»Mitternacht«, sagte Boursin. »Um Mitternacht müßt Ihr zur Stelle sein, um mir die Kreatur zu übergeben.«

»Erst *nach* Mitternacht.«

»Eine Minute nach!« Boursin kletterte mit den Arbeitern auf den Wagen und fuhr davon. Marie-Josèphe blieb allein mit Lorraine zurück.

»Ist es ein Trost für Euch?« fragte Lorraine und lächelte sein charmantes Lächeln. »Seid Ihr dankbar, daß Euer Schoßtier noch ein letztes Mal so etwas wie Freiheit genießen darf?«

Marie-Josèphe entriß ihm aufgebracht ihre Hand.

»Ihr seid niederträchtig! Mein Freundin schwebt in Lebensgefahr und ihr – ihr . . .«

Er lachte, unberührt von ihrem Zorn. »Ihr solltet mich nicht herausfordern, Mademoiselle. Eines Tages bin ich vielleicht Euer einziger Verbündeter.«

Er schwang sich auf sein Pferd und entfernte sich in leichtem Galopp. Die Oberfläche des Grand Canal war glatt und still.

Scherzad war froh, der Enge entflohen zu sein. Sie genoß die Fülle sauberen, kühlen Wassers. Nicht einmal der schale Geschmack des Süßwassers störte sie nach so vielen Tagen in lauwarmer Jauche. Sie summte und pfiff, lauschte den Formen ihrer Umgebung: lange, scharfe Kanten und gleichmäßige Biegungen, keine Pflanzen bis auf wenige Algen und die geknickten Stengel von Wasserpflanzen, die sich mühten, die Oberfläche zu erreichen, bevor man sie abhackte oder ausriß. Die Kiele kleiner Boote drangen durch die Oberfläche in Scherzads Reich ein. Sie schwamm gegen die schwache, diffuse Strömung an und suchte nach dem unterirdischen Fluß.

Zachi wieherte leise.

Zelis galoppierte auf Marie-Josèphe zu, hielt in vollem Lauf an, Kies flog nach allen Seiten. Comte Lucien glitt aus dem Sattel. Wenn er in Eile war, wie jetzt, wirkte er unbeholfen. Verständlich, daß er es vorzog zu reiten, verständlich, daß er nicht tanzte, nicht am Hof des Sonnenkönigs, wo Anmut höher geschätzt wurde als manche Tugend.

»Mlle. de la Croix ...« Er zeigte ihr eine winzige silberne Kapsel. »Die Brieftauben haben Nachricht gebracht.«

»Man hat das Schatzschiff gefunden ...?«

»Die Position. Das Schiff – noch nicht.«

»Sagt Scherzad nichts davon.«

»Wie Ihr wünscht.«

Scherzads Raunen drang an ihr Ohr.

»Weshalb ist sie nicht in ihrem Käfig?«

»Der König ... Lorraine sagte, der König hätte befohlen, sie in den Grand Canal zu bringen, wo sie für seine Gäste Kunststücke vollführen soll.«

Comte Lucien schwieg. Marie-Josèphe schwieg. Er wandte sich ab und ging davon, er stützte sich schwerer als sonst auf seinen Stockdegen. Marie-Josèphe wollte ihn zurückrufen, wollte ihm versichern: Seine Majestät hatte einer Laune nachgegeben, und zufällig war Lorraine in der Nähe gewesen …

Doch es stand ihr nicht zu, derart vertraulich mit Comte Lucien zu sprechen. Sie hatte seine Bedingungen bereits zurückgewiesen.

Sie kniete am Ufer nieder und bemühte sich um Heiterkeit. Als Scherzad vor ihr auftauchte, beugte sie sich nieder, um sie auf die Stirn zu küssen.

Scherzads Haut fühlte sich merkwürdig an, kühler und rauher als sonst. Eine ihrer Krallen war abgebrochen, und eine häßliche Geschwulst verunstaltete ihre Schulter. Ihr Haar war verfilzt und stumpf, doch ihre Augen blitzten verwegen.

»Scherzad, was hast du? Was ist geschehen?«

In Scherzads Lied gelang es der Meerfrau, das eiserne Gitter zu überwinden und aus dem Kanal zu fliehen. Sie folgte einem unterirdischen Fluß und gewann das offene Meer und die Freiheit.

»Liebe Freundin, hast du geglaubt, der Grand Canal sei ein Fluß? Das ist er nicht, er wird von dem Aquädukt gespeist. Aber du darfst nicht verzagen. Man wird den Schatz finden, und der König wird sein Versprechen halten.« Marie-Josèphe betastete die entzündete Haut rings um die Geschwulst. »Wo kommt das her?«

Scherzad zuckte zusammen und fauchte, beschwerte sich über den Schmutz im Brunnen des Apoll.

»Comte Lucien …!« Marie-Josèphe hoffte, ihn aufzuhalten, bevor er fortritt. Doch er machte gar keine Anstalten dazu. Die beiden Stuten naschten von dem makellosen Grasflor neben der Allée de Reine, er hatte von Zelis die Satteltaschen und einen zusammengerollten Teppich geholt.

»Darf Scherzad etwas von Eurer Salbe haben?« fragte Marie-Josèphe. »Sie hat sich verletzt.«

Scherzads Knurren konnte nur als rigorose Ablehnung des Wundbalsams gedeutet werden.

»Sie hat mir das Leben gerettet! Nein, nicht an der Wunde lecken, du machst es nur noch schlimmer.«

»Ich habe keine mehr«, antwortete Lucien. »Ich habe einen Boten zu meinem Vater geschickt, in die Bretagne, um einen neuen Vorrat zu holen.« Er rollte den Perserteppich auf dem Rasen aus. »Meerfrau, gestattest du, daß ich mir deine Wunde ansehe?«

Scherzad schlüpfte aus Marie-Josèphes Händen und brachte einen breiten Streifen Wasser zwischen sich und den kleinen Mann, bei dem man nicht wußte, was man von ihm halten sollte.

Lucien zuckte die Schultern. »Mein Charme verfängt bei ihr nicht.«

»Sie hat Angst. Sie ist verzweifelt. Sie hat sie beeinflußt, Comte Lucien – sie hat ihnen den Gedanken eingegeben, sie hierher zu bringen; sie glaubte, von hier fliehen zu können. Wie sehr ich wünschte, es wäre ihr gelungen.«

»Ihr hättet des Königs Zorn auf Euch herabbeschworen, wenn sie tatsächlich geflohen wäre.«

»Das kümmert mich nicht.«

»Es sollte Euch kümmern.«

Lucien ließ sich vorsichtig auf dem Teppich nieder. Dann zog er die Handschuhe aus. Marie-Josèphe beobachtete das Spiel der Sehnen und Muskeln unter der Haut. Seine Fingernägel waren sorgfältig manikürt. Er nahm eine Flasche Wein und zwei silberne Pokale aus der Satteltasche.

»Mlle. de la Croix«, sagte er eindringlich, »des Königs Macht ist absolut. Nichts vermag davor zu bestehen.«

»Was könnte er tun?«

Lucien stieß einen Korkenzieher in den Kork und drehte ihn mit einer Heftigkeit hinein, die seine innere Erregung verriet. »Er könnte befehlen, daß man Euch wieder zur Ader läßt. Er könnte Euch wegen Hexerei von M. Bontemps in die Bastille werfen lassen.« Lucien zog den Kork heraus und füllte die Pokale. »Er könnte Euch der Inquisition ausliefern ...«

»Das würde er nicht ...«

»Oder er könnte befehlen, daß man Euch bis ans Lebensende hinter Klostermauern gefangenhält.«

»Bitte sagt das nicht!«

»Wie er es schon mit Liebenden getan hat.« Er reichte ihr einen Becher.

»Versucht Ihr, mir Angst einzujagen?«

»Ihr habt behauptet, die Wahrheit zu lieben. Die Wahrheit ist, man widersetzt sich Seiner Majestät nicht ungestraft. Hätte ich doch lügen sollen?«

Marie-Josèphe trank einen Schluck, aber sie war viel zu unglücklich, um den Wein zu genießen. Jeder, von dem sie geglaubt hatte, sie könne ihm trauen, hatte sie belogen, außer Comte Lucien.

»Ich könnte es nicht ertragen, wenn Ihr es tätet«, sagte sie.

»Ich habe geschworen, ich werde Euch nie in Gefahr bringen. Lügen sind gefährlich.« Er nahm Brot und Käse und Fleischpasteten und Obst aus der Satteltasche. »Aber nun genug von unangenehmen Wahrheiten. Laßt uns so tun, als wären wir einfache Menschen, sorgenlos, frei wie die Vögel. Keine Intrigen, keine Etikette, kein Hof ...«

»Kein Geld, kein Essen, kein Obdach«, ergänzte Marie-Josèphe.

»Eine weitere unangenehme Wahrheit. Sind wir also Höflinge bei einem Picknick.« Er nahm einen großen Schluck Wein und schenkte ihnen beiden nach. Dann zog er ein zusammengefaltetes Blatt Pergament heraus und reichte es ihr. Sie entfaltete es, las und schaute ihn mit glänzenden Augen an.

»Monsieur, ich kann Euch nicht sagen, wie dankbar ich bin.«

»Es war keine Mühe. Aber die Freilassungsurkunde

für Eure Schwester bedeutet nichts, wenn Euer Bruder sich weigert zu unterzeichnen.«

»Er wird sich nicht weigern.«

Als Scherzad merkte, daß ihr von der abscheulichen Salbe keine Gefahr mehr drohte, kam sie näher und stellte neugierige Fragen.

»Möchtest du von unserem Essen kosten?« Marie-Josèphe bot Scherzad ein Stück Brot an. Scherzad probierte, spuckte es aus und verkündete, es sei höchstens geeignet für Fischfutter. Käse fand sie gänzlich ungenießbar, er sei nicht einmal Fischen zuzumuten. Marie-Josèphe reichte der Meerfrau ihren Pokal.

Scherzad schnupperte. Sie zwängte Mund und Kinn in die Öffnung und trank mit zurückgelegtem Kopf, so daß ihr der Wein über Hals und Brust lief wie Blut.

»Zeigt Ihr, wie man trinkt, Mlle. de la Croix«, sagte Comte Lucien. »Dies ist ein ausgezeichneter Tropfen. Sie soll ihren Anteil haben, aber ich möchte ihn nicht vergeudet sehen.«

Beim zweiten Mal bewies Scherzad größeres Geschick, leerte den Pokal und verlangte nach mehr.

»Nein, du bist nicht daran gewöhnt«, warnte Marie-Josèphe . »Er wird dir zu Kopf steigen, wenn du nicht vorsichtig bist ... Nun gut, noch ein ganz klein wenig.« Sie und Scherzad teilten sich einen Pokal. Scherzad sang und erzählte, der Wein habe die gleiche Wirkung wie der Verzehr einer bestimmten leuchtenden Kreatur ganz, ganz tief unten im Meer.

Sie hatte die Arme auf dem Rand des Kanals verschränkt, summte und pfiff leise vor sich hin. Nach einer Weile nahm sie Marie-Josèphes Hand und drückte sie an die Wange, an die Lippen. Sie schob den Ärmel nach oben und betrachtete die Wunde in der Beuge des Ellenbogens. Der Schnitt war gut verheilt, von der Entzündung keine Spur geblieben. »Siehst du? Das hat die Salbe von Comte Lucien bewirkt.«

Scherzad schnaubte, glitt ins Wasser und schwamm davon. Das Sonnenlicht vergoldete ihren Körper.

Selbst ein wenig angeheitert, legte Marie-Josèphe sich zurück und stützte sich auf die angewinkelten Arme.

Das Zelt über dem Bassin d'Apollon stand offen, die Planen waren aufgerollt, so daß der leichte Wind hindurchwehte. In der Gitterumzäunung von Scherzads ehemaligem Gefängnis fuhren Apollo und sein Streitwagen der Sonne entgegen. Marie-Josèphe runzelte die Stirn.

»Weshalb die finstere Miene?« fragte Come Lucien mit sanftem Tadel. »Ich wollte Euch für kurze Zeit wenigstens all Eure Sorgen vergessen lassen.«

»Apollo fährt in die falsche Richtung.« Sie zeichnete mit dem Finger eine Bahn an den Himmel, von Osten nach Westen. »Er sollte der Sonne folgen, nicht ihr entgegeneilen.«

»Er wendet sich dem König zu«, erklärte Lucien.

»Die Welt gehorcht Gesetzen, die nichts mit Königen zu tun haben.« Marie-Josèphe nahm einen Apfel und ließ ihn auf den Teppich fallen, hob ihn auf, ließ ihn wieder fallen.«Den Gesetzen der Bewegung, den Gesetzen der Optik, den Gesetzen der Planeten. Schwerkraft, zum Beispiel. M. Newton hat ihr Vorhandensein bewiesen. Der König könnte diesem Apfel befehlen: ›Trotze den Naturgesetzen, falle nicht zu Boden!‹, dennoch würde er fallen.«

Comte Lucien betrachtete sie mit versonnener Faszination. »Ich erforsche die Beschaffenheit der Schwerkraft«, verkündete sie erhaben. »Genau wie M. Newton.« Sie biß knirschend in den saftigen Apfel.

»Wenn er es bereits getan hat«, meinte Comte Lucien, »warum überlaßt Ihr nicht ihm diese gefährliche Wissenschaft?«

Marie-Josèphe beugte sich lebhaft vor. »M. Newton hat herausgefunden, wie die Schwerkraft wirkt, doch er selbst gibt zu, daß er nichts über ihre Natur weiß. Es müßte ungeheuer spannend sein, ihr Geheimnis zu erforschen. Ist es eine Kraft? Ist es die Hand Gottes?« Sie breitete weit die Arme aus. »M. Newton gewann seine Erkenntnisse durch die Beobachtung der Planeten – der größten Dinge, die wir kennen. Vielleicht sollte man die kleinsten studieren!« Sie hielt die Hände dicht zusammen. »Etwas bewirkt diese Anziehung. Wenn Entfernung sie vermindert, ob Nähe sie verstärkt? Vielleicht kann man sie sehen. Mit Mynheer van Leeuwenhoeks Mikroskop ...«

»Wenn man sie sehen kann«, gab Comte Lucien zu bedenken, »weshalb hat Mynheer van Leeuwenhoek sie nicht entdeckt?«

»Weil er nicht danach gesucht hat.« Plötzlich befangen – sie hatte bisher noch niemandem ihren wissenschaftlichen Ehrgeiz gestanden –, kehrte sie die Handflächen nach unten, wie um etwas Nichtiges fallenzulassen. »Achtet nicht auf ...«

»Habt Ihr kein Vertrauen zu meinen philosophischen Neigungen, Mademoiselle?« fragte Comte Lucien milde. »Bin ich nicht fähig, Eure Theorien zu begreifen?«

»Ich verstehe sie selbst noch nicht, Monsieur.« Marie-Josèphe schaute beschämt zur Seite. »Sie erfordern Zeit und Arbeit. Ich habe zu wenig von dem einen und von dem anderen zuviel.«

Um nicht weiter über ihre absurden Träume sprechen zu müssen, stand sie auf und holte ihr Zeichenpult, das sie in ihrer Hast, den Chevalier de Lorraine zur Rede zu stellen, vor dem Zelt hatte fallenlassen. Sie suchte in dem mißhandelten Bündel ihrer Partitur nach einem leeren Stück Papier. Die angerissenen Blätter fielen auf den Teppich. Marie-Josèphe sammelte sie auf.

»Was ist das?« fragte Comte Lucien.

»Die von Seiner Majestät gewünschte Kantate. Meine verunglückte Komposition.«

»Ihr seid nicht zufrieden damit?«

»Ich glaubte, dank Scherzad wäre es mir gelungen, etwas wirklich Außergewöhnliches zu schaffen«, antwortete sie. »Nun weiß ich nicht mehr, was ich denken soll.« Sie hielt ihm eine Seite der Partitur hin. »Seht selbst.«

Er winkte ab. »Ich habe nicht die Gabe, geschriebene Noten in Gedanken in Musik umzusetzen.«

»M. Coupillet hat mir vorgeworfen, ich sei eine Dilettantin, eine Frau, das Stück sei zu lang ... Mit letzterem hat er recht.«

»Warum ist es deshalb verunglückt?«

Die Melodie raunte in ihrem Kopf, verschmolz mit dem Gesang Scherzads in der Ferne.

»Er hat kaum einen Blick darauf geworfen«, brach es aus ihr heraus. »Er sagte, er würde sie nicht dirigieren, er sagte, Frauen wären unfähig zu ...und er stellte Ansinnen, die ...und ich wies ihn zurück und ...«

»Seine Majestät hat Euer musikalisches Talent gelobt.«

»Aber ist Seine Majestät anders als die anderen?« rief Marie-Josèphe. »Liegt ihm an der Musik oder an meiner – meiner besonderen Dankbarkeit?«

»Ihr habt viele Gründe, ihm dankbar zu sein ...«

Marie-Josèphe schluckte ihren Protest hinunter, eine leidenschaftliche Verneinung.

»... doch hat er je einen Dank dieser *besonderen* Art verlangt?«

»Er ist mir nie anders als mit vollendeter Courtoisie begegnet.« Marie-Josèphe schämte sich. »Was ich gesagt habe, war seiner unwürdig.«

»Selbst seine Kritiker ...«

»Kritiker? Seiner Majestät? In Frankreich?«

Lucien verstummte überrascht, dann lachte er verhalten. »Sagen wir so: Es besteht kein Zweifel daran, daß Seine Majestät ein ausgezeichnetes musikalisches Urteilsvermögen besitzt. Wenn Euer Stück zu lang ist, kürzt es. Bittet den jungen Meister Scarlatti um Unterstützung, der in seinem zarten Alter noch keine Hintergedanken bezüglich dieses Dankes der besonderen Art hegen dürfte.«

»Ihr unterschätzt Meister Démonico. Ich habe ihm die Partitur gezeigt. Sie gefiel ihm. Wenn er sie spielt, klingt es – aber bei ihm klingen Etüden wie Himmelsmusik.« Marie-Josèphe schrieb eine Nachricht an Domenico und gab sie einem Bedienten, um sie zu überbringen. Dann stauchte sie die Partitur zu einem Paket, das sie zurück in den Pultkasten legte. »Vielen Dank für den guten Rat, Comte Lucien. Ich bin froh, daß Ihr ihn nicht allein dem König vorbehaltet.«

»Ihr könnt mir Eure Dankbarkeit beweisen ...«

Marie-Josèphe blickte ihn scharf an.

»... indem Ihr mir das Stück vorspielt.«

»Meister Domenicos Talent ...«

»... ist außergewöhnlich. Ich gebe es zu. Dennoch möchte ich die Musik lieber von Euren Händen hören.«

»Das Stück ist *sehr* lang.«

»Um so besser.«

Er schenkte ein letztes Mal ein und schaute über den Grand Canal. Sie saßen in freundschaftlichem Schweigen beisammen und beendeten ihr Picknick.

Marie-Josèphe nahm ab und zu einen Schluck Wein und knabberte an einer letzten Pastete. Der Lakai kehrte außer Atem von seinem Botengang zurück und brachte eine Antwort auf ihr Billett: ein tapferer Versuch Domenicos, die höfische Sprache zu meistern, abgefaßt in seiner kindlichen Handschrift: »Die Signorina Maria möge unbesorgt sein. Gern werde ich ihre Komposition spielen, denn alles, was der Verherrlichung Seiner Majestät dient, ist wunderbar aufregend, und wenn ich dazu der Signorina Maria gefällig sein kann, so weiß ich mir nichts Besseres zu wünschen.«

Marie-Josèphe zeigte Comte Lucien das Briefchen, faltete es zusammen und schob es in ihr Mieder, belustigt, aber auch dankbar für Domenicos Zusicherung, ihr zu helfen.

Die Sonne stand hoch am Himmel.

»Ich muß gehen«, sagte Comte Lucien. »Ich muß mich auf das Karussell vorbereiten.«

»Und ich werde von Mademoiselle erwartet.« Marie-Josèphe griff nach einem Kohlestift. »Aber haltet bitte einen Moment still. Ich möchte Eure Hände zeichnen.«

»Sie sind kaum das Beste an mir«, sagte er. »Wenigstens könnte ich zierliche Hände und Füße haben.«

»Eure Hände sind wunderschön.« Sie begann zu zeichnen, aber seine Ringe störten. Erstaunt über ihre eigene Kühnheit – *ich muß trunkener sein, als ich dachte* – nahm sie seine Hand und zog einen der Ringe ab. Die Wärme seiner Finger drang prickelnd in ihre Blut. Ihr wurde heiß, als hätte er ihr Gesicht gestreichelt, ihre Brüste.

Er ließ sie gewähren, bis sie den goldgefaßten Saphir berührte, den er ständig trug.

»Ich nehme ihn niemals ab« sagte er. »Seine Majestät gab ihn mir, als ich seinerzeit an den Hof zurückkehrte.«

»Nun gut.« Marie-Josèphe kapitulierte trotz ihrer Enttäuschung, denn was war schon ihr törichter Wunsch gegen einen Beweis königlicher Huld? Sie steckte auch die anderen Ringe wieder an seine Finger und schloß den Pultdeckel über der Partitur und über der unvollendeten Skizze von Comte Luciens Händen.

Kapitel 25

Eine lange Reihe offener Equipagen rollte zum östlichen Ende des Grand Canal. Der König und Seine Heiligkeit fuhren in einer vergoldeten Prachtkarosse, an deren Seiten und Radspeichen Diamanten funkelten. Sie bildete den strahlenden Mittelpunkt. Die Mitglieder der königlichen Familie und die zu Besuch weilenden Monarchen fuhren auf die Ehrenplätze rechts und links, die Hofleute gruppierten sich in der zweiten Reihe. Lakaien eilten zwischen den prunkvollen Gefährten umher, boten Wein an und Pasteten, Obst und Käse.

Marie-Josèphe saß in Monsieurs Kutsche, eingezwängt zwischen Madame und Mademoiselle, gegenüber von Monsieur und dem Chevalier de Lorraine. Sie wünschte sich sehnlich, im Sattel von Zelis zu sitzen, ihrem guten Geist. Dann hätte sie davongaloppieren können zum Taubenschlag, um dort auf Nachricht von der Galeone zu warten.

In der Kutsche nebenan rekelte sich Chartres und wechselte, trotz der Anwesenheit seiner Gemahlin Madame Luzifer, vieldeutige Blicke mit den jungen Damen des Hofes. Mlle. d'Armagnac und ihre Pfauenfedern beachtete er nicht, also hatte er vermutlich eine andere Mätresse gefunden. Marie-Josèphes Kühle nahm er ebensowenig zur Kenntnis wie Mlle. d'Armagnacs elegische Seufzer. Ihm war nicht aufgefallen – oder falls doch, äußerte er sich nicht dazu –, daß Marie-Josèphe ihre Besuche in seinem Observatorium eingestellt hatte. Sie schaute nicht mehr durch sein Zwei-Linsen-Mikroskop und borgte nicht mehr seinen wunderbaren Rechenschieber aus.

Lorraine hingegen fühlte sich von der abweisenden Art, mit der Marie-Josèphe ihm begegnete, herausgefordert. Mit jedem Schaukeln der Kutsche schoben sich seine Füße dichter an ihre heran, bis die Sohlen ihrer Schuhe gegen den Unterbau der Sitzbank stießen. Er rieb mit dem Zeh über ihren Knöchel. Gleichzeitig flüsterte er mit Monsieur und schob unauffällig die Hand unter den Schoß von dessen goldbesticktem Rock, um seinen Schenkel zu streicheln.

Madame hob den Blick von ihrem neuen Diamantarmband.

»Eure Füße sind zu groß, M. de Chevalier«, rügte sie. »Seid so gut und laßt uns ein wenig Raum.« Zu diesen Worten schlug sie ihm kräftig mit dem Fächer aufs Knie. Die aufwallende Liebe zu Madame ließ Marie-Josèphe die Tränen in die Augen schießen, die sie zu unterdrücken versuchte. Sie biß sich auf die Lippen, um nicht zu weinen.

»Madame, Ihr beleidigt mich – meine Füße sind berühmt für ihre zierliche Form.« Lorraine ließ von Marie-Josèphes Knöchel ab. »Vielleicht verwechselt ihr meine Füße mit einem anderen Teil meines Körpers.«

»Das könnte sein«, entgegnete Madame grob. »Mit Eurer Zunge wahrscheinlich.«

Monsieur warf seiner Gemahlin einen halb belustigten, halb ungläubigen Blick zu. Lorraine war ausnahmsweise sprachlos. Lotte bebte vor unterdrücktem Lachen, das sie mit gleicher Mühe zurückhalten mußte wie Marie-Josèphe ihre Tränen. Marie-Josèphe errötete, als ihr plötzlich eine Ahnung kam, weshalb Lotte so lachen mußte und weshalb sie es nicht laut tun durfte. Madame, die mit ernster Miene vorgab, sich keiner Doppeldeutigkeit ihrer Bemerkung bewußt zu sein, wäre nicht erfreut gewesen zu erfahren, daß Lotte sie verstand.

»Seht Euch die Engländerin an!« sagte Lotte. Sie zeigte auf die Kutsche mit James und Mary neben der des Königs. »Sie ist eine Diebin, diese Person! Könnt Ihr Eurer Haleed nicht sagen, daß sie ein paar Minuten ihrer Zeit mir opfert?«

»Wenn die gute Königin versucht aufzustehen«, bemerkte Madame trocken, »wird sie vornüberfallen.«

Maria von Modena schmückte sich mit einem Kopfputz von unglaublicher Höhe und Raffinesse. Bänder und Spitzen wallten auf ihren Rücken und flatterten von einem mehr als armhohen Drahtgestell. In einer geschlossenen Kutsche hätte sie damit keinen Platz gehabt.

»Mlle. Haleed sucht sich ihre Arbeitgeber selbst aus«, sagte Marie-Josèphe entschuldigend zu Lotte. Ihr Bruder mochte sich weigern, die Dokumente zu unterzeichnen, doch für Marie-Josèphe war ihre Schwester frei, moralisch, wenn auch nicht nach dem Gesetz.

»Die Engländerin«, sagte Lotte, »hat eine offene Hand ...«

»Sie verschwendet das Geld Seiner Majestät!« sagte Madame.

Haleed fuhr in der Kutsche der Königin und trug ihr das Taschentuch. Marie-Josèphe sah es mit Staunen, ihre Gefühle schwankten zwischen Freude über den Erfolg ihrer Schwester und Angst wegen der Gefahr.

Der Lakai stellte den Tritt an. Marie-Josèphe stieg aus der Kutsche und lief zum Ufer des Kanals.

»Scherzad!« rief sie. Sie sang zu der Meerfrau hin. Lange Minuten fürchtete sie, Scherzad würde nicht kommen. Doch dann spritzte ein klatschender Flossenschlag Wasser auf ihre Füße.

»Scherzad, der König bittet dich, ihm und seinen Gästen deine Kunststücke vorzuführen.«

Scherzad schwamm davon und drehte sich wie eine Spindel durch das Wasser, umwölkt von den langen, dunklen Haarsträhnen. Zweihundert Schritte vor dem Ende des Kanals warf sie sich herum und schoß mit unglaublicher Geschwindigkeit auf die Karosse des Königs zu. Vor ihm schnellte sie aus dem Wasser und fiel mit einem lauten Klatschen wieder zurück. Die überraschten Gäste jauchzten und applaudierten. Marie-Josèphe entdeckte Comte Lucien, im Sattel von Zelis hielt er neben der Kutsche des Königs. Sie schaute zu ihm hin, hoffte auf ein Nicken, das ihr sagte, die Galeone hätte den Schatz gefunden. Er erwiderte ihren Blick und schüttelte leicht den Kopf. Scherzad vollführte einen zweiten Sprung, diesmal mit einer Drehung. Die Strahlen der Abendsonne glänzten auf ihrer dunklen Haut.

»Noch einmal!« rief Seine Majestät.

Scherzad schoß kerzengerade in die Höhe und schlug einen Salto vor dem Hintergrund der sinkenden roten Sonne und den purpurnen, gelben und orange Wolken. Ohne Spritzer oder Wellenschlag tauchte sie fast lautlos wieder ins Wasser. Die Spiegelung der Sonne auf der glatten Oberfläche verwandelte den Grand Canal in eine Straße aus Gold.

»Und noch einmal!«

Doch statt zu springen, schwamm Scherzad zum Ufer, schob sich in die Höhe und stützte die Ellenbogen auf die steinerne Einfassung.

Sie sang für den König, erfüllte den Raum zwischen ihnen mit dem Bilderreigen ihrer Geschichte, der Inbrunst ihres Flehens. .

Soll ich übersetzen? fragte sich Marie-Josèphe, während sie mit geschlossenen Augen lauschte. *Sollte ich Seiner Majestät von Scherzads Familie erzählen, der Schönheit und Freiheit des Meeres, den Abenteuern, dem Kummer um ihren toten Liebsten?*

Scherzads Lied mußte auch ohne Worte an jedes Herz rühren.

Marie-Josèphe öffnete die Augen. Der König trommelte ungeduldig mit den Fingern.

»Befehlt ihr, daß sie Uns ihre Kunststücke zeigt, Mlle. de la Croix.«

»Das kann ich nicht, Euer Majestät. Ich kann sie nur bitten.«

»Spring, Seeungeheuer! Dein König will es!«

Scherzad schnaubte prustend, sank ins Wasser zurück und verschwand.

Marie-Josèphe lief zu der goldenen Karosse und warf sich daneben auf die Knie. Sie streckte die Hände in den offenen Wagen und legte sie auf des Königs Schuh.

»Sie beschwört Euch, ihr die Freiheit zu schenken, Sire. *Ich* beschwöre Euch. Bitte. *Bitte.*«

»Der Schatz wird ihr Lösegeld sein. Sie selbst hat dieses Abkommen vorgeschlagen.«

»Eine Verlängerung der Frist ...«

Ludwig befreite seinen Fuß.

»Darf ich mich entfernen, Euer Majestät?«

»Keinesfalls. Wir erwarten, Euch beim Karussell zu sehen.« Er schlug mit der flachen Hand gegen die Seitenwand der Kutsche. »Weiterfahren.«

Yves verhärtete sein Herz gegen das Flehen der Meerfrau und die Beschwörungen seiner Schwester. Um Mitternacht war Scherzads Schicksal besiegelt. Er konnte die Kreatur nicht retten, nicht seine Schwester vor Herzeleid bewahren oder vor den Folgen ihres törichten Starrsinns. Er konnte nur sich selbst helfen.

Ich kann den König erfreuen, dachte er, *und der König wird mir befehlen, meine Arbeit fortzusetzen. Ich kann den König verärgern und er wird seine Hand von mir abziehen, und ich verbringe die nächsten Jahre, die nächsten zehn Jahre, den Rest meines Lebens in einer Klosterzelle mit der Lektüre von Aufsätzen über Moral.*

Falls er je daran gezweifelt hatte, wußte er nun mit vollkommener Sicherheit, daß Ludwig der Sonnenkönig, Seine Allerchristlichste Majestät, größere irdische Macht besaß als jedweder andere Mensch, größere irdische Macht als selbst der Pontifex von Rom. Mochte seine Autorität durch Krieg und Teuerung gemindert worden sein, mochten weder dieses Karussell noch das Seeungeheuer ihm seine verlorene Jugend wiedergeben können – Ludwig XIV. im Niedergang überragte noch jedes anderen Monarchen Zenit.

Yves dachte: *Wenn ich dem König zu ewigem Leben verhelfen könnte – oder wenn er glaubte, daß ich ihm zu ewigem Leben verholfen habe ...*

Die Kutschen fuhren auf den Cour de Ministres und hielten vor dem Gitter zum Cour Royal.

Der Marmorhof war als Bühne für eine Theatervorstellung hergerichtet. Die Kulissenmaschine bewegte im Hintergrund der Bühne blaue und goldene Wellen hin und her, am Bühnenhimmel hingen bauchige Wolken. Tausende von Kerzen verwandelten die Abenddämmerung in hellen Tag. Hellblaue Tuchbahnen verdeckten Türen und Fenster der Schloßfassade. M. de la Lande dirigierte eine beschwingte Suite.

»Wo ist M. Coupillet?« erkundigte Marie-Josèphe sich mit gedämpfter Stimme.

»Habt Ihr nichts davon gehört?« fragte Lotte. »Ein Skandal! Seine Majestät hat ihn entlassen.«

»Aber er war nicht ... Er hat nicht ...« Schuldbewußt dachte Marie-Josèphe: *Auch wenn er mich gekränkt hat, ich wollte nicht, daß man ihn demütigt, daß man ihn vom Hof verbannt. Ich hätte Comte Lucien nicht sagen dürfen ...*

»Er hat M. Desmerest gedrängt, große Motetten zu komponieren, und sie dann als sein eigenes Werk ausgegeben! Der König mußte diese Niedertracht ahnden.«

Marie-Josèphe s Schuldbewußtsein schlug in Verlegenheit um. *Wie dumm von dir,* dachte sie, *zu glauben, es könnte für den Betreffenden eine Strafe nach sich ziehen, wenn man dich beleidigt.*

Der Suite folgte eine Passage in Moll als Überleitung zu der neuen Kantate, mit der der junge Meister

Domenico Scarlatti auf dem Cembalo das Ballett begleitete.

Marie-Josèphe hielt den Atem an.

Domenicos Spiel ließ Scherzads Musik Gerechtigkeit widerfahren. *Démonico ist wundervoll,* dachte sie. Er spielte aus dem Gedächtnis, die Partitur lag in ihrem Zeichenpult.

Sie schloß die Augen. Der düstere Schatten der Inquisition fiel auf das Meervolk.

Ein Aufstöhnen im Publikum. Lotte neben ihr schauderte wohlig. Marie-Josèphe öffnete die Augen.

Ein grausiges Ungeheuer sprang aus den rollenden Wogen, tanzte in grotesken Sprüngen und Pirouetten über die Bühne. Es ähnelte Scherzad, einer schaurig entstellten Scherzad mit spitzen Reißzähnen und langen Ohren, gedrehten Ziegenhörnern, blutigen Lippen und großen roten Augen. Gemalte Seeungeheuer tummelten sich in den Wellen, während der Tänzer über die Bühne wirbelte.

Ein goldener Streitwagen sank aus den Wolken herab. Hörnerblasende Tritonen erschienen. Die Rosse Apolls, mechanische Figuren, schritten über die Bühne, tänzelten auf der Stelle, als der Sonnengott hinabstieg und versanken zwischen den Wellen.

Das Cembalo sang in strahlender, siegreicher Freude – das Motiv von Scherzads Freiheit.

Apoll, auf der Brust eine goldene Sonne in einem diamantenen Strahlenkranz, trat dem Seeungeheuer entgegen. Das kurze Schwert war nur eine unzulängliche Verteidigung gegen die scharfen Krallen der Kreatur, die wie Messerklingen den kleinen, runden Schild des Gottes furchten. Doch im Lauf des getanzten Zweikampfs mußte das Seeungeheuer sich nach und nach der Macht Apolls beugen, es warf sich vor ihm zu Boden, umfaßte seine Knie, fügte sich willig dem Halsband und der Kette.

Das ist nicht, was Scherzad gesungen hat! schrie Marie-Josèphe innerlich auf. Trotz des Balletts fühlte sie sich von Scherzads Lied, das Scherzads Geschichte erzählte, zutiefst bewegt. Die Musik war da für jeden, der sich die Mühe machte, sie zu sehen. Apoll führte das Seeungeheuer über die Bühne. Im Schatten neben dem Cembalo erhob sich ein Tenor und ließ in Harmonie mit Domenicos unvergleichlichem Spiel die Stimme ertönen:

Apollo, Gott der Sonne,
Bringer der Morgenröte,
Deine Macht bezwingt den Ozean,
Deine Pracht vergoldet die Wogen,
Die Geschöpfe des Meeres
Unterwerfen sich deiner Glorie!

Die Musik verklang. Der Tenor und Apoll und Domenico verbeugten sich vor dem König, während das Seeungeheuer sich in Demutshaltung auf der Bühne niederwarf. Ludwig dankte nickend und lächelnd für die Verherrlichung seines Triumphs. Ringsum wurde applaudiert, von Adel, Kardinälen und Bischöfen. Er nahm den Beifall als ihm gebührend hin.

»Was für eine wundervolle Aufführung!« rief Madame aus. »Die herrliche Musik! Von Signor Scarlatti komponiert?«

»Sie ist von Scherzad, Madame«, sagte Marie-Josèphe.

»Dem Seeungeheuer!« Madame lachte. »Ihr selbst habt sie geschrieben – wie begabt Ihr seid!«

»Marie-Josèphe, ma chère, Ihr müßt nicht weinen«, flüsterte Lotte.

Comte Lucien lenkte Zelis zu Kardinal Ottobonis Kalesche und überbrachte Yves die Nachricht, daß der König ihn zu sprechen wünschte.

Yves verneigte sich vor Ludwig und küßte den Ring des Papstes.

»Wir sind über Euren Erfolg erfreut, M. le Père.«

»Euer Majestät, ich ...«.

Yves schaute zu Marie-Josèphe, aber sie konnte unmöglich verstehen, was er gleich sagen wollte. Vielleicht würde sie ihm seine Entscheidung nie verzeihen.

»Euer Majestät, Euer Heiligkeit«, sagte er mit einer fast zum Flüstern gedämpften Stimme, »ich habe – ich habe den ungewöhnlichen Lungenlobus des Seeungeheuers untersucht. Er besitzt die Eigenschaften, die – die Ihr erhofft habt.«

Der König vernahm die Kunde mit der Unbewegtheit, die ihm in den fünfzig Jahren seiner Herrschaft zur zweiten Natur geworden war. Innozenz hingegen konnte seine Bestürzung nicht verbergen. Er wandte sich an Ludwig.

»Vetter, bedenket: Wenn dies der Wahrheit entspricht, was erwartet Gott von uns? Die Kirche muß das Geschöpf untersuchen. Ich muß es haben.«

»Wir werden sehen.« Der König streckte die Hand aus: »M. de Chrétien, bitte.«

Yves schaute auf und in die klaren Augen von Comte Lucien. Der Comte musterte ihn mit abgrundtiefer Verachtung. Er hatte verstanden, was Yves gesagt hatte, und wußte, es war eine Lüge.

Yves wandte den Blick ab. Comte Lucien konnte ihm nichts anhaben. Er wußte von Naturphilosophie so wenig wie die anderen Höflinge. Er konnte nicht beweisen, daß Yves die Unwahrheit gesagt hatte.

Chrétien reichte dem König einen flachen, quadratischen Kasten aus exotischem Holz, der Deckel war mit Perlmutt eingelegt. Ludwig öffnete ihn. Eine goldene Münze auf schwarzem Samt trug das Konterfei des Königs hoch zu Roß in der Rüstung eines römischen Offiziers, sein Haar flog im Wind. Er hob sie heraus. Die Medaille drehte sich an der schweren goldenen Kette und zeigte auf der Rückseite ein nach Marie-Josèphes

Vorlage graviertes Bild: Scherzad, die sich übermütig in den Wellen tummelte.

Dann kam Yves zu Bewußtsein, was er getan hatte. Seine Beine knickten ein, er taumelte und suchte Halt an der Kutsche. Er bemühte sich, den Kopf zu heben, doch sein Nacken hatte keine Kraft. Schweratmend starrte er auf den Boden, auf die diamantblitzenden Räder und dachte: *Ich könnte mich darunterwerfen. Keine bessere Art, meine Feigheit und Arglist zu sühnen, als daß ich mich selbst zu ewiger Verdammnis verurteile! Dann muß ich nie Marie-Josèphe in die Augen sehen, wenn sie begreift, was ich getan habe, muß nie den Todesschrei der Meerfrau hören, muß nicht Zeuge sein der Enttäuschung des Königs, wenn er stirbt ...*

Ludwig hängte die Medaille um seinen Hals. Das Publikum raunte zustimmend. Yves hob den Kopf, Tränen liefen kalt über sein Gesicht. Der König lächelte.

»Ihr beweist eine angenehme und maßvolle Empfindsamkeit. Steigt ein. Fahrt mit Uns.«

Yves stieg in die goldene Karosse. Er fühlte sich so schwach und benommen wie von einem tropischen Fieber befallen. Mit dem Ärmel wischte er sich die Tränen ab und kämpfte gegen die Versuchung an, sich dem König zu Füßen zu werfen, seine Lüge zu gestehen und damit sich und die Meerfrau zu verderben.

Die Equipagen fuhren einen Bogen, rumpelten durch das Tor und brachten ihre Passagiere auf den Place d'Armes. Eine mehrstufige Tribüne umgab den Exerzierplatz. Kissen aus Samt sorgten für Bequemlichkeit auf den mit Blattgold überzogenen Holzbänken, üppige Blumenkaskaden schmückten jeden Winkel. Lavendel, auf die Stufen gestreut, erfüllte die Luft mit Wohlgeruch. Bediente standen bereit, um die Gäste Seiner Majestät zu ihren Plätzen zu geleiten, ihnen einen leichten Imbiß anzubieten und jedem einen silbernen Becher zum Andenken an dieses Karussell zu überreichen. Gaukler und Troubadoure spazierten herum, unterhielten das Publikum mit

Possen und Kunststücken, musizierten und sangen. Kardinal Ottoboni und die übrigen Mitglieder der päpstlichen Delegation führten Innozenz zu seinem Ehrenplatz. Ein Lakai öffnete den Schlag der Kutsche des Königs.

»Begebt Euch zu Eurem Platz in der königlichen Loge«, sagte Ludwig. »Und jubelt für Unsere Equipe.«

»Selbstverständlich, Sire.« Yves stieg aus.

»Wir sind stolz auf Euch. Stolz auf Euch als Unseren Sohn.«

Verblüfft drehte Yves sich um. »Euer Majestät?«

»Eure Mutter würde Uns verzeihen, daß Wir es Euch heute sagen. Solange Ihr Gemahl lebte, wollte sie nicht dulden, daß Wir Euch als Unseren leiblichen Sohn anerkennen.«

Seine Karosse rollte davon. Die königlichen Prinzen und Günstlinge galoppierten hinterher, um sich für den Wettstreit auszustaffieren.

Der Sohn des Königs? Wie konnte das möglich sein?

Betäubt folgte Yves dem Bedienten zur Tribüne.

Es erklärt vieles, dachte er. *Das Exil unserer Familie auf Martinique. Das Wohlwollen des Königs. Mein Aufstieg bei Hofe ...*

Der Lakai führte ihn zur königlichen Loge. Yves sank auf die Bank nieder, hin- und hergerissen zwischen Euphorie, Betroffenheit und Schuldgefühl.

»Père de la Croix«, schnurrte Mme. Luzifer. »Wie liebenswürdig von Euch, uns Gesellschaft zu leisten, wenn alle anderen Kavaliere fortlaufen und uns an ihren Spielen nicht teilnehmen lassen.«

Sie ließ die Hand über sein Knie gleiten, beiläufig, wie um sich abzustützen, während sie sich vorbeugte, um das Medaillon zu betrachten. Madame und Mademoiselle saßen nur wenige Plätze entfernt, Marie-Josèphe als ihre Hofdame bei ihnen. Yves konnte ihr nicht in die Augen sehen.

Ich kann es nicht ertragen, dachte er.

Doch es gab kein Entkommen. Mme. Luzifer und Mlle. d'Armagnac rückten von beiden Seiten dichter an ihn heran, bedrängten ihn mit ihren Berührungen, ihren Stimmen, ihrem Parfum.

»Seid Ihr hier, um eine Sünderin aus mir zu machen?« flüsterte Mme. Luzifer, seine Halbschwester.

Während Lucien eilig sein Kostüm anlegte und Zelis' geschmücktes Zaumzeug musterte, lief Jacques zum Taubenschlag und kam betrübt wieder.

»Keine Nachricht, Monsieur.«

Lucien nickte. Er hatte gehofft, es könnten Neuigkeiten von der Galeere eingetroffen sein, aber nicht damit gerechnet. Eilig begab er sich zum Stallhof. In einem Pavillon aus Seide wurde der König für das Karussell angekleidet.

»M. de Chrétien, Euer Kostüm findet Unseren Beifall.«

»Vielen Dank, Sire.«

Traditionell trugen die Römer beim Karussell rot mit weißem Besatz, Rubine und Diamanten. Lucien mochte kein leuchtendes Rot, es schmeichelte weder seinem hellen Teint noch seinen grauen Augen. Seine bevorzugten Farben waren Kastanienbraun, Blau oder Gold; es nahm sogar blaues Seidenband zum Befestigen seiner Baudruches.

Für das Karussell leistete er sich die Eigenmächtigkeit einer goldenen Tunika unter dem Harnisch aus rotem Leder, auch wenn er wußte, daß er sich auf Befehl des Königs womöglich noch in letzter Minute würde umkleiden müssen.

»Sire, ich möchte jetzt die Bitte aussprechen, die zu erfüllen Ihr mir in Eurer Güte versprochen habt.«

»Jetzt auf der Stelle, M. de Chrétien?«

»Morgen wäre es zu spät, Sire.«

Der Tonfall des Königs verriet Vorsicht. »Sofern es in meiner Macht steht.«

»Ich bitte um das Leben der Meer ...«

»Sprecht nicht weiter!« rief der König aus. Ruhiger fügte er hinzu: »Verlangt nicht das Unmögliche von Uns.«

»Ihr habt gelegentlich Unmögliches von mir verlangt.«

»Und macht Uns auch keine Vorwürfe. Liegt Euch nicht an Unserem Leben, Chrétien?«

»Es ist mir teurer als mein eigenes, Sire. Wie Ihr wißt.«

»Mlle. de la Croix verführt Euch zu solcher Torheit. Sprechende Ungeheuer, verborgene Schätze! Wir hätten nie geglaubt, Euch – Euch! – von einer Frau betört zu sehen. Ihr hättet sie nehmen sollen und ...«

»Es ist nicht meine Gepflogenheit, Frauen zu *nehmen*, Sire!«

»Ihr habt viel zu viel Skrupel. Man könnte Euch für einen Christen halten.«

Lucien verschluckte die Erwiderung, die ihm auf der Zunge lag. Er durfte den König nicht gegen sich aufbringen.

»Euer Majestät, die Argumente von Mlle. de la Croix zeugen von gesundem Menschenverstand, und im Gegensatz zu ihrem Bruder hat sie nichts zu gewinnen.«

»Ihr wollt Uns glauben machen, daß Unser eigen Fleisch und Blut Uns hintergeht?«

»Wäre es das erste Mal, Sire?«

Falls Ludwig erwartet hatte, Lucien mit der Wahrheit über die Abstammung des jungen Jesuiten aus der Fassung bringen zu können, wurde er enttäuscht. Der König mußte sich bewußt sein, daß dieses Geheimnis keins war, außer natürlich für die Geschwister de la Croix.

Ludwig schien aufbrausen zu wollen, brach unvermittelt in Gelächter aus, verstummte und besann sich auf seine Würde.

»Wir wissen Euren Freimut zu schätzen, Chrétien.«

»Euer Majestät, ich behaupte nicht, Yves de la Croix sei ein Lügner. Ich behaupte nur, er habe guten Grund, sich etwas vorzumachen.«

»Und Marie-Josèphe de la Croix hat keinen solchen Grund?«

»Welchen denn? Der Bruder gewinnt Eure Gunst. Die Schwester fordert Euren Zorn heraus.«

»Wir können auf das Seeungeheuer nicht verzichten«, erklärte Ludwig. »Wir wollen nicht darauf verzichten. Bittet nicht um das Leben der Kreatur. Es würde Uns schmerzen, Euch Unsere Huld entziehen zu müssen.«

Lucien verneigte sich. *Ich habe mein Bestes versucht,* dachte er. *Mehr kann ich nicht tun.*

Er hatte nicht damit gerechnet, Erfolg zu haben, und obwohl er es nicht liebte zu scheitern, wunderte er sich, daß er keine Enttäuschung verspürte.

Er war ärgerlich.

Marie-Josèphe trank Wein aus ihrem silbernen Becher. Sobald der Lakai nachgeschenkt hatte, leerte sie ihn erneut.

Noch vor einer Woche, dachte sie, *hätte das Geschenk eines silbernen Bechers von meinem König mich über alle Maßen erfreut. Vor nur einer Woche!* Sie bedeutete dem Bedienten »Genug« und stellte den Becher auf den Boden. Ein paar Schlucke Wein waren hilfreich, zuviel jedoch behinderte Denken und Handeln.

Ein Tusch und anhaltende Trommelwirbel verkündeten den Beginn des Karussells. Die Gaukler und Spielleute verließen den Exerzierplatz. Hunderte Fackeln loderten gleichzeitig auf, erfüllten die Luft mit Qualm und Pechgeruch, tauchten den Place d'Armes in grelles Licht und lange Schatten. Der Vollmond hing groß und orange am östlichen Himmel, Widerpart der Sonne.

Scherzad hatte nur noch wenige Stunden zu leben.

Die Equipen des Karussells galoppierten auf den Platz.

Der König als Augustus Cäsar, Kaiser des Römischen Reichs, führte die Parade an. Das rote Zaumzeug seines Ban-Pferdes war mit Rubinen und Diamanten verkrustet, den Mähnenkamm krönten rot-weiße Federbüsche. Jede Schnalle, jede Schließe an Sattel und Zügel, Brust- und Schwanzriemen glänzte golden. Mähne und Schweif waren mit roten und weißen Bändern durchflochten.

Der König war angetan mit einer vor Diamanten flimmernden Tunika, die Lederstreifen an Hüfte und Ärmeln seiner Rüstung starrten von Rubinen. Die roten Sandalen hatten hohe Absätze und waren mit silbernen, ebenfalls diamantbesetzten Bändern geschnürt. Seine leuchtend blonde Perücke war mit Goldstaub überpudert. Ein fantasievoller Kopfputz aus Straußenfedern, befestigt mit riesigen Rubinen, wölbte sich über seinen Kopf, wallte hinunter bis fast auf die Kruppe des Pferdes. Am Arm trug er einen runden, römischen Schild. Im Wappen führte er eine Sonne aus gehämmertem Gold, die durch silberne Wolken bricht.

Die Enkelsöhne ritten zur Rechten Ludwigs, jeder in einer eigenen Variante von des Königs Kostüm, jeder auf einem chinesischen Schimmel: der König auf einem Streitroß, Bourgogne auf einem Warmblut, Anjou auf einem Zelter, Berry auf einem Pony. Die übrigen Mitglieder der römischen Truppe ritten Apfelschimmel.

Lucien befand sich unmittelbar hinter dem König. Auf seinem Schild war der Vollmond zu sehen, von der Sonne beschienen.

Die Mannschaften umrundeten im Galopp den Exerzierplatz. Monsieur auf seinem andalusischen Rappen trug einen spiegelnden Schild, um den Glanz seines Bruders, des Sonnenkönigs, zu reflektieren. Lorraine ritt neben ihm auf seinem gleichgroßen schwarzen Hengst. Gemeinsam führten sie ihren Trupp japanischer Samurai.

M. du Maines Gefolge, in Turban und wallenden Burnussen, ritt auf rotgoldenen Füchsen. An silbernen Zügeln hingen Seidenquasten in allen Regenbogenfarben. M. du Maine trug einen Zweig des der Sonne heiligen Lorbeerbaums.

Chartres führte einen Strauß Sonnenblumen mit, die, vom Reitwind geschüttelt, gelbe Blütenblätter verstreuten. Seine Schar Ägypter auf braunen Pferden forderte du Maines Füchse heraus, bis beide Trupps Kopf an Kopf hinter Monsieurs Samurai herjagten.

Smaragde funkelten an Monseigneurs Strumpfhosen und blitzten im Pelz seines Lendenschurzes. Von seinen Schultern wehte ein Umhang aus schillernden Vogelfedern. Der Grand Dauphin trug einen ledernen Schild, geschmückt mit Reiherfedern und einem silbernen Adler, der unverwandt in die goldene Sonne blickte.

Monseigneurs Horde von indianischen Kriegern überquerte den Exerzierplatz in einem wilden, bunten Chaos aus Federn und Juwelen, Lederfransen und Perlen, Fell und Bändern. Alle versuchten, sich gegenseitig mit der Extravaganz und Farbenpracht ihres Kostüms zu übertreffen. Auf der Tribüne machte der Prinz aus Nippon den Eindruck, als wäre er gern unten auf dem Platz, während der Schah aussah, als wäre er von Herzen froh, nicht mittun zu müssen. Die Königin von Nubien lag auf weichen Kissen unter einem Baldachin aus schwarzer Seide, der sie vor dem Licht des Mondes schützte.

Jede Equipe vollführte ihre Manöver. Monsieur, Chartres und du Maine zelebrierten Schnelligkeit und Präzision, Monseigneurs wilde Schar hingegen wußte mit akrobatischen Bravourstücken zu begeistern: aufrecht im Sattel stehend über den Platz galoppieren, sich seitlich vom Pferd beugen, um goldene Reifen vom Boden aufzuheben.

Der Mond hatte ein Viertel seines Wegs zurückgelegt. Kein Lakai kam mit neuen Nachrichten von dem Schatzschiff gelaufen.

Lucien ritt als einer von des Königs Legionären auf den Place d'Armes. Wie bei der Generalprobe teilte sich die Gruppe in zwei Reihen, dann in vier, die zu den Ecken des Platzes auseinanderstrebten. Dort wandten sie sich einwärts, spornten ihre Pferde zum Galopp und stürmten in voller Karriere zur Mitte des Feldes, geradewegs aufeinander zu. Die Zuschauer schrien auf, dann hielten alle den Atem an.

Lucien ritt unmittelbar hinter dem König, er führte Zelis eng am Zügel.

Ein kaum merkliches Zögern, ein etwas kürzerer Galoppsprung genügte, um das heikle Manöver zu sprengen, die akribische Ordnung in ein Knäuel aus schreienden Pferden und gestürzten Reitern zu verwandeln, kaum weniger grausam als auf dem Schlachtfeld. Nach einem solchen Unglück, bei dem die Möglichkeit bestand, daß der König und drei seiner vier legitimen Erben zu Schaden kamen, würde niemand mehr an die Meerfrau denken. Vielleicht verschwand sie spurlos ...

Doch Lucien konnte sich nicht dazu überwinden, diesen Akt der Sabotage auszuführen.

Das Manöver gelang perfekt. Die vier Reihen verbanden sich zu zweien, zu einer, in stolzem Trab näherten die Pferde sich den Adelslogen. Die Zuschauer schrien und jubelten und ließen Blumen vor ihrem König auf den Boden regnen.

Ludwig ritt zum Fuß der Tribüne. Seine Untertanen verneigten sich, sogar die geladenen Monarchen erhoben sich ihm zu Ehren. Auf sein Zeichen rollte eine Kolonne von Fuhrwerken auf den Exerzierplatz. Wagen und Pferde waren mit Bändern geschmückt.

»Teure Gäste, empfanget nun die Zeichen Unserer Wertschätzung.«

Er sprach zu James und Mary von England. Die Knechte am ersten Wagen zogen ein weißes Seidentuch von einem Gemälde, das doppelt so groß war wie das

Portrait, das James Ludwig verehrt hatte. Ludwig hoch zu Roß, in römischer Rüstung, schaute majestätisch auf seinen landesvertriebenen Vetter. »Auf daß wir niemals getrennt sein mögen«, sagte Ludwig.

»Für Unseren Vetter aus fernem Land, der einen weiten Weg zu Uns gekommen ist ...« fuhr der König, an den Prinz aus Nippon gewandt, fort.

Die Fracht des zweiten Fuhrwerks bestand in einem riesigen Gobelin auf einem ausgeklügelten Gestell mit zwei Walzen, so daß er aussah wie eine Schriftrolle. Die Knechte drehten die Kurbeln, zeigten ihn Nippon Stück für Stück in ganzer Länge. Doppelt mannshoch, hundert Schritte lang, dokumentierte er die Triumphe Seiner Majestät unter der Ägide der Götter des antiken Rom.

»... ein Teppich aus Unserer Gobelinmanufaktur, der besten der Welt.«

Die nächsten drei Fuhrwerke rollten mit ihrer glitzernden, funkelnden und klingelnden Fracht heran, jeder transportierte einen der drei Kristallüster, die Ludwig der Königin von Nubien zum Geschenk machte.

»Um Euren Palast zu erleuchten – obwohl Eure Schönheit ihr Licht bei weitem überstrahlt.« Das Geschenk für den Schah von Persien verteilte sich auf zehn Wagen: mächtige Spiegel in verschnörkelten Rahmen.

»Spiegel aus französischer Fabrikation, die hellsten und klarsten, für Euren Harem. – Und für Unsere Verbündeten in Neu-Frankreich ...«

Ein einziger Wagen genügte, aber das für die Huronen bestimmte Geschenk war das kostbarste von allen. Zwei Mannequins, mit Federn in der Perücke hergerichtet wie Eingeborene, präsentierten Anzüge aus weißem Samt, mit Diamanten übersät, und dazu passende Hüte, Handschuhe und Schuhe.

»... Kleider nach Unserer Mode.«

Zu guter Letzt wandte der König sich an Papst Innozenz.

»Und für Unseren hochheiligen Vetter aus Rom ...«

Zwei Fuhrwerke rollten heran. Hinter Schirmen aus gemusterter Seide hörte man Tiere schreien.

»... exotische Kreaturen.«

Hoffnung durchzuckte Lucien. Er wünschte keinem Geschöpf auf Erden, in die Gewalt der Inquisition zu geraten, am wenigsten der Meerfrau. Von M. Boursin geschlachtet und gebraten zu werden war unter Umständen gnädiger, aber Gefangenschaft unter kirchlicher Gerichtsbarkeit bedeutete einen Aufschub des Todesurteils und Hoffnung – möchte sie auch noch so gering sein – auf Begnadigung.

»Ein wilder Mann.«

Die Knechte zogen die Schirme zur Seite. Im ersten Wagen rüttelte ein Pavian an seinem Käfig, kreischte, bleckte die gewaltigen Eckzähne und schiß einen großen Haufen zwischen den Stäben hindurch.

»Zwei Schlangen, um uns an den Garten Eden zu gemahnen, an die Frucht der Erkenntnis und unsere Sünden.«

Zwei imposante Anakondas wanden sich umeinander und um die Äste eines Orangenbaumes, die sich unter ihrem Gewicht bogen.

»Sowie drei schnelle Rosse, um die Botschaft der Heiligen Mutter Kirche in die Welt zu tragen.«

Die drei Enkelsöhne Frankreichs kamen herangeritten, stiegen ab, führten ihre Ban-Pferde zum Fuß der Tribüne und knieten vor Seiner Heiligkeit nieder. Bourgogne und Anjou erfüllten ihre Pflicht ohne sichtbare Gefühlsregung, doch als ein Soldat aus der Schweizer Garde des Papstes nach den Zügeln seines Ponies griff, brach der Herzog von Berry in Tränen aus.

Innozenz' Enttäuschung war nicht halb so groß wie die Luciens, aber Lucien durfte sich die seine nicht anmerken lassen.

»Gehet hin mit meinem Segen, Kinder«, sagte Innozenz zu den Prinzen. Dann erhob er sich und sagte mit einer Stimme, die für eine Grabrede gepaßt hätte: »Vetter, ich werde beten – für Eure Seele.«

Ludwig zog sein Pferd herum und ritt im Handgalopp vom Platz. Seine Legionäre folgten ihm, Bänder flatterten, Juwelen glitzerten, Metall klingelte golden. Zurück blieben die Rosse, die Schlangen und der wilde Mann.

Ich ertrage dies nicht länger, dachte Lucien. Die Erkenntnis erfüllte ihn mit Verzweiflung und machte ihn frei.

Kapitel 26

Marie-Josèphe entfernte sich unauffällig von Lotte und Madame und tauchte in der Menge unter. Sie hatte vor, sich zur Westseite des Schlosses und in den Garten zu begeben, um sich dort durch Bestechung einen der Maultierkarren der Gärtner zu verschaffen oder einen zu stehlen.

Wenn sie nur Zachi hätte! Dann könnte sie den Karren führen, statt zu kutschieren, und dem Maultier das zusätzliche Gewicht ersparen. Doch wenn sie sich zur Ausführung ihres Plans eines Pferdes von Comte Lucien bediente, machte sie ihn ohne sein Wissen oder Wollen zu ihrem Komplizen.

Unversehens tauchte Comte Lucien vor ihr auf und versperrte ihr den Weg. Die Rubine und Diamanten an seiner Kleidung glitzerten im Mondlicht.

»Ihr solltet nicht vor dem König das Fest verlassen.« Er wies mit einem Kopfnicken zum Schloßhof, wo die beschwingten Weisen einer Suite sich mit den Düften von Fleisch und Wein und Honig verwoben.

»Es ist fast Mitternacht. Scherzad hat sonst niemanden, der bei ihr ist, wenn sie stirbt.«

Comte Lucien wischte mit einer heftigen Handbewegung diesen Vorwand beiseite. »Ihr habt nicht die Absicht, sie sterben zu lassen. Was Ihr tun wollte, wird Euer Untergang sein.«

»Ich habe keine andere Wahl. Es sind keine neuen Nachrichten von der Galeone gekommen ...«

»Bis vor einer Stunde nicht. Inzwischen – wer weiß. Ich werde nachschauen.«

Sie erkühnte sich, seine Hand zu ergreifen. »Wie kommt es, daß Ihr immer erscheint, wenn ich an Euch denke?«

»Weil Ihr unaufhörlich an mich denkt.«

»Monsieur ...!«

»Wie ich an Euch denke.« Er beugte sich nieder und küßte ihre Fingerspitzen. Dann ließ er die Lippen weiterwandern und drückte einen Kuß in ihre Handfläche.

Er warf Zelis herum und verschwand in der Dunkelheit.

Im Cour de Ministres war unter freiem Nachthimmel die Abendtafel gedeckt – eine leichter Imbiß, bestehend aus nur vierzehn Gängen, damit die Gäste noch Appetit hatten für das letzte Ereignis des Karussells, das Bankett am nächsten Tag.

»Geleitet uns zur Tafel, M. le Père«, sagte Mme. de Chartres mit kehliger Stimme. Ihre Hand auf Yves' Oberschenkel beschrieb ihm sämtliche Gründe, weshalb ihr Gemahl sie Mme. Luzifer nannte. »Mein Gatte hat mich verlassen, um den Staub von seiner Schlange zu reiben.«

Yves war schockiert, bis ihm klar wurde, daß sie die Kobra im Diadem seines ägyptischen Kostüms meinte. Dann fragte er sich, *ob* sie die Kobra meinte. Sie nahm seinen rechten Arm, Mlle. d'Armagnac den linken, und so bugsierten sie ihn dorthin, wo auf Schragentischen zwischen brenndenden Kandelabern die Speisen aufgetragen waren.

»Wie charmant, ein Picknick«, bemerkte Mme. Luzifer abfällig. »Morgen wird uns der Pöbel erspart bleiben – sogar die Spiegelgalerie hat ihre Grenzen.«

»Laßt uns Eure Medaille sehen.« Mlle. d'Armagnac und Mme. Luzifer schoben sich dichter heran. Mlle d'Armagnac betrachtete die Medaille; er spürte den Zug der Kette am Hals.

Mme. de Chartres war ein gutes Stück kleiner als er. Wenn er sie ansah, konnte er nicht vermeiden, daß sein Blick auf ihren blanken Busen fiel. Ihre Brüste drückten sich an seine Rippen, ihre Hand nestelte an den Knöpfen seiner Soutane, ihr Bauch rieb sich an seinem Geschlecht. Sie hätten beide ebensogut nackt vor aller Augen stehen können.

»Madame, verzeiht mir ...«

»Selbstverständlich – wenn Ihr aufhört, Euch zu zieren.«

»Ihr wißt, was ich bin – ein Priester ...«

»Ja und?«

»... und Euer Bruder!«

Mlle. d'Armagnac gab die Gedenkmünze an Mme. Luzifer weiter. Beide Frauen lachten und zogen an der Kette. »M. le Père, weshalb quält Ihr Euch? Ihr seid der einzige, der sich mit Skrupeln das Leben schwermacht! Eure Schwester schenkt dem M. le Chevalier ihre Gunst ...«

»Das ist nicht wahr!«

»... und diesem Roué Chrétien ...«

»Ich dulde nicht, daß Ihr meine Schwester verleumdet, Madame!« *Aber ist es Verleumdung,* dachte er verstört, *wenn man die Wahrheit ausspricht? Ich hätte sie vor den Anfechtungen bewahren müssen, sie zurück ins Kloster schicken. Ich hätte nie erlauben dürfen, daß sie nach Versailles kommt!*

»... und sogar dem König. Ihr seid so zimperlich!« Während sie ihn mit der einen Hand an seiner goldenen Leine festhielt, kroch die andere in seine Soutane.

Er zuckte zurück, bevor sie nach ihm greifen konnte. Weil ihre Hand zwischen zwei Knöpfen feststeckte, wurde sie stolpernd mitgezogen.

»Ihr seid des Königs natürlicher Sohn ...«

»... deshalb muß Eure Schwester seine natürliche Tochter sein!«

Mme. Luzifer befreite ihre Hand; Mlle. d'Armagnac brach in Gelächter aus. Sie folgten ihm wie zwei Furien.

»Ihr könnt es nicht leugnen«, sagte Mme. Luzifer. »Jedermann weiß, der König veranstaltet diese Feste nur für seine Mätressen.« Yves hatte nur noch den einen Gedanken: Flucht. Als er sich taumelnd umdrehte, stand er Papst Innozenz und all seinen Kardinälen gegenüber. Seine Heiligkeit düstere Miene verfinsterte sich noch.

»Euer Heiligkeit, ich – ich ...«

»Begebt Euch in die Kapelle, mein Sohn«, sagte der Papst. »Haltet Einkehr und meditiert über die Frage der Sünde.«

»Père de la Croix!« Der König näherte sich mit großen, bestimmten Schritten, gefolgt von allen Gruppen des Karussells, eine Phantasiestreitmacht, zu der die exotischsten Zeiten und Weltengegenden beigetragen hatten. Am Kostüm des Königs glitzerten Rubine und Diamanten im Wert von etlichen Millionen Livres. Die weißen Federbüsche seines Kopfschmucks fielen wie ein Umhang über seine Schultern und seinen Rücken. Bei seinem ersten Auftritt als Kaiser Augustus war er achtundzwanzig Jahre alt gewesen. So jung sah er jetzt wieder aus.

Er nahm Yves bei den Schultern und umarmte ihn, vor seiner Kavallerie, vor dem gesamten Hofstaat, den Monarchen und den Kirchenfürsten.

»Kommt mit, mein Sohn! Ich möchte Euch zu meiner Rechten haben.«

»Zur Kapelle!« wiederholte Innozenz. »Versenkt Euch ins Gebet und bedenkt insbesondere die Sünde des Stolzes.«

Yves tat einen Schritt auf den König zu. Dann sah er hinter dem Tor Marie-Josèphe neben einem grauen Pferd stehen und zu Comte Chrétien aufblicken. *Unter anderen Umständen könnte sie kaum zu ihm aufblicken*, dachte Yves, dann aber fiel ihm noch eine Gelegenheit ein, bei der sie es tun würde, und er wünschte sich, Gott möchte mit einem Blitzstrahl diesen Gedanken und das Bild aus seinem Gehirn brennen. Chrétien umfing ihre Hand mit der seinen und hob sie an die Lippen, dann ließ er sie los, langsam, widerstrebend, wie ein Liebender. Er ritt in die Dunkelheit hinein. Marie-Josèphe eilte davon und verschwand.

»Père de la Croix!« mahnte Innozenz in scharfem Ton.

»Begleitet Uns«, forderte Ludwig ihn auf. »Ihr müßt zu Abend speisen. Wir lieben es, wenn ein Mann einen herzhaften Appetit hat.«

»Ich – vergebt mir, Euer Majestät«, stammelte Yves. »Ich bin Seiner Heiligkeit zum Gehorsam verpflichtet.«

Fluchtartig verließ er den Schloßhof.

Marie-Josèphe achtete darauf, sich möglichst im Schatten zu halten. Schritte folgten ihr. Es war unmöglich, sich im Grand Habit hinter einem Orangenbaum zu verstecken. Der Verfolger entdeckte sie und trat mit grimmiger Miene auf sie zu.

Ihr Bruder umklammerte ihre Schultern. Sein Blick flackerte, sein Haar war zerrauft, die Soutane halb aufgerissen. Die Medaille hing schwer auf seiner Brust, verzwirnt mit der Kette von seinem Kruzifix.

»Yves ...«

»Diese Liaison wird dein Ruin sein!« rief er.

»Diese – Liaison?«

»Hat er dich verhext?«

»Wer? Wovon redest du? Du glaubst doch nicht an Hexerei!«

»Dieser hinterhältige Atheist ...«

»Comte Lucien hat dir stets geholfen und mit gutem Rat zur Seite gestanden. Wie kannst du so schlecht von ihm sprechen?«

»Er ist ein Frauenverführer ...«

»Mir hat er nichts als Freundlichkeit erwiesen! Ich bewundere ihn ...«

»... und er wird dich verführen, falls er es nicht bereits getan hat!«

»... und ich liebe ihn. Wenn er mich will, werde ich mich ihm nicht versagen!«

»Du *bist* wie unsere Mutter – eine Kokotte ...«

»Wie kannst du es wagen?« empörte sich Marie-Josèphe. »Unsere *Mutter*? Hast du den Verstand verloren?«

»Hast du deine Ehre verloren? Wie unsere Mutter – der König hat sie besessen, er hat mich gezeugt und *dich* ...«

»Yves, du bist albern.«

Sein Redeschwall stockte, in seinen Augen erschien ein Hoffnungsschimmer. Wenn er nicht so verstört gewesen wäre, hätte sie über ihn gelacht.

»Maman und Papa waren schon zwei Jahre auf Martinique, bevor ich geboren wurde – ist der König unerkannt heimlich über den Atlantik nach Fort de France gefahren?«

»Aber ich bin in Frankreich geboren.«

»Das stimmt.«

»Der König hat mich anerkannt.« Yves brach in Tränen aus. »Er hat meine Abstammung enthüllt, vor Seiner Heiligkeit, vor dem ganzen Hof. Und Mme. Luzifer sagte, du wärst Chrétiens Geliebte und des Königs natürliche Tochter und ... und ...«

»Was denn? Sag es mir.«

»Und des Königs Mätresse.«

»Comte Lucien begegnet mir mit allem geziemenden Respekt. Seine Majestät ist mir nie, in welcher Weise auch immer, zu nahe getreten.« In einer Aufwallung von Sympathie schloß sie Yves in die Arme. »Ach, Yves, lieber Bruder, das erklärt so vieles. Es tut mir leid für dich.«

Sie bemühte sich, nicht zu lachen. *Deshalb also haben sich die Damen vor mir erhoben*, dachte sie, *und deshalb hat Mlle. d'Armagnac meine Pfauenfedern nachgeahmt*.

Sie strich ihrem Bruder tröstend über das Haar. »Wann hätte ich Zeit gehabt, irgend jemandes Mätresse zu sein?«

Unten im Garten sang Scherzad von Einsamkeit und Verzweiflung.

»Ich muß mich beeilen«, sagte Marie-Josèphe. »Scherzad ruft mich. Geh zurück, der König wird seinen neugefundenen Sohn feiern wollen.«

Man hörte das Rumpeln von Wagenrädern.

»Ich gehe mit dir«, sagte Yves. »Ich werde Scherzad die Sterbesakramente geben ...«

»Sie braucht dich nicht!« Marie-Josèphe wollte ihn nicht bei sich haben und an seinem Unglück schuld sein. »Sie ist keine Christin, sie will nicht ...«

Comte Lucien tauchte von der Orangerie her mit einem Wagen auf, eine wunderliche Gestalt auf dem Bock: in römischer Rüstung, mit Federhut und weißen Kalbslederhandschuhen.

»Comte Lucien!« Marie-Josèphe lief hinter dem Wagen her.

»Ho!« Die Wagenpferde blieben stehen.

»Neuigkeiten von dem Schatzschiff?«

»Marie-Josèphe«, antwortete Lucien geduldig, »würde ich diesen schlechten Karren fahren, wenn ich gute Neuigkeiten hätte?«

Die weiten Röcke mit einer Hand gerafft, kletterte sie umständlich zu ihm auf den Bock. Yves griff nach ihrem Arm. »In Gottes Namen, was hast du vor?«

»Yves, geh zurück zu des Königs Gesellschaft. Lucien, bitte beeilt Euch.«

Er schnalzte. Die Pferde zogen an.

»Ich bin überaus dankbar für Eure Hilfe.« Marie-Josèphe seufzte. »Irgendwie müssen wir Scherzad retten – und unseres Königs Seele.«

»Ich bin *Atheist*«, bemerkte Lucien. »Das Geschäft der Seelenrettung obliegt anderen Parteien.«

Marie-Josèphe lachte. Sie konnte nicht anders. »Lucien, ich liebe Euch. Bedingungslos und ohne Einschränkungen.«

Lucien nahm die Zügel in die Rechte, griff mit der freien Hand nach der ihren und drückte sie.

Der Wagen schwankte. Überrascht und ängstlich drehte Marie-Josèphe sich um. Den Oberkörper auf der Ladefläche, die Beine noch über den Rand hängend, klammerte Yves sich an die Seitenbretter und zog sich in den Kasten.

»Geh zurück zum Schloß!« rief Marie-Josèphe beschwörend.

»Wenn ich es tue«, antwortete er keuchend, »kann ich nie gutmachen, was ich an Scherzad verschuldet habe.«

Der volle Mond glänzte am Himmel, nur noch eine Handspanne von seinem höchsten Stand entfernt. Marie-Josèphe sang für Scherzad, sagte ihr: »Schwimm zum anderen Ende des Kanals. Wir dürfen M. Boursin nicht begegnen, er darf den Wagen nicht sehen.«

Scherzad antwortete; ihr Gesang war voller Hoffnung und Erregung. Sie schoß durch das Wasser, überholte die galoppierenden Pferde.

M. Boursin würde sich eine Minute nach Mitternacht am Ostende des Grand Canal einfinden. Vielleicht wartete er einen Moment darauf, daß Marie-Josèphe kam, um die Meerfrau dazu zu bringen, daß sie sich gutwillig in ihr Schicksal fügte. Zwei Minuten nach Mitternacht würde er Unrat wittern, die Wachen alarmieren und zum König laufen.

Marie-Josèphe blickte über die Schulter. Hinter ihnen auf der Anhöhe lag hellerleuchtet das Schloß. Wie ein Ausläufer all diesen Lichts schlängelte ein Fackelzug sich den Pfad hinunter.

»Schneller«, drängte sie.

Lucien lenkte die Pferde auf den Kiesweg.

»Nehmt die Zügel«, sagte er. »Euer Bruder und ich werden ...«

Scherzad kletterte am Westende des Kanals ans Ufer. In wilder Hast robbte sie auf den Wagen zu. Die Zugpferde scheuten und schnaubten und steilten im Geschirr. Der Wagen schaukelte gefährlich. Lucien erhob sich, stand breitbeinig auf dem Bock und redete den Kaltblütern beschwichtigend zu, bis sie zitternd und schwitzend stillstanden.

»Haltet Ihr die Pferde«, sagte Marie-Josèphe. »Ich werde Scherzad beruhigen.« Sie kletterte nach unten und lief zu Scherzad hin. »Hab keine Angst, sei ruhig. Wir werden dich retten.«

Doch Scherzad sträubte sich blindlings gegen die Hände, die ihr helfen wollten, eine Kralle ritzte Marie-Josèphe vom Schulter bis zur Brust die Haut auf. Die Meerfrau schnellte sich voran, als befände sie sich noch in ihrem angestammten Element, schlug zu Boden und blieb stöhnend und wimmernd liegen. Marie-Josèphe kniete neben ihr nieder.

»Scherzad, hör mir zu.« Sie umfaßte ihre Hände und sang ihr vor, was sie zu tun geplant hatten. Die Pferde stampften und prusteten. Lucien beruhigte sie mit seiner Stimme und hielt sie mit fester Hand am Platz.

Scherzad schien endlich zu begreifen und hielt still. Marie-Josèphe und Yves hoben sie auf den Wagen. So geschmeidig und flink sie sich im Wasser bewegen konnte, so schwerfällig war sie an Land. Sie setzten sich links und rechts neben ihr auf die rauhen Bretter und hielten sie fest, damit sie bei der holprigen Fahrt nicht herunterfiel.

Lucien ließ die Pferde erst Schritt gehen, dann traben, kantern und schließlich galoppieren, damit seine Passagiere nicht unnötig durchgeschüttelt wurden. Die Meerfrau schlang angsterfüllt die Arme um Marie-Josèphes Taille. Sie küßte den tiefen, blutenden Kratzer und summte ihr Bedauern.

»Nicht so schlimm, Scherzad, nicht so schlimm.«

»Und nun?« rief Lucien über das Rumpeln der Räder hinweg.

»Das Meer.«

»Falls wir so weit kommen. Und danach? Habt Ihr einen Plan, was aus Euch werden soll?«

»Weiter habe ich nicht gedacht.« Sie steckte die Hand in den Ausschnitt und zog ein zusammengeknotetes Taschentuch heraus. »Ich habe ein paar Livres, das Geld, mit dem ich jemanden bestechen wollte, um einen Wagen zu bekommen. Wir können uns Brot kaufen und Fisch.«

Lucien begann zu lachen, erst leise, dann laut heraus. Marie-Josèphe machte den Mund auf, um zu protestieren. Dann stimmte sie in sein Gelächter ein.

Luciens Rüstung war überkrustet mit Rubinen und Diamanten. Die Flüchtlinge waren unvorstellbar reich.

Außerdem waren sie unmöglich zu übersehen und konnten nicht hoffen, unerkannt zu bleiben.

Der Wagen rumpelte durch eine vom Licht des Vollmonds wie mit einem silbernen Gespinst überzogene nächtliche Landschaft.

»Wir könnten in die Bretagne flüchten«, meinte Lucien.

»Wir könnten uns ein Schiff suchen, das nach Martinique segelt.«

»Ich lege mich lieber mit der Garde des Königs an«, sagte Lucien, »als noch einmal an Bord eines Schiffes zu gehen.«

Marie-Josèphe wußte und Lucien mußte es ebenfalls wissen, daß ihre Aussichten, ein Schiff zu finden, das sie nach Martinique brachte, kaum größer war als die Chance, in die Bretagne flüchten zu können.

Scherzad hob den Kopf und blähte witternd die Nüstern. Sie ließ Marie-Josèphe los, schlüpfte unter Yves' Händen hervor, rutschte nach vorn und zog sich in die Höhe. Auf den Kutschbock gestützt, sog sie mit offenem

Mund die Luft ein, schmeckte sie auf der Zunge und stieß sie mit einem Zischen der Befriedigung wieder aus. Die Pferde wieherten entsetzt und machten Anstalten durchzugehen.

»Sachte, sachte.« Lucien zog behutsam, aber kraftvoll die Zügel an. »Wir haben noch einen weiten Weg.«

Die runde Scheibe des Vollmonds hatte den Zenit überschritten und begann ihren Abstieg am Himmel. Das Geschirr rieb den Schweiß auf den Pferdeleibern zu Schaum.

»Seht.« Yves streckte die Hand aus.

Weit hinter ihnen verwandelte die Straße sich in einen Fluß aus Licht, einen heranrollenden, flimmernden Strom.

»Der König«, sagte Lucien.

Yves faltete die Hände um Kreuz und Medaille. »Wir werden nie das Meer erreichen.«

»Die Aussichten waren von Anfang an sehr gering.«

»Dann haben wir unser Leben für ein zum Scheitern verurteiltes Unterfangen weggeworfen?«

»Scherzad, die Seine wird dich nach Hause bringen«, erklärte Marie-Josèphe, »aber du mußt schwimmen, so schnell du kannst, und verbirg dich unter Wasser, wann immer du Menschen hörst oder Pferde oder Hunde.«

Scherzad verstand. Sie sang ein Lebwohl für Marie-Josèphe, legte den Kopf an ihre Schulter und küßte den Riß, den sie ihr zugefügt hatte. Marie-Josèphes Blut verschmierte ihre Wange.

Lucien trieb die keuchenden Pferde einen flachen Hang hinauf. Die Laternen und Fackeln ihrer Verfolger kamen näher, eine Speerspitze wie aus flüssigem Gold schob sich in das Tal.

»Lucien, können wir uns verstecken? Von der Straße abschwenken und sie vorbeireiten lassen . . .?«

»Zu wenig Deckung. Und der Mond scheint zu hell.«

Von der Kuppe aus sah man einen Bogen der Seine

durch den weißlich-grauen Dunst schimmern. Scherzad roch das Wasser. Sie sang, ungeduldig und wild. Die erschöpften Pferde versuchten, ihrer Stimme zu entrinnen. Der Wagen polterte den welligen Hang hinunter.

»Ein paar Minuten«, sagte Marie-Josèphe. »Ein paar Minuten noch, dann bist du frei.«

Die juwelenglitzernde Reiterschar erschien auf dem Hügelkamm. Ihre Schatten wogten ihnen voraus, grotesk verzerrt, bedrohlich. Die Mummenkavallerie Seiner Majestät galoppierte den Hang hinunter, der Abstand verringerte sich rasch.

Der Wagen rollte durch die Flußaue. Marie-Josèphe malte sich aus, wie sie über die Brücke fuhren, sie blockierten oder verbrannten, so daß die Verfolger am anderen Ufer zurückblieben und sie entkommen konnten.

Sie würden nur den Fluß durchfurten, dachte sie, *ohne Rücksicht auf ihre Kostüme.*

Sie hielt Scherzad fest. Der Wagen holperte schaukelnd und schlingernd über den tiefgefurchten Boden, als Lucien die müden Pferde zu einer letzten Anstrengung antrieb. Sie brauchten nur die Brücke erreichen, von dort konnte Scherzad in die Freiheit springen. Fünfhundert Schritte noch, und die Verfolger noch tausend Schritte zurück. Zweihundert Schritte bis zur Brücke. Die Fackeln blakten, zogen Funkenschwärme hinter sich her. Die kostümierten Gestalten mit ihren im Reitwind wehenden Kopfbedeckungen wurden zu einem Dämonenheer.

Fünfzig Schritte. Der Wagen stieß gegen einen Stein, hob sich auf einer Seite in die Luft, fiel krachend zurück. Ein Rad splitterte. Yves packte Marie-Josèphe und Scherzad und hielt sie fest, als die Ladefläche unter ihnen plötzlich krängte. Die Achse kreischte über die Straße, wühlte eine Furche durch Steine und Erde. Von Lucien angetrieben, zerrten die Pferde den Wagen auf die

Brücke, doch wo die Straße anstieg, schrammte die Achse sich fest. Der Wagen schlingerte und blieb zwischen den steinernen Brüstungen verkeilt liegen.

»Brrr!« Lucien zog die Zügel straff an. Eins der Pferd wankte und brach auf der Vorderhand nieder. Das andere blieb mit hängendem Kopf zitternd stehen. Bei Scherzads wütendem Verzweiflungsschrei zuckten beide Tiere zusammen, aber sie hatten nicht mehr die Kraft, davonzulaufen. Die Verfolger donnerten heran, noch fünfhundert Schritte entfernt.

»Wenn wir uns ergeben«, sagte Yves, »bevor man auf uns schießt ...«

»Nein. Hilf mir! Scherzad ...« Marie-Josèphe rutschte an der aufgesetzten Seite vom Wagen, Lucien stieg vom Bock. Scherzad schlängelte sich von der Ladefläche und fiel knurrend auf die Brücke.

Lucien lief zur Straße. Der Degen glitt mit einem schnarrenden Geräusch aus der Stockscheide. Er wartete.

Die pittoresken Schatten der Streiter des Karussells galoppierten auf ihn zu. Die trommelnden Pferdehufe zermalmten die Straße zu Staub. Ludwig ritt allen voran, ein wahrer Kriegerkönig. Er zügelte so dicht vor Lucien sein Roß, daß die Spitze seines Degens die Brust des Tieres berührte und es seinen heißen Atem in die Federn an seinem Hut schnob. Hinter dem König kam die Kavalkade zum Halten. Der nubische Jagdwagen bildete den Abschluß. Die Geparden drängten heraus, ein goldener Schwall, liefen durcheinander und schauten nach dem Wild aus, das sie jagen sollten.

Auf dem Schild des Königs strahlte die Sonne.

»Ihr habt tapfer an Unserer Seite gekämpft, Lucien de Barenton, Comte de Chrétien«, sagte Ludwig. »Wollt Ihr nun gegen Uns kämpfen?«

Lucien vermochte nicht zu antworten. Marie-Josèphe und Yves zogen und schoben Scherzad zum Scheitelpunkt der Brücke. Die Meerfrau seufzte, summte, knurrte und fauchte, ihre Flossenfüße scharrten über die Steine.

Beeilt euch, dachte Lucien, *bitte beeilt euch. Ich kann diese Entscheidung nicht treffen.*

Mit einem schrillen Triumphschrei ließ Scherzad sich von der Brücke fallen und tauchte in den Fluß.

»Schwimm um dein Leben!« rief Marie-Josèphe. »Lebwohl, meine Freundin!«

Der König deutete mit ausgestrecktem Arm flußabwärts. Monsieur – seine Kimonoärmel flatterten wie ein Paar bunter Schwingen – galoppierte am Ufer entlang, dicht hinter ihm seine Samurai und hinter diesen die übrige, inzwischen buntgewürfelte Schar. Nur Lorraine und die Prinzen blieben bei ihrem Souverän und den Gefangenen zurück.

Lucien grüßte den König mit dem Degen und präsentierte ihn dann mit dem Griff voraus, zum Zeichen der Ergebung. Bourgogne und Anjou stiegen von den Pferden, nahmen Degen und Stock an sich und reichten beides ihrem Großvater. Ludwig schob den Degen in die Scheide.

»M. de Chrétien, gebt Ihr mir Euer Ehrenwort, nicht zu fliehen?«

»Ja, Euer Majestät.«

Ludwig gab ihm den Degen zurück. Lucien verneigte sich. Er war dankbar, daß der König ihn als einen Feind behandelte und nicht als Verräter.

Das Wasser des Flusses schlug über Scherzad zusammen, eine von Tieren und Landgeborenen verunreinigte Jauche. Sie tauchte auf, spuckte angewidert aus und begann zu schwimmen. Bei jeder Bewegung spürte sie die Schmerzen von Prellungen und Abschürfungen, und nach der langen Gefangenschaft ermüdete sie rasch. Die Strömung half, doch es war ein weiter Weg bis zum

Meer. Die Stimmen des Flusses änderten sich. In dem trüben Wasser war Scherzad fast geräuschblind. Deshalb tauchte sie auf, katapultierte sich mit einem kraftvollen Schlag der Beine über den Dunstschleier hinaus. An der nächsten Biegung riegelten Männer und Pferde den Fluß ab. Ein langes Netz war quer durch die Strömung gespannt. Sie tauchte wieder unter. Auf der Suche nach einem Durchschlupf glitt sie an stampfenden Pferdebeinen vorbei. Wenn sie die Tiere berührte, wieherten sie schrill, bockten und warfen ihre Reiter ab. Das gefährliche Spiel wurde zum Verräter. Man stocherte mit Piken nach ihr, feuerte Musketen ab. Heißer Schrot prasselte zischend ins Wasser, eine Kugel riß ihr eine Haarsträhne ab.

Sie tauchte tiefer. Das mit Steinen beschwerte Netz reichte bis zum Grund. Von der Strömung in das Maschengeflecht hineingetrieben, bemühte sie sich, darunter hindurchzuschlüpfen. Die Jäger bemerkten das Zupfen. Sie zogen das Netz um sie enger, drängten sie ins seichte Wasser.

Scherzad schnellte in die Höhe, stieg wie ein Phantom aus den Dunstschwaden und warf sich über das Netz hinweg.

Ein stechender Schmerz durchfuhr ihren Fuß. Ein Raubtier mit geflecktem Fell hatte die Zähne in ihr Fleisch geschlagen und zerrte sie knurrend zum steinigen Ufer. Scherzad kämpfte sich zurück ins tiefere Wasser, zog den Vierbeiner mit sich. Sie konnte ihr Blut riechen und die stechende, moschusartige Ausdünstung des Angreifers.

Als der Räuber untergetaucht war und verwundbar, stieß Scherzad einen kurzen, geballten Schrei aus. Ihre Stimme, vom Wasser geleitet, rammte wie eine Faust gegen das Herz des Angreifers. Die Kreatur preßte im Todeskampf die Kiefer zusammen, dann wich das Leben aus dem pelzigen Körper.

Ein zweites Geschöpf der gleichen Art sprang vom Ufer herab und schloß die Kiefer um Scherzads Kehle. Sie konnte nicht wagen, von ihrer Stimme Gebrauch zu machen, sie wagte nicht, sich zu bewegen. Die Reißzähne des Räubers berührten Arterien. Ein Zucken nur, und sie verblutete. Mit einem festen Biß konnte er ihr das Genick brechen.

Scherzad wurde schlaff. Chaos und Lärm umbrauste sie, das Gebrüll von Männern, das Klirren von Waffen. Die Landgeborenen prügelten das Raubtier, bis es losließ, und schleppten sie zum Ufer. Das einzige, dessen sie sich in aller Deutlichkeit bewußt war, war das Netz.

Die Huronen, in ihrem diamantbesetzten Staat nach französischer Mode und höchlich amüsiert, galoppierten auf Marie-Josèphe zu.

»Bleibt ganz ruhig«, sagte Lucien halblaut.

Marie-Josèphe fühlte sich zu elend, um Furcht zu empfinden. Die Huronen preschten vorbei, der ältere streifte mit der Feder über ihr Haar, der jüngere tat das gleiche bei Yves. Der ältere Mann warf sein Pferd auf der Hinterhand herum und kam zurück. Diesmal beugte er sich nieder, um bei Lucien einen Coup anzubringen.

»Sie haben Anspruch auf unser Haar erhoben«, erklärte Lucien. »Was mich angeht, diese Perücke ist ruiniert, sie können sie haben.«

Als der König davonritt, um sich mit seinem Bruder zu treffen, fesselte Lorraine Marie-Josèphes Hände an die Sielen der Wagenpferde. Schmutzig, mit aufgelösten Haaren und von dumpfer Niedergeschlagenheit erfüllt, ließ sie alles über sich ergehen. Yves wehrte sich – vergebliches Bemühen –, als Lorraine den Musketieren befahl, ihn links neben Marie-Josèphe anzubinden. Lucien ertrug die unausweichliche Demütigung mit einer Miene hochmütiger Verachtung. Chartres und Maine fesselten ihn rechts neben Marie-Josèphe. »Jemand in einer hohen Position bei Hofe könnte Euch jetzt von Nutzen sein«, sagte Lorraine zu Marie-Josèphe.

Sie hob den Kopf und sah ihn kalt an.

»Eine törichte Antwort.«

Die Pferde setzten sich schwerfällig in Bewegung. Lucien bemühte sich, Schritt zu halten. Mit den gefesselten Händen nützte ihm sein Stock nur wenig. Mit hängenden Köpfen trotteten die Wagenpferde müde der Morgendämmerung entgegen.

»M. de Chrétien«, sagte Lorraine, »Ihr seid tief gefallen.«

»Und doch könntet Ihr Euch immer noch unter meinem Fuß winden.«

Lorraine versetzte dem Gaul neben ihm mit der flachen Hand einen Schlag auf die Kruppe. Er fiel in einen zockelnden Trab und zog seinen Geschirrgefährten mit. Lucien strauchelte, fing sich und lief stolpernd weiter.

»Langsam, sachte«, sagte er mit beruhigender Stimme. Die Pferd fielen wieder in Schritt. Sie waren erschöpft und froh, sich nicht anstrengen zu müssen.

Es würde Lorraine gefallen, dachte er, *mich den ganzen Weg nach Versailles von den Pferden schleifen zu lassen.*

»Lucien«, sagte Marie-Josèphe.

»Still.« Er konnte Mitleid nicht ertragen.

Marie-Josèphe drehte sich herum, spähte mit zusammengekniffenen Augen in die Dunkelheit. »Ist ihr die Flucht gelungen?«

Der König trabte aus dem flachen Wasser ans Ufer, Monsieur und seine Schar folgten ihm mit Scherzad, die sie in ein Netz gewickelt an Stäben trugen. Marie-Josèphe sang. Als die Meerfrau antwortete, brach ihr die Stimme, ein Schluchzen schnürte ihr die Kehle zu. Scherzad heulte. Ihre Augen leuchteten wie die einer Katze.

Die erfolgreichen Jäger, trunken von dem Rausch des

wilden Rittes, dem Abenteuer und dem Gelingen, fochten spaßhaft miteinander, drängelten und witzelten und verhöhnten Lucien. Alte Freundschaften vergingen spurlos im Säurebad von des Königs Mißfallen. Lucien hatte es bei anderen miterlebt, dieses unbarmherzige Scherbengericht. Er hatte mit Bedacht sein Leben so eingerichtet, daß niemals er derjenige sein würde, den der Bannstrahl traf. Doch was er mühsam aufgebaut hatte, lag nun in Trümmern.

Ludwig zügelte sein Pferd, als er sah, was Lorraine getan hatte. Sein Blick wanderte über Yves und Marie-Josèphe und den Chevalier hinweg und fiel schließlich auf Lucien.

»Ihr habt alle den Verstand verloren.«

Die Sonne ging auf. Der König hörte sich alt an und müde.

Kapitel 27

Lucien und Yves ritten auf den Wagenpferden. Auf Befehl des Königs hatte man ihnen die Fesseln abgenommen. Erschöpft von ihrem Sträuben und durch das Netz zur Bewegungslosigkeit verurteilt, summte Scherzad eine an- und abschwellende Klage, die sowohl Pferde als auch Reiter mit Unbehagen erfüllte. Marie-Josèphe fuhr in dem Jagdwagen, umdrängt von Geparden, die murrten und maunzten und an ihren Röcken vorbeistrichen. Einer saß auf den Hinterkeulen und hielt den Blick unverwandt auf ihr blutbeflecktes Mieder gerichtet.

Die Fahrt dauerte ewig und verging doch wie im Fluge. Luciens Bespiel folgend, hielt Marie-Josèphe sich stolz aufrecht und den Kopf hoch erhoben. Sie beschäftigte sich mit Fluchtgedanken, die ihr halfen, gegen Erschöpfung und Mutlosigkeit anzukämpfen. Ein Plan war fantastischer als der andere. Wenn es ihr in einem unbeobachteten Moment gelänge, die Geparden von der Leine zu lassen, damit sie Verwirrung stifteten, die Pferde in Angst versetzten – aber genausogut war es möglich, daß sie ihr an die Kehle sprangen oder sich auf Scherzad stürzten, wenn die Reiter die Tragstangen fallenließen. Wenn es ihr gelänge, den Lenker zu überwältigen, konnte sie versuchen, mit dem Jagdwagen zu fliehen – aber Chartres und Lorraine würden sie bald eingeholt haben. Ihre mächtigen Streitrösser waren schneller als die schwerfälligen Zebras. Wie auch immer sie in Gedanken ihre Flucht bewerkstelligte, nur Apoll, der in seinem eigenen Streitwagen vom Himmel herniederfuhr, konnte Scherzad retten, und immer mußte sie Yves und Lucien, umringt von Bewaffneten, zurücklassen.

Wir haben versagt, dachte sie, *Scherzads Leben ist verwirkt. Ich habe Lucien zu meinem Komplizen in einer Sache gemacht, die nicht die seine war, und was hat er nun davon?*

Sie wischte sich wenig vornehm mit dem Ärmel über das Gesicht und hoffte, ihre Häscher würden glauben, ihr sei ein Staubkorn ins Auge geraten.

Feuer lief an Luciens Wirbelsäule empor.

Er stöhnte auf und krallte die Hände in die Mähne des Pferdes. Fast wäre ihm der Degen entglitten. Alle Sinne kehrten sich nach innen, dem Schmerz zu, löschten die übrige Welt aus. Wenn er sich ganz still verhielt, stürzte er vielleicht nicht vom Pferd, ließ er vielleicht nicht den Degen fallen, verlor er vielleicht nicht das Bewußtsein.

»M. de Chrétien, was ist mit Euch?« erkundigte Yves sich flüsternd.

»Faßt mich nicht an.«

»Ihr seid bleich wie der Tod ...«

»Das ist die Mode heutzutage.«

Yves schwieg, wofür Lucien ihm Dank wußte. Flammen loderten in seinem Rücken, unbarmherzig, schlimmer als Folter. Auf der Folter hatte man die Möglichkeit zu widerrufen, zu gestehen, abzuschwören und der Qual ein Ende zu bereiten, doch wenn sein Körper sich auf diese Weise gegen ihn wandte, vermochte nichts, weder Wein noch Eau de vie, noch zärtliche Berührung, den Schmerz zu lindern.

Die Kavalkade bewegte sich durch den Park, vorbei am Grand Canal, vorbei am Bassin d'Apollon, die Königsallee hinauf zum Schloß.

Lucien war noch so weit seiner Gedanken mächtig, daß er die Bedeutung dessen begriff. Er konnte Marie-Josèphes Gesicht nicht sehen, doch er war überzeugt, daß auch sie verstand.

Der König hat beschlossen, das Leben der Meerfrau zu beenden.

Am Nordflügel des Schlosses wurde Halt geboten. Yves stieg ab und ging steifbeinig um sein Reittier herum. Lucien hielt sich an der Mähne fest und glitt zu Boden, bevor Yves bei ihm war. Auf seinen Stock gestützt, rang er nach Atem.

Er konnte nicht einmal eine ehrenhafte Blessur vorweisen. Weder die wilden Bocksprünge des Wagens noch der zockelnde Gang des Karrengauls hatten ihm etwas ausgemacht. Wenn der Schmerz, der ihn zu allen Zeiten begleitete, plötzlich zu gleißender Qual aufflammte, geschah es ohne erkennbare Ursache, aus heiterem Himmel.

Die einzige Gesetzmäßigkeit, die er je hatte entdecken können, war Ungelegenheit.

Und das nur, dachte er, *weil jeder Zeitpunkt ungelegen wäre. Dieser ist es allerdings in besonderem Maße.*

Der König stieg aus dem Sattel und war sofort von seinen Günstlingen umgeben. Für Lucien blieb kein Platz frei, man hatte ihn bereits aus den Reihen der sechzig Auswerwählten getilgt. Sobald die Wache zur Stelle war, ritten die übrigen Höflinge mit den Pferden zum Marstall, keiner warf noch einen Blick zurück. Lucien konnte ihnen keinen Vorwurf. Jeder, der Sympathie für ihn erkennen ließ, lief Gefahr, sein Los zu teilen.

Die Wachen nahmen ihre Gefangenen in die Mitte und marschierten mit ihnen zum Salle des Gardes du Roi. Lucien, schwer auf seinen Stock gestützt, war imstande, Schritt zu halten, aber nur, weil die Musketiere Scherzad trugen. Die Meerfrau lag reglos im Netz und sang eine beklemmende Totenklage. In der Wachstube legten die Musketiere ihre Last ab und entfernten sich einige Schritte. Ihnen war nicht ganz geheuer zumute.

»Sie braucht Wasser«, sagte Marie-Josèphe, »oder sie wird krank werden. Bitte zeigt Menschlichkeit und gebt ihr etwas zu trinken.«

»Gebt uns allen etwas zu trinken«, fügte Yves hinzu. »Und gestattet, daß wir uns hinsetzen. Wir haben einen langen Weg hinter uns.«

Lucien ärgerte sich über Yves' Bitte.

Nimm du dein Kreuz auf dich, Pfaffe, dachte er, versagte sich aber die Genugtuung, es laut auszusprechen.

Der Hauptmann, peinlich korrekt, schickte um Wein und Wasser. Seine Männer brachten Stühle. Yves ließ sich auf einen davon fallen, stützte die Ellenbogen auf die Knie und ließ den Kopf hängen. Lucien fiel auf, daß Marie-Josèphe sich äußerst vorsichtig hinsetzte, und er fragte sich, ob sie wohl beim Zusammenbruch des Wagens eine Verletzung davongetragen hatte. Er wäre gern zu ihr gegangen, um sie zu trösten, um von ihr getröstet zu werden. Aber die Wachen würden es nicht zulassen, und er wollte sich die Demütigung ersparen.

Der Hauptmann bot ihm einen Stuhl an.

»Glaubt Ihr tatsächlich, daß ich in Anwesenheit Seiner Majestät sitzen werde?« fragte Lucien in strengem Ton. Er deutete mit dem Stock auf ein Portrait des Königs.

»Vergebung, M. de Chrétien. Aber Ihr nehmt ein Glas Wein?«

Einer der Musketiere schenkte ein. Yves trank durstig.

»Auf Seine Majestät den König.« Lucien hob mit einer Gebärde blanken Hochmuts dem Portrait das Glas entgegen und trank den Wein auf einen Zug hinunter.

»Nein, vielen Dank.« Marie-Josèphe schüttelte den Kopf. »Es ist kein Mangel an Respekt gegenüber dem König, aber – ich kann nicht.«

Lucien begriff plötzlich, weshalb sie sich so unbehaglich fühlte, weshalb sie nichts trinken wollte, trotz ihrer aufgesprungenen Lippen und des hörbaren Bedauerns in ihren Worten, und weshalb sie so gehemmt wirkte. Er wandte sich an den Hauptmann.

»Gestattet Mlle. de la Croix, die Retirade aufzusuchen.«

Der Hauptmann zögerte, doch er kannte wie jeder andere am Hof sowohl das Fassungsvermögen der königlichen Blase wie auch die Gewohnheit Seiner Majestät, auf Reisen nicht an die Bequemlichkeit der Damen zu denken. Er verneigte sich vor Lucien und befahl seinen Männern, alle drei Gefangenen hinauszugeleiten, damit sie sich erleichtern konnten.

»Aber rasch, der König wird bald nach ihnen verlangen.«

Sobald er allein war, lehnte Lucien sich an die Wand und kühlte am Marmor sein Gesicht. Er zitterte.

Der Hauptmann schickte Wasser und Handtücher hinein. Lucien wischte den ärgsten Schmutz ab, klopfte den Staub aus seinen Handschuhen und richtete seine Kleider. Dennoch fühlte er sich schlecht gerüstet, um seinem König gegenüberzutreten. Er war in kalten Schweiß gebadet und sehnte sich danach, die Wäsche zu wechseln. Die Flasche Calvados in seiner Tasche lockte, aber das Feuer des Alkohols würde nicht helfen, das Feuer in seinem Rücken zu ersticken. Er nahm ein weißes Band von seinem Hut, der ziemlich traurig aussah, und band die gleichfalls ramponierte Perücke im Nacken zusammen.

»Und das Seeungeheuer, M. de Chrétien?« fragte der Hauptmann, als er zurückkam. »Wird es auf den Teppich machen?«

»Mlle. de la Croix kann Euch das sagen.«

»Ich weiß nicht.« Marie-Josèphe trank in großen Schlucken ihr Glas leer und lehnte nicht ab, als der Hauptmann es wieder füllte. »Scherzad ist nie in einem Haus gewesen, sie hat nie einen Teppich gesehen, sie würde nicht begreifen, was sie an – an jenem gewissen Ort tun sollte.«

»Es will nicht trinken.« Einer der Soldaten beugte sich mit einer Flasche Wasser über Scherzad. Nicht der Meerfrau war ein Malheur passiert, die feuchten Stellen auf dem Teppich stammten von verschüttetem Wasser.

»Laßt mich zu ihr«, sagte Marie-Josèphe.

Der Hauptmann gestattete ihr, neben Scherzad niederzuknien. Lucien gesellte sich zu ihr, nach kurzem Zögern auch Yves. Lucien legte Marie-Josèphe die Hand auf die Schulter, sie deckte ihre Hand darüber, warm und erregend. Er stellte sich vor, daß das Feuer ihrer Berührung einen Teil seiner Schmerzen wegbrannte.

»Meine lieben Freunde«, flüsterte Marie-Josèphe.

Ihre Stimme versagte. Sie streichelte Scherzads Schulter, ihre blessierte Hüfte. An einer Hand waren die Schwimmhäute zwischen Scherzads Fingern zerrissen. Ihr Knöchel war blutverkrustet, ihr Hals von Zahnspuren gezeichnet. Sie lag mit geschlossenen Augen da, ihr Gesang kaum mehr als ein Hauch. Marie-Josèphe hielt ihr die Flasche an die Lippen, aber sie machte keine Anstalten zu trinken.

»Monsieur, kann ich den Wein haben?«

Der Hauptmann gab ihr die Flasche. Sie ließ ein paar Tropfen auf ihre Finger rinnen und befeuchtete Scherzads aufgesprungene Lippen. Träumerisch, versonnen, leckte sie mit der Zungespitze den Wein ab.

»Messieurs, der König wünscht Eure Anwesenheit.«

Marie-Josèphe betrat neben Lucien den Salon d'Apollon. Yves folgte ihnen, allein, den Kopf gesenkt, die Händen unter den Ärmeln der Soutane gefaltet. Sie wurden von Soldaten begleitet, die Scherzad trugen. Das leise Klagen der Meerfrau erfüllte das Gemach.

Auf seinem Thron sitzend, schaute der König auf seine ehemaligen Favoriten nieder. Monseigneur und du Maine, Lorraine und Chartres standen auf ihren Plätzen links und rechts, grimmig und stumm. Nur Monsieur gönnte ihnen einen freundlichen Blick. Nur er durfte es wagen, aber auch er konnte nicht helfen.

Luciens Gesicht war schweißbedeckt. Seine Hand krampfte sich um den Knauf des Spazierstocks. Ohne diesen hätte er sich nach seiner Verbeugung nicht wieder aufzurichten gewußt.

Marie-Josèphe sank in einen tiefen Hofknicks, doch

ihre ganze Aufmerksamkeit war auf Lucien gerichtet. *Hat er sich verletzt?* dachte sie. *Als das Rad gebrochen ist, vielleicht? Ich habe noch nie erlebt, daß man ihm seine Schmerzen derart anmerken konnte.*

»Wir respektieren Unsere Gegner im Krieg«, sagte Ludwig. »Aber Wir empfinden nichts als Verachtung für Freunde, die Uns verraten.«

»Sire, ich allein bin die Schuldige!« rief Marie-Josèphe. »Mein Bruder und Comte Lucien ...«

»Schweigt! Erwartet Ihr Milde, weil Ihr eine Frau seid? Euer König ist kein Narr, Mademoiselle, auch wenn Ihr versucht habt, Uns dazu zu machen.«

»Ich erwarte keine Milde, Sire.« Aber sie hatte gehofft, Gnade zu erbitten, für Scherzad, für Lucien, für Yves.

»Und Ihr, Lucien ... Wollt Ihr Euer Verhalten nicht rechtfertigen?«

»Nein, Euer Majestät.«

Marie-Josèphe war bestürzt über Luciens kurze, schroffe Antwort.

»Wollt Ihr Uns nicht um die Gunst bitten, die zu erweisen Wir Euch versprochen haben?«

Tief gekränkt und von einem kalten Zorn erfüllt, brauchte Lucien einen Moment, bevor er antworten konnte. »Ich habe Euch bereits darum gebeten, Sire.«

»Sorgt dafür, daß dieser Lärm aufhört!« wandte der König sich ungehalten an Marie-Josèphe.

»Das kann ich nicht. Scherzad singt ihren Sterbegesang.«

»M. Boursin!«

M. Boursin eilte stelzbeinig und händereibend herbei. »Die Kreatur gehört Euch. Schlachtet sie. Auf der Stelle.«

»Aber, Euer Majestät, das Bankett beginnt schon in wenigen Stunden. Das Fleisch muß abhängen, die Zubereitung – ein Kunstwerk braucht Zeit ... Wenn es mißlingt, wenn es Euer Majestät mißfällt – die Schmach, die Schande, ich würde es nicht überleben ...«

»Wir geben Euch freie Hand«, schnitt Ludwig ihm das Wort ab. »Erspart Uns Eure Tirade. Zur Not verspeisen Wir es roh und blutig.«

»Euer Majestät ... Sire ... ich ... mir wird etwas einfallen ...«

Marie-Josèphe begann zu weinen, lautlos, gramerfüllt.

Lucien griff nach ihrer Hand. Marie-Josèphe konnte nicht aufhören zu weinen, aber noch nie hatte sie so dankbar den Trost eines anderen menschlichen Wesens empfunden.

»Was erdreistet Er sich! Er kann doch nicht einfach hier hereinspazieren! Hinaus! Halt!« Aus dem Gemach nebenan drang die Stimme des Zeremonienmeisters herein. »Wache!«

Eine Taube kam in den Salon geflogen. Sie flatterte aufgeregt hin und her, erblickte durch das geschlossene Fenster den Himmel und hielt stracks darauf zu. Im letzten Moment bog sie ab und flatterte zu dem königlichen Maitre de Colombier, der sie ergriff und an seine Brust drückte. Weitere Tauben saßen in seinem Hemd und auf seinen Schultern. Ohne eine Aufforderung abzuwarten, trat Lucien auf den Taubner zu. Schwer auf seinen Stock gestützt, streckte er die Hand aus.

Der Taubner grub in seiner Tasche und ließ aus der halbgeöffneten Faust silberne Kapseln in Luciens Handfläche rollen.

Lucien gab sich nicht die Blöße, eine davon zu öffnen. Er kehrte zu seinem Platz vor dem Thron zurück. Durch den Tränenschleier vor ihren Augen sah Marie-Josèphe das glänzende Silber von einer strahlenförmigen Aura umgeben. Sie biß sich auf die Lippen, um mit dem Weinen aufzuhören, um nicht zu rufen: »Die Nachricht! Lest sie vor!«

Der König nahm eine der silbernen Kapseln aus Luciens Hand. Er öffnete sie. Er kehrte sie um, aber nichts kam heraus. Er schüttelte sie.

Ein Smaragd fiel klirrend auf den Boden. Grünes Funkeln schlitterte über das glänzende Parkett und blieb in den Fransen des Perserteppichs liegen. Ein Soldat hob ihn auf und reichte ihn kniend dem König.

Ludwig las den Zettel aus der Kapsel. Ließ ihn fallen.

Jede Kapsel enthielt einen Edelstein, einer immer schöner als der andere, oder eine makellose Jadeperle oder einen goldenen Armreif. Ein Zettel nach dem anderen flatterte zu Boden. Marie-Josèphe setzte die Worte zusammen: »Atztekische Juwelen. Spanisches Gold. Unermeßliche Reichtümer.«

»Das Seeungeheuer wird leben.« Der König schloß die Hand um den Schatz. Seine tonlose Stimme machte Marie-Josèphe Angst.

»Euer Majestät ...« wisperte M. Boursin.

»M. de Chrétien, gebt ihm ...« Ludwig besann sich. »M. Boursin, Wir werden Euch entlohnen, wie Wir es versprochen haben. Ihr dürft Euch entfernen.«

M. Boursin verließ rückwärtsgehend unter Verbeugungen den Thronsaal.

Ludwig schaute auf Lucien hinab, und für einen Moment fiel die steinerne Maske von ihm ab.

»Lucien, mein hochgeschätzter Berater. Wer wird Euch ersetzen?«

»Niemand, Sire.«

Von Luciens Stolz und Leid tief gerührt, wäre Marie-Josèphe beinahe erneut in Tränen ausgebrochen.

Der König rief Lorraine zu sich. »Bringt das Seeungeheuer in seinen Käfig zurück.«

»Majestät!« rief Marie-Josèphe aus. »Scherzad hat Euch ein Schiff voller Schätze geschenkt.«

»Und Wir schenken dem Seeungeheuer das Leben.«

»Ihr habt versprochen, sie freizulassen!«

»Ihr wagt es, Uns zu widersprechen?«

»Ja. Sire.«

»Wir haben versprochen, die Kreatur nicht bei unserem Bankett auftischen zu lassen. Wenn sie Uns nicht mit ihrem Fleisch unsterblich machen kann, muß sie Frankreich unsterblich machen mit ihren Schätzen.«

Scherzad rollte die hölzernen Stufen hinunter und fiel in den Brunnen des Apoll, der Schwall des brackigen Wassers riß sie aus der Versunkenheit ihres Trauergesangs. Zappelnd und sich windend versuchte sie, die zähe Umklammerung des Netzes zu lockern. Sobald sie etwas Spielraum gewonnen hatte, sägte sie mit den scharfen Krallen an den Stricken. Das Netz fiel von ihr ab und trieb in Richtung des Abflusses davon, ein von der kaum merklichen Strömung mit trägem Leben erfülltes, krakenähnliches Rätselwesen.

Schmerzgepeinigt, hungrig, zerschlagen und zerschunden, katapultierte sie sich mit einem Beinstoß an die Oberfläche. Die Käfigtür fiel klirrend zu, das Schloß schnappte ein. Die Zeltbahnen waren rundum verschlossen. Sie war allein. Verzweifelt kratzte sie mit den gesplitterten Krallen an den steinernen Wänden des Beckens, rüttelte an dem Gitter über dem Abfluß, bis ihre Hände bluteten. Vergebens.

Es gab keine Möglichkeit zur Flucht.

Musketiere führten Lucien und Yves fort, ohne daß Marie-Josèphe noch ein Wort mit ihnen hatte wechseln dürfen. Zwei Soldaten brachten Marie-Josèphe zu den Gemächern der Herzogin von Orléans.

Madame stand mit ausgebreiteten Armen in ihrem Ankleidezimmer und ließ sich von den Hofdamen das Korsett schnüren. Mademoiselle war bereits fertig angekleidet. Sie trug prachtvollen, mit Topasen besetzten ekrüfarbenen Satin. Haleed legte letzte Hand an die hohe, mit Rüschen und Bändern geschmückte Fontange.

Haleed ließ die Bänder fallen, lief zu Marie-Josèphe und schloß sie wortlos in die Arme. Lotte tat desgleichen. Marie-Josèphe klammerte sich an ihre Schwester und ihre Freundin. Herbstblume kam schnaufend angewatschelt, wie immer gefolgt von Frühlingsblume. Beide beschnüffelten den Saum ihres Rocks und ihrer Jupe. Sie witterten Scherzad und brachen in hysterisches Gekläff aus.

»Seid still!« Lotte schob die Hunde mit der Fußspitze beiseite.

Madame tat, als wären die Musketiere Luft, während ihre Damen sie in eine Grande Robe aus Goldbrokat kleideten.

»Verlaßt mein Gemach«, befahl sie den Männern schließlich.

»Aber Hoheit ...«

»Tut, was ich sage!«

Sie schauten sich an und gehorchten. Zweifellos warteten sie im Vestibül, denn selbst die im wahrsten Sinne des Wortes gewichtige Autorität Madames konnte einen Befehl des Königs nicht aufheben.

Madame drückte die Wange gegen Marie-Josèphes.

»Ach, mein Kind«, seufzte sie, »diese Ereignisse wären Stoff für eine Ballade oder ein Drama. Der König ist erzürnt, und er befiehlt Euch, bei seinem Bankett zu erscheinen.«

»Madame, was soll ich tun?«

»Dem König gehorchen, liebes Kind, wie wir alle es tun müssen.«

Marie-Josèphe half Haleed, Madame zu frisieren, reichte Haarnadeln an und die wenigen Edelsteine und Spitzenbänder, die Madame erlaubte. Sie fand keinen Trost in diesen alltäglichen Verrichtungen. Ihre Hände zitterten. Die anderen Hofdamen flüsterten über ihren Ungehorsam und ihre derangierte Erscheinung.

Scherzad lebt, dachte Marie-Josèphe. *Noch ...*

Denn sie wußte, ihre Freundin konnte in dem Teich, der ihr Gefängnis war, nicht lange überleben.

Madame streckte den Arm aus. Haleed legte ihr das Brillantarmband des Königs um das Handgelenk. Durch den Tränenschleier vor Marie-Josèphes Augen funkelten die vielfach geschliffenen Edelsteine doppelt hell.

»Und nun«, sagte Madame, »was fangen wir mit Euch an?« Sie musterte Marie-Josèphe mit strengem Blick von Kopf bis Fuß. »Ihr könnt nicht in einem schmutzigen Kleid am Bankett des Königs teilnehmen.«

»Ihr seid boshaft, Maman, die Ärmste in ihrem Unglück noch zum Besten zu halten.« Lotte führte Marie-Josèphe zu einem Schrank und öffnete beide Türen.

Das Kleid dahinter war das schönste, das Marie-Josèphe je gesehen hatte, glänzender Silbersatin und silberne Spitze, das Mieder dich an dicht mit Mondsteinen besetzt.

»Mademoiselle, ich kann unmöglich . . .«

»M. de Chrétien schickt es, mit seinen Empfehlungen.«

Ich habe ihn vernichtet, dachte Marie-Josèphe , *und immer noch überschüttet er mich mit Herzlichkeit und Güte.*

Lotte umarmte und küßte sie und drückte ihr aufmunternd die Hände. Dann ließ sie sie mit Haleed allein. Lotte, Madame und ihre Damen gingen hinaus, zurück blieb das Rascheln von Unterröcken, der Duft schwerer Parfums, der Nachhall ihres Geflüsters.

Haleed drückte Marie-Josèphe ein Billett in die Hand. Sie faltete es auf und hielt den Atem an, als sie Luciens Handschrift erkannte.

»Wir werden uns bald wiedersehen.
Ich liebe Euch.

L.«

»Nicht weinen, Mlle. Marie«, sagte Haleed. »Eure Augen sind schon rot genug. Setzt Euch, ich muß Euch die Mäusenester aus den Haaren kämmen.«

»Mlle. Haleed, ich muß ihm eine Antwort zukommen lassen. Kann ich es wagen – ist es möglich?«

»Es ließe sich arrangieren. Comte Lucien hat viele Agenten.«

»Ich liebe Euch«, schrieb Marie-Josèphe. »Ich liebe Euch grenzenlos, ohne Einschränkungen.«

Haleed flüsterte mit einem kleinen Pagen und gab ihm das Briefchen. Dann machte sie sich daran, Marie-Josèphe in ihr Mondsteinkleid zu helfen. Der Spiegel gab ihr Bild wieder, umschmeichelt von einer silbergrauen Aureole.

»Es ist nicht mehr, als Eurer Schönheit zusteht«, meinte Haleed befriedigt.

Marie-Josèphe schob Luciens Billetdoux in ihr Mieder.

»Schwester«, sagte Haleed, »darf ich ausnahmsweise Euer Haar à la mode frisieren?«

Sie nahm eine von Mademoiselles Fontanges und hielt sie in die Höhe. Marie-Josèphe versuchte, sich zu beherrschen, doch bei der Vorstellung, den ganzen Abend dieses Gewirr von Drähten und Bändern und Spitzen auf dem Kopf zu balancieren, mußte sie laut auflachen.

»Ihr findet also meine Kreationen lächerlich?« fragte Haleed gekränkt.

»Es tut mir leid.« Marie-Josèphe hielt beide Hände vor den Mund, um ihr Kichern zu unterdrücken. »Mlle. Haleed, ich wollte nicht ...«

Und dann lachte Haleed ebenfalls, über die absurden Gebilde, die sie gebastelt hatte, über die törichten Damen, die sie trugen.

Sie legte den Kopfputz weg und frisierte ihrer Schwester das Haar auf sehr schlichte Weise. »Tragt diese dazu.« Damit flocht sie ihr eine lange Perlenschnur in die aufgesteckten Locken.

»Deine Perlen ...!«

»Ich muß sie wiederhaben. Mit ihnen kann ich mir die Rückkehr in meine Heimat erkaufen.«

Genaugenommen stammten alle Geschenke, die die englische Königin freigebig verteilte, aus Ludwigs Schatulle. Marie-Josèphe empfand Genugtuung bei dem Gedanken, daß, wenn der König auch Scherzad nicht freiließ, er wenigstens auf Umwegen sein Scherflein zu Haleeds Freiheit beitrug.

Die Nachmittagssonne strömte durch die Fenster der Galerie des Glaces und wurde von den Spiegeln grell zurückgeworfen. Das Symbol des Königs, die goldene Sonne im Strahlenkranz, leuchtete an jeder Wand; auf den Deckengemälden waren Ludwigs Siege dargestellt.

An langen Tischen drängten sich der Adel Frankreichs und seine Verbündeten. Die Kleidung, die Speisen und besonders die Sitzordnung würden noch Wochen nachher die Klatschmäuler beschäftigen, wie sie Wochen vorher den Oberhofzeremonienmeister und seine Gehilfen beschäftigt hatten. Musik erfüllte den langgestreckten Raum mit Wohlklang, Orangenbäume verströmten Wohlgeruch.

»Mlle. de la Croix.« Der Nomenklator kündigte sie an. Ohne Begleiter betrat sie den Saal, stellte sich der schonungslosen Helligkeit, den Blicken und dem aufgeregten Raunen. Als man ihres Bewachers ansichtig wurde, verstummte das Gewisper. Mit stolz erhobenem Kopf ging sie weiter, obwohl ihr der Weg bis zu ihrem Platz vorkam wie ein Spießrutenlaufen.

Man würde sich ebenso das Maul zerreißen, dachte sie, *weil ich nicht à la mode frisiert bin oder weil ich keinen Begleiter habe, als wegen des Soldaten.*

Marie-Josèphe setzte sich auf ihren einsamen Platz am äußersten Ende der langen Tafel und war dankbar, den meisten Blicken entzogen zu sein. Lieber wäre sie weit fort gewesen oder bei Scherzad, bei Lucien. Luciens Billett steckte in dem schimmernden Mondscheinmieder, dicht bei ihrem Herzen.

»Père de la Croix.« Yves hatte des Königs Medaillon abgelegt. Eine Büßerstudie in Schwarz, nahm er neben Marie-Josèphe Platz. Auch er wurde von Wachen begleitet.

»Lucien de Barenton, Comte de Chrétien.«

Lucien trat ein, jedem Gast ebenbürtig an Pracht des Anzugs, an Haltung, an Stolz. Er hatte den Justaucorps à brevet abgelegt, statt dessen trug er silberfarbenen Satin und Brillanten. Er hätte ein vornehmer Gast aus einem anderen Land sein können, mit einer Leibwache von königlichen Musketieren. Sein Platz am Fuß der Tafel, so weit entfernt von seiner Majestät wie möglich, hätte der Ehrenplatz sein können.

»Ihr habt den Schemel vergessen«, sagte er kalt zu dem Sergeanten seiner Bewacher.

»Vergebung, M. de Chrétien.«

Lucien wartete geduldig, gleichgültig gegenüber dem Unbehagen der Musketiere, die sich wahrscheinlich fragten, ob sie von ihrem Gefangenen Befehle annehmen sollten. Das Lächeln, das er Marie-Josèphe schenkte, war so strahlend, so voller Liebe und guter Laune, daß sie wußte, es war echt, keine Fassade, die sein Stolz errichtete.

Als der Schemel gebracht worden war, als Lucien auf seinem Stuhl saß, zogen die Soldaten sich hinter die Orangenbäume zurück, und bald darauf waberte Tabaksqualm durch das Laub. Marie-Josèphe beneidete sie.

Yves saß rechts neben Lucien, Marie-Josèphe links. Die Tischnachbarn zu beiden Seiten rückten mit ihren Stühlen zur Seite, so daß eine Art Niemandsland entstand. Marie-Josèphe erwartete fast, daß sie aus Kandelabern, Messern und Salzfässern eine Trennmauer errichteten.

Marie-Josèphe legte ihre Hand über die von Lucien.

»Ich danke Euch«, sagte sie. »Ich danke Euch für alles. Es tut mir unendlich leid. Ich wünschte ...«

Er hob ihre Hand, streifte mit den Lippen über ihre Finger und drückte einen Kuß in ihre Handfläche. Beunruhigende Gedanken stellten sich ein: *Wie muß es sein, ihn zu küssen, wenn mein Herz so schnell schlägt, nur weil er meine Hand berührt?*

»Mein letztes Abenteuer ist schon zu lange her«, sagte er.

»Ist das der einzige Grund?«

»Der Grund ist, Ihr laßt mich in Euer Herz sehen, und ich liebe Euch. Ohne Einschränkungen. Grenzenlos.«

»Ich wünschte, wir könnten mit ihnen die Plätze tauschen.« Marie-Josèphe deutet mit einem leichten Nicken auf die verborgenen Musketiere.

Lucien lächelte.

»Wahre den Anstand, Schwester«, tadelte Yves.

Yves' zurechtweisendem Blick zum Trotz legte Marie-Josèphe die Hand an Luciens Wange. Er schmiegte sich hinein und schloß die Augen. Er zitterte.

»Lucien ...«

»Schon gut«, flüsterte er. Er richtete sich auf, zögernd, sie ließ die Hand sinken.

»Sagt es mir.«

»Ihr kennt meine gewöhnliche Verfassung. Zu Zeiten wird diese Verfassung – außergewöhnlich.«

»Die Kur ...?«

»Die einzige Kur ist Geduld.«

Der Nomenklator kündigte die Monarchen der verbündeten Nationen an. Einer nach dem anderen betraten sie den Spiegelsaal und nahmen ihre Plätze am Ehrentisch ein. Sie trugen schwer am Gewicht des Goldes und der Edelsteine an ihrer Kleidung.

Marie-Josèphe erhaschte einen Blick auf die englische Königin, die in sehr aufrechter und steifer Haltung eine enorme Fontange aus Goldspitze und Bändern, Brillanten und silberner Stickerei auf dem Kopf balancierte. Auf der kreideweiß gepuderten Haut schlängelten sich, dem Verlauf der Adern folgend, dünne blaue Linien über die Schläfen und die Wölbung ihrer Brüste, um die vornehme Blässe zu betonen.

»Seine Heiligkeit Papst Innozenz, Pontifex von Rom.«

Doch Innozenz begab sich nicht zur Ehrentafel. Der bestürzte Nomenklator hielt nach jemandem Ausschau, der helfen konnte, fand niemanden, lief hinter Innozenz her und flüsterte, erhielt eine Antwort, stutzte, verneigte sich und kehrte auf seinen Posten zurück. Durch konsterniertes Schweigen schritt Innozenz langsam auf Marie-Josèphe zu. Sie erhob sich und sank in einen Hofknicks. Er gestattete ihr, seinen Ring zu küssen. Yves grüßte ihn mit einem Kniefall. Lucien blieb sitzen. Er schien sich keiner besonderen Ehre bewußt zu sein.

»Man bringe einen Stuhl.«

»Euer Heiligkeit!« stieß Yves hervor.

Innozenz' Befehl ließ die Lakaien aus ihrer Starre erwachen. Yves bot dem Papst seinen eigenen Platz an und setzte sich auf den eilfertig herbeigeschafften Stuhl in das Niemandsland zur rechten Hand des Papstes. Während die Gäste noch über diesen Faux pas auf allerhöchster Ebene staunten, machten die Lakaien sich am Ehrentisch zu schaffen; im Nu war Innozenz' Gedeck verschwunden und das goldene Geschirr des Königs in die Mitte gerückt. Der Nomenklator sah blaß aus.

»Seine Majestät der König, Ludwig Bourbon von Frankreich und Navarre.«

Die ganze Gesellschaft erhob sich, man grüßte den Souverän. Der König, angetan mit Goldbrokat, geschmückt mit Rubinen und Diamanten, nahm seinen Platz ein, als wäre nichts Ungewöhnliches vorgefallen.

Sein Blick wanderte die Tafel hinunter, streifte Marie-Josèphe und ihren Bruder und Lucien wie ein kalter Hauch, durchbohrte Innozenz.

»Euer Heiligkeit«, sagte Yves. »Euer Platz . . .«

»Unser Heiland hat sich der Aussätzigen erbarmt. Kann ich weniger tun?« Innozenz musterte Lucien. »Obwohl unser Herr Jesus nicht gezwungen war, mit Gottlosen Umgang zu pflegen.«

Marie-Josèphe errötete vor Unwillen über diese Beleidigung.

»Wenn er aber dazu gezwungen gewesen wäre«, sagte Lucien, »wäre er ihnen bestimmt mit Güte begegnet.«

»*Ihr* seid gütig, Euer Heiligkeit«, warf Yves hastig ein, »daß Ihr unsere Schande teilt.«

»Mein königlicher Vetter ist außerordentlich erzürnt.«

»Wir haben ihn um eine Mahlzeit gebracht«, rief Marie-Josèphe aus. »Um zu verhindern, daß er einen Mord verübt.«

»Wir fürchteten um seine Seele«, fügte Yves hinzu.

»Womöglich habt Ihr einen Dämon beschützt«, sagte Innozenz, an Yves gewandt. »Oder Ihr habt meinen Vetter der Möglichkeit beraubt, irdische Unsterblichkeit zu erlangen.«

»Scherzad kann niemandem Unsterblichkeit verleihen, Euer Heiligkeit«, erklärte Marie-Josèphe. »Das vermag nur Gott.«

Innozenz schenkte ihr keine Beachtung. »Ihr habt behauptet, das Fleisch des Seeungeheuers besäße die Macht . . .«

»Eine Lüge.« Yves schüttelte zerknirscht den Kopf. »Gott verzeihe mir, ich habe gelogen. Ich habe keine Untersuchung vorgenommen. Die Wahrheit ist nicht von Bedeutung . . .«

»Yves, wie konntest du so etwas sagen!« Marie-Josèphe starrte ihren Bruder ungläubig an.

»Was der König glaubt – nur darauf kommt es an.«

»Und er glaubt an irdische Unsterblichkeit, weil du ihm erzählt hast, Scherzad könne ihm dazu verhelfen. Nun wird der Gedanke ihn verfolgen, er wird die Versuchung spüren – er wird sein Wort brechen und sie töten.«

Sie schaute Lucien an, der ihrem Blick standhielt, doch er sagte nichts.

Ich hoffte, er würde widersprechen, dachte Marie-Josèphe. *Ich hoffte, er würde sagen, der König bricht niemals sein Wort. Auch wenn er mich seinen Unmut spüren ließe, wüßte ich doch, daß Scherzad leben darf.*

Sie wandte sich mit beschwörender Gebärde an Innozenz. »Ihr könntet Scherzad retten, Euer Heiligkeit. Man verehrt Euch, weil Ihr der Korruption einen Riegel vorgeschoben habt ...«

»Schweig!« fuhr Yves ihr über den Mund.

»Gönnt mir diese Würdigung meiner Verdienste, M. le Père«, sagte Innozenz. »Laßt mich einen Moment lang der Sünde des Stolzes frönen. Ich *habe* der Korruption einen Riegel vorgeschoben.«

»Vergebung, Euer Heiligkeit.«

»Gott hat uns die Tiere gegeben, auf daß wir uns ihrer bedienen, den Teufel, um wider ihn zu streiten und Heiden, um sie zu bekehren: Welches ist das Seeungeheuer?«

»Sie ist eine *Frau.*«

»Ich spreche nicht zu Euch, Mlle. de la Croix. M. le Père, das Ungeheuer behauptet, es gibt kein Leben nach dem Tode.«

»Euer Heiligkeit«, antwortete Yves vorsichtig, »hätte ein Tier eine Vorstellung vom Tod?«

»Gäbe es Teufel«, äußerte Lucien, »müßten sie doch ein Leben nach dem Tod bestätigen, Himmel und Hölle. Wo sonst hätten sie ihre Wohnstatt?«

Marie-Josèphe unterdrückte das Lachen, das sie im Hals kitzelte, und wagte es, noch einmal das Wort an den Papst zu richten.

»Euer Heiligkeit, Ihr könntet Scherzad im christlichen Glauben unterweisen.«

»Unterlaßt Eure penetranten Einmischungen, Signorina.« Aus Innozenz' Stimme sprachen Ungeduld und Gereiztheit. »Das Weib sei unterwürfig, gehorsam – und *still*. So lautet Gottes Wille.«

Lucien beugte sich vor und machte eine heftige Gebärde. Er erstarrte. Als er den durch die unbeherrschte Bewegung ausgelösten Schmerz überwunden hatte, waren sogar seine Lippen weiß. Marie-Josèphe fürchtete, er könnte die Besinnung verlieren.

»Wenn Ihr an Euren Gott glaubt«, sagte Lucien mit schneidender Schärfe, »dann müßt Ihr hinnehmen, daß Er Marie-Josèphe de la Croix kühn und mutig erschaffen hat.«

»Ihr ...« Innozenz rang um Beherrschung. »Ihr und die Kreatur seid beide widernatürliche Geschöpfe!«

Die Sonne berührte den westlichen Horizont, ihr Licht wurde zu Blut, das in den Saal strömte, über die festliche Tafel und die erlesene Schar der Gäste in ihren prächtigen Roben, so daß sie in den Spiegeln saßen wie von einem Abglanz des Fegefeuers berührt.

Kapitel 28

Der spanische Schatz traf unter schwerer Bewachung ein. Die Wagen rumpelten schwerfällig vorbei, knarrend und ächzend unter dem Gewicht des Goldes. Marie-Josèphe saß auf den Stufen vor Scherzads Gefängnis, selbst eine Gefangene. Soldaten bewachten das Zelt, bewachten ihre Kammer unter dem Dach. Statt nachzulassen, wenn sie kam, um Scherzad zu besuchen, verstärkten sie ihre Wachsamkeit.

Trotzdem gab es Gelegenheit zur Flucht, nachts, durch das Fenster und über die Dächer, wie Lucien es ihr gezeigt hatte, doch wohin dann? Und Fliehen bedeutete, Scherzad im Stich zu lassen. Fliehen war Verrat an Lucien und seiner Liebe.

Die Meerfrau lag neben Marie-Josèphe, den Kopf in ihren Schoß gebettet. Das wuchernde Geschwür an ihrer Schulter näßte, die Bißwunden an den Knöcheln wollten nicht heilen. Sie verweigerte die Nahrung und hüllte sich in Schweigen.

»Bitte, Scherzad, hör mir zu. Wenn du dem König mehr Schätze versprichst, vielleicht läßt er sich erweichen . . .«

Sie verstummte. Wenn sie selbst nicht daran glaubte, daß der König ihrer Freundin je die Freiheit schenken würde, wie sollte sie dann Scherzad davon überzeugen.

»Mlle. de la Croix.«

Als der Musketier sich näherte, schlüpfte Scherzad davon und tauchte ins Wasser. Sie sank auf den Grund des Teichs, starrte aus leeren Augen zur Oberfläche und wartete auf den Tod.

»Seine Majestät der König wünscht Euch zu sehen.« Der Soldat öffnete die Käfigtür, um Marie-Josèphe hinauszulassen, und schloß hinter ihr wieder ab.

Zu ihrer Überraschung wartete draußen Zachi auf sie.

Die Stute beschnupperte ihre Hände und ließ sich streicheln.

Ich habe mich damit abgefunden, daß man mir alles nehmen wird, dachte Marie-Josèphe, *sogar Zachi. Scherzads Leben, die Liebe meines Bruders, die Zuneigung meiner Schwester. Und Lucien.*

Sie hatte ihn seit dem Ende des Banketts nicht mehr zu Gesicht bekommen. Das große Festessen, Höhepunkt und Abschluß des Karussells, war auch ohne das Fleisch der Meerfrau ein Triumph gewesen. Es dauerte bis nach Sonnenuntergang, als die Blumenschalen weggenommen und durch Kandelaber ersetzt wurden, und bis nach Mitternacht, als die Lakaien die niedergebrannten Kerzen durch neue ersetzten und einen weiteren Gang auftrugen. Marie-Josèphe hatte keinen Bissen heruntergebracht.

Am Ende des Banketts rief der König den Chevalier de Lorraine zu sich und gab ihm eine Börse mit eintausend Louisdor, die dieser, was früher Luciens Amt gewesen wäre, M. Boursin als Anerkennung überreichte. Gleichzeitig verneigten die Soldaten sich höflich vor Lucien und führten ihn weg.

»Macht Euch keine Sorgen«, hatte er zu ihr gesagt.

Sie hatte seither nichts anderes getan als sich gesorgt. Mit der Hilfe des Soldaten stieg sie in den Sattel und setzte sich zurecht. Die Stute tänzelte, nichts hätte sie lieber getan, als davonzupreschen, die Kavalleriegäule der Musketiere hinter sich zu lassen. Marie-Josèphe streichelte ihr beruhigend über den Hals. Und wenn Zachi Flügel gehabt hätte, um sie über die Dächer von Versailles hinwegzutragen – sie wußte keinen Ort, an dem sie Zuflucht finden konnte.

Die Musketiere eskortierten sie den Tapis Vert hinauf und dann ins Innere des Schlosses.

Beim Eintritt in das Ratskabinett des Königs verschlug es Marie-Josèphe den Atem. Ludwig saß inmitten von

Silber- und Goldbarren, Kisten voller Goldmünzen und aufgehäuftem Geschmeide. Er drehte einen schweren goldenen Pokal in den Händen.

»Was sagt Euer Ungeheuer?«

Marie-Josèphe verharrte in ihrem tiefen Hofknicks.

»Nichts, Sire. Sie will nicht singen, sie will nicht essen. Wenn Ihr sie nicht freilaßt, seid Ihr schuld an ihrem Tod.«

»Ein Monarch ist schuld an vielen Toden, Mlle. de la Croix.«

»Und begeht er auch kaltblütigen Mord? Davor haben wir Euch bewahrt, Lucien und Yves und ich. Wir haben Eure Seele davor bewahrt, Schaden zu nehmen.«

»Weshalb verharrt Ihr in diesem Wahn!«

»Mein Freundin stirbt an Verzweiflung!«

»Tiere sind nicht fähig, Verzweiflung zu empfinden. Wenn das Seeungeheuer Uns nicht mehr amüsiert, liefern Wir es vielleicht der Heiligen Inquisition aus.«

Er stellte den Kelch hin. Heute trug er Dunkelbraun und Schwarz., dazu nur ein wenig goldene Spitze.

Er reichte Marie-Josèphe die Hand. Sie griff danach und ließ sich von ihm vom Boden aufheben wie damals auf der schwimmenden Insel im Grand Canal, als er sie zum Tanz aufgefordert hatte.

»Oder Wir könnten es verspeisen, was gnädiger wäre.«

Marie-Josèphe wollte rufen: »Ihr habt es versprochen! Ihr seid ein großer König, wie könnt Ihr wider Euer Wort handeln? Wie könnt Ihr mich betrügen und Scherzad und Lucien das Herz brechen?«

Statt dessen sagte sie mit aller Ruhe, deren sie fähig war: »Euer Majestät, Ihr habt die Macht, sie zu vernichten. Sie und mich und meinen Bruder und Lucien, der Euch liebt.«

»Soll das heißen, Ihr liebt Uns nicht, Mlle. de la Croix?«

»Nicht in dem Maße, wie Lucien es tut.«

»Er liebt Euch mehr.«

»Ich weiß, Euer Majestät. Darum liebt er Euch nicht weniger. Bitte, Sire, geht es ihm gut?«

»Er lebt.«

»Ihr habt ihn nicht ...«

»Wir haben nichts weiter getan, als seine Zuträger aus Unserer Leibwache zu entfernen. Weshalb sollten Wir uns Mühe machen? Sein Körper ist seine Marterbank.«

»Darf ich ihn besuchen?«

»Wir werden sehen.«

»Sire, Ihr habt die Macht, uns allen Gnade zu erweisen.«

»Ihr seid noch starrsinniger als Eure Mutter!«

Marie-Josèphe vermochte sich nicht mehr zu beherrschen. »Sie – Ihr – meine Mutter hat sich Euch *rückhaltlos* ergeben!«

»Sie verweigerte ...«

Staunend beobachtete Marie-Josèphe , wie Kummer sein Gesicht verzerrte und seine Augen sich mit Tränen füllten.

»Sie verweigerte alles, was Wir ihr geben wollten.« Er wandte sich ab, bis er seiner Bewegung Herr geworden war.

»Begleitet Uns. Bringt sie dazu, sich Unserem Willen zu beugen.«

Einen gespenstischen Augenblick lang glaubte Marie-Josèphe, der König spräche von ihrer Mutter.

Der Papst stand am Käfiggitter. Er sprengte geweihtes Wasser zwischen den Stäben hindurch. Dabei deklamierte er in Latein die Formeln eines Exorzismus'.

»Entsage deinen heidnischen Bräuchen. Umarme die Lehren der heiligen katholischen Kirche, und das ewige Leben ist dir gewiß.«

Scherzad antwortete mit einem feindseligen Knurren.

»Verharrst du aber in deinem Irrglauben, wird deine Seele im Feuer der Hölle brennen!«

Marie-Josèphe lief zur Käfigtür. »Laßt mich hinein!«

Aufgeregt, zornentbrannt, schwamm Scherzad hin und her. Ludwig erhob sich aus seinem Räderstuhl. Der Musketier schloß den Käfig auf. In einem groben Verstoß gegen die Hofetikette oder auch nur das einfachste Gebot der Höflichkeit, drängte Marie-Josèphe vor dem König durch die Tür.

»Scherzad! Beruhige dich, Scherzad ...«

»Mischt Euch nicht ein, Signorina de la Croix«, mahnte Innozenz. »Ihr mißachtet meine Warnung auf eigene Gefahr!«

Marie-Josèphe eilte zu der Plattform hinunter, während der König auf der obersten Stufe stehenblieb.

Scherzad erblickte ihn. Sie stieß einen durchdringenden Schrei aus.

»Scherzad, nein!«

Die Meerfrau schoß heran, schnellte aus dem Wasser und flog mit raubtierhaftem Knurren und ausgestreckten Krallen durch die Luft auf den König zu. Marie-Josèphe warf sich ihr entgegen. Sie prallten hart zusammen und fielen hin.

Die Kanten der Stufen trafen Marie-Josèphe mit solcher Wucht in den Rücken, daß sie einen Moment lang nicht atmen konnte. Scherzad lag in ihren Armen, eine gezackte, tiefe Wunde an der Stirn. Marie-Josèphe bemühte sich, die Blutung zum Stillstand zu bringen. Ihre Hände, ihr Kleid, alles färbte sich rot.

»Selbstmord ist eine Todsünde«, donnerte Innozenz. »Sie muß abschwören und Buße tun, bevor sie stirbt, oder ich werde wissen, daß sie ein Dämon ist und der ewigen Verdammnis anheimfällt!«

Marie-Josèphe hob den Blick zu den beiden Männern: dem Heiligen Vater, der glaubte, Scherzad hätte versucht, sich selbst zu töten, und dem Monarchen, der glauben mußte, sie hätte versucht, ihn zu töten. Vielleicht hatten beide recht.

Scherzad richtete sich auf und sang leidenschaftlich. Ihr Gesicht war blutüberströmt, nie hatte sie mehr ausgesehen wie ein Ungeheuer.

»Was hat sie gesagt?«

Marie-Josèphe zögerte.

»Sprecht!«

»Sie sagte – Vergebung, Sire – sie sagte, zahnlose Haie fürchte ich nicht. Sie sagte: Wird eine Flotte von Schiffen voller Schätze meine Freiheit erkaufen?«

»Wo befindet sich diese Flotte?«

»Sie wird es erst sagen, wenn Ihr sie freigelassen habt.«

»Mit welcher Bürgschaft?«

»Der meinen, Euer Majestät.«

Sie fürchtete, er würde sie hinausweisen, sie eine Diebin nennen, sie der Lüge beschuldigen.

»Ihr bittet Uns nicht um Milde? Für Euch selbst, für Euren Bruder, für Euren Amant?«

Marie-Josèphe schluckte, ihre Kehle war wie zugeschnürt. Dann schüttelte sie den Kopf. »Nein, Euer Majestät.«

Scherzad tobte in ihrem Bassin. Wasser spritzte über den Rand, durch die Maschen des darüber gespannten Netzes. Sie roch das Meer und versuchte mit aller Gewalt, sich aus ihrem engen Gefängnis zu befreien.

»Scherzad, liebe Scherzad, du wirst dich noch verletzen.« Marie-Josèphe zwängte die Hand durch die Maschen, um die Meerfrau zu streicheln und zu trösten. Sie saß neben dem Bassin unter einem Sonnendach aus Segeltuch auf dem Hauptdeck der *Soleil Royal*. Auf dem Achterdeck saß der König in einem samtenen Fauteuil im Schatten von Tapisserien. Er sagte ein Wort zu dem Kapitän, der daraufhin seinen Männern Befehle zubrüllte. Die Matrosen sprangen und machten das Schiff fertig zum Auslaufen.

Die Pinasse wurde vom Pier herübergerudert und kam längsseits. Lucien, elegant in weißem Satin und goldener Spitze, reichte seinen Stockdegen nach oben und stieg die Treppenleiter zum Deck hinauf.

Marie-Josèphe lief zu ihm. Sie umfaßte seine Hände, schön und stark in dünnen Lederhandschuhen. Niemand hätte vermutet, daß er geradewegs aus dem Gefängnis kam.

»Lucien, mein Liebster ...«

»Entschuldigt mich.« Er ging schwankend zur Reling an Lee und übergab sich.

»Wir haben noch nicht einmal den Anker gelichtet!« Sie brachte ihm Wasser. Statt zu trinken, wusch er sich damit das Gesicht.

Die Ankertrosse wand sich ächzend um das Spill. Die Segel entfalteten sich rauschend, blähten sich im Wind.

»Jetzt aber«, sagte Lucien und beugte sich erneut über die Reling.

»Mein armer Freund. Ihr werdet Euch bald besser fühlen.«

»Die Erfahrung spricht dagegen.« Er stöhnte. »Ich wünschte, ich wäre auf dem Schlachtfeld ... im Regen ... ohne Pferd ... ohne Degen. Ich wünschte, der König hätte mich in der Bastille gelassen.«

»Wie könnt Ihr so etwas sagen!«

Er hob abwehrend die Hand. »Tut mir die Liebe und laßt mich allein.«

Auf der rauhen Überfahrt von Martinique waren viele von Marie-Josèphes Mit-Passagieren seekrank geworden, aber niemand mit solch staunenswerter Kompromißlosigkeit wie Lucien. Die Galeone segelte vor einem leichten, stetigen Wind durch ruhige, küstennahe Gewässer, doch Luciens Zustand wurde nur noch schlimmer. Marie-Josèphe machte sich um ihn ebensoviel Sorgen wie um Scherzad. Der König zeigte weder für seinen ehemaligen Vertrauten noch für die Meerfrau Mitgefühl. Auch als das Schiff einen ganzen Tag lang krängend und stampfend um den Anker trieb, während das Beiboot nach den von Scherzad beschriebenen Felsen suchte, war Ludwig keine Ungeduld anzumerken. Marie-Josèphe hatte den Eindruck, daß es ihm ein perfides Vergnügen bereitete, Lucien seiner Position und seines Ehrenrocks zu berauben und ihn leiden zu lassen.

Sie bemühte sich – ohne Erfolg – Scherzad zum Essen zu überreden, bemühte sich, ebenso erfolglos, Lucien zu überreden, etwas Brühe zu trinken.

Der Kapitän trat zu ihr unter das Sonnendach und verneigte sich. »Meinen Respekt, Mademoiselle, und Seine Majestät wünscht Eure Anwesenheit.«

In der luxuriösen Kabine des Königs sank Marie-Josèphe in den obligaten Hofknicks.

»Wo ist der Schatz, den Ihr Uns versprochen habt?« fragte er. Sie glaubte zu merken, daß die träge Schlingerbewegung des Schiffs ihm Übelkeit bereitete, und schämte sich nicht ihrer Schadenfreude.

»Sire, Scherzad kann vom Deck aus nicht das Meer sehen. Schenkt ihr die Freiheit. Sobald sie das Meer hören kann, wird sie uns zu der richtigen Stelle führen.«

»Wir werden sehen.«

Manchmal meinte er es so, doch viel zu oft hatte er sich bereits entschlossen, eine Bitte abzulehnen, und wollte es nur nicht sagen. Marie-Josèphe knickste wieder. Der König wandte sich ab, sie war entlassen.

»Euer Majestät«, in der Tür blieb sie stehen, »M. de Chrétien ist hier von keinem Nutzen. Laßt ihn an Land bringen, erlaubt ihm, nach Versailles zurückzukehren ...«

»Wo er viele Freunde hat!« Ludwig schüttelte den Kopf. »M. de Chrétien wird hierbleiben, wo Wir ihn im Auge haben, bis Ihr den Schatz findet.«

Marie-Josèphe floh. Sie hatte begriffen: Der König hielt Lucien als Geisel an Bord des Schiffes fest und Yves als Geisel im Schloß, bis die Schatzsuche erfolgreich beendet und der König wohlbehalten an den Hof zurückgekehrt war.

An Deck kühlte sie Lucien mit einem feuchten Tuch das Gesicht.

»Es gefällt mir nicht, daß Ihr mich in diesem Zustand seht«, sagte er.

»Ihr habt mich gesehen, nachdem der Arzt mich zur Ader gelassen hatte«, antwortete sie. »Wenn ich nur in guten Zeiten zu Euch stünde, was für eine Freundin wäre ich dann?«

Er brachte ein Lächeln zustande. »Eine Freundin ohne Einschränkungen.«

»Und ohne Grenzen.« Sie nahm seine Hand. Bis jetzt hatten sie noch nicht mehr getan, als gegenseitig ihre Hände berührt. Sie fragte sich, was geschehen würde, wenn sie mehr tun konnten.

Mein Herz kann bestimmt nicht schneller schlagen, dachte sie.

»Davon abgesehen – habt Ihr Euch erholt?« fragte sie. »Von Eurer anderen Malaise?«

»Seekrankheit hat auch ihre guten Seiten.«

»Und welche?«

»Sie lenkt von allen anderen Unpäßlichkeiten ab.«

Soldaten näherten sich Scherzads Bassin, der eine bewaffnet mit einer Muskete, der andere hatte einen Knüppel. Matrosen folgten mit einem Netz und Stricken.

Marie-Josèphe sprang auf. »Was soll das? Sie steht unter dem Schutz des Königs!«

»Wir kommen auf Befehl des Königs, Mademoiselle«, gab der Lieutenant zur Antwort.

»Um sie freizulassen?« Marie-Josèphe war außer sich vor Freude. »Ihr braucht sie nicht mit Waffen einzuschüchtern.« Sie sang für Scherzad eine einfache, frohe

Melodie, die ihr die gute Kunde vermittelte. »Lieg still, Scherzad, und laß dich von ihnen tragen wie damals, als man dich in den Grand Canal gebracht hat. Der König hält sein Versprechen.«

Scherzad gehorchte, doch es kostete sie offenbar große Überwindung stillzuhalten. Die Matrosen nahmen das Netz ab und benutzten es als Trage. Die Meerfrau war von ihrer langen Gefangenschaft gezeichnet: das Haar struppig und verfilzt, die Augen eingesunken, die Wülste in ihrem Gesicht gedunsen und von Adern durchzogen. Die mahagonifarbene Haut hatte einen grauen Schimmer, die großen und kleinen Blessuren waren rot und geschwollen.

Marie-Josèphe folgte ihr und den Matrosen zum Bug. Scherzad summte und zitterte.

»Lebwohl.« Lebwohl, sang sie mit brüchiger Stimme.

Doch statt daß sie das Netz öffneten, zogen die Matrosen es enger, wickelten sie hinein, bis sie kein Glied mehr rühren konnte. Scherzad schrie gellend. Marie-Josèphe protestierte heftig und zerrte an dem Netz. Ein Soldat packte sie und zog sie weg, obwohl sie sich nach Kräften sträubte.

Lucien, von der Seekrankheit geschwächt und benommen, raffte sich mühsam auf und zog den Degen. Er brachte einen der Soldaten mit der Stockscheide zu Fall und taumelte auf Marie-Josèphe zu.

Der Lieutenant richtete seine Pistole auf Marie-Josèphes Kopf.

»Ergebt Euch, Monsieur«, sagte er zu Lucien.

Lucien blieb stehen. Er ließ den nutzlosen Degen fallen und hob die Hände. Ein Matrose stieß ihn auf das Deck nieder. Lucien, der diese Behandlung nicht zu fassen vermochte, wollte sich erheben, aber die Klinge eines Entermessers drückte sich an seine Kehle und ritzte die Haut. Marie-Josèphe trat dem Lieutenant gegen das Knie. Er fluchte und schleuderte sie zu Boden. Sie kroch auf

Scherzad zu, obwohl ihr schwarze Schleier vor den Augen wogten.

Luciens Degen rollte über das Deck und gegen ihre Hand. Sie packte ihn, sprang auf und schwang die Klinge. Die Soldaten wichen lachend auseinander. In ihrer Aufregung merkte sie nicht, daß eine Pistole auf sie gerichtet war.

»Haltet ein, oder er stirbt!« rief der Lieutenant.

Ein Blutstropfen lief an Luciens Hals hinunter, sickert in sein weißes Hemd.

Marie-Josèphe und Lucien waren geschlagen, einer durch den anderen zur Unterwerfung gezwungen.

Marie-Josèphe senkte den Degen, besiegt und betrogen. Wütend riß sie den Arm zurück, als einer der Soldaten danach greifen wollte. Sie mußte tatenlos mitansehen, wie die Matrosen Scherzad zwischen den ausgestreckten Armen der goldenen Galionsfigur festbanden und sie unter dem Bugspriet hängenließen. Die Soldaten senkten Muskete und Säbel und gestatteten Lucien, sich zu erheben.

»Nun kann sie den Ozean sehen und hören.« Der König nahm Marie-Josèphe Luciens Degen aus der Hand.«Ihr habt Uns Euer Ehrenwort gegeben, M. de Chrétien.« Er bohrte die Spitze in die Planken und setzte den Fuß auf die Klinge. Der Damaszenerstahl bog sich und schnellte zurück. Der König versuchte es wieder. Und ein drittes Mal. Die Klinge brach. Lucien schaute zu und zuckte nicht mit der Wimper.

Der König warf den Griff auf das Deck und beförderte die abgebrochene Klinge mit einem Fußtritt über Bord.

Scherzad hing in das Netz eingeschnürt unter dem Bugspriet. Die Seile schnitten in ihre Brüste und Hüften, der absurde Busen der Galionsfigur bohrte sich schmerzhaft in ihren Rücken. Die Salzgischt reinigte und belebte sie.

Sie öffnete weit den Mund, um sie auf der Zunge zu schmecken. Um sie mit allen Sinnen in sich aufzunehmen, zu spüren, zu riechen, zu schmecken – Heimat.

Sie war dem Tod geweiht. Sie wollte nicht sterben.

Den ganzen Nachmittag über blieb sie stumm, weigerte sich, Marie-Josèphe zu antworten, weigerte sich, Kursanweisungen zu geben. Als es Abend wurde, begann sie zu singen. Ihre Stimme klang heiser und unmelodisch.

»Sie ist einverstanden! Sie wird uns zu der Bucht führen!« Marie-Josèphe, töricht, gutgläubig, verkündete es den Landgeborenen.

Die Sonne berührte den Horizont. Scherzad sang und horchte so gut es möglich war, auf die Umrisse des Meeresbodens. Der Wind schlief ein, ein Atemholen zwischen Tag und Nacht, und sprang um, als die Dunkelheit hereinbrach. Der Kapitän warnte davor, fast blind so dicht unter der Küste entlangzusegeln. Der zahnlose Haifisch, der König, befahl ihm, zu gehorchen.

Das Schiff pflügte durch die Wellen. Scherzad trillerte vor Erregung und Furcht.

Ein gezackter Felsen wuchs vom Grund empor, griff nach dem Schiff und schrammte am Kiel entlang. Planken knirschten und splitterten. Scherzad wurde hin und her geschleudert, das rauhe Tauwerk scheuerte ihre Haut blutig.

Aber die Seile zerrissen nicht, gaben sie nicht frei. Das Schiff saß fest. Der Kapitän brüllte vor Wut, Marie-Josèphe stieß einen Schreckensschrei aus. Scherzad lachte, laut und schrecklich, bereit zu sterben, denn ihr Plan war fehlgeschlagen.

Man ließ sie an der Galion hängen, während der abnehmende Mond der Sonne ins Meer folgte.

Kapitel 29

Marie-Josèphe kauerte in eine Decke gehüllt wie ein Häufchen Elend auf der Back. Sie hatte versucht, den König davon zu überzeugen, daß das Schiff nicht in böser Absicht von Scherzad auf die Klippen geführt worden war. Sie glaubte es selbst nicht. Deshalb hatten ihre Beteuerungen weiter nichts bewirkt, als daß der König nun glaubte, sie wäre Scherzads Mitwisserin gewesen.

Was erwartet er denn, fragte sie sich, *wenn nicht Verrat für Verrat?*

Die Havarie hatte wenigstens ein Gutes. Als nach dem Gezeitenwechsel die Ebbe das Schiff auf den Felsen setzte, löste das Knarren von gequältem Holz das bockige Stampfen des Schiffes ab. Zum ersten Mal seit Beginn der Reise fand Lucien Schlaf. Sein silberblondes Haar glänzte im Licht der Sterne. Marie-Josèphe sah zu ihrer Erleichterung, daß der Schnitt an seinem Hals weder tief noch lang war.

Nichts hatte sich verändert. Das Schiff war nicht schwer beschädigt. Der Kapitän war zuversichtlich, daß es sich mit steigender Flut freischwimmen würde.

Und was dann? fragte sich Marie-Josèphe. *Sie werden Scherzad nicht mehr vertrauen und mir ebensowenig. Werden sie sie foltern oder töten oder nach Versailles zurückschaffen und Papst Innozenz ausliefern?*

Eine schmeichelnde Melodie schwebte durch die Nacht. Scherzad raunte ein Schlaflied, wie man es beim Meervolk den Kindern vorsang.

Marie-Josèphe vereinte ihre Stimme mit der Scherzads. Tau schlug sich in Tropfen auf der Decke nieder, auf ihrem Haar, auf den glänzenden, bemalten und vergoldeten Oberflächen des Schiffes.

Marie-Josèphe merkte, daß ihr die Augen zufielen. Sie hob den Kopf, schüttelte die Schläfrigkeit ab und fuhr fort, mit leiser Stimme zu singen. Der Soldat am Bug nickte ein, schrak hoch und überprüfte seine Pistole, doch schon sank ihm das Kinn wieder auf die Brust. Er hatte Befehl, Scherzad zu erschießen, sollte sie Anstalten machen zu fliehen. Er nickte ein drittes Mal ein. Man hörte ihn schnarchen.

Marie-Josèphe streifte die Decke ab. Behutsam hob sie Luciens Stockdegen auf und drehte den Griff. Das Klicken des Verschlusses klang ihr so laut in den Ohren wie das Bersten der Planken beim Auflaufen des Schiffes. Doch nichts rührte sich an Deck.

Sie zog die zerbrochene Klinge heraus. Eine Handbreit Stahl glänzte noch unter dem Griff, die Schneiden zu hauchfeiner Schärfe geschliffen. Auf Strümpfen und leise das Wiegenlied summend, schlich Marie-Josèphe über das Deck, vorbei an dem schlummernden Posten. Vom Katzensteg kletterte sie auf den Bugspriet und schob sich darauf entlang, verfolgt von der Angst, das Rascheln ihrer vielen Röcke könnte den Bann brechen und den Posten aufwecken.

Scherzad schaute zu ihr hinauf, ihre Augen leuchteten rot.

»Trage mein Leben in deinem Herzen«, flüsterte Marie-Josèphe.

Sie schob den Klingenstumpf unter eine Masche des Netzes und durchtrennte sie, dann eine zweite und eine dritte. Der Degen war nicht dazu bestimmt gewesen, Seile zu zerschneiden und wurde rasch stumpf. Sie mußte mehr Kraft aufwenden, um die zähen Fasern durchzusägen. Scherzad wand und drehte sich, stieß den Fuß durch das Loch im Netz, versuchte mit den Krallenfingern, die aufgetrennten Maschen weiter zu zerreißen. Ihr Singen wurde zu einem ungeduldigen Ächzen und Murren. Das Schnarchen verstummte, der Musketier fuhr in die Höhe.

»Halt!« rief er.

Scherzad stieß einen Triumphschrei aus. Sie sprengte das Netz und stürzte ins Meer. Eine Pistolenkugel pfiff an Marie-Josèphes Ohr vorbei und fuhr zischend ins Wasser. Marie-Josèphe hielt den Atem an. Sie umklammerte mit einer Hand den Degenstumpf, mit der anderen den Bugspriet. Sie schaute nach unten in die Dunkelheit, voller Angst, Scherzad könnte getroffen worden sein.

Ein Platschen am Bug und aufspritzendes Wasser benetzte Marie-Josèphes Gesicht mit kühlen, salzigen Tropfen. Scherzad lachte, sang eine kühne Herausforderung und verschwand.

Das Schiff ächzte, ein Beben lief durch den Rumpf. Marie-Josèphe klammerte sich fest. Sie fühlte sich wie berauscht oder als hätte sie Fieber.

»Kommt zurück an Deck, Mlle. de la Croix.«

Der König befahl es. Gehorsam begann sie, rückwärts zu kriechen. Sie schämte sich, weil sie wußte, daß man ihre Beine bis zu den Knien hinauf sehen konnte. Als sie auf festem Boden stand und sich umdrehte, hielten zwei Musketiere ihre Pistolen auf sie gerichtet, drei Matrosen standen mit Piken bereit.

»Übergebt Seiner Majestät meinen Degen.« Lucien war nichts mehr von Seekrankheit anzumerken, er wirkte ruhig, gelassen und bestimmt. »Mit dem Heft voran.«

Ihr Leben, vielleicht auch Luciens, hing davon ab, daß sie nach den Regeln kapitulierte, und sei es mit einem zerbrochenen Degen. Sie befolgte Luciens Anweisungen. Ludwig akzeptierte ihre Unterwerfung.

Die Matrosen führten Marie-Josèphe ab.

Im Kabelgatt eingeschlossen, im Dunkeln, zwischen Rollen und Bündeln von Tauwerk, verlor Marie-Josèphe jedes Zeitgefühl. Sie dachte, es müsse wieder Tag sein, dann Nacht, doch als das Schiff sich unter ihr rumorend zu bewegen begann, wußte sie, es war erst Morgen.

Hatte man das Schiff aufgegeben, weil es doch auseinanderzubrechen drohte? Sie hoffte, daß man Lucien mitgenommen hatte. Niemand, der einen solchen Abscheu vor dem Meer hatte, sollte ertrinken müssen.

Die Lenzpumpen jankten und rauschten; das Schiff hob sich, kam von der Klippe frei und schwamm. Als es sich auf den Wellen wiegte, hallte Scherzads Stimme durch das Meer und schlug tönend gegen die Planken. Marie-Josèphe antwortete, erstaunt, überglücklich. Scherzad sprach wieder: »Eil dich, eil dich!« rief sie. »Ich kann nicht länger auf dich warten.«

Verzweifelt trommelte Marie-Josèphe gegen die Luke, bis ihre zerschundenen Hände brannten.

Die Luke öffnete sich, Helligkeit strömte herein. Geblendet kniff sie die Augen zusammen.

»Unterlaßt diesen Lärm.« Der König stand vor ihr. »Ihr habt Unsere Geduld bereits über Gebühr beansprucht.«

»Könnt Ihr sie nicht hören? Ich habe sie befreit, und sie wird ihr Versprechen halten, sie wird uns dorthin führen, wo der Schatz ist.«

»Unfug! Sie hat sich davongemacht!«

»Hört doch!«

Der König lauschte in skeptischem Schweigen. Wasser schlug gegen den Rumpf, das Schiff selbst sprach mit tausend Stimmen, doch all diese Geräusche untermalte an- und abschwellend Scherzads Gesang.

»Sie verspricht es. Sie sagt: ›Der Sand ist übersät mit Gold und Juwelen!‹ Sie schenkt sie Euch, um meinetwillen, trotz Eures falschen Spiels und Eurer Wortbrüchigkeit. Danach aber erklärt sie den Landgeborenen den Krieg.«

»Wir erlauben Uns zu bezweifeln«, sagte Ludwig, »daß sie Euch den Krieg erklärt hat.«

Marie-Josèphe wußte, der König würde ihr niemals vergeben, auch nicht um den Preis unermeßlicher Schätze. Ebensowenig konnte Lucien hoffen, jemals wieder das uneingeschränkte Wohlwollen des Königs zu genießen. Sie fragte sich, ob *er* ihr je vergeben würde.

An Deck spähte Lucien über die im Morgenlicht glitzernde Wasserfläche und hielt nach Scherzad Ausschau. Er hatte den Degenstumpf wieder in die Stockscheide geschoben, stützte sich darauf und hielt mit der anderen Hand die Reling umklammert. Er wartete auf einen neuen Anfall von Seekrankheit.

Marie-Josèphe trat zu ihm.

Lucien schaute zu ihr auf. »Es fällt mir schwer, Worte zu finden, die ausdrücken, wie sehr ich Euch bewundere.«

Sie sank neben ihm nieder und ergriff seine Hand.

Der Kapitän verbeugte sich vor Ludwig. »Euer Majestät, das Leck gestattet uns, nach Le Havre zurückzusegeln«, berichtete er, »darüberhinaus kann ich keine Verantwortung übernehmen.«

Marie-Josèphe suchte die Kimm ab und das silberne Funkeln der Sonne auf den Wellenkämmen. Sie rief nach Scherzad, doch es kam keine Antwort. *Sie ist irgendwo dort draußen*, dachte sie, *aber es ist schwer, in dieser endlosen Weite einen kleinen Punkt zu auszumachen ...*

»Nun gut«, sagte der König, »nehmt Kurs auf Le Havre.«

In der Ferne unterbrach aufspritzendes Wasser die gleichmäßige Riffelung der Meeresoberfläche.

»Dort!« rief Marie-Josèphe. »Dort ist sie!«

»Das ist nur ein Fisch«, widersprach der Kapitän, aber während die Lockung des Goldes seinen Zweifel und seine Besorgnis nicht zu überwinden vermochte, wagte er nicht, gegen den Befehl seines Königs Einwände zu erheben. Die *Soleil Royal* folgte Scherzad, allerdings saß ein Matrose am Bug und lotete die Wassertiefe. Als Scherzad sie zu einer Bucht führte, weigerte der Kapitän sich, das Schiff hineinzusegeln.

»Die Gefahr wäre zu groß, Sire«, sagte er. »Seht Euch

die Karte an, dazu kommt der Wind. Wenn wir hineinfahren, kommen wir nie wieder hinaus.«

Marie-Josèphe war nicht wohl zumute, als die Matrosen das Beiboot abfierten. Die Männer wollten sie nicht dabeihaben und Lucien auch nicht, aber der König, als er in die Pinasse hinunterstieg, befahl Marie-Josèphe, ihn zu begleiten, und er sagte nichts, als Lucien sich ihr anschloß.

Er glaubt, Lucien wird sich in einem kleinen Boot noch elender fühlen, dachte Marie-Josèphe unliebenswürdig. Zu ihrer Erleichterung war eher das Gegenteil der Fall.

Die Matrosen ruderten mit sichtlichem Unbehagen hinter der Meerfrau her und flüsterten miteinander, wenn sie glaubten, ihre Passagiere könnten es nicht hören. Sie fürchteten sich vor Scherzad, fürchteten schwarze Magie, fürchteten einen Hinterhalt. Marie-Josèphe konnte es ihnen nicht verübeln. Mehr noch, sie wäre Scherzad nicht gram gewesen, wenn sie die bösen Erwartungen der Matrosen wahrgemacht hätte.

Die Meerfrau ließ sich nur hin und wieder einmal sehen. Auch sie fürchtete sich: vor Netzen und Gewehren, vor Explosionen im Wasser, die sie betäubten und wehrlos machten. Sie wartete bei der Einfahrt zu der Bucht, bereit, beim geringsten Anzeichen von Gefahr die Flucht zu ergreifen.

In gefährlichem Wasser, über Fingern aus Stein, die zur Oberfläche wiesen, zogen auf Marie-Josèphes Anweisung hin die Ruderer die Riemen ein. Dort, wo die Bucht sich zum Meer öffnete, sprang Scherzad aus dem Wasser, wedelte mit den Flossenfüßen und verschwand.

»Hier ist es«, sagte Marie-Josèphe.

Matrosen warfen ihre Hemden ab und sprangen ins Wasser. »Schickt all Eure Männer hinein!«

»Sire«, antwortete der Kapitän, »die anderen können nicht schwimmen. Sie müssen bei Kräften bleiben – und am Leben –, um uns zurückzurudern.«

Der König fügte sich notgedrungen. »Nun gut.«

Die Taucher stiegen zum Luftholen an die Oberfläche, stürzten sich erneut in die Tiefe, kehrten wieder. Bald zitterten sie vor Kälte. Einer von ihnen kam hustend herauf, halb ertrunken. Man gestattete ihm fünf Minuten, um sich zu erholen.

»Das Seeungeheuer hat Euch einen bösen Streich gespielt, Mlle. de la Croix«, meinte der König.

»Das glaube ich nicht, Sire. Ich habe Vertrauen zu Scherzad.«

»Er hat jetzt lange genug ausgeruht«, wandte der König sich barsch an den erschöpften Matrosen.

Marie-Josèphe sandte ein fragendes Lied zu Scherzad hinaus und bat sie um genauere Hinweise. Sie erhielt keine Antwort.

»Sie ist fort. Vielleicht sehe ich sie niemals wieder.« Sie weinte. Nur Luciens Hand, die ihre umfaßte, verhinderte, daß ihr das Herz brach.

Weit, weit draußen leuchtete ein Fleck weißer Gischt auf, ein zweiter und ein dritter, alle dicht beisammen. Von plötzlicher Angst erfüllt, begann Marie-Josèphe zu zittern.

Der erschöpfte Matrose schoß aus dem Wasser, er schlug mit den Amen um sich und brüllte etwas Unverständliches. Ringsum tauchten seine Gefährten auf. Die Ruderer, in dem Glauben, die Taucher würden von Haien angegriffen, hielten zur Abwehr Piken und Ruder bereit.

»Zum Ruhm unserer Allergnädigsten Majestät!«

Die Taucher hoben die Arme und zeigten, was sie in den Händen hielten: Gold, Edelsteine, Geschmeide. Das Gewicht der Kostbarkeiten drückte sie wieder unter Wasser. Sie schwammen mühsam zum Boot zurück und legten ihre Schätze dem König zu Füßen.

In einer geschlossenen Kutsche kehrten Marie-Josèphe und Lucien nach Versailles zurück, als letzte einer Kolonne von mit Schätzen beladenen Fuhrwerken. Der König führte in einer offenen Kalesche den Zug an. Aztekengold bedeckte ihn wie ein Panzer, überkrustete das Geschirr der Pferde und die Kutschenräder. Eine Hundertschaft Musketiere gab Geleitschutz. Menschen säumten die Straßen, jubelten ihrem König zu und bestaunten mit großen Augen die gewaltigen Schätze.

Marie-Josèphe warf einen Blick zwischen den schweren Vorhängen hindurch. Staub und Geschrei drangen herein.

»Er muß zugeben, daß er unrecht gehabt hat«, sagte Marie-Josèphe. »Und daß wir im Recht waren.«

»Nein.« Lucien schüttelte den Kopf. »Recht oder Unrecht – wir haben uns gegen ihn aufgelehnt, darin besteht unser Verbrechen.«

»Aber das ist Unsinn!«

»Er verliert an Autorität, wenn er sich uns gegenüber gnädig zeigt.« Lucien seufzte theatralisch. »Ich beuge mich dem Richterspruch meines Königs – solange er uns nicht auf die Galeeren schickt, so daß wir den Rest unseres Lebens auf dem Meer verbringen müssen.«

Marie-Josèphe fand die Kraft, sein Lächeln zu erwidern. Lucien drehte den Griff seines Stockdegens und zog die zerbrochene Klinge heraus.

»Sie hat mir gut gedient«, sagte er.

»Und Scherzad. Und mir.«

Er schob sie zurück und ließ sie einrasten. Im Halbdunkel der Kutsche berührte sein klarer grauer Blick Marie-Josèphe, berührte sie so zärtlich, wie er ihre Hand gehalten hatte.

Marie-Josèphe setzte sich von ihrer Seite der Kutsche zu ihm hinüber. Sie ergriff seine Hand, zog ihm den Handschuh aus und nahm seine Ringe ab. Bei dem großen Saphir zögerte sie, doch als er keine Miene machte, sie zu hindern, zog sie den Ring des Königs von Luciens Finger. Dann drückte sie seine Handfläche an ihre Wange.

Sie neigten sich zueinander. Sie küßten sich.

Marie-Josèphe richtete sich auf und legte die Fingerspitzen an die Lippen, überrascht, daß so eine einfache Berührung in ihr einen solchen Sturm von Gefühlen zu erzeugen vermochte.

Lucien verstand ihre Überraschung falsch. Er lächelte traurig. »Auch Euer Kuß hat nicht die Macht, mich in einen hochgewachsenen Prinzen mit zierlichen Füßen zu verwandeln.«

»Und wenn er es könnte, würde ich sagen: ›Wo ist Lucien? Gebt mir meinen Lucien zurück!‹«

Er lachte, ohne den mindesten Anflug von Traurigkeit.

Sobald die Kutsche vor dem Tor des Schlosses Halt gemacht hatte, wurde Lucien von Soldaten in Gewahrsam genommen. Zwei andere geleiteten Marie-Josèphe zu ihrer Mansarde und ließen sie dort allein, nachdem sie die Tür abgesperrt hatten. Nur Herkules war da, um ihr Gesellschaft zu leisten. Falls Yves sich in seinem Schlafgemach befand, konnte sie durch zwei verschlossene Türen und das Ankleidezimmer nicht mit ihm sprechen.

Der Kater bettelte maunzend um Milch, trotz der Mäusemägen und Mäuseschwänze, die von seinem Jagdglück Zeugnis ablegten.

»Du wirst dich daran gewöhnen müssen, daß die fetten Zeiten vorbei sind«, belehrte ihn Marie-Josèphe. »Aber vielleicht findest du ja die Gefängnisratten wohlschmeckend.«

Sie tröstet sich mit ihrem letzten Blick auf Scherzad, wie sie im Meer Freudensprünge vollführte, und mit ihrer Erinnerung an Luciens Kuß.

Der König wird uns vergeben, dachte sie. *Er wird mir verzeihen, weil ich im Recht war und weil er meine Mutter geliebt hat. Yves wird er verzeihen, weil Yves sein eigen Fleisch und Blut ist. Und er wird Lucien verzeihen, weil er nie einen treueren Diener hatte, einen Diener, der sich ihm nur ein einziges Mal widersetzt hat und nur, um ihm zu helfen.*

Sie vergeudete keinen weiteren Gedanken an das Seelenheil des Sonnenkönigs.

Der Schlüssel drehte sich im Schloß, die Tür öffnete sich langsam. Mit klopfendem Herzen sprang Marie-Josèphe auf.

Eine Küchenmagd schlüpfte ins Zimmer, stellte ein Tablett ab, das mit Wein und Brot und einem Krug Milch beladen war, und wandte sich ihr zu. Haleed hatte ihre kostbare Robe abgelegt und sich ein Tuch um das Haar gebunden.

Marie-Josèphe warf sich ihr in die Arme.

Niemand, der einen zweiten Blick auf sie wirft, könnte sie mit einer Küchenmagd verwechseln, dachte Marie-Josèphe. *Aber – niemand in Versailles wirft je einen zweiten oder auch nur einen ersten Blick auf eine Küchenmagd.*

Sie saßen nebeneinander auf der Fensterbank. Herkules stieß mit dem Kopf gegen Haleeds Hand, bis sie ihm seine Milch gab.

»Weshalb seid Ihr gekommen?« fragte Marie-Josèphe halblaut. »Wenn der König davon erfährt, wird er zornig sein . . .«

»Das ist mir gleich, das kümmert mich nicht«, antwortete Haleed, »denn noch heute verlasse ich Versailles, verlasse Paris, verlasse Frankreich. Sobald ich diese armseligen Kleider gegen andere vertauscht habe!« Sie wurde ernst. »Ich kann Euch nicht helfen, Mlle. Marie, aber ich mußte Euch noch einmal sehen.«

»Ich habe mein Versprechen nicht halten können.« Marie-Josèphe nahm Haleeds Freilassungsurkunde aus ihrem Zeichenkasten und schaute es bekümmert an.

»Nie fand sich ein Moment Zeit, um Yves zu bitten, daß er es unterzeichnet. Ihn zu zwingen, daß er es unterzeichnet!«

Haleed nahm das Dokument an sich. »Er wird es tun.« Sie küßte Marie-Josèphe . »Es tut mir leid, daß ich nicht Euch die Freiheit schenken kann.«

»Das liegt allein in des Königs Hand, fürchte ich. Schwester, ich habe Angst um Euch. Wo werdet Ihr hingehen? Was werdet Ihr tun?«

»Sorgt Euch nicht. Ich bin reich. Ich werde frei sein. Ich kehre zurück in meine Heimat. Ich werde meine Familie suchen und einen Prinzen.«

»Heim in die Türkei! Wenn Ihr heiratet, wird man Euch in einen Harem sperren, mit einer anderen Ehefrau zusammen ...«

Haleed musterte sie erheitert. »In welcher Weise ist es denn anders als in Frankreich, außer, daß meine Haremsschwestern offizielle Gemahlinnen sein werden, statt daß man sie versteckt, verleugnet und je nach Laune verstößt?«

»Aber ... Ich ...« Marie-Josèphe verstummte. Sie wußte nicht, was sie sagen sollte, hatte keine Argumente zur Hand, um ihr zu erklären ...

»In welcher Weise ist es anders als Martinique?«

Marie-Josèphe spürte, wie ihr das Blut aus dem Gesicht wich, eine kalte Hand griff nach ihrem Herzen.

»Schwester«, sagte sie mit schwacher Stimme, »was meint Ihr ...«

»Ich meine, wir *sind* Schwestern – wie konntet Ihr das nicht wissen? Meine Mutter gehörte unserem Vater, sie war sein Besitz. Er tat mit ihr, was ihm gefiel, ohne je an ihre Gefühle zu denken.«

Marie-Josèphes Schultern sanken herab. Sie starrte auf ihre Hände, kraftlos im Schoß gefaltet.

»Haßt du ihn sehr? Hat sie ihn gehaßt? Haßt du mich?«

»Ich hasse ihn nicht. Es ist Kismet. Ich liebe Euch, Mlle. Marie, das sollt Ihr wissen, denn wenn ich jetzt gehe, werden wir uns niemals wiedersehen.«

»Auch ich liebe Euch, Mlle. Haleed, und ich hoffe doch, daß dieser Abschied nicht für immer ist.«

Haleed drückte Marie-Josèphe ein zusammengeknotetes Taschentuch in die Hand.

»Eure Perlen!« rief Marie-Josèphe.

»Nicht alle. Wir haben versprochen, unser Vermögen zu teilen. Ich muß gehen.«

Sie küßten sich zum Abschied. Haleed schlüpfte aus der Tür. Sie ging einem unbekannten Schicksal entgegen, das Marie-Josèphe noch beängstigender erschien als ihr eigenes.

Lucien sah nicht ohne Furcht dem Augenblick entgegen, wenn der König ihn rufen ließ, um sein Urteil anzuhören. Ludwig war zu ergrimmt, zu tief enttäuscht von seinem ehemaligen Günstling und Vertrauten, um ihn der kleinlichen Schikane durch Soldaten und Gefängniswärter auszuliefern. Man behandelte ihn mit ausgesuchter Höflichkeit. Man war bemüht, seine Wünsche zu erfüllen – im Rahmen des Möglichen: saubere Wäsche, gutes Essen, Wein. Sein Rücken schmerzte nicht mehr als sonst.

Er hatte alles außer Freiheit, Gedankenaustausch, Trost durch Nähe. Er hing in der Luft, hoch über dem Boden, und wartete nur auf Ludwig, der ihn fallen ließ. Dabei schmerzte ihn am meisten, daß er wahrscheinlich Marie-Josèphe mit in den Abgrund reißen würde.

Die Musketiere führten Lucien in die Wachstube vor dem Schlafgemach Seiner Majestät, wo Marie-Josèphe und Yves bereits warteten.

Wie seltsam, dachte Lucien. *Sie nur zu sehen kommt fast der Ekstase durch ihre Berührung gleich.*

Er nahm ihre Hand. Seite an Seite traten sie vor das Angesicht des Königs.

Der Raum war angefüllt mit Schätzen, nachlässig aufgehäuft, einem alten Drachenhort gleich. Goldene Armreifen und Pektorale und Brünnen häuften sich zusammen mit Diademen, Medaillons und merkwürdigen gebauchten Zylindern. Stoische Jadeskulpturen kauerten auf dem Fußboden, eine von ihnen hatte bestürzende Ähnlichkeit mit Luciens Vater.

Der König schaute in die leeren Augenhöhlen eines Totenschädels aus Kristall. Papst Innozenz neben ihm, irdischen Gütern entrückt, betete in fromme Andacht versunken einen Rosenkranz. Die Perlen rollten klappernd gegen einen hölzernen Kasten auf seinem Schoß: Marie-Josèphes Zeichenpult. Ein Tisch, auf dem sich Folianten und Papiere türmten, stand neben ihm.

Der König hob ein goldenes Pektoral auf, zog es vorsichtig über den Kopf und ordnete die schwarzen Locken seiner Perücke. Der Glanz des Goldes überstrahlte seine Brust.

Goldene Götzenbilder, überall im Raum verteilt, richteten wie sinnend den Blick ihrer starren Augen ins Leere. Ludwig musterte schweigend seine Gefangenen.

»Wir haben Euch alle geliebt.« Zu Marie-Josèphe sagte er: »Ihr habt Uns mit Eurer Schönheit und Anmut und Eurer Musik bezaubert.« Und zu Yves: »Ihr machtet Uns staunen mit Euren Entdeckungen. Wir waren stolz, Euer Vater zu sein.« Nach einer langen Pause wandte er sich an Lucien: »Wir schätzten Euren Geist, Euren Mut, Eure Ergebenheit. Wir schätzten Eure unbedingte Aufrichtigkeit.«

Er schleuderte den Schädel zu Boden. »Ihr habt Uns schmählich hintergangen.« Der Kristall zersprang in tausend Stücke.

»Père de la Croix!«

Yves fuhr zusammen, er räusperte sich. »Sire.«

»Wir übergeben Euch Seiner Heiligkeit, und Wir befehlen Euch, ihm in allen Dingen gehorsam zu sein.«

Yves verneigte sich stumm.

»Mlle. de la Croix!«

»Ja, Euer Majestät.« Ihre Stimme war so frei und klar wie der Gesang der Meerfrau.

»Ihr habt nicht nur Uns in unerträglicher Weise Nichtachtung erwiesen, sondern auch dem Heiligen Vater, dem Stellvertreter unseres Herrn Christus auf Erden. Ihr werdet daher eine doppelte Strafe auf Euch nehmen.«

»Ja, Sire.«

Innozenz ließ sie warten, bis er seinen Rosenkranz beendet hatte.

»Ich befehle Euch Selbstbeschränkung«, sagte er schließlich. »Entsagt diesem lächerlichen Ehrgeiz, zu komponieren. Nicht um der Sittsamkeit willen, denn Ihr seid verloren, sondern als Strafe. Von nun an ist Euch jede Beschäftigung mit der Musik verboten, Ihr müßt schweigen.«

Marie-Josèphe richtete den Blick zu Boden.

»So sei es.« Ludwig nickte. »Obwohl Wir es bedauern, denn sie hätte es zu etwas bringen können, wäre sie ein Mann. Mlle. de la Croix, hört nun mein Urteil: Ihr wünscht Euch einen Gemahl und Kinder. Wir dachten, Euch dies zu versagen und Euch in ein Kloster zu verbannen.«

Marie-Josèphe erbleichte.

Ich werde es niederreißen, dachte Lucien. *Ich werde es belagern, als wäre es ein Gefängnis, eine feindliche Stadt im Krieg ...*

»Aber das wäre eine zu einfache Lösung.« Ludwig wandte sich von Marie-Josèphe ab und sprach zu Lucien: »Ihr werdet den Hof verlassen.«

Ich hatte recht, nicht auf ein gnädigeres Urteil zu hoffen, dachte Lucien.

»Ihr übergebt die Statthalterschaft der Bretagne an M.

du Maine. Titel und Ländereien gehen an Euren Bruder über. Und Wir befehlen, daß Ihr Euch mit Mlle. de la Croix vermählt. Ihr könnt von der Mitgift leben, die ich ihr versprochen habe. Bleibt Ihr Eurem Schwur treu, niemals Kinder zu zeugen und verweigert Eurer Gemahlin die Freuden der Mutterschaft, werdet Ihr wissen, daß sie an Eurer Seite unglücklich ist. Schenkt Ihr ihr Kinder, brecht Ihr Euer Wort gegenüber der Frau, die Ihr liebt, wie Ihr es mir gegenüber gebrochen habt.«

Lucien hatte Mühe, Fassung zu bewahren, er vermochte kaum zu sprechen. »Ihr seid ein weiser Richter, Sire.«

»Wir haben beschlossen, Milde walten zu lassen und Euer Leben zu schonen, doch seid Ihr für alle Zeit vom Hofe verbannt. Wir kennen Euch nicht!« Er nickte Innozenz zu. »Nehmt Euren Priester, Vetter.«

»Hat die Meerfrau bereut?« fragte Innozenz.

»Nein, Euer Heiligkeit.«

»Sie hat den Landgeborenen den Krieg erklärt«, sagte Marie-Josèphe. »Und dann ist sie verschwunden.«

»Ich sollte Euch alle exkommunizieren.«

Yves fiel auf die Knie.

»Ich werde es nicht tun. Père de la Croix, Ihr werdet Gelegenheit haben, von Eurer priesterlichen Autorität Gebrauch zu machen. Die Heilige Mutter Kirche sieht sich einer großen Gefahr gegenüber. Die Seeungeheuer ...«

»Sie sind unseresgleichen, Euer Heiligkeit!« rief Marie-Josèphe aus.

»Ja.« Lucien war ebenso überrascht wie Marie-Josèphe und Yves, daß das Oberhaupt der Christenheit eine Tatsache eingestand, die sich verheerend auf seinen Einfluß auswirken konnte.

»Euer Heiligkeit«, sagte Yves, »Durch die Schuld der Kirche ist das Meervolk fast ausgerottet worden. Statt ihnen das Wort Gottes zu bringen ...«

»Das ist der Grund, weshalb ...«

»... haben wie sie verfolgt, als wären sie Ausgeburten der Hölle ...«

»... sie aus der Geschichte ...«

»... und abgeschlachtet wie Vieh. Ich ...« Yves verstummte, als er merkte, daß er dem Heiligen Vater ins Wort gefallen war.

»... ausgemerzt werden müssen.« Innozenz nickte zu seinen eigenen Worten. »Sie müssen aus der Geschichte ausgemerzt werden.«

Er öffnete das Zeichenpult und nahm einen Stapel Blätter heraus: Marie-Josèphes Skizzen von der Sektion. Er knüllte eins zusammen, hielt eine Ecke an die Kerzenflamme und ließ es bis zu den Fingern hinunter verbrennen. Die Asche fiel in eine Schale aus Atztekengold.

»Père de la Croix, Euch sei folgende Buße auferlegt. Ihr werdet nach jeder Erwähnung der Seeungeheuer suchen.« Er griff nach M. Boursins Kochbuch auf dem Tisch neben sich und warf es auf den Boden. »In jedem Buch.«

Er verstreute ein Bündel Briefe, die jüngste Ausbeute des Schwarzen Kabinetts, die noch darauf warteten, gelesen zu werden. Viele trugen eine Adresse in Madams kühner Handschrift.

»In jedem Brief.«

Er riß eine Handvoll Blätter aus dem aktuellen Band von M. de Dangeaus Journal.

»Jeden Bericht über diese Glorifizierung der Seeungeheuer werdet Ihr vernichten. Die Woche des Karussells muß vollständig aus den Annalen gelöscht werden.«

Er fegte einen Stapel Flugschriften vom Tisch: Scherzads Geschichten.

»Jedes Gemälde, jeden Mythos, jede Erinnerung an diese Kreaturen – beseitigen. Das Dekret der Kirche, in welchem bestimmt wird, daß sie nicht Dämonen sind, sondern den *bestiae* zuzurechnen ...«

Er reichte Yves ein zusammengerolltes Pergament, beschrieben mit schwarzer Tinte und illuminiert in Gold und Purpur.

»Ihr werdet die Existenz der Seeungeheuer aus unserem Bewußtsein tilgen. Und aus unserem Vermächtnis an die Nachwelt. Ihr werdet tun, was getan werden muß.«

Yves neigte ergeben den Kopf. Er entrollte das Pergament und hielt es an die Kerzenflamme. Es qualmte, kräuselte sich, schwelte. Der Gestank von brennendem Leder erfüllte das Gemach. Die verkohlten Reste ließ Yves in die Goldschale fallen.

Innozenz erhob sich. »Wer bezeugt diesen Ehebund?«

Yves blieb stumm.

»Wir bezeugen den Bund », sagte der König.

Ich bin verheiratet, dachte Marie-Josèphe . *Getraut von dem Oberhaupt der katholischen Kirche und Trauzeuge war der König von Frankreich und Navarra – und mir ist diese große Ehre vollkommen gleichgültig. Für mich ist nur wichtig, daß ich Lucien liebe und daß Lucien mich liebt.*

Doch er sah nicht aus wie ein verliebter Bräutigam. Während sie ihre wenigen Habseligkeiten zusammenpackte, saß er auf der Fensterbank, streichelte geistesabwesend den Kater und starrte in eine unbestimmte Ferne. Marie-Josèphe richtete einen Korb für Herkules, der ihr Tun argwöhnisch beobachtete.

»Ihr könnt getrennt von mir leben«, sagte Lucien.

Marie-Josèphe sah bestürzt zu ihm hin.

»Ihr werdet Eure Mitgift haben, Eure Freiheit, Zeit für Eure Studien. Ich muß den Hof verlassen ... Ich werde Euch in keiner Weise belästigen ...«

»Ihr seid mein Gemahl, in jeder Weise!«

»Aber, mein Herz, ich bin nicht mehr M. le Comte de Chrétien. Nur der gewöhnliche Lucien de Barenton.«

»Das ist mir gleich.«

»Mir nicht. Ich besitze nichts. Ich kann Euch nichts geben. Keinen Titel, keinen Luxus – keine Kinder.«

»Wir werden mehr haben als nichts – das verspreche ich Euch. Doch ich hätte immer lieber Nichts mit Euch als mit einem anderen die ganze Welt. Nichts, mit Euch, ist Freiheit und Zuneigung, Fürsorge und Liebe.« Sie ergriff seine Hand, an der keine Ringe mehr blitzten. »Von Euch ein Kind zu empfangen wäre mein höchstes Glück, aber ich werde Euch nie bedrängen.« Sie strich mit den Fingerspitzen über den Bogen seiner Augenbrauen, an seiner Wange hinunter. »Doch ich werde nicht aufhören zu hoffen, daß Ihr Eure Meinung ändert.«

Lucien küßte ihre Handfläche, ihre Lippen. Widerstrebend zog er sich zurück, wie sie von Erwartung erfüllt.

Yves kam herein. Er trug seine Valise und Marie-Josèphes Zeichenpult. Er lächelte. Lucien versuchte sich zu erinnern, wann er Yves de la Croix das letzte Mal lächeln gesehen hatte. Auf dem Pier in Le Havre, vor so langer und doch so kurzer Zeit, als er das gefangene Seeungeheuer seinem König übergab.

»Seid ihr bereit?« fragte Yves.

»Marie-Josèphe«, Lucien fühlte sich von dem Gleichmut, mit dem die beiden Geschwister ihr Schicksal hinnahmen, herausgefordert, »wie können wir glücklich sein? Ich habe meine Stellung am Hof verloren. Mein Vermögen. Euch hat man die Musik genommen ...«

»Innozenz hat geglaubt, mich mit seinem Verbot zu treffen, aber was an meiner Musik außergewöhnlich war, verdankte ich Scherzad«, antwortete Marie-Josèphe. »Er hat nicht erkannt, daß ich keinen anderen Wunsch habe als zu lernen, zu forschen. Und der König hat mir gegeben, was ich am meisten liebe.«

Lucien schaute Yves an, der die Schultern zuckte. »Auch ich habe bekommen, was ich mir wünsche. Ich kann mein Leben damit verbringen, Wissen anzusammeln . . .«

»Um es zu vernichten.«

»Um – um damit zu tun, was getan werden muß. Um denkenden Gehorsam zu üben.«

Marie-Josèphe schaute von Yves zu Lucien. »Ist dem König bewußt, was er getan hat?«

»Der König weiß stets, was er tut«, sagte Lucien.

»Wir sind selbstsüchtig in unserem Glück, Schwester«, sagte Yves. »Lucien hat alles verloren . . .«

»Der *König* hat Lucien verloren!« antwortete Marie-Josèphe . »Und Lucien hat *mich* gewonnen.«

EPILOG

Paris. Yves de la Croix eilte durch Graupelregen und Schwärze der Mittwinternacht zu dem kleinen Haus, in dem er wohnte. Er legte seinen dicken Umhang ab, zündete eine Kerze an, öffnete die Geheimtür und trat in die Bibliothek.

Er öffnete den Ranzen, zog seine neueste Entdeckung heraus und schlug sie aus der seidenen Umhüllung.

In der illuminierten Handschrift tollten und spielten Seeungeheuer in Wellen aus Azurblau und Sonnenlicht aus Blattgold. Er bewunderte die Illustrationen, klappte das Buch vorsichtig zu und stellte es auf das Regal neben Marie-Josèphes mittlerweile in Kalbsleder gebundene Opernpartitur, M. Boursins absonderliches Kochbuch und das Bündel von Madames Briefen.

Der Schein der Kerze fiel auf die Gedenkmedaille des Königs und auf zwei von Marie-Josèphes Zeichnungen: auf der einen war Scherzad zu sehen, auf der anderen der Meermann, umgeben von einer Aureole aus Messing und Glasscherben.

Das Skelett des Meermannes lag in einem Reliquenschrein aus Ebenholz und Perlmuttmarketerie.

Vorläufig muß ich das Meervolk schützen, indem ich sein Geheimnis wahre, dachte Yves. *Vorläufig. Doch es werden andere Zeiten kommen …*

Luciens bretonischer Segler glitt durch die sternenklare Vollmondnacht. Er stand am Heck und starrte auf das Kielwasser, ein auseinanderstrebender Keil aus silbernem Licht. Mit leisem Bangen horchte er in sich hinein. Er fürchtete die Wiederkehr seiner Seekrankheit. Die Atlantiküberquerung war besser verlaufen, als er je zu hoffen gewagt hatte. Die kabbelige See im Kanal hatte ihm arg zugesetzt, aber die sanfte Dünung unter dem Wendekreis des Krebses verursachte ihm so gut wie gar kein Unbehagen.

Um Hurrikane werde ich mir Gedanken machen, dachte er, *wenn ein Hurrikan bevorsteht.*

Marie-Josèphe kam herauf, setzte sich neben ihn und legte die Hand an sein Gesicht. Er küßte ihre Handfläche.

Ich kann meine Entscheidung nicht bereuen, dachte er. Ich bin zu stolz – zu hochmütig –, um meine Verbannung vom Hof zu bedauern, wenn der König glaubt, daß er einen besseren Ratgeber finden kann, was nicht der Fall ist. Ich kann mich nicht in der Bretagne niederlassen, nachdem ich einen so großen Teil meines Vermögens verloren habe.

So sehr ihn der Verlust seiner Stellung und seines Besitzes schmerzte, wenigstens seine Ehre war unangetastet geblieben. Er hatte nicht anders handeln können, ohne sein Gesicht zu verlieren.

Die Heimkehr in die Bretagne war schmerzlich gewesen. Mit seinem Titel war Lucien auch der damit verbundenen Einkünfte und Privilegien verlustig gegangen. Sein Stolz hinderte ihn daran, seinen Vater um Unterstützung zu bitten. Sie hatten Marie-Josèphes gesamte Mitgift und den größten Teil von Haleeds Perlen aufgewendet, um dieses Schiff auszustatten und ein kleines Gestüt zu erwerben, wo Jacques nun Zachi und Zelis und die anderen Araber betreute – und Herkules, der Kater, die Mäuse im Stall.

Wenn die Heimkehr schmerzlich gewesen war, sie wieder zu verlassen fiel noch schwerer, und zu wissen, daß nun der Duc du Maine in der Bretagne schalten und walten konnte, machte es nicht leichter. Immer noch wurde Lucien gelegentlich von tiefer Niedergeschlagenheit heimgesucht, doch es geschah seltener und seltener.

Angesichts all dessen, was ich verloren habe, dachte er, *wundert mich, daß ich so fröhlich bin.*

Er lächelte.

»Laß mich teilhaben«, sagte Marie-Josèphe.

»Ich glaubte, die Zeit der Abenteuer läge hinter mir«, erklärte er. »Ich plante mein Leben am Hof und, sobald mein Brudersohn mündig geworden war, einen friedlichen Ruhestand auf Barenton. Doch hier bin ich nun, wie Sindbad der Seefahrer. Weshalb nicht neue Reichtümer suchen mit Männern aus meiner Heimat, die mir noch ergeben sind? Weshalb nicht hinaussegeln, zusammen mit der Frau, die ich liebe, um gegen Piraten zu kämpfen?«

Sie lächelte und wickelte sich eine Strähne seines silberblonden Haares um den Finger. Er trug keine Perücke mehr, sondern faßte das langgewachsene Haar im Nacken mit einem weißen Band zusammen. Seine Kleidung war aus einfachen Stoffen und sparsam mit venizianischer Spitze verziert. Niemals trug er Blau.

Marie-Josèphe kicherte, Lucien schaute sie fragend an.

»Ich wünschte, ich könnte in Versailles sein, nur für einen Moment, um zu beobachten, wie dein lieber Bruder dem König aufwartet.«

Lucien lachte. Marie-Josèphe hatte recht. Sie war Luciens Bruder von Herzen zugetan, wie Lucien selbst auch, aber Guy hatte kein Talent zum Höfling.

»Wenn es ihm gelingt, sich hinreichend unmöglich zu machen«, überlegte er, »und den König hinreichend verdrießt, überredet Seine Majestät vielleicht meinen Neffen, Comte de Chrétien zu werden, genau, wie ich es geplant hatte.«

»Und womöglich erkennt der König, daß er ein Narr gewesen ist . . .«, rief Marie-Josèphe.

»Sag das nicht, er ist der König.«

». . . und bittet dich, zurückzukommen. Dann muß ich mit ihm deine Aufmerksamkeit teilen. Ich will dich so lange wie möglich für mich allein haben.«

Lucien lächelte. Sein versonnener Blick kehrte zurück

zu der silbernen Spur des Kielwassers und ließ sich davon weiterziehen bis zum Horizont.

Er umklammerte die Reling und spähte aus zusammengekniffenen Augen auf einen bestimmten Punkt.

Ein Schiff löste sich aus der dunstverhangenen Dunkelheit.

»Es könnte sein, daß du mich mit Piraten teilen mußt«, sagte er grimmig.

Der Verfolger kam näher.

Das bretonische Schiff segelte tapfer, doch es konnte nicht hoffen, dem größeren, schnelleren Jäger zu entkommen. Auch in der Nacht konnten sie sich nicht verbergen, denn der volle Mond leuchtete über dem Meer.

Es wird zum Kampf kommen, dachte Lucien. *Sind es Briten, werden sie uns ins Schlepp nehmen. Ist es ein Bukanier, wie ich vermute, sind wir so gut wie verloren.* Im ersten Fall verloren er und Marie-Josèphe ihren gesamten Besitz, im zweiten höchstwahrscheinlich auch noch das Leben, wenn ihnen nichts Schlimmeres widerfuhr.

Der Kapitän ließ Waffen ausgeben, ein Matrose brachte Lucien Entermesser und Pistole. Lucien nahm das Entermesser. Zwar besaß er noch seinen Stockdegen, doch eine neue Klinge mußte warten, bis es ihn einmal nach Damaskus verschlug. Die Pistole gab er Marie-Josèphe. »Könntest du einen Menschen erschießen?«

»Wenn es sein müßte.« Marie-Josèphe schaute zu dem Verfolger hin. Sie hielt den Atem an. »Lucien, sieh doch ...« Wind blähte die Segel des Schiffes, doch es kam nicht von der Stelle. Man sah, wie es bis in die Mastspitzen erbebte.

»Es ist auf Grund gelaufen«, mutmaßte Lucien, aber der Verstand sagte ihm, daß es nicht möglich war. Beide Schiffe segelten in dem indigoblauen Wasser des tiefen Grabens zwischen der Großen Exuma und den Androsinseln.

»Nein«, sagte Marie-Josèphe.

Der Mond hing über dem Horizont, voll und leuchtend. Der große Schwarm der Sterne zog gemächlich über die Weite des Himmels.

Scherzad schwamm durch ihr ureigenstes Reich, den endlosen Ozean. Ihre kleine Tochter hielt sich an ihr fest, lauschte dem Singen der anderen, lernte die Melodie ihrer Wanderung durch das Meer. Sie strich mit den Händen über den Rücken des Kindes, freute sich an der Wärme des kleinen Körpers. Wie schnell ihre Tochter gelernt hatte zu schwimmen, unter Wasser zu atmen, in Wachschlaf zu fallen. Scherzad freute sich darauf, sie den anderen Familien vorstellen zu können.

Scherzads Brüder und Schwestern hatten den Angriff der Landgeborenen damals überlebt, aber ihr Vater und ihre Mutter, ihr Onkel und ihre Tante, die Ältesten der Familie, waren tot. Scherzad trauerte, sang Teile des Sterbeliedes ihrer Mutter, sang ein Abbild ihrer Mutter herbei, damit sie auf ihr Enkelkind schauen konnte, Scherzads Tochter.

Ihre Verwandten schwammen neben, unter, über ihr, wie sie erpicht darauf, die Wasser über der tiefen Schlucht zu erreichen, wo das Meervolk sich zu seinem Lebensfest sammelte.

Auch Scherzad freute sich auf den bevorstehenden Mittsommertag. Die anderen Familien würden ihre Rückkehr feiern, man würde ihre Tochter bewundern und willkommen heißen. Während alle Kinder mit den zahmen Riesenkraken spielten und die Delfine neckten, schlossen die Erwachsenen sich dem Malstrom des Hochzeitsrauschs an. Für eine Zeitlang würde der Sinnentaumel sie ihr Leid vergessen machen.

Vorbei jedoch die Zeiten, da sie sorgenlos unter der Mittsommersonne das Lebensfest hatten feiern können. Die Gefahr war zu groß, von den Landgeborenen überrascht zu werden, ihre Zahl bereits zu gering. Weitere Verluste hätten das Ende des Meervolks bedeutet.

In diesem Jahr fiel die Mittsommernacht mit einer Mondfinsternis zusammen, und in dieser kürzesten Nacht des Jahres, in vollkommener Dunkelheit, wollten sie es wagen, gemeinsam an die Oberfläche zu steigen, um von den Wellen gewiegt und Gesänge raunend, in dem Leuchten zu baden, das von ihren Leibern ausging, zueinanderzufinden und die kurze Ekstase ihres Hochzeitsrausches zu genießen.

Erst in vierzehn Jahren würden sie sich wieder versammeln, wenn erneut die Mittsommernacht mit einer Mondfinsternis einherging.

Bevor Scherzad sich endgültig auf den Weg zum Versammlungsplatz machen konnte, mußte sie sich einer anderen Verpflichtung entledigen.

Weit voraus segelten zwei Schiffe, zogen mit dem Kiel tiefe Furchen durch das Reich des Meervolks. Das erste Schiff floh, verfolgt von dem zweiten, das rasch näherkam. Scherzads jüngere Schwester sang von einem Zusammentreffen zweier Schiffe, das sie miterlebt hatte. Einen halben Tag lang erschütterten sie die Luft und das Meer mit ihrem Getöse, ihre Eisenkugeln schlugen ins Wasser, so daß das Meervolk in der Tiefe Zuflucht suchte.

Schließlich hatten die beiden Schiffe sich gegenseitig versenkt und alle Landgeborenen, die darauf gewesen waren, ertranken.

Scherzads Schwester lachte und hoffte, alle Schiffe der Landgeborenen würden sich gegenseitig zerstören, sofern das Meervolk ihnen nicht zuvorkam.

Die Meermenschen sammelten sich zur Jagd auf die Schiffe, bald schwammen sie unter dem muschelverkrusteten Rumpf des Verfolgers. Scherzad sang dagegen, betastete ihn mit ihrer Stimme, suchte, forschte, fand nichts von Interesse und nichts, das sich zu bewahren lohnte. Früher wäre sie einfach davongeschwommen.

Sie gab ihre Tochter in die Obhut ihres jüngsten Bruders und schwamm dichter an den Verfolger heran. Scherzad und ihre Gefährten bohrten die Lanzen aus Narwalhorn in den Rumpf der Galeone und ließen sich mitziehen. Scherzad stieß einen Schrei gegen die Planken. Der Schall ihrer geballten Stimme wirkte wie eine Ramme. Sie schrie erneut. Durch ihre Lanze spürte sie das Beben des Holzes.

Scherzad und ihre Brüder und Schwestern vereinten ihre Stimmen. Planken barsten und splitterten. Der Rumpf des Schiffes brach auseinander.

Männer schrien, sprangen über Bord. Scherzad und die anderen sorgten dafür, daß sie nie wieder auftauchten.

Wellen spülten über das Deck. Ihren Triumph singend, riefen die Meermenschen ihre Verbündeten. Ein riesenhafter Schatten stieg empor, übersät mit winzigen Sternenfunken. Der Krake reckte seine Arme in das Mondlicht, umschlang den Hauptmast und zog unaufhaltsam das Schiff mit sich in die Tiefe.

Das Beiboot glitt knirschend auf den Strand eines winzigen Eilands. Marie-Josèphe und Lucien stiegen aus und standen auf dem weißen Sand, der im Mondlicht silbern glänzte.

»Es gefällt mir nicht, Euch hier allein zurückzulassen, Monsieur, Madame.« Der Kapitän ihres Schiffes war immer noch erschüttert über den plötzlichen, rätselhaften Untergang des Bukaniers. »Hier gibt es Kraken und Sirenen. Und Schlangen ...«

»Habt keine Furcht«, beruhigte ihn Lucien.

»Außer vor den Schlangen«, fügte Marie-Josèphe hinzu. Dann lachte sie vor Freude und Erwartung.

»Kommt bei Sonnenaufgang wieder«, sagte Lucien. »Ich bin sicher, wir werden nicht von Schlangen verspeist worden sein.«

Der Kapitän verneigte sich, das Boot wurde zurück zum Schiff gerudert, das außer Sicht an der anderen Seite des Eilands vor Anker lag.

»Komm«, forderte Marie-Josèphe ihren Gemahl auf. »Setz dich zu mir.«

Sie setzten sich auf ein Stück Treibholz. Marie-Josèphe schwelgte in der lauen Nachtluft. Sie beugte sich vor und küßte Lucien, lange und hingebungsvoll. Für einen Moment verschleierten Tränen der Liebe und Dankbarkeit ihren Blick.

»Du hast mich erweckt«, flüsterte sie.

In dieser Nacht konnte nichts sie erschrecken, nicht Schlangen, nicht Piraten und Kraken erst recht nicht.

Sie warteten.

Ruhelos, ungeduldig, spähte Lucien auf das Meer hinaus. »Was wir tun, ist Wahnsinn«, meinte er leise. »Sie haben uns den Krieg erklärt.«

»Nicht mir«, sagte Marie-Josèphe. »Sie hat versprochen, wenn sie überlebt, wollte sie hier zu mir kommen, an diesem Ort, heute nacht, bei Vollmond.«

Der Hauch einer Melodie raunte über die Wellen. Marie-Josèphe sprang auf, stieß die Schuhe von den Füßen und lief über den schimmernden feuchten Sand zum Wasser.

Kleine Wellen tändelten über ihre Zehen. Sie spürte den Pulsschlag des Meeres unter den Fußsohlen. Sie sang Scherzads Namenslied.

Scherzad antwortete.

Marie-Josèphe stieß einen freudigen Ruf aus. Sie zog das Kleid über den Kopf und ließ es in den Sand fallen. Nur mit dem Hemd bekleidet, watete sie tiefer ins Wasser hinein.

Die Meermenschen schwammen ihr entgegen, Scherzad führte die Gruppe. Sie tollte um die Freundin herum, spritzte ihr Wasser ins Gesicht, auf ihre Arme, ihre Brüste. Marie-Josèphe warf ihr durchnäßtes Hemd ab und ließ es davontreiben, Spielzeug für die jüngeren Meermenschen. Nackt ging sie weiter, das Wasser stieg über ihre Knie, ihre Schenkel, ihr Geschlecht.

Scherzad hatte sich von ihrer Gefangenschaft erholt. Sie sah gesund aus, stark und schön. Das Haar wogte dunkelgrün und glänzend um ihren Kopf, ihre Schultern.

Ein Säugling klammerte sich an ihr fest. Auf dem Rücken liegend ließ Scherzad sich langsam sinken, ermutigte ihre Tochter zu schwimmen. Lachend und glucksend paddelte die Kleine auf Marie-Josèphe zu.

Marie-Josèphe hob sie hoch und drückte sie an sich, küßte ihre seidenweichen Schwimmhäute und ihre winzigen spitzen Krallen.

»Sie ist bezaubernd, Scherzad, das hübscheste kleine Mädchen, das ich je gesehen habe.« Sie drehte sich um. Luciens Schuhe und Strümpfe lagen im Sand, er stand bis zu den Knien im Wasser.

»Du bist selbst ein wildes Geschöpf der See«, sagte er. »Du bist Venus, die darauf wartet, daß ihre Muschelschale vorbeischwimmt.« Er wagte sich zwei, drei Schritte weiter, dann blieb er stehen.

»Komm näher zum Ufer, Liebste, damit ich Scherzad und ihr Kind begrüßen kann. Eines Tages werde ich auch noch schwimmen lernen.«

Sie watete zurück, setzte sich neben ihn in das seichte Wasser und legte den feuchten Arm um seine Taille. Das Meerkind plapperte und planschte und spielte. Lucien streichelte über Marie-Josèphes Haar.

Scherzad tauchte, die anderen Meermenschen folgten ihr. Alle schwammen zu einer tückischen Sandbank, an der zahlreiche Schiffe gescheitert waren. Als Scherzad wieder auftauchte, glänzte Mondschein auf ihren Fingerspitzen. Sie trug versunkene Schätze an ihren Händen, Ringe mit Rubinen, Brillanten, Smaragden, Perlen besetzt, die sie einen nach dem anderen abzog und an

Marie-Josèphes Finger steckte. Ihre Bruder und Schwestern stiegen an die Oberfläche, alle geschmückt mit goldenen Gürteln und Saphiranhängern, Jadeperlen und Diamantarmbändern. An ihren Elfenbeinlanzen schimmerten Ketten aus Gold und Bernstein.

In Scherzads Geschichten, dachte Marie-Josèphe, *waren die Meermenschen nie bewaffnet. Sie haben den Landgeborenen wahrhaftig den Krieg erklärt.*

Die Meermenschen senkten die Lanzen vor ihr, ließen Gold und Bernstein in ihren Schoß gleiten. Lachend griff Scherzads Töchterchen nach dem glitzernden Geschmeide und ruderte mit den winzigen Fäusten.

Die Meermenschen sammelten sich um Marie-Josèphe, sangen ihre Dankbarkeit für die Rettung ihrer Schwester, sangen ihre Liebe. Sie häuften ihr zu Füßen Schätze auf, legten Edelsteinschnüre um ihren Hals, ihre Taille, ihre Knöchel und Handgelenke. Sie steckten Lucien Rubin- und Brillantohrringe ins Haar. Die Jüngsten brachten Händevoll Muschelschalen, vermischt mit Goldmünzen, denn obwohl sie bereit waren, die schönsten Dinge mit Scherzads Freunden zu teilen, wollten sie doch nicht *alle* ihre Muscheln weggeben.

Scherzad füllte Luciens Taschen mit Jadehalsketten. Sie fand seinen Calvados, öffnete die Flasche, kostete, stieß einen beifälligen Pfiff aus und teilte den Trunk mit ihren Verwandten. Als sie die Flasche zurückgab, hatte ihr Bruder sie mit schwarzen Perlen gefüllt.

Die Meermenschen sangen und entblößten ihre glatte, mahagonifarbene Haut von dem Schmuck, den sie aus der Tiefe emporgeholt hatten. Sie reichten ihren Freunden die Kostbarkeiten, beschenkten Lucien und Marie-Josèphe über alle Maßen reich und tauschten Juwelen gegen den Schimmer reinsten Mondscheins.

ENDE

Nachwort

»Woher bekommen Sie Ihre Ideen?« ist eine Frage, die die meisten Schriftsteller fürchten, nicht, weil es eine dumme Frage wäre, sondern weil man sie im Normalfall nicht beantworten kann. »Aus Schenectady«, ist eine beliebte Erwiderung.

›Am Hofe des Sonnenkönigs‹ ist in der Hinsicht ungewöhnlich, daß ich genau weiß, wo und wann und wie mir die Idee dazu kam.

Im Jahr 1993 starb Avram Davidson, außergewöhnlicher SF-Autor und Phantastiker. Potlatch (eine kleine, literarische SF Convention an der Westküste) veranstaltete die Gedenkfeier für ihn. Seine Freunde gedachten seiner und erzählten von ihm; seine Biografin, die Schriftstellerin Eilen Gunn, las einige seiner Briefe vor, und per Video hielt Avram uns einen Vortrag über Meeresgeschöpfe aus der Mythologie.

Avram war ein brillanter (und unterschätzter) Autor, doch er war kein fesselnder Redner. Während das Band sich abspulte, gingen meine Gedanken auf Wanderschaft: Die Seeleute, die weiland von Seeungeheuern und Meerfrauen berichteten, mochten ungebildet und abergläubisch gewesen sein, aber sie waren erfahren, und sie waren nicht dumm. Was also hatten sie gesehen, und enthalten ihre Berichte einen wahren Kern?

Ich suchte mir ein Stück Papier und schrieb: ›Weshalb glauben wir heute, daß Seeungeheuer nie existierten, wenn es sie doch offenbar gegeben hat und immer noch gibt?‹

Wieder zu Hause, schrieb ich eine Geschichte in Form eines wissenschaftlichen Aufsatzes: ›Die Naturgeschichte des Meervolks und seine Ausrottung‹ (Vonda McIntyre, Illustrationen von Ursula K. LeGuin). Ich gab mir die größte Mühe, nicht ins Fabulieren zu geraten, weil ich zu der Zeit noch an einem anderen, termingebundenen Projekt arbeitete. Die Geschichte wollte länger werden, das nüchterne Format strebte danach, Charaktere, Dialog und Plot zu entwickeln. Am Ende des Aufsatzes waren das Ungeheuer und der Naturphilosoph – und dessen Schwester, die in dem Aufsatz nicht einmal vorkommt – zum Leben erwacht. Sie wurden die Basis für ›Am Hofe des Sonnenkönigs‹.

Geschichte um eine fiktive Variante zu bereichern erfordert umfangreiche Recherchen, wie ich feststellte, als ich beschloß meinen Roman im Jahr 1693 spielen zu lassen, am Hof von Ludwig XIV. Je mehr ich mich damit beschäftigte, desto klarer wurde mir, daß ich einen glücklichen Ort und Zeitpunkt gewählt hatte: die Residenz des mächtigsten Mannes der Welt, am historischen Wendepunkt von mittelalterlicher Alchimie zu moderner Wissenschaft.

Außerdem förderte die Recherche einige verblüffende Übereinstimmungen zutage. Nachdem ich die Naturgeschichte der Seeungeheuer erfunden hatte – wie ich glaubte –, stieß ich auf eine Beschreibung der Stellerschen Seekuh, eine Verwandte der Manati, die ausschließlich im Beringmeer vorgekommen ist. Die Naturgeschichte der *Stellerschen Seekuh* ähnelt der meines Meervolks bis zu einem bemerkenswerten und beunruhigenden Grad. Das erste Mal von Europäern gesichtet wurde die Seekuh während der Expedition von Vitus Bering, 1741. Siebenundzwanzig Jahre später, 1768, war die Spezies ausgerottet. Nur eine einzige Zeichnung des Geschöpfes von jemandem, der es mit eigenen Augen gesehen hat, ist uns erhalten geblieben.

Während derselben Expedition beschrieb Georg Steller auch den Dänischen Seeaffen. Kein zeitgenössischer Taxonomist hat ihn je identifiziert.

Durch einen weiteren interessanten Zufall war Lucien de Barenton, Comte de Chrétien, ein integraler Bestandteil der Geschichte, lange bevor ich je von dem Maréchal de Luxembourg gehört hatte. Lucien ist, glaube ich, eine erheblich sympathischere Gestalt als der Marschall, doch sowohl ihre Vita als auch ihr Äußeres weisen bemerkenswerte Übereinstimmungen auf. Die Affäre mit dem illegitimen Kind der Königin Marie-Thérèse hat in.meinem Roman lediglich eine Verwicklung mehr als in den Gerüchten der damaligen Zeit.

Mein Hintergrund ist moderne Wissenschaft, nicht Geschichte, und obwohl ich mittlerweile recht gut über das Jahr 1693 Bescheid weiß und über Ludwig XIV., behaupte ich keineswegs, Expertin zu sein. Ich bin sehr dankbar für Rat und Hilfe all jener, die mich auf Irrtümer hingewiesen und mir geholfen haben, sie auszumerzen. Mein Dank geht an Elberg Forster, Übersetzer, dessen ›Ein Frauenleben am Hof des Sonnenkönigs; Briefe der Liselotte von der Pfalz 1652-1722‹ eine unschätzbare Informationsquelle war. Etliche Historiker waren so freundlich, das Buch zu lesen und zu kommentieren: Dr. und Mrs. Orest Raum sowie Dr. Charles A. LeGuin. Marc Francis Fevre trug für mich Informationen über die Familie des Chevalier de Lorraine zusammen. Mona Ellen Preiss entdeckte wertvolle Details über Elisabeth-Claude Jacquet de la Guerre und fertigte für mich eine Zusammenfassung ihrer Biografie an, weil mein Schulfranzösisch sich dem Buch nicht gewachsen zeigte.

Ron Drummond hatte mich auf Mme. de la Guerre aufmerksam gemacht. In einem ersten Entwurf des Romans beging ich den Fehler anzunehmen – nur weil in den von mir konsultierten Nachschlagewerke nirgends von weiblichen Komponisten die Rede war –, es hätte am Hof des Sonnenkönigs keine komponierenden Frauen gegeben. Tatsächlich wimmelte es in Versailles davon. Doch selbst Mme. de la Guerre, die zu den angesehensten Musikschaffenden ihrer Zeit gehörte, die einen wesentlichen Einfluß auf die Musik des Barock ausübte und die Erlaubnis besaß, ihre Werke dem König zu widmen (eine Ehre, die nur wenigen zuteil wurde), gesteht ein modernes Nachschlagewerk über Musik am Hof Ludwigs XIV. eine halbe Zeile Eintrag zu. Mich überrascht einzig, daß ich davon überrascht war.

Insbesondere zwei Bücher haben mir geholfen, die Epoche und die Menschen zu begreifen. Das wunderbar verständnisvolle: ›Bruder des Sonnenkönigs: Philippe, Herzog von Orleans‹, von Nancy Nichols Barker, zeigt Monsieur als ein faßbares menschliches Wesen, statt als die übliche verachtungswürdige, lächerliche Gestalt. Peter Burkes' ›Die Erfindung von Ludwig XIV.‹ ermöglichte mir, das erstaunliche und überwältigende Schloß von Versailles als eine bewußte Verkündigung absoluten Herrschaftsanspruchs zu sehen und nicht als die Ausgeburt eines barocken Egos, dem die Ressourcen eines ganzen Landes zur Verfügung standen.

Jon Takemoto und Kim Larson von der Wallington-Wilmot Library halfen mir mit endloser Geduld, den obskursten Hinweisen nachzuforschen. Beiden bin ich überaus dankbar.

Dank schulde ich auch den Bewohnern von Schloß und Ortschaft Versailles, die geduldig meine Fragen beantworteten, ohne je über mein holpriges Französisch zu lachen, außer das eine Mal, als ich sagte: »Mon agent de voyage est un bozo.«

Alle trotzdem noch vorhandenen Fehler habe nur ich zu verantworten. Einige sind Absicht, ich hoffe, mir sind nicht allzu viele unbeabsichtigte unterlaufen. Ich habe mein Bestes getan, historische Ereignisse und historische Gestalten wirklichkeitsgetreu zu schildern, letztere mitsamt ihren für die Epoche typischen Vorurteilen. Dies ist ein Roman – ein Roman über eine alternative Vergangenheit –, weshalb ich beschlossen habe, weder Fußnoten noch Anmerkungen beizufügen (die im Bereich der Fiktion höchstens für Komödiantisches taugen) und auch keine regelrechte Bibliografie. Im Hinblick auf Anreden und Titel habe ich mir einige Freiheiten erlaubt. Wenn man über eine Gesellschaft schreibt, in welcher jeder mit mindestens zwei Garnituren Namen ausgestattet ist, geschieht es leicht, daß der Leser die Übersicht verliert. Soweit es mir möglich war, habe ich jede Person unter einem prägnanten Titel eingeführt, obwohl zum Beispiel Marie-Josèphe die im Rang hoch über ihr stehenden Mitglieder der herzoglichen Familie, Monsieur, Madame und Mademoiselle, mit ›Euer Hoheit‹ hätte anreden müssen.

Wie immer vielen Dank an die Freunde und Kollegen, die die verschiedenen Entwürfe gelesen und ihre Meinung dazu geäußert haben: Ursula K. LeGuin, Jane, E. Hawkins, Kate Schaefer, Amy Wolf, Rob Jacobson, Alyce Williams, Deb Notkin, Myriam Dupois, meine Agenten Frances Collin, Maggie Doyle und Brad Gross sowie mein Lektor David Stern. Besonders dankbar bin ich Paul Preuss, der bereitwillig etliche aufeinanderfolgende Fassungen gelesen hat. Ohne seine Hinweise wäre ich in manche Fallgrube gestolpert.

Das – für mich – Ungewöhnliche an ›Am Hofe des Sonnenkönigs‹ ist, daß es in zweierlei mehr oder weniger gleichzeitig entstandenen Fassungen existiert. Ich nahm 1994 am Writers Film Project teil, einem Workshop für Autoren und Dramatiker, die sich im Drehbuchschreiben versuchen wollten, getragen von Amblin Entertainment und Universal Studios und geleitet von The Chesterfield Film Company (Kevin Kennedy und Ken Orkin, mit Beistand der Direktorin der Entwicklungsabteilung, Kat Williams).

Zur Einführung gab Amblin einen Empfang für die neuen Teilnehmer. Steven Spielberg, dessen Unterstützung WFP möglich gemacht hatte, hielt die Begrüßungsansprache, und was er uns sagte, sollte man meines Erachtens jedem Studenten bei jedem Autoren-Workshop, gleich welchen Genres, ans Herz legen. Ich jedenfalls habe es zitiert, bei jedem Workshop, zu dem ich seit meinem Jahr in Los Angeles eingeladen worden bin, um zu unterrichten.

Er sagte: »Falls Sie sich entschließen, im Filmgeschäft zu bleiben, haben Sie jetzt wahrscheinlich zum ersten- und letztenmal die Möglichkeit zu schreiben, was Sie schreiben möchten, ohne sich darum zu kümmern, ob es kommerziell ist oder nicht. Und genau das sollten Sie tun.«

Es gab in unserer Gruppe zwei Meinungen über diesen Rat: »Er hat recht« und »Er ist Steven Spielberg. Er hat sechshundert Millionen Dollar. Er kann sich erlauben, das zu sagen.«

Ich fand, er hatte recht. Ich brauchte nicht daran zu denken, ob ›Am Hofe des Sonnenkönigs‹ zu kostspielig sein würde oder zu schwierig zu realisieren – oder zu unkommerziell, weil die Protagonisten eine Frau und ein Seeungeheuer sind und ein männlicher Hauptdarsteller, der wenig Ähnlichkeit mit den üblichen hochgewachsenen, muskelbepackten Helden hat. Ich schrieb die Drehbuchversion, ohne mir über zugkräftige Stars oder Spezialeffekte Gedanken machen zu müssen oder über die Kosten von Dreharbeiten bei einem Nationaldenkmal, zu dem täglich Scharen von Besuchern strömen.

Doch ein Drehbuch läßt sich eher mit einer Kurzgeschichte vergleichen als mit einem Roman. Um unterhalb der gefürchteten hundertzwanzig Seiten Grenze zu bleiben, mußte ich manches weglassen, von dem ich mich nur schweren Herzens trennte. Also schrieb ich auch den Roman. Und, obwohl ein Drehbuch kürzer ist als ein Roman, dauert es länger, bis daraus ein Film entsteht, als ein Roman braucht, um gedruckt zu werden. Pocket Books hat die gebundene Ausgabe für September 1997 eingeplant. Was das Script angeht... Eine der wichtigsten Lektionen, die ich in Hollywood gelernt habe, war:

›Nur Geduld‹. Ich danke Steven Spielberg für das Gefühl der Freiheit, das seine Kommentare mir vermittelten, während ich mich nach und nach mit der speziellen Form des Drehbuchschreibens vertraut machte (die viel schwieriger ist, als die meisten Romanautoren zugeben wollen). Ich danke meinem Mentor von Universal, Cary Granat, und meinen Mentoren von Amblin, Jason Hoffs und Andrea McCall, für Rat und Hilfe; Judy und Gar Reeves-Stevens und Joe La Jeunesse für ihre Ermutigung und ihre Freundschaft; Peter Hirschmann, weil er mich aus der Schneewehe gezogen hat, und meinen Workshop-Kollegen – Jon Bastian, Craig Duswalt, Jack Fashbaugh, Wendy Hammond, Yannick Murphy, Akhil Sharma, Buzz Poverman, Timothy Yapp – für ihre Begeisterung für das Script.

Kevin Kennedy, der erfahrene Leiter des WFP Workshops, hat die Entstehung der Drehbuchversion von ›Am Hofe des Sonnenkönigs‹ von Anfang bis Ende mitverfolgt und viel dazu beigetragen mit seinen Anregungen, seiner Phantasie und seinem Wissen über Filme. Ich danke ihm für seine Großzügigkeit und daß er es mir leicht gemacht hat, nach sehr vielen Jahren noch einmal Schülerin zu sein.

Band 20 349
Janny Wurts
Der Fluch des Nebelgeistes
Herr des Lichts
Deutsche Erstveröffentlichung

Alles begann mit dem Nebelgeist. Er hüllte die Welt Athera in undurchdringliche Schleier, überzog sie mit Krieg und vernichtete das Gesetz der Hohen Könige. Fünf Jahrhunderte später lastet der Fluch des Nebelgeistes noch immer auf Athera. Nur zwei Prinzen haben die Macht, diesen zu brechen: Arithon, Meister der Schatten, und Lysaer, Herr des Lichts, zwei Halbbrüder mit ungewöhnlichen Fähigkeiten. Wenn sie Athera – und sich selbst – retten wollen, müssen Arithon und Lysaer sich verbünden. Doch der Nebelgeist ist wachsam und sät bittere Feindschaft zwischen den beiden ...

Bekannt geworden als Co-Autorin von RAYMOND FEIST, zählt JANNY WURTS inzwischen sowohl als Autorin wie auch als Illustratorin zu den bedeutendsten Persönlichkeiten der Fantasy. Dies ist der zweite Teil des sechsbändigen Zyklus um die beiden Halbbrüder Arithon und Lysaer.

BASTEI LÜBBE